国家社会科学基金重大项目
“《文心雕龙》汇释及百年‘龙学’学案”
（批准号：17ZDA253）阶段性成果

「龙学」前沿书系

# 《文心雕龙》与中外文论

戚良德 主编
戚良德 编

長江出版傳媒
崇文書局

**图书在版编目（CIP）数据**

《文心雕龙》与中外文论 / 戚良德编 . -- 武汉 : 崇文书局，2023.8
（龙学前沿书系）
ISBN 978-7-5403-7375-7

Ⅰ . ①文… Ⅱ . ①戚… Ⅲ . ①《文心雕龙》—研究 Ⅳ . ① I206.2

中国国家版本馆 CIP 数据核字（2023）第 117261 号

丛书策划：陶永跃
责任编辑：陈金鑫　薛绪勒
封面设计：杨　艳
责任校对：董　颖
责任印制：李佳超

《文心雕龙》与中外文论
WENXINDIAOLONG YU ZHONGWAI WENLUN

出版发行：长江出版传媒 | 崇文书局
地　　址：武汉市雄楚大街 268 号 C 座 11 层
电　　话：(027)87677133　　邮政编码：430070
印　　刷：湖北新华印务有限公司
开　　本：880mm×1230mm　　1/32
印　　张：19.125
字　　数：470 千
版　　次：2023 年 8 月第 1 版
印　　次：2023 年 8 月第 1 次印刷
定　　价：138.00 元

# 总　序

## 《文心雕龙》是一部什么书？

戚良德

四十年前的1983年，中国《文心雕龙》学会在青岛成立，《人民日报》在同年8月23日以《中国〈文心雕龙〉学会成立》为题予以报道，其中有言："近三十年来，我国出版了研究《文心雕龙》的著作二十八部，发表了论文六百余篇，并形成了一支越来越大的研究队伍。"因而认为："近三十年来的'龙学'工作，无论校注译释和理论研究，都取得了丰硕的成果。"至少从此开始，《文心雕龙》研究便有了"龙学"之称。如果说那时的二十八部著作和六百余篇论文已经是"丰硕的成果"，那么自1983年至今的四十年来，"龙学"可以说取得了令人瞩目的巨大成就。据笔者统计，目前已出版各类"龙学"著述近九百种，发表论文超过一万篇。然而，《文心雕龙》是一部什么书？这一看起来不成问题的问题，却在"龙学"颇具规模之后，显得尤为突出，需要我们予以认真回答。

众所周知，在《四库全书》中，《文心雕龙》被列入集部"诗文评"之首，以此经常为人所津津乐道。近代国学天才刘咸炘在其《文心雕龙阐说》中却指出："彦和此篇，意笼百家，体实一子。故寄怀金石，欲振颓风。后世列诸诗文评，与宋、明杂说为伍，非其意也。"他认为，《文心雕龙》乃"意笼百家"的一部子书，将其归入"诗文评"，是不符合刘勰之意的。无独有偶，现代学术大家刘永济先生虽然把《文心雕龙》当作文学批评之书，但也认为其书性质乃属于子书。他在《文心雕龙校释》中说，《文心雕龙》为我国文学批评论文最早、最完备、最有系统之作，而又“超出诗文评之上而成为一家之言”，从中“可以推见彦和之学术思想”，因而“按其实质，名为一子，允无愧色”。此论更为具体而明确，可以说是对刘咸炘之说的进一步发挥。王更生先生则统一“诗文评”与“子书”之说，指出“《文心雕龙》是‘文评中的子书，子书中的文评’”，并认为这一认识“最能看出刘勰的全部人格，和《文心雕龙》的内容归趣”（《重修增订文心雕龙导读》）。这一说法既照顾了刘勰自己所谓“论文”的出发点，又体现了其“立德”“含道”的思想追求，应该说更加切合刘勰的著述初衷与《文心雕龙》的理论实际。不过，所谓“文评”与“子书”皆为传统之说，它们的相互包含毕竟只是一个略带艺术性的概括，并非准确的定义。

那么，我们能不能找到更为合乎实际的说法呢？笔者以为，较之“诗文评”和“子书”说，明清一些学者的认识可能更为符合《文心雕龙》一书的性质。明人张之象论《文心雕龙》有曰：“至其扬榷古今，品藻得失，持独断以定群嚣，证往哲以觉来彦，盖作者之章程，艺林之准的也。”这里不仅指出其“意笼百家”的特点，更明白无误地肯定其创为新说之功，从而具有继往开来之用；所谓“作者之章程，艺林之准的”，则具体地确定了《文心雕龙》一书的性质，那就是写作的章程和标准。清人黄叔琳延续了张之象的这一看法，论述更为具体：“刘舍人《文心雕龙》一书，盖艺苑之秘宝也。观其苞罗群籍，多所折衷，于凡文章利病，抉摘靡遗。缀文之士，苟欲希风前秀，未有可舍此而别求津逮者。”所谓“艺苑之秘宝”，与张之象的定位可谓一脉相承，都肯定了《文心雕龙》作为写作章程的独一无二的重要性。同时，黄叔琳还特别指出了刘勰“多所折衷”的思维方式及其对“文章利病，抉摘靡遗”的特点，从而认为《文心雕龙》乃“缀文之士”的“津逮”，舍此而别无所求。这样的评价自然也就不“与宋、明杂说为伍”了。

清代著名学者章学诚在其《文史通义》中则有着流传更广的一段话：“《诗品》之于论诗，视《文心雕龙》之于论文，皆专门名家，勒为成书之初祖也。《文心》体大而虑周，《诗品》思深而意远；盖《文心》笼罩群言，而《诗品》深从六艺溯流别也。”这段话言简意赅，历来得到研究者的肯定，因而经常被引用，但笔者以为，章氏论述较为笼统，其中或有未必然者。从《诗品》和《文心雕龙》乃中国文论史上两部最早的专书（即所谓“成书”）而言，章学诚的说法是有道理的，但“论诗”和“论文”的对比是并不准确的。《诗品》确为论“诗”之作，且所论只限于五言诗；而《文心雕龙》所论之“文”，却决非与“诗”相对而言的“文”，乃是既包括“诗”，也包括各种“文”在内的。即使《文心雕龙》中的《明诗》一篇，其论述范围也超出了五言诗，更遑论一部《文心雕龙》了。

与章学诚的论述相比，清人谭献《复堂日记》论《文心雕龙》可以说更为精准：“并世则《诗品》让能，后来则《史通》失隽。文苑之学，寡二少双。”《诗品》之不得不“让能”者，《史通》之所以“失隽”者，盖以其与《文心雕龙》原本不属于一个重量级之谓也。其实，并非一定要比出一个谁高谁低，更不意味着“让能”“失隽”者便无足轻重，而是说它们的论述范围不同，理论性质有异。所谓“寡二少双”者，乃就“文苑之学”而谓也。《文心雕龙》乃是中国古代的“文苑之学”，这个“文”不仅包括“诗”，甚至也涵盖“史”（刘勰分别以《明诗》《史传》论之），因而才有“让能”“失隽”之论。若单就诗论和史论而言，《明诗》《史传》两篇显然是无法与《诗品》《史通》两书相提并论的。章学诚谓《诗品》“思深而意远”，尤其是其“深从六艺溯流别”，这便是刘勰的《明诗》所难以做到的。所以，这里有专论和综论的区别，有刘勰所谓“执一隅之解”和“拟万端之变”（《文心雕龙·知音》）的不同；作为“弥纶群言”（《文心雕龙·序志》）的“文苑之学”，刘勰的《文心雕龙》确乎是“寡二少双”的。

令人遗憾的是，当西方现代文学观念传入中国之后，我们对《文心雕龙》一书的认识渐渐出现了偏差。鲁迅先生《题记一篇》有云：“篇章既富，评骘遂生，东则有刘彦和之《文心》，西则有亚理士多德之《诗学》，解析神质，包举洪纤，开源发流，为世楷式。”这段论述颇类章学诚之说，得到研究者的普遍肯定和重视，实则仍有不够准确之处。首先，所谓“篇章既富，评骘遂生”，虽其道理并不错，却显然延续了《四库全书》的思路，把《文心雕龙》列入“诗文评”一类。其次，《文心》与《诗学》的对举恰如《文心》与《诗品》的比较，如果后者的比较不确，则前者的对举自然也就未必尽当。诚然，《诗学》不同于《诗品》，并非诗歌之专论，但相比于《文心雕龙》的论述范围，《诗学》之作仍是需要“让能”的。再次，所谓“解析神质，包举洪纤，开源发流，为世楷式”，这四句用以评价《文心雕龙》则可，用以论说《诗学》则未免言过其实了。

鲁迅先生之后，传统的“诗文评”演变为文学理论与批评，《文心雕龙》也就理所当然地成了文学理论或文艺学著作。1979 年，中国古代文学理论学会在昆明成立，仅从名称便可看出，中国古代文论已然等同于西方的所谓“文学理论”。作为中国古代文论的代表，《文心雕龙》也就成为继承和发扬中国古代文学理论的重点研究对象。在中国《文心雕龙》学会成立大会上，周扬先生对《文心雕龙》作出了高度评价：“《文心雕龙》是一个典型，古代的典型，也可以说是世界各国研究文学、美学理论最早的一个典型，它是世界水平的，是一部伟大的文艺、美学理论著作。……它确是一部划时代的书，在文学理论范围内，它是百科全书式的。”一方面是给予了崇高的地位，另一方面则把《文心雕龙》限定在了文学理论的范围之内。这基本上代表了20世纪对《文心雕龙》一书性质的认识。

实际上，《文心雕龙》以“原道”开篇，以“程器”作结，乃取《周易》“形而上者谓之道，形而下者谓之器”之意。前者论述从天地之文到人类之文乃自然之道，以此强调“文”之于人类的重要性和必要性；后者论述“安有丈夫学文，而不达于政事哉”，强调“摛文必在纬军国，负重必在任栋梁”，从而明白无误地说明，刘勰著述《文心雕龙》一书的着眼点在于提高人文修养，以便达成“纬军国”“任栋梁”的人生目标，也就是《原道》所谓“观天文以极变，察人文以成化，然后能经纬区宇，弥纶彝宪，发挥事业，彪炳辞义”。因此，《文心雕龙》的“文”，比今天所谓“文学”的范围要宽广得多，其地位也重要得多。重要到什么程度呢？那就是《序志》篇所说的：“唯文章之用，实经典枝条：五礼资之以成，六典因之致用，君臣所以炳焕，军国所以昭明。”即是说，社会生活的各个方面——政治、经济、军事、法律、制度、仪节，都离不开这个“文”。如此之“文”，显然不是作为艺术之文学所可范围的了。因此，刘勰固然是在“论文”，《文心雕龙》当然是一部“文论”，却不等于今天的“文学理论”，而是一部中国文化的教科书。我们试读《宗经》篇，刘勰说经典乃“恒久之至道，不刊之鸿教”，即恒久不变之至理、永不磨灭之思想，因为它来自于对天地自然以及人事运行规律的考察。“洞性灵之奥区，极文章之骨髓”，即深入人的灵魂，体现了文章之要义。所谓“性灵镕匠，文章奥府”，故可以“开学养正，昭明有融”，以至“后进追取而非晚，前修久用而未先”，犹如“太山遍雨，河润千里”。这一番论述，把中华优秀文化的功效说得透彻而明白，其文化教科书的特点也就不言自明了。

明乎此，新时代的“龙学”和中国文论研究理应有着不同的思路，那就是不应再那么理所当然地以西方文艺学的观念和体系来匡衡中国文论，而是应当更为自觉地理解和把握《文心雕龙》以及中国文论的独特话语体系，充分认识《文心雕龙》乃至更多中国文论经典的多方面的文化意义。

# 目　录

## 文之枢纽



## 论文叙笔



## 剖情析采

## 知音君子



## 东西之间



## 龙学纵横



## 后　记

# 文之枢纽

## 关于《文心雕龙》整体性质的系统探析

刘业超

每一部著作都有自己特定的学科属性。但是，对《文心雕龙》这样一部体大思精的巨制而言，其学科定位却是相当困难的事情。人们从各个不同的角度，对其学科属性提出了自己的见解，仁者见仁，智者见智，至今未能形成整体性的共识。概括而言，大致有以下主张："文章作法"说，"文学理论"说，"文学批评"说，"美学理论"说，"百科全书"说，等等。这些认识，都包含了部分真理，但都不能从整体上说明该著的确切属性。根由就在于：任何整体都是以系统的形态出现的，而系统从来都属于"要素—结构—功能—机制"的统一范畴。在这一统一的范畴之中，事物的属性并不直接决定于任何单一的要素，而是众多构件的复杂因果关系的合力运动的结果。上述诸多论见的不全面性，是显而易见的。

下面，试对该著的整体属性进行逐层掘进的探析，以就教于方家。

## 一、《文心雕龙》系统要素探析

“系统是相互联系相互作用的诸要素的综合体”[①]，要素是组成系统的各个部分，是构成系统的基础性的实体。唯其如此，要把握一个事物的整体性质，必须从对综合体中相互联系、相互作用的“诸要素”的把握开始。那么，构成《文心雕龙》这一综合体的诸要素到底是什么呢？

### （一）《文心雕龙》表层要素分析

从最基本的层面来看，构成“龙著”的最具有基础意义的要素，就是枢纽论、文体论、文术论和文评论。合而观之，四者虽然在视角上各有侧重，但都是围绕“为文”两个字展开的。为文者，文章制作之谓。在现代人的学术视野中，这四项要素均可归列于写作学的范畴。

写作学是一门专门研究文章制作的实践及其规律的科学。工程性、书面性、博大性与多维性，是其学科属性的基本特征。所谓工程性，是指目的在于实践的工具和方法系统的综合设计与综合运作的属性。所谓书面性，是指对工程材料的特别规定性：写作的载体，必须是严格意义的书面语言。所谓博大性，是指其知识范围和工作范围，覆盖自然世界和人类社会生活的全部领域。陆机《文赋》所说“笼天地于形内，挫万物于笔端”，就是这一属性的形象说明。所谓多维性，是指与多种学科和多种门目互相临近、互相渗透而不可分离的属性。如写作学和文艺学，写作学与语言学，写作学与美学，写作学与思维学，等等。

《文心雕龙》在文本形态上的写作学品格的可证性，具体表现

---

① 贝塔朗菲语，参见杨春时等编著：《系统论信息论控制论浅说》，北京：中国广播电视出版社，1987 年，第 13 页。

在以下方面。

1. 工程性品格

《文心雕龙》的工程性品格，首先表现在作者对“术”的特别关注上：“才之能通，必资晓术。自非圆鉴区域，大判条例，岂能控引情源，制胜文苑哉？”（《总术》）

《总术》是作者对作文方术的总表述。“总”者，“乘一总万，举要治繁”之谓，“总术”即“心总要术”，亦即“总揽”之术。用什么进行总揽？这就是“文心”。以心总文，以文载心，发挥心的优势，进行美的制作，这就是刘勰所提出的总体性的工程战略。这一工程战略，鲜明地标示在它对书名含义与撰写缘起的阐述中：

> 夫文心者，言为文之用心也。昔涓子《琴心》，王孙《巧心》，心哉美矣，故用之焉。古来文章，以雕缛成体，岂取驺奭之群言雕龙也。（《序志》）

“为文”就是作文，也就是写作。作文是“文心”的根本实体，“雕龙”是“文心”的美学形态。“文心雕龙”者，凭借文心进行雕龙之谓，这就是作者对“为文”之术的根本主张的高浓缩概括。该著全书，都是围绕这一根本性的工程战略展开的。对“术”的重视，是该著最基本的学术特征。这一点，在《总术》中作出了极其鲜明的强调：“才之能通，必资晓术。”“总术”，就是“以心总文”之术，也就是作者所明确标举的“心术”：“心术既形，英华乃赡。”（《情采》）心的“术”化，也就是心的工程化。文心，从实质上说，就是心理工程。以心理工程驱动语言工程，达到“文果载心”（《序志》）的战略目的，这就是刘勰最深立意之所在。

这一严密的理论体系，不仅为“以心总文”的写作战略提供了科学依据，也为这一战略的实践，提供了强大的方法论武装。

2. 书面性品格

《文心雕龙》的书面性品格，首先表现在它对文字的人文意义的强调上：

人文之元，肇自太极。幽赞神明，《易》象惟先。（《原道》）

刘勰将“太极”这种准文字的创制，视为人文起点，这是对文字作用的最高标举。这一震古烁今的论断，与恩格斯所说的“文字的发明及其应用”是“过渡到文明时代”的“开始”的见解，有异曲同工之妙。

刘勰还进一步认为：

夫文象列而结绳移，鸟迹明而书契作，斯乃言语之体貌，而文章之宅宇也。苍颉造之，鬼哭粟飞；黄帝用之，官治民察。（《练字》）

所谓“体貌”“宅宇”，是指写作的书面化的特定形态；所谓“官治民察”，是指写作的书面化的特定功能。赋予文字以如此之高的地位，对文字的作用认识得如此透彻，这在我国历史上，是并不多见的。

《文心雕龙》的书面性品格，还表现在对字词句篇的系统关系的洞悉和揭示上：

夫人之立言，因字而生句，积句而成章，积章而成篇。篇

之彪炳，章无疵也；章之明靡，句无玷也；句之清英，字不妄也。振本而末从，知一而万毕矣。（《章句》）

对书面性的构成因素及其系统联系做如此全面的论述，这是任何一种文学理论著作所无法做到，而注定由“文章作法”所完成的事情。

该著的书面性品格，更加充分地表现在它对语言运作要领与技巧的传授上。如《丽辞》《夸饰》《比兴》《事类》《隐秀》等等。

3. 博大性品格

写作作为人类认识的完整性的书面表达，其工作范围和知识范围也必定博大无垠，涉及人类生活的一切领域。在该著中，具体表现在以下方面。

其一，认识论领域的博大性。该著以宇宙本体为认识论基点，由此构成的视野是广阔无垠的。天地万物都属于写作的范畴：“文之为德也大矣，与天地并生者何哉？”（《原道》）大至经国大业，小至五石六鹢，无不覆盖于写作的视野之中。

其二，功能论领域的博大性。写作的功能，同样覆盖无垠。“鼓天下之动者存乎辞”（《原道》），就是对这一功能的集中表述。该著明确认为，书面表达是人文的起点：“人文之元，肇自太极。幽赞神明，《易》象惟先。”（《原道》）书面表达的重要意义就在于：“言之文也，天地之心哉！”（《原道》）因此，写作活动是关系到天地人心的活动。要正人风，正世风，必须从端正文风做起。该著是一部矫正浮靡讹滥文风的写作学专著，它不仅以数百年沉积而成的不正的文风作为自己的战斗目标，而且具有矫正世风和人风的战斗意义，实质上是对中华传统文化的正本清源。通过写作上的正本清源来实现文风上的拨乱反正，通过正文风来正人风，通过正文心来正人心，从而实现天下大治，这就是该著的博大宗旨。

其三，方法论领域的博大性。该著方法论的博大性，首先表现在其“以心总文”的“总术”的博大性上。文心原道，实天地之心。心的领域是博大无垠的，包容万物，无遮无挡，将天地人生凝为一体。把握了文心，也就是把握了人类和世界。就具体的用心方法而言，也是极其博大的。写作的内核是“心”，但绝不是一般意义的“心”，而是一种由于对“道”的契合和对书面语言的契合而更加精化与强化的“心”。写作思维绝不是即兴式的思维，也不是实践性的思维，而是一种以规范化的书面形式明确录记的整体性与系统性的思维。这种整体性与系统性的思维，是以哲学、美学、心理学与社会学的方法论武装作为依据和后盾而实现的。“神思”，就是文心运动的基本方法。超越时空，把握整体，把握本质，就是“神思”所追求的博大的思维目标，也是它所能达到的博大的思维境界。所谓“形在江海之上，心存魏阙之下”，所谓“结虑司契，垂帏制胜”（《神思》），就是此种境界和方法的具体展现。

4. 多维性品格

《文心雕龙》的多维性品格，集中表现在以下方面。

其一，对写作机制多维性的阐述。刘勰明确认为，写作是“意—象—言”的三维统一：

> 神用象通，情变所孕。物以貌求，心以理应。刻镂声律，萌芽比兴。结虑司契，垂帷制胜。（《神思》）

“神”“情”“心”“理”“虑”，属于“意”的范畴。“象”“物”“貌”，属于“象”的范畴。“声律”“比兴”，属于“言”的范畴。心神靠物象来通达，物象用形貌来吸引和打动作家，作家则从心里产生情思来作为回应。然后，再推求文体的声律，运用多种多样的修辞手法，赋予内容以美的形态。写作，就是这三个层面有机统一的结果。

刘勰的这一认识，贯穿于该著全书：

> 仰观吐曜，俯察含章……心生而言立，言立而文明，自然之道也。（《原道》）

这是对“心”与“言”关系的深刻揭示。

> 人禀七情，应物斯感。感物吟志，莫非自然。（《明诗》）

这是对“物”与“情”关系的深刻揭示。

> 岁有其物，物有其容。情以物迁，辞以情发。（《物色》）

这是对“物—情—辞”三者联动关系的深刻揭示。

写作运动的“枢纽”中的多维统一的属性，也在该著中得到了鲜明揭示：

> 盖文心之作也，本乎道，师乎圣，体乎经，酌乎纬，变乎骚：文之枢纽，亦云极矣。（《序志》）

其二，对文体世界的多维性的阐述。刘勰明确认为，文体世界的多维性，首先表现在“文”与“笔”的划分上：“若乃论文叙笔，则囿别区分。”（《序志》）“文”，指韵文，“笔”，指无韵文。二者之别，实际就是审美文体与实用文体之别。由此划分出两大文体群：文学文体群与实用文体群。二者之间的区别，不仅是功能上的，也与思维方式有关。文学文体的思维方式是“神思”型的，抒情与描绘是其主要的表达方式。实用文体的思维方式是逻辑思维型的，论说与记叙是其主要的表达方式。

其三，对文章结构层面多维性的阐述。文章作为书面表达的最终形态，同样是一个多维统一的整体。它的结构层面，被刘勰以经书为据概括为六个层面：

> 故文能宗经，体有六义：一则情深而不诡，二则风清而不杂，三则事信而不诞，四则义贞而不回，五则体约而不芜，六则文丽而不淫。（《宗经》）

这既是衡文的标准，也是构成文章的六大要素：情、风、事、义、体、文。文章，就是上述诸多方面的有机统一。浓缩而言，也就是《镕裁》中所说的“三准”：

> 是以草创鸿笔，先标三准：履端于始，则设情以位体；举正于中，则酌事以取类；归余于终，则撮辞以举要。（《镕裁》）

在《风骨》篇中，则表述为“风—骨—采”三个方面：“若风骨乏采，则鸷集翰林；采乏风骨，则雉窜文囿。唯藻耀而高翔，固文笔之鸣凤也。”

综上可知，该著确实具有写作学的全部基因。即使和现代写作科学相比，该著也足称楷模而了无愧色。范文澜将其定位为“作文的法则”，认为“《文心雕龙》的根本宗旨，在于讲明作文的法则”。[①]

① 范文澜等：《中国通史》第2册，北京：人民出版社，1994年，第531页。

王运熙认为，“《文心雕龙》是一部详细研讨写作方法的书，它的宗旨是通过阐明写作方法，端正文体，纠正当时的不良文风”[①]。这些见解，都是极其允当的。

### （二）《文心雕龙》深层要素分析

从文本形态的基本层面来看，《文心雕龙》确实是一部写作学专著，但从其更高的指挥层面来看，它绝不是一般意义的写作学专著，而是一部以“用心”为内核而凭借多种学科武装起来的具有广阔认识视野与开掘力度的多维向的著作。其以心为用的指导思想中，具有多种多样的科学内涵，在各个领域中代表当时最高认识水平，具有自成一家、炳耀千载的理论品格。这就使它不仅具有写作学的基本属性，也必然具有由于其认识论依据的强大性与多维性所赋予的更加深刻的理论品格。这些深层次的理论品格，可以概括为以下方面。

1. 哲学品格

该著并非专门哲学著作，但就其认识论依据来说，其哲学品格是极其鲜明的，其集中体现就是对儒家人本论视野、道家自然论视野、佛家心性论视野的兼容并蓄。它将道学“自然设教”的思辨优势，儒学“伦理设教”的思辨优势，佛学“心理设教”的思辨优势，在力挽颓风的历史使命下，有机地融合成一个认识论整体。该著压卷之章《原道》，就是这一认识视野的集中展现。

“原道”者，本原于道之谓。这里的“原”已不是先秦两汉的宇宙构成论所说的“源”，而是本体论意义的“原”，即不把“道”看作“文”的起源，而是看作文所从生发的根本实体。“文原于道，明其本然。”（纪昀）“本然”，也就是文之为文的终极原因。

---

① 王运熙：《文心雕龙的宗旨、结构和基本思想》，《复旦大学学报》1981年第5期。

刘勰明确认为，“道”是文之所以为文的本质规定和终极原因：

> 玄黄色杂，方圆体分。日月叠璧，以垂丽天之象；山川焕绮，以铺理地之形：此盖道之文也。（《原道》）

刘勰将“道”的范畴引入该著中，这就为对“文”的认识提供了一个终极性的理论依据。对这一终极性理论的标举，实际就是将宇宙运动的普遍性法则，赋予了“文”的运动，使其具有同样广阔而深刻的哲学内涵。这一广阔而深刻的哲学内涵，就是该著独特的战斗力和开拓力之所在。纪昀说：“齐梁文藻，日竞雕华，标自然以为宗，是彦和吃紧为人处。”[①] 黄侃认为：“彦和之意，以为文章本由自然生，故篇中数言自然。”[②] 刘永济也说：“舍人论文，首重自然。”[③] 这些论断，都是极其精辟的。

但是，刘勰对本体论的标举，绝非对道家哲学的简单重复与移植，而是对它的选择、改制和深化。他吸取了道家自然哲学的精华，却剔除了其中“以无为本”的虚无性的消极内容，而实之以儒家人本哲学的“经世致用”的积极内容。“道心惟微”，不可捉摸，而孔孟之道却是对现实问题的解答。刘勰在哲学上的第一个睿智与巧妙之处，就是将这两个不同范畴的体系，在扬长避短、存优汰劣基础上，有机地链接在一起：“道沿圣以垂文，圣因文而明道。”（《原道》）道以圣为寄寓，圣以经为寄寓，经是政治教化的最高依据，也是作文的最高楷模：“经也者，恒久之至道，不刊之鸿教也……

---

① 〔清〕黄叔琳注，〔清〕纪昀评：《文心雕龙辑注》，北京：中华书局，1957 年，第 24 页。

② 黄侃：《文心雕龙札记》，北京：中华书局，1962 年，第 3 页。

③ 刘永济校释：《文心雕龙校释》，北京：中华书局，1962 年，第 2 页。

极文章之骨髓者也。”（《宗经》）于是，道学中以道为宗的自然哲学和儒学中以人为本的人本哲学，就在“为文”的总目标下，镕铸成为一体。道家的自然哲学因儒家人本哲学的参入而实化，儒家的人本哲学因道家自然哲学的参入，而获得了由于对事物运动的终极原因的把握及对最高运动法则的遵循所具有的宏观视野。

刘勰在哲学上的第二个睿智与巧妙之处，就在于他运用了道学与佛学的某些范畴，对儒学的某些缺欠，进行了消解和平衡。其中，一个是道学中的自然哲学，一个是佛学中的心性哲学。

儒学人本哲学与道学自然哲学的融合，赋予了人本哲学新的视野，使它在认识论上获得了极大充扩。进而言之，就是将儒学“明其当然”的构成论宇宙观提到了“明其本然”的本体论的高度。儒家哲学中含有天命论的神学因素，而道家的自然哲学则认为自然是宇宙的最高主宰，自然法则是宇宙运动的根本法则，这就必然构成对神学的彻底排拒。对自然是宇宙运动的终极根源的认识，支持儒学摆脱神学束缚，走向科学轨道。而其自然主义的精神，对于启动人的个性自觉，支持人在精神上“冲决网罗”，追求个性的解放，也是极有裨益的。

佛学的心性哲学，也在该著中得到了良好的选择、提炼和标举。诚然，佛学在本质上是一种唯心主义哲学，但在思辨科学方面，却又是世界上成就最大、水平最高的学术体系。它在三个方面赋予了该著以重大影响：一是平等意识，二是心理设教，三是思辨方法。

该著对平等意识的吸收和标举，主要表现在以下方面。

其一，是对人皆有情的认定。在佛学“人人皆有佛性”思想的启迪下，刘勰明确认为，“志情”并非圣人专利，同样属于所有的人：“民生而志，咏歌所含”“人禀七情，应物斯感，感物吟志，莫非自然”（《明诗》）。这一认识，就是“诗缘情”说的理论依据。

正是在这一理论的指导下，我国文学实现了从“诗言志”到“诗言情”的历史性飞跃，开始了文学自觉时代。

其二，衡文标准的一体化。该著是对南北朝以前所有具有代表性文章的历史性总结和评价。它所涉及的作者中，有封建帝王，也有臣民百姓，在政治地位上相差悬殊。刘勰毫不考虑这些差别，既不“为尊者讳”，也不对卑者进行歧视。在衡文中秉公而断，据理而评，绝不搞双重标准。

其三，对门阀特权的批判。南北朝实行门阀制度，崇尚世族特权，等级极其森严。“上品无寒门，下品无世族”，就是当时社会不公的典型写照。该著对此种社会不公现象深表不平，激愤之情溢于言表，旗帜鲜明地进行了批判：“将相以位隆特达，文士以职卑多诮，此江河所以腾涌，涓流所以寸折者也。”（《程器》）他的同情，显然是站在寒族一边。

该著对“心理设教”的吸收和标举，主要表现在以下方面。

其一，对“心理设教”的倡导。“心”是儒家哲学中的普遍范畴，孟子所说的“人性善”的问题，实质上就是对“人心”的基本属性的认定问题。但是，将“心”作为明确的施教对象，对此进行工程性的系统研究，则是大行于佛学之中。该著对“心理设教”的标举，集中表现在它的根本宗旨之中：“文心者，言为文之用心也”“文果载心，余心有寄”（《序志》）。“文以载心”是对“文以载道”的历史性突破，它将“道—圣—文”都汇集于此心之中，使其具有人人可及的文化品格，远比“文以载道”广阔和深刻。

“道心惟微，神理设教。”这是刘勰在《原道》中所提出的纲领性主张。“神理”，就是“心理”，并无神秘主义的内涵。“神”的本义就是“精神”活动，“神”与“心”可以在意义上相通。“神理设教”，就是心理设教。这种历史性的突破，只有在佛学的“以心为教”的特定认识场中才能实现。将佛学的唯心主义认识论方法用之于写作论的研究，由此提炼出唯物主义的“文心”理论体系，这对于佛学来说，同样是一个历史性的突破。这种历史性的突破，只有在中华文化的特定认识场中才能实现。

其二，对“心理设教”方法论的系统阐述。将形象思维与逻辑思维在认识方法上明确区分的，始自佛家。佛家的“般若思维”，实际就是形象思维。佛家的“因明”之学，实际就是逻辑思维。诚然，形象思维与逻辑思维属于人类思维科学的普遍范畴，并非佛家的独创和专利，但就研究的自觉性和认识的明确性及系统性而言，佛家是发其大端和集其大成者。对这两种认识方法的系统认识，也在该著中鲜明地表现出来。《神思》《物色》《情采》《风骨》《明诗》《诠赋》等篇，就是对形象思维的认识方法的系统阐述，《论说》等篇就是对逻辑思维的认识方法的系统阐述。

其三，对“心理设教”的理想境界的自觉追求。佛家的“心理设教”不是一般意义的说教，而是具有明确美学追求与力学追求的心理交流。所谓“世间好语佛说尽”，所谓“天花乱坠”，所谓“天女散花”，就是这种美与力的境界的形象展示。这种美与力的追求，也在该著中鲜明地表现出来。所谓“风骨”，所谓“定势”，所谓“风清骨峻”，就是对文心的力学追求；所谓“采”，所谓“篇体光华”，就是对文心的美学追求。唯有美与力的兼容，唯有风骨与采的齐备，才是文心的理想境界：“若风骨乏采，则鸷集翰林；采乏风骨，则雉窜文囿。唯藻耀而高翔，固文笔之鸣凤也。”（《风骨》）这种崇高的美学理想，只有在儒、道、佛三家认识论所形成的综合性认识场中，才能从历史文化的深层中浮现出来。

该著对佛学心性哲学的创造性吸收，也在其卓越的思辨方法上鲜明地表现出来。该著在内容上无与伦比的博大精深，在结构上古今难匹的周严细密，显然是与它强大的思辨方法体系的强大支持密不可分的，其中，也包括佛学所特有的思辨方法在内。举其要者，如佛学辩证法、佛学因明法、佛学中道法、佛学圆照法等等。

正是儒、道、佛的融合，赋予了该著高瞻远瞩的认识论品格。如此崇高博大的哲学品格，如此开放无垠的视野，在中国历史上是绝无仅有的。唯其如此，该著不仅在写作学上代表当时的最高成就，也在哲学上代表了当时哲学的最高成就。将该著称为中国历史上的哲学巨制，允无愧色。

2. 美学品格

该著并非专门美学著作，但就其指导思想而言，却具有极其完整的美学品格。“文”，是该著中使用频率最高的词。广义的“文”指美饰，与美的范畴相通，渗透于全部内容。该著在美学上的卓越建树，可以概括如下。

（1）美学本体论开拓。该著是我国第一部站在宇宙运动高度，对美的本原进行揭示的著作。《原道》开宗明义中所说的“文之为德也大矣，与天地并生者何哉”中的“文”，指广义的文采，也就是“道”的感性形态。这种感性形态，即是“美”。这种美，作为道的外现，与天地并生，表现在自然界的各个方面。其在人类，则发而为文章。

刘勰从宇宙起源的角度来探讨“文”的发生学根由，这就无异于把对“文”的本体、属性、功能的探讨，提举到宇宙运动的高度，赋予它以终极判断的意义。“道”是一个终极性概念，具有最广阔的覆盖面，将天地人凝为一体，将自然美与人文美熔为一炉，使美的概念得到了极大的扩充，也使“文”的地位得到了极大的提高。在人类历史上，第一次最为明确地把“文”提到了“与天地并生”的地位，也是第一次最为明确地将美扩展到覆盖万物的领域。更有意义的是，它以宇宙本体为依据，将天上的圣火盗到了人间，将宇宙运动的根本法则——自然法则，赋予了美学的运动，使它获得了一种永恒的动力和同样永恒的价值尺度。

这种博大的美学视野，只能出现在以博大著称的中华文化场中，而该著作为中华文化的广阔汇集和深度浓缩，也就必然成为展示这种博大美学视野的最佳历史窗口。这就是该著之所以能与西方美学之祖亚里士多德的《诗学》并称于世的重要根由。

（2）美学本质论开拓。该著在美学上的杰出建树，也表现在本质论的深度开拓上。对美的本质的揭示，是美学史上的斯芬克司之谜。柏拉图的《大希庇阿斯篇》中，对美下了多种定义：从具体事物“漂亮小姐”“美的酒罐”“美的母马”“美的竖琴”，到抽象概念“美在恰当”“美在有益”“美是视觉与听觉的快感”，都未能中其肯綮，最后只能以一声长叹“美是难的”而结束。

尽管“美是难的”，历代美学家仍然探索不已。《文心雕龙》就是刘勰对此所做的独标一格的学术献功。“美是难的”，难就难在它来自宇宙运动之谜。来自宇宙运动之谜，只能借助宇宙运动之钥才能打开。这就是刘勰解决这一难题的独特思路。

这一宇宙运动之钥，就是宇宙的本体——道。道是万物的本原，也是万美的本原。道作为一个终极性概念，具有最强大的统率力量和最广阔的概括范围，无论主观或客观，无论自然或人，无一不属于道的范畴：“夫玄黄色杂，方圆体分。日月叠璧，以垂丽天之象；山川焕绮，以铺理地之形：此盖道之文也。”（《原道》）

美原于道，美的本质原于道的本质。道的本质就是一种永恒而又自然的运动，一种昂扬奋进、生生不息的力量，也就是我们古人所说的“天地之大德曰生”“天行健，君子当自强不息”。表现在文章上，就是刘勰所说的“风骨”：“怊怅述情，必始乎风，沉吟铺辞，莫先于骨。”（《风骨》）所谓“风骨”，就是蕴涵在美中的感染力量，它是美之所以成为美的决定性因素。宏观而言，这种感染力量来自道的感召力量：“《易》曰：‘鼓天下之动者存乎辞。’辞之所以能鼓天下者，乃道之文也。”（《原道》）微观而言，这种感染力量来自人的志气的感应力量——“志气之符契”（《风骨》）。概而言之，就是道的奔腾不息的运动态势在人的身上辐射出来的一种健康向上、昂扬奋进的精神力量。这种精神力量的感性显现，就是美的本质所在，也就是美之所以为美的终极根由。

“风骨”是美的本质的命题，从该著所特别标举的三大文学作品中获得了证明。一是《诗经》，刘勰认为它之所以具有历久不衰的美学魅力，就在于它是“含风”之作：“《诗》总六义，风冠其首，斯乃化感之本源，志气之符契也。”（《风骨》）二是《离骚》，刘勰认为它是“气往轹古，辞来切今，惊采绝艳，难与并能”（《辨骚》）的“骨鲠所树”之作，这些评语，实际就是对《离骚》中的“风骨”的具体表述。三是建安文学，刘勰认为它是中国美学史上的一座高峰，给予了极高的评价：“观其时文，雅好慷慨，良由世积乱离，风衰俗怨，并志深而笔长，故梗概而多气也。”（《时序》）这一评价，同样是对“风骨”的具体表述，也是对“风骨”的美学魅力的具体表述。

据此可知，刘勰所标举的美的本质——“风骨”，并非绝对化的理念，而是一个与宇宙运动的总动势相符契，与时代运动的总动势相符契，又与人的志气运动的总动势相符契的范畴。它与天地同源，与时代俱进，又具有人的个性化特征，是一种宇宙化的人格精神，又是一种人化的宇宙精神，而这种精神，又来自宇宙的自然运动。这种运动从来都是物质性的，而非精神性的。所有这些由于道的统率而在美学领域中实现的总集合和总凝聚，就是美的本质——人类奔突奋进、昂扬向上精神在自然运动中的感性显现。

刘勰关于美的本质是“风骨”，而“风骨”就是人的昂扬向上的精神力量的感性显现的著名论断，是指导中国中古文学艺术走向辉煌的美学支柱。它在理论上的普遍性与正确性，在西方古代文论家郎吉弩斯的巨制《论崇高》中得到了跨越历史的证明。郎吉弩斯指出：“崇高风格到了紧要关头，象剑一样突然脱鞘而出，象闪电一样把所碰到的一切劈得粉碎，这就把作者的全副力量在一闪耀之中完全显现出来。”因此，他要求作品要有力量与气魄、深度与强度，要有“烈火般的气魄”，“象迅雷疾电一样，燃烧一切，粉碎一切”，唯有这样的作品才具有真正的“动人之力”。他明确认为，这种不可抗拒的动人力量，就在于它超越平凡的美学品格：“不平凡的文章对听众所产生的效果不是说服而是狂喜，奇特的文章永远比只有说服力或是只能供娱乐的东西具有更大的感动力。”[①] 概而言之，“崇高”就是“巨大的威力”“迷人的魅力”，力量是“崇高”的本质。

郎吉弩斯对以“力”为核心的“崇高”的标举，与刘勰的以“心力”为核心的“风骨”的标举，是隔地隔时而不隔心的。他所列举的这些“惊心动魄”情愫的力学表现，无一不与刘勰所标举的“风骨”息息相通。“崇高”与“风骨”有一个最根本的共同之处——“力”，这是二者的基本特质。“崇高”以西方文学最高理想的名义，证实了我们先人刘勰以中华文化场为逻辑依据所提出的超级命题的真理性。

（3）美学方法论开拓。刘勰在美学方法论上的开拓，首先表

① 朱光潜：《西方美学史》，北京：人民文学出版社，1979年，第109—110页。

现在形象思维方法的系统阐发上。刘勰把审美的过程，明确视为形象思维的过程。这一过程，大致由“物色”“神思”“情采”“指瑕”“知音”等阶段组成。对此，他一一进行了具体阐述。

“物色”，就是对美的发现，它通过观察、感受与采集去完成，是一个“神与物游”“物与神交”的心理过程。它的方法论的要领是：“物有恒姿，而思无定检”（《物色》），体貌有尽，而心思无穷。因此，体物之妙，不在追求形似，而在得其精神。要得其精神，不在“窥情风景之上，钻貌草木之中”（《物色》），而贵在心理的把握，使“物色尽而情有余”。唯有如此，才能收到“情往似赠，兴来如答”（《物色》）的良好效果。

“神思”，就是美的整化，也就是对美的构思，这是一个以想象为纽带、以意象的整一化为目的的“神用象通，情变所孕，物以貌求，心以理应”的心理过程。它的方法论要领是：“陶钧文思，贵在虚静，疏瀹五藏，澡雪精神。积学以储宝，酌理以富才，研阅以穷照，驯致以怿辞。然后使玄解之宰，寻声律而定墨；独照之匠，窥意象而运斤。”（《神思》）刘勰认为，“陶钧文思”的前提，就是“养气”。所谓“养气”，就是顺乎心气之自然，而不必强为。这样，才能虑明气静，自然神旺而思敏。

“情采”就是美的外化，也就是对美的传达。文学是语言的艺术，语言是文学造型的特定手段。运用语言描绘形象，借助形象寄寓感情，凭借感情对大千世界进行审美评价，是文学对美的传达的基本方法。刘勰认为，情与采密不可分，情主内，采主外，情是内容，采是形式，二者应当自然适会：“情者文之经，辞者理之纬，经正而后纬成，理定而后辞畅：此立文之本源也。”明白了这一点，才能“择源于泾渭之流，按辔于邪正之路，亦可以驭文采矣”（《情采》）。

“指瑕”“知音”，就是指对美的传播所作出的反馈。“指瑕”是一种指出美的传达中的瑕疵的负性反馈，“知音”是一种对美的传达进行鉴赏和共鸣的正性反馈。二者都发生在写作的另一极——读者身上，标志着写作运动的最后完成，也标志着审美运动的最后完成。

这些美学论述，不仅是中国美学思想的最高综合与总结，也是中国美学思想的革命性的突破和发展，具有前无古人、后启来者的学术品格。把该著视为中国古代美学理论的最高成就与世界古代美学理论的最高成就，允无愧色。

3.“心学”品格

该著并非专门“心学”著作，但就其认识论依据来说，却是一部以“心学”为指导思想的著作。“心”，是该著中使用频率仅次于“文”的词，总共出现114次，渗入全部内容之中，而又自成体系。其卓越的科学品格，可概括为以下方面。

（1）对心的本体的深刻阐发。刘勰是我国第一个对心的本体进行探索和揭示的学者。他明确认为，“文心原道”，道是万物的本原，也是文心的本原。“道”，就是宇宙运动的总趋势和总规律，是客观性与物质性的存在。这就赋予他的命题以鲜明的唯物色彩。所谓“人禀七情，应物斯感。感物吟志，莫非自然”(《明诗》)，所谓“情以物迁”“随物宛转”，所谓“目既往还，心亦吐纳”（《物色》），就是这种能动反映论的确证。正是在宇宙运动的总范畴中，文心获得了陆机《文赋》所谓“笼天地于形内，挫万物于笔端”的概括力量，为“以心总文”的写作战略提供了终极性的理论依据。

（2）对心之美的明确追求。将美引入“心学”的范畴，将心引入美学的范畴，实现二者的双向渗透，以心之美作为“为文之用心”的明确追求，这是刘勰在“心学”与美学双重开拓中的一大创举。

刘勰明确认为，美原于道，与天地并生，是万物的普遍属性，也是心所固有的属性:“夫以无识之物,郁然有彩;有心之器,其无文欤?”（《原道》）广义的“文”，就是美饰，与美的内涵相通。“言以文远”的论断，实际就是对“心以文远”的论断，也就是对“心以美远”的论断。“心哉美矣”，就是他对心之美的总论断，也是他对心之美的崇高评价与明确追求。这一追求的最高境界,就是“风骨”。“风骨”是美的本质，对“风骨”的追求，是一种逼近本质的追求，它赋予文心之美以更加高远的目标。

对心之美的明确追求，必然使该著具有鲜明的美学心理学的理论品格。其博大精深的论述，至今还具有使人耳目一新的启示意义。

（3）对心之力的明确追求。对心之力与美之力的自觉追求，同样是刘勰的一大创举。在中国文化史上，第一个提出“心力”概念的人，就是刘勰：“博见为馈贫之粮，贯一为拯乱之药，博而能一，亦有助乎心力矣。”（《神思》）

“心力”概念直接或间接地广泛见于《文心雕龙》全书：“鼓天下之动者存乎辞。”(《原道》)辞的内核即心。辞之力本于心之力。心之力不仅可以跨越空间，也可跨越时间：“百龄影徂，千载心在。”（《征圣》）“寂然凝虑，思接千载；悄焉动容，视通万里。”（《神思》）

“思理之致”，也就是“心理之致”，是“心之力”之所致。而“风骨”，则是它的集中体现：“练于骨者，析辞必精；深乎风者，述情必显。捶字坚而难移，结响凝而不滞，此风骨之力也。”（《风骨》）因此，对风力骨力亦即心力的追求，必然成为最高美学原则，也是美学创造的制胜之道：“蔚彼风力，严此骨鲠。才锋峻立，符采克炳。”（《风骨》）

（4）以心总文的卓越战略。既然心之力具有如此巨大的制胜效益，那么，“以心总文”的“总术”，必然成为写作的总体战略。这一总体战略，不仅是一大美学创举，也是一大“心学”创举。“总术”者，总揽之术，亦即“乘一总万，举要治繁”的原理和方法。既然文心是写作运动的根本，那么，只要抓住了这个根本，就可以带动全局：“情者文之经，辞者理之纬，经正而后纬成，理定而后辞畅：此立文之本源也。”（《情采》）这就是该著最根本的立意之所在：“文果载心，余心有寄。”（《序志》）刘勰用心之深，心术之巧，尽在此中矣。

（5）对美学心理的系统阐发。对美学心理的系统开掘，赋予美学以心理学的视野，实现美之术与心之术、美之力与心之力的妙合无痕，是该著的一大创举。具体表现在两个方面：一是文心范畴的创建。刘勰是中国历史上第一个提出“文心”范畴的人。他给“文心”所下的定义是：“文心者，言为文之用心也。”（《序志》）文心即写作的用心，也就是写作过程中系列的心理活动，简称为写作思维。刘勰认为，写作思维与一般性的思维的最大不同之处，就在于它的审美性：“心哉美矣”（《序志》），“形立则章成矣，声发则文生矣。夫以无识之物，郁然有彩，有心之器，其无文欤”（《原道》）。刘勰巧妙地利用了“文”的含义的多重性，既赋予了“文”以“文章”的内涵，又赋予了它以“文饰”——美的内涵，将两个既有联系又有区别的概念潜移默化地融合在一起。这个“前无古人，后启来者”的具有独创性的范畴，是该著“以心总文”的“总术”的理论依据。它为美学心理学向写作学的深层渗透，提供了坚实的工作平台。

二是对文心范畴中诸多关系的系统阐述。文心范畴中的诸多关系，都在该著中得到了具体的阐发。其一，对文与心的关系的揭示。刘勰认为，文与心都本原于道，属于“道”的总范畴。就文来说，它是道的自然运动的感性形态：“夫岂外饰，盖自然也。”就心来说，它是道的自然运动的内在浓缩。“夫以无识之物，郁然有彩，有心之器，其无文欤。”（《原道》）在道的前提下，文与心构成了有机的统一。文是道的外现，心是道的内蕴。“辞之所以能鼓天下者，乃道之文也。”（《原道》）“文心”，就是“道之文”在人的写作心理运动中的总范畴。其二，对心与物的关系的揭示。刘勰明确认为，心物之间，存在着感召与呼应的关系：“人禀七情，应物斯感。感物吟志，莫非自然。”（《明诗》）这种感应的关系，实际是一种双向交流的关系：或是以心逐物，“随物以宛转”，或是物来感心，“与心而徘徊”（《物色》），二者是密不可分的统一体。而美，就是二者的“密附”所生发出来的自然结果：“春秋代序，阴阳惨舒，物色之动，心亦摇焉。”（《物色》）其三，对心与辞的关系的揭示。刘勰认为，“道心惟微”，无由自现，必须凭借载体才能显出。此“心之器”，就是语言：“心生而言立，言立而文明，自然之道也。”（《原道》）二者的关系是主与从、表与里关系：“情者文之经，辞者理之纬；经正而后纬成，理定而后辞畅。”（《情采》）其四，对辞与文的关系的揭示。辞是心的物质外壳，文是辞的美学形态。刘勰认为，“言以文远”，语言靠文采才能流传久远。辞与文的统一，实质上是质与文的统一：“夫水性虚而沦漪结，木体实而花萼振：文附质也。虎豹无文，则鞟同犬羊；犀兕有皮，则色资丹漆：质待文也。”（《情采》）二者密不可分，缺一不能为济。

这些论述，不仅实现了中国古代心理学的体系化，也使它在基本范畴上获得了极大拓展，为美学心理学的发展奠定了坚实基础。将该著视为美学心理学的经典之作，是当之无愧的。

4. 社会学品格

该著并非研究社会问题专著，但就其指导思想而言，却具有鲜明的社会批判色彩，体系严密，具有完整的学术品格。具体表现在以下方面。

（1）写作宗旨的社会性。该著的宗旨，具有明确的社会干预属性：矫正当时浮靡讹滥的文风与世风。刘勰所处时代，是一个战乱频繁、“礼崩乐坏”的时代。儒家经典对社会的控制力量已经严重动摇，社会风气追逐浮华，陷入了全面腐败之中：“去圣久远，文体解散”“离本弥甚，将遂讹滥”（《序志》）。刘勰认为，这是对于民族文化传统的严重背离，毅然起而抗之，进行矫正：“盖《周书》论辞，贵乎体要；尼父陈训，恶乎异端：辞训之异，宜体于要。于是搦笔和墨，乃始论文。”（《序志》）

（2）对社会风气的批判。文风本原于世风，世风决定着文风。要想解决文风的问题，必须兼及世风的问题。因此，该著的批判指向，不仅是针对不正的文风的，也是针对不正的世风的。它对世风的批判，集中在门阀制度带来的世庶悬殊上。对此，他通过写作学的阐述，表达了系列的看法。

其一，对世族权贵两重人格的揭露。

> 古之将相，疵咎实多。至如管仲之盗窃，吴起之贪淫，陈平之污点，绛灌之谗嫉，沿兹以下，不可胜数。孔光负衡据鼎，而仄媚董贤，况班马之贱职，潘岳之下位哉！王戎开国上秩，而鬻官嚣俗，况马杜之磬悬，丁路之贫薄哉！（《程器》）

这一段文字，并非对个别现象的抨击，而是运用借古证今和以古讽今的方式，对专制社会的腐败性的普遍规律进行透辟的揭示。表面上是揭露古代将相的表里不一，实际是针砭当时门阀世族的道德虚伪和人格腐败。

其二，对谀贵诮卑的社会恶习的抨击。

> 将相以位隆特达，文士以职卑多诮，此江河所以腾涌，涓流所以寸折者也。（《程器》）

“东方恶习，尽此数语。”（鲁迅《摩罗诗力说》）刘勰对等级森严的门阀制度所产生的势利恶习的愤懑与不平，亦从此数语中和盘托出。

其三，对权贵尸位素餐的揭露和讥刺。

> 士之登庸，以成务为用。鲁之敬姜，妇人之聪明耳，然推其机综，以方治国，安有丈夫学文，而不达于政事哉！（《程器》）

这是借妇人“以方治国”之聪明，来反讥当时权贵学文而不达政事的昏聩。它对时弊的针砭，可谓一针见血。

其四，对武备荒弛的忧虑和警示。

> 文武之术，左右惟宜。郤縠敦书，故举为元帅，岂以好文而不练武哉！孙武兵经，辞如珠玉，岂以习武而不晓文也！（《程器》）

只要参照一下当时的时代背景，对此中的立意就会了如指掌。刘勰“文武并重”的主张，就是针对此种社会颓风所做的矫正。

其五，对为国进贤的呼吁和期待。

> 君子藏器，待时而动。发挥事业，固宜蓄素以弸中，散采以彪外，楩楠其质，豫章其干，摛文必在纬军国，负重必在任栋梁，穷则独善以垂文，达则奉时以骋绩。若此文人，应梓材之士矣。（《程器》）

这既是寒士不遇于时的愤懑、自励、自勉，是对压抑人才的门阀制度的抨击，也是对为国进贤的呼吁和期待，都是着眼于社会而发的。

（3）解决社会问题的总战略。刘勰认为，文风问题与世风问题，都是“去圣久远”，离本脱范所造成的。要正世风，必须先正文风。要正文风，必须先正文心。实现这一系统工程的关键，就是后人所称谓的“以心挽劫”：通过文心，矫正人心，通过人心，矫正世风，使天下复归于治。

这种力量，刘勰称之为“羽翼经典”的力量。显然，这一构想具有乌托邦的成分。但是，作为一种文化理想来说，却是极其高远的，而且事实上也在中国文化的发展中产生了巨大的影响。唐代文化的繁荣与文风、世风的刚健，是与这一整体战略的前驱作用分不开的。

## 二、《文心雕龙》结构论探析

“系统的性质不单由要素决定，还要由结构决定。”[①] 要想对事物进行整体性把握，必须在要素性把握基础上，进一步进行结构

① 杨春时等编著：《系统论信息论控制论浅说》，第 13 页。

性把握。任何事物的结构都具有层次的属性,《文心雕龙》同样如此。析而分之,该著的整体结构由两个相与统摄的结构层面构成:外在系统结构和内在系统结构。下面,试对此作出系统性剖析。

### (一)外在系统结构

《文心雕龙》的外在系统结构,就是以文本作为依据的可见性的篇章组合。在《序志》中,刘勰曾对这一自成体系的篇章组合作过概括性介绍。根据介绍可知,全书内容分上、下二篇。上篇包括两部分:枢纽论和文体论,共二十五篇。下篇包括三部分:创作论、批评论与序志论,同样二十五篇。下面试根据传统的体认模式,对篇章间的网络关系进行具体阐述。

#### 1. 文之枢纽

自《原道》至《辨骚》五篇,是该著第一部分,被称为"文之枢纽",开宗明义地提出了它的理论核心和基本法则。

(1)《文心雕龙》的理论核心。《文心雕龙》的理论核心,明确地体现在道、圣、经三位一体的结构中。《原道》是开篇之作。刘勰之所以将其置于如此重要地位,是因为它讲的是"文"的本原问题,这是其全部理论的核心依据。他明确认为,文原于道,实天地之心,与天下万物一样,都是"道"的体现。所谓"道",就是宇宙运动的总动势和总法则,其集中表述,就是"自然"。刘勰所说的"文",有广狭二义。广义的"文",指宇宙万物的感性形态,泛指文采。狭义的"文",专指"人文",也就是用语言文字来表现的文章。将"天文""地文""动植皆文"与"人文"并举而同置于"道"的统率之下,是为了突出人文的本体属性。"道"是万事万物的总范畴,将万事万物置于它的统率之下,不仅具有终极性的权威意义,而且显得天然合理。

但是,刘勰并没有停止在对"文"的广泛意义的说明,在此基础上，他还进一步从“人文”的起源、发展，对其本质和特点进行了深度挖掘。他以古史为据，明确认为《周易》的八卦这种准文字的录记符号是人文的起源：“人文之元，肇自太极。幽赞神明，《易》象惟先。”（《原道》）这些阐释，实际就是对“文以载心”的根由及其重要作用的深刻论证，也是对写作本质的明确认定和深刻论证。

但是“道”的规律毕竟属于普遍规律的范畴，道心不能自现，并不能直接制约和指导写作的运动，而必须借圣以征。圣人已远，必须借经以宗。因此，作为道的人文化和具体化，道、圣、文必然凝聚为三位融会的整体：“道沿圣以垂文，圣因文而明道。”（《原道》）具体表现在写作运动中，就是：“原道心以敷章，研神理而设教。”（《原道》）“神理”者，心理也。这一整体结构的核心，就是文心。文心就是道心、圣心、经心的总集合，也是作者志气的总符契。“文心”是《文心雕龙》的理论核心，《原道》《征圣》《宗经》的三位一体结构，就是这一理论核心得以娩出的理论前提。

（2）写作运动的核心法则。该著三位一体的理论核心，从哲学高度实现了美学、“心学”与写作学的融合，赋予写作学一种特殊的宏观视野。在这种“美——心——文”一体化的理论体系中，写作不再是一般意义的文字表达活动，而是以美为经、以心为纬、以鼓天下之动为用的系统活动。为此，在“文之枢纽”中，从整体的角度相应地提出了写作运动的核心法则：自然法则，奇正相生法则，文质并茂法则。

一是自然法则。自然性是宇宙运动的总属性，也是文心运动的总法则。在“文之枢纽”中，刘勰对此进行了深刻的阐发和明确的标举：“心生而言立，言立而文明，自然之道也。傍及万品，动植皆文……夫岂外饰，盖自然耳。”（《原道》）自然，即自然而然，不假外力，也不加矫饰之谓。自然不仅是“文心”在认识论上的总依据，也是它在具体运作中的总法则和总价值取向。这是该著向浮靡讹滥的文风发起攻击的最直接的战斗武器。标举自然，必然反对矫伪。古代纬书，就是矫伪的典型。为了树立经的权威，也为了树立自然法则的权威，实有进行“打假”的必要。于是，《正纬》篇也就进入了“文之枢纽”之中。但是，他对纬书并不一概否定，而是采取具体分析态度：“芟夷谲诡，采其雕蔚。”（《正纬》）这种一分为二的态度，实际上反映了一种重视文采的审美要求和审美标准。

二是奇正相生法则。刘勰对经的标举，并非简单重复和生硬移植，而是一种与时俱进的继承和开拓。这一思想，清晰表现在《辨骚》的内容中。刘勰对骚的辨正，实际是对文章传统的辨正，也是对文学新变的辨正。刘勰认为，正确的传统不仅是宗经的，也是宗骚的。宗经并非封闭式概念，而是一个开放式概念。宗骚并非否定传统的概念，而是一个有所遵循的概念。世界常变常新，传统常变常新，这是宇宙运动的自然趋势，但就其基本结构要素来说，又是具有恒常的属性，总是按自身规律而运行的。辨骚，既是确定文学传统的地位，也是确定文学新变的地位。新变必须在遵循传统的基础上进行，传统必须在促进新变的前提下发展，二者之间是继承与发展的对立统一关系。刘勰由此归纳出一条重要的文章法则：“酌奇而不失其贞，玩华而不坠其实。”（《辨骚》）这一法则，贯穿于全书之中：

> 奇正虽反，必兼解以俱通。（《定势》）
>
> 览华而食实，弃邪而采正。（《诸子》）

正是对奇的规范，奇是对正的发展。二者相离而两失，相得而益彰。

三是文质并茂法则。刘勰对骚的辨正，也是对文与质关系的辨正。楚辞的出现，是儒家经典文风的一大嬗变。刘勰指出，楚辞文风的特色,就在一个“艳”字：“金相玉式,艳溢锱毫。”(《辨骚》)“艳”，就是重视文采。文采是文章的固有形态，但是，绝非可以随意外加的东西，而必须是内在情思的自然流露：“夫岂外饰，盖自然耳。”（《原道》）正确的做法只能是文与质的并茂：“玩华而不坠其实。”（《辨骚》）

这些核心法则，贯串于该著全书。

2. 文体论

此部分被作者称为“论文叙笔”部分，从《明诗》到《书记》共 20 篇，专述文体区分的基本理论和文体运作的基本要领。

文体论的基本纲领，被刘勰明确表述为下面一段话：“原始以表末，释名以章义，选文以定篇，敷理以举统，上篇以上，纲领明矣。”（《序志》）这四条纲领，就是《文心雕龙》构建文体论体系的基本依据。所谓“释名以章义”，就是诠释文体之名，揭示所以命名之义，也就是循名以责实。“释名”是以文字为依据对文体之名进行训释，“章义”是依据训释对文体的本质特征进行概括，揭示该体命名的意义之所在。字训一般采取传统声训方式，“章义”则是他自己的精辟发挥。所谓“原始以表末”，就是推究文体的渊源缘起，阐述文体的流变轨迹。从实质上看，也就是一种“振叶以寻根，观澜而索源”（《序志》）的历史性考察，是对全过程的系统把握，使文体的本质性特征，显示得更加充分。所谓“选文以定篇”是选出该体的代表性作品，权衡得失，树立楷模。通过正反对照，示人以学习仿效的典范。所谓“敷理以举统”，就是敷陈该体文章的写作原理，标举其体制格局与写作要领，从而将文体的体制格局与写作要领揭示无遗。

这些阐述，既是具体的，又是概括的，既是历史的，又是逻辑的，将微观与宏观，事实与规律，理论与实践，纵横交错地链接在一起。犹如四根支柱，有力地支撑起文体论的大厦，标志着古代文体论的成熟，而且为下一步创作论的开拓，提供了坚实的工作平台。

3. 创作论

“剖情析采”的创作论，由《神思》到《总术》及《物色》二十篇专论组成。

刘勰的博大视野不仅表现在对文体论的体认上，也表现在对创作论的把握上。刘勰创作论的“笼圈条贯”，是在“剖情析采”的独特的心理平台和语言平台上进行的。刘勰明确认为，创作不仅是一个文字表达的过程，更主要地是一个以言载心的过程。创作的运动，实质上是文心的运动。《神思》，就是对创作的思理机制所作的专门阐述，又是文心运动中所有范畴的总汇集，完成着一身而二任的学术使命。

文心运动的总范畴，被刘勰集中表述在下列文字里：

> 故思理为妙，神与物游。神居胸臆，而志气统其关键；物沿耳目，而辞令管其枢机。枢机方通，则物无隐貌；关键将塞，则神有遁心。是以陶钧文思，贵在虚静，疏瀹五藏，澡雪精神。积学以储宝，酌理以富才，研阅以穷照，驯致以怿辞，然后使元解之宰，寻声律而定墨；独照之匠，窥意象而运斤。此盖驭文之首术，谋篇之大端。（《神思》）

这段话作为“驭文之首术，谋篇之大端”，明确提出了文心运动中内在的结构要素与结构关系，引领着创作的全过程。以此为据，刘勰提出了“物—意—言”三位一体的卓越见解。所谓“物”，是指客观世界的运动，它是文心得以生发的根本原因。所谓“意”，是指作者的心灵对外物的感应，它是心物交融的结果。所谓“言”，就是用以载心的媒介。它们之间的结构关系，渗透于本部分的全部篇章之中。

一是物与情的关系。“神与物游”，就是通常所说的心物交接、情景交融的关系。这是人类情思借以生发的根由，也是文心运动的起点。这一论点的充分展开，就是《物色》专章。

二是言与物的关系。刘勰认为:“物沿耳目，而辞令管其枢机。”（《神思》）辞令，是事物的符号；对物的表现，必须在辞令基础上进行。这一论点的充分展开，就是《练字》《章句》《声律》《情采》《指瑕》等专章。

三是意与思的关系。意是思的精化，也是思的成熟，思是意的过程，也是意的孕育。所谓“意授于思”，实质上是一个兴象的意象化或逻辑化的飞跃过程。这一飞跃，是通过“神思”来实现的，神思也就是构思。构思是对文章的全面筹划，从立意到篇章结构，再到表达方式，都是它的设计范围，是一种“大脑中的建筑”。该著中的《神思》《定势》《情采》《镕裁》《附会》等专章，就是意与思关系的具体阐述。

四是意与言的关系。“言语者，文章关键，神明枢机。”（《声律》）语言是传达文心的唯一媒介。文心工程不仅是一项思维工程，也是一项语言工程，从本质上看，它是一项“以心总文”的系统工程。语言与思维相并而行，自始至终参与写作的全部过程，而在文心的外化阶段，语言则扮演着决定性的角色。所谓“言授于意”，就是将文思化为语言，赋予它以确定的物质形态。文章，就是这一物质形态的最后完成。该著中的《声律》《章句》《丽辞》《比兴》《夸饰》《事类》《练字》《隐秀》《指瑕》等专章，就是对言意关系的具体阐述。

五是文心与民族美学理想的关系。每个民族都有自己的美学理想，这一美学理想原发于民族的性格，体现着民族文化的基本精神。中华民族是一个至大至刚的民族，它在美学上所追求的也必定是一种至大至刚的境界。“风骨”就是我们民族这一美学追求的集中体现。所谓“风骨”，就是蕴涵在感情中的生气和感染力，它上应于天地之心，下寓于人生事义，既是“化感之本源”，又是“志气之符契”。这种追求的最大特点，就是它的美学理想与其力学追求的融合为一。《风骨》篇就是此一认识的具体阐述。

六是通与变的关系。对通与变的论述是刘勰创作论中的核心内容，《通变》篇就是对这一论题进行全面探讨的专章。他认为，创作既具有“变则其久”的属性，也具有“通则不乏”的属性。所谓通，指对规律与规范的遵守和继承，所谓变，指对材料与方法的创新和变革。这就是他所昭示的：“夫设文之体有常，变文之数无方。”（《通变》）这两方面，必须紧密结合而不能分离。只有遵守这一具有根本意义的美学法则，文学创作才能进入“骋无穷之路，饮不竭之源”的理想境界。其具体渠道，主要有两条：一是“凭情以会通，负气以适变”，一是“望今制奇，参古定法”（《通变》）。

七是分与总的关系。文心是一个系统活动，有术有门，纵横交错，涉及范围极其纷繁复杂。刘勰认为，要想对它进行全面把握，必须运用“乘一总万”的方法。这种方法，被刘勰称为“总术”。“总术”者，总揽之术也。总揽，就是抓住主要矛盾，带动全盘。这一主要矛盾，就是文心。总揽之术，即“以心总文”之术。抓住文心，就足以带动全局：“乘一总万，举要治繁。”（《总术》）

这七个方面的内容，构织成一个严密的系统网络，将创作过程中所涉及的各个阶段和各个方面的原理与法则概括无遗，被认为是该著中的理论精华。

4. 批评论

从《时序》至《程器》的四篇，从文学宏观联系的特定角度，对文风与时代的关系、文学和作家才识及道德水平的关系，提出评论，并对文学批评的原理和方法进行探讨，被学界归入文学批评论的专域。其具体内容，可以概括为以下几个方面。

一是文学与时代潮流的关系。刘勰在《时序》中，从历代政治面貌、社会风气等方面，对作家作品及其发展情况进行了系统性评述，并以此为据对文学与时代潮流的关系进行了系统性的探讨。他高瞻远瞩地认为，“时运交移，质文代变”，文学与时代有着密切关系，它绝非一个凝固的概念，而是一个与世推移的范畴。“文变染乎世情，兴废系乎时序”，这是文学运动的普遍规律。惟其如此，文学创作必须遵守一条基本准则：“趋时必果，乘机无怯。”（《通变》）这一认识，就是它的创作论所具有的开放视野的重要根源，也是文学批评重要的外在依据。

二是文学与作者才识的关系。《才略》篇，就是评论历代名家的才能识略之高下，并进而探讨对其作品风格与艺术成就所产生影响的专章，属于文学批评中的作家论的范畴。纪昀评曰：“《时序》篇总论其世，《才略》篇各论其人。上下百家，体大而思精，真文囿之巨观。”[①] 刘永济解释“才略”二字说：“才略者，才能识略之谓也，属之人。”[②] 可谓切中肯綮之语。

三是文学与作者品行的关系。《程器》是刘勰从品德修养与

① 〔清〕黄叔琳注，〔清〕纪昀评：《文心雕龙辑注》，第 404 页。

② 刘永济校释：《文心雕龙校释》，第 183 页。

政治才能方面评论作家的专章。在刘勰看来，文学批评不只是就文论文，而必须联系作家的思想品德和社会抱负进行。他主张应该文行一致，“贵器用而兼文采”，一个作家应该“楩楠其质，豫章其干”，具有“摛文必在纬军国，负重必在任栋梁”的远大理想，才算是“梓材之士”。如果“务华弃实”“不护细行”，那么文章虽然华美，终归“有文无质”，不可能获得很高评价。唯其如此，品德修养与政治才能不仅是作家修养的主要内容，也必然成为对作家进行批评的基本准则，是知人论世中的重要内容，也是对文心的主体修养的集中开发。

四是对文学批评的原理与方法探讨。《知音》篇就是这一探讨的具体展开。刘勰明确认为，文心以“鼓天下之动”为目的，这一目的是依靠传播与接受而实现的。因此，在文心的运动中，既有“缀文者”的因素，也有“观文者”的因素，二者密不可分：“夫缀文者情动而辞发，观文者披文以入情，沿波讨源，虽幽必显。”（《知音》）文心的传播与接受，是作者因素和读者因素二者交相作用的结果。关键就在于鉴赏和品评，才能真正发现作品的价值并促成作品价值的实现：“盖闻兰为国香，服媚弥芳；书亦国华，玩绎方美。知音君子，其垂意焉。”（《知音》）

但是，要达到“知音”的境界，并非易事：“知音其难哉！音实难知，知实难逢，逢其知音，千载其一乎！”（《知音》）造成这一困难的原因，一方面在于心理定势的拘囿，一方面在于知识的障碍。再加上作品风格的多样化和读者个性的多样化，更给接受带来诸多障碍。消除这些障碍的关键，就在于“博观”。他还对作品的鉴赏，提出了“六观”的具体方法。这既是作者对文心进行表达的基本要领，也是实现读者对文心进行接受的基本要领。

四篇专论谈的都是文学批评的准则，但角度各不相同。《时序》

篇谈的是“趋时”论的批评准则，《才略》篇谈的是才识论的批评准则，《程器》篇谈的是品德论的批评准则，《知音》篇谈的是鉴赏论的批评准则。四篇专论在理论视野上各有侧重，但它们之间的内在联系，却又是极其紧密的。

5. 序志

《序志》是该著“长怀序志，以驭群篇”的总序，是作者与读者之间的直接对话，目的是使读者对全书有一个总体印象。它着重说明以下问题：

其一是阐述书名含义。“文心”是“为文之用心”，“雕龙”指雕蔚龙文，比喻“古来文章，以雕缛成体”。“文心雕龙”四字，应作一个偏正结构来解读：“雕龙”是正，指动作内容。“文心”是偏，指动作凭借。合而言之，即借“文心”以“雕龙”之谓。亦即：发挥心的优势，进行美的制作。这就是全书总的战略主张。这一战略主张，将心与美有机地融合为一体，赋予了该著一种独特的学术品格：美学心理写作学。“文心雕龙”四字，就是这一独特学术品格的鲜明标示。

其二是说明撰写的目的。撰写的目的有三：一是树德建言，超越时空，扬名后世：“君子处世，树德建言。岂好辩哉，不得已也。”二是敷赞圣旨，论文致用，端正社会上的讹滥文风：“文章之用，实经典枝条……而去圣久远，文体解散，辞人爱奇，言贵浮诡，饰羽尚画，文绣鞶帨，离本弥甚，将遂讹滥”，“于是搦笔和墨，乃始论文”（《序志》）。三是振叶寻根、观澜索源，弥补前人写作学理论之缺失，陈述“先哲之诰”，以益“后生之虑”。

其三是介绍全书的基本内容和结构体系。刘勰在《序志》篇中，把全书分为“文之枢纽”“论文叙笔”“剖情析采”三大组成部分。“文之枢纽”是全书的理论纲领，包括《原道》《征圣》《宗经》《正纬》

《辨骚》五篇，旨在阐明《文心雕龙》“本乎道，师乎圣，体乎经，酌乎纬，变乎骚”的指导思想和理论基础。“论文叙笔”是全书的“文体论”部分，其中包括有韵之“文”和无韵之“笔”两大体群，共计二十篇，涵盖三十五个文种。大体按照“原始以表末，释名以章义，选文以定篇，敷理以举统”四个方面加以系统阐述。“剖情析采”是全书的“创作论”部分，共计二十四篇。它在“论文叙笔”的基础上，“笼圈条贯：摛神性，图风势，苞会通，阅声字”（《序志》），并论述了创作实践中的“情采”“镕裁”“章句”“比兴”“夸饰”“事类”“隐秀”“才略”“知音”“时序”“程器”等诸多问题，而以《总术》作结。总术，即总揽之术，也就是“以心总文”之术，是对全书写作方法论的系统总结和特别强调。它以全书写作方法的最高纲领的地位，将写作的方法全部纳入了文心的统摄之下，而使该著在理论品格上出现了质的飞跃。

其四是表明该著与前人论见的关系：“有同乎旧谈者，非雷同也，势自不可异也；有异乎前论者，非苟异也，理自不可同也。”（《序志》）作者对此采取的态度是：“同之与异，不屑古今，擘肌分理，唯务折衷。”（《序志》）回顾“茫茫往代”，作者致以“既沉予闻”的衷心感谢；遥望“眇眇来世”，作者致以“倘尘彼观”的诚挚祝愿。

以上诸多理论内容，在文本上构成了该著外在的工作平台。这一外在的工作平台，就是“为文”——文章写作学体系，也就是范文澜所说的“文章作法”。写作学是其基本学术实体，也是其基本操作平台。该著的全部内容，无论是枢纽论、创作论、文体论、批评论，都是依托“为文”这个平台展开的。这一结构事实，就是诸多学者将“龙著”这一巨制称为写作学著作的逻辑根由。

### （二）内在系统结构

除了外在工作平台之外，《文心雕龙》还有一个内在的指挥平台存在。该著内在的指挥平台，就是融摄于写作学中的内在的指导思想。《文心雕龙》的指导思想，由哲学、美学、心理学、社会学四大学科组成，这四大学科的统一范畴，构成一个对写作运动具有优势控制作用的指挥中心，这就是它所标举的“为文之用心”。这一指挥中心卓越的学术品格，赋予它的工作平台以同样的学术品格。这种深层次的学术品格凭借浅层次的学术品格以自见，却又具有自己独立的学术地位和完整的学科体系，独标一格，斐然成家。四大指导性学科因聚焦写作学而实化，写作学因四大指导学科的切入而博大精深。这一个五维式的认识角度，在世界文学史、美学史与写作学史中，都是独标一格的。

这两个平台之间的结构关系，具体表现在以下两个方面：一是指挥平台内部的结构关系——交互作用的关系，一是指挥平台与操作平台之间的结构关系——上下统摄的关系。这一复杂的网络关系，可以概括在下面的图像里：

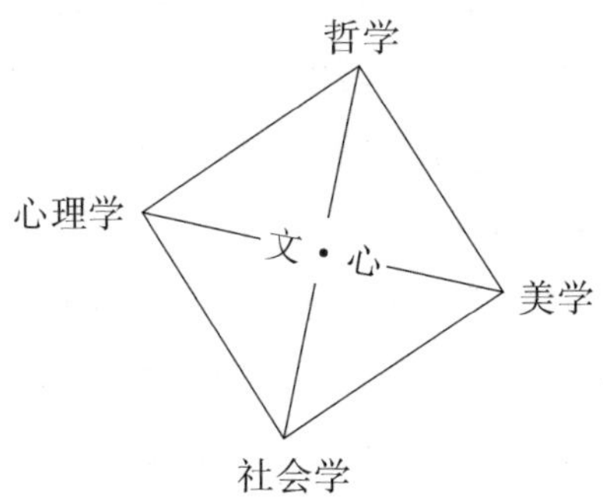


从图像可以看出：指挥平台内部的系统结构，由哲学、美学、心理学、社会学四大层面组成。该著的这些深层性品格，集中体现在它的枢纽论和序论中，也渗透于全著各个篇章的具体阐述中，指

引着并统摄着整个理论系统的有序运行。其中，哲学是枢纽，是该著认识论的总依据。美学与心理学是两翼，是该著方法论的总依据。社会学是鹄的，是该著方向论的总纲领，是它的总价值取向和总工作目标。而“文心”，则是四者的总交汇，以为文之用心总领着为文之运行。其系统关系是：以哲学为总纲，发挥美学与心理学的方法论优势，在社会学的总价值取向下，以文心为焦点，对写作学进行深层切入与统摄，以实现其“鼓天下之动”的目的。

指挥平台与操作平台之间的系统链接，就是“文心”。二者的系统关系，是虚与实、表与里、基础与上层建筑之间的关系。其系统机制是：在哲学的宏观统率下，以写作学为特定的认识对象，在“心哉美矣”和“为文之用心”的特定界面上，以美学统心理学，以心术总文术，实现端正文风与世风的历史使命。

《文心雕龙》这一内在理论结构，就是“龙学”界众多学者将其整体性质直接定位于以上学科中的某个特定学科的原因。

## 三、《文心雕龙》功能论探析

一个系统的要素与结构，都是受其功能统摄，并以其功能的实现为终极目的的。唯其如此，探析系统的运作目的，便成了对系统的整体功能进行把握的直接通道。具体表现在《文心雕龙》中，就是对其撰写目的的揭示和探讨。

该著的撰写目的究竟为何？这与作者所面对和力图解决的文风问题密切相关。魏晋南北朝是文化思想上空前活跃与繁荣的时期，又是统治阶级空前腐败、社会风气浮靡讹滥的时期。社会风气不正在文化领域的集中表现，就是文风的讹滥浮靡。古代文献中对齐梁文风不正的严重状况，有过许多披露。《隋书·李谔传》云：“江左齐梁，其弊弥甚，贵贱贤愚，唯务吟咏。遂复遗理存异，寻虚逐微，竞一韵之奇，争一字之巧。连篇累牍，不出月露之形；积案盈箱，唯是风云之状。”[①] 陈子昂《修竹篇序》说：“仆尝暇时观齐梁间诗，彩丽竞繁，而兴寄都绝。”[②] 释皎然《诗式·明四声》云：“沈休文酷裁八病，碎用四声，故风雅殆尽。”[③]“风雅殆尽”“兴寄都绝”这八个字，一针见血地概括出了齐梁文风的堕落和贵族文人的空虚。

面对此种严重形势，作为孔孟经典忠实信奉者的刘勰，绝不可能袖手旁观，必定奋起抗争，高举传统文化大旗，融会时代文化新质，进行针锋相对的批判和矫正。《文心雕龙》这一巨制，就是他进行战斗的武器。这一明确的战斗目的，清晰地表现在《序志》的表述中：

> 唯文章之用，实经典枝条；五礼资之以成，六典因之致用，君臣所以炳焕，军国所以昭明。详其本源，莫非经典。而去圣久远，文体解散，辞人爱奇，言贵浮诡，饰羽尚画，文绣鞶帨，离本弥甚，将遂讹滥……于是搦笔和墨，乃始论文。(《序志》)

这一鲜明的撰写目的，以坚定不移的战斗态势和批判指向，贯串于该著的全书之中：

> 宋初文咏，体有因革；庄老告退，而山水方滋。俪采百字之偶，争价一句之奇；情必极貌以写物，辞必穷力而追新。此近世之所竞也。（《明诗》）
>
> 榷论之，则黄唐淳而质，虞夏质而辨……宋初讹而新。从

① 〔唐〕魏徵等：《隋书》卷六十六，北京：中华书局，1973年，第1544页。

② 徐鹏校点：《陈子昂集》（修订本），上海：上海古籍出版社，2013年，第16页。

③ 李壮鹰校注：《诗式校注》，北京：人民文学出版社，2003年，第14页。

> 质及讹，弥近弥澹。何则？竞今疏古，风末气衰也。（《通变》）
>
> 昔诗人什篇，为情而造文……而后之作者，采滥忽真，远弃风雅，近师辞赋。故体情之制日疏，逐文之篇愈盛……真宰弗存，翩其反矣。（《情采》）
>
> 自近代辞人，率好诡巧，原其为体，讹势所变。厌黩旧式，故穿凿取新，察其讹意，似难而实无他术也，反正而已……势流不反，则文体遂弊。（《定势》）

矫正文风是该著最基本的撰写目的，但绝不是唯一目的。刘勰的杰出之处，不仅仅在于他提出并从理论上解决了当时严重存在的文风不正的问题，而且在于他站在比文风更高的文化层面上，提出并在理论上解决了这一问题。所谓更高的文化层面，指他在立意上并不是就事论事，就文论文，而是“振叶以寻根，观澜而索源”，对文风问题的根由作出了深刻的系统性思考。他看出了文风的问题，实际是与社会风气相连的，而社会风气的问题，实际就是人风与人心的问题。文风的“离本”，归根结底，是由于人风与人心的“离本”。因此，要解决文风讹滥的问题，必须正本清源地解决人风讹滥和人心讹滥的问题。从人风与人心的高度与深度来观照文风的问题，从文风的实处来矫正人风与人心的失衡与失序的问题，这正是刘勰“乘一总万”的战略思路的出类拔萃之处，也是他的战略目的的博大深邃之处。

正文风，是刘勰撰写该著的基本目的；正人风、正人心，则是刘勰撰写该著的深层目的。这两个目的，一是显性的，一是隐性的；一是直接的，一是间接的；一为战术性的，一为战略性的。前者因后者而深刻，后者因前者而具体，具有表里相成之属性。前者因其明显，已经成为社会共识。后者因其隐微，不易为学界觉察。最先对该著深层目的进行探讨和揭示的是刘永济，“彦和此书亦有匡救时弊之意”，“实乃艺苑之通才，非止当时之药石也”。[①]

该著以文风为切入口，实际牵涉到了广泛的社会问题。其批判指向，从总体意义上看，是针对整个社会的不良风气的，甚至涉及了当时社会体制上的门阀专政所带来的诸多不公平的问题。诚然，这些批判是隐微的，但就其指向来说，却又是极其强烈的。《序志》中所说的“执丹漆之礼器，随仲尼而南行”的梦境，就是他的政治抱负与社会使命感的形象展现。这些深沉的心理信息，将该著深层的子书含蕴充分地透示了出来，并广见于全著之中。《程器》中的社会批判，就是具体例证。正因如此，必然赋予该著以鲜明的子书色彩。刘永济由此顺理成章地得出结论：“然则舍人此论，不特有斯文将丧之惧，实怀神州陆沉之忧矣，安可谓之不为典要哉？学者借古镜今，于世风俗尚，孰是孰非，当知所取舍矣。”[②]

该著的社会批判指向和社会导向作用，是广见于全书的。《风骨》不仅是对文风的美与力的正面倡导，也是对人风与世风的美与力的正面倡导。《通变》不仅是对文风变化规律的理性概括，也是对社会运动的普遍规律的概括。“穷变通久”“望今制奇，参古定法”的战略思想与战略对策，不仅适用于文风的建设，也是适用于人风与世风的建设的。

由此可见，该著的撰写目的，确实具有明显的双维属性。但这并不是两重目的的凌乱堆积，而是二者之间的水乳交融。该著的巧妙之处就在于，它将深层的撰写目的潜移默化于其基本目的之中：着手处虽在文风，终极鹄的实在人风。二者交集于人心，焦点也就是人心。人心正了，就可“乘一总万”，文风、人风、世风一切都

① 刘永济校释：《文心雕龙校释》，第1、192页。

② 刘永济校释：《文心雕龙校释》，第189—190页。

会随之端正。刘勰之用心可谓深矣。

该著撰写目的的双维性，也表现在作者的个人动机与社会动机的有机融合上。刘勰撰写该著的个人动机，明确在《序志》中表述："君子处世，树德建言。岂好辩哉不得已也。"树德建言，以实现个人生命的价值，这是刘勰撰写该著的个人动机。但这一个人动机并不自外于社会，而是包容于社会之中的。因为他的"树德建言"，并不是一项个人的事业，而是一项端正文风、人风与世风的社会性事业。他的个人价值的实现，正是在社会性的事业中完成的。这种价值观，正是经典儒学思想的本质性内涵。矫正文风与世风，就是他"随仲尼而南行"的具体行动。个人意向因社会功利而实现，社会功利因个人意向而强烈鲜明。二者之间的辗转强化，就给该著的撰写注入了一种特别强大的精神动力。这也是该著之所以千载长新的一个重要的主体原因。

该著撰写动机的目标指向，决定了它在学科属性上，也必然具有同样的表现：旗帜鲜明的社会建言指向和社会批判指向。

## 四、《文心雕龙》机制论探析及其整体性质定位

任何事物都是多样性的有机统一，《文心雕龙》同样如此。该著的属性是多维的，但并非多种属性的简单堆积，而是它们的系统总和。所谓总和，是指对全部属性的一无所缺地兼容和并蓄，构成一个完整的系统。所谓系统，是指所有的属性，都统属于一个整体，按照统一的工作机制运作。正因如此，该著体大虑周的整体性学术品格，绝非简单的学术切割所能尽悉底蕴，而只能完整地体现在其集要素、结构、功能于一体，熔哲学、美学、心理学、社会学、写作学为一炉，汇外在工作平台与内在指挥平台为一总的终极性的系统机制里。系统机制者，事物系统结构与系统功能所镕铸而成的总

体性运作原理之谓。具体表现在该巨制中，就是其核心性的理论纲领——“为文之用心”。

“为文”是对其外在工作平台系统结构与系统功能的全息概括和集中表述。“为文”，就是制作文章。制作文章，就是这一基础性工作平台的全息内容。由此表现出来的学术性质，就是文章写作的科学。文章写作学，就是这一巨制在基本样态上的学术性质的集中概括。这就是“龙学”界经历近百年争论之后，对该著的写作学属性普遍认同的根由。

这一认同无疑是正确的，但并非全面的，因为决定《文心雕龙》的整体性质的，除了外在工作平台系统机制之外，还有更高层次的内在指挥平台存在。这一内在指挥平台，就是统摄外在工作平台的更高层次的系统结构。这一更高层次系统结构在整个系统中发挥着“用心”的系统功能。“用心”，就是这一巨制的内在指挥平台的系统结构和系统功能所镕铸而成的系统机制的总体概括。就其具有统摄意义的学术内容而言，主要包括以下四个方面：哲学、美学、心理学、社会学。其中的每一个方面，都能对整体功能产生重大影响，这就是近年来“龙学”界诸多学者将该著整体性质定位于其中某种学科范畴而引为时髦的根由。但是这种定位的不全面性也是显而易见的，因为事物的整体性质从来都由其系统的整体功能决定，而不是由某一单项功能决定的，否则，就会陷入刘勰所说的“东向而望，不见西墙”（《知音》）的认识论泥坑而不能自拔。当代诸多学者凭借单科学术性质对整体学术性质进行定位的逻辑缺失，就在这里。

该著整体性质的终极定位依据，只能是其工作平台与指挥平台的系统结构和系统功能所融会而成的总系统机制。刘勰在该著中所标举的“为文之用心”，就是对这一总体性系统机制所作出的总概括和总表述，也是对该著整体性质作出终极定位的总依据。这一总依据由两个关键性部件所构成：一是为文之术，即其基础平台之术，也是其基础平台所禀之性。一是用心之术，即其指挥平台之术，也是其指挥平台所禀之性。一言蔽之，即凭文以载心和凭心以驭文的融合为一的总术和总理。刘勰所说的“文果载心，余心有寄”（《序志》），刘永济对《总术》篇所作的深刻体认“本篇所谓总者，即以心术总摄文术而言也”[①]，就是对此中的总体机制所作的揭示和强调，也就是我们解读《文心雕龙》总体学术性质的总凭借和总依据。

然则刘勰巨制的整体学术属性的终极定位究竟为何？曰：即在该著书名的四字之中。“文心雕龙”者，即凭借为文之用心进行美的制作之学，亦即以内在之心术总摄外在之文术之学。就其具体内容而言，就是以文章写作作为入门之阶，以“原道”“宗经”“征圣”“辨骚”“正纬”作为理论纲领，“振叶以寻根，观澜而索源”，布堂堂之阵势，立正正之旌旗，探究所处的苦难深重时代表现在人文领域中的“去圣久远，文体解散”“离本弥甚，将遂讹滥”（《序志》）的严重倾斜，由文章而及为文，由为文而及文心，最后针对整个社会文化中存在的种种弊端，进行整体性的评论、扬弃、升华和矫正：纠当代之倾斜，复传统之纯正，循通变之铁律，寄希望于未来，实现“矫讹翻浅，还宗经诰”（《通变》）的远大的战略目标。

《文心雕龙》就是这样一部以“为文”为入门之阶，以“文心”为登堂之径，针对当时文化倾斜的淫靡现实进行全息评论和全息矫正，使其恢复正道的书；是一部挽狂澜于既倒，拯世道于衰颓，振中华之正气，树神州之风骨的书。归根结底，就是一部面对民族文化之危机而以树德立言的方式奋起拯救的圣典。它的每一个指导思想，都涉及我们民族文化的重要组成部分。而它所企图解决的问题，

① 刘永济校释：《文心雕龙校释》，第166页。

无一不涉及社会发展的整体和历史发展的整体，也赋予人类相关学术以重大的教益与启迪。正因如此，它必然具有一种与天地之心直接相通的品格，一种与民族文化直接相通的品格，一种与人类的高端智慧直接相通的品格，一种与社会实践直接相通的品格。也正因如此，它不仅是探悉写作科学的金科，也必然成为了解我们民族的文化构成以及蕴含在其中的东方智慧的最具有整体意义的通道。

由此可见，《文心雕龙》绝不是一般意义的写作学教科书，而是一部集中中华文化全部精华的著作，一部以自然之道作为哲学凭藉，以伦理之道作为人文依据，以心性之道作为方法依据，以为文之道作为入门之阶，推动中华文化沿着自身历史规律健康发展的大书，一部在礼崩乐坏的非常时刻对我们民族的精神生命进行维护和拯救的圣典，一部“矫讹翻浅，还宗经诰”的矫正世风、人风与文风，使之恢复正道的启示录。简言之，是一部直接来自中华民族的文化精神并能从最集中的界面上直接反映这种文化精神的文化通论，一部可与先秦诸子之书并驾齐驱的宪典。也就是刘永济所说的：“按其实质，名为一子，允无愧色。”[①] 当代国学大师钱穆对此所作学术定位是：“他（指刘勰）能注意到学问之大全，他能讨论到学术的本原，文学的最后境界应在哪里……刘勰讲文学，他能对于学术之大全与其本原处、会通处，都照顾到。因此刘勰不得仅算是一个文人，当然是一个文人，只不但专而又通了。”[②] 台湾地区学者王更生对此所作学术定位是：“子书中的文评，文评中的子书。”[③] 这些独标一格而又坚实难移的具有整体意义的见解，都是循系统思

① 刘永济校释：《文心雕龙校释》，第 2 页。

② 钱穆：《中国史学名著》，北京：生活·读书·新知三联书店，2001 年，第 131—132 页。

③ 王更生：《文心雕龙研究》，台北：文史哲出版社，1979 年，第 133 页。

维的路径所获得的结论，字字珠玑，深入骨髓，堪称切中肯綮并新人耳目之语。《文心雕龙》面世一千五百多年后，可谓得其知音矣。知音难得，知音可得。知音之得，务在博观。信哉然乎！

《文心雕龙》的整体性学术品格，是中华民族先人系统思维的杰出智慧的历史见证。以为文之微微，见意于文心之深邃，而终及于文化之广博与重大，这是一个具有创造精神的民族在特定历史阶段的特殊创造，这种特殊创造是任何一个别的民族所无法重复，也是任何一个别的历史阶段所无法重复的。对这种特殊创造所具有的多维性统一的学术品格，实际上是领略不尽的，因为它的学术内涵极其丰富，丰富得几如人类文化史本身。经历了一千五百多年探索，人们才跋涉到了这座巍峨圣殿的门口，对此作出整体性的瞻仰，就足以使世人为之倾倒。正如《原道》所曾深赞和慨叹的："文之为德也大矣，与天地并生者何哉！"这一永恒性的论断对于《文心雕龙》的文化通论的整体属性本身来说，同样是恰如其分的。

# 《文心雕龙》与子学精神

袁济喜

刘勰的文学思想博大精深，是为公论。作为一部“体大虑周”的文论专著，《文心雕龙》文学批评体系的建构背后有丰富的理论资源的支撑。从《梁书·刘勰传》的简要记载中，可以看出刘勰是一位“博通经论”的学者；不过，《文心雕龙》除了经论之外，还受到子学精神的直接影响，子学著作是刘勰写作《文心雕龙》的重要理论来源之一。关于子学著作，刘勰《文心雕龙·诸子》通过对子学著作的历史发展脉络的考察研究，肯定了子学著作的独特价值，认为子学著作的“本体”是“述道言治，枝条五经”，所谓“百家腾跃，终入环内”，这与他征圣、宗经的基本文学思想相吻合。子学著作与子学精神对刘勰的影响不仅仅在于其《诸子》一篇，而是贯穿《文心雕龙》全书当中。从某种意义上来说，《文心雕龙》也是一部富有子学精神的文论著作，是南朝子书向着集部转化的著述。

## 一、刘勰与子学渊源考辨

刘勰所处的南朝，经学复兴，诸子之学也呈转变的趋势。以梁元帝萧绎为代表的《金楼子》，标志着子学的集大成。刘勰《文心雕龙》中对于传统子书的吸取是十分明显的，体现着一种自觉的意识。

经史子集是中国古代传统的图书分类法，同时也是学术的分类法。其内在的精神便是子学精神，包括成一家之言、和而不同、独立自由之学术精神等，而外在的则是从《汉书·艺文志》到《隋书·

经籍志》，再到清代《四库全书》的分类。清人《四库全书总目》子部总叙曰：“自六经以外立说者，皆子书也。其初亦相淆，自《七略》区而列之，名品乃定。其初亦相轧，自董仲舒别而白之，醇驳乃分。其中或佚不传，或传而后莫为继，或古无其目而今增，古各为类而今合，大都篇帙繁富。可以自为部分者，儒家以外有兵家，有法家，有农家，有医家，有天文算法，有术数，有艺术，有谱录，有杂家，有类书，有小说家，其别教则有释家、有道家，叙而次之，凡十四类。”[①]四库馆臣对于子书的解释是“且子之为名，本以称人，因以称其所著，必为一家之言，乃当此目”[②]，突出了子书乃“一家之言”的创作特征。先秦时代是子书发展的第一个高峰，诸子百家各有所长，为中国古代思想的发展奠定了深厚的基础。但是在进入西汉之后，随着汉武帝“罢黜百家，独尊儒术”政策的实施，诸子的地位一落千丈。刘勰在《文心雕龙·诸子》中说：“夫自六国以前，去圣未远，故能越世高谈，自开户牖。两汉以后，体势浸弱，虽明乎坦途，而类多依采。”范文澜先生注云：“汉自董仲舒奏罢百家，学归一尊，朝廷用人，贵乎平正，由是诸家撰述，惟有依傍儒学，采掇陈言，为世主备鉴戒，不复敢奇行高论，自投文网，故武帝以后董、刘、扬雄之徒，不及汉初淮南、陆贾、贾谊、晁错诸人。”[③]儒家经典被官方钦定之后，诸子之说只能相附依傍，这也就难以再现先秦诸子各家之言的盛况。

班固在《汉书·艺文志》中，对于诸子学的形成，进行了分析。他指出：“昔仲尼没而微言绝，七十子丧而大义乖。故《春秋》分为五，《诗》分为四，《易》有数家之传。战国从衡，真伪分争，诸子之

① 〔清〕见永瑢等：《四库全书总目》，北京：中华书局，1965 年，第 769 页。

② 〔清〕永瑢等：《四库全书总目》，第 462 页。

③ 范文澜：《文心雕龙注》，北京：人民文学出版社，1958 年，第 325 页。

言纷然殽乱。至秦患之，乃燔灭文章，以愚黔首。汉兴，改秦之败，大收篇籍，广开献书之路。”[①]班固以儒学六艺作为衡量学术的标准，将孔子之后的学术流派视为散乱流变，“战国从衡，真伪分争，诸子之言纷然殽乱”，这样，诸子之言成为淆乱经术、真伪分争的根源。不过，班固在《汉书·艺文志》中的诸子略中，与司马谈的《论六家指要》一样，采取了《易传》的观点，将诸子视为可以互补的有机体系。他认为：

> 诸子十家，其可观者九家而已。皆起于王道既微，诸侯力政，时君世主，好恶殊方，是以九家之术蜂出并作，各引一端，崇其所善，以此驰说，取合诸侯。其言虽殊，辟犹水火，相灭亦相生也。仁之与义，敬之与和，相反而皆相成也。《易》曰：“天下同归而殊涂，一致而百虑。”[②]

班固以六艺作为权衡，指出当时诸子十家起源于春秋战国之交，学说纷争，诸侯力政，于是各家学说投其所好，形成了众说纷纭、“各引一端”、“取合诸侯”的局面。而这种分离在一定条件下是可以统合的，班固认为统治者若能修六艺之术，观此九家之言，舍短取长，则可以通万方之略。

先秦诸子的诸子学理论，直接促成了古代思想文化的繁盛。《礼记·中庸》说：“万物并育而不相害，道并行而不相悖。小德川流，大德敦化，此天地之所以为大也。”[③]这段话说出了中国古代自先秦开始思想文化繁荣的原因。西晋的葛洪在《抱朴子》外篇的《百家》

---

① 〔汉〕班固：《汉书》，北京：中华书局，1962 年，第 1701 页。

② 〔汉〕班固：《汉书》，第 1746 页。

③ 《礼记正义》，见《十三经注疏》，北京：中华书局，1980 年，第 1634 页。

中指出："百家之言，虽不皆清翰锐藻，弘丽汪濊，然悉才士所寄，心一夫澄思也。正经为道义之渊海，子书为增深之川流。"[①] 葛洪倡导百家之言，反对出于一得之见而摒弃百家之言的做法，提出"正经为道义之渊海，子书为增深之川流"[②]，强调子书与六经可以互补，并不妨害，百川归海，有容乃大，这是子学的价值与特征所在。

刘勰的子学观念的形成，首先与他对于先秦两汉以来经学与子学关系的辨正有关。刘勰的思想对于儒道佛采取兼收并蓄的态度。《文心雕龙》的第一篇吸取了儒玄佛的思想观念，对于文学的本原进行了推溯，提出了原道的观念。认为文学起源于自然之道，而这种自然之道的体现，则是儒家的六经，六经是圣人秉承了自然之道而制作的。刘勰援用他的佛学神理思想，将经书的形成与神道设教思想相联系，认为从八卦开始，到《河图》《洛书》。创立文字以后，有了《三坟》，经过夏、商以及周文王、周公，到了孔子那里，集前人之大成，使之成为不朽的经典。为了突出经典的神圣性，刘勰采用了古老的《河图》《洛书》一类的传说，他还指出："爰自风姓，暨于孔氏，玄圣创典，素王述训，莫不原道心以敷章，研神理而设教，取象乎《河》《洛》，问数乎蓍龟，观天文以极变，察人文以成化；然后能经纬区宇，弥纶彝宪，发挥事业，彪炳辞义。故知道沿圣以垂文，圣因文而明道，旁通而无滞，日用而不匮。《易》曰：'鼓天下之动者存乎辞。'辞之所以能鼓天下者，乃道之文也。"[③] 这一段话含义深刻，既强调了圣人镕钧六经秉承了神秘的神理与天意，同时又说明这种天意是自然之道的彰显，将两汉经学与魏晋以

① 〔晋〕葛洪：《抱朴子・外篇》，见《诸子集成》，北京：中华书局，1954 年，第 185 页。

② 〔晋〕葛洪：《抱朴子・外篇》，见《诸子集成》，第 185 页。

③ 范文澜：《文心雕龙注》，第 2 页。

来的自然之道相融合，从而使经书获得了自然之道与神理的支持，有了形而上之提振。这正是刘勰《文心雕龙》论文的智慧所在。

刘勰深知，传承圣典是一种极其高端的事业，而大部分文士的创作是无缘进入这个领域的，同时，圣人之道也必须通过诸子的著述来传述，儒家自孟子、子思开始，也被归入诸子一类。班固《汉书·艺文志》指出：“儒家者流，盖出于司徒之官，助人君顺阴阳明教化者也。游文于六经之中，留意于仁义之际，祖述尧、舜，宪章文、武，宗师仲尼，以重其言，于道最为高。孔子曰：‘如有所誉，其有所试。’唐、虞之隆，殷、周之盛，仲尼之业，已试之效者也。”[①]《四库全书总目》子部儒家类指出：“古之儒者，立身行己，诵法先王，务以通经适用而已，无敢自命圣贤者。王通教授河汾，始摹拟尼山，递相标榜，此亦世变之渐矣。迨托克托等修宋史，以道学、儒林分为两传。而当时所谓道学者，又自分二派，笔舌交攻。自时厥后，天下惟朱、陆是争，门户别而朋党起，恩雠报复，蔓延者垂数百年。明之末叶，其祸遂及于宗社。惟好名好胜之私心不能自克，故相激而至是也。圣门设教之意，其果若是乎？”[②]四库馆臣的经学观与刘勰相似，它认为古之儒者只在于诵法先王，立身行己，务以通经适用而已，没有资格以圣贤自命，只有隋代王通之后，才妄称圣人，遂开互相标榜、党同伐异之风气。

在《文心雕龙》中，刘勰专门为诸子开辟一篇进行论述，可以看出刘勰对于诸子的重视。《诸子》篇是我们研究刘勰诸子观的重要材料，刘勰在这一篇中梳理了诸子的发展演变史。诸子是不同流派的思想家，他们的思想构成了中国古代思想史和学术史的源头，因此他们的思想对于后世的思想发展、文学创作等都产生了巨大的

---

① 〔汉〕班固：《汉书》，第1728页。

② 〔清〕永瑢等：《四库全书总目》，第769页。

影响，为中华文明的总体格局奠定了基础。但刘勰对于诸子思想的借鉴和吸收并非仅见于此篇，在其他篇章中也有对诸子文献的征引和吸纳。

刘勰认为诸子著作都是“入道见志之书”：“诸子者，入道见志之书。太上立德，其次立言。”[①]《左传·襄公二十四年》有言“大上有立德，其次有立功，其次有立言，虽久不废，此之谓不朽。”《正义》云：“老、庄、荀、孟、管、晏、孙、吴之徒，制作子书，屈原、宋玉、贾逵、扬雄、马迁、班固以后撰集史传及制作文章，使后世学习，皆是立言者也。”[②]这里的“道”不是开篇《原道》中所讲的那个作为天地人之本源的总体的、形而上的“道”。这里的“道”指的就是诸子百家不同的核心思想与学说，诸子都是“一家之言”，因此就有“一家之道”。“志”在这里指的也不是汉代诗学思想中“诗言志”的那个普遍的“志”，而是指诸子由于不同的“道”、不同的思想立场所产生的对于混乱失序的社会的不同改造方案，即刘勰所说的“述道言治”之“治”。刘勰认为“宇宙绵邈”“岁月飘忽”，作为个体的人的存在“形同草木之脆”，因此“树德建言”是超越自身有限的、短暂的肉身存在，实现名垂后世的重要手段，这种观点是对于曹丕文章价值说的继承，曹丕认为文章是“经国之大业，不朽之盛事”，从魏晋开始成为中国古代士人的共识，这种认识可以上溯至子学时代。刘勰说：“百姓之群居，苦纷杂而莫显；君子之处世，疾名德之不章。唯英才特达，则炳曜垂文，腾其姓氏，悬诸日月焉。”[③]诸子的著作可以说是刘勰心中的“立言不朽”的典范之作。

---

① 范文澜：《文心雕龙注》，第 307 页。

② 《春秋左传正义》，见《十三经注疏》，第 1979 页。

③ 范文澜：《文心雕龙注》，第 307 页。

《诸子》是《文心雕龙》的“文体论”中的一部分，刘勰将诸子散文单列一体，表明其重要性。刘勰在此篇中力求总结诸子文章的写作特点与思想意义，深入探究诸子著作对于文学创作的借鉴价值。清代纪昀对《诸子》一篇提出了批评：“此亦泛述成篇，不见发明。盖子书之文，又各自一家，在此书原为谰入，故不能有所发挥。”[①]纪昀认为刘勰这篇只是对于诸子著作的一个简单的梳理，泛泛而谈，并没有什么实质性的创见。台湾地区学者陈拱在《〈文心雕龙〉本义》一书中指出：“按诸子内容极为繁复，而条流纷揉，为义多方，辞亦千差万别。故欲综于此一题而论之，亦止能略具纲领而已，何能深入而勾玄探赜哉？盖题域之限，势有所不能也。”[②]这个说法可以说是针对纪昀对于刘勰的责难而做出的解释。将诸子之书作为文体的一类来单独研究，是刘勰的独创之处，但是这种做法也受到了后世学者的质疑。何以将《诸子》列为文体之一，这个问题众人说法不一。我们从刘勰创作《文心雕龙》的意图和规划中大概可以对此做出一些推断，刘勰认为文学研究既要做到“轻采毛发”又要“深极骨髓”，既要“弥纶群言”又要“擘肌分理”，既考虑到全书的整体性又要兼及研究的全面与细致。诸子学说广大精微，文章体裁又为中国古代散文的源头之一。诸子更重要的价值是他们所创造的那种学究天人的学术思潮以及担当忧患的家国情怀，刘勰正是认识到了诸子著作的双重价值，为了强调诸子著作的意义，故将其列为文体之一。

在谈到诸子的起源时，刘勰这样说道：“至鬻熊知道，而文王谘询，馀文遗事，录为《鬻子》，子目肇始，莫先于兹。及伯阳识礼，而仲尼访问，爰序道德，以冠百氏。然则鬻惟文友，李实孔师，圣

① 范文澜：《文心雕龙注》，第 310 页。

② 陈拱：《〈文心雕龙〉本义》上册，台北：商务印书馆，1999 年，第 401 页。

贤并世，而经子异流矣。”[①] 刘勰认为老子的《道德经》“以冠百氏”，并且“李实孔师”，可以说对传统的儒家正统观进行了一次修正。自汉武帝“罢黜百家，独尊儒术”之后，孔子被推为“至圣”，地位至高无上，他所编订的“六经”则是“恒久之至道，不刊之鸿教”[②]，儒家所提倡的“道”则是最高的“道”。刘勰谓《道德经》“以冠百氏”，表现出他对诸子地位及影响力的提升。“圣贤并世”的观点则一反汉儒们神圣化先师的倾向，他把圣人和贤人放到了同等的地位，从历史的角度阐述了“儒家圣人”和“诸子贤人”存在的平等性。

在梳理子学发展脉络中，刘勰的观点是以汉代为界，他认为“两汉以后，体势浸弱”，子学的发展也就失去了春秋战国时期那种生命力：

> 若夫陆贾《新语》，贾谊《新书》，扬雄《法言》，刘向《说苑》，王符《潜夫》，崔寔《政论》，仲长《昌言》，杜夷幽求，咸叙经典，或明政术，虽标论名，归乎诸子。何者？博明万事为子，适辨一理为论，彼皆蔓延杂说，故入诸子之流。[③]

刘勰的这一观点得到后世学者的认同，例如章太炎先生在《诸子学略说》中说道：“春秋以上，学说未兴，汉武以后，定一尊于孔子，虽欲放言高论，犹必以无碍孔氏为宗。强相援引，妄为皮傅，愈调和者愈失其本真，愈附会者愈违其解故。”[④] 台湾地区学者王更生说：“此虽然未明言原因，但论子学之兴衰，断自两汉，实在也是空前

---

① 范文澜：《文心雕龙注》，第 308 页。

② 范文澜：《文心雕龙注》，第 21 页。

③ 范文澜：《文心雕龙注》，第 309 页。

④ 章太炎：《诸子学略说》，桂林：广西师范大学出版社，2010 年，第 1 页。

的创说。至于以‘六国以前，去圣未远，故能越世高谈’揭出先秦学术突飞猛进的基本因素，更是别具慧眼。”[①]先秦诸子，师法相传，虽遭秦火，难以尽灭。“暨于暴秦烈火，势炎昆冈，而烟燎之毒，不及诸子。”然而诸子之学却衰落于汉武帝之时，武帝采纳了丞相王绾的建议，以“乱国政”之名罢斥“申、商、韩非、苏秦、张仪之言”[②]，实行“罢黜百家，独尊儒术”的政策，“兴太学”“立五经博士”，儒家思想定于一尊，从而结束了百家争鸣的时代。此后，经学取代子学进入空前繁荣的时代，子学日渐衰落。

从写作的角度来看，刘勰认为诸子的著作中既有“纯粹者”又有“踳驳者”，前者中规中矩，后者“混同虚诞”。然而刘勰并没有武断地否定诸子著作中那些充满想象力的夸饰荒诞之说的价值，他认为“洽闻之士，宜撮纲要，览华而食实，弃邪而采正”[③]，有眼光、有鉴别能力的作者自然能够做出自己的选择。从文学创作的角度来看，子书中那些被刘勰认定为“踳驳者”的子书，往往对于文学创作具有重要的借鉴价值，因为文学创作更加重视文辞修饰与想象力的发挥，这正是“踳驳者”所具备的特征。刘勰在《正纬》中批评纬书虽然“乖道谬典”，但是从文学的角度来看，其价值也是不容忽视的：“若乃羲农轩皞之源，山渎钟律之要，白鱼赤乌之符，黄金紫玉之瑞，事丰奇伟，辞富膏腴，无益经典而有助文章。是以后来辞人，采摭英华。”[④]

刘勰对于诸子各家的写作风格上的态度是非常开放的，他准确

---

① 王更生：《重修增订〈文心雕龙〉研究》，台北：文史哲出版社，1979年，第267页。

② 〔汉〕班固：《汉书》，第156页。

③ 范文澜：《文心雕龙注》，第309页。

④ 范文澜：《文心雕龙注》，第31页。

地概括了每一家写作的"华采"之处，认识到了诸子散文的独特成就："研夫孟、荀所述，理懿而辞雅；管、晏属篇，事核而言练；列御寇之书，气伟而采奇；邹子之说，心奢而辞壮；《墨翟》《随巢》，意显而语质；《尸佼》《尉缭》，术通而文钝；《鹖冠》绵绵，亟发深言；《鬼谷》眇眇，每环奥义；情辨以泽，文子擅其能；辞约而精，尹文得其要；慎到析密理之巧，韩非著博喻之富；《吕氏》鉴远而体周，《淮南》泛采而文丽：斯则得百氏之华采，而辞气之大略也。"[①] 所以刘勰对于子学著作的价值有非常清醒的认识，纵然其中含有一些糟粕，但是后来的有识之士自然会采摭"百氏之华采"，吸收其中有价值的内容。刘勰在《风骨》中提出：

> 若风骨乏采，则鸷集翰林；采乏风骨，则雉窜文囿。唯藻耀而高翔，固文笔之鸣凤也。若夫镕铸经典之范，翔集子史之术，洞晓情变，曲昭文体，然后能孚甲新意，雕画奇辞。[②]

刘勰指出，风骨作为一种文章写作的审美理想，要径在于"镕铸经典之范，翔集子史之术，洞晓情变，曲昭文体"，这样才能达到风清骨峻的要求。可见，在刘勰心目中，诸子与史传可以与经典互补。

## 二、《文心雕龙》与子学视野

《文心雕龙》固然从经学中汲取了重要的文学观念，然而这种基本文学观念的形成，恰恰离不开子学中道家思想的渗透，没有道家与玄学精神的启发，刘勰《文心雕龙》便难免成为两汉经学的翻版，了无新意。魏晋玄学其实是经学与子学的有机融合，通过名教与自

---

① 范文澜：《文心雕龙注》，第 309 页。

② 范文澜：《文心雕龙注》，第 514 页。

然的调和，衍生出一种思想智慧。而刘勰《文心雕龙》的高明之处，即在于对这种思想智慧的汲取与运用。

子学对刘勰的影响，首先表现在他运用老庄的自然之道对六经文学观的影响。《原道》是《文心雕龙》的全书枢机。刘勰在全书最后的《序志》中自叙“盖文心之作也，本乎道”。可见“道”是《文心雕龙》全书的逻辑起点，是刘勰用以考察文艺现象、探讨文艺本质的理论武器，也是他整个理论体系的根本所在，同时也是今人解读该书首先要明白的一个关键性概念与范畴。《原道》指出：

> 文之为德也大矣，与天地并生者何哉？夫玄黄色杂，方圆体分，日月叠璧，以垂丽天之象；山川焕绮，以铺理地之形：此盖道之文也。仰观吐曜，俯察含章，高卑定位，故两仪既生矣。惟人参之，性灵所钟，是谓三才。为五行之秀，实天地之心，心生而言立，言立而文明，自然之道也。[①]

在两汉时代，原道往往是将道归纳为儒家之道，而儒家之道的具体表现则是六经。至汉魏时期，道融入了子学的老庄之道。自然之道成为调和孔孟与老庄的一个关键范畴。从整体上看，刘勰在本篇中所说的“道”是一个综合性的概念，是将自然、社会与精神统一起来的精神性概念，包含了不同的内容，很难归属于哪一家，既融合了儒、道两家的思想，又借鉴了老子、韩非等人对“道”的解说，鲜明地体现出魏晋南北朝思想文化兼容并包的时代特点。但从全篇来看，仍然可以明确其两个方面的基本思想：一是以儒家《易传》为代表的天人合一的宇宙本体论，一是道法自然的思想。以天道说

---

① 范文澜：《文心雕龙注》，第1页。

明人事，把社会秩序、道德规范都纳入到统一的宇宙万物的运行规律之中，这是自先秦两汉以来逐步形成的一种天人合一的宇宙本体论，如《周易·系辞下》云：“《易》之为书也，广大悉备，有天道焉，有人道焉，有地道焉。”[①]《说卦》又云：“昔者圣人之作《易》也，将以顺性命之理，是以立天之道曰阴与阳，立地之道曰柔与刚，立人之道曰仁与义。兼三才而两之，故《易》六画而成卦。”[②]意思是说《易经》的每一卦都由六画组成，其中包含了天、地、人三个方面的内容，这就是“三才”，而每一才又以阴阳、刚柔等两分，故曰“两之”。可见，这种思想在《易传》中体现得最为充分，而本篇受《易传》的影响是非常明显的。

刘勰强调文源于道，认为人文和天文、地文一样，都是“道之文”，是合乎自然的。《韩非子·解老》篇云：“道者，万物之所然也。”[③]黄侃在《文心雕龙札记》中认为：“案庄、韩之言道，犹言万物之所由然。文章之成，亦由自然，故韩子又言圣人得之以成文章，韩子之言，正彦和所祖也。”[④]其实《韩非子》中的这句话正是源于《老子》的“道法自然”的思想。刘勰继承了老子等人的思想，把宇宙万物都看成是道的体现。而人文当中最能体现圣人之道的儒家经典则是古代圣人根据自然之道制作出来的，所谓“爰自风姓，暨于孔氏，玄圣创典，素王述训，莫不原道心以敷章，研神理而设教”，把六经也看作是自然之道的体现，这实际上也表现了魏晋玄学名教与自然合一的思想特点。正如清人纪昀所说：“齐梁文藻日竞雕华，标

---

① 《周易正义》，见《十三经注疏》，第 90 页。

② 《周易正义》，见《十三经注疏》，第 93 页。

③ 〔清〕王先慎：《韩非子集解》，北京：中华书局，1998 年，第 146 页。

④ 黄侃：《文心雕龙札记》，北京：中华书局，2006 年，第 96 页。

自然以为宗，是彦和吃紧为人处。”[①] 因为当时的文学以宫体诗与四六文中的趋新竞靡为特征，远离社会人生的真实情貌与自然之道，浮华的时尚与豪贵的趣味，使文学中的审美精神趋于低俗，背离了诗骚精神与汉魏风骨。

刘勰认为文的本质乃是“道”的体现，而他所说的“文”又涵盖了一切美的事物，这就从本质上确立了文章的审美属性。此外，作为人文典范的六经又是圣人根据自然之道制作出来的，这就为文章必须征圣、宗经奠定了基础。因此，刘勰提出，“道沿圣以垂文，圣因文而明道”，强调道、圣、文是三位一体的。纪昀评曰：“文以载道，明其当然；文原于道，明其本然。识其本乃不逐其末。首揭文体之尊，所以截断众流。”[②] 刘永济先生指出：“舍人论文，首重自然。二字含义，贵能剖析，与近人所谓‘自然主义’，未可混同。此所谓自然者，即道之异名。道无不被，大而天地山川，小而禽鱼草木，精而人纪物序，粗而花落鸟啼，各有节文，不相凌杂，皆自然之文也。文家或写人情，或模物态，或析义理，或记古今，凡具伦次，或加藻饰，阅之动情，诵之益智，亦皆自然之文也。”[③] 这些，都足以证明刘勰善于运用老庄的道家思想来作为自己立论的智慧。子学对于刘勰的泽溉，首先表现在老庄与玄学自然之道对于经学思想的互补上面。如果没有老庄子学的启发与运用，刘勰《文心雕龙》的儒家思想也无从构建。

刘勰在《情采》中对于传统的文质理论，引入“情采”这一范畴来解说。而情采说的论证，主要是借用了老庄与玄学的自然之道。刘勰指出：“圣贤书辞，总称文章，非采而何？夫水性虚而沦漪结，

① 范文澜：《文心雕龙注》，第 4 页。

② 范文澜：《文心雕龙注》，第 4 页。

③ 刘永济：《文心雕龙校释》，北京：中华书局，2007 年，第 4 页。

木体实而花萼振，文附质也。虎豹无文，则鞟同犬羊；犀兕有皮，而色资丹漆，质待文也。若乃综述性灵，敷写器象，镂心鸟迹之中，织辞鱼网之上，其为彪炳，缛采名矣。”[①] 刘勰认为，情采相符乃是自然之道，圣人的文章不仅内容充实，而且富有文采，然而这种文采是以内容作基础的，故名“情采”。在圣人与老庄的书中，可以找到情采概念的来源：

> 《孝经》垂典，丧言不文；故知君子常言未尝质也。老子疾伪，故称“美言不信”，而五千精妙，则非弃美矣。庄周云“辩雕万物”，谓藻饰也。韩非云“艳采辩说”，谓绮丽也。绮丽以艳说，藻饰以辩雕，文辞之变，于斯极矣。[②]

刘勰强调，《孝经》与《老子》，以及庄周与韩非的著作在处理文质、华实关系时，都是兼而有之的，他们的文章善于运用华丽藻饰，关键是建立在如何处理好文质相扶之上。刘勰指出：

> 研味《孝》《老》，则知文质附乎性情；详览《庄》《韩》，则见华实过乎淫侈。若择源于泾渭之流，按辔于邪正之路，亦可以驭文采矣。夫铅黛所以饰容，而盼倩生于淑姿；文采所以饰言，而辩丽本于情性。故情者文之经，辞者理之纬；经正而后纬成，理定而后辞畅：此立文之本源也。[③]

值得注意的是，刘勰将《孝经》与《老子》相提，将庄周与韩非并论，

---

① 范文澜：《文心雕龙注》，第 537 页。

② 范文澜：《文心雕龙注》，第 537 页。

③ 范文澜：《文心雕龙注》，第 537—538 页。

用以证明文质相扶、华实匹配，反对文质不符的现象，诸子与圣人的经典在这里完全是同等的。在论述具体的审美理论问题时，刘勰将圣人经典与诸子之书等量齐观。

《序志》中，刘勰坦陈自己的论文立场与方法："及其品列成文，有同乎旧谈者，非雷同也，势自不可异也；有异乎前论者，非苟异也，理自不可同也。同之与异，不屑古今，擘肌分理，唯务折衷。按辔文雅之场，环络藻绘之府，亦几乎备矣。"① 这种立场与方法，同样明显地体现在他对于经书与诸子之书的理解中，因此，他能够跳出两汉儒生独尊经术、排斥诸子的立场与方法。

刘勰此篇的价值，贵在引入自然之道来论述情采的关系，特别是强调情采之运用要出于真心，反对当时无病呻吟的创作态度，刘勰痛切地指出："夫以草木之微，依情待实；况乎文章，述志为本，言与志反，文岂足征！"② 这可以说是对于当时虚浮成风的创作现状的针砭，对于今天的中国文艺创作也有深刻的警醒作用。

子学浸润于《文心雕龙》的各个方面。从上半部分的文体论来说，刘勰将诸子列为文体论，可谓别出心裁，表明他对于诸子的重视。本篇论述诸子之文，以先秦为主，兼及两汉。诸子是指先秦时期各种流派的学术思想家，也用来指他们的著作。诸子以各自的学说丰富了中国的思想文化宝库，与传统经学相补充，成为国学的重要组成部分。诸子的学说往往为解决现实问题而发，其内容以"述道言治"为主，是"入道见志之书"。在今天看来，诸子之文大都属于论说类文体。但刘勰却认为，"子"和"论"是有区别的，所谓"博明万事为子，适辨一理为论"。子书的内容"或叙经典，或明政术"，"蔓延杂说"，所以应归入诸子之流。

---

① 范文澜：《文心雕龙注》，第 727 页。

② 范文澜：《文心雕龙注》，第 538 页。

刘勰《论说》篇主要阐述论和说两种文体，分别按照“释名以章义”“原始以表末”“选文以定篇”和“敷理以举统”的体例展开，非常完整。在文体论中，《论说》是很重要的一篇，魏晋以来，思想解放，玄谈盛行，名理学发达，这些成果充分地为刘勰所吸收。在本篇中，刘勰提出的关于论说文体的一些基本的写作规范如“论也者，弥纶群言，而研精一理”“论如析薪，贵能破理”“义贵圆通，辞忌枝碎”等[①]，对于指导我们今天的思维训练与文章写作，也有重要的借鉴意义。

在《宗经》篇中，刘勰指出五经是后世各类文体的源头，其中提到“论说辞序，则《易》统其首”，所谓《易》主要是指《易传》中的《说卦》《序卦》等，可见，刘勰认为论说这类文体是在阐发经典义理中形成的，他反对不顾事实、强词夺理的“曲论”：

> 是以庄周《齐物》，以论为名；不韦《春秋》，六论昭列。至石渠论艺，白虎通讲，述圣通经，论家之正体也。及班彪《王命》，严尤《三将》，敷述昭情，善入史体。魏之初霸，术兼名法。傅嘏、王粲，校练名理。迄至正始，务欲守文；何晏之徒，始盛玄论。于是聃周当路，与尼父争途矣。详观兰石之《才性》，仲宣之《去伐》，叔夜之《辨声》，太初之《本玄》，辅嗣之两《例》，平叔之二《论》，并师心独见，锋颖精密，盖论之英也。至如李康《运命》，同《论衡》而过之；陆机《辨亡》，效《过秦》而不及，然亦其美矣。次及宋岱、郭象，锐思于几神之区；夷甫、裴頠，交辨于有无之域：并独步当时，流声后代。然滞有者，全系于形用；贵无者，专守

① 范文澜：《文心雕龙注》，第326页。

> 于寂寥。徒锐偏解，莫诣正理；动极神源，其般若之绝境乎？逮江左群谈，惟玄是务；虽有日新，而多抽前绪矣。[①]

刘勰这里将庄子《齐物论》与《吕氏春秋》视为诸子之论，认为东汉的石渠阁与白虎观的经学之论为论之正体，表现了他的以儒家为正统的观念。但是对于嵇康、王粲、夏侯玄、王弼、何晏、郭象、裴頠等人的玄学之论也颇为欣赏，誉之为"师心独见，锋颖精密，盖论之英也"，这表现出他的文体论受到子学论辩精神的影响。

刘勰还善于从诸子书中汲取创作论的相关思想理念，在《养气》中他指出："昔王充著述，制《养气》之篇，验己而作，岂虚造哉！夫耳目鼻口，生之役也；心虑言辞，神之用也。率志委和，则理融而情畅；钻砺过分，则神疲而气衰：此性情之数也。"[②]"养气"说最早源于孟子，他说："我知言，我善养吾浩然之气。"[③]但是，孟子所说的养气是指个人的道德修养，与文学创作无关。刘勰的养气说主要是从东汉王充那里借鉴来的。王充在《论衡·自纪》里说："养气自守，适食则酒。闭明塞聪，爱精自保。适辅服药引导，庶冀性命可延，斯须不老。"[④]所谓"养气"，是指保养精神。所以刘勰在篇中所讲的"气"常常和"神"并称，例如："率志委和，则理融而情畅；钻砺过分，则神疲而气衰""气衰者虑密以伤神""玄神宜宝，素气资养"等等。[⑤]不过，王充所说的"养气"是生理学上的概念，是讲一种养生之道，而刘勰的"养气"是强调一种顺应

---

① 范文澜：《文心雕龙注》，第 327 页。

② 范文澜：《文心雕龙注》，第 646 页。

③ 《孟子注疏》，见《十三经注疏》，第 2685 页。

④ 张宗祥：《论衡校注》，上海：上海古籍出版社，2013 年，第 585 页。

⑤ 范文澜：《文心雕龙注》，第 646 页。

自然的创作态度，不仅是从生理学的角度讲，更侧重于心理状态的自我调节。因为创作是需要智慧和悟性的，良好的精神状态是创作活动得以顺利进行的必要条件，只有这样，才能使潜在的创造力充分发挥出来。刘勰反对"钻砺过分"，主张"率志委和"，他指出："夫学业在勤，功庸弗怠，故有锥股自厉、和熊以苦之人。志于文也，则申写郁滞，故宜从容率情，优柔适会。"[①]学习和创作是两种不同的状态，前者应该刻苦自励，后者则应该"从容率情，优柔适会"。文学创作是一项艰苦的脑力劳动，平时要有长期的积累和准备，这样才有可能在创作中获得灵感。所以，刘勰在《神思》篇中在提出"陶钧文思，贵在虚静"的同时，又强调要"积学以储宝，酌理以富才，研阅以穷照，驯致以绎辞"[②]，二者是相辅相成的。

在《才略》中，刘勰分析了历史上作家才略的概况，值得注意的是，他将以往道德上有瑕疵的作家放到与普通作家一样的地位上来加以评价。另外在《时序》中指出：

> 春秋以后，角战英雄，六经泥蟠，百家飙骇。方是时也，韩魏力政，燕赵任权；五蠹六虱，严于秦令；唯齐、楚两国，颇有文学。齐开庄衢之第，楚广兰台之宫，孟轲宾馆，荀卿宰邑，故稷下扇其清风，兰陵郁其茂俗，邹子以谈天飞誉，驺奭以雕龙驰响，屈平联藻于日月，宋玉交彩于风云。观其艳说，则笼罩《雅》《颂》，故知炜烨之奇意，出乎纵横之诡俗也。[③]

刘勰认为，春秋之后，进入纷争战乱的年代，当时六经遭受灭弃，

① 范文澜：《文心雕龙注》，第647页。

② 范文澜：《文心雕龙注》，第493页。

③ 范文澜：《文心雕龙注》，第671—672页。

而诸子百家风起云涌，秦国焚书坑儒，而齐楚两国，学术繁荣，诸子学说各逞一时，孟子与荀子受到当时诸侯的重视，其学说也广泛传播。而邹子、驺奭这样的辩士的文采也逞耀于一时。刘勰强调纵横家的才学与辩术，富于创新，文辞华丽。刘勰将辩士与屈原、宋玉这样的辞赋家相提并论，也证明了诸子地位的不俗。在《才略》中，刘勰在赞扬经学家与辞赋家的同时，对于学者著书立说、批判社会的子书也给予高度的评价：

> 子云属意，辞人最深，观其涯度幽远，搜选诡丽，而竭才以钻思，故能理赡而辞坚矣。桓谭著论，富号猗顿，宋弘称荐，爰比相如，而《集灵》诸赋，偏浅无才，故知长于讽谕，不及丽文也。敬通雅好辞说，而坎壈盛世，《显志》自序，亦蚌病成珠矣。二班两刘，弈叶继采，旧说以为固文优彪，歆学精向，然《王命》清辩，《新序》该练，璿璧产于昆冈，亦难得而逾本矣。傅毅、崔骃，光采比肩，瑗寔踵武，能世厥风者矣。[①]

“知音”是汉魏六朝以来重要的文艺鉴赏与接受范畴，引起了刘勰的高度重视。在《知音》中，刘勰对于韩非的遭遇给予了同情。韩非这样的法家人物，鼓吹刻薄寡恩、互相残害的学说，他入秦后受到同门李斯的谗害，印证了他的学说。其人遭遇可谓作法自毙，不值得同情；但是韩非的文章却写得极为漂亮，受到秦始皇的赞叹，也因此发兵攻打韩国，迫使韩国将韩非送到秦国，韩非因此而送了命。但刘勰却从惜才的角度慨叹：

---

① 范文澜：《文心雕龙注》，第699页。

> 知音其难哉！音实难知，知实难逢，逢其知音，千载其一乎！夫古来知音，多贱同而思古。所谓“日进前而不御，遥闻声而相思”也。昔《储说》始出，《子虚》初成，秦皇汉武，恨不同时；既同时矣，则韩囚而马轻，岂不明鉴同时之贱哉！[①]

刘勰这番慨叹，显然有自伤的意味在内。他以韩非、司马相如的例子说明，帝王之于人才往往贵远贱近。韩非在刘勰心目中，成了怀才不遇、惨遭冤屈的典型，是值得同情的才士。这一点与司马迁认为韩非囚秦，写作《说难》《孤愤》的理解有相同之处。

## 三、《文心雕龙》是六朝子书向集部转变的关键

《文心雕龙》五十篇是南朝梁代刘勰所撰的中国古代文学批评的最负盛名的经典。它在中国传统学术的经、史、子、集四部分类之中，隶属于集部的“诗文评”类。自《隋志》开始，将《诗评》三卷、《文心雕龙》十卷列入总集之中，四库馆臣说：“文章莫盛于两汉，浑浑灏灏，文成法立，无格律之可拘。建安、黄初，体裁渐备，故论文之说出焉。《典论》其首也。其勒为一书，传于今者，则断自刘勰、钟嵘。勰究文体之源流，而评其工拙；嵘第作者之甲乙，而溯厥师承，为例各殊，至皎然《诗式》，备陈法律。孟棨《本事诗》旁采故实，刘攽《中山诗话》、欧阳修《六一诗话》，又体兼说部。后所论著，不出此五例中矣。……《隋志》附总集之内，《唐书》以下，则并于集部之末别立此门。岂非以其讨论瑕瑜，别裁真伪，博参广考，亦禅于文章欤？”[②] 近代著名学者黄侃在《文心雕龙札记》

---

① 范文澜：《文心雕龙注》，第713页。

② 〔清〕永瑢等：《四库全书总目》，第1779页。

的《题辞及略例》中指出：

> 论文之书，鲜有专籍。自桓谭《新论》、王充《论衡》，杂论篇章。继此以降，作者间出，然文或湮阙，有如《流别》《翰林》之类；语或简括，有如《典论》《文赋》之侪。其敷陈详核，征证丰多，枝叶扶疏，原流粲然者，惟刘氏《文心》一书耳。①

在我们看来，《文心雕龙》是中国文学批评史上的一部经典之作，其内容博大精深，体系完备，不仅全面总结了齐梁以前各类文体的源流和文章写作的丰富经验，而且还贯穿了作者对人文精神的深沉思考和执着追求，其开阔的视野，恢弘的器度，使它超越了一般的“诗文评”类著作，成为一部重要的国学经典。刘勰在《程器》中感叹：“摛文必在纬军国，负重必在任栋梁，穷则独善以垂文，达则奉时以骋绩。若此文人，应梓材之士矣。”② 这正是他理想人格的写照，所以在他无法实现“奉时以骋绩”的愿望时，只能“独善以垂文”，把所有的希望寄托在自己的写作中，正如他在《序志》篇最后所说的“文果载心，余心有寄”③。刘勰的人生与写作历程，其实正是传承了古代孔子开拓的“诗可以怨”与司马迁“发愤著书”的传统，是中国古代士人“穷则独善其身，达则兼济天下”心态与人格的展现。同样，《文心雕龙》作为经典的传承性首先来自这种优秀文化精神的泽溉。

然而，六朝时代的子书开始向着集部渐变，具体而言，就是将子书中的一家之言，通过集部的撰述来体现作者的精神人格。刘勰

---

① 黄侃：《文心雕龙札记》，第 1 页。

② 范文澜：《文心雕龙注》，第 720 页。

③ 范文澜：《文心雕龙注》，第 728 页。

在《诸子》中开始写道："百姓之群居，苦纷杂而莫显；君子之处世，疾名德之不章。唯英才特达，则炳曜垂文，腾其姓氏，悬诸日月焉。"[①] 在文章的最后感叹："嗟夫！身与时舛，志共道申，标心于万古之上，而送怀于千载之下，金石靡矣，声其销乎！赞曰：丈夫处世，怀宝挺秀。辨雕万物，智周宇宙。立德何隐，含道必授。条流殊述，若有区囿。"[②] 这可以看作刘勰对于诸子写作精神的概括，在刘勰看来，诸子大多缘于生不逢时，于是在著作中寄托个人的感受。先秦时代的孟子与荀子就是这样的例子。《史记·孟子荀卿列传》中记载："天下方务于合从连衡，以攻伐为贤，而孟轲乃述唐、虞、三代之德，是以所如者不合。退而与万章之徒序诗书，述仲尼之意，作《孟子》七篇。其后有驺子之属。"[③] 可见，这种诸子精神，是与发愤著书相关系的。而南朝时代，子学开始与文章编选、文学批评相结合，曹丕《典论》本是子书，其中的《论文》一篇，开魏晋文学批评自觉之先河。刘勰《序志》中谈到自己写作《文心雕龙》时的立场与观点："敷赞圣旨，莫若注经，而马、郑诸儒，弘之已精，就有深解，未足立家。唯文章之用，实经典枝条，五礼资之以成文，六典因之致用，君臣所以炳焕，军国所以昭明，详其本源，莫非经典。而去圣久远，文体解散，辞人爱奇，言贵浮诡，饰羽尚画，文绣鞶帨，离本弥甚，将遂讹滥。盖《周书》论辞，贵乎体要；尼父陈训，恶乎异端：辞训之奥，宜体于要。于是搦笔和墨，乃始论文。"[④] 刘勰坦承，自己从小对于孔子与六经钦佩至极，但是在注经方面，不可能超越马融、郑玄这些硕儒，而在文学批评方面，却是大有可为的，

① 范文澜：《文心雕龙注》，第 307 页。

② 范文澜：《文心雕龙注》，第 310 页。

③〔汉〕司马迁：《史记》，北京：中华书局，2013 年，第 2833—2834 页。

④ 范文澜：《文心雕龙注》，第 726 页。

针对当时文坛方面“去圣久远，文体解散”的现象，“于是搦笔和墨，乃始论文”。儒家作为一种思想学说，也是诸子的一种，因此，刘勰通过论文来弘扬儒学，著书立说，显然也是儒家立场的彰显。

《文心雕龙》虽然被后世列为集部中诗文评，但同时可以算为论文之子书，何况在六朝后期，子书与集部交融的现象已经形成。余嘉锡先生在《目录学发微》中论之甚详。[①]刘勰在《序志》最后赞曰：“生也有涯，无涯惟智。逐物实难，凭性良易。傲岸泉石，咀嚼文义。文果载心，余心有寄。”可见，刘勰写作《文心雕龙》，与他在《诸子》中宣示的“辨雕万物，智周宇宙。立德何隐，含道必授”的精神是一致的。在《程器》中，刘勰提出：“是以君子藏器，待时而动。发挥事业，固宜蓄素以弸中，散采以彪外，楩楠其质，豫章其干；摛文必在纬军国，负重必在任栋梁，穷则独善以垂文，达则奉时以骋绩。若此文人，应梓材之士矣。”[②]《梁书·刘勰传》记载：“既成，未为时流所称。勰自重其文，欲取定于沈约。约时贵盛，无由自达，乃负其书，候约出，干之于车前，状若货鬻者。约便命取读，大重之，谓为深得文理，常陈诸几案。”[③]从这段记载可以看出，刘勰对于他的《文心雕龙》是很看重的。然而书成之后，竟然“未为时流所重”，可想而知，刘勰生前并不受社会所重视。刘勰自己在《文心雕龙》的《序志》中自叙：

> 详观近代之论文者多矣：至于魏文《述典》，陈思序《书》，应玚《文论》，陆机《文赋》，仲洽《流别》，弘范《翰林》，各照隅隙，鲜观衢路；或臧否当时之才，或铨品前修之文，

---

① 余嘉锡：《目录学发微　古书通例》，北京：中华书局，2007 年，第 230 页。

② 范文澜：《文心雕龙注》，第 720 页。

③〔唐〕姚思廉：《梁书》，北京：中华书局，1973 年，第 710 页。

> 或泛举雅俗之旨，或撮题篇章之意。魏《典》密而不周，陈《书》辩而无当，应《论》华而疏略，陆《赋》巧而碎乱，《流别》精而少功，《翰林》浅而寡要。又君山、公幹之徒，吉甫、士龙之辈，泛议文意，往往间出，并未能振叶以寻根，观澜而索源。不述先哲之诰，无益后生之虑。[①]

这说明刘勰对于汉魏以来论文发展的态势以及短长是看得很清楚的，他是自觉地担当起文艺批评的社会责任，传承了先圣的忧患意识，融入了自己的生命体验，从而写出了这本中国古代文学批评著作，也是一本他在《诸子》中所说的“入道见志之书”。

① 范文澜：《文心雕龙注》，第726页。

# 刘勰子学思想与杂家精神

林其锬

## 一、刘勰子学思想

“诸子学”自春秋战国百家蜂起、九流驰术，迄今已有 2500 多年了，若以《庄子 · 天下》为子论开端，后来评论诸子的论述时有间出，如《荀子 · 非十二子》，《尸子 · 广泽篇》，《吕氏春秋 · 要略篇》，司马迁《史记》之孟荀、老庄申韩、管晏诸列传，班固《汉书 · 艺文志》，葛洪《抱朴子 · 百家篇》等等皆是。但是，以上子论或评骘诸家得失，或考其流派，也只能说是“各照隅隙，鲜观衢路；或臧否当时之才，或铨品前修之文，或泛举雅俗之旨，或撮题篇章之意”，“并未能振叶以寻根，观澜而索源”。[①] 对于什么是“子”，什么是“子书”，都未能给予明确的定义和深刻的阐述。

魏晋南北朝时期，是我国文化发展历史上又一个转折的时期。“汉末以降，中国政治混乱，国家衰颓。”汤用彤先生称：“汉末至隋代之前为中国的‘黑暗时代’，同时也是中国的‘启蒙时代’。因为这一时期的精英之士如哲学家、诗人、艺术家基于逃避苦难之要求，在思想上勇于创新，在精神的自由解放中获得了‘人的发现’，或人的自觉，从而使这一时期的思想获得了深刻、鲜明的哲学意蕴。

① 〔梁〕刘勰：《文心雕龙 · 序志》，范文澜：《文心雕龙注》，北京：人民文学出版社，1958 年，第 726 页。

因此，‘汉魏之际，中国学术起甚大变化’。”[①]所以中国现代许多学科的萌芽可溯源于此时，子学也不例外。

南朝萧梁时期的思想家兼文论家刘勰早年撰著的《文心雕龙·诸子》和晚年撰著的《刘子·九流》对先秦迄于秦汉的子评、子论作了总结，对“子”“子书”给予了比较明确的定义，对“子学”的性质、诸子流派特点和得失以及子史分期、子学内部结构体系都作了简要概述，因而可视为诸子学学科的萌芽。

刘勰身处魏晋南北朝末期社会由分裂走向统一、学术思想由“析同为异”走向“合异为同”的历史巨变时期，他出生在有浓厚天师道影响氛围的低级军官家庭里，早年父亲战死，家境贫寒，青年时期只得依附佛门在定林寺帮助抄写、整理佛经生活。但他胸怀大志，抱负甚高。他充分利用佛寺大量藏书的条件，饱读佛家经典、诸子百家、诗赋杂文。我们从《文心雕龙》对先秦到六朝600多位各界人物，400多种经典、文献、作品进行深入研究并加以品评；从《刘子》“互引典文，旁取事据”[②]，征引、承袭中古以前的古籍竟达百种以上的实际情况，可以看出他读书用力之勤，知识涉猎之广，学问造诣之深。但他志不在文，而在于政，追求的人生目标是“摛文必在纬军国，负重必在任栋梁，穷则独善以垂文，达则奉时以骋绩”[③]。所以正如子学家孙德谦所言：“彦和于论文之中兼衡诸子，虽所言不无弊短，而能识其源流得失，则此书以‘雕龙’标目，可知彦和

① 汤一介、孙尚扬：《魏晋玄学论稿·导读》，汤用彤：《魏晋玄学论稿》，上海：上海古籍出版社，2005年，第3页。

② 〔明〕王道焜：《北齐刘子序》，林其锬：《刘子集校合编》，上海：华东师范大学出版社，2012年，第1134页。

③ 〔梁〕刘勰：《文心雕龙·程器》，范文澜：《文心雕龙注》，第720页。

盖窃比邹奭，将以自名一子矣。”[①] 他志不在文而在政，故不走儒生之路。而立之年为救当时社会日趋虚无浮诡不良文风的弊病而撰《文心雕龙》；在晚年仕途失意之时，又效法孔子“不得位而行道”以实现“独善以垂文”的人生目标，同时又感慨魏晋子书“谰言兼存，琐语必录，类聚而求，亦充箱照轸矣”[②] 的式微，通过立言，写“入道见志”之书《刘子》。

刘勰著述的原则是“囿别区分，原始以表末，释名以章义，选文以定篇，敷理以举统”[③]。他给“子”“子书”的定义是：

> 诸子者，入道见志之书。[④]
> 博明万事为子，适辨一理为论。[⑤]
> 然繁辞虽积，而本体易总，述道言治，枝条五经。[⑥]
> 九家之学……同其妙理，俱会治道。[⑦]

综合以上对“子”“子书”“子学”的“释名章义”，我们可以看到刘勰对“子”“子书”“子学”的内涵界定，那便是：第一，要“博明万事”，亦即《诸子·赞》中所说的“辨雕万物，智周宇宙”[⑧]，研究和阐发的是广博的天、地、人万物之理，而不是一枝一节个别

---

① 孙德谦：《诸子通考》，上海：华东师范大学出版社，2013 年，第 81 页。

② 〔梁〕刘勰：《文心雕龙·诸子》，范文澜：《文心雕龙注》，第 308 页。

③ 〔梁〕刘勰：《文心雕龙·序志》，范文澜：《文心雕龙注》，第 727 页。

④ 〔梁〕刘勰：《文心雕龙·诸子》，范文澜：《文心雕龙注》，第 307 页。

⑤ 〔梁〕刘勰：《文心雕龙·诸子》，范文澜：《文心雕龙注》，第 310 页。

⑥ 〔梁〕刘勰：《文心雕龙·诸子》，范文澜：《文心雕龙注》，第 308 页。

⑦ 〔梁〕刘勰：《刘子·九流》，林其锬、陈凤金：《刘子集校》，上海：上海古籍出版社，1985 年，第 302—303 页。

⑧ 〔梁〕刘勰：《文心雕龙·诸子》，范文澜：《文心雕龙注》，第 310 页。

事物的学问，这是就研究的广度涉及知识面的外延予以界定的。第二，“入道”“述道”“妙理”，这是从研究的深度定义。研究要深入事物的本质、阐释的道理要达到深刻精微的程度，而不是肤浅的一般性知识传递和综述。第三，“见志”，就是要体现研究者、作者自己独立创意和独到见解，不管你是“或叙经典，或明政术”[①]，都要有自己独立的思想和主张，真正成一家之言。第四，“言治”“治道”，亦即诸子学问不管你从哪个角度切入，都必须与治道相关，不是无的放矢，归根结底是为拯世救溺服务。所谓治道，自然包括天、地、人，亦即治国、治世和治心。按照刘勰对“子”“子书”“子学”内涵的界定，“子”的概念似与古之通儒、今之思想家相近；“子书”“子学”则是阐述道义、表达意志，亦即研究治心、治国、治世重大课题，广而深地阐释事物原理，并有独立见解和主张、成一家之言的著作和学问。章太炎曾说过：“学说在开人心智，文辞在动人之感情。虽亦互有出入，而大致不能逾此。”[②]又说：“原理惬心，永远不变；一支一节的，过了时就不中用。”[③]

诸子的出现和诸子学的产生和形成经历了漫长的历史过程。按照刘勰的看法，“子”的肇始可以追溯至上古，而“子书”的出现则在春秋战国。他说：“昔风后、力牧、伊尹，咸其流也。篇述者，盖上古遗语，而战代所记者也。至鬻熊知道，而文王谘询，馀文遗事，录为《鬻子》，子目肇始，莫先于兹。”[④]风后，黄帝臣；力牧，黄帝相；伊尹，商汤相；鬻熊，周文王时人。《汉书·艺文志》兵

---

① 〔梁〕刘勰：《文心雕龙·诸子》，范文澜：《文心雕龙注》，第310页。

② 章太炎：《论语言文字之学》，《章太炎演讲集》，上海：上海人民出版社，2011年，第21页。

③ 章太炎：《论诸子的大概》，《章太炎演讲集》，第87页。

④ 〔梁〕刘勰：《文心雕龙·诸子》，范文澜：《文心雕龙注》，第308页。

家有《风后》十三篇,《力牧》十五篇; 又道家《力牧》二十二篇,《伊尹》五十一篇; 又小说家《伊尹说》二十七篇; 皆注云"依托也"。故刘勰云:"盖上古遗语,而战代所记者也。"[①]即子在前而其书则后出,乃后人辑遗语成书而已。至于《鬻子》,《汉书·艺文志》有道家《鬻子》二十二篇, 注"名熊, 为周师, 自文王以下问焉"[②]。刘勰也称:"至鬻熊知道, 而文王咨谘询, 馀文遗事, 录为《鬻子》, 子目肇始, 莫先于兹。"[③]说明也是鬻子其人在前, 而其书是后人所录辑而成。但是以"子"作为书名则是从《鬻子》开端的。至于子书著述最早的当属老子:"及伯阳识礼, 而仲尼访问, 爰序《道德》, 以冠百氏。"[④]"冠百氏"者, 乃百家之首, 极言老子李耳(字伯阳)《道德》之卓越。

刘勰还认为: 在子书出现初期, 是没有"经""子"之分的。他说:"鬻惟文友, 李实孔师; 圣、贤并世, 而经、子异流矣。"[⑤]圣、贤生活于同时代, 后来经、子才分流。近人江瑔在其《读子卮言》中也说:"是可见孔孟之学, 虽远过于诸子, 而在当时(林按: 指先秦时期)各鸣其所学, 亦诸子之一也。况《六经》为古人教人之具而传之于道家, 非孔子之作。"[⑥]历史事实也表明"经"之提法虽始于《庄子·天运篇》:"丘治《诗》《书》《礼》《乐》《易》《春秋》六经, 自以为久矣。"[⑦]这里的"六经"即是江瑔所说的"古

① 〔梁〕刘勰:《文心雕龙·诸子》, 范文澜:《文心雕龙注》, 第 308 页。

② 〔汉〕班固:《汉书》, 北京: 中华书局, 1962 年, 第 1729 页。

③ 〔梁〕刘勰:《文心雕龙·诸子》, 范文澜:《文心雕龙注》, 第 308 页。

④ 〔梁〕刘勰:《文心雕龙·诸子》, 范文澜:《文心雕龙注》, 第 308 页。

⑤ 〔梁〕刘勰:《文心雕龙·诸子》, 范文澜:《文心雕龙注》, 第 308 页。

⑥ 江瑔:《读子卮言》, 上海: 华东师范大学出版社, 2012 年, 第 39 页。

⑦ 〔清〕郭庆藩:《庄子集释》, 北京: 中华书局, 1985 年, 第 531 页。

人教人之具”，亦即史料，只是孔子“治”（整理、研究）的对象，并非儒家的著作，而将其作为儒家经典，是在汉武帝实行“罢黜百家，独尊儒术”政策后于元朔五年（前124）设太学、置五经博士时，才把《诗》《书》《礼》《易》《春秋》作为“五经”的。后来又不断递增，将辅翼五经的传、记以及记载孔孟言行的《论语》《孟子》等都尊为“经”：东汉时“六经”增加《论语》为“七经”；唐初以《易》《书》《诗》《周礼》《仪礼》《礼记》《左传》《孝经》《论语》为“九经”；唐文宗时以《周易》《尚书》《毛诗》《三礼》《三传》及《论语》《孝经》《尔雅》刻石称“十二经”；宋绍熙年间又将《孟子》列入经部称“十三经”；宋时还有在“十三经”基础上再增加《大戴记》为经称“十四经”的。可见“经”与“子”之分流，是来自外部因素，即儒学成了官学之后，才被逐步加强的。所以就学术实质而言，“经”“子”是没有必要分开的。由于经学居于官学特殊地位，子学环境受到压抑，自然失去了先秦时期那种“六经泥蟠，百家飙骇”[①]的自由争鸣态势，但思想是不能垄断、禁绝的。因此子学虽遭贬抑，甚至被视作“异端”，但仍随社会前进而在不断发展，不过其形态则有所变化。刘勰指出：“逮汉成留思，子政雠校，于是《七略》芬菲，九流鳞萃，杀青所编，百有八十余家矣。迄至魏晋，作者间出，谰言兼存，琐语必录，类聚而求，亦充箱照轸矣。”[②]当然发展中纯粹与踳驳并存，玉石与泥沙俱下。其形态大致可分四种：一是仍然自开户牖，越世高谈，这自然被视作异端，甚至惨遭迫害；二是“承流支附”，以诠释经典、元典的形式，用“六经注我”的方法，寄寓自己的思想和主张；三是“综核众理……集

① 〔梁〕刘勰：《文心雕龙 · 时序》，范文澜：《文心雕龙注》，第671页。

② 〔梁〕刘勰：《文心雕龙 · 诸子》，范文澜：《文心雕龙注》，第308页。

猎众语”[①]，用古说今寄托新思想新主张，刘勰的《刘子》就是典型；四是遁入民间，以宗教面目出现，创作经书表达自己的见解和主张。这种形态变异，诸如“南朝儒生采取《老》《庄》，创造新经学”[②]，宋、明儒者援佛入儒创造“理学”“心学”，“其言颇杂禅理”[③]。宗教家创造《太平经》，以及近现代吸收西学涌出新子家等都是。在表述方式上也由子向论、子集合流方向转变，子、集合流，“家家有制，人人有集”[④]成了普遍现象。

## 二、杂家精神与杂家历史地位

在诸子百家中，杂家虽为“九流”之一，但由于古人囿于学派门户之见，特别是儒学成了官学，长期占主流意识形态的状况下，杂家更被视为“往往杂取九流百家之说，引类援事，随篇为证，皆会粹而成之，不能有所发明，不足预诸子立言之列”[⑤]。《四库全书》子部类目，将杂家置于术数、艺术、谱录之后，分为杂学、杂考、杂说、杂品、杂纂、杂编六类，实际上已经不把杂家作为九流之一与其他八家并列，而将其排出九流。所以究竟应该如何评价杂家、认识杂家、发现杂家的真正价值及其历史作用，是需要我们细加考究的。

“杂”就其本义而言，实有二义：一是集聚、糅同。《玉篇》：“杂，糅也，同也，厕也，最也。”又：“杂”也同“襍”。《类篇》：“襍，集也。”《广韵》：“集，就也，成也，聚也，同也。”

---

① 〔日〕平安咸愿：《刘子序》，林其锬：《刘子集校合编》，第834页。

② 范文澜：《中国经学史的演变》，《范文澜全集》第十卷，石家庄：河北教育出版社，2002年，第61页。

③ 〔清〕江藩：《宋学渊源记》，上海：商务印书馆，1935年，第1页。

④ 〔梁〕萧绎：《金楼子·立言》，郁沅、张明高编选：《魏晋南北朝文论选》，北京：人民文学出版社，1996年，第366页。

⑤ 〔宋〕黄震：《黄氏日钞》卷五十五，文渊阁《四库全书》本。

所以江瑔说："'杂'之义为'集'、为'合'、为'聚'、为'会'……即集合诸家而不偏于一说，故以'杂'为名，此其义也。"[①]。二是杂碎。《扬子·方言》："杂，碎也。"《易·系辞下》："其称名也，杂而不越。"[②]《疏》："辞理杂碎，各有伦叙，而不相乖越。"[③]杂家著作中实有两种，即刘勰在《刘子·九流》中所说：一是"触类取与，不拘一绪"；二是"芜秽蔓衍，无所系心"。[④]所以不能一概而论。

20世纪40年代，冯友兰和张可为有《原杂家》之作。他们认为：杂家"是应秦汉统一局面之需要，以战国末期'道术统一'说为主要的理论根据，实际企图综合各家之一派思想。这种思想，在秦汉时代，成为主潮"[⑤]。"他们以为求真理的最好的办法，是从各家的学说，取其所'长'，舍其所'短'，取其所'见'，去其所'蔽'，折衷拼凑起来，集众'偏'以成'全'。"[⑥]"他们主张道术是'一'，应该'一'；其'一'之并不是否定各家只余其一，而是折衷各家使成为'一'。凡企图把不同或相反的学说，折衷调和，而使之统一的，都是杂家的态度，都是杂家的精神。"[⑦]由于中国学术一般都注重社会、人生实际问题，在先秦注重形而上的先是有道家，继之有受道家影响的《易传》。道家较各家较注重带根本性的问题，

---

① 江瑔：《读子卮言》，第119页。

② 〔魏〕王弼注，〔唐〕孔颖达疏：《周易正义》，北京：北京大学出版社，2000年，第366页。

③ 〔魏〕王弼注，〔唐〕孔颖达疏：《周易正义》，第366页。

④ 〔梁〕刘勰：《刘子·九流》，林其锬、陈凤金：《刘子集校》，第302页。

⑤ 冯友兰、张可为：《原杂家》，冯友兰：《中国哲学史》（下册）附录，上海：华东师范大学出版社，2002年，第407页。

⑥ 冯友兰、张可为：《原杂家》，冯友兰：《中国哲学史》（下册）附录，第395页。

⑦ 冯友兰、张可为：《原杂家》，冯友兰：《中国哲学史》（下册）附录，第408页。

“故杂家有许多地方都采取了道家的观点”[①]，但是“杂家不是道家，也不宗主任何一家”[②]。“道术统一”思想源于《庄子·天下篇》，但道家主张“纯一”“无为”，“认为方术不能统一，又不想去统一它”[③]；而杂家则主张“舍短取长”“熔天下方术于一炉”，认为“欲天下之治者，必求方术之统一。统一方术之法，为‘齐万不同’”[④]。笔者以为冯、张二氏对杂家的评价是中肯的。如果我们客观地考察历史上杂家思潮产生和优秀杂家代表作产生的历史条件，我们就会发现：它们都是在社会由分裂走向统一，学术思潮由“析同为异”到“合异为同”的转折时出现的，杂家所起的特殊作用是其他各家所不能代替的。

综观中国历史，可以看到社会大转折、文化大融合的时期莫过于先秦、魏晋南北朝和近现代三个时期。

第一次：先秦时期春秋战国时代。这一时期铁器生产工具开始普及，生产关系发生大变动，原来的“井田制”出现了“民不肯尽力于公田”[⑤]的现象。周边东夷、南蛮、西戎、北狄等少数民族逐步融入华夏民族，特别是长江文明与黄河文明，亦即所谓“巫文化”与“史文化”的交流、碰撞，形成了“七国力政，俊乂蜂起”[⑥]“六经泥蟠，百家飙骇”[⑦]的局面。经过三四百年的动荡、分化、迁徙、融合发展，特别在经济上由于邗沟和鸿沟的开凿，长江、淮河、黄

---

① 冯友兰、张可为：《原杂家》，冯友兰：《中国哲学史》（下册）附录，第406页。
② 冯友兰、张可为：《原杂家》，冯友兰：《中国哲学史》（下册）附录，第407页。
③ 冯友兰、张可为：《原杂家》，冯友兰：《中国哲学史》（下册）附录，第405页。
④ 冯友兰、张可为：《原杂家》，冯友兰：《中国哲学史》（下册）附录，第409页。
⑤ 《春秋公羊传注疏》，北京：北京大学出版社，2000年，第416页。
⑥ 〔梁〕刘勰：《文心雕龙·诸子》，范文澜：《文心雕龙注》，第308页。
⑦ 〔梁〕刘勰：《文心雕龙·时序》，范文澜：《文心雕龙注》，第671页。

河流域三大经济区域连成一片，形成一体，相互联系和依赖加强了，因此社会出现了统一要求。与社会由分到合的客观要求相适应，在文化上出现原道之心，兼儒墨、合名法，博综诸家之长以为一、由“析同为异”到“合异为同”的形势，“杂家精神”“思想统一”思潮也随之产生。其代表作就是《吕氏春秋》。它“上揆之天，下验之地，中审之人”[①]“假人之长，以补其短”[②]“齐万不同，愚智工拙，皆尽力竭能，如出乎一穴”[③]。继之在汉初出现的《淮南鸿烈》也是一样，也是因为应社会需要，“用老庄的天道观去消除各家学说的界限和对立，将诸子的思想调和贯通起来，以达到‘统天下，理万物’的目的”[④]。由此可见：秦汉时期的杂家代表作《吕氏春秋》与《淮南鸿烈》，就是因应社会统一的客观情势而产生的，它们也的确对推进社会发展起了积极作用。

第二次：魏晋南北朝时期。东汉以后，贵族政治腐败，经学僵化，社会分裂，魏、蜀、吴三国鼎立，西晋短期统一但随着北方少数民族匈奴、鲜卑、羯、氐、羌等入主中原，形成南北对峙局面，汉武帝实行的“罢黜百家，独尊儒术”逐步建立起来以正名、定分、三纲、五常为主要内容作为维系社会的价值体系、精神支柱和管理制度神器的“名教”，发生了严重的危机；加之佛教东传，佛经翻译渐多，佛教社会影响扩大，发生了中外文化的交流与碰撞，因而社会又由合到分，学术也由同到异，儒、佛、道争鸣激烈。为寻找

---

① 〔战国〕吕不韦：《吕氏春秋·序意》，陈奇猷：《吕氏春秋新校释》，上海：上海古籍出版社，2002 年，第 654 页。

② 〔战国〕吕不韦：《吕氏春秋·用众》，陈奇猷：《吕氏春秋新校释》，第 235 页。

③ 〔战国〕吕不韦：《吕氏春秋·不二》，陈奇猷：《吕氏春秋新校释》，第 1135 页。

④ 牟钟鉴：《〈吕氏春秋〉与〈淮南子〉思想研究》，济南：齐鲁出版社，1987 年，第 107 页。

新理论，重建社会新价值体系，调谐社会秩序，以名教与自然之辨为核心内容的玄学也就应运而起：“魏之初霸，术兼名法；傅嘏、王粲，校练名理。迄至正始，务欲守文；何晏之徒，始盛玄论。于是聃、周当路，与尼父争途矣。”[①]玄学之兴，始于以儒家“正名”和法家“循名责实”的名理学，由“名教”到“名法”，进一步上推到“无为”，所以玄学是脱变于名学与易学，既是源自老、庄，也是儒学之蜕变。社会经过近300年的动荡、分裂，由于大量中原人民南迁江南，南方经济得以开拓发展，加之北方进入中原的少数民族逐渐汉化，社会又出现了要求统一的趋势，与之相适应，学术思想再次涌现“析同为异”到“合异为同”的“杂家精神”，其特点是通过儒道会通、佛学玄化的途径进行整合：“洎于梁世，兹风（按：指玄学）复阐，《庄》《老》《周易》谓之三玄。武皇（按：指萧衍）、简文（按：指萧纲），躬身讲论。”[②]“暨梁武之世，三教（按：指儒、佛、道）连衡，五乘（按：指佛家人乘、天乘、声闻乘、缘觉乘、菩萨乘，也就是乘着五戒、十善、四谛、十二因缘、六度等五种教法而获得善果）并骛。”[③]梁武帝也撰《会三教诗》：“穷源无二圣，测善非三英。”[④]揭橥三教同源说。说明此时儒道会通、佛学玄化已成社会风气。此时问世的《刘子》便是因应这一思潮而产生的杂家代表作。日本古代学者说：“《刘子》刘

① 〔梁〕刘勰：《文心雕龙·论说》，范文澜：《文心雕龙注》，第327页。

② 〔北齐〕颜之推：《颜氏家训·勉学》，王利器：《颜氏家训集解》（增补本），北京：中华书局，2002年，第187页。

③ 〔唐〕法琳：《对傅奕废佛僧事》，《广弘明集》卷十一，《四部丛刊》本。

④ 〔梁〕萧衍：《会三教诗》，逯钦立辑校：《先秦汉魏晋南北朝诗》，北京：中华书局，1984年，第1532页。

勰所作，取镕《淮南》，自铸其奇。”[①] 此书曾被清代著名藏书家、校勘家黄丕烈赞为“魏晋子书第一”。中国《文心雕龙》学会创会会长张光年（光未然）也认为：“《刘子》和《文心雕龙》，同是南北朝历史巨变时代产生的有重大历史价值、学术价值的奇书。”[②]《刘子》“综核众理，发于独虑；猎集群语，成于一己。”[③] 它泛论治国修身之要，杂以九流之说，是“总结了诸子的学术和思想，来用古说今”[④] 之书。《刘子》产生的背景同《吕氏春秋》《淮南子》极其相似，所不同者是后二书皆权势者“聚客而作”，属集体著述，所以体系庞大，“踳驳不一”，内容庞杂；而前者则是个人私著，简要精炼，全书仅 29030 字，却蕴含了丰富的思想内容，如因时而变的社会历史观和与时竞驰的人生观、从农本出发的富民经济思想、从民本出发的清明政治思想、“知人”“适才”“均任”的人才管理思想、文质并重“各像勋德，应时之变”[⑤] 的文艺思想，以及清神防欲、惜时崇学、履信慎独等积极向上、健康的道德修养理念等等。张光年特别肯定它的“因时制宜的变法论”和“献贤受上赏，蔽贤蒙显戮”[⑥] 的主张，“是站在时代潮流前面的勇士”，“都是有针对性的，是不避嫌疑、不计后果的，是勇士的语言”。[⑦]《刘子 · 九流》在继承司马谈《论六家要旨》和班固《汉书 · 艺文

① 〔日〕播磨清绚：《〈刘子〉序》，林其锬：《刘子集校合编》，第 833 页。

② 张光年：《关于〈刘子〉——在中国〈文心雕龙〉学会第二届年会上的讲话》，林其锬：《刘子集校合编》，第 1165 页。

③ 〔日〕平安咸愿：《〈刘子〉序》，林其锬：《刘子集校合编》，第 834 页。

④ 王重民：《中国目录学史论丛》，北京：中华书局，1964 年，第 99 页。

⑤ 〔梁〕刘勰：《刘子 · 辩乐》，林其锬、陈凤金：《刘子集校》，第 36 页。

⑥ 〔梁〕刘勰：《刘子 · 荐贤》，林其锬、陈凤金：《刘子集校》，第 114 页。

⑦ 张光年《关于〈刘子〉——在中国〈文心雕龙〉学会第二届年会上的讲话》，林其锬：《刘子集校合编》，第 1166—1167 页。

志·诸子略》思想的基础上，比较客观、精确地评价了道、儒、阴阳、名、法、墨、纵横、杂、农九家的得失，而且着重点放在“皆同其妙理，俱会治道，迹虽有殊，归趣无异”[①]的会通上。同时还在总体上概括了子学的基本构架：“道者玄化为本，儒者德教为宗，九流之中，二化为最。”[②]正如美国华人学者杜维明所说：“这既肯定了中国文化的‘九流’结构，又强调了其中以‘儒、道’为主体地位。”[③]或者如赵吉惠教授所说：“就是对以儒、道为主体结构的中国多元文化的古典表达。”[④]这是刘勰对子学的历史贡献。此外，在《刘子·九流》中“圣贤并世，诸子分流”表明古本无“经”，后来才有“经”“子”之分；中古以前子史分期并指明子书形态向子论、文集转化；等等：都是他的独到创新见解，对子学建构都具有重要意义。

由于《刘子》一书比较充分地反映了当时社会发展的趋势，适应了社会由分到合走向统一的历史要求，因此在隋唐广为传播影响很大，上自唐太宗、武后，下至一般读书人，乃至高僧大德都十分重视。唐太宗于贞观二十二年（648），为教育太子李治撰《帝范》：“所以披镜前踪，博采史籍，聚其要言，以为近诫云尔。”[⑤]书中就多处承袭、征引《刘子》，明显抄袭的就达22处，甚至连一些章名，诸如《诫盈》《赏罚》《阅武》等也与《刘子》雷同。武则天莅位，为教育臣子，亦仿太宗“情隆抚字，心欲助成”“撰修身之训”，

---

① 〔梁〕刘勰：《刘子·九流》，林其锬、陈凤金：《刘子集校》，第302—303页。

② 〔梁〕刘勰：《刘子·九流》，林其锬、陈凤金：《刘子集校》，第303页。

③ 杜维明：《我看文化中国》，文化中国网 http：//www.culcn.cn/，2007。

④ 赵吉惠：《论儒道互补的中国文化主体结构与格局》，《陕西师范大学学报》1994年第4期。

⑤ 〔唐〕李世民：《帝范·序》，文渊阁《四库全书》本。

乃“游心策府”“缀叙所闻以为《臣轨》一部”，“为事上之轨模，作臣下之绳准”。[①]书中亦承袭、征引《刘子》。其他如成书于隋的虞世南《北堂书钞》、释道宣《广弘明集》、唐之释湛然《辅行记》、释道世《法苑珠林》也多有征引。释慧琳《一切经音义》还两处明确著录《刘子》及其作者刘勰。《刘子》盛行于唐，成了当时社会上“有现实意义的著作”“读书人的一般理论读物”[②]，远播边陲、国外。从已发现的敦煌、西域隋唐的写本《刘子》残卷就有九种，著录《刘子》的小类书写本就有五种，唐时传到日本的《刘子》版本就有三种之多，甚至在新疆和阗伊斯兰贵族古墓中也发现有唐写本《刘子》残卷。以上事实足见《刘子》在唐代影响之大。《刘子》儒道互补、兼容百家的思想，实际为盛唐的“崇道、尊儒、礼佛”、建构社会稳定和谐的指导思想提供了理论支持，也为“贞观之治”的社会管理和道德理念提供了思想资源。由此也可见杂家精神在建构统一、稳定社会中的积极作用。

第三次：近现代。18世纪，随着欧洲资本主义的发展，开始了征服世界的“全球化”，列强以其坚船利炮在1840年打开了中国国门，中国逐渐沦为半殖民地半封建社会，西方文化也随着枪炮和商品洪流强势涌入，中国社会又发生了分裂、动荡，中华民族遭遇了空前危机。由于落后而挨打，救亡压倒一切，中国的精英也着力向西方寻找出路，“现代化等于西化”的理念为许多人所接受。中西文化大碰撞、各种思潮登台争鸣激烈，又有“俊乂蜂起”“百家飙骇”之势。但这与先秦诸子“自开户牖”“越世高谈”迥异：一是在西方霸道文化强势主导背景之下，二是大多作为外来思潮的二传手出

① 〔唐〕武曌：《臣轨·序》，《续修四库全书》第753册，上海：上海古籍出版社，2001年，第105—106页。

② 王重民：《中国目录学史论丛》，第133、134页。

现。这一次异质文化的接触、碰撞、交流、融合的规模是空前的，因此对中华文化的冲击、更新、提升也是前所未有的。经过百多年的酝酿，中华文化汲取西学特别是科学技术，由传统到现代转轨取得了巨大进步，但也出现宾主易位、过度依傍西方文化体系的问题，因而逐渐失去了民族文化的话语权。随着国家的独立、经济的发展、社会的进步，又到了中国要崛起、中华民族要复兴的关头了。

子学是中华文化理性积淀的载体，面对经济全球化、政治多极化、文化多元化，中外文化空前规模的大交流、大碰撞、大融合的时代，如何立足中华优秀传统文化，通过研究弄清渊源，理清发展脉络、基本走向，继承精华，实现创造性转化、创新发展，重构中华文化新体系，也需要杂家精神，即取镕诸家之长、舍弃诸家之短（这里的诸家自然也包括外来文化在内），这才能担当和完成新的历史使命，而刘勰的《文心雕龙》和《刘子》蕴藏的丰富的思想资源，正可供借鉴。特别是两书所倡导的“同之与异，不屑古今；擘肌分理，唯务折衷”“振叶以寻根，观澜而索源”[①]“弥纶群言，而研精一理”[②]以及“九家之学，虽旨有深浅，辞有详略，偝僪形反，流分乖隔；然皆同其妙理，俱会治道，迹虽有殊，归趣无异”[③]所体现的杂家视野、襟怀和方法，更值得继承和发扬。

---

① 〔梁〕刘勰：《文心雕龙·序志》，范文澜：《文心雕龙注》，第727、726页。

② 〔梁〕刘勰：《文心雕龙·论说》，范文澜：《文心雕龙注》，第327页。

③ 〔梁〕刘勰：《刘子·九流》，林其锬、陈凤金：《刘子集校》，第302—303页。

# 刘勰文论的创新与诗学的局限

〔美〕林中明

## 一、释题

### （一）综核群伦，识犹未逮

《文心雕龙》体大思精，博通诸子，系统井然，文字典雅，博学深究中西文论的学者，咸以为此书是古今中外文论中的经典之作。然而雷打高树，风撼大楼，一些近代学者，在反抗传统国学框架之余，对于《文心雕龙》的权威难免产生反作用力和一些逆向思考，时有疑其思想保守及缺乏创新者。所以博学强记又有小说创作和诗集传世的钱锺书先生，便尝于《管锥编·列子张湛注·评刘勰》中批评《文心雕龙》“综核群伦，则优为之，破格殊论，识犹未逮”，似有意阐明己书之长，以别于刘勰之短。近年更有一些学者开始批评刘勰既然在理论上源本乎道、征师于圣、宗经述诰，而方法和范围又延续《文赋》《流别》等前贤文论，所以他并没有开发崭新的疆域，而且缺乏有分量的原创成绩。忽然间，在20世纪之末，一位集古典文论之大成的大师，似有遭批遭贬，成为南北朝时期“古典文论杂志”总编辑之势。

### （二）闻之者众，知之者寡

如果从大家都看得到，而且熟悉的数据，以及刘勰的序文表面文字而言，他确实是继承了前人的理论和方法，再加以排列组合，编写出《文心雕龙》。所以乍看之下，似乎批判者的控诉，一审成立。

然而一个人能把百千前人的千万册著作“消化”，再用当时是“现代化”的典雅骈文，不加水添油，精炼地写出“一针见血”的文学批评，这在古代固然少见，至于现代，更是稀有。所以20世纪西方大诗人兼文学批评家的艾略特，在《传统与个人才能》中指出，“传统不容易继承，如果你需要传统的知识，必须拼命用功，才能据为己有”[①]。二千五百年前《孙子兵法·计篇第一》早就说：“（道、天、地、将、法）凡此五者，将莫不闻，知之者胜，不知者不胜。”同样的道理，现代的人，多半专修一科，但也不一定都懂得这一科里的现代知识，更不容易消化古代有关的智慧。这可以说是“旧固不易承，新亦不易得”，类似于宋儒说的“理未易明，善未易得”。

### （三）刘勰知兵，通变破旧

所以刘勰能融会如此庞大数目的旧学，这让大部分批评刘勰用功的学者，也不能不佩服他勤学博识的成绩。但是更重要的是，批评刘勰的人多半所没有看见的，是他不仅学通佛儒，而且识兼文武，曾以过人的胆识和行动[②]，竟把《孙武兵法》的兵略消化以后，或显或隐，或直接或间接，大量地融入了他的文论，并开发出许多崭新的文论见解和篇章，如《定势》《通变》诸篇，以至于其立论见解都超越了过去的文论典籍，因而正式为世界文论开启了新的

---

① T. S. Eliot, *The Traditionand The Individual Talent*: *Selected Prose of T. S. Eliot*, Harcourt Brace Jovanovich Publisher, 1975. “Tradition is a matter of much wider significance. It cannot be inherited, and if you want it you must obtain it by great labor.”

② 〔美〕林中明：《刘勰、〈文心〉与兵略、智术》，《史学理论研究》（季刊）1996年第1期，第38—56页。又载于作者的《斌心雕龙》，台北：学生书局，2003年，第57—100页。

天窗[①]。

刘勰博学但是“通变”。他在《定势》篇里特别批判那些“假创新、真搞怪”者说：“密会者以意新得巧，苟异者以失体成怪。旧练之才，则执正以驭奇；新学之锐，则逐奇而失正。”所以那些批判他“保守”的人，完全是以偏概全地找他麻烦，俾以逐奇而扬识，幸立“一见之言”。但是刘勰不是一个单一课业的“专家”，而是一个博通佛、儒、兵法等学问，不能简单归类的“大师”。因为“大师”之所以为“大师”，乃在于他的学问博大精深，常常超过大多专业学者的理解范围。所以我们要想认识一个真正的“大师”，必须有“瞎子摸象”的精神，从多方面来摸索，作全面性的评价。譬如，他曾抓住机会，孤身奏改二郊祭祀以清净蔬果，取代数千年来，（包括中西人类）以残忍的流血牺牲，来祭祀天地神灵和祖先，这是极其大胆的“反传统”主张和“自反而缩，虽千万人而往”的果敢行动。所以我要劝一些偏颇的学者，千万不要轻易地给“通变”而“意新”、“执正以驭奇”的刘勰戴上一个“儒家保守派”的“纸糊大帽子”。

**（四）博学强记，负重难远**

此外，一个博学强记擅于分析的学者，记忆库里不断强力储存信息和一步一逻辑分析的习惯，往往使他不能分出额外的脑力空间，去突破自己日夜记忆的前人学说和已知的方法及习惯的步骤。我认为钱锺书先生对刘勰的批评，其实反映了他自己对于博学强记而无本身思想见识大突破的忧虑。就像一个浑身佩金戴玉，锦衣珠饰的人，虽然行走时金声玉振、珠光宝气，但是负重过度，担心碰坏身

---

① 〔美〕林中明：《刘勰和〈文心〉里的兵略思想》，《文心雕龙研究》第二辑，北京：北京大学出版社，1996 年，第 311—325 页。（作者按：这也是“龙学”专家王更生教授在 1995 年《文心雕龙》学术研讨会上对本文所作的评语。）

上的珠宝，以致不仅不能跳高快跑，更不敢独力远行。除非他能偶尔放下身外的“宝物”，“应无所住而生其心”①，或是登上新的“知识平台”，远眺天下，那么才可能有一次又一次的大突破。因此，知道越多，思想包袱越重，文论创新的困难之于刘勰，亦如文学思想创新之于钱锺书，是一个倍于常人的“全副武装越野赛跑”的大挑战。钱先生的突破似乎为他的博学多识所掩，未能突显出何为其最重大的“深解”突破和前人所未能为的创新“立家”。类似的压力也一直围绕着刘勰和他唯一公认传世的著作——《文心雕龙》。似乎刘勰自认足以“立言成家”②的大突破也不幸为他的博学精思和中国文论著作中罕见的井然系统所掩，几乎沉寂了一千四百多年。

为了较全面而宏观地重新探讨《文心雕龙》的特质，以下的讨论将采取“双线平行”而且“辩证”的方式，提纲挈领地来探讨“龙学”里至今尚未被积极探讨过的两大问题——“文论创新”和“诗学局限”。“文论创新”的讨论是针对批评刘勰思想“保守”而来，而又以刘勰能融合“文、武”两个对立的观念加以赞扬。“诗学局限”的看法，则是把刘勰的成就还原到他实际的广度，并为“情、理”两种个性之不能并翼齐飞和社会与政治的局限，为刘勰的“诗学局限”而惋惜。

## 二、刘勰文论的创新

《文心雕龙》除了编辑方法、系统和评论前修、古文之外，有无重大的文论思想“创新”？以下从五个方面来谈。

---

①〔美〕林中明：《禅理与管理——慧能禅修对企管教育与科技创新的启示》，《斌心雕龙》，台北：学生书局，2003 年，第 519—570 页。

②《文心雕龙 · 序志第五十》：“君子处世，树德建言……马郑诸儒，弘之已精，就有深解，未足立家。”

### （一）动机：刘勰未写《文心雕龙》时，就准备“创新”立家！

评论创新，要由三个阶段来观察比较：第一，“就地论事”，不应该拿那个地区和另一个更先进的地区来比。第二，“就时论事”，我们要以当时和过去的时代来考虑，而不是和一千年后相比。第三，不论“时空”，只论该科历史上的“总价值”。譬如说物理学的发展史，不论时空，牛顿和爱因斯坦必然名列前茅。因为这是和古今中外相比，所以是考虑成就最难的一个关卡。只有几个“宗师”和“主要”的“大师”可以列入。因为刘勰也自知只到“夜梦执丹漆之礼器，随仲尼而南行”（《序志》）的身份，所以还不能算是“大宗师”，因此我们应该就“当时”“该地”而论其“创新”与否和“分量”如何。

刘勰在《序志》篇中说：“敷赞圣旨，莫若注经，而马郑诸儒，弘之已精，就有深解，未足立家……于是搦笔和墨，乃始论文。……品列成文，有同乎旧谈者，非雷同也，势自不可异也。”可见他未写书时，就准备“创新”立家。书出了之后，也得到当代博学而且当权的沈约以及梁武帝的欣赏。可见得《文心》一书，在“当时”“该地”是被权威人士公认为创新而且有分量的佳作。

刘勰立言，自云“岂好辩哉？不得已也！”（《序志》）所以他一开始就标明《文心雕龙》不是一本为立异而逐奇之书。与时下文艺人没有新意，不能作“有用”的创新[①]，只好把“为反对而反对”当成“新意”；或亦步亦趋，下模仿落子的“东坡棋”；或破坏现有结构，美其名曰时间上的“后现代”和内容上“解构”之类“没

① 文艺、科学和数学不容易在短期内判断什么是有用的创新。但在科技界，一个专利权能否获得批准，则较容易由专家来判别“新意”(original idea) 和“有用”(usefulness)。

有主义”[①]的主义等名家都不同。刘勰写《文心》，开始就胸怀大志，有意突破前人樊篱，并提出自己的正面看法和新见解。

### （二）先述本，再出新：《原道》《征圣》《宗经》三篇广义为先、参古在后

今人看一千五百年以前的文论，难免觉得文、意俱古，很容易把古人的“旧”东西，都直觉地当作是过时和落伍的“陈年旧货”。政治人物如此说，我们可以嘲笑他是“泛政治”的动物。但是新一代“逐奇”的学者这么说，似乎显得“新锐”有朝气。但是既然刘勰早已指出“旧练之才，则执正以驭奇；新学之锐，则逐奇而失正。势流不反，则文体遂弊”（《定势》），难道他自己不知“望今制奇，参古定法”（《通变》）吗？所以学说立论，要说有此事，比较容易，双证就站得住脚。说“无此事”，则常相对地困难。说刘勰没有“创新”，这也是很危险的事[②]。所以我们可以学禅宗六祖惠能，当年在广州法性寺，为“风动还是幡动之争”所说的有名机锋评论——“不是风动，不是幡动，仁者心动”，来评论某些批判刘勰思想保守的学者。那就是：是刘勰的观念保守？还是（某些）学者的观念保守，不能会通？

---

① 按：虽说“没有主义”，却“不是没有看法”，只是借此反讽自以为是的意识形态主义者和投机的流行主义者。

② 罗香林《回忆陈寅恪师》：“陈师又说：‘凡前人对历史发展所留传下来的记载或追求，如果我们要证明它为“有”，则比较容易，因为只要能发现一、二种别的纪录，以作旁证，就可以证明它“有”了；如果要证明它“无”，则着实不易，千万要小心从事，因为如果你只查了一二种有关的文籍而不见有“有”，那是还不能说定的，现在的文籍虽全查过了，安知尚有地下未发现或将发现的资料仍可证明其非“无”呢？’”［《传记文学》（台湾）第十七卷第四期，1970 年 10 月。］

有些新一代学者最爱批评的就是《文心雕龙》开头的《原道》《征圣》《宗经》三篇。认为刘勰的思想保守，抱“经”迷“圣”，泥古不化。这类话说久了，似乎也成为一种“新锐”的“高论”。其实细看《文心雕龙》开头的三篇，我们就会发现刘勰在每篇的发端，都必先从基本的角度，来看广义的道理和情况。然后才举出他所认为什么是最适当的范例，或是窄义的解释。所以我认为，断言刘勰思想保守，多半是不了解他的写法，浮观文气，因而陷入并反映了他们自己先入为主的“保守观念”①。

**（三）刘勰的文论精神和果决行动：正反兼顾、辩证会通、容异创新**

因为刘勰在《文心雕龙》里以《原道》《征圣》《宗经》三篇引领全书，所以许多认定刘勰思想保守的人，须细看下面的《正纬》和《辨骚》两篇，才能体会刘勰正反兼顾、兼容并蓄的精神。因为《正纬》篇强调容异，这也不是一般传统保守的儒生敢提倡的开明观念。而《辨骚》篇里，刘勰不仅注重人格，而且重创新，望骚赞奇！了解了刘勰这样厚积而跃发的文论思想，谁还能指责刘勰保守？刘勰早期思想必然相当独立，后来成书、谋官到协制素食供奉和自行焚发出家，“趋时必果，乘机无怯”（《通变》），全然不是一个思想保守、行动懦弱的文士。

**（四）谐讔、幽默、讽谏：对民俗活力和心理学的重视**

《文心雕龙》中还有一个突破汉儒传统，回归继承《诗经》和孔子的特别篇章：《谐讔》。进步的文明，因为文化的开放，都会

---

① 〔美〕林中明：《由〈文心〉〈孙子〉看中国古典文论的源流和发扬》，《古代文论研究的回顾与前瞻》（复旦大学2000年国际学术会议论文集），上海：复旦大学出版社，2002年，第77—105页。又见《斌心雕龙》，第427—428页。

注重戏笑的娱乐和“文胜于武”的幽默戏剧、讽刺文学。这些都可以在《诗经》文字、孔子言行，以及古希腊的喜剧里见到[①]。只是后来的政治宗教的束缚，中西都曾分别僵化限制了知识分子的思维。在刘勰之前的文论中不见文人提到“谐隐幽默”文学，刘勰之后的韩愈，偶尔写些幽默小品遣怀，还被年长弟子张籍批评告诫。对于一个“缺乏幽默感的民族”（鲁迅评中国人的幽默感）来说，我们回顾东方文学史，不仅要对刘勰的《谐隐》篇致敬，而且面对近几个世纪以来西方文明高度发展的幽默品味，对照当前流行“无厘头”式的笑闹和有些人引以为豪的“全民乱讲”剧目，我们多少要感到一些“幽默感”不进反退的惭愧。[②]

### （五）文武合一：《斌心雕龙》

以上的四项“创新”虽然值得重视，但是刘勰真正的突破和大创新乃在于他才兼文武，胆识过人，竟把《孙武兵经》消化之后，或显或隐，不见斧凿之力地化入了他的文论，于是他能站在兵略的“知识平台”之上，以“文武合一”的新视角来讨论文艺智术，并超越了我们所知道的古今中外文论经典，为世界文论开启了一扇新的天窗。

特别是由于他融会贯通了看似对立的文武之道，所以才能如“转圆石于千仞之上”，举重若轻，有系统、首尾圆合地应用兵法于文论，

---

① 王国维：《人间词话》：“诗人视一切外物，皆游戏之材料也。然其游戏，则以热心为之，故诙谐与严重二性质，亦不可缺一也。”

② 〔美〕林中明：《谈谐讔：兼说戏剧、传奇里的谐趣》，《文心雕龙研究》第四辑，北京：北京大学出版社，2000 年，第 110—131 页。又见《斌心雕龙》，第 173—200 页。〔美〕林中明：《杜甫谐戏诗在文学上的地位：兼议古今诗家的幽默感》，《杜甫与唐宋诗学》，台北：里仁书局，2003 年，第 307—336 页。又见《斌心雕龙》，第 239—278 页。

而让钱锺书等的巨眼都看走了眼。

对于刘勰"文武合一"的文论突破，我的探讨不仅从《文心雕龙》本身去分析其中"族繁不及备载"的句字[①]，更综合了《文心》和《孙子》的精神，用"斌心雕龙"的角度和思维去分析文艺创作，得到一些初步成果[②]。

刘勰在《文心雕龙》最后一篇《程器》的最后一段写道："文武之术，左右惟宜……岂以好文而不练武哉？孙武兵经，辞如珠玉，岂以习武而不晓文也！"这可以说是全书的结论重话。一千五百年前刘勰把《孙子兵法》破天荒地提升到"经"的高度，这是极其大胆的突破和创新，今天仍然让我们震惊和佩服。

谈完了《文心雕龙》在文论上的创新，以下就来看刘勰在诗学上的局限。从辩证的角度来说，这是"文武之道，一弛一张"的运作，而且也符合《易经》"一阴一阳之谓道"的辩证思维，以及给予刘勰《文心》里一强一弱、一明一暗的两大方面以公正的评价。

## 三、《文心雕龙》诗学的局限：避于情，略于质

我们既然大都认为《文心雕龙》是古今中外世界级的文论经典，所以在辨明它的保守和创新之后，就应该以世界诗学的视野和高度，来评论《文心雕龙》枢纽五篇之后的三篇直接讨论诗赋乐府的诗学篇章——《明诗》《乐府》《诠赋》。

---

① 〔美〕林中明：《刘勰和〈文心〉里的兵略思想》，《文心雕龙研究》第二辑，第 311—325 页。

② 〔美〕林中明：《斌心雕龙：从〈孙武兵经〉看文艺创作》，《孙子兵法及其现代价值：第四届孙子兵法国际学术研讨会论文集》，北京：军事科学出版社，1999 年，第 310—317 页。又见《斌心雕龙》，第 101—132 页。

### （一）什么是诗？为什么"诗不是文"？

刘勰在《文心》里，用了《总术》《章句》《体性》等篇来分别"文""笔""言"的形式和内涵。虽然后人对这些简略的叙述还是有争议，但是刘勰至少是尝试给它们下了一些定义。但是刘勰与专写《诗品》论诗的钟嵘，却把"诗"当作人人接受和理解的文类，认为不必再解释。在《明诗》篇里，刘勰没有分辨"什么是诗"，为什么"诗不是文"，而"文也不是诗"。至于要用上多少字来写"诗"，一句和千行，这都还算是"诗"吗？"什么是好诗"和"大诗人的条件"为何？[①]这一类有关诗的"本质"的问题，中国文人自古以来都不注重，认为这些是"想当然尔"，不言自明的常识。所以最慎思明辨的刘勰也不例外。而近代西方文论学者，他们又过于喜欢给"诗"下烦琐的定义，且多半回转于学术术语，汇为专书，很少能用几句话就把它说清楚讲明白的。有鉴于此类的困惑，我曾经借助于《孙子兵法》和现代的常识，试图给"诗"下过一个简单的定义：诗者，乃"用最少和最精炼的字，借助视觉规范和听觉效果[②]，表达最多的意思和感情，又能强烈感染读者之心，留下最深刻而久远的记忆[③]"者。

根据这个理解，诗、乐府、词、赋，虽然形式、名称不同，但是就"用最少和最精炼的字，借助视觉规范和听觉效果，表达最多的意思和感情，又能强烈感染读者之心，留下最深刻而久远的记忆"而言，它们在本质上都属于同一文类。它们和"文"或是"散文"，

① 〔美〕林中明：《杜甫谐戏诗在文学上的地位：兼议古今诗家的幽默感》，《斌心雕龙》，第264—265页。

② 陆机《文赋》："文徽徽以溢目，音泠泠而盈耳。"

③ 〔美〕林中明：《诗的本质与格式、声韵、记忆、脑力的关系》，《中国韵文学刊》2005年第3期，第80—89页。

还是有基本上的大差异，但也不能强行分割，而且还有“混合体”的问题存在。

### （二）逻辑偏颇：“持人情性”者，岂独持于诗?

因为刘勰和其他的中国文论学者都未尝清楚地说明“诗”与“文”的基本差异，所以当刘勰在《明诗》篇里利用文字学给“诗”下定义时[①]，他所说的“诗者，持也，持人情性”，就在逻辑的“充要性”上出了相当严重的偏差。因为如果说“诗”是“持人情性”的文体，那么必须把对立的“文”是否“持人情性”的问题说清楚讲明白。

如果“文”也能“持人情性”，则何不说“文亦宜然”，像他在《程器》篇所作的正反两面讨论？[②]或说“文偶亦然”，以表明“文”偶然如此，但“诗”大部分是如此。可是，如果“诗”的特性“文”也有，则是共性，而非特性。若非特性，何必特别用此一句来“明诗”，岂不是多此一举?

如果刘勰的意思是“持人情性”为“诗”的特性，而“文”不是如此，那么新会梁启超自云为文时“笔端常带感情”和日人厨川白村写的《苦闷的象征》难道不是“持人情性”的“文章”？

### （三）何以“指瑕”刘勰?

以上所提出的问题，作者尚未见前人有论及者。这个问题之所以值得分析，乃是针对为文特具逻辑思维的刘勰而发，因为他深受《孙子兵法》朴素逻辑和印度佛学里（因明学）前驱的逻辑理则思

---

① 宋代王安石好为文字新解，尝云“波为水之皮”。刘贡父闻之，乃曰，若“波为水之皮”，则“滑”岂为“水之骨”乎？安石大笑，乃止其说。林评：若“诗者，持也，持人情性”，则“论者，抡也，抡人意见”乎？

② 《文心雕龙·程器》：“魏文以为‘古今文人，类不护细行’……文既有之，武亦宜然。”

考所影响，为文立论，大多相当严整，异于一般感性挂帅，前后定义可以截然不同的文人。所以我认为在这一条似乎尚未为学者所疑的定义上，刘勰的逻辑确实有所偏颇，研究刘勰“诗学”和《文心雕龙》的学者，对引用“诗者，持也，持人情性”这一句话时，不可不加以注意和有所约束。

《文心雕龙 · 诠赋》篇说“逐末之俦，蔑弃其本，虽读千赋，愈惑体要”，其实也是想针对诗赋的本质来探讨文学，但由于时代知识的限制，刘勰也不能超越自己的环境，来作分析和探讨。相比于爱伦坡以诗人身份直批“长诗非诗”[①]和诗人兼骑士的菲利普 · 锡德尼（Sir Philip Sidney，1554—1586）认为希腊的色诺芬和赫利奥多罗斯的散文都是“完美的诗”[②]，他们两位特选范本，针对“现象”，“直指诗心”，反而更见本体。

东西文学由于文化知识背景不同，在本体和实用上的思维分别，就有如五祖见神秀、慧能偈，喟然有各具体用与短长之叹。但从宏观的立场而言，东西诗学的互补，未尝不是一件有益处的分工。20世纪的西方大诗人兼文学批评家艾略特[③]，在他 31 岁的时候，大约相当于刘勰开始写《文心》和王国维写《人间词话》的年纪，也写了一部文论的名著《传统与个人才能》（1917），指出“每个民族，

---

① Edgar Allan Poe ,*The Poetic Principle*,“I hold that a long poem does not exist. I maintain that the phrase,‘a long poem,’is simply a flat contradiction in terms”.

② 菲利普·锡德尼:《为诗辩护》(*Apology For Poetry*,1595),北京:人民文学出版社,1998 年。

③ 艾略特（T.S. Eliot，1888—1965）,*Selected Prose of T.S. Elliot*,Harcourt B. J., Publisher,1988。根据余光中《五行无阻》：“艾略特五十五岁以后便不再写诗。”而刘勰也约在这年纪剃度焚发出家。

不仅有他自己的创造性，而且也有它自己的批评心态。但对自己民族批评习惯的缺陷与局限，比之对其创造性天才的缺限，更容易忽视”。刘勰曾写了《指瑕》篇，指出“古来文才……虑动难圆，鲜无瑕病”。我们挑经典之作的毛病和局限，就是因为承认其成就，所以更希望从它的缺限处反省，俾以在坚实的基础上，建构出另一个中华文艺的高楼。

### （四）说理叙情，古难两全

讨论诗学，自古以来就存在着一个文学史上“两难”的问题：最逻辑、有理性、重系统的文艺批评家，往往不是一流的诗人和艺术家，反之亦然。柏拉图站在哲学家的高峰上，大力批判另一个绝顶上的诗和诗人，言辞雄辩，似为真理。但他的高弟亚里士多德却写了《诗学》来反驳他的老师，虽然残卷不甚周全，但已是西方诗学开山祖师。可惜他没留下诗篇，这与刘勰擅于论说和写碑文，却无独立诗篇留下佐证其宏论，都是文学史上遗憾的事。

诗人下笔以感性为导，时空和人称都有相当的自由。但学者写论文，注重理性分析，前后文意必须衔接，时空不能跳跃反转，受到类似希腊戏剧“三一律”的限制。俄国文艺研究家尤里·泰恩雅诺夫（1894—1943），就曾把电影的“蒙太奇”自由剪辑的手法和诗并论[①]。首创“蒙太奇”观念的爱森斯坦（S. Eisenstein，1898—1948）[②]，更在回忆录里记述了因为学习迥异于逻辑性强的（一维）拉丁字的（二维）图形汉字，而启发了他的“蒙太奇”创作。

---

① 尤里·泰恩雅诺夫：《论电影的原理》，方珊译自《1917—1932 年苏联美学思想史文选》。按：受到汉字结构启发的爱森斯坦于 1924 年首先提出“蒙太奇”理论。

② 〔美〕林中明：《中华文化及汉字结构对电影蒙太奇发明的启示》，2008 年“传统与现代书法国际学术研讨会”论文集，台湾：华梵大学美术学院，2008 年 5 月 31 日—6 月 1 日。

刘勰的文章重点在说理，欲成一家之言，再加上定林寺的环境，以及佛学里隐藏的逻辑因明学，都很可能影响、塑造和限制了他的思维，以致不能成为大诗人，也没有留下自豪的诗篇。

一流的诗人和艺术家，往往没有耐心和兴趣去写分析性的文章。因此，刘勰的诗学和钟嵘的《诗品》，很可能因为刘、钟自己不是一流的诗人，所以和写《艳歌行》的前贤陆机相比，刘、钟论诗的亲身体会与终极情怀，不能超过《文赋》的自然贴切。若与西方古罗马的批评家相比，似乎也弱于擅写讽刺诗、情诗而以书信简谈《诗艺》闻名的贺拉斯①。

《文心雕龙·明诗》开章就借大舜之言说："诗言志。"是以"在心为志，发言为诗"。这是延续儒家政教为主的"传统"说法②。从兵法的运用来说，《明诗》篇"以正合"，但没有提出新意来"以奇胜"。这就好比说阴阳太极图，只描述阳而于阴无所发明，或是《易经》卦象的六爻只说前半的正义，不谈后半部的卦变。所以《明诗》一篇"述而不作"，评旧而未能发新。这是文论大师刘勰的局限，但也反映时代的知识和风气，再大的"才、学"也还是站在时代的"知识平台"上看人情世故。以同样的要求看钟嵘，他的《诗品》也不例外。正应了刘勰自己的话，"文变染乎世情"，不能苛求。

**（五）感物忘人，买椟还珠**

《明诗》篇其后又说"人禀七情，应物斯感。感物吟志，莫非自然"，《乐府》篇也说"情感七始"，《诠赋》篇又说"睹物兴

---

① Horace, "Satires and Epistles", translated by Niall Rudd, Penguin Books, 1973, pp.37–122. Brian Arkins, "The Cruel Joke of Venus: Horace as Love Poet", *Horace 2000 A Celebration: Essays for the Bimillennium*, The University of Michigan Press, 1993, pp.106–119.

② 《郭店楚简·语丛一》：《易》所以会天道、人道也。《诗》所以会古含（今）之"志"（从心从寺）也者。《春秋》所以会古今之事也。

情，情以物兴”。刘勰把“人”的“喜、怒、哀、惧、爱、恶、欲”[①]七大感情和外界之“物”、“天地四季”、登高观海相牵连，却忘了“仁”是基于“两个人”的感情而起，是极富动力而重要的普遍感情。《郭店竹简》的《性自命出》篇说“道（人道）始于情”。《竹简》中把“仁”字写成“身”在“心”上”，表明了儒家“仁”的最原始出发点，是“身心交流”的活动。所以“人文艺术”的精神就在于“以人为本”，而人的思维又基于“身心互动”。如果学者研讨文学而忽略了文学艺术的根本——“人”的基本感情，轻忽童幼[②]，避于男女，则其“智术”必缺乏生命力[③]，“隔”着真感情写诗文，所以不能感人。不能感人，则其不可亲，不可亲，则不可

---

① 《郭店竹简·性自命出》：“喜怒哀悲之气，性也。……道始于情，情生于性，始者近情，终者近义……唯人道为可道也”。《左传·昭公二十五年》（子产）云：“民有好、恶、喜、怒、哀、乐，生于六气。”

② 〔美〕林中明：《白乐天的幽默感》（日文译者：绿川英树），日本：《白居易研究年报》，勉诚出版（株），2004 年，第 138—153 页。“李白和白居易诗中对儿童的关怀和融入，不及陶渊明和杜甫。”

③ 《诗经·鲁颂·駉》里“思无斁，思马斯作”，是思考不倦、奔跑有力的意思。

久[①]，也不能抵挡外来重视“人、情”的文学和文化[②]。对照西方希腊神话中有九位缪斯女神，各司诗歌、艺术、科学，其中的 Erato 还专司情诗，后来西方文人还认为不足，添加了诗人萨芙，作为第十位缪斯女神，这都使得中华诗学的感情表达与生命活性相形见绌。

近代德国大诗人里尔克在他著名的《给一个青年诗人的十封信》的第一封信中就指出，写诗，应该是从个人的感情经验学识开始，然后才及于外物和自然。没有大才华，开始写诗别写俗滥的情

---

① 《易经·系辞上》：“是故，刚柔相摩，八卦相荡。鼓之以雷霆，润之以风雨。日月运行，一寒一暑。乾道成男，坤道成女。乾知大始，坤作成物。乾以易知，坤以简能。易则易知，简则易从。易知则有亲，易从则有功。有亲则可久，有功则可大。可久则贤人之德，可大则贤人之业。易简，而天下之理得矣；天下之理得，而成位乎其中矣。”

② 王德威《游园惊梦，古典爱情——现代中国文学的两度“还魂”》：“就此我们必须问：抒情——尤其是为爱抒情——的文本性，在现代文学中发生什么变化？这样的问题当然兹事体大。回答的方法之一，是回到已故捷克汉学大师普实克（Jaroslav Průšek）的观察。普氏论现代中国文学的起点，曾以抒情主体的解放为首要特征。对普氏而言，传统文学当然不乏抒情时刻，但是只有在现代意识的催化下，个人情性才得以化作一股历史动力，冲决网罗，创新形式，发前所之未发。然而五四以后，因应国家危难，这一抒情主体逐渐自个别意义的追求，转化为群体社会欲望的巩固。一种‘史诗’式的文学风格因而诞生。普氏认为，中国现代文学的发展轨迹，恰是从‘抒情’到‘史诗’——或从小我到大我——风格的过渡。作家情爱欲望的投射轨迹，也可作如是观。郭沫若、蒋光慈等人的文章行止，由恋爱到革命，恰可为证。普实克立论受到左翼论述的影响，有其局限，而他所理解的‘抒情’，似乎更切近西方浪漫主义的定义。然而普氏以‘抒情’与‘史诗’作为二十世纪以来中国现代性的表征，无疑提醒我们情性（affectivity）与情性的喻象（trope）所代表的意义。”（《联合报·副刊》2004.4.23）林评：普实克（Jaroslav Průšek）和许多西方的汉学家，用有限而偏颇的现代经验，来囊括三千年的中国文化和文学。此与南北朝时期，执政的官方同时作艳情诗及宣扬政教儒家义理的情况不符。虽有小圈里的大师之名，其观察亦多刻舟与摸象之类乎？

诗[1]，但高手壮笔不在此限。《老子》称赞“道法自然”，因为自然的空间广，时间久，所以文学艺术凡以自然为法者，自然能大能久，而有助于“文化纵深”之外的厚度和广大。好的诗虽然短，但是因为表达了具有普遍性的人类基本感情[2]和对大自然深刻的体验，所以得“人（情）天（道）之助”，而能够持久和远传。刘勰《明诗》说“人禀七情，应物斯感。感物吟志，莫非自然”，钟嵘《诗品》开头也说“气之动物，物之感人”。两位文论大师论诗半斤八两，严谨平典有余，只是可惜在“人情互感”上不强，放在现代诗学论坛上时，就难免“未足以雄远人”。

### （六）绚素之章与闲情之赋：子夏与陶潜之儒

《明诗》篇其后又说“子夏监‘绚素’之章”，故可与言诗，更是脱离了《诗经·卫风·硕人》以“巧笑倩兮，美目盼兮”赞颂美女的原意。子夏当年以“巧笑倩兮，美目盼兮，素以为绚兮”三句问孔子。孔子用“传统美学”的道理来解释“素以为绚兮”[3]的道理，但没有特别解释前两句尽人皆知“目之于子都有同好”的话。子夏当然听得懂这种浅显明白的解释，所以用“赋、比”而“兴”的方式，推演其理到“礼”亦为“文饰”本性的作用。所以获得孔子对他能“举

---

① Rainer Maria Rilke, *Letters to a Young Poet* , translated by M. D. Herter Norton, Norton Company, 1934, pp.17–22.

② 〔美〕林中明：《中西古代情诗比探短述——并由〈易经·乾卦〉推演“赋、比、兴”的几何时空意义》，《第五届〈诗经〉国际学术研讨会论文集（2001 年）》，北京：学苑出版社，2002 年，第 393—402 页。又见《斌心雕龙》，第 369—388 页。作者有《论诗》诗曰：“好诗如雕龙，而非精雕虫。六义互铺陈，诗情反不浓。为诗意如何？不在细律中。必先得其情，次而求其工。”

③ 更具视野的艺术观，可以参考林中明《字外有字》提出的“白具五味”理论，指出“白”与“黑”只是相对的色彩，不应当作为无作用的背景而已。见《斌心雕龙》，335—336 页。

一反三”的称赞。但是孔子和子夏都具有“文化纵深”，所以能够同时欣赏美人、美术，以及了解礼饰是由“本能反应”转化为“艺术手法”，再提升到“礼饰节制”的考虑。

孔子是一位心胸开阔的宗师，子夏也是第一代的“大儒”，所以见识思想高出后之小儒。后世的儒家学者，“去圣久远”“离本弥甚”（《序志》），“天道难闻，犹或钻仰，文章可见，胡宁勿思”（《征圣》）？恐怕许多人都不能想象《论语》中没有列出的对话和文句之间隐藏的有关意义，难怪以昭明太子之贤之学，仍然要以陶渊明的《闲情赋》为“白璧微瑕”[①]。而不知陶渊明才是真正懂得《诗经》里如春风听鸟鸣的感情，以及《论语·八佾》里，孔子和子夏对《诗经·卫风·硕人》中一连七句赞颂美女，而以“巧笑倩兮，美目盼兮”为代表美人的话。我认为刘勰的《文心雕龙》中没有提到陶渊明，不是刘勰的疏忽，而是写书时的年青刘勰，其环境不利于了解《诗经》十五国风中的男女情诗[②]，同时人生经验也尚未足以了解成熟的陶渊明[③]。钟嵘虽然列举陶诗，并以“风华清靡……古今隐逸诗人之宗”来推介渊明，但他和后来年青时代的苏轼，对陶诗的特性和高妙处，

① 〔美〕林中明：《陶渊明治学思维窥观——兼谈〈文选〉数例》，《第七届文选学国际学术研讨会论文集》，桂林：广西师范大学文学院，2007 年，第 182—187 页。

② 〔美〕林中明：《中西古代情诗比探短述——并由〈易经·乾卦〉推演“赋、比、兴”的几何时空意义》，《斌心雕龙》，第 369—388 页。

③ 〔美〕林中明：《陶渊明的多样性和辩证性以及名字别考》，《文选与文选学》（第五届文选学国际学术研讨会论文集），北京：学苑出版社，2003 年，第 591—611 页。又见《斌心雕龙》，第 201—238 页。

也还是一知半解[①]。

《诗》不止“思无邪”，还有“思无疆、思无期、思无斁”。当刘勰在《明诗》篇首段举出“三百之蔽，义归无邪，持之为训”，以为这才是孔子唯一的教训时，已经局限于忽略了《诗经·鲁颂·駉》里还有“思无疆、思无期、思无斁”三句更广泛活泼的话。所以当刘勰又在《乐府》中批评“淫辞在曲，正响焉生”时，《文心雕龙》的“诗学”已经形存而神盲了。

王国维在《人间词话》中把“淫词之病”和“游词之病”分开来讨论。因为好的诗词，非无淫词，然“以其真也，读之但觉其亲切动人”。由此观之，王国维的诗词学比刘勰开明。但是我们也别忘了王国维曾受过西方科学的训练和文艺洗礼，当然应该比一千四百年前的刘勰进步。

## 四、刘勰论文重理寡情的原因

《文心雕龙》虽然是中华文论的宝典，但是“吾爱吾师，更好真理”，我们只有在充分地了解了《文心》的建树和立论之后，才能发现和检讨它的一些局限。能了解《文心》的时代局限，才更能

---

① 〔美〕林中明：《杜甫谐戏诗在文学上的地位——兼议古今诗家的幽默感》，《杜甫与唐宋诗学》，台北：里仁书局，2003 年，第 307—336 页。钟嵘《诗品》说：魏侍中应璩诗，“得诗人激刺之旨”，“宋征士陶潜诗，其源出于应璩”。这大约是指应、陶两人都有讽刺的诗风。但我认为应璩的《百一诗》，继承《诗经》的讽刺笔法多于谐戏的幽默，对杜甫的讽刺朝政和时事的笔法影响多于左思和陶潜。至于左思的《娇女》或许曾带给渊明一些灵感写幽默的《责子诗》，而渊明和梁诗里的谐戏幽默又再影响杜甫。谈到诗里的幽默感，应璩和左思都远不及陶潜。所以胡适说，“陶潜出于应璩，只是说他有点恢谐的风趣而已”，是说对了一部分。至于钟嵘说的“（陶潜诗）协左思风力”，我认为这是说左思《咏史诗》中的论兵法、赞荆轲等等，都和陶渊明的豪气相类似，但和陶渊明的谐戏诗无关。又见《斌心雕龙》，第 239—278 页。

欣赏他个人的成就。以下试列举一些可能的情况，来探讨刘勰的诗学重理寡情的部分原因。

### （一）定林佛寺环境的影响

刘勰在佛教寺院校经写书十多年，长期持续地受到佛教戒律和环境的影响。中华佛教严戒男女、酒肉、歌舞等世俗放荡感情的举止。这必然影响到刘勰写书时的风格与内容。日本和部分藏传佛教不禁男女酒食，可以结婚生子、回家睡觉的做法，不是任何中华正统佛教所能容许的戒律。所以刘勰研究断绝男女私情的佛理，也就导致其写文论重理寡情的风格和内容。

### （二）儒家政教与民俗艳情的分离

但是刘勰入仕梁朝之后，仍然可以写修订版的《文心》，所以定林寺对刘勰的影响，只能算是一生的前半部分，不能算是最后和最主要的影响。况且刘勰在定林寺时，显然还不是佛教徒，因为刘勰在全书最后一篇《程器》的后一段，强调“君子藏器，待时而动，发挥事业……摛文必在纬军国”。“纬军国”岂有不从事佛教禁止做的战斗杀戮？由此我认为刘勰彼时确定不是佛教徒，而仍是传统的儒家信徒[①]，所以写书也遵循儒家政教的要求。

更有可能的是统治阶级和自战国到汉代以来的儒家教条，使得在官方和较正式的公众场合，官员及学者都遵循儒家的政教理念来看待文艺音乐，以致王室官场政教和私下写作的标准分离。在正式的场合，大家一本正经，谈道遵礼。但在非正式的场合，萧梁王室却悦写艳诗蔚为风气。所以才有徐陵编出《玉台新咏》来取悦贵妇王室。而与此同时又有昭明太子、刘勰、钟嵘等人编写出一本本正

---

① 〔美〕林中明：《刘勰、〈文心〉与兵略、智术》，《史学理论研究》（季刊）1996 年第 1 期，第 38—56 页。

经守礼的文选、文论、诗品等书册来。这好比太极图的阴阳共存于一图，又好像粒子和波动两种说法分掌物理世界。

西方罗马的贺拉斯，写诗也不能不听命于统治者奥古斯都的政治与宗教的政策。但好在奥古斯都是一个较开明的独裁者和支持人，所以贺拉斯的诗艺得以兼顾文学和政教的需要[①]。但刘勰、钟嵘回避情爱文学不予讨论，这并不代表他们完全不知道另一个“俗文学”和“真性情”的文艺世界的存在。古代“情”和“乐”相关联。1998年刊布的《郭店楚简》，其中的《性自命出》就说“情”多由“乐”起，“凡声，其出于情也信，然后其入拨人之心也厚”。在钟、刘之前的嵇康，是魏晋时的大音乐家，他在《声无哀乐论》中说：“古人知情不可恣，欲不可极，因其所用，每为之节，使哀不至伤，乐不至淫。”但是太开明的文艺理念，也潜伏着在政治上鄙夷专制的心态。他想要争取一些思想自由，保持一些士人风骨，因而遭到杀害。所以“政教与俗情”分离，这是中国自古以来明哲保身的官场文化。

譬如说喜好与元稹应和艳诗的白居易，到了他自编诗集的时候，便有意避开“艳情诗”的分类，而以“感伤诗”名之，我认为他不及元稹编诗分类时诚实。元稹寄乐天书中说他诗集中“艳诗百余首”。但曾任宰相的元稹也不得不小心地加上一句“又有以干教化者”，以免被敌人以“不护细行”参奏一本。和西方比起来，东西两大文明都经过“放、收、放”，从开明到黑暗专制再回到人性理性的过程。只是西方的“浪漫时期”率先成了近五百年文明世界的典范，使得中国三千年的诗学突然落后于西方，到现在中国诗人还不自觉地在“情、理”不易共存的传统下挣扎。李商隐的《锦瑟》《无题》

---

① Robin Seager, “Horace and Augustus: Poetry and Policy”, *Horace 2000 A Celebration: Essays for the Bimillennium*, The University of Michigan Press, 1993, pp.23–40.

等诗，到现在文评家和诗人还不能定其性质[①]，也正反映了中华文化对“情、理”的说不清，理还乱。

### （三）昭明太子的喜好和作风

既然昭明太子性好虚静典雅，他的手下诸臣一定也奉承其所好，走圣贤谟训、正经“无邪”的风格。刘勰作为东宫太子的舍人和御林军队长，自然尽量保持《文心雕龙》典雅的原貌，避免修改“理胜于情”的篇章。但是如果刘勰曾经修改过《文心雕龙》，那么《文心》中不提昭明太子喜爱的陶渊明诗文，则是不合情理的事。所以我认为刘勰为了个人事业的目标和由于个人性情的倾向，《文心》如果有修订版，受昭明太子喜好的影响也是有限。但是从《昭明文选》选了四篇“情赋”来看，实在让人难以了解，昭明太子为什么要认为陶渊明的《闲情赋》讽谏不及宋玉的《高唐赋》《神女赋》《登徒子好色赋》和曹植的《洛神赋》。难怪东坡要讥笑萧统是“小儿强作解事者”。或者萧统反而受到刘勰的影响，或担心梁武帝的批评，而对陶渊明的《闲情赋》必须表态，作出“白璧微瑕”的批判？[②]

### （四）个人性向与战略目标

由刘勰个人行动果决的性向来看，他在有限记载的一生中，几次运用兵法，完成他事业的愿望，继续迈向“纬军国，任栋梁”的既定目标。所以以上的三个原因都不是决定性的主因，而最可能是

---

① 按：关于李义山的《锦瑟》诗，历来文人对此解说纷纷，从伤逝、致友、自序诗集、自伤身世到谈乐器、论诗道，不下七八种之多。而艳情诗的可能性只是其中之一。却不知高明的诗人，在一诗之中，可以包括和“埋伏”多种意思和层次，实在不必限于一种表面的意思而已。如果一个大诗人只有文字之才和道学之识，而无人性人情，其境界也是有限的。

② 〔美〕林中明：《陶渊明治学思维窥观——兼谈〈文选〉数例》，《第七届文选学国际学术研讨会论文集》，桂林：广西师范大学文学院，2007 年，第 182—187 页。

配合他个人的事业目标而预订的“作战”方略。更由于他中年以后逐渐变成真正的佛教徒，加上官场文化的限制，我认为即使刘勰后来有机会修订《文心雕龙》，也只是在文字和编排上做了改进。于“诗学”则遵随传统儒家思想和更加倾向于梁武帝所益加尊信的佛教思维，所以在文论和诗学上没有更开放或新奇的论点。如果他在晚年还有新作，包括刘勰是否为《刘子》一书作者的问题[①]，刘勰的文笔是否仍然雄雅腾跃如三十多岁写《文心》时，这也是另一个可争论探讨的好题目。

## 五、诗学即人学

诗学其实也是“人学”和“人道”。不能整体对待人性的诗学，就不能得其全道。所以齐景公问政于孔子时，孔子对曰“君君臣臣，父父子子”，就是不逃避人的关系，而分别以适当的态度相面对。《乾卦·文言》说“龙德而正中……闲邪存其诚”，就是说持中正的态度，闲防邪恶的影响，保存真诚的部分。后儒为了正心诚意防闲杜渐，干脆把真诚的情诗和淫荡的艳诗一起抛开，免得讲学解经时惹麻烦。所以“进德修业”时虽然看起来是像《乾卦·文言》说的“君子终日乾乾，……进德修业，忠信所以进德也。修辞立其诚”，但是把人人动心感人的情诗抛开，假装没有看到，这其实反而违反了“修辞立其诚”的基本要求。由此可以看到胆敢把《关雎》一诗放在《诗经》之首的孔子（或前贤），心胸是如何

① 参考当代著名的《文心》学者林其锬夫妇等人对《刘子》作者的研究专书及多篇辩论论文。

的开阔[①]。而后世大部分儒家学者过度的拘谨，竟把真正的“孔子之学”变成了“限制本”的“部分孔学”。于此，作为一位传统政教社会下的学者，刘勰当然也不能跳出社会环境的框架和圈套。正如他自己所说的：“文变染乎世情，兴衰系乎时序。”所以我们研究《文心》，虽然“吾爱吾师，更爱真理”，但也不必刻意求全，更不应该因惧噎而废汤圆，怕胖而撤八宝饭。

## 六、结论：文武合一，智术一也；情理合一，人性一也

知道了《文心雕龙》“诗学”重理避情的局限和《诗经》对人类情感如实而开明的记“志”，今天我们研究《文心雕龙》的诗学，就应该把《文心雕龙》和《诗经》一同会通加以研究，这样才能在“古典诗学”的了解上做到“情理合一”，以弥补后世儒家擅自割舍人性人情所造成的视野局限和活力缺失。所以我认为，只有当我们以“文武合一”和“情理合一”的辩证又融合的态度来研究经典，以“现代化、消化、简化、本土化、大众化、全球化”[②]的方法和过程，来继承和发扬中华文化，中华文艺才能走上稳健活泼，有“文化纵深”的复兴道路。而这样的理念和应用，其实也就是拙著《斌心雕龙》借助新的“知识平台”所开始探讨的新方向和迈出的几个小碎步。

---

① 林中明：《中西古代情诗比探短述——并由〈易经·乾卦〉推演“赋比兴”的几何时空意义》，《第五届〈诗经〉国际学术研讨会论文集》，北京：学苑出版社，2002年，第393—402页。

② 林中明：《禅理与管理——慧能禅修对企管教育与科技创新的启示》，《斌心雕龙》，台北：学生书局，2003年，第519—570页。

# 论文叙笔

## “按实而书”的《文心雕龙·史传》篇

张晓丽

《史传》是《文心雕龙》的第十六篇，刘勰在此篇中分别为“史”“传”释名，论述了作为古代史书主要表现形式的历史散文这种文体，也是我国第一篇史评文献。篇中刘勰梳理了史书的发展过程，申明史书写作应有的内容和承载的意义，强调史书写作应遵循“依经以树则”的指导思想等。这些内容都从不同侧面呈现了刘勰对史书本体的认识和应该怎样写的理解。正因如此，目前学界对《史传》篇的研究多围绕史学方面展开。已有关于史体①、信史②、修史方法③、《史传》篇在史学中的地位与影响④、《史传》篇的局

---

① 如叶建华《论〈文心雕龙〉在古代史评史上的地位》（《杭州大学学报》1987年第2期）一文认为：刘勰对史、传的精辟评述具有“首创之功”。

② 如徐善伟《刘勰与琉善史学批评思想之比较》（《齐鲁学刊》1996年第4期）一文认为：“琉善与刘勰的贡献在于将前人的史学实践及成就加以总结，并将直书精神当成史学的一种优良传统，当成撰史的一条普遍准则来看待。”

③ 如金毓黻《文心雕龙史传篇疏证》（《中华文史论丛》1979年第1辑）文中认为：《史传》篇“所举之四事（寻繁领杂之术，务信弃奇之要，明白头讫之序，品酌事例之条），乃刘勰所建立之修史总纲也”。

④ 如江震龙《从〈史传〉篇看〈文心雕龙〉文体论的得失》（《福建师范大学学报》2001年第2期）一文认为：《史传》是我国史评的第一篇专论，开我国“史评的先河”。

限性[①]、《史传》篇的中西比较[②]等与史相关的研究。除此之外，王先霈先生从叙事学角度对《史传》篇的研究，为《史传》篇注入了新的研究视角[③]。本文也拟走出史学研究视角，从问题出发，在史学、经学与文学等方面，对刘勰于《史传》篇中所现之种种矛盾进行探究，以期呈现刘勰《史传》篇关于经、史、文三者的矛盾之因，以及刘勰在阐述此系列问题时存在的偏颇与凝聚的理想所在。

## 一、依经树则与直笔实录间的经史徘徊

《文心雕龙》一书将《征圣》《宗经》列入文之枢纽部分，从其所处位置，我们便可知刘勰对《征圣》《宗经》两篇的重视，或者可以说刘勰思想中对圣人典范、经书楷模的推崇。以此，刘勰确立了以圣人为师、以经典为标准的为文指导思想，这种思想贯穿《文心雕龙》全书，影响着他对文体的认识与文章优劣的评判。《史传》篇也不例外。《史传》篇在论述史书写作时强调："是立义选言，宜依经以树则；劝戒与夺，必附圣以居宗；然后诠评昭整，苛滥不作矣。然纪传为式，编年缀事，文非泛论，按实而书。"[④]在这段言语中，我们可以清晰地看到刘勰的征圣、宗经思想，并运用这种

---

① 如江震龙《从〈史传〉篇看〈文心雕龙〉文体论的得失》（《福建师范大学学报》2001 年第 2 期）在谈及《史传》文体论的偏颇时，指出刘勰在"在理论自洽性方面存在问题，有观点自相矛盾之处"。

② 如汪荣祖《史传通说》一书认为："以《文心雕龙·史传篇》为基础，分立二十四题目，通论中西史学。其彰善瘅恶、百氏千载、铨评、贯通、史任诸目，尤为功力所萃。举凡中西之大脉络、大关节，皆经指陈分析，而精见亦随之而出，中西史学之异同亦观。"

③ 王先霈：《〈文心雕龙·史传〉篇"传体"说发微》，《文艺理论研究》2012 年第 2 期。

④ 王志彬译注：《文心雕龙》，北京：中华书局，2012 年，第 191 页。

思想来指导史书的写作。但征圣、宗经思想与史书所需的“按实而书”之间是存在矛盾的。如果说“实录无隐”“按实而书”是史书这种文体所必需的对历史真实的呈现，那么征圣、宗经则是对文本要具有一定社会教化功用的伦理之善的发掘。简言之，实录与宗经之间是求真与尚善之间的矛盾。指导思想与文体性质需求之间的矛盾，使刘勰在评论史书的优劣时呈现出了观点的自相矛盾。这种矛盾还体现在《史传》篇中对《史记》为吕后立传的评价中：

> 及孝惠委机，吕后摄政，班、史立纪，违经失实，何则？庖牺以来，未闻女帝者也。汉运所值，难为后法。“牝鸡无晨”，武王首誓；妇无与国，齐桓著盟；宣后乱秦，吕氏危汉。岂唯政事难假，亦名号宜慎矣。张衡司史，而惑同迁、固，元帝王后，欲为立纪，谬亦甚矣。寻子弘虽伪，要当孝惠之嗣；孺子诚微，实继平帝之体。二子可纪，何有于二后哉？[①]

此处，刘勰批判司马迁《史记》为吕后立传是不合于“实”的。就历史而言，吕后虽未称帝，但却是真正的摄政之人。虽无称帝之名，却有为帝之实。据此，司马迁为吕后立传是符合历史的真实。刘勰所言之“失实”乃是一种有违经义“名号”的“违经”不实，不可为后世效法。故此种实录乃为不妥，当在批判之列。由此可知，在刘勰的历史观与价值观中，至少有两种“实”的价值判断。其一，所记录的历史真实，属于事实判断，是史学之所求。其二，所体现的历史建构真实，属于价值判断，为经学之所需。刘勰对“史”的这两种“实”的认识，在《史传》篇中并生共存，同时出现，如此

① 王志彬译注：《文心雕龙》，第185—186页。

便呈现出价值真实与事实真实之间的矛盾。当这种矛盾出现后，刘勰本着“征圣”“宗经”原则，对《史记》中“违经”的事实加以批判。这同时也展现出刘勰对于吕后，以及之后的“元帝王后”摄政的一种道德评判。

书写历史、表现历史人物，离不开“道德判断”与“历史判断”的纠缠。依牟宗三言，二者不可偏废：“道德判断足以保住是非以成褒贬，护住理性以为本体，提挈理想以立纲维；而历史判断足以真实化历史，使历史成为精神之表现与发展史，每一步历史事实皆因其在精神之表现与发展上有其曲折之价值而得真实化。无道德判断，而只有历史判断，则历史判断只成为现象主义、历史主义，此不足以真实化历史。无历史判断，而只有道德判断，则道德判断只是经，而历史只成为经之正反事例，此亦不足真实化历史。”[①]道德判断与历史判断二者既不可偏废，但二者如何协调却是不易之事。同时，何为道德判断，何为历史判断并非总是泾渭分明，不同的人站在不同的立场，即使面对同一历史事件、历史人物的道德判断也往往并非一致。诚如刘勰与司马迁对吕后之评判。在经、史建有不同价值维度之时，在史学理论初建之际，刘勰找来经学作为史学的指导思想，在《文心雕龙》全书中重视对经学指导思想的建构与践行。如此，刘勰于《史传》篇中所呈现出的“史”与“实”之矛盾，是史学与经学价值维度不同的矛盾，更是不同人面对同一历史呈现出的历史判断与道德判断的矛盾。此种矛盾，孰轻孰重，孰对孰错，自古争议不断。但无论如何，我们都必须看到刘勰企望融会道德判断与历史判断的努力。他尝试将历史判断融入道德判断之中，用道德判断匡正历史判断的走向。刘勰的尝试是带有瑕疵的，但这份带

---

① 牟宗三：《政道与治道》，桂林：广西师范大学出版社，2006 年，第 190 页。

着乌托邦式的理想尝试精神却是值得我们尊崇与反思的。

## 二、尊贤隐讳与编年缀事间的文史取舍

文史之间存在着剪不断的关联。比如“细节”的运用，纯历史性著作《春秋》中是没有的，是“褒见一字”“贬在片言”的实录。然而在后世的史书中却出现了为编年缀事而增添的细节、心理等方面的描写。如《史记》中就出现了大量的细节描写。“细节描写在史传著作中，是文史结合的产物，是由《左传》开其端而到《史记》才畅其致的。……而无数生动、真实的细节描写的存在，正是体现《史记》的文学特征的最直接、最显著的标志。”[①] 书写了颇多细节的《史记》仍然被目为“实录无隐”的史篇。《史记》在记事之时，已与《春秋》不同。司马迁对其所记之事是有所选择、取舍的。这样的剪裁取舍不仅没有影响他对历史的记录，反而成就了他的“一家之言”。对此，司马迁很清楚，后世对《史记》多有借鉴的史家们亦清楚，刘勰也不会不了然于此。但他并没有否定《史记》中合情合理却并无目击证人的细节描写。文史的此种融合或可说明：对史书的实录标准在刘勰时期并不明晰。也就是说“实录”到底要实到什么程度，虚构的内容到底因何而出现其实并没有严格的规定。司马迁凭《史记》进行着探索，刘勰也在评判史篇中进行着探索，探索一种书写有别于以往史书的实录性叙事。两人达成了可以对历史进行剪裁、取舍的共识，但其目的却并不完全相同。

司马迁清晰地表明过自己写作《史记》的目的：究天人之际，通古今之变，成一家之言。所谓“究天人之际”，就是要探究天道与人事之间的关系。在这个问题上，司马迁继承了先秦以来所谓“天

---

① 可永雪：《〈史记〉文学成就论稿》，呼和浩特：内蒙古教育出版社，1991 年，第 147 页。

人相分”的唯物主义传统，他反对天道可以干预人事，认为社会现象是由人的活动构成，天是天，人是人，天属于自然现象，与人事没有什么必然联系。正是由于司马迁有这种“天人相分”的朴素唯物主义思想，因此他在编撰历史的时候，总是对人事、人谋作仔细的观察和记载，并从历史人物的客观活动中，分析其成败得失的原因，总结出有益的历史教训。比如他借此思想，综观项羽兵败乌江的主要原因与其性格相关，据此而批判项羽所言“天亡我，非用兵之罪也”[①]的谬误。这也正是《史记》一书能够保证历史科学性的一个原因。所谓“通古今之变”，就是要说明历史的发展演变，寻找出历代王朝兴衰成败之理。在此过程中，他既肯定历史中出现的政治改革，又去记载一代帝王、一个时代或一项具体制度由盛而衰的原因所在，去探究在“盛”中已包含的“衰”之因素。秉持如此相对科学地对待历史的一副手眼，便成就了《史记》的一家之言。司马迁对历史事件、人物的剪裁、取舍乃是为了编年缀事的历史叙事需要，是为了探究盛衰的诠评昭整需要。如此一番心力，诚如金圣叹在评《水浒传》时所言“以文运事”的不易：“以文运事，是先有事生成如此如此，却要算计出一篇文字来，虽是史公高才，也毕竟是吃苦事。”[②]

我们再来看刘勰对史书可以有所剪裁的看法。刘勰的《史传》篇属于整部《文心雕龙》的论文叙笔部分，这一部分遵循全书的创作意图，以期通过《文心雕龙》的写作，达到一改文坛“去圣久远，文体解散，辞人爱奇，言贵浮诡，饰羽尚画，文绣鞶帨，离本弥甚，将遂讹滥”的目的。在这样的目标下，《史传》篇中对史作宗经征

① 〔汉〕司马迁：《史记》（上），长沙：岳麓书社，2016年，第82页。

② 〔清〕金圣叹：《金圣叹全集·贯华堂第五才子书水浒传（上）》，南京：江苏古籍出版社，1985年，第18页。

圣的要求乃是其整体写作目的的具体化："若乃尊贤隐讳，固尼父之圣旨，盖纤瑕不能玷瑾瑜也；奸慝惩戒，实良史之直笔，农夫见莠，其必锄也。若斯之科，亦万代一准焉。"[①] 刘勰所论对历史的剪裁乃是出于征圣，避尊者、贤者讳所需，且将此种对历史事实的取舍看作是万世共同遵守的准则。"尊贤隐讳"是经书中的化用之语。《公羊传·闵公元年》有语云："《春秋》为尊者讳，为亲者讳，为贤者讳。"即避讳要如农夫除去莠草一般有意识地取舍。如此取舍乃是为了塑造尊者、亲者、贤者的伟大形象，以使其可以"并天地而久大"。刘勰所论呈现出对史学"直笔"的有意抹杀，察其原因或非其主观的有意为之。回到刘勰身处的历史语境，一种原因或应理解为当时文史尚未分离的一种表征。先秦时期文学概念有别于今，乃是一种对于文字记录的整体概括，是兼及文史的大概念。此际的《尚书》《春秋》《左传》等典籍成为后世历史性叙事和文学性叙事的共同源头。中国的史学中并不乏文学化的描述。刘勰所言之锄去尊者、贤者之小瑕疵，而利用聚焦其王霸之迹、王霸之业的书写，使得后世千秋可以从中取法借鉴。这种通过聚焦、剪裁尊者、贤者的历史，建构起了尊者、王者的伟大形象，这种塑造人物的方法，在文学写作中亦为常见。如此，是否可以说：刘勰等人所默许的史学著作中的这一类在后世文学中常见的虚构、删减，实则代表着文学性叙事在史传母体内的一种孕育、生长。到底是历史迁就了文学，还是历史孕育且服从了文学？此论或不易厘清。

但无论如何，刘勰"尊贤隐讳"地对历史的剪裁，就历史著作而言，确非高明之论。史官一旦心中有所"隐讳"，即使能够做到不虚美，但却没办法做到不掩恶。如此，史书便偏离了史官秉笔直书，

---

① 王志彬译注：《文心雕龙》，第 195 页。

不隐恶、不虚美的直笔叙事轨道。而此一“尊贤隐讳”去除纤瑕的准则，乃是对历史基本史实的一种选择性遗忘与否定，也是一种以自身之文饰逻辑完成的对既有史实解构与抹杀式的史学建构。同时，也因对史官附加了一层“隐讳”的要求，使得史官的秉笔直书变得难以实现。就此而论，由于以宗经与征圣为史作的指导思想，刘勰被束缚住了手脚，使其面对史传的剪裁、取舍之见呈现出了观点的自相矛盾。

## 三、世情利害与素心直笔间的史责担当

修史最重要的品格是实录。然而史书所录就真是纯客观的吗？其实，史书之中也有撰史者的主观存在。因为即使是历史著作，其背后也必然有一个人，甚至是一个时代的人，存在着一种精神。在中国史书的撰写进程中，不乏不顾身家性命秉笔直书的史官精神。就如刘勰在《史传》篇中反复所言的南史氏和董狐氏。他们的这种良史精神铸成了中国的史官精神。“中国的史官精神，其核心之处在于记事之笔外关神明内系良知，对所记之事绝对不能因循苟且。”[①]既如此，历代史官只要承此精神，则历史的实录之迹便不会断绝。然而，实际的历史语境使得史官即便具有想要继承南、董精神的初心，但真正要将其付诸实践，在历代之中均非易事。在南、董之时，周王室向各诸侯之地派出很多史官，他们虽然身在各个诸侯国中，但其身份却属于周王室，而非各方诸侯。南史氏所记“晋赵盾弑其君”，董狐氏所载“齐崔杼弑其君”，此处所言之“君”是晋国之君、齐国之君，却不是南、董的周之君。南、董由周天子派来，义不臣于诸侯。因此，崔杼可以把当时的齐史官杀掉，但却不能另派一个人来担当史官，于是齐史之弟可以接替其兄之职再来照写“崔杼弑

---

① 傅修延：《中国叙事学》，北京：北京大学出版社，2015 年，第 65 页。

其君”。崔杼再把他杀了，又有他们的三弟继续照写，崔杼没有办法，只得不杀。这鲜明地呈现出中国人重视历史精神，重视对所发生事实的记载。史官的良知成就了历史中此等可歌可泣的伟大故事。

这样的故事也向我们展示了史官良知与帝王曲隐之间的矛盾，或者说是史官职责与王权之间的矛盾。如果南史氏与董狐氏不隶属于周天子，而是各诸侯直接任命的史官呢？当二人所记不合帝王心意，帝王不仅可以要了他们的性命，且可以任命听命于王权的史官。历代帝王对史官们的载言记事，都是字斟句酌，斤斤计较的。至于“君举必书”[①]，也是有选择、有条件的。帝王将相有了功绩，做了伟业，当然要大书特书。就是没有功绩，没做好事，也要虚构一些载入史册，留名千古。对此，《史传》篇中刘勰亦有所记与所忧，影响史官实录的除了史官自身“欲伟其事”而“穿凿傍说”的弊病外，还会受到权力人情的影响：“至于记编同时，时同多诡，虽定、哀微辞，而世情利害。勋荣之家，虽庸夫而尽饰；迍败之士，虽令德而常嗤。吹霜煦露，寒暑笔端。此又同时之枉，可为叹息者也。”[②] 面对因“世情利害”而使笔尖不再实录的“史实”，歪曲历史的现象，刘勰没有提出很好的解决方案，只能将“直笔”之期指向史官的“素心”，即史官的天地良心。这份天地良心不仅要务信弃奇，还要能够经得住世情利害的诱惑与威压。史官秉持“素心”“析理居正”，成就有耿介精神的历史实录。这种期望显然带有刘勰无奈的乌托邦精神。对此，我们又能批评刘勰什么呢？只要权力者饰美的私心不除，史官的“直书”便会受到阻挠。

“世情利害”与“素心直书”之间的矛盾，刘勰之后的刘知几也多有论述，且言说更为直接。刘知几在《史通》的《杂说》《曲笔》

---

① 《左传 · 庄公二十三年》：“君举必书。书而不法，后嗣何观？”

② 王志彬译注：《文心雕龙》，第 193 页。

等篇中都有论述。或者“假人之美，藉为私惠；或诬人之恶，持报己仇”；或者颠倒黑白，把坏事说成好事。总之，“略外别内，掩恶扬善”，“国自称为我长，家相谓为彼短”。然而史官却又留下了秉笔直书的史官精神，这一精神鞭策史官对“君举必书”要认真对待：“夫所谓直笔者，不掩恶，不虚美，书之有益于褒贬，不书无损于劝诫。”[①] 因此，对帝王们的言行，随时都要记录下来，不管你“举”得对与不对，都要“直书其事”。哪怕把屠刀架在脖子上，也要直录无隐。于是，帝王和史官，一个要“掩恶扬善”，一个要“不掩其瑕”；一个要文过饰非，一个要“君举必书”；一个要名垂青史，为自己树碑立传，一个要秉持职责，对后人“申以劝诫”。实录者与被录者心存两种目的，建构两个标准，形成两种力量的较量。较量的结果，往往是世情权力压倒直笔者。

刘勰《文心雕龙·史传》篇在论述史书的写作时，存在着“依经树则”“尊贤隐讳”“世情利害”与“按实而书”之间的矛盾。这种种矛盾使得刘勰在论及修史的原则，以及评价史书功过时难免有所偏颇。但我们也应看到，刘勰论述“实录”所现的局限性，与他所处时代之文学观、史学观尚未完全明晰，经史、文史之文体混杂相关。同时，这种局限性也与史书这种文体所求实录，史官所铸实录精神与“世情利害”之间不易调和的矛盾相关。据此，我们无法站在今天的立场上去苛责一千五百多年前的刘勰，让他远远走在时代前端，能够做到明晰各种文体之实，对史书做到铨评昭整。相反，我们在刘勰所言史官的“素心”一说中，体味到了刘勰深深的无奈与乌托邦的理想期待。这使得我们在看到刘勰的不足之时，却又愿

① 以上所引均出自《史通》。〔唐〕刘知几著，白云译注：《史通》，北京：中华书局，2014 年，第 332、337、781 页。

意反思他所言之“依经树则”标准：宗经或不可成为文体书写的具体准则，但宗经所期之文字应负有一定的社会职责的指导思想或不可完全加以舍弃不顾。

# 诗教与娱情的“谐讔”

## ——《文心雕龙·谐讔》篇辨析

王慧娟

魏晋时期谐讔之风盛行，诙谐戏谑的民间谣谚、谜语、寓言等的涌现成为当时文坛与社会生活的一大特色，史家、礼典对此多有记载，专门性文集也多行于世。谐讔文体的发展是文学回归本体、注重形式技巧和娱乐功能的具体表现之一，然而从最初的“载于礼典”“意在微讽、有足观者”“辞虽倾回、意归义正”到“无益时用”“无所匡正”“空戏滑稽”[①]，谐讔文体亟待规范。刘勰纵观时世文坛、士风与民间传统风俗，从社会背景、文体渊源、文体功能与发展路径等方面对谐讔文体进行了深刻批评。

## 一、魏晋藻饰与娱情之风

两汉时期“独尊儒术”的思想使得儒家在思想领域占据绝对统治地位，崇讽谏、重实录、尚雅正的政治立场根深蒂固，成为贯穿整个封建社会的精神内核。然而，随着汉末经学束缚的逐渐解除，正统观念亦随之慢慢淡化，各种思想纷至沓来，玄风盛行、释家挤进，终而三教合流，个体生命意识不断觉醒，人们开始关注自身存在的价值，思考生命存在的终极意义。士人的独立人格意识也使得抒情文学随即在文学创作领域风生水起。古诗十九

---

① 〔梁〕刘勰：《文心雕龙·谐讔》，戚良德：《文心雕龙校注通译》，上海：上海古籍出版社，2008 年，第 167、168、169、174 页。

首、抒情小赋的出现是文学创作向个性化抒情方向发展的标志。进至魏晋时期，文学注重个性解放、正常欲望与自我情感表达的特点愈加彰显。甚至可以说，“文学成了感情生活的一部分”[①]。人、文自觉的时代，抒情的倾向很快扩大至整个文坛，重抒情、重形式美、重表现手段与方法成为文学的特质。永明以后文学的发展又从抒情而到宫廷粉饰与娱乐化倾向，文学成为藻饰与娱情的工具。

罗宗强《魏晋南北朝文学思想史》一书中，曾将宫体诗作为时人追求形式美与娱乐性的典型代表，他认为不仅是儒、释、玄、道的自然融合为文学的发展提供了一个自由无拘的思想环境，萧氏家族能文者居多，且他们不重功利、而重文章形式和音韵之美的创作观念，也成为娱乐文学发展的温床[②]。宫体诗追求音韵之美，描摹闺阁之人的步态、神情与饮食仪表等，的确是富于娱乐精神的审美形式，是代表文学娱乐性的有力重镇。但笔者窃以为宫体诗这一娱乐形式还不足以代表娱乐精神的全部内涵，真正能够全面深刻展示彼时文学娱情特色的还属“盛相驱扇”[③]的谐讔文学。或者是文人士子自我解颐的文字游戏、谜语寓言，或者是具有讽谏劝导等社会功用的其他谐讔文学形式，都是文学娱情化的体现。宫体诗多是极尽描摹之能事，而谐讔文学的两种形式则更富内涵。文字游戏类谐讔文纯粹娱乐之外还极具思维张力，读者必须凭借谜面努力猜想而得谜底，因而延长了审美时效。具有劝讽作用的谐讔文则含蓄表达了著者的真实本意，使读者欣赏到“含泪的笑”，因而更具深意。

谐讔文学的兴盛与魏晋时期的谐讔之风密不可分。谐讔之风主

---

① 罗宗强:《魏晋南北朝文学思想史》，北京：中华书局，2006年，引言，第4页。

② 参阅罗宗强：《魏晋南北朝文学思想史》，第299—315页。

③〔梁〕刘勰:《文心雕龙·谐讔》，戚良德:《文心雕龙校注通译》，第170页。

要建立在士人清谈的传统之上。清谈本源于选官制度中对人物的品藻，称为“清议”。要求士人不仅要风仪脱俗、雍容大度、见识高远，而且要神悟捷变，可“口中雌黄”“明悟若神”[①]。这样，清谈中机智幽默、诙谐戏谑的风气日盛。后来，随着清谈这一颇具娱乐性的宫廷娱乐方式慢慢延伸到了家庭生活内，谐讔之风渐渐成为当时颇具特色的文化思潮，进而影响到文学的创作和批评。《史记》开辟专章《滑稽列传》，曹丕编录《笑书》，《世说新语》专门列有《俳调》《捷悟》等章，刘勰深处佛门依然熟知“谐辞讔言，亦无弃矣”[②]。

魏晋六朝文学思想的发展趋势，是由对文学的外部思想、功利等的关注转为对文学内部文学性的探求。重娱情、重形式、重写作技巧、重音韵、“为情而造文”[③]，这是此时文学创作领域的指导原则。对娱情与形式美的追求，体现了“为艺术而艺术”的时代文学的自主性与士人自我意识的自觉。然过于追求形式技巧、音韵藻饰，一味追求滑稽幽默，也使得这一时期的文学创作内容贫乏羸弱、文体不断脱离实用而流于肤浅。此时的谐讔之风，在积极仕进的刘勰看来已完全处于“空戏滑稽，德音大坏”[④]的境地。因此，在诗教与娱情之间，刘勰力图寻找到可以“折衷”的支点，《文心雕龙·谐讔》篇即为明证。

## 二、“谐讔”释名之娱情性渊源

《文心雕龙·序志》篇云：“自生人以来，未有如夫子者也。敷赞圣旨，莫若注经，而马郑诸儒，弘之已精，就有深解，未足立

① 〔唐〕房玄龄等：《晋书》，北京：中华书局，1974年，第1236页。

② 〔梁〕刘勰：《文心雕龙·谐讔》，戚良德：《文心雕龙校注通译》，第167页。

③ 〔梁〕刘勰：《文心雕龙·情采》，戚良德：《文心雕龙校注通译》，第368页。

④ 〔梁〕刘勰：《文心雕龙·谐讔》，戚良德：《文心雕龙校注通译》，第174页。

家。”[①]可见刘勰曾有“注经”之志，但为了更好地展示才华达至不朽，才转而“论文”，因此其对经书也较为谙熟。在《文心雕龙》的写作过程中刘勰借鉴了大儒注经的诸多经验，尤其是创造性地使用音训释名，“以同声相谐，推论称名辨物之意”[②]。对谐讔文体的命名，刘勰也是融汇众家的精妙之处，而又充分体现出二者的娱情性特点。

谈及“谐”文体，刘勰先从“谐”的文字义出发，对其音形义本身及意义的历时性变化逐一剖析，进而对这一文体的特点做出了较为全面的归纳。他汲取《说文》等的解释，认为“谐”“詥”本为互训[③]，意思大致相同，都具有普遍性之义，并创造性地运用声训和义训结合的方式揭示了“谐”的特点。“谐之言皆也，辞浅会俗，皆悦笑也。”[④]“谐”具有意义和语音的双重内涵，其韵部从“皆”声，是与大家的意见与心声相应的言辞，是老百姓用以表达感情的载体，因而“辞浅会俗”，易于理解。刘勰还从《汉书》[⑤]《晋书》[⑥]等经典以及时世文学风气中探得谐词多是老百姓口中流传的诙谐戏谑的俗谚歌谣，具有“悦笑”特点。

刘勰举了“华元弃甲，城者发睅目之讴”“臧纥丧师，国人造侏

---

① 〔梁〕刘勰：《文心雕龙·序志》，戚良德：《文心雕龙校注通译》，第566页。

② 〔清〕永瑢等：《四库全书总目》，北京：中华书局，1965年，第340页。

③ 《说文》释“谐”为“谐，詥也，从言，皆声”。其中，“詥”字读音有二：一是hé，《说文·言部》释之为“詥，谐也”。二是gé，《六书统·言部》言“詥，从言从合，合众意也”。由此可见，“谐”“詥”本为互训，意思大致相同。

④ 〔梁〕刘勰：《文心雕龙·谐讔》，戚良德：《文心雕龙校注通译》，第168页。

⑤ 《汉书·东方朔传》：“上以朔口谐辞给，好作问之。”〔汉〕班固：《汉书》，北京：中华书局，1962年，第2860页。

⑥ 《晋书·文苑传·顾恺之》：“恺之好谐谑，人多爱狎之。”〔唐〕房玄龄等：《晋书》，第2404页。

儒之歌”[1]的例子，这些歌谣既证明了谐体文词的浅显易懂、诙谐幽默，又是符合百姓内心情绪的言语表达。当然无论是抒情的描摹还是欢谑的俳调都是谐娱情特点的展现。

谐讔两类文体大都幽默诙谐充满戏谑游戏意味。只是“谐”文字浅显通俗易懂，以幽默诙谐的风格直接表达作者的真实本意；而“讔”则是文显义隐，常常以譬喻的方式呈现，言此而意彼，委婉含蓄地表达作者意图。因而，谐词多表现为民间俗谚、笑话等，而隐语则呈现为谶语、谜语、寓言、赋等具有隐含意义的文体形式。

“讔[2]者，隐也；遁辞以隐意，譎譬以指事也。”[3]这里，刘勰介绍了“讔”文体的两种表现形式，一是“遁辞以隐意”，是指言语闪烁隐约，话不说全，遂文意藏而不露，任由他人去猜想；二是“譎譬以指事”，是指用曲折的比喻暗示某些事情。对于这两点，刘勰分别举例说，“昔还社求拯于楚师，喻‘眢井’而称‘麦曲’；叔

---

① 〔梁〕刘勰：《文心雕龙·谐讔》，戚良德：《文心雕龙校注通译》，第167页。

② 杨明照《增订文心雕龙校注》释“谐隐”条目：“‘隐’，唐写本作“讔”；元本、弘治本、活字本、汪本、佘本、张本、两京本、王批本、何本、胡本、训故本、合刻本、梁本、谢钞本、清谨轩本、尚古本、冈本、文溯本、王本、张松孙本、郑藏钞本、崇文本并同。文津本剜改作‘讔’。按‘谐讔’字本止作‘隐’。然以篇中‘讔者，隐也’验之，则篇题原是‘讔’字甚明。王应麟《汉书艺文志考证》八引作讔，是所见本篇题原为‘讔’字也。”（杨明照：《增订文心雕龙校注》，北京：中华书局，2012年，第198页）。杨明照先生从存录《文心雕龙》最早的文本、宋代大学者的征引以及文章的内证三方面进行考察，以为当作“讔”字，甚确。《文心雕龙·谐讔》篇有“隐语之用，被于纪传”“昔楚庄、齐威，性好隐语”，这里的“隐语”，余窃以为是“讔”文体的内涵所指，刘勰为了保持骈偶句式的完整、用语的简洁所采用，多将“隐语”简称为“隐”，此盖致误之由。“讔”与“隐”，虽意义相通，但“隐”或指文意隐藏的现象或是隐语的简称，而“讔”则为文体的代称。

③ 〔梁〕刘勰：《文心雕龙·谐讔》，戚良德：《文心雕龙校注通译》，第170页。

仪乞粮于鲁人，歌‘佩玉’而呼‘庚癸’”[①]。“麦曲”是还无社求救时的暗号，“佩玉”是申叔仪借粮时的歌曲。因而属于“讔”文体的第一种类型。而“伍举刺荆王以‘大鸟’，齐客讥薛公以‘海鱼’；庄姬托辞于‘龙尾’，臧文谬书于‘羊裘’”[②]的故事，则是以彼物代替此物的比喻。隐语的出现是人类语言和思维具有原始诗性特质的结果，隐语也是人类普遍的思维方式和认知手段，在人类社会长期的发展过程中某些具有种属特点的物品与事件已经具有了相应的意义外延。正是由于语言学中某些“约定”好的程序，我们才可以用“隐语”来实现“眢井”与“麦曲”、“佩玉”与“庚癸”等“本体”与“喻体”间的指涉关系，并使人明白自己的意思，达到求助或劝谏等目的。

## 三、“谐讔”的源流及其双重功能

魏晋时人的谐讔之风成为文坛的一大现象，刘勰关注这一事实的时候，既认识到了谐讔文体的娱情作用，又从诗教的角度对谐讔的创作提出了要求。

魏晋之前的谐讔文体经历了不同的发展路径，刘勰对这一状况进行了“原始以表末”[③]的梳理和阐述。刘师培在《中国中古文学史讲义》中曾有论及：“谐讔之文，斯时益甚也。谐讔之文，亦起源古昔。宋代袁淑，所做益繁。惟宋、齐以降，作者益为轻薄，其风盖昌于刘宋之初。……嗣则卞铄、丘巨源、卞彬之徒，所作诗文，并多讥刺。……梁则世风益薄，士多嘲讽之文，……而文体亦因之

① 〔梁〕刘勰：《文心雕龙·谐讔》，戚良德：《文心雕龙校注通译》，第171页。

② 〔梁〕刘勰：《文心雕龙·谐讔》，戚良德：《文心雕龙校注通译》，第171页。

③ 〔梁〕刘勰：《文心雕龙·序志》，戚良德：《文心雕龙校注通译》，第569页。

愈卑矣。”[①]谐讔文体的发展与成熟是一个动态的过程。战国时，“齐威酣乐，而淳于说甘酒；楚襄宴集，而宋玉赋《好色》”，都可以达到“意在微讽、有足观者”[②]的效果。此时的谐讔文学是纵横策士胸中的娱乐，作用主要还在于诗教。汉代司马迁著作《史记·滑稽列传》，将优旃讽漆城、优孟谏葬马这些具有讽谏作用的例子列入其中，原因也是它们“辞虽倾回、意归义正”[③]。可见，在刘勰心中，具有良好道德教化功能的谐词隐语才是礼典值得记载的缘由。而汉代的东方朔、枚皋等人，只是著一些浅显的笑话、俗赋，成为人们茶余饭后的谈资笑料，并不具有真正的规劝讽谏作用，因而被人当做倡优来看待，自己也颇为后悔。魏晋以来，俳谐风气日盛。曹丕据邯郸淳《笑林》等俳谐资料编纂《笑书》，以供谐谈；薛综则喜欢在席间发言戏谑，这些虽可娱乐众人，却对时事无用，都贬损了谐词本来应有的讽谏意义，需要提出规劝，以正文风。

可见，刘勰对谐体的肯定是以能否具有规讽作用为前提的。实则，谐词本发端于民间，是俗文学的一种类型，戏谑滑稽是它的主要特质。“文辞之有谐讔，譬九流之有小说。盖稗官所采，以广视听。”[④]统治者“采风”以观民意的做法，使得众多幽默诙谐且具有诗教意义的谐词作品传入宫廷之中，竞相为文人所取，创造出适合于宫廷进谏的具有教化功能的作品。曹植在《与杨德祖书》中声称：“街谈巷说，必有可采，击辕之歌，有应《风》《雅》，匹夫之思，未

---

① 刘师培：《中国中古文学史讲义》，陈引驰编校：《刘师培中古文学论集》，北京：中国社会科学出版社，1997 年，第 92 页。

② 〔梁〕刘勰：《文心雕龙·谐讔》，戚良德：《文心雕龙校注通译》，第 168 页。

③ 〔梁〕刘勰：《文心雕龙·谐讔》，戚良德：《文心雕龙校注通译》，第 168 页。

④ 〔梁〕刘勰：《文心雕龙·谐讔》，戚良德：《文心雕龙校注通译》，第 173 页。

易轻弃也。”[①]《汉书·艺文志》对此亦有记载，“观风俗，知得失，自考正”[②]。由此，谐词的诗教与娱情作用便展露无遗，娱情是心之感情的自然抒发，而诗教则是道德立场上的忠君之则，这不仅是儒家思想与道玄思想的交锋，也是一种融合与对抗。在二者此消彼长的对立和融合中，谐文创作与道德教化作用的贴近关系一直处于动态的变化之中，也因此有了刘勰所认为的“正”与“奇”“雅”与“俗”的区别以及对于谐词“空戏德音”的批评和提醒。

谈及隐语，古时亦称“廋词”。《韩非子·喻老》有“右司马御座，而与王隐曰”[③]，《国语·晋语》有“有秦客廋辞于朝”[④]，古之“讔”与“廋”盖本一物。《集韵》：“讔，廋语。”[⑤]《方言》：“廋，隐也。”[⑥]

刘勰说：“自魏代以来，颇非俳优；而君子嘲隐，化为谜语。”[⑦]谜语是隐语的一种形式，其文体发展经历了以下的过程。春秋时期，隐语、讔与廋词并称。汉代称为“射覆”，汉末则是“离合”，刘宋时期则指“字谜”，唐称为歇后语。五代时称“覆射”，宋代时

① 郁沅、张明高编选：《魏晋南北朝文论选》，北京：人民文学出版社，1996年，第26页。

② 〔汉〕班固：《汉书》，第1708页。

③ 〔清〕王先慎撰，钟哲点校：《韩非子集解》，北京：中华书局，2003年，第168页。

④ 上海师范大学古籍整理组校点：《国语》，上海：上海古籍出版社，1978年，第401页。

⑤ 〔宋〕丁度等编：《集韵》，上海：上海古籍出版社，1985年，第358页。

⑥ 华学诚汇证：《扬雄方言校释汇证》，北京：中华书局，2006年，第247页。

⑦ 〔梁〕刘勰：《文心雕龙·谐讔》，戚良德：《文心雕龙校注通译》，第172页。

则分为多种类型，如“地谜”“诗谜”[①]“戾谜”“社谜”“藏头”[②]“市语”[③]，元代称为“独脚虎”“谜韵”，明代则有“反切”（即反语，汉代即有使用）、“商谜”“猜灯”“弹壁灯”“弹灯”“灯谜”“春灯谜”等称谓。至于清代，则称为“春灯”“灯虎”“文虎”“谜谜子”“谜子”“缩脚韵”“切口”等。值得注意的是，猜谜之事，至两宋而大盛，但不再是仅仅供文人嘲谑的资料了，而是列于百戏，成为元夕的点缀[④]。由此可见，谜语的形式一直在变化中，且具有较强的生命力，甚至与曲艺产生了千丝万缕的联系。当今时代，谜语的众多形式依然存在，或是直接的应用，或是嵌套于众多的诙谐幽默作品之中，成为中国文化不可或缺的元素。

刘勰对谜语下了一个较为准确的定义：“谜也者，回互其辞，使昏迷也。”[⑤]从这一定义中，我们依然可以见到隐语最核心的特点，即是曲折地表达自己的意见，使理解获得繁复性与审美快感。众多隐语的表现形式中，刘勰论及谜语，尤其是包括离合诗在内的字谜和物谜，因而谓之“或体目文字，或图像品物”[⑥]。简单的体目文字与品物图像的谜语，在中国古代文学史上比比皆是，而汉魏六朝大盛的离合诗则不得不提。《文心雕龙・明诗》云：“离合之发，则明于图谶。”[⑦]离合源于图谶之说，钱南扬先生曾言：“盖自新莽好谶，刘歆益之。光武用人，信之弥笃。图谶之言，于以大

---

① 宋代之前“诗谜”已经存在，唯其名字始见于宋代。

② 宋明人所谓“藏头隐语”“藏头诗”等，有时乃是泛指谜语，非谓藏头诗也。

③ 市井之语，古已有之，而名字盖初见于宋时而已。

④ 此处依据钱南扬：《谜史》，北京：中华书局，2009 年，第 320—321 页。

⑤〔梁〕刘勰：《文心雕龙・谐讔》，戚良德：《文心雕龙校注通译》，第 172 页。

⑥〔梁〕刘勰：《文心雕龙・谐讔》，戚良德：《文心雕龙校注通译》，第 172 页。

⑦〔梁〕刘勰：《文心雕龙・明诗》，戚良德：《文心雕龙校注通译》，第 64—65 页。

盛。是以汉末文人，恒好离合也。”[①]汉代的图谶多用拆字法组成，离合诗也是一种按字的形体结构，用拆字法组成的诗歌，二者存在同构性。离合诗是图谶的拆字法结合当时诗歌兴盛的时局而产生的。图谶是一种特殊的隐语，不仅是体目文字或品物图像的谜语，也是明其治乱的一种方式。离合诗兼具谜语与诗歌的双重性质，是中国诗歌史上的奇葩，也是隐语发展过程中不可多得的结晶。

显然，谐文体的发展历经繁复的变化，但其不同于谐文体发展历程中主要决定于“文以载道”思想的紧严或松动，而是主要表现在文体本身的演进，但无论是赋还是离合抑或字谜、物谜，都是一种文字游戏，用以娱乐情怀甚至劝谏讽刺。

## 四、《谐讔》之选文定篇的分析

“选文以定篇”[②]是刘勰文体论部分的重要内容，《谐讔》篇当然也不例外。从选取的事例、人物、典籍、评价等，不仅可以见出谐讔文体的主要创作者、针对对象、选材特征、文体渊源、出典以及文体的作用，亦可窥见著者的文体意识与诗教观念。《谐讔》篇论及众多滑稽家及其作品，试以表格的形式明晰之：

| 作者 | 相关者 | 本事 | 喻体 | 文体 | 出典 | 作用 |
|---|---|---|---|---|---|---|
| 芮良夫 | 厉王、《诗经》 | 君恶民怨 | 肺肠 | 诗歌 | 《左传》 | 讽谏 |
| 城者 | 华元 | 弃甲 | 睅目 | 谣谚 | 《左传》 | 抒情讽刺 |
| 国人 | 臧纥 | 丧师 | 侏儒 | 谣谚 | 《左传》 | 抒情讽刺 |

① 钱南扬：《谜史》，第 320—321 页。

② 〔梁〕刘勰：《文心雕龙·序志》，戚良德：《文心雕龙校注通译》，第 569 页。

| 作者 | 相关者 | 本事 | 喻体 | 文体 | 出典 | 作用 |
| --- | --- | --- | --- | --- | --- | --- |
| 成人群体 | 孔子弟子、成人个人 | 穿孝 | 蚕绩蟹匡 | 俗谚 | 《礼记》 | 讽刺 |
| 原壤 | 原壤、孔子 | 母丧 | 狸首 | 俗谚 | 《礼记》 | 讽刺 |
| 淳于髡 | 齐威王 | 酣酒 | 酣酒 | 故事 | 《史记》 | 讽谏 |
| 宋玉 | 楚襄王 | 好色 | 好色 | 赋 | 《文选》 | 讽谏 |
| 优旃 | 秦二世 | 漆城 | 漆城 | 故事 | 《史记》 | 讽谏 |
| 优孟 | 楚庄王 | 葬马 | 葬马 | 故事 | 《史记》 | 讽谏 |
| 东方朔 | 众多 | 辞述 | 谬辞诋戏 | 杂赋、谜语等 | 《汉书》 | 娱乐 |
| 枚皋 | 东方朔 | 为赋亦俳 | 见视如倡 | 赋 | 《汉书》 | 自劝 |
| 司马迁 | 《滑稽列传》 | 列传滑稽 | 列传滑稽 | 传记故事 | 《史记》 | 正视滑稽 |
| 曹丕 | 《笑林》、邯郸淳 | 著《笑书》 | 著《笑书》 | 故事集 | 《魏志》 | 娱乐 |
| 薛综 | 薛综 | 发嘲调 | 嘲调 | 笑话 | 《吴志》 | 娱乐 |
| 潘岳（轶，颇类刘思真《丑妇赋》） | 丑妇 | 丑妇 | 丑妇 | 赋 | 《太平御览》 | 娱乐抒情 |
| 束皙 | 卖饼 | 卖饼 | 饼赋 | 赋 | 《全晋文》《艺文类聚》 | 娱乐抒情 |
| 刘义庆 | 应玚 | 应玚之鼻 | 削卵 | 笔记小说 | 《世说新语》 | 娱乐 |

| 作者 | 相关者 | 本事 | 喻体 | 文体 | 出典 | 作用 |
|---|---|---|---|---|---|---|
| 刘义庆 | 张华 | 张华之形 | 舂杵 | 笔记小说 | 《世说新语》 | 娱乐 |
| 溺者 | 溺者 | 反常行为 | 妄笑 | 笑话 | 《左传》 | 抒情 |
| 胥靡 | 胥靡 | 强颜欢笑 | 狂歌 | 笑话 | 《吕氏春秋》 | 抒情 |
| 还无社 | 楚师 | 求拯 | 麦曲 | 外交辞令 | 《左传》 | 救国 |
| 叔仪 | 鲁人 | 乞粮 | 庚癸 | 外交辞令 | 《左传》 | 救国 |
| 伍举 | 楚庄王 | 刺荆王 | 大鸟 | 寓言 | 《史记》 | 讽谏 |
| 齐客 | 田婴 | 讥薛公 | 海鱼 | 寓言 | 《战国策》 | 讽谏 |
| 庄姬 | 楚襄王 | 王无子 | 龙尾 | 寓言 | 《列女传》 | 讽谏 |
| 臧文仲 | 齐国、鲁国 | 齐将伐楚 | 羊裘 | 暗语 | 《列女传》 | 救国 |
| 刘歆、班固 | 《隐书》 | 录之歌末 | | 事件 | 《汉书·艺文志》 | 文体观念 |
| 荀子 | 蚕 | 作《蚕赋》 | 蚕 | 赋 | 《赋篇》 | 讔体萌芽 |
| 曹丕、曹植 | | | | 谜语 | | 讔体发展 |
| 曹髦 | | | | 谜语 | | 讔体发展 |
| | 楚庄王、齐威王 | 性好隐语 | | 寓言故事 | 《史记》 | 娱乐讽谏 |

从作者构成来看，以百姓、个人和臣子居多。所以，谐讔文不仅是庙堂之上君臣劝谏与娱乐的方式，也是老百姓借以表达内心不满的途径。《谐讔》篇首即言“自有肺肠，俾民卒狂”，以此指出百姓抒发内心感情的需要。接着以“华元弃甲，城者发睅目之讴”“臧纥丧师，国人造侏儒之歌”为具体事例，表明“怨怒之情不一，欢谑之言无方”的事实，“并嗤戏形貌，内怨为俳也”[①]，也就是说人们制造谐辞隐语来嘲讽他们的外貌，只是为了释放心中对于败军的怨恨与愤怒。文中的“华元弃甲”“臧纥丧师”事件，给百姓造成了极大的灾难，而由于社会地位、道德伦理的限制，百姓不敢直接将这些怨恨之情表现出来，便通过委婉的谐辞隐语来排遣愤懑，这是一种心理上的自我宣泄。

从作者排列的顺序可知，谐讔文体首先是由民间传递出来表达自我情感的，进而由宫廷官员所吸取和改进。因此，谐讔文体的俗文化本质是不可避免的，也即是刘勰所谓的“本体不雅”[②]。刘勰认为俗文学的本质中不可避免地带有谐谑娱乐性元素，若不能以正统的儒家“诗教”观念来引导，势必会造成“谬辞诋戏，无益规补”[③]。

仅从谐讔文体的相关者来看，华元、臧纥、宋玉、东方朔、薛综等人都是皇帝身边的近臣，他们的身份在刘勰看来更确定一点说应该是倡优，这是刘勰诗教观的表现。自古以来，优谏是中国文化的一种传统，刘勰认为倡优的价值则在于劝谏，以娱乐的方式来教育统治者。

从谐讔文体的作者及相关者的关系来看，作者以臣子（包括滑稽家）居多，次则百姓和个人，盖针对君主和道德、国家事件及自我情感。这可以见出谐讔的文体功能多表现于三个方面：君臣劝谏，

① 〔梁〕刘勰：《文心雕龙·谐讔》，戚良德：《文心雕龙校注通译》，第 167 页。

② 〔梁〕刘勰：《文心雕龙·谐讔》，戚良德：《文心雕龙校注通译》，第 168 页。

③ 〔梁〕刘勰：《文心雕龙·谐讔》，戚良德：《文心雕龙校注通译》，第 172 页。

自我感情抒发，对国家、道德等的意见表达。而后面的两点可以归结为一，也即是说刘勰所认为的谐谑文体功能集中于诗教和娱情两种。

从谐谑所关涉的文体来看，谐谑文多集中于谣谚、俗赋、故事、笑话、寓言、笔记小说等文体。而且谐谑作品的取材都有共同的特点即是“取鄙琐物”[①]，如丑妇、舂杵、削卵、睅目、侏儒、麦曲等。刘勰对于本事与喻体的选取和关涉文体的来源，都表现出自己对民间文学鄙俗特性的认识，既指明其娱情作用，又表现出对其无益时弊的批判，这依然是宗经立场之上的娱情。

从刘勰选材的出典来看，正如刘勰所言“被于纪传”[②]，多是《左传》《史记》《礼记》《汉书》《战国策》等儒家经典和正统史书。从谐谑文的作用来看，刘勰的文体意识也是建立在诗教基础上的娱乐。对于纯粹娱乐性的谐谑作品，刘勰是持否定态度的。甚至对于“滑稽之雄”的东方朔，刘勰也只是站在贬斥的态度上，言其“谬辞诋戏”[③]，无益时弊。

## 五、刘勰论诗教与娱情的谐谑

齐梁时代，谐谑思潮已成为文坛与社会生活的重要内容。重形式、技巧、音韵、娱乐等的审美风尚，使得谐谑文常常偏离道德教化的功用，刘勰因此言之：“自有肺肠，俾民卒狂……怨怒之情不一，欢谑之言无方……嗤戏形貌，内怨为俳也。又蚕蟹鄙谚，狸首淫哇，

---

① 原始人类颇具诗性思维的现实，决定了人类取喻的方式有两种，一是“近取诸身”（参见钱锺书：《管锥编》第三册，北京：生活·读书·新知三联书店，2001 年，第 178 页），二是“取鄙琐物”（参见钱锺书：《管锥编》第二册，第 637 页）。

② 〔梁〕刘勰：《文心雕龙·谐谑》，戚良德：《文心雕龙校注通译》，第 171 页。

③ 〔梁〕刘勰：《文心雕龙·谐谑》，戚良德：《文心雕龙校注通译》，第 172 页。

苟可箴戒，载于礼典。故知谐辞隐言，亦无弃矣。”[①] 刘勰对谐讔文的宣泄情感、自我娱乐的作用给予了肯定，然而，刘勰认为，只有那些具有箴戒意义的谐讔文才是正统，才有资格“载于礼典”。由此观之，刘勰对谐讔文的关照也是从诗教和娱情两个方面进行的。

“谐辞隐言，亦无弃矣”，刘勰肯定谐讔文体在文学发展与现实生活中的必要性时，指明了其宣泄娱乐作用，同时也对其“本体不雅，其流易弊”[②] 表示了隐忧。对于具有宣泄娱情作用的谐讔文，刘勰是肯定的；而对于纯粹以娱乐为目的完全抛弃诗教观念的谐讔文，甚至对于这类作者，刘勰也表示了批评。东方朔被称为“滑稽之雄”，司马迁《史记》列《东方朔传》，而刘勰则言：“于是东方、枚皋，餔糟啜醨，无所匡正，而诋嫚媟弄，故其自称为赋乃亦俳也，见视如倡，亦有悔矣。”[③] 刘勰认为东方朔、枚皋的言辞只是轻谩滑稽，以供人取乐调笑，而对针砭时弊无用，因而被视为俳优，地位轻贱，甚至他们自己也有后悔之心。隐语发展至东方朔，文辞颇为华巧，而在教化的角度上也陷入“谬辞诋戏，无益规补”[④] 的境地。至于曹丕著《笑书》，薛综“发嘲调”“抃推席”，“懿文之士”的滑稽之作，均是“无益时用”的谐体作品，“曾是莠言，有亏德音”，与“溺者之妄笑，胥靡之狂歌”[⑤] 一样，是鄙俗而没有价值的。

“意在微讽，有足观者”，崇尚“征圣宗经”的刘勰最为关注谐讔文体的诗教作用。其云：“昔齐威酣乐，而淳于说甘酒；楚襄

---

① 〔梁〕刘勰：《文心雕龙·谐讔》，戚良德：《文心雕龙校注通译》，第 167 页。

② 〔梁〕刘勰：《文心雕龙·谐讔》，戚良德：《文心雕龙校注通译》，第 168 页。

③ 〔梁〕刘勰：《文心雕龙·谐讔》，戚良德：《文心雕龙校注通译》，第 168 页。

④ 〔梁〕刘勰：《文心雕龙·谐讔》，戚良德：《文心雕龙校注通译》，第 172 页。

⑤ 〔梁〕刘勰：《文心雕龙·谐讔》，戚良德：《文心雕龙校注通译》，第 169—170 页。

宴集，而宋玉赋《好色》：意在微讽，有足观者。及优旃之讽漆城，优孟之谏葬马，并谲辞饰说，抑止昏暴。是以子长编史，列传《滑稽》，以其辞虽倾回，意归义正也。”[①] 齐威王酣饮作乐，淳于髡便给他讲自己醉酒之事；楚襄王设宴集会，宋玉则写《登徒子好色赋》，其用意都在于委婉地劝诫，有着可以吸取的讽谏教育意义。优旃劝阻秦二世油漆城墙，优孟劝阻楚庄王礼葬其马，这都是用曲折修饰之语，阻止昏聩粗暴的行为。因为这些谐谑文体的创作和滑稽家的行为都是用来讽谏以正君主之行的，所以，司马迁编《史记》的时候专门写了《滑稽列传》，以充分肯定这些具有诗教作用的谐谑文与滑稽家。这类文辞用曲折隐晦的语言，委婉含蓄地表达了正当劝谏的用意；滑稽家的幽默睿智，既能够实现优谏的目的，又可以明哲保身，因而是值得载于经典的。

“昔还社求拯于楚师，喻‘眢井’而称‘麦曲’；叔仪乞粮于鲁人，歌‘佩玉’而呼‘庚癸’”[②]，刘勰此处以《左传》中的实例，来说明隐语在关键时刻可以拯救国家。“伍举刺荆王以‘大鸟’，齐客讥薛公以‘海鱼’；庄姬托辞于‘龙尾’，臧文谬书于‘羊裘’”[③]，这几个实例则说明隐语的用处还在于劝谏君王和传递信息。这些即是刘勰所谓的“隐语之用，被于纪传；大者兴治济身，其次弼违晓惑”[④]。危难时机，睿智地采取幽默诙谐的故事和寓言、暗语来表达真实意图，这是谐词与隐语有效结合、从而修身治国的典范，正

① 〔梁〕刘勰：《文心雕龙·谐讔》，戚良德：《文心雕龙校注通译》，第 168 页。

② 〔梁〕刘勰：《文心雕龙·谐讔》，戚良德：《文心雕龙校注通译》，第 170—171 页。

③ 〔梁〕刘勰：《文心雕龙·谐讔》，戚良德：《文心雕龙校注通译》，第 171 页。

④ 〔梁〕刘勰：《文心雕龙·谐讔》，戚良德：《文心雕龙校注通译》，第 171 页。

所谓“盖意生于权谲，而事出于机急；与夫谐辞，可相表里者也”[①]。

谐讔的诗教与娱情功能是相辅相成的两个方面，文学回归本体是文学发展的必然要求，谐讔文体的娱情功能则是这一文学发展趋势的体现；儒家思想在中国思想史上的绝对统治地位则是诗教功能得以实现的有力保证。因而谐讔风尚和文体的发展是文学与社会发展共同作用、相互较量的结果，谐讔的娱情功能与“文以载道”的诗教观可谓此消彼长。当然，立于“征圣宗经”立场之上的刘勰，对“谐辞隐语”的宣泄和娱乐作用有着一定的肯定态度，但其最为推崇的还是兼具娱情和诗教双重功能的谐讔文。

① 〔梁〕刘勰：《文心雕龙·谐讔》，戚良德：《文心雕龙校注通译》，第171页。

# 《文心雕龙》与《文选》的檄文观

赵亦雅

“檄”是我国古代重要而独特的文体。刘勰《文心雕龙》有《檄移》专篇，萧统的《文选》则列有“檄”体。本文拟通过《文心雕龙·檄移》篇与《文选》檄文之比较，进一步阐述、辨析刘勰和萧统在文体认识以及评选代表作家作品时的特点和异同，并指出二者在文学观念上的不同。

## 一、两书对武檄的重视

作为公文，檄文的功用并不单一。徐望之先生总结为六点：“一曰讨敌，如陈琳作讨曹操檄。二曰威敌，如耿恭移檄乌丝，示汉威德。三曰征召，如汉申屠嘉为檄召邓通。四曰晓谕，如司马相如谕巴蜀檄。五曰辟吏，如汉毛义闻府檄当守令，捧檄持以白母。六曰激迎，《释名》曰：‘檄，激也。下官所以激迎其上之书文也。’汉《范丹传》，少为县吏，奉檄迎督邮，即其例也。”[①] 这个阐释比较详尽，以上六点大致又可归纳为声讨、晓谕、征召三类情况，刘勰也在《檄移》篇里说：“檄移为用，事兼文武。”[②] 其中声讨类的武檄作为一种军事文体，尤为引人注目，而《文心雕龙》和《文选》都体现出对武檄的强调和重视。

《文心雕龙·檄移》篇一上来就强调了檄文和军事的关系。“兵

---

① 徐望之：《公牍通论》，北京：档案出版社，1988 年，第 12—13 页。

② 〔梁〕刘勰：《文心雕龙·檄移》，戚良德：《文心雕龙校注通译》，上海：上海古籍出版社，2008 年，第 247 页。

先乎声，其来已久”，接着指出“帝世戒兵，三王誓师”的传统，祭公谋父对周穆王所说的“古有威让之令，有文告之辞”[①]，就是檄文的源头，刘勰认为真正意义上的檄文最早出现在春秋时期齐国管仲诘问楚国不入贡包茅和晋国吕相责问秦国焚毁箕部之地。二人之辞都有理有据，咄咄逼人，达到了从气势上压制对方的效果，故而为刘勰着意指出：“暨乎战国，始称为檄。”[②]刘勰认为到了战国时期，开始称这种文辞为“檄”。

刘勰在本篇一开始就提出“出师先乎威声”“听声而惧兵威”，强调“兵先乎声”[③]的重要性，而“兵先乎声”的手段就是檄文。刘勰提出“故分阃推毂，奉辞伐罪，非唯致果为毅，亦且厉辞为武”，他认为将帅出征，靠的不仅仅是行军作战的果毅，严厉的文辞也是军事行动的一部分。檄文的内容大致有两个方面，“或述此休明，或叙彼苛虐”，一方面叙述我方的美好，另一方面罗列敌方的残暴。他以生动的比喻强调檄文应像“冲风所击”“欃枪所扫”，列数对方之罪恶，展现我方之威德，从而达到“使百尺之冲，摧折于咫书；万雉之城，颠坠于一檄”[④]的效果。

刘勰在选文以定篇的部分论及了隗嚣的《移檄告郡国》、陈琳的《为袁绍檄豫州》、钟会的《檄蜀文》以及桓温的檄胡文，这四篇檄文分别是隗嚣诸将讨伐王莽、袁绍征讨曹操、钟会进军蜀汉、桓温北伐后赵之时所作，都属于武檄无疑。他对檄文的总的要求是

---

① 〔梁〕刘勰：《文心雕龙·檄移》，戚良德：《文心雕龙校注通译》，第240—241页。

② 〔梁〕刘勰：《文心雕龙·檄移》，戚良德：《文心雕龙校注通译》，第242页。

③ 〔梁〕刘勰：《文心雕龙·檄移》，戚良德：《文心雕龙校注通译》，第240页。

④ 〔梁〕刘勰：《文心雕龙·檄移》，戚良德：《文心雕龙校注通译》，第242—245页。

“植义飏辞，务在刚健”，这里指出檄文的立意遣辞，必须刚健有力。具体来说就是“不可使词缓”，“不可使义隐”，“必事昭而理辨，气盛而辞断，此其要也”，强调檄文的文气不能舒缓，意义不能隐晦，必须事实清楚而说理明白，气势充足而文辞果断，这就是檄文的基本要领。刘勰特别强调“若曲趣密巧，无所取才矣”[①]，如果檄文写得曲折隐晦，就没有可取之处了。

通过以上分析可见，虽然刘勰指出檄文分文武两类，但他“原始以表末”“选文以定篇”“敷理以举统”的内容都是针对武檄而言的。全篇只有一句提及文檄，“又州郡征吏，亦称为檄，固明举之义也”[②]。刘勰指出用于州郡征召官吏的文书，也称作檄文，是公开选拔之意。这属于征召一类的檄文。

在对二书的比较研究中，有学者指出刘勰仅强调檄文的军事征伐功能，其实《文选》中的檄文也以军事征伐类的武檄为主。《文选》檄文共四篇[③]：司马相如《喻巴蜀檄》、陈琳《为袁绍檄豫州》《檄吴将校部曲文》以及钟会的《檄蜀文》。其中《喻巴蜀檄》被认为是现在所能看到的最早的完整檄文。据《汉书》记载，唐蒙出使夜郎时征发巴蜀吏卒千人，又征发万余人转运辎重，引发了蜀人的不满和惊恐，司马相如此文意在劝喻、安抚巴蜀百姓，意深而言婉，

---

① 〔梁〕刘勰：《文心雕龙·檄移》，戚良德：《文心雕龙校注通译》，第246页。

② 〔梁〕刘勰：《文心雕龙·檄移》，戚良德：《文心雕龙校注通译》，第246页。

③ 《文选》的檄文不包括司马相如的《难蜀父老》。这牵扯到《文选》的分类问题，在《文选》的几个版本中，李善注系统的尤刻本、六家本系统之明州本、六臣注系统之赣州本与建州本等均为三十七类，其中，司马相如的《难蜀父老》位于檄类最末，反而在钟会的《檄蜀文》之后，并不符合《文选》“同类之中，以时代相次”的编纂原则。据游志诚、傅刚等学者考证，《难蜀父老》应属“难”体。

被李充赞为“可谓德音矣”[①]，被金圣叹称为“最得安慰远人之体”[②]，体现的是檄文的晓谕功能。其余三篇皆为军事类檄文，也可以体现萧统认为军事檄文最能展现檄文特色。其中《为袁绍檄豫州》《檄蜀文》两篇与刘勰选定相同，体现了二书选篇上的一致观点。

## 二、《文选》何以推崇陈琳的檄文

《文选》檄文共收录四篇，而陈琳就入选了两篇，这无疑表明了萧统的态度。陈琳是建安七子之一，文采出众，其章表书记被曹丕赞为“今之隽也”[③]，曹丕还在《与吴质书》中说：“孔璋章表殊健，微为繁富”[④]，可谓赞誉连连。裴松之注《三国志·魏书》曾引《典略》说：“琳作诸书及檄，草成呈太祖，太祖先苦头风，是日疾发，卧读琳所作，翕然而起曰：‘此愈我病。’数加厚赐。”[⑤]这个记载未必没有渲染的成分，但也从侧面体现出陈琳书檄的出色。

建安五年，袁绍将与曹操一决雌雄。陈琳的《为袁绍檄豫州》正是在这样的背景下写成的。正如刘勰对此文“抗辞书衅，皦然暴露”的评价，陈琳用严厉的文辞书写曹操的罪过，使得他的劣行暴露无遗。全文记述了曹操的丑恶家世和种种劣行，控诉其“残贤害善”“污国虐民”的罪恶，极力渲染袁绍的军事实力，意在昭示曹操必败的结局。该篇文辞浩荡，气若江海，极富煽动性。比如文中讲袁绍大军的威势：

---

① 〔晋〕李充：《翰林论》，穆克宏、郭丹：《魏晋南北朝文论全编》，上海：上海远东出版社，2012 年，第 92 页。

② 〔清〕金圣叹批，张国光点校：《金圣叹批才子古文》，武汉：湖北人民出版社，1986 年，第 219 页。

③ 〔魏〕曹丕：《典论·论文》，穆克宏、郭丹：《魏晋南北朝文论全编》，第 12 页。

④ 〔魏〕曹丕：《与吴质书》，穆克宏、郭丹：《魏晋南北朝文论全编》，第 17 页。

⑤ 〔晋〕陈寿：《三国志·魏书·王粲传》，北京：中华书局，1964 年，第 601 页。

> 尔乃大军过荡西山，屠各左校，皆束手奉质，争为前登，犬羊残丑，消沦山谷。于是曹师震慑，晨夜逋遁。屯据敖仓，阻河为固，欲以螳螂之斧，御隆车之隧。幕府奉汉威灵，折冲宇宙，长戟百万，胡骑千群，奋中黄育获之士，骋良弓劲弩之势，并州越太行，青州涉济漯，大军泛黄河而角其前，荆州下宛叶而掎其后。雷霆虎步，并集虏廷，若举炎火以焫飞蓬，覆沧海以沃熛炭，有何不灭者哉？[①]

写袁绍平定匈奴的所向披靡和曹师惊恐逃遁，用对比的手法扬袁抑曹，用“越”“涉”“泛”“下”四个不同的动词表示袁绍大军自并、青、冀、荆四州分别而发呈包围之势，“角”“掎”表明袁军将曹军视如困兽，剿灭势在必行，“若举炎火以焫飞蓬，覆沧海以沃熛炭”两句以高妙的比喻展现了袁绍大军志在必得的气势，多为人称赏。张溥认为此文“奋其怒气，词若江河”[②]，正是从整篇的气势着眼而发的。罗宗强先生说：“通篇檄文，以一种雄辩的口气，以一种无法辩驳的事实，证明操应受到惩罚，并且证明正义之士之必然胜利。这檄文真是写得极为雄辩而又气概非凡。这是一种内在的思想力量，一种用精心选择、严密组织的言辞表达出来的思想力量。彦和所谓壮有骨鲠，殆指此而言。”[③] 明人孙月峰称赞陈琳此文：“是平铺体格，中间一曹一袁，短长错出，以鼓其跌宕之势，机轴

① 〔梁〕萧统编，〔唐〕李善注：《文选》，上海：上海古籍出版社，1986 年，第 1972—1973 页。

② 〔明〕张溥：《汉魏六朝百三家集题辞注·陈记室集》，北京：人民文学出版社，1960 年，第 75 页。

③ 罗宗强：《魏晋南北朝文学思想史》，北京：中华书局，1996 年，第 333 页。

运用，亦在有意无意之间，迅笔扫去，翻觉圆而不板。”“其妙处大约惟在锻语。语工，故遂觉色浓而味腴，以细为宏，以琢为肆。”[①] 指出了陈琳高妙的语言艺术来自于锻语的精工。官渡之战之后袁绍战败，曹操指责陈琳檄文“上及父祖”，却“爱其才而不咎”[②]，正体现陈琳此篇檄文的高妙。

《檄吴将校部曲文》是否为陈琳所作向来颇有争议[③]。该篇以春秋吴王夫差和汉代吴王濞灭亡的经验教训以及袁绍、袁术、吕布、张鲁覆亡的现实教训，以古今对照的方式说明孙权难以抵抗势如雷霆的天子大军，并阐述区别对待的政策，对吴将校部曲进行分化，富有鼓动性和说服力。比如下面一段：

> 谓为舟楫足以距皇威，江湖可以逃灵诛。不知天网设张，以在纲目，爨镬之鱼，期于消烂也。若使水而可恃，则洞庭无三苗之墟，子阳无荆门之败，朝鲜之垒不刊，南越之旌不拔。[④]

此段意在说明孙吴不能凭借江湖之险抵挡王师的征伐。“洞庭无三苗之墟”四句用三苗、东汉公孙述、朝鲜、南越四个例子突出了水不可恃的观点，用整齐的句式增强不可辩驳的气势。这样整饬凝练的句式在全文中时常可见，便于诵读，增强了全文的渲染力量。

陈琳的这两篇檄文都气势壮阔，阐述清晰，说理有据，文辞肆意酣畅，善于运用古今对照、正反对比之法抑敌扬己，长短句奇偶

① 金坛、于光华编：《评注昭明文选》卷十一，扫叶山房石印本。

② 〔晋〕陈寿：《三国志·魏书·王粲传》，第 600 页。

③ 参见王德华：《震雷始于曜电　出师先乎威声（下）——〈文选〉陈琳〈檄吴将校部曲文〉解读》，《古典文学知识》2013 年第 4 期。

④ 〔梁〕萧统编，〔唐〕李善注：《文选》（五），第 1977 页。

错落铺排，展现了慷慨沉雄的建安风骨。刘勰说陈琳檄文“壮有骨鲠”；钱基博说：“陈琳、阮瑀，则文帝所云章表书记之隽；……武帝并以为司空军谋祭酒，管记室；军国书檄，多琳、瑀所作也，而琳尤健爽。”[①] 章太炎在《国故论衡·论式》中说：“檄之萌芽，在张仪檄楚相，徒述口语，不见缘饰。及陈琳、钟会以下，专为恣肆。”[②]“壮”“骨鲠”“健爽”“恣肆”都体现了陈琳檄文的独特风貌，这种文风正契合刘勰指出檄文所需要的“务在刚健”“事昭而理辨，气盛而辞断”[③] 的文体特点。

陈琳极富文采的檄文与萧统重视艺术美的观念十分契合。《文选》序中说：“众制锋起，源流间出。譬陶匏异器，并为入耳之娱；黼黻不同，俱为悦目之玩。”[④] 对此，戚良德先生在《〈文心雕龙〉的美学研究》一文中提及《文选》的选文标准时说：“萧统的‘文学园地’无疑也是一个‘杂货摊’‘大杂烩’，但确又归于一统，那就是‘入耳之娱’‘悦目之玩’，也就是艺术之‘美’。”[⑤]《文选》序中称“若其赞论之综缉辞采，序述之错比文华，事出于深思，义归乎翰藻，故与夫篇什，杂而集之”[⑥]。文选何以如此重视“辞采”“文华”？萧统说：“若夫椎轮为大辂之始，大辂宁有椎轮之质；增冰为积水所成，积水曾微增冰之凛。何哉？盖踵其事而增华，变其本

① 钱基博：《中国文学史》（上），北京：中华书局，1993 年，第 116 页。

② 章太炎：《章太炎讲国学》，北京：金城出版社，2008 年，第 284 页。

③〔梁〕刘勰：《文心雕龙·檄移》，戚良德：《文心雕龙校注通译》，第 246 页。

④〔梁〕萧统：《文选序》，〔梁〕萧统编，〔唐〕李善注：《文选》(一)，第 2 页。

⑤ 戚良德：《〈文心雕龙〉与当代文艺学》，北京：中央编译出版社，2012 年，第 169—170 页。

⑥〔梁〕萧统：《文选序》，〔梁〕萧统编，〔唐〕李善注：《文选》(一)，第 2—3 页。

而加厉。物既有之，文亦宜然。”[①] 此处说明了物有“踵事增华”“变本加厉”的特质，由质朴发展到华丽，既是事物发展的规律也是文章发展的规律，这是对文章重视华彩的肯定，李泽厚、刘纲纪在《中国美学史》一书中认为萧统“强调华丽是文学发展的必然结果，从而为齐梁美学提倡‘丽’的思想做了历史的论证”[②]。《文选》中收录诗类、表类最多的作家分别是陆机和任昉，都是博学渊雅、文采妙绝的作家，体现了萧统对语言艺术的重视，所以陈琳的檄文收录得最多也就在情理之中了。

故而《文选》没有收录隗嚣的《移檄告郡国》也就可以理解了。《文心雕龙》云：“观隗嚣之檄亡新，布其三逆，文不雕饰，而辞切事明，陇右文士，得檄之体也。”[③] 刘勰大力称赞此文用词确切而事实清楚，最能体现檄文的文体特点，林纾在其《春觉斋论文》中评论“嚣文简括严厉……文中匪语不精，亦匪状弗肖”[④]，王礼卿《文心雕龙通解》亦说“述莽一生恶迹，辞无虚夸，事皆明晰，如史家之传”[⑤]，都对其文辞精炼明晰称赏有加，但是该檄文“文不雕饰”的文风，与《文选》重视文采的美学趣味是不符的。

## 三、《檄移》篇中的军事思想

有学者指出刘勰强调檄文的军事征伐，“对檄体的功用进行了

---

① 〔梁〕萧统：《文选序》，〔梁〕萧统编，〔唐〕李善注：《文选》（一），第 1 页。

② 李泽厚、刘纲纪：《中国美学史》（第二卷），北京：中国社会科学出版社，1987 年，第 563 页。

③ 〔梁〕刘勰：《文心雕龙·檄移》，戚良德：《文心雕龙校注通译》，第 244 页。

④ 林纾：《春觉斋论文》，王水照：《历代文话》第 7 册，上海：复旦大学出版社，2007 年，第 6355 页。

⑤ 王礼卿：《文心雕龙通解》，台北：黎明文化事业股份有限公司，1986 年，第 393 页。

刻意规范，缩小了其使用范围，把该体功能相对单一地定位于军事征伐，这无疑强化了该体的特殊功能，但同时也有对其认识不够全面之嫌”[①]。类似的观点也有认为“刘勰将檄文作为一个狭义的‘振此威风，暴彼昏乱’的军事文书加以研究，其文体溯源及文体功能演变的论述，都存在着密而不周的瑕疵”[②]。在笔者看来，这种认识仍有值得商榷之处。假如刘勰意在规范文体功用，那反而应该对檄文的三种功能均详细描述，而非只强调军事性质的武檄一体。本文认为，刘勰强调檄文的军事功能是有意为之，这与《文心雕龙》的性质和刘勰的人生价值观有关。

受“五四”以来西方文学思潮的影响，学界重视对文艺理论的研究，《文心雕龙》日益为学界瞩目，对它的研究发展到今天，已经成为一门“龙学”，并且成为一门显学。但当代《文心雕龙》的研究多视该书为一本文学理论著作。对此，戚良德先生曾经提出：“文艺学视野中的《文心雕龙》研究并未完全理解刘勰写作这部书的初衷，得出的很多结论也就并不符合这部书的理论实际，从而也就难以准确认识和阐释它的当代价值、理论和现实意义。”[③]

《文心雕龙》中体现出来刘勰立身行事是以儒家思想为主导的。儒家强调人生应当积极有为，追求的人生价值以《左传·襄公二十四年》里提出的“立德、立功、立言”三不朽理论和《礼记》中提出的“修身、齐家、治国、平天下”为典型代表。刘勰的人

---

① 赵俊玲：《〈文心雕龙〉与〈文选〉》檄文观辨析》，《西南交通大学学报》（社会科学版）2018 年第 1 期。

② 宋雪玲：《论汉晋檄文文体功能演变及其定型——从刘勰论檄文文体功能之得失谈起》，《浙江学刊》2014 年第 4 期。

③ 戚良德：《文章千古事——儒学视野中的〈文心雕龙〉》，《儒学视野中的〈文心雕龙〉》，上海：上海古籍出版社，2014 年，第 796 页。

生观里有着强烈的立功意图和阳刚进取精神，“摛文必在纬军国，负重必在任栋梁，穷则独善以垂文，达则奉时以骋绩”[①]，这是刘勰的人生价值观。他认为一个人在具备一定的综合素质后，即使是穷困时也应该著书立说，更应顺应时机主动积极地参与政治，投身于报效国家、建功立业的事业中。他孜孜以求的是经邦纬国的政治抱负，而刘勰认为经邦纬国之事是离不开“文”的，他说：“五礼资之以成，六典因之致用；君臣所以炳焕，军国所以昭明。”[②]文章关乎国家的礼制、法典、朝廷上下的沟通、国家大事的阐明，可以说每一个“纬军国”“任栋梁”的人都要面对写文章的问题，所以文章能力与刘勰所追求的建功立业息息相关。对于如何进行文章写作，是《文心雕龙》全书探讨的重要问题，“文之枢纽”中刘勰通过征圣宗经确立了“六义”的基本原则；“论文叙笔”部分梳理了各类文体的写作法则；“剖情析采”中阐明了文章写作的“术”，即各项具体写作方法，可以说从各个方面给予了指引。《檄移》篇正属于“论文叙笔”的一部分。

刘勰在《文心雕龙》中极力强调士人应具有处理政事的能力，他说：“盖士之登庸，以成务为用。”[③]“成务”是其着力所在。《程器》赞语中“雕而不器，贞干谁则”[④]，也显示了他对实际才干的重视。与此相关，刘勰对政务相关的公文也很重视，《文心雕龙》中《檄移》《章表》《诏策》等篇就可以视为公文写作论，刘

① 〔梁〕刘勰：《文心雕龙·程器》，戚良德：《文心雕龙校注通译》，第560页。

② 〔梁〕刘勰：《文心雕龙·序志》，戚良德：《文心雕龙校注通译》，第566页。

③ 〔梁〕刘勰：《文心雕龙·程器》，戚良德：《文心雕龙校注通译》，第559页。

④ 〔梁〕刘勰：《文心雕龙·程器》，戚良德：《文心雕龙校注通译》，第561页。

勰认为“章表奏议，经国之枢机”[①]，认为它们具有极其重要的价值，于此林中明先生说刘勰“以大量的篇幅讲《祝盟》《诏策》，谈《章表》《奏启》，其实以文论为表，而政功为用”[②]，这确实道出了刘勰心中所想。所以刘勰“搦笔和墨，乃始论文”[③]，探讨文体法则、为文之术，是因为他重视文章，因为文章关乎他孜孜以求的处理军国大事的人生抱负。

“国之大事，在祀与戎。”[④]“兵者，国之大事，死生之地，存亡之道，不可不察也。”[⑤]军事关乎国家存亡、人民生死，必须高度重视。檄文是作战前的军事文书，利害攸关，其价值正如刘勰所说的“君臣所以炳焕，军国所以昭明”，是当之无愧的“经国枢机”。从“纬军国”“任栋梁”的人生价值观出发，刘勰在谈论檄文的写作规范时，其实展示了他的军事思想，其中不少地方可以看到《孙子兵法》的影响。刘勰的军事思想具体体现在以下几个方面：

第一，兵以定乱。刘勰称“夫兵以定乱，莫敢自专”，出兵的目的是平定动乱，不能自作主张，这是刘勰对战争的认识。所以他认为出师必有名，“天子亲戎，则称‘恭行天罚’；诸侯御师，则

---

① 〔梁〕刘勰：《文心雕龙·章表》，戚良德：《文心雕龙校注通译》，第263—264页。

② 〔美〕林中明：《刘勰、〈文心〉与兵略、智术》，《史学理论研究》1996年第1期。

③ 〔梁〕刘勰：《文心雕龙·序志》，戚良德：《文心雕龙校注通译》，第566页。

④《左传·成公十三年》，杨伯峻：《春秋左传译注》，北京：中华书局，1990年，第861页。

⑤《孙子兵法·计》，赵国华注说：《孙子兵法》，开封：河南大学出版社，2008年，第99页。

云‘肃将王诛’”[①]，天子出兵打着秉承天意的旗号，诸侯出征用兵也要说敬奉天子之名以讨伐。肆意兴兵带来的是生灵涂炭、国家覆亡，所以出兵应以平定祸乱为目的，而坚决不能将武力扩张视为国家之幸。汉代班固在《汉书》中反思战争带来的危害和军事的意义时说：“秦始皇即位三十九年，内平六国，外攘四夷，死人如乱麻，暴骨长城之下，头卢相属于道，不一日而无兵。由是山东之难兴，四方溃而逆秦。秦将吏外畔，贼臣内发，乱作萧墙，祸成二世。故曰‘兵犹火也，弗戢必自焚’，信矣。是以仓颉作书，止戈为武。圣人以武禁暴整乱，止息兵戈，非以为残而兴纵之也。”[②]班固认为武力的意义应当在于止息兵戈，刘勰兵以定乱的思想也表达了相同的认识。

第二，厉辞为武。“故分阃推毂，奉辞伐罪，非唯致果为毅，亦且厉辞为武。”[③]刘勰认为将帅出征行军，不仅靠军事行动的果敢坚毅、雷厉风行，也要以严厉的文辞作为武器，这里的“厉辞”指的就是檄文。从《檄移》篇来看，可以说写作檄文本身就是一种军事行为。厉辞为武的实现靠的是文章能力。刘勰曾在《程器》篇提出“文武之术，左右为宜”。这里，刘勰突出强调不偏废文才武略，提倡文武兼备。他说：“郤縠敦《书》，故举为元帅，岂以好文而不练武哉？孙武《兵经》，辞如珠玉，岂以习武而不晓文也？”[④]他举了两个例子，春秋时候的晋国元帅郤縠，因为注重《诗》《书》，所以被选为元帅，并没有因为喜好文章就放松了武艺，而孙武的兵

① 〔梁〕刘勰：《文心雕龙·檄移》，戚良德：《文心雕龙校注通译》，第242页。

② 〔汉〕班固：《汉书·武五子传》，北京：中华书局，1964年，第2771页。

③ 〔梁〕刘勰：《文心雕龙·檄移》，戚良德：《文心雕龙校注通译》，第242页。

④ 〔梁〕刘勰：《文心雕龙·程器》，戚良德：《文心雕龙校注通译》，第559页。

法写得如珠玉般优美，说明并没有因为修习武艺而放松对文章的研习。刘勰所选的几篇代表檄文的作者中，除了陈琳是一位文士之外，其余隗嚣、钟会、桓温三人皆是领兵的将领，他们所作的檄文也非常出色，诚可谓是“岂以习武而不晓文也”。

第三，不战而屈人之兵。刘勰并不一味强调武力的行动，而强调军事手段的多样性。因为檄文“惩其恶稔之时，显其贯盈之数，摇奸宄之胆，订信顺之心”，即书写对方恶贯满盈的罪过，揭示其在劫难逃，动摇奸恶之人，安抚忠信顺从之民，从而能够达到“使百尺之冲，摧折于咫书，万雉之城，颠坠于一檄者也”[①]的客观效果。这并不是刘勰的夸大之词和艺术效果，陈琳的《为袁绍檄豫州》在当时就给曹操一方带来不小的震动。《孙子兵法·谋攻篇》中说“不战而屈人之兵，善之善者也”“故上兵伐谋，其次伐交，其次伐兵，其下攻城。攻城之法为不得已”“故善用兵者，屈人之兵而非战也”[②]，在军事家孙武看来，攻城这样的硬仗实属下策，应以伐谋为上。《三国志》载马谡说：“夫用兵之道，攻心为上，攻城为下，心战为上，兵战为下。”[③]其攻心论显然继承了孙武的观点。而战前发布的檄文，正是伐谋和攻心的一种手法。有学者指出“檄文作为一种公文文体，其最根本的特征应是其实用功利性，而实用功利性又集中体现在舆论造势与政治攻心上”[④]，确实道出了檄文的意义所在。

第四，重视开战前的谋划。刘勰提出檄文的内容不外乎“述此

---

① 〔梁〕刘勰：《文心雕龙·檄移》，戚良德：《文心雕龙校注通译》，第 243 页。

② 《孙子兵法·谋攻》，赵国华注说：《孙子兵法》，第 105—106 页。

③ 〔晋〕陈寿：《三国志·蜀书·马谡传》，第 983 页。

④ 刘峨：《论檄文的文体特点》，《淮北师范大学学报》（哲学社会科学版）2012 年第 2 期。

休明”和“叙彼苛虐”这两个方面，而这两部分内容来源于写作前“指天时，审人事，算强弱，角权势；标著龟于前验，悬鞶鉴于已然”[①]的谋划思量，就是说在战前应当指明天时，审查人事，分析敌我强弱，综合衡量彼此的情势，才能够预测未来必然的命运，展示已有的前车之鉴。《孙子兵法》中云：“主孰有道？将孰有能？天地孰得？法令孰行？兵众孰强？士卒孰练？赏罚孰明？吾以此知胜负矣。”[②]正是强调在知己知彼又从天时、人事等各个方面周密谋划的前提下，才能取得战争的胜利。

第五，兵者诡道。刘勰在《宗经》篇提出写作基本准则“六义”，其中“一则情深而不诡”“三则事信而不诞”[③]，强调真实而不虚假，但在《檄移》中提出檄文“虽本国信，实参兵诈”，要“谲诡以驰旨，炜晔以腾说”[④]，用巧诈之词宣传自己的主张，用富丽的语言来渲染声势，这里并不能说是前后矛盾，而是从更好地为实际军事效果服务而发。《孙子兵法·军争》篇说“故兵以诈立”[⑤]，《计》篇里讲“兵者，诡道也”。孙武这里强调的是作战技术上的诡谲，所谓“故能而示之不能，用而示之不用，近而示之远，远而示之近”[⑥]，刘勰强调以兵诈入檄文，同样也是尽最大可能为我方创造有利的军事条件。李充亦云：“军书羽檄非儒者之事，且家奉道法，言不及

① 〔梁〕刘勰：《文心雕龙·檄移》，戚良德：《文心雕龙校注通译》，第245页。

② 《孙子兵法·计》，赵国华注说：《孙子兵法》，第100页。

③ 〔梁〕刘勰：《文心雕龙·宗经》，戚良德：《文心雕龙校注通译》，第27页。

④ 〔梁〕刘勰：《文心雕龙·檄移》，戚良德：《文心雕龙校注通译》，第245页。

⑤ 《孙子兵法·军争》，赵国华注说：《孙子兵法》，第119页。

⑥ 《孙子兵法·计》，赵国华注说：《孙子兵法》，第100页。

杀，语不虚诞，而檄不切厉，则敌心陵，言不夸壮，则军容弱。”[①]也指出了檄文言辞夸壮对军容的影响。

魏晋南北朝是我国历史上动荡不安的一个时期，朱大渭先生指出：“从三国到隋统一，先后建立约35个封建政权”，“从东晋建国开始，处于南北政权对立时期。这个阶段由于长期南北分裂，南方王朝不断更迭，北方民族关系复杂，在长时期内政权林立，因而充满着动乱和战争。”当时军事活动异常频繁，根据朱先生粗略的统计，在两晋南北朝年间，“发生较大规模的战争有400余次”[②]。在这样一个国家四分五裂、朝代更迭频仍、战争连绵不断的时代中，通晓军事乃是具有现实意义的。《陈书》论魏末以来，“贵臣虽有识治者，皆以文学相处，罕关庶务”[③]，所以颜之推才会说：“吾见世中文学之士，品藻古今，若指诸掌，及有试用，多无所堪。居承平之世，不知有丧乱之祸；处庙堂之下，不知有战陈之急；保俸禄之资，不知有耕稼之苦；肆吏民之上，不知有劳役之勤，故难可以应世经务也。”[④]从以上对《檄移》篇分析可见，刘勰在探讨檄文的文体规范时，其眼界远远超过了一位文论家的范围，而充分体现了他经邦纬国的政治抱负。他是以一个政治家的眼光而不是文学家的眼光去看待“檄”这一文体的。

① 〔晋〕李充：《起居诫》，〔清〕严可均辑，陈延嘉等校点主编：《全上古三代秦汉三国六朝文》第四册，石家庄：河北教育出版社，1997年，第558页。

② 朱大渭：《朱大渭说魏晋南北朝》，上海：上海科学技术文献出版社，2009年，第10、65页。

③ 〔唐〕姚思廉：《陈书·后主本纪》，北京：中华书局，1972年，第120页。

④ 〔北齐〕颜之推：《颜氏家训》，北京：中国文史出版社，2003年，第211页。

# 政事乎？文学乎？
## ——《文心雕龙·议对》篇细读

游志诚

按照章学诚《校雠通义》一书提示《汉志》有互著法，谓同一书互见两处，考察历代著录《文心雕龙》一书也同样有"互见"的情形，除了"经籍"一类未见著录，其他凡是史部、子部、集部等三类无不有人著录过。甚至日本藤原佐世《日本国见在书目》著录《文心》此书，先入子部杂家，后又入总集类，将《文心》此书互见分入两门，盖即属章学诚"诸子即后世之文集"定义之下的集部学术，明显与后世例如明代焦竑《国史经籍志》首立《文心》为诗文评类的"文"集概念，大为不同，而有文集古义与后出义之别。[1]

据此《日本国见在书目》分子部杂家与总集著录《文心雕龙》的做法，即是章学诚"互著"法的具体呈现，亦最能展现刘勰其人一生学术的总体风貌。同时，也反映了两汉以下私人著述畅行，个人文集纷纷刊行，由子到集，亦分亦合的"子集合一"之文献现况。

考历代著录《文心雕龙》之书，当有十五类之多。除了经部阙

---

① 参见藤原佐世：《日本国见在书目》，台北：广文书局，1986年，第148页。

录之外，凡史、子、集三部皆有[①]，反映出《文心雕龙》此书归类非常不一致，往往有“互见”的类别，不只两见三见，举凡别集、总集、子部、史部等无不有之。如果再加上《道藏》的著录，以及像《山堂考索》与《太平御览》类书的摘录，则《文心雕龙》的学术归类又可以再加丛书与类书两项，此书的“互见”情况益形繁复矣！它远远超出《汉志》的“互见”著录最多也不过“三见”的范围。例如《汉志》著录《管子》入法家、道家，而《弟子职》乙篇又别属《礼记》《儒行篇》与儒家同类。又《司马法》互见礼部与兵家，但也都只是二见而已。由以上比较可知《文心雕龙》此书互见“多元”学术类别的事实，有利地表明《文心》此书的“杂家”性质，用“杂糅诸家为一家”之概念最足以说明《文心雕龙》有不折不扣的“子书”性质。因为，惟有子家始知会通学术之道，翔集“子史”，镕铸“经典”，将经史子集之学融会贯通，“折中”为一家之学。因此，由历代著录《文心雕龙》此书互见多元学术类别，判定此书为“子学”之作，则刘勰其人理当视为“子家”性格。刘勰是子家，《文心雕龙》是一部子书，终于可以根据此书“文献目录”历代著录事实，得到有效的推论与印证。《文心》此书内涵的子书性质，可以从每一篇原文分析其中的“义理”大都根据“子学”思想，作为刘勰“论文

---

① 杨明照汇辑《文心雕龙》著录文献，首刊于1939年夏初校《文心雕龙校注》书末（杨家骆主编“中国学术名著”第五辑收录此书，台北：世界书局，1974年，第337—342页）。后来又在1980年新刊《文心雕龙校注拾遗》，增补《著录》甚夥。参见杨明照：《文心雕龙校注拾遗》，台北：崧高书社，1985年，第416—431页。及至2001年6月杨明照三次校补此书曰《文心雕龙校注拾遗补正》，但是此本未再增补“著录”，可知1980年刊本的《文心》“著录”是定本。今根据这份著录书目，杨氏未列《太平御览》《山堂考索》以及《道藏》书目。另外，杨氏忽略《日本国见在书目》互见《文心》此书在“子部杂家”与“总集”两种。案：日本的分类法，最能展现《文心雕龙》此书真正的“子”与“集”合一之性质。

叙笔”背后的“理论”本源，具体证明《文心雕龙》内涵深厚的“子学”思想，更有助于说明《文心雕龙》之历代著录，明清两代用“诗文评”观点看待此书的理由。至清乾隆时期《四库全书总目》收录此书，始正式定位《文心》为诗文评专书之后，《文心》全书的子家性质亦至此而埋没不彰，刘勰一生学术自成“专门之学”的特质也因此受到严重误解。究其根本原因，就在汉魏文集古义与明清诗文后出义不明，混言“诸子文集”与后世“集部文集”的概念为一类所导致之误读。

案《四库全书总目》于集部下新增“诗文评”一类，堪称四库馆臣学术分类之创见。盖馆臣编辑历代图书之目的，务主学术细目之“分”，不尚学问大道之“合”。为求分类而要求细目分明，馆臣不得不自原作文史类之《文心雕龙》析离为一类，改判为诗文评，置之首编。[①] 或许此举可视作纪昀平生爱读此书的心得创见，然而纪昀所“破”处，亦正如自己所“盲”处。今按《四库》总集类前有“序”云如下：

> 文集日兴，散无统纪，于是总集作焉。一则网罗放佚，使零章残什，并有所归；一则删汰繁芜，始莠稗咸除，菁华毕出。是固文章之衡鉴，著作之渊薮矣。《三百篇》既列为经，王逸所裒又仅《楚辞》一家，故体例所成，以挚虞《流别》为始。其书虽佚，其论尚散见《艺文类聚》中，盖分体编录者也。《文

---

① 关于《四库全书总目》诗文评的研究，曾守正《权力、知识与批评史图像》乙书第二章第一节有详尽的分析，参见曾守正：《权力、知识与批评史图像》，台北：学生书局，2008 年，第 47—52 页。又案：《隋书·经籍志》总集类著录《文心雕龙》，但小序云：“解释评论附焉。”据此推知《隋志》已用评论概念看待此书，因此“诗文评”定类可溯至《隋志》。

> 选》而下，互有得失。至宋真德秀《文章正宗》，始别出谈理一派，而总集遂判两途。然文质相扶，理无偏废，各明一义，未害同归。[①]

细读纪昀此节对“集部”之学的分类，完全采用“分而又分”这种细目分类原则，从“大道”脱离，往“专精”的方向发展。因此，《诗经》要从总集《三百篇》本来的“集”之性质，排除出去，升格为“经”。先将“经”与“集”判别分立，依此类推，子与史二部也必然不属于“集”。纪昀的学术归类法完全是“分”的思考，不是“统合”与“圆通”的方法。准乎纪昀的分类，《文心雕龙》的归类必然不会有“互见”之做法，亦必然要归为集部之下再细分出的诗文评矣！经此细分之误，《文心雕龙》全书丰富而多元的理论思想内涵即不再被探讨与发掘矣！

就以上历代《文心雕龙》著录之十五种类别而言，此书几乎包尽经史子集四部，可见历代学者视此书之多元观点，向不以“单一”学术归类理解此书。此文献著录之多元事实，不只反映《文心》一书之复杂性，由书知人，亦同时反映《文心》作者“刘勰”其人学术之“通儒”路数，非自甘于一乡曲学之士可比。至于论文一家，尤其不足以划限《文心雕龙》全书内容。故而北宋《太平御览》以“类书”性质，亦收此书。甚至，《道藏》亦视此书为道教之作，并收录之。总上而论，《文心雕龙》全书“唯务折中”的论述方法，兼参各家的特色，实在最符合“杂家”之定义。《菉竹堂书目》编入“子杂”类，必有其理。另外，据杨明照在《文心雕龙》历代著录与品评一文之末所作的附注云：“日本藤原佐世《见在书目》将舍人书

---

① 〔清〕纪昀：《四库全书总目·集部》总序，台北：汉京文化事业公司，1992年，第634页。

两属，既入杂家，又入总集。”对此，似不以为然，故而杨明照云：“故未列入。”[①] 详味杨氏之意，不认同《文心雕龙》既是总集，又是杂家的双重著述性质。

其实，日人藤原佐世两属《文心》此书的做法，反过来看，正代表《文心》此书之多元复杂，并再次印证刘勰写作此书学术背景，本为“镕铸经典，翔集子史”的通儒之作，才导致《文心》此书的归类难定。刘勰一生“折中”方法之学，不惟在文论之见是如此，子学理论亦然。刘勰于“论文”之外，又身兼“子部杂家”学术身份，以总结自己一生的子家“折中”之学，乃才人志士必有之常情。由《文心雕龙》一书的历代著录文献资料，澄清《文心》此书实“子家”之作，理解刘勰一生之学乃子部之学，亦可谓一解矣！

考明清学者尝著录《文心雕龙》入子部，以子家之作评价此书，则刘勰其人不仅为论文家，也是自成一家之言的诸子之流。今据杨明照《文心雕龙校注拾遗》一书附录著录“入子类”之五家，与“入子杂类”之二家可略得其说。除了杨氏列目之外[②]，又见日本九州岛大学藏明代刊本《文心雕龙》一书，总题《刘子全书》以子书类别刊行，同书别刊《刘子新编》，固已属子部，而自两《唐书》著录以下，《文心雕龙》皆入子家。

另一本是亨保十六年（1731）大阪心斋桥筋文海堂刊行冈白驹

---

① 杨明照:《文心雕龙校注》附录二“历代著录与品评”，台北：世界书局，1974年，第342页。

② 杨明照《文心雕龙校注》1939年初版附录二“文心雕龙历代著录与品评”之著录，共十类，其第六类曰子杂，意指子部杂家，仅录《菉竹堂书目》一种。《校注》又于1980年修订刊行，《文心》此书著录新增至十三类。子类又分“子类”与“子杂类”，于《文心雕龙》之子家义例，又更细矣，且所收书亦新增至七种。但日本刊行《刘子全书》与冈白驹校读二本仍阙录。

校正句读本《文心雕龙》，书前有冈白驹序，作于亨保辛亥春三月。此序文不但以“子学”观点评论《文心》此书，更有谓《文心》一书乃“旁论文体”，意思是《文心》全书以圣贤之志为本，而文体之论述，乃此书之旁出。冈白驹《刻文心雕龙序》云：

> 昔者圣王之为政也，其迹乃有诗书礼乐，诗书礼乐之教，虽高矣美矣哉，而其书所载，则不过专之无言而已。言之不喻也，文以足之，焕乎炳蔚，高矣美矣者，存于文辞之间。……东莞刘勰氏盖有见乎兹焉，是籍之所由作也，乃旁论文体，而要其枢纽，以为古之为辞者为情而造文，今之为辞者为文而造情。……使文不减其质，言不隐于荣华，然后可谓彬彬之君子矣。[①]

此篇序首先定位文辞之作，不外言与事二项。又谓文辞之功用，首冠“圣王之为政”。冈白驹此种文章观点，悉自刘勰定义“圣贤书辞，总称文章”之本旨而来。因此，冈氏主要凭据《文心》理论“政事”与“文艺”并行的观点，认同文质彬彬，与文武合一，左右为宜之道才是《文心雕龙》基本理论。由此而导引冈氏批评六朝文体务华弃实的弊病，主张述道言治才是《文心》“正论”。无疑，冈氏此处用《诸子篇》“入道见志”的定义诠释《文心雕龙》此书。也因此之故，冈氏会将《文心雕龙》归入子部，当作子部著录。

考查刘勰其人及其学，必从学术源流加以探讨，必须参考文献目录学在学术归类如何由经子之学，转变为子集之分的学术史渐变过程，以及“经”即是“史”，而“史”亦经此说之“经史合观”

---

① 龙川先生校正句读：《文心雕龙》（学苑出版社影日本亨保十六年文海堂刊本），北京：学苑出版社，2004 年。

论，早已经化为刘勰平生学术思想的主轴，并且作为刘勰《文心》的理论体系大纲。刘勰应用以上所言四部学术合观之史识，进行“镕铸经典”，以及“翔集子史”之论述，完成《文心雕龙》，原来就都是根据以上所述刘勰思想理论总纲导引出来的一贯论述。

一言以蔽之，《文心雕龙》是一部子书，而刘勰根本就是一位彻头彻尾皆未变本质的“子学家”身份，《文心》所以曾经一度而降为“论文”之专书，弊端全出在后人之不详查，尤不能详读《文心》文本早已内涵子学之故也。因此，《文心》学界若要认真反省当前研究新一步进展，首先要辨明《文心》此书的子学内涵，重探刘勰一生学术思想的真实“本色”。

首先，不妨先参考纪昀的学术分类“集”部概念，纪昀“诗文评类”小序云：

> 文章莫盛于两汉，浑浑灏灏，文成法立，无格律之可拘。建安、黄初，体裁渐备，故论文之说出焉，《典论》其首也。其勒为一书传于今者，则断自刘勰、钟嵘，勰究文体之源流而评其工拙，嵘第作者之甲乙而溯厥师承，为例各殊。至皎然《诗式》，备陈法律，孟棨《本事诗》，旁采故实，刘攽《中山诗话》，欧阳修《六一诗话》，又体兼说部。后所论著，不出此五例中矣。宋明两代，均好为议论，所撰尤繁。虽宋人务求深解，多穿凿之词；明人喜作高谈，多虚憍之论，然汰除糟粕，采撷菁英，每足以考证旧闻，触发新意。《隋志》附总集之内，《唐书》以下，则并于集部之末，别立此门，岂非以其讨论瑕瑜，别裁真伪，博参广考，亦有裨于文章欤？[1]

---

① 〔清〕纪昀：《四库全书总目》诗文评类小序，第1109页。

纪昀此段话，正式定位《文心雕龙》一书为“诗文评”类，不但不视此书为六朝“文集”之古义，更无视于此书内含“子家自居”之自喻与暗示。纪昀的目的唯在为分而分“图书部目”要求，欲使学术流别判明，各家门户厘清，其有助于“寻目索书”之便固无可疑。但顾此而失彼，不能反映一家一门学问之“总体”及其“大道”，则乃文献目录湘川曲学之通病。难怪纪昀评点《文心雕龙·史传》篇与《诸子》篇二文，颇有微词，认为二篇皆非刘勰专门本行，乃虚论凑数而已。

案《文心雕龙》全书五十篇，虽《序志》篇已自白“言为文之用心”，但并非篇篇皆只谈文学。且刘勰自定文章定义为“圣贤书辞，总称文章”，非仅限后世诗文辞赋。故而《文心》一书有《宗经》篇、《征圣》篇、《史传》篇、《诸子》篇各篇，盖谓经史子莫不皆“文”也。本乎此，刘勰《文心》之作，实乃“文集”古义之书，非可但据后世经史子集四部归类此书为“集部”，更遑论纪昀必欲强设“诗文评”一类，而冠《文心》为首之做法殆为“为分而分”之目的。盖纪昀援后世“集”部之偏见，遂于《文心》一书之评点有过激之语，聊举如下：

1. 评《征圣》篇云：此篇却是装点门面，推到究极，仍是宗经。

2. 评《宗经》篇云：本经术以为文，亦非六代文士所知。

3. 评《史传》篇云：彦和妙解文理，而史事非其当行。此篇文句特烦，而约略依稀，无甚高论，特敷衍以足数耳。

4. 评《诸子》篇云：此亦泛述成篇，不见发明。盖子书之文，又各自一家，在此书原为谰入，故不能有所发挥。[①]

细审以上四则纪批，凡是在集部之学以外，《文心》一书属于

---

① 〔清〕黄叔琳注，〔清〕纪昀评：《文心雕龙辑注》，台北：世界书局，1984年，第5、8、60、65页。

经史子三部之学的内容，纪昀一盖加以轻诋，没有好评。只因为纪昀一口咬定《文心》之作为“诗文评”，归类刘勰一生之学为“论文专家”，遂否定刘勰以“子家自居”之实，无心于六朝人私家著述之“文集”古义，更别说刘勰希圣希贤之心思，以及宗法司马迁“究天人之际，通古今之变，成一家之言”的名山之志，纪昀大都视而不见，略而不谈。

案纪昀严分集部之学，又别设“诗文评”类以定位《文心雕龙》一书，其致误之由主要是：将刘勰其“人”与其“书”分开孤立而论，不明刘勰其人一生志趣抱负，不外文章、政治二途，刘勰力主文武兼治，励德修业，惟待时而动，刘勰本不甘一生只落为文士而已。故而《文心雕龙》有《才略》篇、《程器》篇之作，畅述文武之道。又有《宗经》篇、《史传》篇、《诸子》篇之篇，涉及经史子论之学。而全书理论大旨用《周易》之道为总纲，贯通全书。凡此皆展现刘勰“通经致用”之志，文论一以贯之的通儒之学。岂可拘于后世曲曲小论，只当集部书看。故若不明刘勰其“人”之学为何，即不能知其“书”大道本意为何，顺此而推，亦不能真知《文心雕龙》一书为何。

近儒刘永济精通刘勰《文心雕龙》此书著述性质，晚年已定论《文心》之作，非仅供文论分析而已，乃断言《文心》是一部“救世”之经典著作，归类《文心》此书是一部“诸子著述”。刘永济真可算是《文心》真知音，已能博通刘勰思想之奥妙[①]。

其实刘勰之子论，在《文心》此书《诸子》篇已尽表之。此篇有三大子学见解，代表刘勰的思想史观。首先，《文心·诸子》篇分子学为三个时期：

---

① 参见〔梁〕刘勰著，刘永济校释：《文心雕龙校释》，台北：华正书局，1981 年，第 173 页。

其一，先秦时期。此期之子家作者皆能“自开户牖”，各立门派，故有儒、墨、名、法、道、阴阳、纵横家、杂家之门派，即所谓“诸子”之学。

其二，两汉时期。此时期虽有子家，但已由“家”转向“论”之倾向，然大抵仍归之子学，可惜已不能再像先秦自立门户，开创一家之学。《诸子篇》曰：“类多依采。”意谓两汉子书大多依循先秦之情采而已。

其三，魏晋时期。此时期乃刘勰最不肯定的子学衰落期，《诸子》篇不谈论此时期任何一家子书，只用了一句“充箱照轸”概述魏晋子学“滥竽充数”的卑劣无价值。

由以上所述可知刘勰的子学史只承认先秦时期“自开户牖”的创派学说，而先秦以下子家大多只是依采与沿袭而已。此一见解，非谓先秦以下无子学，刘勰本意在点明先秦以下之子学已逐渐分散为“论”体，对各家采用博观约取的方法，进行“折中”子学之路，已不可能再看到像先秦子家那样的门派学说论述，必然带着“杂揉兼综”的子家折中方法。现代学者钱穆《道家政治思想》一文畅述先秦思想流派当区分先秦与后世的不同，即颇近似刘勰的《诸子》篇看法。钱穆云：

> 又所谓儒墨道法诸家之分派，严格言之，此亦惟在先秦，略可有之耳。至于秦汉以下，此诸家思想，亦复相互融通，又成为浑沦之一新体，不再有严格之家派可分。因此，研究中国思想史，分期论述，较之分家分派，当更为适合也。①

① 钱穆：《道家政治思想》，《庄老通辨》，台北：三民书局，1991年，第113页。

详此节谓先秦思想可以分流派，先秦以下就很难严格区分，与刘勰《诸子》篇谓先秦子学能自开户牖，而两汉子家“类多依采”之语暗合。盖刘勰之意谓两汉子家依先秦子书之情采而发论，然而已经不能明指是依采哪一家，故亦不能严格分出门派矣！当然钱穆的意思，与刘勰一样，不是否定先秦以下的思想义理，而是说先秦以下的子学早已走向融合先秦各家思想之潮流，不再限定于一门派。类似钱穆此种说法，吕思勉与章太炎也有相近之论，而章太炎更直接表明后世子学必然是“杂家”一途之倾向，直截了当点出刘勰《文心·诸子》篇“类多依采”与“充箱照轸”的必然现象与结果，由此可见刘勰的子学三期论启导后来学者之说很深。

既然刘勰表现出如此精通的子学创见，由此推论《文心雕龙》此书之性质不只是文论。韦政通在一场中国哲学史的讨论会上，说过《文心雕龙》此书是兼具文学与哲学的精彩著作，又说此书的思想方法也受佛教影响。韦政通云：

> 先秦诸子与经的关系，我们的研究也很少，以前方东美曾说过，中国只有断头的哲学史，好像先秦诸子是突然蹦出来的。先秦诸子的思想当然不是凭空而定，它与经的关系应有彻底的研究。中国哲学史与西洋哲学史有一个非常明显的区别就是：西洋的哲学史与文学史的关系比较疏远，而中国的哲学史与文学史的关系则比较密切。中国很多大思想家本身就是文学家，文学史与哲学史有很大的重叠性，这是中国文化的一大特色。譬如《文心雕龙》，主要是讲文学理论，其实它也是一部很精彩的哲学著作。刘勰受佛教思想的影响很深，他的理论主要得自佛学。中国文学与哲学的共同特质是什么？各家与文学的关系又如何？仔细研究，可使中国哲学史增加

新的视野。[①]

此一段韦氏谈话可分为两部分，前段说经书与子书的必然关系，后段则直接点明《文心雕龙》此书有文学也有哲学，用崭新的观点评价《文心》此书。其实韦氏这种见解，文学与思想不分，在《文心》此书的《诸子》篇早已谈过。《诸子》篇定义子家之学有两大内涵：其一是“诸子者，入道见志之书也”，这句清楚界定诸子之学是以“道”与“志”二项为主要课题。《诸子》篇又说诸子之学术渊源即“述道言治，枝条五经”，表示诸子的学问盖从“五经”而来，是五经义理的“分枝”。又《诸子》篇比较说明经与子其实没有出现的先后问题，只有思想内涵不同的差异。所以《诸子》篇谓：“圣贤并世，而经子异流矣。”此句话表示圣贤经典与诸子著作并世而出，到后来才分成经与子两类，乃受到外在客观环境推波助澜的影响变成诸子与经学两大学术脉络。《诸子》篇此种看法，解释经与子的源流与性质异同，可以回答现代学者韦政通前揭的提问，所以说刘勰《文心·诸子》篇早于韦政通一千五百年即已注意到经子之学类比文学与思想的学术问题。

试看《文心》全书首立《原道》篇畅述天地人三才之道，乃根据《易经》太极之道，以及乾坤天地之心，发展《原道》的理论，建立“道”之文的说法，即韦氏讲《文心雕龙》此书有文学与哲学的双重内涵。

再如《征圣》篇、《宗经》篇、《正纬》篇三篇直接论述圣贤与经书、纬书之关系，皆为先秦两汉思想史必然要谈的主题，此三篇兼述哲学与文学，自不待辩。而《文心·诸子》篇更是直接谈论诸子百家之学，简直就是一部先秦两汉到魏晋的哲学史精论。仅次

① 这一段引文是韦政通在一场会议上的即席讲话纪录，会议时间在 1991 年 4 月 19 日，会谈纪录刊登于《中国文哲研究通讯》第一卷第二期，1991 年，第 103—131 页。

于《诸子》篇的《论说》篇也在辨正子家与“论家”的异同，说“博明万事为子，适辨一理曰论”，据此作为子与论之分，又用通达与一偏的标准界定二者之别，论点明白透显，皆属哲学范围的讨论。由此可知，《文心》此书确实如韦氏所说兼具文学与哲学，研究古代思想史不可略过《文心雕龙》此书，再次印证《文心》此书同时兼具文学与思想内涵。

其实韦氏用“文学”与“哲学”二词描述《文心》此书的双重性质，若不易理解，可改用古代学术“子”与“集”的概念加以推敲，立可知晓，盖刘勰《文心》之作，乃刘勰以“子家自居”之志，畅论“为文之用心”。易言之，即用子家研究集部之学。刘勰可谓兼子集二家之学的通儒，而所谓古代之集就是现代学术的文学与哲学之谓也。

再看刘永济《文心雕龙校释》此书于《程器》篇释义，率先发蒙此意，可谓刘勰知音之一例。刘永济云：

> 全篇文意，特为激昂，知舍人寄慨遥深，所谓发愤而作者也。乃后世视其书与文评诗话等类，使九原可作，其愤慨又当何如邪？①

此节首明《程器》篇暗藏刘勰平生身世寄慨之语，用“激昂”形容之，又由此寄慨之语，推知《文心》此书乃刘勰“发愤而作”之书，此与司马迁自述《史记》乃发愤述作之旨同意。若然，《文心雕龙》与《史记》二书皆有“成一家之言”之志，近似刘勰《文心·诸子》篇定义子书“入道见志”之志向。本乎此解，刘永济提醒世人《文心》

① 〔梁〕刘勰著，刘永济校释：《文心雕龙校释》，第188页。案：此书早年刊于1981年，台湾地区印行此书多据此本，近年大陆中华书局始见重刊此书。参见《刘永济集·文心雕龙校释》，北京：中华书局，2007年。

此书不可仅当作文评诗话一类的著作看，必须当作子书读。刘氏此言诚可谓发千古之秘，乃《文心》此书与刘勰学术思想的现代“知音”。兹述《文心雕龙·议对》篇内涵的“子学义理”，摘取片段，提示纲要，藉此“内证”方法，论证《文心》此书的真正本色。

《文心》文体论自《明诗》篇以下至《书记》篇等二十篇，所述文体皆内含子学。但刘勰论述各篇仍用子学“政事”与文人“文章”双重兼顾角度，阐释各项文体技巧与理论，故有“华实”并配之语，又有“文理”乙词之主张，谓主于文，主于理。如此将政事与文章并行之观点，并无孰轻孰重之意。唯独有一篇曰《议对》篇则反是。其实质涵义刘勰明确表示此体写作统归“政事”为主，旨在论议“治术”与“政体”，偏重于文章之“事理”，绝不可“文浮于理”，甚至举杜钦的议对文为例，说杜钦议对文章佳处全在“治事”之简要具体与明白，刘勰斩钉截铁地说他“不为文作”。此篇《议对》篇乃刘勰罕见的唯一单用子家“政治”观点界定文体，并且评述此体名家皆侧重在主“理”之论。《议对》篇全文采用子学“述道言治”之说，反对“舞笔弄文”之作，批判“穿凿附会”之理，完全用“子学”角度论述文章，代表刘勰以子领文最强烈态度的一篇文体论。《议对》篇云：

> 昔秦女嫁晋，从文衣之媵，晋人贵媵而贱女；楚珠鬻郑，为熏桂之椟，郑人买椟而还珠。若文浮于理，末胜其本，则秦女楚珠，复存于兹矣。①

此节刘勰用“买椟还珠”之典故，比喻议对此种文体的可贵处在文

---

① 黄霖：《文心雕龙汇评》，上海：上海古籍出版社，2005 年，第 87 页。

章“事理”，将之类比作“真珠”之宝美。反而讲究文章修饰的文采修辞是“椟”，比喻作无用可弃之物。刘勰主张议对文体主“理”而略“文”之见解，由此显露无遗。故而刘勰又有下述一段强烈之口吻，批判“舞笔弄文”之作，不适用于议对此体。刘勰《议对》篇：

> 若不达政体，而舞笔弄文，支离构辞，穿凿会巧，空骋其华，固为事实所摈，设得其理，亦为游辞所埋矣。[①]

此节明示议对之文，当庭应对，陈述政体治术，悉以“事实”为据，严禁“穿凿附会”之游辞，可知刘勰规定议对文体以主“理”为宗旨，批判在议对文章大作“舞文弄墨”之巧饰。刘勰文论一致口气偏主“理”而反“文”之论述，以上两节可谓《文心》全书最强烈语气之代表。此乃原原本本第一次反映刘勰用“子家”攻击“文家”之批判。

然而，更值得意会玩索之一节话，则在《议对》篇之结尾，刘勰大叹特叹当今之世，深懂“练治”与“工文”双重才学之士已“难矣哉”，因而“通才”之辈少之又少，乃感慨唯有子家“博明万事”之通才，始能做到政事与文章双重兼备之功。刘勰《议对篇》云：

> 使事深于政术，理密于时务，酌三五以熔世，而非迂缓之高谈；驭权变以拯俗，而非刻薄之伪论；风恢恢而能远，流洋洋而不溢，王庭之美对也。难矣哉，士之为才也！或练治而寡文，或工文而疏治。对策所选，实属通才，志足文远，

① 黄霖：《文心雕龙汇评》，第86—87页。

不其鲜欤！[1]

此节真可谓是刘勰以“子家自居”又一段自誓自表之宣言，可惜向来诠解《文心》此篇之学者大多忽略其深旨而不察刘勰此节所示子家自白意涵。今考此节先定位议对文章作用即在“王庭”之驳议，以政治事理为对谈之内容，此全属“政事文章”之一类，可无疑矣！而这种当庭驳难讨论事理之方法，绝非无学无才之“高谈”可辨，乃是深知“经权通变”博学才士始克胜任。盖唯有博学通才之士，才学俱优，翩翩风采，既能驳议论难“练治”之事理，出言成辞，也能引经据典，博古通今，做到“工文”之美对。必如此“政事”与“文章”双美兼擅“通才”之士，始能成功撰作“议对”文章。由此可见刘勰述《议对》篇文体之高超远志，雅有以此为标杆，舍我其谁属之大气魄，刘勰一句“难矣哉”之叹，深可揣摩，隐约之间已传达刘勰极有自负之远大抱负。

《议对》篇赞曰总结此体是“治体”文，注重政治“名实”之义理，摒弃文章“摘辞”之工文，又再次表明刘勰重“理”轻“文”之观点。刘勰《议对》篇赞云：

议惟畴政，名实相课。断理必刚，摛辞无懦。对策王庭，同时酌和。治体高秉，雅谟远播。[2]

兹据此赞曰结论议对文章所要陈述的“治体”到底涵盖哪些政治事务？以及此体涉及“治体”的哪些事理？勾画原文要义如下。

一、首先界定议对文章的“述道言治”之本质云：

---

① 黄霖：《文心雕龙汇评》，第88页。

② 黄霖：《文心雕龙汇评》，第88页。

> "周爰咨谋"，是谓为议。议之言宜，审事宜也。《易》之《节卦》："君子以制度数，议德行。"《周书》曰："议事以制，政乃弗迷。"议贵节制，经典之体也。[①]

二、至于议对文要在王庭陈述的"治事"内容项目，则有治水、外交、变法、军事、外寇、宗庙祭祀、诛罚、兵事校练、货殖以及宫闱妇女之事。《议对篇》云：

> 昔管仲称轩辕有明台之议，则其来远矣。洪水之难，尧咨四岳，宅揆之举，舜畴五人；三代所兴，询及刍荛。《春秋》释宋，鲁桓预议。及赵灵胡服，而季父争论；商鞅变法，而甘龙交辩，虽宪章无算，而同异足观。迄至有汉，始立驳议。驳者，杂也，杂议不纯，故曰驳也。自两汉文明，楷式昭备，蔼蔼多士，发言盈庭；若贾谊之遍代诸生，可谓捷于议也。至如吾丘之驳挟弓，安国之辨匈奴，贾捐之之陈于珠崖，刘歆之辨于祖宗，虽质文不同，得事要矣。若乃张敏之断轻侮，郭躬之议擅诛；程晓之驳校事，司马芝之议货钱；何曾蠲出女之科，秦秀定贾充之谥：事实允当，可谓达议体矣。[②]

三、再述议对之文，须备"博通古今"之学，须明"万事万物"之理，始能写出具有"文骨"与风格之议对文章。一言以蔽之，非有"子家"之才不足以应王庭之议对。《议对》篇云：

---

① 黄霖：《文心雕龙汇评》，第85页。

② 黄霖：《文心雕龙汇评》，第85—86页。

汉世善驳，则应劭为首；晋代能议，则傅咸为宗。然仲瑗博古，而铨贯有叙；长虞识治，而属辞枝繁。及陆机断议，亦有锋颖，而腴辞弗剪，颇累文骨：亦各有美，风格存焉。

夫动先拟议，明用稽疑，所以敬慎群务，弛张治术。故其大体所资，必枢纽经典，采故实于前代，观通变于当今。理不谬摇其枝，字不妄舒其藻。[①]

四、其次再补述议对之文所陈“治体”又有礼乐、兵术、贵农、法术等各项。而写作之纲领则提出“弃奇采正”之论，完全以“事理”之论辨为主体。《议对》篇云：

又郊祀必洞于礼，戎事必练于兵，佃谷先晓于农，断讼务精于律。然后标以显义，约以正辞，文以辨洁为能，不以繁缛为巧；事以明核为美，不以环隐为奇：此纲领之大要也。[②]

五、《议对》篇分出“射策”与“对策”二项支流别体，而这两项次分类，仍不出“政治”之陈述。《议对》篇云：

又对策者，应诏而陈政也；射策者，探事而献说也。言中理准，譬射侯中的；二名虽殊，即议之别体也。古者造士，选事考言。汉文中年，始举贤良，晁错对策，蔚为举首。及孝武益明，旁求俊乂，对策者以第一登庸，射策者以甲科入仕，斯固选贤要术也。观晁氏之对，验古明今，辞裁以辨，事通而赡，

① 黄霖：《文心雕龙汇评》，第86页。

② 黄霖：《文心雕龙汇评》，第86页。

超升高第，信有征矣。[①]

六、次由上述二种支流文体，再举董仲舒与鲁丕、杜钦等名家为例，凡此诸家皆有“经学”内涵以及“子家”身份。《议对》篇云：

> 仲舒之对，祖述《春秋》，本阴阳之化，究列代之变，烦而不恩者，事理明也。公孙之对，简而未博，然总要以约文，事切而情举，所以太常居下，而天子擢上也。杜钦之对，略而指事，辞以治宣，不为文作。及后汉鲁丕，辞气质素，以儒雅中策，独入高第。[②]

七、《议对》篇有二段评论，首次看到刘勰用“政治”观点批判“舞笔弄文”之作，抬高“政事治术”的价值，贬低文辞浮华之弊，十足表现刘勰“述道言治”的子家本色，这是重新诠释《文心雕龙》此书的一个起点。《议对》篇云：

> 若不达政体，而舞笔弄文，支离构辞，穿凿会巧，空骋其华，固为事实所摈，设得其理，亦为游辞所埋矣。[③]

《议对》篇又云：

> 杜钦之对，略而指事，辞以治宣，不为文作。及后汉鲁丕，辞气质素，以儒雅中策，独入高第。[④]

---

① 黄霖：《文心雕龙汇评》，第 87 页。

② 黄霖：《文心雕龙汇评》，第 87 页。

③ 黄霖：《文心雕龙汇评》，第 86 页。

④ 黄霖：《文心雕龙汇评》，第 87 页。

八、《议对》篇讨论驳议与对策（含射策）二种文体，讨论对象是“事”，讨论的内容标准是“理”，讨论的最高原则是“不离事而言理”。因此，《议对》篇最重要的理论概念就是拈出“事理”此词，而通篇自首至尾，用一个“理”字贯串之。《文心》全书只有《议对》篇全篇用“理”字谈论文章，并将“理”字衍生出的“事理”“情理”作为驳议与对策（包括射策）两种文体的写作准则，同时，也用有没有事理或情理品评议对文章的优劣高下。刘勰文论的主要纲领“情理”二字贯通在《议对》篇全文，而“情”与“理”的结合，恰恰正是子集合一这种学术内涵的代表特征。例如《议对》篇单用“理”字有二例，《议对》篇云：

> 夫动先拟议，明用稽疑，所以敬慎群务，弛张治术。故其大体所资，必枢纽经典，采故实于前代，观通变于当今。理不谬摇其枝，字不妄舒其藻。[①]

又云：

> 昔秦女嫁晋，从文衣之媵，晋人贵媵而贱女；楚珠鬻郑，为熏桂之椟，郑人买椟而还珠。若文浮于理，末胜其本，则秦女楚珠，复存于兹矣。[②]

《议对》篇合言“事理”有三例，《议对》篇云：

---

① 黄霖：《文心雕龙汇评》，第86页。

② 黄霖：《文心雕龙汇评》，第87页。

> 然后标以显义，约以正辞，文以辨洁为能，不以繁缛为巧；事以明核为美，不以环隐为奇：此纲领之大要也。若不达政体，而舞笔弄文，支离构辞，穿凿会巧，空骋其华，固为事实所摈，设得其理，亦为游辞所埋矣。①

又云：

> 又对策者，应诏而陈政也；射策者，探事而献说也。言中理准，譬射侯中的；二名虽殊，即议之别体也。②

三云：

> 夫驳议偏辨，各执异见；对策揄扬，大明治道。使事深于政术，理密于时务，酌三五以熔世，而非迂缓之高谈；驭权变以拯俗，而非刻薄之伪论。③

以上“理”字单言与“事理”一词合言，皆以“理”为主轴，《议对》篇的文章理论至此可证已经援用“博明万事为子，适辨一理曰论”的子学定义，悉本子家义理之学。但是，《议对》篇终究不能离“文辞”而言理，文辞亦必不能没有“情采”可言，《情采》篇所谓：“圣贤书辞，总称文章，非采而何。”此句“情采”合一论，十足说明了刘勰子中含文的学术内涵。故而《议对》篇最后仍然将情理与事

① 黄霖：《文心雕龙汇评》，第86页。

② 黄霖：《文心雕龙汇评》，第87页。

③ 黄霖：《文心雕龙汇评》，第88页。

理合参并观，展现刘勰最高境界的文章理论。《议对》篇云：

> 仲舒之对，祖述《春秋》，本阴阳之化，究列代之变，烦而不慁者，事理明也。公孙之对，简而未博，然总要以约文，事切而情举，所以太常居下，而天子擢上也。[①]

① 黄霖：《文心雕龙汇评》，第87页。

# 剖情析采

## 刘勰在《文心雕龙》范畴创用上的卓越建树

涂光社

《文心雕龙》是齐梁时期问世的文论经典，一千五百多年来，再也未出现能与之比肩的文论著作，在近现代更受到中外学界的广泛推崇，可谓历久弥新。

体大思精的理论，必有统合有序、思考严密精深的范畴系列。刘勰是文学领域创用范畴概念最多的理论家，他以民族文化特征鲜明的概念组合所作的逻辑论证覆盖文论的各个层面，并达至“思精”之境，经受住了千百年来中外文学创造和理论批评的验证，葆有逾越时空局限的理论价值。这正是《文心》被一些近现代学者称许和赞叹的缘由。

刘勰在古代文论范畴创用上的贡献无与伦比。本文就此一呈管见。

《文心雕龙》总结了文学进入“自觉时代”以来的理论进步，全书分上、下两篇：“上篇”的“文之枢纽”和“论文叙笔”，以及“下篇”的“剖情析采，笼圈条贯”的《声律》《章句》《丽辞》《比兴》《练字》等篇所论民族文化特征鲜明，《神思》《体性》《风骨》《定势》《情采》《通变》《附会》《比兴》《物色》《知音》《序志》等篇在文学创作思维论、风格论、内容与形式关系论，以及继承变革、作品结构统序、鉴赏批评原则等基础性理论问题的建构几乎达于至境。

除了那些以基础性理论名篇的专题之外，散见全书的其他范畴概念也在不同理论层面各得其所。刘勰移植和创用的范畴系列几乎覆盖了古代文论的各个层面，其中不少发挥着为后来理论批评发展导向的作用。当然，那些在未作为专题论证的范畴理论意义上一般有更大的开拓、深化的空间。古代文学理论批评运用的所有范畴概念都不难在《文心》中找到自己的归属或者渊源。

刘勰以后，系统的文学基础理论著述已难望《文心》之项背。自隋唐起，文学理论的拓展、更新和提升大都是在标举某一核心范畴的不同流派、不同文体和艺术主张的思想和美学追求中实现。

以“象形为先”、表意为第一属性的汉字为语言记录符号，对语词、概念的构成、运用，思维及其表达均有深刻影响。古代范畴概念文化特征鲜明，组合灵便、表述简约、义涵深厚，常两相交叉，多有所通同、常指代为用，在不同语境有不同义涵，等等。刘勰的范畴创用充分显示了以汉字表述理论思考的诸多优长。

限于篇幅，本文仅从《序志》对全书理论建构的概述和以范畴名篇的基础理论问题论证中，以及散见各篇范畴概念的梳理三方面，对刘勰范畴概念创用上的卓越建树略作述评。

## 一、《序志》概述全书理论建构所用的范畴概念

体系缜密的理论仰赖统序严谨的范畴系列的论证支撑、建构。刘勰在《序志》篇介绍《文心雕龙》理论构成时有所显露：

其“上篇”“文之枢纽”的篇次安排和论说就有“经”与“纬”、“正”与“奇”的对应；《原道》篇“道沿圣以垂文，圣因文而明道”的“圣”“道”“文”是指代文学创作三要素——主体（著述者）、

客体（抒写和表现的对象）、媒介（言辞和著述）之楷范的组合；“论文叙笔”表述的文体论原则中，“原始以表末”展示各文体的源流，“释名以章义，选文以定篇”说明称名之所然，评定各体代表作的成就；“敷理以举统”揭示其生成流变的内在依据（“理”）及其规范与统序。其中有“本”与“末”、“名”与“实”、“正”与“变”的思考，还用到“自然”“性灵”等范畴概念。

“下篇”“剖情析采，笼圈条贯”中运用的范畴系列更值得关注：

“剖析”常是古人思考及其论著的短板，《序志》中却被刘勰标举为自己探究文学现象的基本思路和手段，由解剖分析现象生成演化的因素、机制入手，揭示其本质和运作规律。“情采”是刘勰创用且受其青睐的组合。“情”是文学内容的核心，也是创作的动力；“采”即辞采，不仅表明文章有形式美，也凸显文学区别于其他艺术之处——以言辞为媒介和载体。刘勰的《情采》篇就是内容与形式关系的专论。此处也申明剖析“情采”为其理论探讨的切入点。

“笼圈”是指破除文体的壁垒对文学现象及其理论问题所作横向归类；“条贯”是纵向的，指发展演变的脉络。“笼圈条贯”与“经纬”的概念有某些近似处；但没有“经正纬从”那样对本末和主次的强调。

刘勰随即罗列“下篇”各个文学艺术基础理论专题：“摛《神》《性》，图《风》《势》，苞《会》《通》，阅《声》《字》；崇替于《时序》，褒贬于《才略》，怊怅于《知音》，耿介于《程器》。”这些以概念命名的“剖情析采”篇章中，范畴概念组合而成的精论妙语俯拾皆是。本文后面再摘要作专门的介绍。

之后，《序志》还交代了全书立论的原则立场：

有同乎旧谈者，非雷同也，势自不同异也；有异乎前论者，非苟异也，理自不可同也。同之与异，不屑古今；擘肌分理，唯务折衷。

遵循“势理”——事理逻辑延展的自然趋势，有不违其本然的严谨；“不屑古今”对于倡言“宗经”“征圣”的刘勰十分难得，所持的是与时俱进，唯真理是从的理念。“擘肌分理”可谓“剖析”的同义语；“唯务折衷”更是对各家学说主张、不同思想观念的包容和兼取并用；“折衷”并非无原则的调和，而是酌取各家正确、恰切的理论思考和优长以为己用。

## 二、以极富创意的范畴为篇名的基础性问题专论

以范畴作为篇题，其创设依据、理论意义和应用范围，大都得到集中和充分的展示，往往最富创意，也最能显现“思精”的特点。

“剖情析采”用作篇题的范畴所论，多为文学艺术基本的理论问题。本节择其中最具代表性者作扼要解读，一窥刘勰范畴创用的成功与基础理论上的卓越建树。

### （一）论文学思维创造的《神思》篇

“神”与“思”组合至少有这样两层意义：其一，文学创作是精神活动、思维的创造；其二，文学活动的思维神奇微妙。

“古人云：形在江海之上，心存魏阙之下。神思之谓也。文之思也，其神远矣”开篇，化用《庄子》语汇，强调神奇的文学思维能够大大超越身观局限。“寂然凝虑，思接千载；悄焉动容，视通万里”，表明文学思维能够由静（“寂然”“悄焉”）而动（“思接”“视通”），自由翱翔，“思接千载”是时间上的超越，“视通万里”则是空间上的超越。

刘勰指出“思理为妙”能实现“神与物游”的主客体交往、融合。“神居胸臆，而志气统其关键；物沿耳目，而辞令管其枢机。枢机方通，

则物无隐貌；关键将塞，则神有遁心。”为思维领域的创作三要素论。“神思”是主体的一方，“物”是描写对象，“辞令”是语言媒介，传达的“枢机”。“神思”受“志气”（精神意志等心理因素）制约，意气委顿，精神、心理状态不佳，写作兴致和灵感就会消失。“枢机”运转通达，驾驭语言得心应手，表达无障碍，对“物”的描写就能惟妙惟肖。

“陶钧文思，贵在虚静，疏瀹五藏，澡雪精神”表明，达于“虚静”则实现创作的精神准备和心理调适，是闲静无扰、空灵自由、从容明敏的境界；“积学以储宝，酌理以富才，研阅以穷照，驯致以怿辞”是写作必须的知识积累和阅历经验理性把握、语言才能训练；“然后使玄解之宰，寻声律而定墨；独照之匠，窥意象而运斤”，按照对事物有深刻理解和独到见地的匠心营构的“意象”加工，遵循文学语言美的规律付诸表现。

文学是以语言为传达媒介的艺术。“意翻空而易奇，言征实而难巧”是古代文学领域的言意之辨，刘勰对“言不尽意”之所然作出了最为切实简要的诠释：“意翻空”说的是创作思维中“意”的运作有易变幻的跳跃性，常有“言所不追”难以表达的奇特意蕴。相比之下，“言”有可验证之“实”（即有确切的语义、语音规范）；“言”常常跟不上“意”的跳跃，达至同样的奇妙境域，出现如同陆机所说的“文不逮意”的现象。

言及“神思”的创造力，该篇说：“拙辞或孕于巧义，庸事或萌于新意。视布于麻，虽云未贵，杼轴献功，焕然乃珍。”实现拙与巧的转换，平庸中生出新意，为后世“点铁成金”“以拙为巧”“出奇崛于平淡”等说之先河。“杼轴”比喻“神思”之运作，如同由织工巧手驾驭的织机一样，能够把看似平常的材料组织加工成精美的织物，创造出价值大幅度跃升的精神产品。

有些篇章从不同角度对“神思”之论又进行阐发:《养气》篇的“从容率情，优柔适会”“常弄闲于才锋，贾余于文勇，使刃发如新，腠理无滞”和“玄神宜宝，素气资养，水停以鉴，火静而朗。无扰文虑，郁此精爽”等语是对“虚静”说的补充。《物色》篇有论景物描绘的三要素论——“情以物迁，辞以情发”和“写气图貌，既随物以宛转；属采附声，亦与心而徘徊”。《总术》说：“善弈之文，则术有恒数。按部整伍，以待情会，因时顺机，动不失正，数逢其极，机入其巧，则义味腾跃而生，辞气丛杂而至。”要求作好心理精神等方面的准备，把握灵感来临的时机及其运作规律，充分发挥其非凡的审美创造功能。其中所用“数”“机”“会”的概念义分别指向思维活动的规律、灵感到来的时机、有利于思维创造的主客观因素的会合。

**（二）论风格的《体性》篇**

当代学者公认《体性》是《文心雕龙》的风格专论，很有启发性。

“体性”的概念是名词性的联合结构，其“性”大抵为作家的文学个性；“体”则指作品的创作体制或一类作品的体式、规范，也有相应的文学个性（艺术特色）。《体性》篇首先强调：“情动而言形，理发而文见，盖沿隐以至显，因内而符外者也。”点明了“性”和“体”相互间内与外、隐与显的对应关系与表里的一致性；“性”在先而“体”成于后，“性”是主导的一方等意蕴。

“性”与作家禀赋相关；“体”也非天造地设，是从审美创造的经验归纳出来的体式。刘勰指出，文学风格取决于四方面的因素：“才”（艺术才能）、“气”（气质个性）、“学”（学识修养）、“习”（对体式规范的接受、写作习惯的养成）。“性”包括主要受先天因素影响的“才”与“气”两方面；“体”则与后天的“学”与“习”相关联。“各师成心，其异如面”几乎是西方理论家所谓

“风格即人”的同义语，却更精致：“各师成心”一语出自《庄子》，原是各守成见、偏执一端、自以为是的意思；在刘勰这里无贬义，“成心”指业已定型的艺术个性，遵从内在的“成心”创作，外在的“面孔”（风格）必然人各不同。

《体性》列举了“典雅”“远奥”“精约”“显附”“繁缛”“壮丽”“新奇”“轻靡”八类文章风格，认为作家学识和摹习对象不同，形成的文风就不同。“雅与奇反，奥与显殊，繁与约舛，壮与轻乖”可谓一种带规律性的现象——艺术风格类型往往两两对应：有典重雅正的就有奇特新异的，有深奥含蓄的就有浅显直露的，有繁博富丽的就有精省简约的，有壮丽雄劲的就有轻柔细腻的……值得注意的是，一种风格被肯定，与其相反的另一种风格未必就不好。诚然，刘勰对“新奇”“轻靡”颇有微辞，针砭时弊的用意明显。

“八体屡迁，功以学成，才力居中，肇自血气；气以实志，志以定言，吐纳英华，莫非情性。”从后天“学”“习”辅助的必要说到天赋“才”“气”的主导作用。又举两汉魏晋作家为例，指出文章之“体”（风格）无不是作家“性”（文学个性）的彰显。

针对如何培养好的风格，刘勰说：“夫才有天资，学慎始习，斫梓染丝，功在初化，器成彩定，难可翻移。”强调要从初学写作着手，若习染成性、风格定型（就像木器做成、丝已染色）后再求改变就困难了。于是有“摹体以定习，因性以练才”的原则。“摹体定习”指通过规范的学习养成良好的写作习惯；“因性练才”强调须根据天赋个性去发展才能，形成独具的优势和特有的风格，“性”固然是“练才”的基础和依据，后天的“练”对“性”的发展、成就也很必要。篇末“赞”再次申言：“习亦凝真，功沿渐靡。”“真”指基本素质（“性”）而言，刘勰认为后天的“学”“习”能对“才”“气”进行陶染和改造。“功沿渐靡”表明这是个长期浸染和渐进的过程。

一般说来，有成功经验积累才有“体”的创设，才能形成可供摹习和沿袭的规范；而“性”本无常规。不过，“体”实际上也是从多样的“性”中得来：“性”的多样使“体”的划分归类成为必要也有了可能，是有规范性的“体”出现的基础；“体”是对若干“性”的归纳和总结，一“体”是一类“性”审美经验的结晶。文学发展中常因“性”的丰富变化而导致“体”的产生和分化、变更，故《神思》篇说：“情数诡杂，体变迁贸。”反过来，“体”一经确立，又对“性”发挥一定的导向和规范作用。刘勰之所以强调“学”“习”的必要，就是要求作家吸收和借助前人经验，防止任“性”而生的新变脱离正确轨范。

由此可知“体”与“性”的关系是对立统一的，相互制约、相互转换又相互促进。在继承变革上它们各有侧重。

本篇的启示还在于：风格虽可从“体”和“性”两个方面去定义，但其本质和核心都是艺术创作的个性。作为个人的风格，是作家、艺术家创作个性（“性”）的表现；作为流派、时代或者体裁、艺术门类等的风格，是某一集群（“体”）艺术特征的表现。如果取消了艺术家或者艺术门类、题材内容、表现方式、媒介、地域、时代、民族、流派等方面的个性，也就无所谓风格了。

《风骨》篇和《定势》篇也从不同角度对风格论有所阐发、补充。

传统理论中常常运用形象性的概念，民族文化特征鲜明。“风骨”初见于人物品鉴中，是典型的形象性概念，稍早于刘勰的谢赫曾用它评论绘画。“风骨”有一种高于凡俗的精神气质，是构成良好风格的重要因素。刘勰是以“风骨”论文的第一人，也是古代唯一剖析其范畴义，作逻辑论证的理论家。

《风骨》开篇说：“《诗》总六义，‘风’冠其首，斯乃化感之本源，志气之符契也。”标举《诗》学传统，申述其对作品感化人心力量的倚重。

“辞之待骨，如体之树骸，情之含风，犹形之包气。结言端直，则文骨成焉；意气骏爽，则文风生焉。……故练于骨者，析辞必精；深乎风者，述情必显。捶字坚而难移，结响凝而不滞，此风骨之力也。”表明“风”指深挚充沛的感情内容产生的艺术感染力；“骨”指有坚实依据和严密逻辑，用洗练语言表达的“理”以及由此而来的说服力。文章要以理服人，更要以情动人。《文心》所论除抒写情怀的诗文而外也包括说理的著述，有必要用“骨”强调“理”这一侧面。如《原道》篇所说：“鼓天下之动者存乎辞，辞之所以能鼓天下者，乃道之文也。”“风骨”正是指诗文作用于社会人生的感染力和鼓动力。

“风骨”用于品鉴人物时，是由形貌显现的一种精神内质。风采、风姿、风韵的美感具有一定的吸引力和感染力；骨是体内在的架构、骨力坚挺，骨相能显示人物的精神气质；移用文论以后依然葆有这方面的意蕴。刘勰不满南朝文风的柔靡，有“风骨”是对所有文章的期盼。“风骨”虽是良好风格构成的因素，多数情况下未自成一格。篇中虽有“意气峻爽”“骨劲气猛”“文明以健”“刚健既实，辉光乃新”诸多形容，也不宜将一切有别于阳刚的风格（如清新秀丽、自然冲淡、深沉静穆、轻灵温婉）排斥在拥有“风骨”者之外。

《定势》篇关于“体势”的论说，是对“体性”风格论的重要补充。开篇说：“情致异区，文变殊术，莫不因情立体，即体成势也。”既称“莫不”，“因情立体，即体成势”则有普遍意义，是对文“势”形成过程所作的规律性概括。刘勰强调事物的运作有“自然之趣”，“文章体势，如斯而已，是以模经为式者，自入典雅之懿；效骚命篇者，必归艳逸之华……譬激水不漪，槁木无阴：自然之势也”。“自然之势”此处就是文辞合乎客观规律的展示态势。

《体性》中“性”指作家的艺术个性，“体”侧重指作家作品的体式；“才”“气”“学”“习”和“各师成心”之论说的是风格形成的主观因素。而《定势》“体势”论的“体”指文章体裁，有审美经验归纳、分类方面的合规律的客观性：

> 括囊杂体，功在铨别，宫商朱紫，随势各配：章、表、奏、议，则准的乎典雅；赋、颂、歌、诗，则羽仪乎清丽；符、檄、书、移，则楷式于明断；史、论、序、注，则师范于核要；箴、铭、碑、诔，则体制于弘深；连珠、七辞，则从事于巧艳。此循体而成势，随变而立功者也。

概括的是六大类二十二种文体语言风格的基本特点，以及“循体成势”的规则。

因此，王元化先生指出：“我们把‘体性’称为风格的主观因素，‘体势’就可称为风格的客观因素。”①

### （三）论证继承变革原则的《通变》篇

“通变”的概念首见于《易·系辞》，要求人们了解和把握事物的运动变化规律，驾驭其发展变化。如云：“参伍以变，错综其数，通其变，遂成天地之文。”②“神农氏没，黄帝、尧、舜氏作，通其变，使民不倦。神而化之，使民宜之。《易》穷则变，变则通，通则久。”③“通”是通晓，也是通达。通晓是透彻的把握，可对“变”

---

① 王元化：《文心雕龙创作论》，上海：上海古籍出版社，1979 年，第 59 页。

② 《周易·系辞上》，黄寿祺、张善文译注：《周易译注》，上海：上海古籍出版社，2007 年，第 390 页。

③ 《周易·系辞下》，同上书，第 402 页。

进行理性的控驭。由“通”指导“变”，则有无往不利的通达，能获得发展更新上恒久的生命力。在文论中其本义依然被保有和沿袭。

《通变》首先指出文学承传变革中“有常之体”和“无方之数”的辩证关系：

> 夫设文之体有常，变文之数无方。何以明其然耶？凡诗赋书记，名理相因，此有常之体也；文辞气力，通变则久，此无方之数也。名理有常，体必资于故实；通变无方，数必酌于新声：故能骋无穷之路，饮不竭之源。

“有常”指“体”之“名理”（名称、规范）在历史演进中继承、沿袭的稳定性，它们是以往审美经验的结晶，故云：“体必资于故实。”“通变无方，数必酌于新声”表明，作家的通变原本“无方”，“数”（术数，即方法和原则规律）须在斟酌“新声”中了解，通变方向途径的把握得自对时代潮流和文学未来发展趋势的探究和认识。能够处理好“有常”与“无方”的辩证关系，则“能骋无穷之路，饮不竭之源”，拥有无限发展前景和旺盛生机的“文辞气力”。

刘勰追溯文学演进的历程，认为有“从质及讹”的趋势。反对汉赋“夸张声貌”的走向极端以及普遍的因循模仿。提出“参伍因革”有因有革的通变原则。并以“凭情以会通，负气以适变”大声疾呼，鼓吹作家通晓规律、适应新变的时代要求，拥有在创作中凸显一己情感和气质个性的自觉意识。

《通变》之“赞”作了经典性的表述，“文律运周，日新其业”表明，文学发展是回旋式上升、日新月异的。“变则其久，通则不乏”是谓文学的前途只属于创新和变革，通晓规律才能有层出不穷的升华。“趋时必果，乘机无怯”鼓励作家果敢地顺应时代潮流、抓住各自的机遇进行创造。“望今制奇，参古定法”指参照古往今来经验教训确定文章写作的法则，了解所处时代和自己的特点写出有所突破、超越前人的作品。

《文心》重视创新求变，是其与时俱进的文学发展观的体现，但“变”须合规律，有原则，有继承，有创新。“通”中必有继承，绝非无原则的因袭，“通”是对渊源、发展脉络以及演化趋势、机制透彻的了解。

“通”诚然不等于继承，但包含继承的因素，且比继承的层次更高。“设文之体有常”的“有常”就是对成功经验、模式的承传。“名理有常，体必资于故实”明确指出“有常”之“体”是从“故实”中得来。篇末“赞”的“参古定法”是对“通”在继承这一层面涵义的概括。

《文心》其他篇中也能见到“通变”“变通”的概念，但理论意义上皆未能对《通变》有所突破：《议对》以为“动先拟议”，其“大体所资，必枢纽经典，采故实于前代，观通变于当今”之“通变”是指政治，而非写作。《征圣》云：“繁略殊形，隐显异术，抑引随时，变通适会，征之周、孔，则文有师也。”《铨赋》：“至于草区禽族，庶品杂类，则触兴致情，因变取会……斯又小制之区畛，奇巧之机要也。”《颂赞》说：“《风》《雅》序人，事兼变正；颂主告神，义必纯美。”《时序》称：“质文代变。”《神思》则曰“情数诡杂，体变迁贸。……至精而后阐其妙，至变而后通其数”以及“神用象通，情变所孕”。《镕裁》亦称：“刚柔以立本，变通以趋时。”《物色》说：“古来辞人，异代接武，莫不参伍以相变，因革以为功，物色尽而情有余者，晓会通也。”论章法构辞处也有“变”的讲究，《章句》说：“离章合句，调有缓急，随变适会，莫见定准。”《丽辞》云：“诗人偶章，大夫联辞，奇偶适变，不劳经营。”

“奇”“正”之论也往往与“通变”有关联，如《辨骚》总结的效法屈《骚》的正道：“酌奇而不失其贞（正），玩华而不坠其实。”《定势》称：“渊乎文者，并总群势，奇正虽反，必兼解而俱通。”“旧练之才，则执正以驭奇；新学之锐，则逐奇而失正。”《风骨》云：“昭体故意新而不乱，晓变故辞奇而不黩。”《知音》论鉴赏，其“六观”是鉴赏的六个方面，其中有“三观通变，四观奇正”。

**（四）论内容与形式关系的《情采》篇**

《情采》论文学内容与形式的关系，这也是学术界的一种共识。然而，以“情”代指内容，以“采”代指形式有特殊的理论意义。

“情”作为文学抒写的对象、内容的核心，包含着首肯自然情感、灵慧之天性的意蕴，是文学自觉时代精神的体现。“采”作为辞采有美文的意涵，既突出了文学以语言为媒介的特点，又反映了古人以美文为文学的观念。

古代文学理论批评中除了“文”与“质”、“华”与“实”以外，能够指代内容和形式的概念还有很多。内容方面有侧重主体因素的心、神、性、情、志、意等，侧重客体因素的有道、理、义、事、物等；形式方面的有文章、辞令、言、声、藻采、体势等。《情采》篇就交替使用了不少指代一致的概念：质、情、性、理、志、心等均指文学内容；而文、采、言、辞、音、藻之类则指作品的形式。当然，既以“情采”为题，说明在构成文学内容的诸多因素中“情”处于首要和核心的地位，而“采”则表明文学形式应当是有美的。

“情采”作为一对范畴出现，是文学自觉时代理论进步的产物。魏晋时期人们对个性的价值和自然情感的合理性给予了更充分的肯定，曹丕提出“文以气为主”“诗赋欲丽”的看法，陆机作出“诗缘情而绮靡”的论断，都是这种进步的反映。“情”比“志”的意义宽泛：“志”可谓一种特殊的与实现某种理想目标相联系的“情”。

而男女相悦和师生、朋友间的情谊，父慈母爱夫妻兄弟的情爱都属于“情”，却未必与“志”相关。比起先秦两汉正统诗学只强调“言志”和文学的政教功能来，可以说是一次解放，对文学艺术表现的对象、创造美的功能意义也有了更全面和深刻的认识。

“情”一般指作家的情怀，即作家的情感及与情感相联系的思想精神、气质个性、心志意趣。“情”指代内容，突出了文学艺术以人的感情活动为核心、为动力、为主要表现对象的特征。文章内容的构成尽管包括“情”（主体因素）和“理”（客体因素）两方面，但“情”无疑是主导和统领一切的。与自然科学理论和抽象的哲学论著不同，文学作品虽然也以理服人，但主要靠的是以情动人。

“采”即辞采，指文学语言，强调它是美的文辞；于是凸显出古人文学观念的两个基本点：文学的媒介是语言文字；文学是艺术，有美的形式。换言之，具有美的语言形式是文学的根本特点。如《情采》开篇所言：“圣贤书辞，总称文章，非采而何？”这种对文学的理解比现代流行的文学定义或许更简要，合乎文学艺术的基本特征。

《情采》篇以生动的比况、精辟的论证准确地阐明了内容形式的关系：“水性虚而沦漪结，木体实而花萼振：文附质也。虎豹无文，则鞟同犬羊；犀兕有皮，而色资丹漆：质待文也。”表明两者密不可分相互依存但有主有从。“文附质”“质待文”可谓是经典性的精炼概括：形式依从于内容，内容有待于形式表现。水的质性虚柔所以能结成层层沦漪，树木枝干质性坚实因而花冠挺拔。两个生动的譬喻不仅道明外在的形式取决、依附于本质和内容，而且告诉人们内容与形式是不容剥离的。后两个比喻说明内容有待形式去表现，但也有两层意蕴：虎豹皮毛的文采是它们迥别于犬羊的优越资质的自然外现，而犀兕的皮革则须由人工的髹饰才能充分表现其美质。

前者赞赏美质外现的自然天成，后者肯定了某些时候人为美的功用及其使用的必要性。刘勰指出：

> 夫铅黛所以饰容，而盼倩生于淑姿；文采所以饰言，而辩丽本于情性。故情者，文之经；辞者，理之纬；经正而后纬成，理定而后辞畅：此立文之本源也。

是谓文学美有不同层次，藻采之美（外在的文辞修饰之美）是低层次的，应当从属于内质；本色的、有坚实内在依据的、生气勃勃和灵动的美是起主导作用的高层次的美。犹如铅粉黛色可以打扮女人的容貌，而那动人心魄的美来自其天生丽质。刘勰以经纬交织况喻内容形式的先后、主次之分，又表明两者相辅相成不宜有所偏废。以矫正柔靡繁缛的南朝文风为己任，倡导《诗经》“为情造文”的成功经验和优良传统，批判汉代辞赋家搜奇炫博、繁文丽藻“为文造情”的本末倒置。

其后又在指出文章“述志为本”“繁采寡情，味之必厌”的同时，重申“言以文远”的古训，指出言好的艺术形式对作品传播有极大帮助。

概言之，内容是形式生成和构结的依据，又仰赖形式去表现和传播。情采并茂两相副称——“文质彬彬”才合乎理想，得以传之久远。

本篇警示“体情之制日疏，逐文之篇愈盛”的时风，有“真宰弗存，翩其反矣”“夫以草木之微，依情待实；况乎文章，述志为本”“言与志反，文岂足征”“心术既形，英华乃赡”等语。其他篇也不乏类似议论，如《风骨》说“风骨乏采，则鸷集翰林；采乏风骨，则雉窜文囿：唯藻耀而高翔，固文笔之鸣凤也”；《章表》主张“辞为心使”，反对“情为文屈”；《附会》认为“必以情志为神明，事义为骨髓，辞采为肌肤，宫商为声气”；《杂文》说“情见而采蔚”，《诸子》称“气伟而采奇”；《比兴》说：“拟容取心”……都与《情采》所论相通，有兼及作家作品的内外表里、强调因内符外的共同点。

《镕裁》论内容的镕范，形式的剪裁：“立本有体，意或偏长；趋时无方，辞或繁杂。蹊要所司，职在镕裁，檃括情理，矫揉文采也。规范本体谓之镕，剪截浮辞谓之裁。裁则芜秽不生，镕则纲领昭畅，譬绳墨之审分，斧斤之斫削也。”声称：“万趣会文，不离辞情，若情周而不繁，辞运而不滥，非夫镕裁，何以行之乎？”

《附会》论作品结构统序，有内容形式内外、主从的系统整合：“何谓附会？谓总文理，统首尾，定与夺，合涯际，弥纶一篇，使杂而不越者也。”“必以情志为神明，事义为骨髓，辞采为肌肤，宫商则为声气。”“附辞会义，务总纲领，驱万途于同归，贞百虑于一致；使众理虽繁，而无倒置之乖；群言虽多，而无棼丝之乱，扶阳而出条，顺阴而藏迹，首尾周密，表里一体，此附会之术也。”

## 三、散见各篇范畴概念的梳理

散见《文心》各篇的范畴概念，两相对应的如“文”与“质”，“奇”与“正”，“刚”与“柔”，“华”与“实”，“因”与“革”，“雅”与“俗”（“郑”）……独立成词的概念有“自然”、“性灵”、“虚静”（“闲”）、“滋味”、“和”（“中和”）、“意”（“意象”）、“心”、“志”、“气”、“韵”、“趣”、“悟”、“境”、“圆”（“圆通”）、“法”、“素”、“朴”、“拙”……在文论不同层面各得其所，以其应有之义介入理论表述。下面是对它们简要的梳理。

1.“自然”

《原道》说作为“三才”之一的人，“心生而言立”合乎“自然之道”，以为一切有美质的事物皆有美文，“夫岂外饰，盖自然耳”；《明诗》说“感物吟志，莫非自然”；《体性》指出作家创作个性的外显就是风格，“岂非自然之恒资，才气之大略”；《定势》以“机发矢直，涧曲湍回”和“激水不漪，槁木无阴”譬喻，事物的运动和展示都遵循“自然之趣”“自然之势”；《丽辞》认为文辞对仗的依据是“自然成对”；《隐秀》称隐秀之美出于“自然会妙”。凡此种种，都贯穿着自然论的宗旨：高境界的美自然天成；卓越的风格、美的表现形式，出神入化的艺术创造，都合乎艺术的客观规律。标举“自然之道”是对事物客观属性和规律的尊重，以及对真美和作家天成之灵慧与原创力的推崇，显然得益于老庄美学思想的滋养。

2.“中和”“中正”

《乐府》开篇云：“乐府者，声依永，律和声。”引《尚书》语，表明“和”原是音律之美。随后感慨汉初乐府“颇袭秦旧，中和之响，阒其不还”，西汉官方乐府渐离轨范，“正音乖俗，其难也如此”；说三曹乐府诗“虽三调之正声，实《韶》《夏》之郑曲”，又强调“淫辞在曲，正响焉生？”

《声律》称美籥、瑟的器乐演奏有“宫商大和”。指出文学语言音响之“和”也非“同”，与“韵”相比，是一种更难造就的语言音响之美：“异音相从谓之和，同声相应谓之韵。韵气一定，故余声易遣；和体抑扬，故遗响难契。属笔易巧，选和至难，缀文难精，而作韵甚易。”从文学语言应该用标准音的角度，批评陆机作品仍“多楚”声，“可谓衔灵均之声余，失黄钟之正响也”。

《奏启》“世人为文，竞于诋诃，吹毛取瑕，次骨为戾，复似善骂，多失折衷”的“折衷”即得当，无过无不及。《章句》云：“两韵辄易，则声韵微躁，百句不迁，则唇吻告劳。……曷若折之中和，庶保无咎。”指出文章换韵无论快慢，都要避免过犹不及。其“折之中和”与“折衷”同义。

《封禅》称：“《典引》所叙，雅有懿采，历鉴前作，能执厥中，其致义会文，斐然余巧。”《书记》说：“律者，中也。……以律为名取中正也。”“中”与“正”是经常联系的。《明诗》有曰：“四言正体，则雅润为本；五言流调，则清丽居中。”《论说》说：“庄周《齐物》，以论为名；不韦《春秋》，六论昭列；至石渠论艺，白虎讲聚，述圣通经，论家之正体也。”其后有“言不持正，论如其已。”“中正”指不偏不倚合乎传统规范的正道。

刘勰对“和”之美的推崇深受传统乐论和重视声律的时代潮流影响，所以《乐府》引经据典，云“律和声”，盛赞“中和之响”“和乐精妙”；《声律》称美“宫商大和”“和体抑扬”；和非同，“异音相从谓之和”。《章句》论文章章法，以为一韵到底单调乏味、两句一换韵的急促都有偏颇，要求“折之中和”。对“和”的追求也扩大到篇章结构等方面，《附会》强调作品整体的协调性，故以“如乐之和”的境界为高。

3.“雅”与“俗”

郑玄注《周礼》“风赋比兴雅颂”时云：“雅者，正也；古今之正音，以为后世法。”“雅”有合乎传统、规范、标准的意蕴。《文心·夸饰》所谓“《诗》《书》雅言”之“雅言”指周王朝中心地区的语言，是当时有标准音的“普通话”。

刘勰在《征圣》篇说:“然则圣文之雅丽，固衔华而佩实者也。”《明诗》云：“四言正体，则雅润为本，五言流调，则清丽居宗……平子得其雅。”《铨赋》有：“情以物兴，故义必明雅，物以情观，故词必巧丽。丽词雅义，符采相胜。”《章表》：“表体多包，情伪屡迁，必雅义以扇其风，清文以驰其丽。”《颂赞》亦曰：“风正四方谓之雅。”又称：“《风》《雅》序人，事兼正变。”《定势》则言：“模经为式者，自入典雅之懿。”

另外也有对“雅文”“雅懿”“雅章”“温雅”“儒雅”“博雅”的赞赏。

“雅”与“俗”的对举中则对“俗”（与“郑”）的审美情趣多有贬抑：

《乐府》说：“迩及元、成，稍广淫乐，正音乖俗，其难也如此。”“俗听飞驰，职竞新异，雅咏温恭，必欠伸鱼睨；奇辞切至，则拊髀雀跃：诗声俱郑，自此阶矣。”《史传》称：“盖文疑则阙，贵信史也。然俗皆爱奇，莫顾实理。传闻而欲伟其事，录远而欲详其迹，于是弃同即异，穿凿傍说，旧史所无，我书则传，此讹滥之本源，而述远之巨蠹也。”

《通变》前有：“黄唐淳而质，虞夏质而辨，商周丽而雅，楚汉侈而艳，魏晋浅而绮，宋实讹而新。从质及讹，弥近弥淡。”其后称：“斟酌乎质文之间，隐括乎雅俗之际，可与言通变矣。”

《体性》所举“八体”中有：“一曰典雅”“七曰新奇”“八曰轻靡”。指出“典雅者，镕式经诰，方轨儒门者也。……轻靡者，浮文弱植，缥缈附俗者也。故雅与奇反……壮与轻乖”，“然才有庸俊，气有刚柔，学有浅深，习有雅郑……体式雅郑，鲜有反其习”，故要求“童子雕琢，必先雅制”。

《定势》有“若雅郑而共篇，则总一之势离”“色糅而犬马殊形，情交而雅俗异势”“正文明白，而常务反言者，适俗故也”。

《才略》云：“俗情抑扬，雷同一响，遂令文帝以位尊减才，思王以势窘益价。”以及《知音》所谓“然而俗监（鉴）之迷者，深废浅售，此庄周所以笑折杨，宋玉所以伤白雪也”和《时序》的“唯齐楚两国，颇有文学。……观其艳说，则笼罩雅颂，故知炜烨之奇意，出乎纵横之诡俗也”等，对与“雅”“正”相背的“俗”“奇”都是贬斥的。

“俗”也非一无是处。《谐隐》“辞之言皆也。词浅会俗，皆悦笑也”已有肯定通俗审美情趣及其效果的成分。《时序》：“观其时文，雅好慷慨，良由世积乱离，风衰俗怨，并志深而笔长，故梗概而多气也。”“俗怨”促生济世拯民的远大志向和慷慨意气。《序志》综述“近代文论”之时，亦自称“或泛举雅俗之旨”。

4.“意”

“意”在《文心雕龙》中现身八十次左右。与“心”“志”“情”“思”同指心灵精神情感活动，但“意”有对某种构想和思维取向的侧重。在指内涵时“意”与“义”也或有通同、互代，言及经典内蕴、义理多用“义”，说创作内容的构思则多用“意”。

“上篇”“文之枢纽”前三篇宣示为文之楷范，故多用“义”“理”与“辞”而少见“意”与“采”。

《原道》有“精义坚深”“彪炳辞义”与“鼓天下之动者存乎辞”；《征圣》有“或明理以立体，或隐义而藏用”“虽精义曲隐，无伤其正言；微辞婉晦，不害其体要；体要与微辞偕通，正言共精义并用”“赞曰：精理为文，秀气成采”。《宗经》有“辞亦匠于文理”“《书》实记言，而训诂茫昧，通乎《尔雅》，则文意晓然”“《诗》主言志，训诂同《书》，摛风裁兴，藻辞谲喻，温柔在诵，故最附深衷矣”（《尚书》所记之言，特别是《诗经》的文字中多况喻和委婉的表达，故其“文意”较难理解。）“《春秋》辨理，一字见义。……《尚书》则览文如诡，而寻理即畅；《春秋》则观辞立晓，而访义方隐”。

《正纬》说：“原夫图箓之见……义非配经。”《辨骚》则称屈原的作品“虽取镕经意，亦自铸伟辞”，其所谓“经”当有（或主要指）《诗经》。

“下篇”中《神思》列首统领创作论各篇，讨论文学创作思维活动的规律，要求作家在最佳精神状态中立意、作表达的构想，即在“虚静”中匠意并作成功的文辞表达。是全书“意”论最为集中，具有理论意义的一篇。其中“意”六见，为全书最多者，还在文论中第一次使用了“意象”的概念。

倡言精神达至虚静之境“然后使玄解之宰，寻声律而定墨；独照之匠，窥意象而运斤”；称“神思方运……登山则情满于山，观海则意溢于海”；以及“意翻空而易奇，言征实而难巧也。是以意授于思，言授于意；密则无际，疏则千里”；说“神思”还会营构“拙辞或孕于巧义，庸事或萌于新意”的奇妙表达；最后有“神用象通”的总结，崭露出创意和匠意在文学艺术创造中的核心地位。

《风骨》有云：“结言端直，则文骨成焉；意气骏爽，则文风生焉。”“若夫镕铸经典之范，翔集子史之术，洞晓情变，曲昭文体，然后能孚甲新意，雕画奇辞。昭体故意新而不乱，晓变故辞奇而不黩。若骨采未圆，风辞未练，而跨略旧规，驰骛新作，虽获巧意，危败亦多。”

刘勰所谓“风骨”指文章的感动力：其“风”指充沛清峻的感情内容产生的艺术感染力；其“骨”指有坚实依据和严密逻辑，由洗练语言表达的思想内容，以及由此产生的刚健气势和不容置疑的说服力。黄侃《文心雕龙札记》曾有“风即文意，骨即文辞”之说，可谓切中肯綮。

刘勰从不同角度探讨，力求在前人的经验教训中找到立意和匠意正确途径。

《定势》有“综意浅切者，类乏酝藉”；“自近代辞人，率好诡巧，原其为体，讹势所变，厌黩旧式，故穿凿取新；察其讹意，似难而实无他术，反正而已”；“密会者以意新而得巧，苟异者以失体成怪”。

《镕裁》称“立本有体,意或偏长”,“一意两出,义之骈枝也”;“善删者字去而意留,善敷者辞殊而意显。字删而意阙,则短乏而非核;辞敷而言重,则芜秽而非赡”。

魏晋南北朝是探究汉语声韵和章法结构美的规律方面取得重大突破的时代。《声律》云:“属笔易巧,选和至难,缀文难精,而作韵甚易,虽纤意曲变,非可缕言,然振其大纲,不出兹论。”《章句》说:“启行之辞,逆萌中篇之意;绝笔之言,追媵前句之旨:故能外文绮交,内义脉注,跗萼相衔,首尾一体。”《丽辞》论对偶称“虽句字或殊,而偶意一也”“丽句与深采并流,偶意共逸韵俱发”。

《事类》论典故运用,云:“是以属意立文,心与笔谋,才为盟主,学为辅佐,主佐合德,文采必霸。”《比兴》释“比”称:“且何谓为比?盖写物以附意,扬言以切事者也。”《夸饰》批评“意深褒赞,故义成矫饰”,并引《孟子·万章》所云:“说诗者不以文害辞,不以辞害意”之语证之。《隐秀》的“隐以复意为工”以造就多重意蕴者为高手;《养气》的“意得则舒怀以命笔,理伏则投笔以卷怀”,表明“意”的营构,要合乎思维规律。《物色》论主客体的兴会时称:“一叶且或迎意。”

《时序》论时代思潮、社会风尚对文学内容的影响,说战国著述:“故知炜烨之奇意,出乎纵横之诡俗”“是以世极迍邅,而辞意夷泰,诗必柱下之旨归,赋乃漆园之义疏。”《才略》评议作家褒贬有差:“赵壹之辞赋,意繁而体疏”,说玄言诗赋“虽滔滔风流,而大浇文意”;“张华短章,奕奕清畅,其鷦鷯寓意,即韩非之《说难》也”;司马相如“覆取精意,理不胜辞”,而“子云属意,辞义最深,观其涯度幽远,搜选诡丽,而竭才以钻思,故能理赡而辞坚矣”。

《序志》综述全书理论建构,“意”的概念频出:“或撮题篇章之意”“泛议文意”“或有曲意密源”“但言不尽意”,透露出“意”

的探究在《文心》理论思考中的重要性。

刘勰文体论各篇中出现了"寓意""构意""甘意""留意""隐意"和"意深""意隐""意显""意义"等组合。

《颂赞》："及三闾《橘颂》，情采芬芳，比类寓意，又覃及细物矣。"《哀吊》："扬雄吊屈，思积功寡，意深文略，故辞韵沈膇。"《诔碑》："潘岳构意，专师孝山，巧于序悲，易入新切，所以隔代相望，能徽厥声者也。"《杂文》："庾敳客咨，意荣而文粹"；论七体"甘意摇骨髓，艳词洞魂识"；"唯《七厉》叙贤，归以儒道，虽文非拔群，而意实卓尔矣"。《谐讔》："楚襄宴集，而宋玉《好色》，意在微讽"；"子长编史，列传《滑稽》，以其辞虽倾回，意归义正也"；"讔者，隐也，遁辞以隐意，谲譬以指事也。""盖意生于权谲，而事出于机急，与夫谐辞，可相表里者也。"《章表》："子贡云：'心以制之，言以结之。'盖一辞意也。"《诸子》称："墨翟、《随巢》，意显而语质。"《奏启》云："李斯之奏骊山，事略而意诬。"《书记》说"休琏好事，留意词翰"；"陈遵占辞，百封各意"；"或事本相通，而文意各异"；"贵乎精要……意少一字则义阙"。《檄移》的"管仲、吕相，奉辞先路，详其意义，即今之檄文"，更是用到了"意义"一词。

"拙辞或孕于巧义，庸事或萌于新意""意少一字则义阙"中的"意""义"只是以通同互代。"意义"成词，则还兼有两者互补的一面。"意"是作者心灵构结，每每有巧拙、显隐、审美取向和表达方式的不同，也有高雅卑俗以及精切偏谬之别。"义"往往有普遍意义的道义、理路的逻辑规定，以及法则的宣示。

刘勰所用概念有的在后来的理论批评中更受重视，甚至衍生新的范畴概念系列，或者发展成为一个流派、一个时代审美追求和文学风格的中心范畴，但大多在《文心》中已见其端倪。下面介绍的"性灵”“滋味”“趣”“韵”“调”“格”“圆”“境”就属于这一类。

5.“性灵”

“性灵”五见，皆于《文心》重要篇章的关键性论述中。《原道》云：“仰观吐曜，俯察含章，高卑定位，故两仪既生矣。惟人参之，性灵所钟，是谓三才，为五行之秀，实天地之心。”《宗经》有二：“经也者，恒久之至道，不刊之鸿教也。故象天地，效鬼神，参物序，制人纪，洞性灵之奥区，极文章之骨髓者也”与“性灵镕匠，文章奥府”。《情采》说：“若乃综述性灵，敷写器象，镂心鸟迹之中，织辞鱼网之上。”《序志》称：“岁月飘忽，性灵不居，腾声飞实，制作而已。夫人肖貌天地，禀性五才，拟耳目于日月，方声气乎风雷，其超出万物，亦以灵矣。……岂好辩哉，不得已也。”都是指自然赋予人的非凡灵慧、生命活力和异彩纷呈的个性。刘勰呼唤作家洞悉性灵、陶冶性灵、抒写性灵，其中有领悟，有赞叹，也有珍惜之情。以后文学史上的性灵说正是沿着这样的方向发展的。

6.“滋味”

从现有材料上看，刘勰是最早直言文学滋味的人，不像之前的陆机那样以“大羹之遗味”比况文学的美感体验，也有别于同时代的钟嵘只说五言诗是“众作之有滋味者”。《文心》用到“味”和“滋味”的地方有十多处。食物滋味须经品尝才能生之于口，了然于心；文学艺术的“味”也得之于鉴赏。作为动词的“讽味”“可味”和“味之”的“味”是以领略“滋味”为归宿的品玩、鉴赏。如“扬雄讽味，亦言体同风雅”（《辨骚》）；“张衡《怨》篇，清典可味”（《明诗》）；“繁采寡情，味之必厌”（《情采》）；“味之则甘腴”（《总术》）。

“滋”可训多，无论指美食还是针对美文，滋味大抵是一种若干因素复合而成的美感，且以含蓄隽永为特点，故刘勰论“味”常与“隐”相联系，赞赏“余味”和“遗味”：如云“子云沉寂，故志隐而味深”（《体性》）；“深文隐蔚，余味曲包”（《隐秀》）。而《宗经》则有“余味日新”；《史传》也说：“儒雅彬彬，信有遗味。”既由若干因素综合而成，也就应该依循“滋味”之美生成的机制，是诸种因素有主次统序的复合体，故《附会》云：“若统绪失宗，辞味必乱。”且以“道味相附”为上。《丽辞》的“左提右挈，精味兼载”和《声律》的“滋味流于下句，气力穷于和韵”，则完全是从文学语言音响美的组合上去说的。有前后左右的副衬、映带、平衡，也有上句与下句的相互对应、补充、拓展与协调。

7.“趣”

“趣”本义是趋。艺术论中常指审美心理的取向和好尚，与“味”比较，在重浓厚隽永上“趣”或有不如，而个性化特征和新奇多变倾向明显。《明诗》批评东晋玄言诗“辞趣一揆”；《章表》赞赏曹植的表“独冠群才……应物制巧，随变生趣”；《哀吊》中称潘岳的哀辞“体旧而趣新”。《颂赞》说挚虞《文章流别论》评介“颂”的体式原很精当，但随后对傅毅《显宗颂》“杂以风雅，而不变旨趣”之评则流于“伪说”。

《体性》论风格，审美取向是风格的构成因素，故前面说到“才”“气”“学”“习”对风格形成的影响是有“风趣刚柔，宁或改其气”；作“八体”之分则有“新奇者，摈古竞今，危侧趣诡者也”；评介作家亦有“子政简易，趣昭而事博”。《镕裁》说“万趣会文，不离辞情”，唯经“镕裁”，才能做到“情周而不繁，辞运而不滥”。

还有章句构成和用字上的原则。《章句》说：“搜句忌于颠倒，裁章贵于顺序，斯固情趣之指归，文笔之同致也。”《丽辞》赞赏“反对者，趣合而理殊”对意蕴的拓展，称许“魏晋群才，析句弥密，联字合趣，剖毫析厘”。

《练字》引曹植评司马相如、扬雄之作语，说二人用字上“趣幽旨深”，非“师传”“博学”不能理解。

8.“韵”

刘勰在《文心》中三十余次用到“韵”。

“韵”原是一种为音乐和语言拥有的音响效果，有声音复合中生出的协调、和谐之美。南北朝的文人特别讲求文学语言的形式美，音响美是其重要组成部分。《总术》中对文章作“有韵为文，无韵为笔”的区分，以为有韵的“文”更富美感，更有文学性，是对时代潮流的一种认可。《声律》概括的是那个时代探求语言声韵美规律方面的收获，其中说：

> 凡声有飞沉，响有双叠，双声隔字而每舛，叠韵杂句而必睽。……滋味流于下句，气力穷于和韵。异音相从谓之和，同声相应谓之韵。韵气一定，故余声易遣；和体抑扬，故遗响难契。属笔易巧，而选和至难，缀文难精，而作韵甚易。

随后批评陆机文“多楚”，即多影响“《诗》人综韵”标准音（“黄钟正响”）的“讹音”，指出“凡切韵之动，势若转圜，讹音之作，甚于枘方；免乎枘方，则无大过矣”。《丽辞》论称“丽句与深采并流，偶意共逸韵俱发”。《章句》则曰：

> 若乃改韵从调，所以节文辞气，贾谊、枚乘，两韵辄易；刘歆、桓谭，百句不迁：亦各有其志也。昔魏武论赋，嫌于积韵，而善于贸代。陆云亦称“四言转句，以四句为佳”。观彼制韵，志同枚贾。然两韵辄易，则声韵微躁，百句不迁，则唇吻告劳；

妙才激扬，虽触思利贞，曷若折之中和，庶保无咎。

列举两汉魏晋赋家押韵的不同取舍，最后的“两韵辄易，则声韵微躁，百句不迁，则唇吻告劳”，唯“折之中和，庶保无咎”，是刘勰对章句音韵之美规律的总结。

《明诗》的“柏梁列韵”和“联句共韵”记录了汉武帝诏令群臣柏梁台联韵赋诗的雅事。评骘作家则称赞西晋潘岳“锋发而韵流”（《体性》），以为孙楚、挚虞、成公绥“流韵绮靡”（《时序》），东晋袁宏的赋作“情韵不匮”（《铨赋》），“张衡讥世，韵似俳说”（《论说》），“柳妻之诔惠子，辞哀而韵长”（《诔碑》）；而《时序》则称：“茂先摇笔而散珠，太冲动墨而横锦，岳湛曜联璧之华，机、云标二俊之采，应、傅、三张之徒，孙、挚、成公之属，并结藻清英，流韵绮靡。”这些针对文章的“韵”，无不与作者的思想风貌和艺术个性合拍。

有“韵”在其中的一些概念现身各个门类艺术，以至用于评论人的气质格调，有“气韵”“情韵”“韵味”“神韵”的组合。

9.“调”

“调”亦源于音乐，有音调以及调节两种意义。

《原道》的“调如竽瑟”，《书记》的“黄钟调起”和《乐府》的“吹篇之调”皆指乐曲音调。《乐府》的“宰割辞调”是说“魏之三祖”对乐府诗体的改造，称其“虽三调之正声，实韶夏之遗曲”；说曹植、陆机的乐府诗虽有佳篇，因未由伶人配乐而“俗称乖调”。《明诗》的“五言流调”谓五言诗体是四言的流变。《章句》的“调有缓急”“改韵从调”“环情草调”则针对文学语言声响。《附会》的“旨切而调缓”之“调”已逾越乐曲范围，为文辞音响节奏；《体性》的“响逸而调远”则指风格的超迈。

音、义有为调节、调和之“调”者。如《乐府》的“瞽师务调其器”“杜夔调律”，《诔碑》的“辞靡律调”，《章表》的“体赡而辞调”，《附会》的“辞旨失调”，《声律》的“操琴不调”“调钟唇吻”“颇似调瑟”，《练字》的“四调单复”，《总术》的“调钟未易”，以及《养气》的“调畅其气”。

10.“格”

“格”的意义也不一。《章句》的“六字格而非缓”的“格”指句式稍长。《祝盟》的“神之来格”之“格”是来、至之意，以“正”亦可解。《征圣》的“夫子风采，溢于格言”，所谓“格言”指可以为人法则的话语。

“风格”的概念两次现身，《夸饰》的“虽诗书雅言，风格（俗）训世，事必宜广，文亦过焉”的“风格”侧重道德风范方面。《议对》云：“晋代能议，则傅咸为宗。然仲瑗博古，而铨贯有序；长虞识治，而属辞枝繁；及陆机断议，亦有锋颖，而腴辞弗剪，颇累文骨，亦各有美，风格存焉。”其“风格”指晋代四位文臣所作之“议”各自的特点，虽非其人文风总的概括，却已是指这种文体的写作而言。只不过刘勰和其后相当长一段时期的理论家还未把“风格”的概念提升到与其所用“体性”通同的文艺基本理论范畴的高度。

11.“圆”“境”“悟”

刘勰佛学修养深厚，《文心》之作意虽不在弘扬佛法，其中却未尝寻觅不到佛学思维和语汇的蛛丝马迹。刘勰用了佛学中常见的“圆”“境”“悟”之类，即使不是特意如此，也会偶有流露。

《明诗》有“圆通”“圆备”，《知音》有“圆照”“圆该”；《论说》《镕裁》都有“圆合”；《比兴》有“圆览”，《隐秀》有“圆鉴”。“圆”是周延和完美无缺的，故《风骨》批评“骨采未圆”的妄为，《指瑕》发出“虑动难圆”的感慨，《杂文》以“事圆而音泽”为上，

《丽辞》说“必使理圆而事密”……

刘勰所用“悟”“境”不多，也未完成向文论范畴义的转移。

“悟”就指理解，并未凸显体认、理解的豁然跃升。《明诗》有云：“子贡悟琢磨之句。”《练字》称对“避诡异”“省联边”“权重出”“调单复”四条用字原则，“若值而莫悟，则非精解。”《指瑕》说“匹”是两两匹配的意思，而“车马小义，而历代莫悟”。

除《隐秀》存疑的补文之外，“境”在《文心》中只是两次见到：《铨赋》的“与诗画境”是说赋从《诗经》的“六义”之一发展成与风、雅、颂区界分明的独立文体。《论说》的“动极神源，其般若之绝境乎！”是谓玄学“崇有”与“贵无”论辩的层次远不及佛学“般若”的至境。此“绝境”指至上的绝妙境界，虽非针对文学艺术，也是精神之至境。创作也是精神产品的生产，审美创造有领域的区别和层次高下之分，“境”和“境界”移用于文论也属自然，但完成移植是在佛学影响更为深广的隋唐以后。

12.“镕铸”“镕范”

《镕裁》称：“规范本体谓之镕。”《诏策》有“垂范后代”，《风骨》有“镕铸经典之范”，《事类》有“皆后人之范式也”。“镕”本指浇铸金属器物（如钱币）的模子（模范），“镕铸”的概念义是按楷范模式造就的意思。范原义也是模型、模范。

13.“法”

《通变》云：“参古定法。”《定势》的“效奇之法”，《附会》的“驭文之法”，所谓“法”皆是须遵从的法度、规则的意思。

14.“素”

《养气》有“岂圣王之素心”“素气资养”；《程器》的“固宜蓄素以弸中”；《书记》的“或全任质素”和《议对》的“辞气质素”，其“素”都指向纯朴的素质天性。

15.“巧”与“拙”

从来就有“巧拙”的对举，《文心》同样：《诸子》称：“公孙之‘白马’‘孤犊’，辞巧理拙。”《镕裁》说：“巧犹难繁，况在乎拙？”《附会》：“则知附会巧拙，相去远矣。”除《神思》的“拙辞或孕于巧义”是一种化腐朽为神奇的艺术构思而外，其余之“拙”皆贬义：如《事类》的“张子之文为拙”，《指瑕》的“拙词难隐”，《附会》的“拙会则同音如胡越”。

16.“闲”

《才略》：“殷仲文之孤兴，谢叔源之闲情，并解散辞体，缥渺浮音：虽滔滔风流，而大浇文意。”“庾元规之表奏，靡密于闲畅。”

《养气》的“常弄闲于才锋”、《杂文》的“思闲可赡”、《物色》的“入兴贵闲”则皆与《神思》的“虚静”相通。

以上这些范畴概念散见全书，用于不同层面的论证。其中不少发挥着为后来的艺术追求和理论批评导向的作用。那些未成为篇题作专门讨论的范畴一般在理论上有更大拓展、深化的余地。此后，文学理论批评在以范畴概念进行系统的逻辑论证方面已难望刘勰之项背。自隋唐起，文学理论的拓展、更新和提升大都是在标举某一核心范畴的不同流派、不同文体和艺术主张的思想和美学追求中实现。所用范畴概念均不难在《文心雕龙》中找到自己的归属或者渊源。

# 汉字书写的文化特色与功能优长

## ——以《庄子》话语和《文心雕龙》范畴为例

涂光社

汉字是大文明中硕果仅存的象形系统文字，其文化特色与功能之优长往往因习以为常而被国人忽略。它对中国古代文学传达以及理论范畴创用有重要影响，在当今中外文化比较研究中受到重视是顺理成章的。

## 一

先须说说本文以《庄子》和《文心雕龙》为例探讨汉字优长之所以然。

《庄子》是以“寓言十九”表述的子书。屈原《离骚》有诗祖辞宗之誉。文学史上《庄》《骚》双峰并峙，是先秦浪漫主义文学的代表作。

自楚辞始，古诗多了对景物的细致刻画，如《九歌·湘夫人》的“袅袅兮秋风，洞庭波兮木叶下”[①]，与《九章·涉江》的“深林杳以冥冥兮，猨狖之所居。山峻高以蔽日兮，下幽晦以多雨。霰雪纷其无垠兮，云霏霏而承宇”[②]。钱锺书先生《管锥编》说：“《悲回风》的‘凭昆仑兮以瞰雾兮，隐岷山以清江。惮涌湍之礚礚兮，听波声之汹汹……悲霜雪之俱下兮，听潮水之相击。’皆开后世诗文景物

---

① 〔宋〕洪兴祖：《楚辞补注》，北京：中华书局，1983年，第65页。

② 〔宋〕洪兴祖：《楚辞补注》，第130页。

写景法门，先秦绝无仅有。”[①] 屈子以此渲染一己寂寞孤高和忧国哀民的悲慨愁思。深挚的抒写显现丰富的想象力，《离骚》的“路漫漫其修远兮，吾将上下而求索”[②] 是对真理的执着寻觅；《天问》有对天地万象神明圣贤的叩问；《哀郢》倾吐国势衰微败亡的痛楚……皆为极尽忠忱却遭谗放逐中的深刻反省、悲痛至极的家国情怀。屈赋生成土壤是荆楚风俗文化，其勃兴影响和推动了战国中土的文学发展。

楚辞景物描写如刘勰《物色》篇所说“触类而长”[③] 细密充分；《声律》的“楚辞辞楚”[④] 道明其辞藻音韵的地域特点。然而其中多无子书那样的事理论证与言辩。

《庄子》多以寓言故事表述深刻敏锐的哲思，笔触虚拟奇幻、纵横驰骋、汪洋恣肆。王国维先生《屈子文学之精神》中说庄子“言大则有若北溟之鱼，语小则有若蜗角之国；语久则大椿冥灵，语短则蟪蛄朝菌。至于襄城之野，七圣皆迷；汾水之阳，四子独往……”[⑤] 梁启超先生《中国韵文里头所表现的情感》中说“浪漫文学用想象力构造境界”，“想象力愈丰富、愈奇诡，便愈更精彩”[⑥]，庄子即然，“犹河汉而无极也”[⑦]。

《庄子》是先秦子书，以“寓言十九”阐发无所羁缚的思考：空间上有“蜗角触蛮”也有至人“六合”内外的遨游；时间上言及

---

① 钱锺书：《管锥编》（二），北京：生活·读书·新知三联书店，2001 年，第 358 页。

② 〔宋〕洪兴祖：《楚辞补注》，第 27 页。

③ 范文澜：《文心雕龙注》，北京：人民文学出版社，1958 年，第 694 页。

④ 范文澜：《文心雕龙注》，第 553 页。

⑤ 傅杰：《王国维论学集》，北京：中国社会科学出版社，1997 年，第 316 页。

⑥ 梁启超：《梁启超全集》，北京：北京出版社，1999 年，第 3950 页。

⑦ 曹础基：《庄子浅注》，北京：中华书局，1982 年，第 9 页。

上古“物之初”的起始，也有“千世之后”必有人与人之相食世象的警示；“种有几”一段则说的是生物进化历程……清胡文英《庄子独见·庄子论略》对《庄》《骚》的比较甚为中肯：“庄子最是深情，人第知三闾之哀怨，而不知漆园之哀怨有甚于三间也。盖三闾之在一国，而漆园之哀怨在天下；三间之哀怨在一时，而漆园之哀怨在万世。”[①]庄周的哲思针对的社会政治不止于一家一国和某个时代，而是普遍的生命现象乃至宇宙万物的生存衍化的规律。

《庄子·天下》明谓寓言的“谬悠之说，荒唐之言，无端涯之辞……不谴是非，以与世俗处”[②]，不与意见相左的时人（包括势要和欲参政议政的士人）论争，透露出全身避患的无奈；当然也因其超越时代局限的思考和论断尚无从证实。随后的“其辞虽参差而諔诡可观，彼其充实，不可以已”[③]则表明惊世骇俗的寓言涵蕴的哲学思考合乎客观规律，可不断充实拓展，有难能可贵的科学精神。

庄子是二千多年前批判人类异化的先行者。其寓言尽管浪漫主义文学色彩鲜明，毕竟重说理论道而非抒情言志。其语汇、范畴创用堪称古籍之最，很能体现汉字运用的文化特色。不仅予约定俗成的范畴某些新义，还创设了一系列形象性的范畴概念，在文学批评史和理论史中皆显示出强大的生命力。

伴随“自觉时代”文学观念成熟，有标志先秦哲学思辨精神复归、长于范畴论辨的魏晋玄学推动，实现理论跃升的时代条件具备，齐梁思想理论大家刘勰正是以系统的范畴创用成就了享誉千古的文论经典《文心雕龙》。加上论证中标举和运用“剖情析采”的思想方法，在葆有汉字功能优长的同时，很大程度上弥补了古代理论系统建构

① 〔清〕胡文英：《庄子独见》，上海：华东师范大学出版社，2011 年，第 6—7 页。

② 曹础基：《庄子浅注》，第 508 页。

③ 曹础基：《庄子浅注》，第 508 页。

与剖析论证、作抽象逻辑规定方面的欠缺。

考究以《庄子》《文心雕龙》为例也是笔者对两书有所偏爱投入甚多的缘故。

## 二

汉字是当今世界上唯一仍广泛使用的象形系统文字，数千年中经先人屡次改进而避免了被表音文字取代的命运，秦汉以后汉字已被改造成“不象形的象形字”。与“象”密切关联的汉字有一些拼音文字不可企及的功用，它介入并深刻地影响民族的思维方式。

汉字“象形为先”，以表意为第一属性。“独体为文”的基本符号中很多成为偏旁部首，为构字中最常见的义符，如金、木、水、火、土、石、气、风、雨、日、月、草、竹、米、禾、虫、鸟、牛、马、羊、犬、豕、鱼、口、耳、鼻、牙、手、足、心、车、舟、门、黑、白、走等。有的字甚至是多个义符的组合，如“鑫”“森”“淼”“焱”“磊”“晶”“犇”，以及“昶”“烨”“章”“境”之类。

“象形”给汉字带来特殊的稳定性。自秦汉规范定型，两千年来汉字的组合方式和笔画书写规范未变，基本义涵也维系如常。即便在使用中赋予新义，仍以字的本义为基础。汉字往往一字多义，通同者常可借代为用；单字多为名词但可作动词用；大都能独自成词，拥有多向的隐性语义网络（故能作倒装、错位之类处理），词语组合灵便。

汉字运用对语言音韵、节奏和语汇构成方式的影响明显，文学表述上尤其在作形象描绘、模糊传达之时更是如此，故与某些艺术追求乃至思想理念关联。比如文章之美就包括用字和遣词造语之美在内。用于诗词文章、理论思考表述的汉语简约蕴藉，常令运用拼音文字的语种难作直译。运用拼音文字的外语一般逻辑严谨但用汉语不难翻译，较易汲取所长。笔者的《中国古代美学范畴发生论》[①]申述过这样的看法，民族特色鲜明的中国古代理论范畴生成的文化土壤与西方不同，在思维及其表达上有“不舍象”与线条符号运用的双绝。

“不舍象”的思维相对于抽象的逻辑思维而言，即不排除感性，甚至对感性体验和意象有所借助的思维。对“象”的倚重也对古代的理论形态、范畴创用和展示方式有重大影响。

以简驭繁的《周易》八卦“以象明意”，卦象也是一种表意的线条符号。

《易》为六经之首，是儒典中最讲究方法论者。从《易经》“以象明意”和王弼“尽意莫如象”的概括可知，“象”的模糊意蕴有高度概括力和相对灵动的指域。《老子》亦有“道之为物，惟恍惟惚。惚兮恍兮，其中有象”[②]“大象无形，道隐无名”[③]等论，亦可一窥华夏民族思维方式“不舍象”的特点和某种优长。

古人哲学思考往往“不舍象”。传统的范畴概念“抽象”程度虽较一般语词为高，但大都未与具体绝缘。“不舍象”的思维有其优势，有对精微处的模糊把握，为进一步的思考以及从片面到整体，从一般认知上升到智慧把握留有余地。

客观事物毕竟是具体的存在，抽象认识固然能从一定层面揭示事物的本质，但不可能包举整个事物的所有方面。马克思在《〈政

① 涂光社：《中国古代美学范畴发生论》，北京：人民教育出版社，1999 年。

② 朱谦之：《老子校释》，北京：中华书局，1984 年，第 88 页。

③ 朱谦之：《老子校释》，第 171 页。

治经济学批判〉导言》[①]中倡导从抽象回到具体，正是要求以具体事物验证抽象，矫正补充已有的结论和判断，也可为进一步的思考、判断导向。

概念在先秦学术中当属一类有概括性的“名”。有感于战国时代“奇辞起，名实乱”的现象，集先秦学术大成的荀子总结“名”生成、运用上的特点，提出了“约定俗成”的规范。如荀子所说，各个时代都“有循于旧名，有作于新名”[②]。随着理论思维的进步，范畴概念也在通变：有承袭也有创新；有重心的位移、变异，也有废止。“约定俗成”要求人们对通用的范畴概念保持大致的共识。“约定”之“约”是契约之约，也是大约之约，古代范畴概念大多能广为沿用，论者常用而不释，绝少去作定义，有较大自由发挥的空间。作为不被包容的大概念，范畴同样有生成演变的过程，意涵亦多约定俗成，与其出现的语境关联。

郭绍虞先生《同义词词林·序》指出：“汉语以名词为中心，与西语以动词为中心，二者重点不同。”[③]最初的单字几乎都是名词，

① 马克思《〈政治经济学批判〉导言》说：“从表象中的具体达到越来越稀薄的抽象，直到我达到一些最简单的规定。于是行程又得从那里回过头来，直到我最后又回到人口，但是这回人口已不是一个混沌的关于整体的表象，而是一个具有许多规定和关系的丰富的总体了。”又说：“具体之所以具体，因为它是许多规定的综合，因而是多样性的统一。因此它在思维中表现为综合的过程，表现为结果，而不是表现的起点。虽然它是现实的起点，因而也是直观和表象的起点。在第一条道路上，完整的表象蒸发为抽象的规定；在第二条道路上，抽象的规定在思维行程中导致具体的再现。”（《马克思恩格斯选集》第二卷，北京：人民出版社，2012 年，第 700、701 页。）

② 〔清〕王先谦撰，沈啸寰、王星贤点校：《荀子集解》，北京：中华书局，1988 年，第 414 页。

③ 梅家驹等编：《同义词词林》（第二版）“郭序”，上海：上海辞书出版社，1996 年，第 2 页。

组词以两字为多。流行的诗体从四言、五言到七言；成语多由四字构成……皆与汉语的特点关联。名词有使动用法和意动用法。比如“风”本是名词，指流动的大气；又可作如风般吹动解；亦可形容如风一样无形而可感；乃至是有影响、成气候，以及方向和地域方面的意蕴，《毛诗序》的“风，风也，教也。风以动之，教以化之……上以风化下，下以风刺上，主文而谲谏，言之者无罪，闻之者足以戒，故曰风”[①]就是例子。“风”在文论的不同语境中分别有风诗、风尚、讽刺、风格等引申义。

元范畴多为单字，如气、势、象、和、仁、体、风、味、心、神、情、志、意、境等；以后则常为两字组合，如自然、中和、通变、风骨、滋味、气势、比兴、韵味、意象、意境、形象、格调……单字的元范畴基本都有“象形”带来的常能从不同侧面发挥的意蕴；两字的范畴有义蕴的互补，常表现出组合的自由。

汉语也有习惯语序，但并不全依赖它。由于不作语法标识，运用汉语进行一般逻辑表述时，语序的作用或许大于其他语种。然而以不变应万变的方块字带来以象明意的可塑性，以及独立成词所获得的在语义网络上字词搭配的选择性，词序远远称不上“严格”，尤其在文学语言中词序的灵活性大得惊人。

汉语句中的语法关系能够凭借字词间固有的语义网络来确定，常不显于字面，故称此“隐性的语义网络”。即句中字词本身的义蕴可以决定它的词性及其在句中的语法地位，应与句中的那些字词联系毋须标明未必见诸词序。不仅“倒装”“错位”（有时是音韵节奏的需要，有时是为取得怵目惊听的艺术效果）常见，甚至有“回文”体、“反复”体的诗文。

---

① 郭绍虞主编：《中国历代文论选》（一卷本），上海：上海古籍出版社，2001年，第30页。

如《鄘风·柏舟》的"髡彼两髦"[①]，《离骚》中的"纷吾既有此内美兮""汩余若将不及"[②]都有修饰词的提前；"错位"者如曹操《短歌行》的"慨当以慷"[③]；王勃《滕王阁序》的"渔舟唱晚"[④]，杜甫《秋兴》的"香稻啄余鹦鹉粒，碧梧栖老凤凰枝"[⑤]，《春望》的"感时花溅泪，恨别鸟惊心"[⑥]；柳宗元《江雪》的"独钓寒江雪"[⑦]；李贺《咏马》的"何当金络脑，快走踏清秋"[⑧]……诗词之外的文辞也有错位，但少许多，如江淹《别赋》中的"使人意夺神骇，心折骨惊"[⑨]和欧阳修《醉翁亭记》的"酿泉为酒，泉香而酒洌"[⑩]。

传世文集存有"反复"体和"回文"体诗、铭。《艺文类聚》卷七十载东汉李尤的《镜铭》："铸铜为鉴，整饰容颜，修尔法服，

① 程俊英、蒋见元：《诗经注析》，北京：中华书局，1991 年，第 122 页。

② 〔宋〕洪兴祖：《楚辞补注》，第 4、6 页。

③ 安徽亳县《曹操集》译注小组：《曹操集译注》，北京：中华书局，1979 年，第 19 页。

④ 〔唐〕王勃著，蒋清翊注：《王子安集注》，上海：上海古籍出版社，1995 年，第 232 页。

⑤ 〔唐〕杜甫著，〔清〕仇兆鳌注：《杜诗详注》，北京：中华书局，1979 年，第 1497 页。

⑥ 〔唐〕杜甫著，〔清〕仇兆鳌注：《杜诗详注》，第 320 页。

⑦ 〔唐〕柳宗元著，王国安笺释：《柳宗元诗笺释》，上海：上海古籍出版社，1993 年，第 268 页。

⑧ 〔唐〕李贺著，〔清〕王琦等注：《李贺诗歌集注》，上海：上海人民出版社，1977 年，第 101 页。

⑨ 〔明〕胡之骥注：《江文通集汇注》，北京：中华书局，1984 年，第 40 页。

⑩ 〔宋〕欧阳修著，洪本健校笺：《欧阳修诗文集校笺》，上海：上海古籍出版社，2009 年，第 1021 页。

正尔衣冠。”[①] 苏轼《题金山寺》也是这种诗。前秦窦滔妻作《璇玑图》表述思念感动夫君的故事更传为美谈。据说此图以五色织成，共八百余言，“纵横反复，皆成章句”[②]，可得诗二百余首。传言宋元间僧起宗以意推求，竟又得诗三四千首。所谓“藏头诗”“拆字诗”“灯谜诗”是运用汉字才有的文字游戏。还见到过这样的景德镇瓷茶壶盖，上面一圈镌了“可以清心也”五字以示雅趣。无论从哪一个字开头都可读、可解：“以清心也可”“清心也可以”“心也可以清”“也可以清心”。

乐府诗题“春江花月夜”是五个名词的连缀，其间省去了相互关系规定，不仅最大限度地概括了被浓缩的意蕴，五个字将五重意象复合成美的境界，而且使创作者和欣赏者能以任何一个意象为中心去进行艺术创造或再创造。也就是说，该题目之下的造艺可以“春”为中心，也不妨以“江”或“花”“月”“夜”，甚至以“春江”“花月夜”等为中心。

温庭筠《商山早行》的“鸡声茅店月，人迹板桥霜”[③]，六个名词的组合就构成一幅拂晓的清寂画面，传达出深秋兼程早行的艰辛；一连串略加点染的名词如同扫描的镜头展示自然而苍凉的旅途景象，在简明短促的节奏中叠印出丰富的意象，省略了主人翁或者更早启程的一位征人，只用“空镜头”记录在报晓鸡鸣和残月映衬下留在板桥薄霜上的足迹。“茅店”也许还暗示投宿的匆迫……马致远《天净沙·秋思》的“枯藤、老树、昏鸦；小桥、流水、人家；

---

① 〔唐〕欧阳询撰，汪绍楹校：《艺文类聚》，北京：中华书局，1965 年，第 1228 页。

② 〔唐〕武则天：《织锦回文记》，〔清〕董诰等编：《全唐文》卷九十七，北京：中华书局，1983 年，第 1006 页。

③ 〔唐〕温庭筠著，〔清〕曾益等笺注：《温飞卿诗集笺注》，上海：上海古籍出版社，1980 年，第 155 页。

古道、西风、瘦马”[①]也异曲同工。大观楼长联的“半江渔火”“一枕清霜”笔下未见其人，读来却能体味到其人内心充满历史沧桑感的孤寂与悲凉。

古代诗词中不仅有名词组成的连缀句，动词、形容词也可以叠字连缀：“寻寻、觅觅；冷冷、清清；凄凄、惨惨、戚戚”[②]（李清照《声声慢》）的音义声调传达出女主人公晚年蒙然可感的处境和心态，一字紧似一字，连绵的节奏由散缓而趋急促，串联着丰富的意象：有迷茫恍惚若有所失的行为举止，有冷清落寞孤独寂寥的环境氛围，更有无可告诉的凄楚悲戚的情结意绪……李清照这种天才的艺术创造若非运用汉语文字是很难进行的。其《临江仙词》序中曾说：“欧阳公《蝶恋花》有‘庭院深深深几许’之句，予酷爱之，用其语作‘庭院深深深’数阙。”[③]可谓一位宋词大家叠字运用的会心之语。《漱玉词》中今存此类词二首。

汉字运用还带来骈俪的修辞手段，除骈文和诗赋必有外，词、曲中也常见。词曲常分为上、下两阕，因按同一乐谱演唱，两阕词句声调一致。如李清照《醉花阴》词：“薄雾浓云愁永昼，瑞脑消金兽。佳节又重阳，玉枕纱厨，半夜凉初透。东篱把酒黄昏后，有暗香盈袖。莫道不消魂，帘卷西风，人比黄花瘦。”[④]

不入乐的骈体文辞，对偶复句前后往往声调抑扬、相互衬托。比如对联，上下联声调抑扬映照，能字字平仄对应。清人孙髯所作昆明滇池大观楼长联是很好的一例，其上、下两联共一百八十字：

---

① 隋树森选编：《全元散曲简编》，上海：上海古籍出版社，1984 年，第 101 页。

② 〔宋〕李清照著，徐培均笺注：《李清照集笺注》，上海：上海古籍出版社，2002 年，第 161 页。

③ 〔宋〕李清照著，徐培均笺注：《李清照集笺注》，第 105 页。

④ 〔宋〕李清照著，徐培均笺注：《李清照集笺注》，第 52—53 页。

五百里滇池，奔来眼底。披襟岸帻，喜茫茫空阔无边。看东骧神骏，西翥灵仪，北走蜿蜒，南翔缟素；高人韵士，何妨选胜登临。趁蟹屿螺洲，梳裹就风鬟雾鬓，更苹天苇地，点缀些翠羽丹霞；莫辜负，四围香稻，万顷晴沙，九夏芙蓉，三春杨柳。

数千年往事，注到心头。把酒凌虚，叹滚滚英雄谁在。想汉习楼船，唐标铁柱，宋挥玉斧，元跨革囊；伟业丰功，费尽移山心力。尽珠帘画栋，卷不及暮雨朝云，便断碣残碑，都付与苍烟落照；只赢得，几杵疏钟，半江渔火，两行秋雁，一枕清霜。

紧扣滇池特有的地理环境风物和历史，上联勾勒景致，下联追述过往。笔触要妙精警，可见作者博大胸怀、卓越见识，以及对世代更迭功业兴衰的深沉感慨。

以上所引这些佳句如何可能在译成外语后还葆有原来的意味呢?

许多华章名句千百年来从莘莘学子到初通文墨的妇孺小民、贩夫走卒中广为流传。无可计数的格言、成语、谣谚极大地丰富了古今语汇，传承着人们的道德意识、文化品位和审美情趣。

## 三

寓言在先秦子书中不少见，但在论说中的地位远不及《庄子》。《史记·老子韩非列传》评介庄周说：“其学无所不窥，然其要本归于老子之言。其著书十余万言，大抵率寓言也。”[①]

《庄子》的语汇和范畴概念丰富，他书难以企及。如“内篇”：

---

① 〔汉〕司马迁：《史记》卷六十三，北京：中华书局，1959 年，第 2143 页。

《逍遥游》：鲲鹏图南、越俎代庖、扶摇而上、无所至极、大相径庭、不近人情、大而无当，以及遨游、志怪、磅礴、陶铸、绰约、彷徨……

《齐物论》：朝三暮四、大梦大觉、师其成心、存而不论，以及天籁、真宰、孟浪、宇宙、吊诡、曼衍、有待……

《养生主》：庖丁解牛、薪尽火传、游刃有余、踌躇满志、依乎天理、安时处顺，以及神遇、肯綮……

《人间世》：螳臂当车、无可奈何、无用之大用，以及师心、心斋、坐驰、风波、散木、栋梁、溢美……

《德充符》：死生亦大、鉴于止水，以及彀中、一贯、灵府……

《大宗师》：相濡以沫、善始善终、唯命是从，以及真知、屈服、天机、自适、莫逆、造物者、造化、附赘、端倪、安排、坐忘……

《应帝王》：泣涕沾襟、虚以委蛇、雕琢复朴、体尽无穷、劳形怵心，以及心醉、气机、浑沌……

“外篇”“杂篇”中也不少，如《马蹄》的攀援、纯朴和中规中矩；《胠箧》的世俗、权衡、利器，以及窃钩者诛，窃国者为诸侯；《在宥》的烂漫、无视、郁结、猖狂、无端与拊髀雀跃、万分之一、独往独来；《天地》的厌世、机械、体性、蠢动、飞扬和螳臂当车；《天道》的虚静、精神、漠然与明烛须眉、得心应手；《天运》的推行、运转、披拂、充满、鉴照、可耻、陈迹、风化以及劳而无功；《刻意》的刻意、闲暇、导引、澹然，以及吐故纳新、虚无恬淡；《缮性》的蒙蔽、淡漠；《秋水》的望洋兴叹、井蛙之见、邯郸学步、猜意鹓鸰、一日千里、管窥锥指；《至乐》的夜以继日、箕踞鼓盆而歌；《达生》的佝偻承蜩、昭然若揭；《山木》有似是而非、得终天年；《田子方》有目击道存、解衣槃礴、瞠乎其后、亦步亦趋、失之交臂；

《知北游》有每下愈况、腐臭化为神奇、天地有大美而不言、人生若白驹过隙；《徐无鬼》有尚大不惑、匠石运斤；《则阳》有陆沉、鸡鸣狗吠、蜗角触蛮、得其环中；《外物》有辙中鲋鱼、得意忘言；《让王》有劳动、捉襟见肘；《盗跖》有横行天下、摇唇鼓舌；《渔父》有虚心、精诚与法天贵真、分庭抗礼；《列御寇》有觉悟、呻吟与屠龙之技、渊骊颔珠；《天下》有参验、荒唐、纵恣与沐风栉雨、变化无常、学富五车……无不创意独特，众所熟悉，被广为沿用。

《庄子》本是哲学巨著，却主要以荒诞的“寓言”表述，有凸出的文学性，文学史上曾《庄》《骚》并称，被标举为先秦浪漫主义作品的典范。

随机频出的寓言中表述深刻的哲学思考，虽坦言全为虚构幻设的故事，所揭示的却多是事物生存衍化规律及其运动变化的机理，与近现代许多高水准的科学理念切近，其浪漫笔触则与中外科学幻想小说类同。

下面所作补充中或可略窥其卓异的精神视野：

庄周有古今哲人难以企及的宇宙观、人生观和社会发展观，不能不惊叹其思维方式、生命理念及其政治学说中的卓越见解，确信其逾越时空局限的非凡价值。

首篇《逍遥游》开端就是北冥鲲鹏变身南翔，由北冥飞赴南冥的鲲鹏引导读者思考实现对身观时空局限的超越；“游”譬喻思维与精神活动的充分自由。

《齐物论》说万事万物的构成皆有“齐与不齐”的对立统一。从“道通为一”上看，是与非、生与死、贵与贱、荣与辱、成与毁、小与大、寿与夭、然与不然、可与不可等，都可以是无差别的。说到“六合”内外的游履，有“宇宙”概念的创用，空间观念的拓展何其了得！《庄子·知北游》“外不观乎宇宙”一句下有疏云：“天地四方曰宇，往古来今曰宙。”[①]

《庄子》从多层面论及生命现象。

《养生主》有合规律“游刃有余”的养生之道。《刻意》说：“吹呴呼吸，吐故纳新，熊经鸟伸，为寿而已矣。此导引之士，养形之人，彭祖寿考者之所好也。”[②]

与宗教典籍类似，多抚慰世人生命有限的叙述：《德充符》中强调“死生亦大”[③]。《大宗师》用拟人或拟神的比况，说到创生万物的“造物者”；有“大块载我以形，劳我以生，佚我以老，息我以死”[④]的自然归宿论；《齐物论》说：“昔者庄周梦为胡蝶，栩栩然胡蝶也。自喻适志与！不知周也。俄然觉，则蘧蘧然周也。不知周之梦为胡蝶与？胡蝶之梦为周与？周与胡蝶，则必有分矣。此之谓物化。”[⑤]梦中的生命转化，也可谓对死生转化给的一种诠释；当然，各篇对神人、圣人、至人之类高士与彭祖等长寿者的描述也带有宗教意味。

《至乐》末尾的“种有几”一段描述了生物从初级发展演进到高等的过程：始生水中，继而上了陆地，又部分成为鸟类，最后由马而达至人类的生物进化论。

社会政治方面，多篇有圣贤训导和固陋认知的质疑。《徐无鬼》中黄帝寻访“为天下”之大道，在“襄城之野，七圣皆迷”。路遇牧马童子。黄帝问“为天下”，小童回答说：“夫为天下者，亦奚

---

① 〔清〕郭庆藩撰，王孝鱼点校：《庄子集释》，北京：中华书局，1961年，第759页。

② 曹础基：《庄子浅注》，第227页。

③ 曹础基：《庄子浅注》，第73页。

④ 曹础基：《庄子浅注》，第102页。

⑤ 曹础基：《庄子浅注》，第41页。

以异乎牧马者哉！亦去其害马者而已哉！”[①]点明无为而治之精髓：摒弃一切有害天下民众自然生存发展的作为。

《知北游》仲尼说：“山林与，皋壤与，使我欣欣然而乐与！”[②]《外物》庄子亦云：“大林丘山之善于人也。”[③]

《山木》描述了“建德之国”自然浑朴的社会图景：“南越有邑焉，名为建德之国。其民愚而朴，少私而寡欲；知作而不知藏，与而不求其报；不知义之所适，不知礼之所将；猖狂妄行，乃蹈乎大方；其生可乐，其死可葬。”[④]人死生乐得其所的“建德之国”颇有原始共产主义社会的意味。

《天地》中说，抱瓮丈人不愿用机械提水，以为“有机械者必有机事，有机事者必有机心。机心存于胸中，则纯白不备；纯白不备，则神生不定；神生不定者，道之所不载也”[⑤]。技术进步、效率提高、物质丰富是否只会促进社会进步和人思想境界的提升？“机事”“机心”会不会刺激物欲，给社会关系带来负面影响呢？

《庚桑楚》直言：“大乱之本，必生于尧、舜之间，其末存乎千世之后。千世之后，其必有人与人相食者也。”[⑥]则是对人类的未来将出现异化的警示。

以上所述涉及华夏文明社会发展的几个节点：从浑朴宜生的“建德之国”到“机事”萌生“机心”的异化，以及令人忧惧的“千世之后其必有人与人相食”。

---

① 曹础基：《庄子浅注》，第 367 页。

② 曹础基：《庄子浅注》，第 340 页。

③ 曹础基：《庄子浅注》，第 416 页。

④ 曹础基：《庄子浅注》，第 291 页。

⑤ 曹础基：《庄子浅注》，第 175 页。

⑥ 曹础基：《庄子浅注》，第 343 页。

《庄子》"荒诞"性"寓言十九"的表述是理论建构者的自觉选择，以为能全身远害，更有助于开拓思维空间、更新思维方式，其模糊性和多指向性则使寓意有充实、拓展的余地。与此相适应的理论主要用于表述精神活动、思维运作和调适生存方式的思考，其中不少是全新的创设。

庄子创用范畴合乎其论说需要，更是无可替代的一种推动古代理论发展、层次提升的思维成果。拙著《庄子范畴心解·引言》中云:

> ……尤其人在解读那些由庄子首创的范畴、概念时，你眼前闪灼成片的会是睿智的火光，比如:
>
> "游"的读解使你知道个人应该并可以求索精神的自由逍遥;
>
> "忘"告诉你怎样取舍思维对象、净化心灵的空间;
>
> "适"指顺适环境的体验和生存状态;
>
> "迹"是事物演化留下的印记而非事物本身;
>
> "体"也是一种重要的思维和把握事物的方式;
>
> "竟（同境）"可以指思维的层次和范畴;
>
> "宇宙"是广袤无垠的空间与往复不断的时间的组合;
>
> "法天贵真"道出了老庄自然论的宗旨。①

所举诸例子中"体"是名词的一种动用;"游""忘""适""竟(同境)"皆从字的多种义涵中择用合乎理论思考所需者;"天"（自然天成）和"真"（本真）则是从两个维度阐发"自然"范畴的美学涵蕴。这些范畴的创设运用以及大抵由庄子首倡的"言意"之辨均见诸后来的文学评论。

---

① 涂光社:《庄子范畴心解》, 北京: 中国社会科学出版社, 2003年, 第20—21页。

## 四

中国古代文学成就辉煌，有那么多名篇巨著传世，名章佳句脍炙人口；写作经验积累丰硕；理论批评中范畴概念的创用更能萃集艺术创造中的审美追求，凸显传统思维、理论表述之优长。二十世纪后半叶以来范畴研究成为中西理论比较的重要手段，国学新的突破口。

齐梁时期刘勰所著《文心雕龙》是古代文论经典。从比较视角作范畴创用的考论，能够了解受汉字运用影响的文学观念、思维方式和理论建构的文化特征与独到之境；认识成就“体大思精”文论经典的所以然；一窥这些范畴概念对文艺创造、美学追求的引领。

末篇《序志》是全书的序，介绍这部著作的命名、立意、写作动机、结构统序和思想方法，是引导进入作者心灵，审视各篇各个专题论证以及经典范畴创用和系统建构的门径。它先以“纲”“目”规定《文心》各篇的主从关系：“上篇”（上半部）二十五篇为“纲领”，包括“文之枢纽”和“论文叙笔”。“下篇”（下半部）二十四篇为“毛目”，以“剖情析采”“唯务折衷”申述立论原则。

“上篇”前五《原道》《征圣》《宗经》《正纬》《辨骚》是提纲挈领的“文之枢纽”。所用范畴有“道”“圣”“文”——客体（叙写对象）、主体（著述者）、媒介（言辞和著述）三维组合，以及“德”“自然”“性灵”“情性”“奇正”“雅俗”“华实”等。而前三篇《原道》《征圣》《宗经》和后两篇《正纬》《辨骚》对应，也是一种大的“正”“奇”对应。

“论文叙笔”二十五篇依“原始以表末，释名以章义，选文以定篇，敷理以举统”[①]的原则述评各个文体的源流和写作成就，分

① 范文澜：《文心雕龙注》，第727页。

别作经验规范的归纳。之所以被纳入“纲领”，是因实践是理论的基础，理论毕竟是为实践服务的。

“下篇”将理论探讨称为“剖情析采”，采用“擘肌分理”的论证，可见刘勰在文学现象的分解剖析上有充分的自觉。“剖情析采”篇章多以新创设的范畴为题，论证文学基本的理论以及民族文化特色鲜明的论题，有那个时代对文学语言格律规范探究成果的归纳。

刘勰申明自己所持的论文原则：

> 有同乎旧谈者，非雷同也，势自不可异也；有异乎前论者，非苟异也，理自不可同也。同之与异，不屑古今，擘肌分理，唯务折衷。[①]

无论古今，也无论源出何家，取舍只凭求真求是的准绳。“擘肌分理”即前所谓“剖情析采”解析论证的方法；“唯务折衷”则显现出不偏不倚唯求中正惬当、兼容并包的怀抱。

刘勰以范畴概念的创用对文学现象的本质规律作了经典性的论证，在完成《文心雕龙》弘大缜密理论建构的同时，廓定了古代文论范畴的体系。

刘勰范畴创用的建树主要在两方面：一是对有普遍意义（即无论中外古今）的基本理论（如文学艺术思维、风格和体式规范、内容和形式关系、文学发展中的继承变革、鉴赏批评以及文体分类的原则）的探讨，揭示艺术创造机制和规律；再就是民族文化特色鲜明的论题，包括古人一些别致的文学理念和审美创造取向，以及运用汉字特有的诗文格律章法。

① 范文澜：《文心雕龙注》，第 727 页。

以范畴名篇名者有的讨论文学基本理论问题——《原道》《神思》《体性》《情采》《通变》《时序》《知音》，也有民族文化特色鲜明的专章——《风骨》《声律》《章句》《丽辞》《练字》《比兴》《物色》。以下摘要述评之：

"下篇"首篇称名"神思"，揭示文学创作思维的神奇功用。刘勰视之为文艺创造伟力之源泉，故在创作论中列前。

魏晋南北朝诗文已能见到"神思"的概念，宗炳《画山水序》的"万趣融其神思"[①]是就山水画而言；萧子显《南齐书·文学传论》的"属文之道，事出神思，感召无象，变化无穷"[②]已针对文学，然仅此而已。远不及《文心·神思》专题对文学艺术创造思维运作过程、功用和特征进行全面论证，尤其是以"窥意象而运斤"[③]和言意之辨揭示为文学艺术独专的语言媒介传达机制：

"寂然凝虑，思接千载；悄焉动容，视通万里"[④]谓思维能够由静而动自由翱翔，实现对时空局限的超越；"思理为妙，神与物游"表明主客体互动交融可达至思维之妙境。"神居胸臆，而志气统其关键；物沿耳目，而辞令管其枢机。枢机方通，则物无隐貌；关键将塞，则神有遁心"[⑤]是文学创作思维的三要素论："神思"是主体一方，"物"是描写对象，"辞令"是语言媒介。"神思"受"志气"（精神意志）关键因素制约，意气委顿写作兴致就会消失。驾驭语言得心应手，则表达无障碍，"物"的描状惟妙惟肖。

---

① 沈子丞编：《历代论画名著汇编》，北京：文物出版社，1982年，第15页。

② 〔梁〕萧子显：《南齐书》卷五十二，北京：中华书局，1972年，第907页。

③ 范文澜：《文心雕龙注》，第493页。

④ 范文澜：《文心雕龙注》，第493页。

⑤ 范文澜：《文心雕龙注》，第493页。

“陶钧文思，贵在虚静”[①]，达于“虚静”则完成创作的精神准备和心理调适，思维闲静无扰则空灵自由、从容明敏……“使玄解之宰，寻声律而定墨；独照之匠，窥意象而运斤”[②]，按照对事物有深刻理解和独特见地的艺术匠心营构意象，遵循语言美的规律付诸表现。

“意翻空而易奇，言征实而难巧也。是以意授于思，言授于意，密则无际，疏则千里；或理在方寸，而求之域表，或义在咫尺，而思隔山河。”[③]可谓文学领域的“言意之辨”，道明“言不尽意”的所以然：“意翻空”谓创作思维中“意”有多变的跳跃性，常有“言所不追”的奇特意蕴。

写作速度快慢常被认为是作家才能高下、有无灵感的表现。刘勰的论证却有辩证意味：“人之禀才，迟速异分；文之制体，大小殊功。……骏发之士，心总要术，敏在虑前，应机立断；覃思之人，情饶歧路，鉴在疑后，研虑方定：机敏故造次而成功，虑疑故愈久而致绩。”[④]指出写作有快有慢是因作家天分有异、作品体制大小有别，不能以此判定优劣成败。

篇末“赞”的“神用象通”堪称全篇之精要：神奇的文学思维令意象的营构通达，成就卓越的艺术创造。

风格问题历来受中外文艺理论批评重视。《文心》其他篇也用到“风格”一词，如《议对》有“及陆机断议，亦有锋颖，而腴辞弗剪，颇累风骨：亦各有美，风格存焉”[⑤]。然而，当代学者却公认《体性》

① 范文澜：《文心雕龙注》，第 493 页。

② 范文澜：《文心雕龙注》，第 493 页。

③ 范文澜：《文心雕龙注》，第 494 页。

④ 范文澜：《文心雕龙注》，第 494 页。

⑤ 范文澜：《文心雕龙注》，第 438 页。

篇是风格的专论。

“体”本是名词，指人的躯体，引申和参与组合的词语有主体、肢体、体格、体式、制体……庄子首创“体性”的概念，其“体”则是名词的动用，现身《天地》篇的“体性”指对天性的体认。此后常见的体认、体察、体会、体验、体味等的“体”也是动用。

《文心·体性》的“体”却非名词的动用。刘勰的创用表明，组合而成的概念中字的词性不尽相同，动用与否由话语的需要决定，也是汉字的一种特长。

《体性》篇论风格。其“体性”组合中“性”指作家的艺术个性；“体”受“性”制约，也有艺术个性，是一篇诗文章撰结的模式，或者一种体裁、风格流派的样式，如赋体、古体、近体、四六、永明体、易安体，多是集群性审美创造经验的结晶。

刘勰指出“才”“气”“学”“习”是风格形成的因素。“体”“性”大致从两方面概括，既有与先天素质“性”关联的“才”“气”，也有纯属后天因素，与承传审美经验的“体”相联系的“学”“习”。

“雅与奇反，奥与显殊，繁与约舛，壮与轻乖”[①]表述风格的对应性；篇末的“习亦凝真，功沿渐靡”[②]既肯定“酌理富才”后天改造主体素质“凝真”的可能性，也强调了它的难度和渐进性。

《通变》论文学“参伍因革”的求变之道，其辩证意味的思维方式在古代文论家中确有无人能及的先进性。篇末的“赞”概括得极好：“文律运周，日新其业。变则其久，通则不乏。趋时必果，乘机无怯。望今制奇，参古定法。”[③]今译是：文学发展是回旋式的，日新日异。不断变革方能长久，通晓规律才有不竭的动力。定要果

① 范文澜：《文心雕龙注》，第505页。

② 范文澜：《文心雕龙注》，第506页。

③ 范文澜：《文心雕龙注》，第521页。

断抓住时代机遇，果敢地进行创造。了解顺应当下文学潮流写出卓异佳作，参照前人成功经验确定法度体式。

《文心》立有论文学内容形式关系的《情采》篇，《序志》又宣示“下篇”论证运用“剖情析采”的方法，可知“情”“采”的范畴组合非同一般的理论意义。由此，可了解刘勰文学观的先进性及其概念创设用字之简约恰切。古文论中能指代内容的概念很多：情、志、性、心、意等属主体因素，道、理、义、事、物等属客体方面的因素。用“情”指代内容，与运用客体方面的概念（如“理”“义”）比较，凸显了文学内容的主体性和感性特征。“情”是作品内容的核心、造艺动力所在，也是“采”的内在依据。

《情采》对内容与形式关系有确切形象的比喻：“夫水性虚而沦漪结，木体实而花萼振：文附质也。虎豹无文，则鞟同犬羊；犀兕有皮，而色资丹漆：质待文也。”[①] 水质性虚柔故能结成层层沦漪，树木枝干质性坚实故花冠挺拔。“文附质”——外在形式取决和依附于本质内容，内容与形式不容剥离；“质待文”——表明内质有待形式表现，也有两层意蕴：虎豹皮毛文采是其优越资质迥别于犬羊的自然外现，犀兕皮革灰黯则须经人工髹饰才能凸显其美质。前者赞赏美质的外现自然天成；后者肯定人为修饰功效以及某些场合使用的必要性。

“情采”范畴创用可见汉字另一优长：以一概全——以“情”指代所有内容义涵上有所通同者。

“风骨”的文化特色鲜明，这一概念组合并非自刘勰始，最早是对六朝高士清峻精神风貌的观感，艺术论中先见于人物画的品评。将对人器度和格调之美的钦敬转移到文学创造中，体现了古代知识

① 范文澜：《文心雕龙注》，第537页。

人一种对卓拔精神器质的追求。

《文心·风骨》篇标举文章风骨“翰飞戾天”清朗峻健的感动力，摈斥“瘠义肥辞”“索莫乏气”的“繁采”，但并未走向一概否定“采”美的极端，仍然以“藻耀而高翔”作为“文笔之鸣凤”[①]——美文的最高境界。

《文心》之后“风骨”一度是诗歌评论标举的重要概念。钟嵘《诗品》有“骨气奇高”“真骨凌霜，高风跨俗”[②]之类。唐代杨炯《王勃集序》称许王勃的兄长“铿鍧风骨”[③]；陈子昂《修竹篇序》说“汉魏风骨，晋宋莫传”[④]；稍后殷璠《河岳英灵集序》亦云：“开元十五年后，声律风骨始备矣。”[⑤]

“风骨”合成一个范畴概念的方式——无须中介，径直将有相近或有相关美学意涵的两字拼接为一，很能体现汉字组词灵便的特点。

比兴论是传统诗学的重要组成部分。

《周礼》记有大师教风、赋、比、兴、雅、颂“六诗”的古制，《诗大序》称其为《诗》之“六义”。比和兴都借“物”间接达意。华夏农业文明滋育了天人合一、物我一如的意识。古代诗人常借物抒情，寓意于物间接委婉传达政治见解，做到“言之者无罪，闻之者足以戒”。刘勰《比兴》篇说：

---

① 范文澜：《文心雕龙注》，第513、514页。

② 〔梁〕钟嵘著，曹旭集注：《诗品集注》，上海：上海古籍出版社，1994年，第97、110页。

③ 〔唐〕杨炯著，徐明霞点校：《杨炯集》，北京：中华书局，1980年，第38页。

④ 郭绍虞主编：《中国历代文论选》（一卷本），第119页。

⑤ 〔唐〕元结、殷璠等选：《唐人选唐诗（十种）》，上海：上海古籍出版社，1978年，第40页。

《诗》文弘奥，包韫六义，毛公述《传》，独标兴体，岂不以风通而赋同，比显而兴隐哉？故比者，附也；兴者，起也。附理者，切类以指事；起情者，依微以拟议。起情故兴体以立，附理故比例以生。比则蓄愤以斥言，兴则环譬以托讽：盖随时之义不一，故诗人之志有二也。[①]

《毛诗序》的“风者，风也。风以动之，教以化之”与“上以风化下，下以风刺上，主文而谲谏，言之者无罪，闻之者足以戒”[②]表明，风委婉含蓄，是一种温和的无损上下关系的表达。比与兴更是借助物象进行的间接性艺术传达。

刘勰比兴论的建树还在于用“隐”“显”“大”“小”以及“起情”“附理”来区别比与兴。赋、比、兴皆是文学叙写手法，但赋是“直言之”，不像比、兴借助“物”为中介作间接的艺术传达。比、兴两者也有矛盾和对应的一面：刘勰先说有“比显”“兴隐”之别；继而说比“附理”“切类以指事”，“盖写物以附意，飏言以切事者也”[③]；对兴，则言“起情”和“依微以拟义”，“兴之托喻，婉而成章，称名也小，取类也大”；其后则批评汉代的辞赋“比体云构”“日用乎比，月忘乎兴，习小而弃大，所以文谢于周人也”[④]。

以“起情”释兴有重要价值。宋人之论可为佐证：李仲蒙从造艺的主客体关系上说：“索物以托情，谓之比，情附物也；触物以起情，

① 范文澜：《文心雕龙注》，第 601 页。

② 郭绍虞主编：《中国历代文论选》（一卷本），第 30 页。

③ 范文澜：《文心雕龙注》，第 601 页。

④ 范文澜：《文心雕龙注》，第 601、602 页。

谓之兴，物动情也。”[1] 朱熹从展开方式上说“比者，以彼物比此物也”[2]；“兴者，先言他物以引起所咏之词也”[3]。皆能见刘勰“起情”“附理”说的影响；强调“比显兴隐”，批评汉赋“日用乎比，月忘乎兴，习小而弃大”[4]，可知“兴隐”胜似“比显”；所谓“大”“小”指蕴涵、境界的大小，也是艺术成就和价值的大小。

篇末“赞”说：“诗人比兴，触物圆览。物虽胡越，合则肝胆。拟容取心，断辞必敢。”[5]“触物圆览”是对触发情致之“物”周到细致的观察体味，把握其与“情”“理”关联的属性。“物虽胡越，合则肝胆”谓用为比兴之“物”与喻指者哪怕风马牛不相及，只要某种属性、特征吻合就能成功地作间接的艺术传达。

与华夏农耕文明关联，自然山水成为古代诗文的重要题材。东晋南朝“模山范水”的诗文成为大宗。生当其时的刘勰《物色》篇所作的理论总结意义可知。

《物色》篇首先从物我（主客体）关系的角度讨论外境和景物对作家情感思维的影响，强调“物色之动，心亦摇焉”，“物色相召，人谁获安”。刘勰作了精警概括：“情以物迁，辞以情发。”[6]其中的“情”（主体）、“物”（客体）、“辞”（语言媒介）有创作三要素之称。“情以物迁”谓创作酝酿和构思过程中“情”随着“物”（外境或描写对象）的变化而变化，是“情”在“物”的影响下不断改造不断丰富、升华的过程。如“赞”所说：“目既往

---

① 〔宋〕胡寅撰，容肇祖点校：《斐然集》，北京：中华书局，1993 年，第 386 页。

② 〔宋〕朱熹集注：《诗集传》，北京：中华书局，1958 年，第 4 页。

③ 〔宋〕朱熹集注：《诗集传》，第 1 页。

④ 范文澜：《文心雕龙注》，第 602 页。

⑤ 范文澜：《文心雕龙注》，第 603 页。

⑥ 范文澜：《文心雕龙注》，第 693 页。

还，心亦吐纳。”[①]因“物”而“迁”之后，“情”已兼有了“物”的因素，成为“辞发”的内在动力和依据。“情以物迁，辞以情发”表明，在“情”“物”“辞”三者的联系中，“情”是核心和纽带。“情往似赠，兴来如答”[②]表明主客的往复中主体的是能动的一方。

“四序纷回，而入兴贵闲”[③]谓物色描绘中作家应有的精神状态和心理准备。思维处于闲静的状态，心境空灵从容，有利于作家摆脱主观的局限，接受客观世界美的陶染与理性启示，明敏冷静地处理外来信息和自己的感受。

刘勰有“写气图貌，既随物以宛转；属采附声，亦与心而徘徊”[④]的名论，王元化先生指出：“作家一旦进入创作的实践活动，在模写并表现自然的气象和形貌的时候，就以外境为材料，形成一种心物之间融汇交流的现象，一方面心既随物以宛转，另一方面物亦与心而徘徊。”[⑤]

刘勰以《诗经》和楚辞为例概括具典范意义的两种“物色”描写：《诗经》“以少总多”可做到“情貌无遗”；楚辞对“物貌”是“触类而长”的细密描叙。整体的把握，模糊宽泛的指域是“以少总多”之长。文学语言讲究艺术的概括力，以含蕴丰富为上。充分肯定《诗经》的简约浑成兼有针砭时尚的用意。

“《诗》《骚》所标，并据要害，故后进锐笔，怯于争锋”[⑥]是谓物色描写上的简约和繁复分别由《诗》《骚》达于极致，后进

① 范文澜：《文心雕龙注》，第 695 页。

② 范文澜：《文心雕龙注》，第 695 页。

③ 范文澜：《文心雕龙注》，第 694 页。

④ 范文澜：《文心雕龙注》，第 693 页。

⑤ 王元化：《文心雕龙讲疏》，桂林：广西师范大学出版社，2004 年，第 94—95 页。

⑥ 范文澜：《文心雕龙注》，第 694 页。

不可争胜，宜“因方借巧，即势会奇”，“参伍相变，因革为功”[①]——借鉴成功经验兼综前人之长走出新路，了解“物色尽而情有余”艺术创造上的无穷前景！

篇末说：“若乃山林皋壤，实文思之奥府。……然屈平所以能洞监《风》《骚》之情者，抑亦江山之助乎。”[②]

《庄子·知北游》说：“山林欤！皋壤欤！使我欣欣然而乐欤！”[③]六朝更有了这方面的自觉，《世说新语·言语》载：“顾长康从会稽还，人问山川之美。顾云：‘千岩竞秀，万壑争流，草木蒙笼其上，若云兴霞蔚。’”[④]袁山松《宜都记》云：“常闻峡中水疾，书记及口传悉以临惧相戒，曾无称有山川之美也，及余来践跻此境，……既自欣得此奇观，山水有灵，亦当惊知己于千古矣！”[⑤]刘勰更直截了当地说外在的自然景物是触发文思最深厚的府库！

刘师培《中国中古文学史讲义》称中古文学“俪文律诗为诸夏所独有”[⑥]。刘勰汇总魏晋以降探讨语言形式美规律的成果，也以《声律》《章句》《丽辞》《练字》等篇论文章音韵用字的规范，文化特色鲜明。因上文已对汉字用于诗文表述之优长有充分介绍，限于篇幅以下仅录诸篇一二要语略作补充：

声有飞沉，响有双叠。

① 范文澜：《文心雕龙注》，第694页。

② 范文澜：《文心雕龙注》，第695页。

③ 曹础基：《庄子浅注》，第340页。

④ 余嘉锡笺疏：《世说新语笺疏》，北京：中华书局，2007年，第170页。

⑤〔北魏〕郦道元著，陈桥驿校证：《水经注校证》，北京：中华书局，2007年，第793页。

⑥ 陈引驰编校：《刘师培中古文学论集》，北京：中国社会科学出版社，1997年，第3页。

滋味流于下句，气力穷于和韵。异音相从谓之和，同声相应谓之韵。①

笔句无常，而字有条数：四字密而不促，六字格而非缓，或变之以三五，盖应机之权节也。②

心生文辞，运裁百虑，高下相须，自然成对。
丽句与深采并流，偶意共逸韵俱发。
体植必两，辞动有配。左提右挈，精味兼载。③

心既托声于言，言亦寄形于字；讽诵则绩在宫商，临文则能归字形矣。

缀字属篇，必须练择：一避诡异，二省联边，三权重出，四调单复。④

除去作为篇题的范畴外，刘勰还移植、创用了不少民族特色鲜明的范畴概念，如“自然”“气”“格”“调”“韵”“法”“趣”“意象”“滋味”“性灵”“雅俗”“奇正”“本末”等，它们散见各篇，遍及其理论的各个层面，基本涵盖了历代文学创造中不同艺术主张和审美追求。

《文心》廓定了古代文论范畴的系统建构，也成为此后文学评论范畴运用的源头和理论依据。

---

① 范文澜：《文心雕龙注》，第 552、553 页。

② 范文澜：《文心雕龙注》，第 571 页。

③ 范文澜：《文心雕龙注》，第 588、590 页。

④ 范文澜：《文心雕龙注》，第 624 页。

## 五

晚清以来国势衰微发展艰困，出于振兴传统文化挽救民族危亡的目的，一些学者倡导文字改革。二十世纪二三十年代以来就有汉字拼音化的尝试，五十年代国务院颁布了汉字拼音和简化方案。汉字简化和推广普通话也颇有可取，拼音化后来则不得不终止。白话文的普及和广泛用于写作显然受中外文化交流的推动。

诗词歌赋有独特的表现手段和艺术境界，是极其珍贵的文化遗存，其承传和发扬光大的前提是识其本真、知其优长，了解以汉字记录的汉语的文化个性及其对思想表达、美学追求、艺术传达以及理论话语、范畴创用的积极影响。

中外文化交流日益扩展深化，不同形态的美美与共或各美其美都值得赞许，但绝非短时间可达成理想。笔者认同罗宗强先生《四十年古代文学理论研究的反思》中所说，古代文化遗产不只是留给今天，也留给将来，中外文论创获的融通是渐进的，不止在当前，也不限于话语概念方面。[①]

---

① 罗宗强：《四十年古代文学理论研究的反思》，《文学遗产》1989 年第 4 期。

# 从刘勰“文体通变观”论“文心”与《定势》之关系

陈秀美

## 一、问题的导出

近年来有关《文心雕龙》这门显学的研究议题丰硕。因此在研究议题上，往往必须有如何在熟题中开展新的诠释视域，或提出新的问题的意识。这也是本文提出刘勰“文心”与《定势》之关系时，首先要面对的问题。有关《文心雕龙》之“定势”的研究不少，因此它还有什么空白处，是本文可以加以反思与诠释的空间呢？此乃本文不断自问的议题。因此我们将从刘勰“文体通变观”的诠释角度进入，将研究焦点放在刘勰对“文心”与“定势”之关系的理论议题上，从近现代有关《定势》篇之前行研究成果中，找寻足以厘清或说明的对话性议题。因此在面对此一议题前，有以下几点基本假定：

首先，本文之“文体通变观”一义，乃延续拙著《〈文心雕龙〉“文体通变观”研究》一书而来[①]，所谓“文体通变观”是以一种后设性的诠释视角，提出刘勰诠释“文体”之“通变”的历史现象及其相关问题的“通变观”。此一观念、立场与主张，可提供研究者重新反思文体的“通变性”问题。故其论证的对象是“通变”，

---

① 陈秀美：《〈文心雕龙〉“文体通变观”研究》，台北：花木兰文化出版社，2015 年，第 54—56 页。

且限定在“文体”的范畴上，进行探讨刘勰如何以“通变”观念来诠释其“文体”之起源、演变的历史现象，以及文体创作、批评的“通变性”法则。这种“文体通变观”是基于辩证思维上，借由通变之心以见通变之宇宙，并且从宇宙万物的规律与结构中，一方面从“本体与现象”“普遍与殊异”探讨文体之通变性形构，另一方面从“变化与恒常”“往复代变”反思文体之通变性规律，从中探讨“文体之主客辩证融合”的通变性关系。

其次，刘勰在《文心雕龙》五十篇中，专设《定势》一篇，定然有他对文体之“势”的主张与看法。故本文预设刘勰论《定势》之“势”是一种动态过程义，所以不宜从静态化的视角来看文体之“势”的问题。由此可见，刘勰之《定势》篇的“势”只是做一个必要的定义，这篇文章的关键在“定”字。然而“定”不是乱“定”的，“定”取决于作者的“文心”。所以“文心”如何能在创作的过程，运用通变性法则，去“定”其文体之“势”，使其形成一种创作的体势。故在此预设下本文将从“定”切入，探讨“文心”的作用及其与“文势”的关系。

再则，本文以“文体通变观”为诠释视角，实乃以“文体通变观”为一个大前提，预设在此一观点的限定性下，刘勰所论之《定势》中是以作者的主观“文心”与客观“文体规范”的通变性法则，来阐述文体在创作的动态历程中呈现出“势”的文体价值。故本文希望藉由此一观点，切合《定势》篇文本进行分析，反思作者“文心”是如何操作文体的“通”与“变”来“定”文体之“势”。有见于此，本文认为论证“文心”与“定势”关系的重要镜头，乃在刘勰“文心”义涵的反思与诠释，因此我们将引用颜昆阳《从混融、交涉、衍变到别用、分流、布体——“抒情文学史”的反思与“完境文学史”的构想》一文[1]，对于文学家主体心灵的“意识结丛”因素，作为本文论述刘勰“文心”义涵的依据。

综上所述，本文以刘勰“文体通变观”为前提，重新解读《定势》篇时，不仅要面对客观文体规范的“体势”问题，也要探讨作者主观“文心”的作用性；尤其在文章创作过程中，文心之“定”是具有主导性与决断性作用的。因此我们必须以辩证性来看“文心”与《定势》的关系，并且将其放在全书系统化的理论性位置，以彰显刘勰《定势》篇的文体价值。假使前行研究者，仅从单纯的作品来看刘勰的“定势”文学主张，将容易让研究成果呈现静态化，或单一的语言形式研究现象；其结果就可能导致脱离刘勰“定势”的文学理论视域，甚至忽略刘勰对作者“文心”之“定”与文体之“势”的辩证性关系。纵然费尽心力建构“势”的意义，却容易流于泛理论性的建构危机。

因此本文将采此一“文体通变观”为诠释视角，除了从反思“定势”议题之前行研究为基础外，更藉由此一观点，探讨“文心”与“定势”在文体创作与批评中，所呈现的“通变性”法则：一方面从“人”的问题上，看作者及批评者的主观“文心”具有其“创变性”动能，并在此一“创变性”的创作，或批评中，展现“文心”之“独具慧眼”的“择定”功夫。另一方面从“文体”的问题上，看“客观”文体的语言形构，乃取决于作者“文心”的择定，在体制“常规”与体式“理想典范”的制约下，完成文体之势的创作。所以本文的研究并不在《定势》篇之“势”义涵的辨析，或理论的建构；而是想借作者“文心”对于创作之“定势”的运作，以及主观“文心”与客观文体规范在“通变性”法则下，完成其“文心”与“定势”之交

① 颜昆阳：《从混融、交涉、衍变到别用、分流、布体——“抒情文学史”的反思与“完境文学史”的构想》，《反思批判与转向：中国古典文学研究之路》，台北：允晨文化公司，2016 年，第 210 页。

互辩证性关系的理论性架构，借以确立刘勰撰写《定势》篇之“定”的理论位置。

## 二、有关《定势》篇之前行研究成果的反思

在“文体通变观”的前提下，本文提出《定势》篇之“势”是一种动态过程义，所以不能只从静态化的视角来看其文体之“势”的问题，因为刘勰《定势》篇之关键在“定”。然而历来前行研究者大都只谈“势”，没有谈“定”的问题。殊不知，“定不定”才是关键处。如此说并不在否定“势”的重要，而是说“定”才是比“势”更重要的。然而“定不定”不是取决于外在的、客观的体势，它的决导权在作者的“文心”上，这就是刘勰《文心雕龙》开宗明义所云：“夫文心者，言为文之用心也。”[①] 因此我们从“历时性”的前行研究中，很少看见近现代“龙学”研究者专注于有关作者主观“文心”的研究。

此外，历来学者研究“定势”的重点，大都集中在“势”之义涵的反思与诠释，因此对“势”就有许多不同的理解。例如：黄侃《文心雕龙札记》中认为“势”是指“法度”；刘永济《文心雕龙校释》认为“势”是指“姿态、体势”，罗根泽《中国文学批评史》认为“势”是指“文体修辞”；而陆侃如、牟世金《刘勰和文心雕龙》中云：文之势是指“格局、局势”。各家说法都直接或间接影响到我们当代人对《文心雕龙》之“定势”篇的研究取向。然而学者们从有关“势”范畴研究综述，到针对《文心雕龙·定势》之“势”的现代研究综述等，无论是总体性归纳，或是个别性分析，都是在“势”的论证议题上下功夫。

① 〔梁〕刘勰：《文心雕龙·序志第五十》，周振甫：《文心雕龙注释》，台北：里仁书局，2001 年，第 915 页。

关于这个问题2008年程敏在《“势”范畴研究综述》[①]中，做了一些整理归纳的工作，藉由其研究成果作为本文反思“势”之义涵的基础。程敏认为古文学之“势”的研究可分为三个时期：一是60年代初期，此时有关“势”范畴的研究如昙花一般持续时间短；故此一发展阶段的研究，并没能深入。二是80年代，“势”的范畴研究再度兴起，呈现出繁荣局面，20年间专题论文达40多篇，并出现了一部研究专著。这些论文的研究重点是深入探讨“定势”之“势”的语义内涵，研究角度新颖而多样化，研究方法更科学、更周密。许多人认为前人对“势”的阐释欠妥，因此纷纷投入重新考察的行列。此时学界试图从多角度出发，力求精准地界定“定势”之“势”。因此其研究的重点还是在“势”的界义。三是90年代末期，这20年间学术界集中在探讨《文心雕龙》“定势”之“势”的语义，论文的数量也大大提高，然而所论之“势”都不一定是以《文心雕龙》“定势”为研究对象。这些都是从总体之“势”来进行考源的研究工作。

从程敏对“势”的归纳研究成果看来，他认为“势”所具有的修辞学意义，受到了学术界的冷落，其研究处于空白状态。无疑，从修辞角度而言“势”之范畴的整体性研究，或对于修辞学理论研究来说，仍需要更多的拓展。但是当大家面对《文心雕龙》“定势”时，都在谈“势”问题时，提升“势”的修辞意义，就能补足学术界对“势”的冷落，就能使研究不再处于空白状态吗？本文认为无论学者认为“势”是指何义，都不可越过刘勰是从“为文之道”来论“势”的。殊不知，“势”其实是个复合性的概念，或称之为范畴。假使把“势”当作一个范畴，那么在谈各种文化的论述中，都会出

---

① 程敏：《“势”范畴研究综述》，《齐齐哈尔高等师范专科学校学报》2008年第1期。

现有关“势”的问题，例如：兵法讲“势”，书法讲“势”，文学也讲“势”，甚至中医也会讲“势”，论绘画笔墨时也可以讲“势”。因此可以从历史的发展谈“势”，可以从政治演变谈“势”。因为“势”是中国文化里十分重要的观念。因此谈《文心雕龙》的“定势”，若从“定势”的“势”出发，无所不谈，最后论“定势”就变成谈了一大堆“势”的怪现象。

此外，在前行研究成果中，往往从静态化状态上讲“势”，因此就容易让“势”变成一种“抽象化概念”，因而忽略“势”在文学创作中所隐含的“动态化创变”的价值。2012年桓晓虹《〈文心雕龙·定势〉之“势”现代研究综述》①，认为20世纪以来对《文心雕龙·定势》之“势”的研究，总体说来，主要包含了7个方面：“势”本源考证、“势”内涵界定、“势”特征辨析、“势”与其他因素关系辨、定势原则与方法、“势”论和“定势”价值地位考察。整个研究充分体现出中国古文论范畴、理论的多义，甚至模糊性。虽然她从量化的角度，提出“势”在《文心雕龙》全篇中出现40多次，仅在《定势》中便有22次之多的归纳，这样的归纳对于《文心雕龙》之“势”的研究，并无太多的意义存在。

其实在桓晓虹的整理归纳中，我们可以得知自80年代以后，“龙学”界对于“势”的研究，除了继续有相关的译、注、校、释的出版外，对“势”的认识不断走向全面深微。同时港、澳、台地区学者对“势”也展开了讨论。西方有学者也注意到中国“势”的重要性，但对“势”的理解却过于简单而脱离《定势》篇之文本义，如法国学者余莲《势：中国的效力观》中把文心之“势”理解为“使文章产生效果的一种自然趋势，一种流畅不断的活力”，就是过于简单而脱离刘勰《定势》

① 桓晓虹：《〈文心雕龙·定势〉之“势”现代研究综述》，《中共杭州市委党校学报》2012年第3期。

篇之文本义实际性问题。由此可见，检视前行研究时，必须时时以不脱离刘勰文本义，作为检视之判准依据，否则只会徒增研究者的困扰。

其实现代学者对“势”的本源考证，最早出现在黄侃《文心雕龙札记》，黄侃是透过“槷”通“藝”，把“势”引申为法度。这样的说法被范文澜、陈鸣树等多位学者赞同。直到詹锳的《〈文心雕龙〉的“定势”论》第一个对“势”作了话语（意义）渊源的探析，提出《定势》的用语和观点都来源于《孙子兵法》之说。因此桓晓虹归纳出近现代学者的十一种“势”内涵界定：（一）标准、法度：主张此说者有黄侃、范文澜、郭绍虞等人。（二）修辞：主张此说者有陈延杰、罗根泽等人。（三）气势：主张此说者有陆侃如、牟世金等人。（四）文体风格：主张此说者有王元化、穆克宏、王运熙、杨明等人。（五）姿态、体态、姿势、态势：主张此说者有刘永济、郭晋稀、冯春田、吴建民、张晶等人。（六）客观必然性：主张此说者有陈鸣树、张少康、胡经之、陈正俊等人。（七）趋势：主张此说者有周振甫、詹锳、寇效信、钟子翱、黄安祯等人。（八）语势：主张此说者是童庆炳。（九）力：主张此说者有许可、张皓、卢佑诚等人。（十）形式：主张此说者有冯春田、郁沅、徐杰等人。（十一）综合性认识：主张此说者有涂光社、陈莉、陶广学、李爽等人。以上众多的义涵界定中，还是以风格说、趋势说与综合说对学界的影响较大。

然本文认为无论是从“势”的本源考证，或是“势”之内涵界定的论证，都很容易让学者不自觉地跳脱刘勰文本义，或是脱离刘勰《定势》文学观的理论架构，流于“势”的阐述，忽略了刘勰《定势》之“定”的用意，而一味地从“势”的义涵界定，造成过度引伸，或太重语言修辞定义的结果，无法了解刘勰《定势》是在“文体通变观”辩证性中，建构出“势”的动态历程文学主张。因此这些对于“势”的本源考证，其实都涉及学者们对“势”之内涵的界定，只是学者们大力着墨在“势”的议题，却也忽略了刘勰在创作论中如何“定”势的问题，因而留下此一研究议题可以重新反思的空白处。

此外在前行研究成果中，也有“无定而有定”之说，“多样性”之说，“统一性”之说，“势有奇正”之说。这些现代学者以“势”为主体的研究成果，都是中国人对“势”的现代研究，不自觉地将“势”往训诂学、语言学、兵法、政治学、书画论、修辞学、现象学等方面关联的研究，并且让《定势》之“势”不断深化、全面化，甚至微观化。这种研究现象并不是站在重构《文心雕龙》文学理论体系上思考的，相反的是将《文心雕龙·定势》之“势”运用到自己所要诠释的研究对象，建构自己对“势”的理论。

准此，从本文提出“定”才是研究刘勰《定势》篇的关键处而言，史钰《〈文心雕龙〉之“定势”理论发微》指出定势理论是《文心雕龙》的核心理论，也是作家创作时可依据的行为标准。他从主客观两方面对“定”“势”做简单探讨，阐述定势思想在具体创作中的运用。[①]又唐辉《〈文心雕龙·定势〉的心构思想》一文中，提出刘勰的文学定势理论包括谋形、谋式、谋势等三个部分，这为文体创作、文体发展及文学风格理论的形成、发展等，提供了必要的理论支持和思想借鉴。[②]郭鹏《枢中所动，环流无倦——定势：理解〈文心雕龙〉理论体系的重要关捩》，认为刘勰的定势理论具有丰富的理论内涵，它是刘勰针对创作进行谋划的集中反映。[③]陈莉《定而不定

---

① 史钰：《〈文心雕龙〉之“定势”理论发微》，《沧桑》2010年第5期。

② 唐辉：《〈文心雕龙·定势〉的心构思想》，《中国文学研究》2006年第1期。

③ 郭鹏：《枢中所动，环流无倦——定势：理解〈文心雕龙〉理论体系的重要关捩》，《北京科技大学学报》（社会科学版）2005年第3期。

的“势”——刘勰〈文心雕龙·定势〉篇的现象学解读》，从现象学的角度看，《文心雕龙·定势》篇中的“势”具有非现成性，刘勰《定势》篇并没有给灵动不居的“势”抽象出一个形而上的概念，而是在避虚就实地探讨决定“势”形成的语境。[①]这些论文虽然是从文学理论的角度来论“势”之义涵，他们已注意到主客观、变与不变、定而不定之势的问题，但大多数还是将论点放在“势”来谈刘勰的“定势”文学观。殊不知，决定“势”的是“定”，而定不定是在作者“文心”的作用上，方能呈现其论文“势”的意义所在。

## 三、从“意识结丛”论“定势”的意义

本单元的研究焦点，是想从作者“文心”之“意识结丛”论其“定”势之义涵。然而所谓“意识结丛”是指什么呢？首先，所谓“意识”是指一个不完整的，或模糊的概念。一般人认为意识是指人类的一种自我认知能力。“结”是指结合，“丛”是指一种集合性的聚集状态。两者合起的意思是指集合交杂的状态。然如前所述，本文提出“意识结丛”这样的诠释视角，乃是从颜昆阳《从混融、交涉、衍变到别用、分流、布体——“抒情文学史”的反思与“完境文学史”的构想》中，对于文学家之主体心灵的“意识结丛”因素而来。借其“意识结丛”来谈“文心”义涵的要素，这五层元素如下：

（一）文学家由“文化传统”的理解、选择、承受而形成的历史性生命存在意识。

（二）文学家由“社会阶层”的生活实践经验过程与价值立场所形成社会阶层性生命存在意识。

（三）文学家由“文学传统”的理解、选择、承受而形成的文

---

① 陈莉：《定而不定的“势”——刘勰〈文心雕龙·定势〉篇的现象学解读》，《广西社会科学》2006 年第 8 期。

学史观或文学历史意识。例如源流、正变、通变、代变等原生性的文学史观，或“文以载道传统”“诗言志传统”“诗缘情传统”等文学历史意识。

（四）文学家由“文学社群”的分流与互动所选择、认同、定义的文学本质观。

（五）文学家对各文学体类语言成规及审美基准之认知所形成的“文体意识”。

就以上这五层“意识结丛”元素而言，它们是透过“文学存在情境”的“混融”因素而来。这样的“意识结丛”要素，是作者主观“文心”的“择定”依据。基本上刘勰《定势》是从实际创作的动态历程，来论创作与批评之“定”与“势”的问题。虽然他不是以“文体规范”与“作者文心”的对举式语词，来谈“定势”的文学创作问题，但我们处处可见他以“文心”择定“文势”的诠释模型。因此文心之“思”成为“势”之定与无定之枢纽。虽然这“意识结丛”并不是每项要素都和“定势”有关，但就“文体意识”这一项而言，它是作者文心“择定”文体之体制、体式、体要的依据，作者没有“文体意识”的话，其主观“文心”根本无法操作，更不用说如何“择定”的问题了。

其次，本文要解决的问题是“文心”如何具有“定”的能力。“定势”之“定”，可以有两个词性：一是形容词，就是用“定”来形容“势”，即是所谓“固定”之义，用它来固定“势”，所以文体之“势”是被规范的，是确定的。二是动词，是“择定”之义，这是一种主观的择定义，是一种选择的结果，是主观性去择定的一个文体之“势”。然而，这个主观性面对的是一个客观存在的文体之势吗？从客观来讲，到底有没有一个客观且固定的“势”呢？倘若有，那么这个“势”是什么？是一个实有物，还是它只是一个理则，一个法则性的理？

是一个固定物，还是一个理？如果是一个固定物的话，那么我们就只有从存在“实体”来看其存有论的问题。但如果我们从一个发生的过程，来看文体的创生问题时，它只是一个运作的过程，只能是个理则，使其产生的是作者的“文心”。“文心”才能给出择定结果，才能创造出一个客观存在的理则，也就是《定势》之势。

正如刘勰在《定势》篇云：“夫情致异区，文变殊术，莫不因情立体，即体成势也。”[①] 这里点出作者之“情理”构成其才气学习的差异，然而在其“因”情“立”体的过程中，藉由其“文体意识”的择定，展现其不同的才气学习的情理表现与文章风格。一方面根据内容来择定体式，形成一种趋势，另一方面依循“文体规范”选择文体之创变的可能性。因此就其“因情立体，即体成势”来看，从“情”到“体”到“势”，这三者之间是一种相互因依的关系；于是形成一个客观的理则，这个恒存的理则，形成一种“体势”，就像刘勰所云：

> 势者，乘利而为制也。如机发矢直，涧曲湍回，自然之趣也。圆者规体，其势也自转；方者矩形，其势也自安：文章体势，如斯而已。[②]

刘勰界定“势”时说了“乘利而为制”之理，他举圆与方为例，强调“圆”的规体与“方”的矩形本身，就提供了一个自圆与自方的“固定”规矩。因此当你择定了圆，那么规体之圆即使其形成一种“自转”的势；这样的“势”就是它操作的理。运用它的时候一定要用自转才能画出“圆”，这个是必然且不能违反的理，“势”就是在操作

① 〔梁〕刘勰：《文心雕龙·定势第三十》，周振甫：《文心雕龙注释》，第585页。

② 〔梁〕刘勰：《文心雕龙·定势第三十》，周振甫：《文心雕龙注释》，第585页。

的过程中产生的。所以刘勰直指“文章体势，如斯而已”，因此那个被文心“择定”的“固定”的文体常规之“体”，在“择定”的当下，马上成为一个具体存在之“体”，故其体是“圆”，是“方”，就自成其本身的“自转”“自安”之“势”。

再则，在刘勰的文术论中，创作者的“文心”，是掌握所有文体创变的核心关键所在。因此他从“圣人”说起，在《征圣》篇中提到：“夫鉴周日月，妙极几神；文成规矩，思合符契。”① 此一说法，是把“创作者”分成两层意义：一个是圣人，一个是一般文士。在刘勰的界定下，圣人扮演的是一个原创者的角色。因为在圣人之前，并无文体，圣人是创造文体的人，他的圣人之心，就是天心；他上窥宇宙之天道——“鉴周日月，妙极几神”，最后落实下来，呈现出“文成规矩，思合符契”的结果。所以圣人之思与圣人的心，是一种天生的创造能力，这种“文成规矩，思合符契”的能力，开启了文体的规范。

然而，后代一般文士都不是圣人，其内心的思维也跟圣人不同，因此常常是处于一种“思无定契”的状态。故刘勰《总术》云：“文场笔苑，有术有门。务先大体，鉴必穷源。乘一总万，举要治繁。思无定契，理有恒存。”② 由此可见，作者“文心”无论是择定无韵的“笔”，还是有韵的“文”，都必须依循其类体的常规，因此必须先掌握各种文类之大体，甚至穷究此一文体之源，掌握其原理原则才能总结其多样变化，体察各类体之“通”与“变”的繁多现象。这些都是“文心”能不能在创作过程中，完善地“择定”其所要创作的体势依据。因此刘勰说“思无定契，理有恒存”，一般的文士之“思”，在还未被实践，或还没“择定”之前，其状态是“无定契”

---

① 〔梁〕刘勰：《文心雕龙·征圣第二》，周振甫：《文心雕龙注释》，第 17 页。

② 〔梁〕刘勰：《文心雕龙·总术第四十四》，周振甫：《文心雕龙注释》，第 802 页。

的。因此我们可以从两方面来谈：

（一）这个“无定契”是就“文心”之“思”而言，并不是说各类体本身“无定契”。因为文学家心中本来就有其“文体意识”的存在，这个“文体意识”是支持他择定适合创作之类体之“思”的基础。所以在创作之前文思是没有定规的。

（二）从“理有恒存”来看，在文学传统中早已存在的文体常规，这个常体本身就是一个理，一个客观存在的理，此一恒存“理”，就是“势”。换言之，“势”是“理有恒存”之理。因此“势”应该有两个意义：第一，是“理有恒存”之“势”，这种文体常规里的静态之“势”，是具体恒存的“常体”原则，也就是《定势》篇中“圆者规体，其势也自转；方者矩形，其势也自安”的“势”。第二，是“因情立体，即体成势”之“势”，这种“势”是动态历程义，它是在创作过程中经由“文心”的择定，才会产生的“势”。

所以如何去操作主观“文心”，去“择定”一个文势，使其能如圣人一般“文成规矩，思合符契”？针对这点刘勰早已提出“因情立体，即体成势”的“定势”理则。学者们却把力气用在《定势》篇之“势”的本源考证、内涵界定、语言修辞定义，因而造成过度引伸的结果。因为看不到刘勰“因”“立”“即”“成”这些动词，所以就无法区隔出《定势》之“定”，隐含着作者“文心”受文体“固定”常规之文势的规范，以及其在创作时对文体之“择定”作用的意义。换言之，若从“为文之用心”之用来看的话，问怎么用，就必须明白“因情”要去“立”的体是什么“体”。立了怎样的“体”即能形“成”怎样的文“势”。所以“文心”如何去“因”，如何去“立”，如何去“即”，如何去“成”，这些问题就会跟“文心”如何养成有关。如何“养”这个问题，刘勰在《神思》篇有云：

> 陶钧文思，贵在虚静，疏瀹五藏，澡雪精神。积学以储宝，酌理以富才，研阅以穷照，驯致以绎辞。然后使玄解之宰，寻声律而定墨；独照之匠，窥意象而运斤：此盖驭文之首术，谋篇之大端。①

这段文本里刘勰谈的“陶钧文思”，就是一种“为文之心”的“养”，透过“积学以储宝，酌理以富才，研阅以穷照，驯致以绎辞”，来培养可以“驭文”与“谋篇”之文心。有了这样的“文心”也才会有“定”势的择定能力。因此，最重要的是一颗“文心”在“积学”“酌理”“研阅”“绎辞”的秉心养术的过程中，必然对“文化传统”有理解、选择、承受，因而形成其对历史性生命的存在意识；从其“社会阶层”的生活实践经验过程与价值立场的选择中，型塑其社会阶层性的生命存在意识。同时也在“文学传统”的理解、选择、承受中，形成其文学史观，或文学历史意识。经由“文人社群”的分流与互动，进而选择、认同，或定义出其文学本质观；因而对各文学体类语言成规、审美基准有了认知，于是形成其“文体意识”。就如刘勰《定势》所言：

> 然渊乎文者，并总群势。奇正虽反，必兼解以俱通；刚柔虽殊，必随时而适用。②

从这文本我们可以看到刘勰预设了“渊乎文者，并总群势”。因为精于创作之人，具有善于综合各种文章体势的“文体意识”，因此“奇正虽反”也能融会贯通，“刚柔虽殊”也能随时适用。此处谈

---

①〔梁〕刘勰：《文心雕龙·神思第二十六》，周振甫：《文心雕龙注释》，第515页。

②〔梁〕刘勰：《文心雕龙·定势第三十》，周振甫：《文心雕龙注释》，第585页。

的是作者所具备之能“定”势的“文心”。所以就算奇正的体势相反，刚柔的体势不同，却能跟随着时机以定其适用之体。因此刘勰《神思》篇云：

> 临篇缀虑，必有二患：理郁者苦贫，辞溺者伤乱。然则博见为馈贫之粮，贯一为拯乱之药，博而能一，亦有助乎心力矣。①

这里除了说出作者主观“文心”，在临篇创作之时，会遭遇到“理郁者苦贫，辞溺者伤乱”之患外，最重要的就是点出“博见”“贯一”的创作法则。一颗“文心”能够如此，当然有助于其创作的“心力”。透过这样的“文心”养成功夫，才是“文心”是否能完善“定”势的关键所在，也是本文之所以要提出作者“文心”之“定”的重要义涵。

## 四、“文心”与“定势”的通变性关系

如前所述，本文提出“定”才是《定势》篇的论述关键处。这样的说法是针对前行研究者太过着重在“势”的探讨，而忽略作者“文心”之“定”的重要义涵而言。但从刘勰的“文体通变观”来看，这主观“文心”之“定”与客观“文体”之“势”，两者在概念义上，虽然互不相涉，但在创作的过程与作品的成果上，“定”与“势”是相互依因的通变性关系。这是一种在实际创作的动态过程中，才会具体朗现的定势观。因此本单元将焦点回到主观“文心”与客观“文势”是一种相互依因的通变性关系上进行探讨。

首先，就抽象的语词概念而言，“文心”与“文势”各自独立互不交涉。然而就实际创作与批评而言，“文心”与“文势”是相

① 〔梁〕刘勰:《文心雕龙·神思第二十六》，周振甫:《文心雕龙注释》，第516页。

互依因的存在关系。就如刘勰《定势》所云：“因情立体，即体成势。”这是刘勰所要提出的一套“恒常”之理，这样的创作原则中，有“情”“体”“势”三个元素。“情”来自作者内在的主观意识，“体”是客观文体常规，它存在于作者的“文体意识”中。而“势”就如前文所言，“势”有二义：一是“理有恒存”之“势”，这种文体常规里的“势”，是具体恒存的“常体”原则；二是“因情立体，即体成势”之“势”，是一种动态历程义。但在历来学者的诠释中，各有说词，也各自成说立言。就如黄侃《文心雕龙札记》所言：“彼标其篇曰定势，而篇中所言，则皆言势之无定也。”[①]殊不知，刘勰并非“言势之无定”，是从“势”来讲“定”的问题。就如其《定势》所云：

> 若爱典而恶华，则兼通之理偏，似夏人争弓矢，执一不可以独射也；若雅郑而共篇，则总一之势离，是楚人鬻矛誉楯，两难得而俱售也。是以括囊杂体，功在铨别，宫商朱紫，随势各配。章表奏议，则准的乎典雅；赋颂歌诗，则羽仪乎清丽；符檄书移，则楷式于明断；史论序注，则师范于核要；箴铭碑诔，则体制于弘深；连珠七辞，则从事于巧艳：此循体而成势，随变而立功者也。虽复契会相参，节文互杂，譬五色之锦，各以本采为地矣。[②]

这段文本是刘勰透过举例来谈“定势”问题。故如前所述，作者主观“文心”，重在“博见”与“贯一”，如此才能有助于其创作之“心力”。所以假使作者“爱典而恶华”，那么其“文心”对“体势”的好恶，

---

① 黄侃：《文心雕龙札记》，台北：文史哲出版社，1973年，第108页。

② 〔梁〕刘勰：《文心雕龙·定势第三十》，周振甫：《文心雕龙注释》，第585页。

就会使其偏离了通变之道，就像夏人争弓、争矢，但各执一端，又如何能将“箭矢”射出呢？可见作者“文心”必须先对文体常规之“固定”的文势有所认识，才不会出现像“夏人争弓矢，执一不可以独射”“楚人鬻矛誉楯，两难得而俱售”的矛盾现象。

除此之外，刘勰提出“括囊杂体，功在铨别，宫商朱紫，随势各配”。这里的“功在铨别”与“随势各配”，都是有赖于“文心”来“择定”文体之势；这里的“势”是一种作者“文心”“铨别”后才能“即体成势”的动态义。然而作者亦不能违反“文体常规”之“固定”的势，就如刘勰《通变》所云：“设文之体有常，变文之数无方。”[①] 因为“设文之体有常”，因此每个“常体”都有其体势在，就如刘勰所言“典雅”是“章表奏议”的体势规范，“清丽”是“赋颂歌诗”的体势规范，“明断”是“符檄书移”的体势规范。以此类推，作者“文心”在择定创作类体时，必须能够“循体而成势，随变而立功”。由于“文心”的“循体”“随变”，方能使文体“成势”“立功”，可见“文心”与“文势”两者之间相互依因的通变性关系。

其次，刘勰从“文人社群”的角度，反思“近代辞人”爱好奇巧文章的问题，来论“定”与“势”的问题，如下：

> 自近代辞人，率好诡巧，原其为体，讹势所变，厌黩旧式，故穿凿取新；察其讹意似难，而实无他术也，反正而已。……然密会者以意新得巧，苟异者以失体成怪。旧练之才，则执正以驭奇；新学之锐，则逐奇而失正：势流不反，则文体遂弊。秉兹情术，可无思耶！[②]

这段文本刘勰谈的是一个时代性的趋势问题。因为“近代辞人”，

---

① 〔梁〕刘勰:《文心雕龙·通变第二十九》，周振甫:《文心雕龙注释》，第569页。

② 〔梁〕刘勰:《文心雕龙·定势第三十》，周振甫:《文心雕龙注释》，第586页。

以“好诡巧”的心创作，造成一种“讹变”趋势，于是文体“固定”之势，有了时代性的“文体解散”危机。当文人有了“厌黩旧式”之心后，为“反正”而“反正”，就容易沦为“穿凿取新”的结果，所以才会出现“意新得巧”“失体成怪”“逐奇而失正”的时代乱象，这样的趋势呈现出“势流不反”的文体危机！所以从刘勰的叙述语境看来，就是因为六朝文人“好诡巧”的心，才导致当时“文风”“文势”走向“失体成怪”之势，因此在近代辞人的创作中不能“博而能一”，就不能有“择定”完善之势的能力，其结果就出现以“奇”“巧”自许的时代性创作趋势。由此可见，“文心”与“文势”之间，是相互依因的通变性关系。

再则，在“文体通变观”的论述前提下，从“作者”而言，其文心之通变性，使其创作与批评能“通晓变化”“会通适变”的运作，故能从“文学传统”的文体常规中，通晓各种类体的“形质因变”的法则（体势），从中择定其可“创变”的元素。因为作者“文心”能“定”，也就能在文体常规的约制下，一方面“宏大体”“规略文统”，另一方面“资故实”，掌握“名理有常”之势，借此“因情立体”，“即体成势”地实现其理想性的文体创作，这就是刘勰《定势》所云：

> 是以模经为式者，自入典雅之懿；效骚命篇者，必归艳逸之华；综意浅切者，类乏酝藉；断辞辨约者，率乖繁缛：譬激水不漪，槁木无阴，自然之势也。[①]

这段文本说明了以“经书”之文势为“典雅”之体势，则文心启动

① 〔梁〕刘勰：《文心雕龙·定势第三十》，周振甫：《文心雕龙注释》，第585页。

“模经为式”的写作策略，就是一种“定势”的作为了。若是“文心”不够“博一”就容易浅切，这就是因为含蓄酝藉不足，缺乏“积学以储宝，酌理以富才，研阅以穷照，驯致以绎辞”的结果。由此观之，“模经为式”“效骚命篇”看似有法可循，因为它已经存在了一种静态的“理有恒存”之“势”，所以“文心”是有势可定的；但却不能保证其所创作之文，能成为理想文体之“势”，因为这个动态义的“势”，要靠“文心”“洞晓情变，曲昭文体”，才能“定”其“势”。另外，从创作实践的视角观之，“文心”与“文势”是一种“主观与客观”相互依因的关系；它是在作者文心与文体规范的创作历程中，才能展现的一种实际依存的“辩证性”关系。这当中有“文体常规”对作者“文心”的制约，也有作者“文心”在“定”势过程中的创变。因此主观“文心”与客观“文势”之间是具有主客辩证的通变性的关系。

## 五、结论

综上所述，刘勰自云“因情立体，即体成势”的论述，隐含着创作时作者的主观“文心”与客观“文势”之间，存在着一种交互辩证的关系。在这种关系里，不只是“文心”择定文体“势”问题；同时，客观文体之“势”也制约了作者主观“文心”的“择定”判准与作用。我们从文体批评的法则看来，“批评者”的阅读立场与观点里，同样存在着批评者的主体“文心”与客观“文体规范”的预设，作为其批评活动中交互作用的通变性法则。

其次，本文从反思前行研究成果中，发现学者大都把焦点放在“定势”之“势”的探究上，因而忽略了“定势”之“定”的问题。其实“定”有两个词性：一是形容词，就是用“定”来形容“势”，即“固定”之义。二是动词，是“择定”之义，这是一种主观的择定义，是一种选择的结果，是主观性去择定的一个文体之“势”。而“势”也有两义：一是“理有恒存”之“势”，这种文体常规里的静态之“势”，是具体恒存的“常体”原则。二是“因情立体，即体成势”之“势”，这种“势”是动态历程义，它是在创作过程中经由“文心”的择定，才会产生的“势”，所以作者在创作时才必须先做“定势”的功夫。

因此本文从“文体通变观”的诠释观点，重新反思刘勰在阐述主观“文心”与《定势》之关系时，无论是从作者“文心”之创变，或是从文体之“定势”的规范，都不能忽略两者之间所存在的“通变性”依存关系。尤其是“文心”之“定”的问题最为关键。可见作者“文心”之“意识结丛”中，“积学以储宝，酌理以富才，研阅以穷照，驯致以绎辞”的养心功夫，也是主观“文心”能否“通晓变化”“会通适变”的“博一”关键。因为唯有作者“文心”能“并总群势”“兼解俱通”“随时适用”“模经为式”“效骚命篇”“循体成势”“随变立功”，才能使“文势”在谋篇与驭文中实现其文体价值。此乃主观“文心”与客观“文势”之间，主客辩证的通变性关系。

# 设情有宅，置言有位

## ——《文心雕龙》语句间主要关系及其结构方式

王毓红

刘勰丰富的文学理论是借助于一定的语言形式呈现给我们的。“而语言行为的研究，可以从研究合乎语法的句子中最简单的形式结构的可接受性开始。”[①]从语义相对完整、连缀成篇的句子分析入手，我们不仅可以发现刘勰造句、论证之妙，而且可以深入探析《文心雕龙》批评话语的特质。本文拟结合刘勰章句理论，主要通过描述和分析《文心雕龙》篇章中各个语句之间的主要关系及其结构方式，动态考察刘勰的表义方式，并在此基础上分析阐释《文心雕龙》语句之间结构的特点，以期有助于人们对刘勰文论思想的深入理解。

### 一、章总一义，意穷而成体

虽然我们可以把句子从文本中摘出来分析，然而，且不说单个、孤立的句子是构不成文本的，对它的理解也离不开文本中语言使用的具体上下语境。诚如刘勰所言：“夫设情有宅，置言有位；宅情曰章，位言曰句。”[②]（《章句》）句子只是结构《文心雕龙》篇章大厦的一砖一瓦，我们必须把对它的理解作为更大一级的语言单位——语篇内部的语法—语义关系来研究。而从系统功能语法角度来看，

---

① 〔美〕诺姆·乔姆斯基：《句法理论的若干问题》，黄长著等译，北京：中国社会科学出版社，1986年，第10页。

② 〔清〕黄叔琳注，〔清〕纪昀评：《文心雕龙辑注》，北京：中华书局，1957年。以下引刘勰或《文心雕龙》语，如不详注，均出于此。

“夫人之立言，因字而生句，积句而成章，积章而成篇”（《章句》）。文本中大于语句（以表达一个相对完整的意义为准）的一个相对独立的语言片段就是语段[①]。它的功能包含于组成语段的话语的结构之中。小句是其基本单位。一个个相对独立的小句通过一定的组合关系结成了一个相对完整的语段，成就了它的意义。而两个或两个以上相对独立的语段又通过多种关系结构出了另一个更大的语言单位——语篇。从表义出发，就某一特定语境中、相对独立完整的语段的语义结构（而不是汉语里句子的长短、多少）而言，我们可以把组成它的众多小句子划分为两个或两个以上比较大的语义单位，也即大语句或语句，并依此确定它们之间的关系，分析整个语段的意义。《文心雕龙》里存在着一些几乎完全由地位相同的大语句结构的语段。各个语句之间主要存在着下列三种关系：

1. 顺序关系：在有着鲜明时序性的历史性叙事话语里[②]，组成语段的各个语句所表达的内容之间是一种顺序关系。例如：

> ①自鸟迹代绳，文字始炳，炎皞遗事，纪在三坟；而年世渺邈，声采靡追。②唐虞文章，则焕乎始盛。元首载歌，既发吟咏之志；益稷陈谟，亦垂敷奏之风。③夏后氏兴，业峻鸿绩，九序惟歌，勋德弥缛。④逮至商周，文胜其质，雅颂所被，英华日新。文王患忧，繇辞炳曜，符采复隐，精义坚深；重以公旦多材，振其徽烈，剬诗缉颂，斧藻群言。⑤至夫子继圣，

---

① 为方便论述起见，本文以下把结构《文心雕龙》50 篇的每一篇称为语篇，而把从每篇里摘出的某些段落称为语段。

② 作者对此已经有专论，兹不赘述，参见拙文《历史性叙事：刘勰论文的基本方式》（《文心雕龙研究》第 7 辑）、《〈文心雕龙〉的时间性》（《中外文化与文论》第 19 辑）。

独秀前哲，镕钧六经，必金声而玉振；雕琢情性，组织辞令，木铎起而千里应，席珍流而万世响，写天地之辉光，晓生民之耳目矣。（《原道》）

此段在语义上由五个比较大的语句组成，它们按照事件发展的历史顺序依次论述了“鸟迹代绳，文字始炳”“唐虞”“夏后”“商周”“至夫子继圣”时期的文学创作。

2. 并列关系：指组成语段的各个语句所表达的内容之间是一种并列关系。在具体表述上，语句之间一般没有连接词，只是简单的并置。有时，刘勰也用“至于”“至如”等词连接。例如：

①《储说》始出，《子虚》初成，秦皇汉武，恨不同时。既同时矣，则韩囚而马轻，岂不明鉴同时之贱哉！②至于班固、傅毅，文在伯仲，而固嗤毅云“下笔不能自休”。（《知音》）

此例是两个比较大的语句结构。尽管两句陈述的事发生的时间不同（例①为先秦及西汉时期，例②为东汉时期），但是，它们都是有关历史上文人贵古贱今的事。

3. 对比关系：某些语言片段里的语句所陈述的内容在一个或几个不同的方面形成对比。例如：

①夫三皇辞质，心绝于道华；帝世始文，言贵于敷奏；三代春秋，虽沿世弥缛，并适分胸臆，非牵课才外也。②战代枝诈，攻奇饰说；汉世迄今，辞务日新，争光鬻采，虑亦竭矣。（《养气》）

例①通过对三皇（伏羲、神农、黄帝）、帝世（少昊、颛顼、高辛、尧、舜五帝时代）、三代（夏、商、周）时期文学创作情况的分析，认为其文辞虽有所不同，但总的来说还是淳朴。作者修辞达意都能适合自己的天赋，因而不致损伤神气。例②则通过对战国、“汉世迄今”文学创作上一味追逐文辞新奇现象的分析，认为作者竭虑劳情地“辞务日新，争光鬻采”，不仅使文辞诡巧，而且损伤神气。

尽管存在着顺序、并列和对比关系，但是，各个语句在整个语段中的地位是平等的。它们或者一前一后描述不同历史时期的文学创作；或者一先一后分析不同历史时期文人贵古贱今的现象；或者从两个不同历史时期评论文人遣词造句的两种态度。由于总体上都是历史顺序关系（如并列和对比关系里的两大语句分别按先秦、两汉和战代之前、之后顺序排列），语句之间没有主次只有前后或先后、正反之别，因此，上述语段整体上都具有“章总一义”“意穷而成体”（《章句》）的特点。

此外，《文心雕龙》里也存在着由两个地位平等的语句结构的、总体上没有历史顺序的语段。例如：

> ①义既极乎性情，辞亦匠于文理，故能开学养正，昭明有融。②然而道心惟微，圣谟卓绝，墙宇重峻，而吐纳自深，譬万钧之洪钟，无铮铮之细响矣。（《宗经》）

例①句论述了圣人道义及其辞采的巨大作用，例②句则话题一转，叹息道义沦丧、作者道心不存不能宗经。两个所陈述的内容之间存在着不一致性的语句，在语义结构上存在着转折关系。

## 二、振本而末从，知一而万毕矣

然而，《文心雕龙》里比较普遍存在的语段则是两个或两个以上地位不平等的语句结构。譬如：

> ①自《七发》以下，作者继踵。②观枚氏首唱，信独拔而伟丽矣。③及傅毅《七激》，会清要之工；崔骃《七依》，入博雅之巧；张衡《七辨》，结采绵靡；崔瑗《七厉》，植义纯正；陈思《七启》，取美于宏壮；仲宣《七释》，致辨于事理。④自桓麟《七说》以下，左思《七讽》以上，枝附影从，十有余家。⑤或文丽而义暌，或理粹而辞驳。⑥观其大抵所归，莫不高谈宫馆，壮语畋猎，穷瑰奇之服馔，极蛊媚之声色；甘意摇骨体，艳辞动魂识，虽始之以淫侈，而终之以居正，然讽一劝百，势不自反：子云所谓先骋郑卫之声，曲终而奏雅者也。⑦唯《七厉》叙贤，归以儒道，虽文非拔群，而意实卓尔矣。（《杂文》）

以一个比较大的相对独立完满的意义为单位，我们把此段划分为七个语句。其中例①具有高度概括性，它明确提出此段的论点，即自枚乘《七发》以后，步其后尘的作家前后相承，后面六个语句分别从不同方面论证它。其中③句从数量上例举说明了追随作家之多，其“枝附影从，十有余家”；例④至例⑦句则依次从内容与形式两方面，对这些作家、作品进行了对比分析，指出其“大抵所归”与枚乘《七发》没有大的差别，只有崔瑗的《七厉》在意义上超拔。可见，例①让我们明白了该语段的主旨，其他语句则大大提高了我们对例①的理解程度。如果我们把例①这样的语句称为中心语句的话，那么，其他六个语句就是边缘语句。二者之间是证明关系。

有时，在结构语言片段的各个语句之间，中心语句提出一般性话题，边缘语句则从各个方面论述它，或对其中的某一点进行阐述。

它们之间是一般与特殊、整体与部分、抽象与具体的区别。例如：

①春秋以后，角战英雄，六经泥蟠，百家飙骇。方是时也，韩魏力政，燕赵任权，五蠹六虱，严于秦令。惟齐、楚两国，颇有文学：齐开庄衢之第，楚广兰台之宫，孟轲宾馆，荀卿宰邑。故稷下扇其清风，兰陵郁其茂俗，邹子以谈天飞誉，驺奭以雕龙驰响，屈平联藻于日月，宋玉交彩于风云。观其艳说，则笼罩雅颂。故知炜烨之奇意，出乎纵横之诡俗也。(《时序》)

②是以执术驭篇，似善弈之穷数；弃术任心，如博塞之邀遇。故博塞之文，借巧傥来，虽前驱有功，而后援难继；少既无以相接，多亦不知所删，乃多少之并惑，何妍蚩之能制乎？若夫善弈之文，则术有恒数，按部整伍，以待情会，因时顺机，动不失正。(《总术》)

这两例中心语句与边缘语句之间形成的是阐述关系。例①语段论述的话题是战国文学。第一句“春秋以后，角战英雄，六经泥蟠，百家飙骇”是中心语句，以下都是边缘语句，它们多方面展开论述了中心语句提出的思想。例②比较特殊。开头的“是以执术驭篇，似善弈之穷数；弃术任心，如博塞之邀遇”是一个中心语句。它开宗明义提出论点，后面都是分别对中心语句里的“善弈”与“博塞”作进一步深入解释的边缘语句。

通常，在阐述某些事理时，刘勰都引用大量的事例，尤其是作家、作品。例如：

①或简言以达旨，或博文以该情，或明理以立体，或隐义以藏用。②故《春秋》一字以褒贬，丧服举轻以包重，此简

言以达旨也。③《邠诗》联章以积句，《儒行》缛说以繁辞，此博文以该情也。④书契断决以象夬，文章昭晰以象离，此明理以立体也。⑤四象精义以曲隐，五例微辞以婉晦，此隐义以藏用也。（《征圣》）

此语段里的第一句是提出论点的中心语句，其余则是一一举例对此加以说明的边缘语句，两者之间形成的是例举关系。

不论是在证明、阐述还是例举关系里，中心语句与边缘语句所论述的问题都是一致的。然而，有时，它们提出的情况是相对的，所述内容也完全不同。例如：

①《周书》论士，方之梓材，盖贵器用而兼文采也，是以朴斫成而丹雘施，垣墉立而雕杇附。②而近代辞人，务华弃实，故魏文以为古今文人，类不护细行，韦诞所评，又历诋群才；后人雷同，混之一贯，吁可悲矣。（《程器》）

结构该语段的两个语句之间是对照关系。例①句引成辞说明作者应文质兼备，例②句说明近代辞人只注重外表的修饰而忽略了内在德行的修养。两者互文见义：读者对第①的理解以及两句内容的不一致性的对照，增强了读者对例②句中内容的肯定。尽管都涉及比较，但语句之间的这种关系与对比关系不同。对比关系里各语句之间地位平等且同时存在着顺序关系。而在此对照关系里，语句之间有主次之分：我们能明显地感到作者此段论述的重心是放在例②句上，例①句只不过是用来更好地说明例②句的。因此，准确地说，例①是边缘语句，例②是中心语句。

《章句》云：“振本而末从，知一而万毕矣。”在拥有证明与阐述、例举与对照关系的语段内部，总有一个语句不仅传达出了语段的中心思想，而且具有很强的统摄力和凝聚力，能与其他语句形成一系列的联系。

## 三、句司数字，待相接以为用

我们之所以能找到在语段核心的意义方面起着更为重要主导作用的中心语句，是由于大量边缘语句的存在。我们对中心语句乃至整个语段的理解都离不开它。事实上，很多时候，中心语句和整个语段的意义往往是借助于边缘语句实现的。例如：

> ①若爱典而恶华，则兼通之理偏，似夏人争弓矢，执一不可以独射也；若雅郑而共篇，则总一之势离，是楚人鬻矛誉楯，两难得而俱售也。②是以括囊杂体，功在铨别，宫商朱紫，随势各配。（《定势》）

此段由两个语句组成。例①是两个引喻，它用“夏人争弓矢”和“楚人鬻矛誉楯”两个典故说明“若爱典而恶华，则兼通之理偏”和“若雅郑而共篇，则总一之势离”的道理。例②以“宫商朱紫，随势各配”比喻文学创作要对各种体裁进行鉴别。虽然此段开头部分没有类似“因为”这样的语词，但读者很容易把例①里的内容看作是例②的原因。尤其是“是以”一词既把例①、例②联结成为一个意义相对完满的统一整体，又昭明了两者之间所形成的因果关系。所以，直接明确标明其与前面语句（也即例①）关系的例②是中心语句，例①则是边缘语句。但这并不意味着例①可有可无，恰恰相反，正是例①里的内容引起了例②里的结论。换言之，如果缺少边缘语句的内容，读者可能不会理解中心语句的结论。

有时，借助于连接词，语段明确标明了边缘语句与中心语句之间所形成的是条件关系。边缘语句提出某种假设的、将来的或未实现的情况，中心语句则说明在这些条件下可能出现的结果。例如：

> ①若能凭轼以倚雅颂，悬辔以驭楚篇，酌奇而不失其真，玩华而不坠其实；②则顾盼可以驱辞力，欬唾可以穷文致，亦不复乞灵于长卿，假宠于子渊矣。（《辨骚》）

“若……则”在语义结构上串起了两个语句，前一句是边缘语句，后一个是中心语句。边缘语句与中心语句在语义上相互依赖，即要实现中心语句中的内容，必须依赖边缘语句中情况的实现。

有些语段里的边缘语句与中心语句之间联系得不十分紧密，它所提供的信息或者内容有助于读者更好地理解中心语句。例如：

> ①逮孝武崇儒，润色鸿业，礼乐争辉，辞藻竞骛：柏梁展朝燕之诗，金堤制恤民之咏；征枚乘以蒲轮，申主父以鼎食；擢公孙之对策，叹倪宽之拟奏；买臣负薪而衣锦，相如涤器而被绣。②于是史迁、寿王之徒，严、终、枚皋之属，应对固无方，篇章亦不匮，遗风馀采，莫与比盛。（《时序》）

汉武帝崇尚儒术，以之润泽帝王事业，儒术之礼、乐竞相争辉。尤其是他爱好文学，网罗文人，以辞赋取士。此处提及的“枚乘”“司马相如”等都是当时卓越的文人。正是在这样的历史背景下，我们才不难理解“史迁、寿王之徒，严、终、枚皋之属，应对固无方，篇章亦不匮，遗风馀采，莫与比盛”。因此，读完例①这个边缘语句，我们能充分理解例②这个中心语句的内容。边缘语句提高了我们对中心语句中的某些成分的理解，它与中心语句之间构成背景关系。语句之间的这种背景关系与因果、条件关系不同，尽管其中的边缘语句在帮助读者理解中心语句方面都起着重要作用，但在因果、条件关系里，边缘语句中的内容能引起中心语句中的施事者去实施某种行为，而背景关系里的边缘语句则没有这一功能。

边缘语句在语段里的辅助功能还体现在它对中心语句内容或思想所作的肯定评价上。例如：

> ①夫自六国以前，去圣未远，故能越世高谈，自开户牖；两汉以后，体势漫弱，虽明乎坦途，而类多依采，此远近之渐变也。②嗟夫！身与时舛，志共道申，标心于万古之上，而送怀于千载之下，金石靡矣，声其销乎！（《诸子》）

这里，例①是分别概述了战国及其之前和两汉及其之后诸子散文创作的中心语句，例②则是把中心语句的内容跟作者对中心语句肯定的程度联系起来，并从正面对中心语句所说的内容（即诸子百家及其创作）作了肯定性评价的边缘语句，二者之间形成的是评估关系。

总之，因果与背景、条件与评估关系的存在表明：就某个特定语段的意义而言，其实，所有语句之于语段都是不可或缺的。诚如刘勰所言："句司数字，待相接以为用。"（《章句》）语句之间所形成的以下总结与归纳关系更好地说明了这一点。

## 四、喻言结体，原始要终

以上，我们主要依据语句在传达整个语段意义过程中的地位，把它们划分为中心语句和边缘语句，也即主要语句和次要语句。这种划分当然是相对的。实际上，若同时考虑到结构某一特定语段语句的数量及其在语段上下文中的位置，我们能更好地透析语句之间深层的语义关系。例如：

> ①然逐末之俦，蔑弃其本，虽读千赋，愈惑体要；②遂使繁华损枝，膏腴害骨，无贵风轨，莫益劝戒：③此扬子所以追悔于雕虫，贻诮于雾縠者也。（《诠赋》）

这里，例①、例②直接正面论证说明作家追逐文辞华丽的舍本逐末行为，不仅有害文章，而且不利于教化。例③是一个引喻，它以一“此”字援引成辞总结前文。显然，数量最多且所叙述的内容涉及话题的众多方面的前两句是中心语句，数量较少且只是以比较简短的语言重述中心语句内容的例③是边缘语句。两者之间形成的是总结关系。

有时，在某些特定语段里，边缘语句的数量是多于中心语句的。例如：边缘语句在数量上比中心语句多，中心语句数量少却具有高度概括性。如：

> ①自中朝贵玄，江左称盛，因谈馀气，流成文体。②是以世极迍邅，而辞意夷泰；诗必柱下之旨归，赋乃漆园之义疏。③故知文变染乎世情，兴废系乎时序，原始以要终，虽百世可知也。（《时序》）

相比较而言，此段里的例①、例②陈述的都是个别事实或现象，例③则从这些特殊的、单一的事物或现象的性质、特点和关系中概括出了一般原理。因此，数量多且陈述具体事实的前两例是边缘语句，而数量少却具有高度概括性的例③是中心语句。由于例③的内容是从前两个边缘语句里归纳出来的。因此，边缘语句与中心语句之间形成的是归纳关系。它与前面所说的总结、阐述关系不同。在总结关系里，中心语句在数量上多于边缘语句，而且就内容而言，边缘语句基本上是中心语句的翻版。在归纳关系和阐述关系里，虽然边缘语句的数量都超过了中心语句，但是在阐述关系里，中心语句位于整个语段的最前面，它一般提出论点。相反，在归纳关系里，中心语句位于整个语段的最后面，它能对边缘语句的内容作出更高的概括：由不深刻的个别到更为深刻的一般，由范围不太大的类到范围更为广大的类。

至此，我们已经知道《文心雕龙》批评话语里中心语句和边缘语句之间因不同语段、不同上下文形成了众多复杂的关系，它们往往是语句之间的深层语义关系，需经过剖裂玄微方能看出。就句式而言，以上诸种语句之间的结构方式有一个最显著的特点，即喻言或比兴句在其中的核心地位。[①]如我们在分析总结、因果、条件、评估、对照五种关系时所举的例子都是由喻言式的中心语句组成的语段，我们在分析证明和阐述关系时所例举的都是中心语句统领的语段，其中的中心语句都是以比兴句的形式出现的。比兴句是刘勰结构语段的重要方式。因为在语句与语句之间以某种特定关系结构的语段中，中心语句在这种关系中占居中心的地位，边缘语句居于外围的地位。这意味着一个语段可以没有边缘语句，但它绝不会没有中心语句。我们在分析地位平等的句子之间所形成的顺序、对比、并列和转折四种关系时所例举的语段表明：所有的语句都是中心语句，中心语句本身就能组成一个意义连贯的语言片段。而不是中心语句统率或构成的语段，也并不意味着它与比兴或喻言无关。如我们在分析归纳关系时所例举的语段，即“自中朝贵玄，江左称盛，因谈

---

① 关于刘勰喻言式批评话语，作者已经有论述，兹不赘述。参见拙作《〈文心雕龙〉喻言式批评话语分析》，《文学评论》2007 年第 6 期。

馀气，流成文体。是以世极迍邅，而辞意夷泰；诗必柱下之旨归，赋乃漆园之义疏。故知文变染乎世情，兴废系乎时序，原始以要终，虽百世可知也”，尽管其中的中心语句并不是严格意义上的比兴句，但由于其中的第二句是引喻，上下句亦因此而来（“是以”一词把它们结合得十分紧密），因此，从整体上看此段仍是与比兴相关的语段。因为任何一个相对独立的语言片段都具有整体性和连续性。整体性是指其内部的各个组成部分都是必不可少的，连续性是指其外部各个组成部分之间是延续的、连贯的。诚如刘勰所说：“虽断章取义，然章句在篇，如茧之抽绪，原始要终，体必鳞次。启行之辞，逆萌中篇之意；绝笔之言，追媵前句之旨：故能外文绮交，内义脉注，跗萼相衔，首尾一体。”（《章句》）

事实上，若就整个《文心雕龙》而言，我们单独拿出来的每一个相对独立的语言片段都是更大一个语言片段的一部分，都与更大的一个语言片段相联系。因此，有些语言片段虽然看似与喻言无关，但若把它们延伸、放在更大一级的语言片段里，它们就是另一种形态了。例如，我们在分析例举关系时所举的语段，即“或简言以达旨，或博文以该情，或明理以立体，或隐义以藏用。故《春秋》一字以褒贬，丧服举轻以包重，此简言以达旨也。《邠诗》联章以积句，《儒行》缛说以繁辞，此博文以该情也。书契断决以象夬，文章昭晰以象离，此明理以立体也。四象精义以曲隐，五例微辞以婉晦，此隐义以藏用也”（《征圣》），基本上是一个无比兴句的语段，但当我们把它放回原文，发现这个语段的开头是这样一句话：“夫鉴周日月，妙极机神；文成规矩，思合符契。”这是一个由隔句对构成的比兴句。《孟子·离娄上》曰：“不以规矩，不能成方圆。”规，正圆之器。矩，正方之器。刘勰此处以“规矩”喻创作基本原则，以“日月”喻圣人对事物的洞察力。可见，在更大一级的单位里，上述例子仍然是一个由喻言式的中心语句统领的语言片段[①]。因此，从这个意义上说，尽管以上我们在分析《文心雕龙》语段结构模式时所选取的一个个语言片段带有很大的随意性和任意性，但如果考虑到它们都具有延续性，都是更大的语言片段的一部分，那么，选择哪个片段，怎么选就显得不是那么重要了。

---

① 此语段里句子与句子之间存在着两种关系：一是由“夫鉴周日月，妙极机神；文成规矩，思合符契”与“或简言以达旨，或博文以该情，或明理以立体，或隐义以藏用”构成的阐述关系；二是由“或简言以达旨，或博文以该情，或明理以立体，或隐义以藏用”与“故《春秋》一字以褒贬，丧服举轻以包重，此简言以达旨也。《邠诗》联章以积句，《儒行》缛说以繁辞，此博文以该情也。书契断决以象夬，文章昭晰以象离，此明理以立体也。四象精义以曲隐，五例微辞以婉晦，此隐义以藏用也”构成的例举关系。

# 珠玉与文章审美关系再探
## ——以《文心雕龙》为中心

张　坤

《文心雕龙》中广泛存在着以珠玉言说文章的现象，这一现象极富审美意蕴。着眼于珠玉用语与文艺美学形态建构之间的关系，笔者分别从听觉、视觉、意觉三个维度撰写了论文[①]，作了初步的探索，其中《珠玉的视觉观感与文章的审美体验——刘勰文艺美学思想新探》一文从视角维度在四方面展开研究，即：珠玉光泽与“隐”意新解，玉的颜色与“符采”分析，玉美、人美、文美合力——“璧”，珠圃与文苑。细致研读《文心雕龙》，笔者发现从视觉维度来看珠玉与文章的审美关系，非一篇文章可尽，还有若干可待阐发的空间，这正是本文写作的缘起。

## 一、玉与石的辨识

玉属于石类，但又和一般的石头不同，《说文解字》释“玉”

---

①《珠玉与文章的审美连接——兼从听觉维度分析〈文心雕龙〉的珠玉用语》（《学术论坛》2013 年第 4 期），总述了珠玉与文章的审美连接，并着重从听觉维度展开分析；《传统玉文化浸润下的文章审美论——〈文心雕龙〉珠玉用语试解》（《理论月刊》2013 年第 6 期），从意觉维度阐释了《文心雕龙》的珠玉用语；《珠玉的视觉观感与文章的审美体验——刘勰文艺美学思想新探》（《社会科学论坛》2013 年第 7 期），探讨了珠玉的视觉观感与文章审美体验之间的相通。

为“石之美有五德者”[①]。杨伯达指出：“我们中华民族及其远古先民对玉的认识有一个长期的进展过程。以科学发掘出土的玉而论，至少已有距今 2 万—3 万年。假若以此为玉石分化的起点，随着先民对它认识的深化，赋予它以坚韧、美、善、神物、飨食、道德、清玩等文化基因，促使玉与石更彻底地分化为两种截然不同的物质。”[②] 由此可知，在玉石分化的历史进程中，文化因素的赋予起到了重要作用；就原始材料而言，只有少数人能识别玉与石的表面差异，进而辨析两者的质地差别，所以刘勰以珠玉难辨来比拟文情难鉴，“看”和“读”于此融通，若要透彻理解其间的美学奥秘，须了解一些古玉知识。

刘勰曾说“珠玉与砾石超殊”[③]（《知音》），又说“落落之玉，或乱乎石；碌碌之石，时似乎玉”（《总术》），这两处貌似龃龉，其实并不矛盾，其间的道理是：珠玉子料（注：即原料玉）与砾石质地相差甚大，但二者表面却很相似，非经专家之眼，并不易区分。玉有山产水产两种，山产需“采”“开”，水产需“捞”。从玉矿中开采、打捞出来的只能叫玉璞，人们拿到一块玉璞，须先“开”玉，再“以石攻玉”，方可制成玉料，再用专门的工具对玉料进行“琢”“磨”，才能最终做成玉器。《淮南子 · 说林训》载“白玉不琢，美珠不文，质有余也”[④]，强调的是玉的质地，其

---

① 〔汉〕许慎撰，〔清〕段玉裁注：《〈说文解字〉注》，郑州：中州古籍出版社，2006 年，第 10 页。

② 杨伯达：《“巫 · 玉 · 神”泛论》，杨伯达主编：《中国玉学玉文化论丛》，北京：紫禁城出版社，2005 年，第 236 页。

③ 〔梁〕刘勰：《文心雕龙 · 知音》，周振甫注：《文心雕龙注释》，北京：人民文学出版社，1981 年。本文凡《文心雕龙》原文皆引自该书。

④ 〔汉〕刘安：《淮南子 · 说林训》，何宁：《淮南子集释》，北京：中华书局，1998 年，第 1230 页。

所言玉和珠至少是经过“开”和“攻”两道工序的美好玉料，因为玉虽然“藏于璞而文采露于外”[①]，但只有专家之眼方能鉴识玉璞的文采，正如《别宝经》所说：“凡石韫玉，但夜将石映灯看之，内有红光，明如初出日，便知有玉也。”[②]《别宝经》的鉴玉法看似简单，实际上不是专业人士确实很难区分外观、判别是否含玉，一个比较典型的例子见于《韩非子·和氏》：

> 楚人和氏得玉璞楚山中，奉而献之厉王。厉王使玉人相之，玉人曰：“石也。”王以和为诳而刖其左足。及厉王薨，武王即位，和又奉其璞而献之武王；武王使玉人相之，又曰：“石也。”王又以和为诳而刖其右足。武王薨，文王即位，和乃抱其璞而哭于楚山之下；三日三夜，泪尽而继之以血。王闻之，使人问其故，曰：“天下之刖者多矣，子奚哭之悲也？”和曰：“吾非悲刖也，悲夫宝玉而题之以‘石’，贞士而名之以‘诳’，此吾所以悲也。”王乃使玉人理其璞而得宝焉，遂命曰“和氏之璧”。[③]

由以上引文可知：玉与石的质地与价值差别甚大，从众石中寻出玉璞、理璞而得玉并非易事，专业的“玉人”尚且误判，何况一般人呢？错误的判断致使和氏蒙诳名、受刖刑，而在和氏看来，贞名被污、珍宝埋没远重于受刖之悲。通过这一悲剧故事，我们

① 〔清〕唐荣祚：《玉说》，〔清〕吴大澂等：《古玉鉴定指南》，北京：北京燕山出版社，1998 年，第 151 页。

② 〔五代〕李珣：《海药本草·玉石部》，北京：人民卫生出版社，1997 年，第 1 页。

③ 〔战国〕韩非：《韩非子·和氏》，〔清〕王先慎：《韩非子集解》，北京：中华书局，1998 年，第 95 页。

可以想象古玉在当时的财富价值与审美价值，更可以理解石玉辨识之难度大、影响深。

玉的知识已淡出今人的视野，但它却是魏晋南北朝时代人们的文化常识，因此常被刘勰拿来言说文艺审美现象，建构自己的美学理论。在了解以上玉理知识的基础上，再来看《文心雕龙》的相关语段，便更可体会刘勰由玉石辨识切入文章鉴赏与写作技巧的审美意趣。先来看如下文字：

> 落落之玉，或乱乎石；碌碌之石，时似乎玉。精者要约，匮者亦鲜；博者该赡，芜者亦繁；辩者昭晰，浅者亦露；奥者复隐，诡者亦典。或义华而声悴，或理拙而文泽。……夫不截盘根，无以验利器；不剖文奥，无以辨通才。才之能通，必资晓术，自非圆鉴区域，大判条例，岂能控引情源，制胜文苑哉！（《总术》）

“落落”是“石恶貌”，“碌碌”是“玉石美好貌”；[①]源于《老子》“不欲琭琭如玉，落落如石”[②]。刘勰此处并未深受道家影响，而是化用《老子》而做出独到的审美阐释：在文章创作的过程中，精与匮，博与芜，辩与浅，奥与诡，这四对特征表面类似，实质却“超殊”，若要在义理与辞采这审美的二维间取得并美，必须研习文章写作的技巧、锤炼技能，要制造真玉，而不是堆砌乱玉之貌的石头，达到精约而并非匮少、博赡而并非芜繁、辩晰而并不浅露、奥隐却并非诡曲的审美效果。再来看另一段文字：

① 吴林伯：《〈文心雕龙〉义疏》，武汉：武汉大学出版社，2002 年，第 519 页。

② 〔春秋〕老子：《道德经 · 三十九章》，朱谦之：《老子校释》，北京：中华书局，2000 年，第 163 页。

夫麟凤与麏雉悬绝，珠玉与砾石超殊，白日垂其照，青眸写其形。然鲁臣以麟为麏，楚人以雉为凤，魏民以夜光为怪石，宋客以燕砾为宝珠。形器易征，谬乃若是；文情难鉴，谁曰易分。（《知音》）

刘勰举例言说了珠玉与砾石差别甚大，仍有人优劣不分、犯下低级错误，这是因为二者的表面较为相似。在刘勰看来，玉与石的区分、凤与雉的辨别，相比于复杂难鉴的“文情”，非常简单容易，尚且出现这类错误；那么纷杂难析、深奥莫辨的“文情”，则更难鉴识。再联系和氏璧的故事，我们更可感知：玉石好坏，难以识辨，文情深奥，知音难觅，而错误辨识的不良影响是相当深远的。玉理与文理在这里融为一体、密合无间、恰如其分。

## 二、玉的雕饰与文章的藻饰

要谈玉的雕饰，很有必要对“雕”及其异体字“琱”“彫”进行阐释和分析，让我们以《〈说文解字〉注》的相关解说为重要参考：

“雕”：雕，鷻也。段玉裁注：鸟部曰鷻，雕也。假借为琱琢、凋零字。[①]

“琱”：治玉也。段玉裁注：《释器》玉谓之雕，按琱琢同部双声，相转注……经传以雕、彫为琱。[②]

“琢”：治玉也。段玉裁注：《考工记》……玉人，记玉之用。楖人、雕人，阙。……雕人盖琢之，如鸟之啄物。[③]

---

① 〔汉〕许慎撰，〔清〕段玉裁注：《〈说文解字〉注》，第142页。

② 〔汉〕许慎撰，〔清〕段玉裁注：《〈说文解字〉注》，第15页。

③ 〔汉〕许慎撰，〔清〕段玉裁注：《〈说文解字〉注》，第15页。

"彫"：琢文也。段玉裁注：琢者，治玉也。玉部有琱，亦治玉也；《大雅》追琢其章，传曰：追，彫也。金曰彫，玉曰琢。《毛传》字当作琱，凡琱琢之成文曰彫，故字从彡。今则彫、雕行而琱废矣。[①]

通过以上"雕""琱""彫"三者的比较，可知三字通行，都有"雕玉"之意。从唐写本《文心雕龙》残卷来看，除《诠赋》篇"蔚似雕画"的"雕"作"彫"外，其他均作"雕"。[②]由此可见，"琱"字可能在唐朝就已废弃。

《文心雕龙》书名及正文中的"雕"字与玉的雕琢有密切的关系，这些用语体现了传统玉文化对刘勰文艺美学思想的影响。本部分所关注的"雕"，主要着眼于玉的视觉观感审美效果，相关的用例有：

（1）赞曰：荣河温洛，是孕图纬。神宝藏用，理隐文贵。世历二汉，朱紫腾沸。芟夷谲诡，采其雕蔚。（《正纬》）

（2）江左篇制，溺乎玄风，嗤笑徇务之志，崇盛忘机之谈；袁孙以下，虽各有雕采，而辞趣一揆，莫与争雄，所以景纯仙篇，挺拔而为俊矣。（《明诗》）

（3）赞曰：赋自诗出，分歧异派。写物图貌，蔚似雕画。抑滞必扬，言旷无隘。风归丽则，辞剪荑稗。（《诠赋》）

（4）观隗嚣之檄亡新，布其三逆，文不雕饰，而辞切事明，陇右文士，得檄之体矣。（《檄移》）

（5）赞曰：瞻彼前修，有懿文德。声昭楚南，采动梁北。雕而不器，贞干谁则。岂无华身，亦有光国。（《程器》）

① 〔汉〕许慎撰，〔清〕段玉裁注：《〈说文解字〉注》，第424页。

② 潘重规：《唐写文心雕龙残本合校》，香港：香港新亚研究所，1970年。

(6)古来文章，以雕缛成体，岂取驺奭之群言雕龙也。(《序志》)

从上述（1）（2）（3）三个用例来看，刘勰在《正纬》篇谈及纬书时，说“采其雕蔚”，在《诠赋》谈及“赋”这一文体时，说其“蔚似雕画”，在《明诗》篇言及袁宏、孙绰二人的诗体，说其“各有雕采”，这三处都是以玉雕琢后所获得的视觉审美效果，来展开文艺批评。袁宏和孙绰的文笔各有斐然成章的特色，纬书和“赋”均以文辞华艳为特征，文辞的华美彩艳可以与玉的雕饰美相类比。刘大同《古玉辨》曰：

余按古今雕刻一门，可分五大时期。他山之石，可以攻错，是以石制玉时期，可称最古，一变而为周之昆吾刀，再变而为汉之八刀，又一变而为六朝巧雕，至清之乾隆精刻为最后，此皆一时风尚，故精美者多，工艺之关乎文化，岂曰小补而已哉。[①]

刘勰所处的六朝正是玉的雕琢工艺相当发达的时期，相比于清代“精刻”，此时的特征是“巧”，这正和六朝时期形式追求愈演愈烈的风尚息息相关，刘大同“工艺之关乎文化，岂曰小补而已哉”正说出了时代风尚对珠玉雕刻技艺的深远影响，玉雕工艺又进而影响刘勰的美学思想。如此便可想象：修饰文章时达到的精美巧妙的境界，一如美玉经雕琢而达到的美好状态，玉的雕刻美是视觉观感层面的，在刘勰眼里它可以跟创作文章达至的审美效果相互融通：“雕画”

① 刘大同：《古玉辨》，桑行之等编：《说玉》，上海：上海科技教育出版社，1993年，第283页。

即“修饰”，“雕蔚”“雕采”即艳丽的文采。

从（4）（5）（6）三个用例，我们可大致判断：刘勰希望文章具有美玉般的雕采，他说“古来文章，以雕缛成体”，他将“雕缛”作为古代文章成就体式的重要因素；刘勰的这一审美评价并非是无度的，而是有其限定和约束，他言及“古来文章，以雕缛成体”时，所作的限定是“岂取驺奭之群言雕龙也”。可见刘勰的“雕龙”与驺奭的“雕龙”并不相同。《史记·孟子荀卿列传》载：

> 驺衍之术迂大而闳辩；奭也文具难施；淳于髡久与处，时有得善言。故齐人颂曰：“谈天衍，雕龙奭，炙毂过髡。”[①]

关于以上文字，裴骃《集解》云：

> 刘向《别录》曰：“驺衍之所言五德终始，天地广大，尽言天事，故曰‘谈天’。驺奭修衍之文，饰若雕镂龙文，故曰‘雕龙’。”[②]

由以上引文可知，驺奭的“雕龙”具有一定的负面意思，而刘勰只取其字面义，并做出独具心裁的阐释。[③]刘勰所谓的“文心雕龙”，并非徒然修饰，并不是驺奭的“雕饬龙文”。明代顾起元《〈文心

① 〔汉〕司马迁：《史记·孟子荀卿列传》，〔南朝宋〕裴骃：《史记集解》，北京：中华书局，1959 年，第 2348 页。

② 〔南朝宋〕裴骃：《史记·孟子荀卿列传》集解，〔南朝宋〕裴骃：《史记集解》，第 2348 页。

③ 杨园：《〈文心雕龙〉书名辨正》，《思想战线》2010 年第 1 期。

雕龙〉序》云：“彦和之为此书也，浚发心灵，而以雕龙自命。”[①]这是说：文章要有雕龙般的视觉美感，但要以发自内心为前提。这样，心灵与视觉于此融通切合，中华美学的特色与原味也便彰显于其中。在以上理解的基础上，再来看刘勰的相关言论。他论隗嚣的檄“文不雕饰，而辞切事明”，这是说，就“檄”这一文体而言，“辞切事明”是较为重要的，并不一定非要讲究雕饰，这一方面是因为“檄”这一文体的“势”要求其无须过于藻饰，另一方面是因为刘勰认为“藻饰”只是手段与特征，并非为文之根本目的。谈及文章的写作主体，刘勰认为写作者应“器用”与“文采”兼备，而不能“雕而不器”。可见，刘勰的文艺美学思想与珠玉审美具有密切的关系，这正是中华玉的文化传统与目观为美的审美传统之间合力的显露与体现。

## 三、玉之瑕、玷与文章的疵病

在刘勰眼中，珠玉具有较好的视觉观感，其“瑕”“玷”作为视觉上的污点，与文章的疵病亦可互喻与相通。试看相关用例：

（1）是以世人为文，竞于诋诃，吹毛取瑕，次骨为戾，复似善骂，多失折衷。（《奏启》）

（2）若乃尊贤隐讳，固尼父之圣旨，盖纤瑕不能玷瑾瑜也。（《史传》）

（3）相如窃妻而受金……傅玄刚隘而詈台，孙楚狠愎而讼府，诸有此类，并文士之瑕累……若夫屈贾之忠贞，邹枚之机觉，黄香之淳孝，徐幹之沉默，岂曰文士，必其玷欤。（《程器》）

---

① 〔明〕顾起元：《〈文心雕龙〉序》，杨明照校注拾遗：《增订文心雕龙校注·附录》，北京：中华书局，2000年，第961页。

（4）古来文才，异世争驱，或逸才以爽迅，或精思以纤密，而虑动难圆，鲜无瑕病。……凡巧言易标，拙辞难隐，斯言之玷，实深白圭，繁例难载，故略举四条。……近代辞人，率多猜忌，至乃比语求蚩，反音取瑕，虽不屑于古，而有择于今焉。……赞曰：羿氏舛射，东野败驾。虽有俊才，谬则多谢。斯言一玷，千载弗化。令章靡疚，亦善之亚。（《指瑕》）

（5）仲宣溢才，捷而能密，文多兼善，辞少瑕累，摘其诗赋，则七子之冠冕乎！（《才略》）

（6）赞曰：夸饰在用，文岂循检。言必鹏运，气靡鸿渐。倒海探珠，倾昆取琰。旷而不溢，奢而无玷。（《夸饰》）

（7）凡用旧合机，不啻自其口出；引事乖谬，虽千载而为瑕。（《事类》）

（8）篇之彪炳，章无疵也；章之明靡，句无玷也。（《章句》）

（9）联边者，半字同文者也。状貌山川，古今咸用，施于常文，则龃龉为瑕，如不获免，可至三接，三接之外，其字林乎！（《练字》）

瑕、玷是指美玉的缺陷和瑕疵，以上例句中“瑕”出现9次、“玷”出现6次。试分析如下。

（1）（2）（3）三个例句中的“瑕”与“玷”喻指人自身的缺点与弊病，这是对文章写作主体的审美性评价，这和中国古代以玉比德的传统有所关联，又有所超越。《诗经》中常可见到的“玉”

大多是礼制的、伦理的用法，如“言念君子，温其如玉”[①]“如璋如圭”[②]等；而刘勰的用法则不仅是礼制、伦理意义上的，（1）（2）两项具有言说人的德行的意义，同时也在言说文章审美的道理：奏启类文体在弹劾他人时，不可“吹毛取瑕”，而应折衷取义，史传类文体为古圣先贤立传时，须“尊贤隐讳”，这是孔子撰述《春秋》所流传下来的准则，就好比“纤瑕不能玷瑾瑜”。

（4）（5）（6）（7）（8）等句都是用玉的“瑕”“玷”来言说文章的瑕疵。分析诸句可知，“瑕”“玷”多指文章言辞方面的毛病：在音律方面，要注意避免“反音取瑕”，假如正言是佳辞、反切时听起来却不祥，古人不以为意，今人却要注意避免；在文辞方面，要争取做到“辞少瑕累”；在修辞手法上应恰如其分，如“夸张”，应“奢而无玷”，即夸饰而没有污点；在文章用事方面，刘勰说“引事乖谬，虽千载而为瑕”，这是从文章接受的角度着眼，唯恐文章弊病会产生长远的影响。以上诸句仅着眼于文章的言辞，而例句（8）则从谋篇布局的角度作全面考虑，其文曰“篇之彪炳，章无疵也；章之明靡，句无玷也”，这是说在“篇—章—句”的审美结构中，“因字而生句，积句而成章，积章而成篇”，若从大处着眼、全盘考虑，构造美好的整体，则细处无不美妙。就美玉而言，其瑕疵即使很微小，也很易辨识，影响观览；文章的瑕疵比“白玉微瑕”更甚之，文章一经写成，便将流传下去，如有瑕疵，则千年难除。刘勰“斯言之玷，实深白圭”就是对《诗经·大雅·抑》“白圭之玷，尚可磨也；斯言之玷，不可为也”[③]的化用。可见，玉的瑕、玷和言语的疵病之

---

① 《诗经·秦风·小戎》，阮元：《十三经注疏·毛诗正义》，北京：中华书局，1980年，第370页。

② 《诗经·大雅·板》，阮元：《十三经注疏·毛诗正义》，第549页。

③ 《诗经·大雅·抑》，阮元：《十三经注疏·毛诗正义》，第555页。

间的互喻由来已久，其重要性自然不可小觑。但《文心雕龙》相比《诗经》的突破性进展在于：《诗经》强调人之慎言、慎行，仍属于伦理道德的范畴，《文心雕龙》多了一层美学上的自觉，强调文章要加强审美性，考虑其长久传世的效应，这更多是接受美学的理论视角。

以上都是以“观看”比“阅读”的用例，从视觉美的角度解读古典文论和古典美学，的确可挖掘出中国文艺美学的特色——目观为美传统的辐射与影响[①]。然而我们不能忽略的是《练字》篇“瑕”的用法，例句（9）说“联边”，亦即偏旁相同的字，如果批量用在辞赋中来描摹自然界的山水风景，是较为正常的，但如果在一般常用文体中大量使用“联边”，就会不协调，反而成为一种弊病。这里强调的是字面美，它和古代简帛竖排刻写具有一定的联系。刘勰的理想要求是“善酌字者，参伍单复，磊落如珠也”，这里的珠玉用语是以视觉比视觉，即：刘勰主张文章写作时要注意字形的肥瘦，错杂地安排繁简两种字，这样就可以避免过于纤疏或过于黯淡的视觉效果，使篇章看起来如结排的珠子般圆转、整齐。

剖判复杂的文情，就像以肉眼区别珠玉和砾石一般，非常困难；文章“雕缛成采”，让人获得审美享受，一如美玉的巧雕效果和雕饰美感；而文章的瑕疵与弊病，则如白玉微瑕般显明而影响深远。以上三方面是笔者以玉的视觉观感为切入点、围绕“珠玉用语与文章审美”这一论题而展开的文本细读与理论分析。这里的相关探索只是笔者的初步习得，尚有若干不足之处，请方家批评指正。

---

① 古风：《中国古代原初审美观念新探》，《学术月刊》2008 年第 5 期。

# 知音君子

## 身与时舛，志共道申

### ——郁愤的刘勰

邹广胜　董润茹

学界关于刘勰的出身有争议，《梁书·刘勰传》传其为“宋司空秀之弟”，但学界大多仍认为其出身贫寒庶族，我们从整部《文心雕龙》所隐含的基本批判精神来看，其出身的贫寒与怀才不遇的愤懑情感是溢于言表的。《梁书·刘勰传》中所说“勰早孤，笃志好学，家贫不婚娶，依沙门僧祐”，应该是其早年人生的基本写照，正是这出身的低微决定了他后来人生的基本格调，即使身怀出众的才华在一个注重门第出身的时代也不得不如此。至于刘勰在《文心雕龙·序志》中说自己梦见七色祥云“攀而采之”，甚至手捧红色祭器跟随孔子南行，乃是其志向高远的表现，微寒的出身、高远的志向正是贯穿其人生与《文心雕龙》写作过程的基本情态，这种情态在《文心雕龙》文本本身也有充分的体现。至于《梁书·刘勰传》记述的刘勰在《文心雕龙》完成之后，由于自己师出无门而不得不想法高攀沈约以毛遂自荐的情景，不由得使人倍感凄惨：“约时贵盛，无由自达，乃负其书，候约出，干之于车前，状若货鬻者。”这种惨痛的人生感受在《文心雕龙》之中就已有反映，这应该是刘勰早已预料的。所以戚良德先生讲“不难想见，刘勰迈出这一步，实在需要很大的勇气，甚至要承受不少痛苦的折磨”[①]。这真是刘勰的知音啊，很显然，即使在今日这种屈尊来推销自己的做法也不是凡人都愿意去做的。刘勰人生精神历程的坎坷使他对中国传统文化的惨痛体验与认识应该说不亚于苏秦。《战国策》曾描写了苏秦在成功前后的对比：他成功前先后十次游说秦王，言论都未被采纳，“黑貂之裘敝，黄金百斤尽，资用乏绝，去秦而归。羸縢履蹻，负书担橐，形容枯槁，面目黧黑，状有愧色。归至家，妻不下纴，嫂不为炊，父母不与言”。所以苏秦感叹说“妻子不把我当作丈夫，嫂子不把我当作小叔，父母不把我当作儿子”。但当苏秦锥刺股成功之后，“黄金万镒为用，转毂连骑”，路过家门，一切都发生了天翻地覆的变化，“父母闻之，清宫除道，张乐设饮，郊迎三十里。妻侧目而视，侧耳而听；嫂蛇行匍匐，四拜自跪而谢”。苏秦禁不住问嫂子“何前倨而后卑也”，嫂子的回答也很实事求是，她说“以季子之位尊而多金”，以至苏秦感慨万端，说道：“嗟乎！贫穷则父母不子，富贵则亲戚畏惧。人生世上，势位富贵盖可忽乎哉！”一个人穷困潦倒的时候，连父母都不相认，一旦富贵了，亲戚亲人都敬畏有加，人生在世还是权力财富重要啊。[②]刘勰在“高攀”沈约时是否想到了苏秦的遭遇，我们是不得而知的，但《文心雕龙》整部作品所充满的哲理思考与文化思考足以使我们深刻认识到刘勰绝不仅仅是个文论家，也绝非以论文叙笔为人生最高追求的人，他对中国传统文化的理解可谓是真知灼见，他是一位伟大的文化学家，如果《文心雕龙》的价值仅仅体现在论文叙笔上，那其在文学史上的价值也就大打折扣了。

我们为何对刘勰的出身与怀才不遇的遭遇感兴趣呢？乃是因为

---

① 戚良德:《文心雕龙校注通译·引论》，上海：上海古籍出版社，2008年，第3页。

② 缪文远等译注：《战国策》（上），北京：中华书局，2012年，第67—70页。

刘勰的遭遇在今日日益注重门第的学术界也是屡见不鲜的。在今日，出身、门户、山头已日益成为妨碍学术进步的巨大障碍。刘勰的遭遇应警醒我们在毫无节制地欣赏赞叹魏晋之美，津津乐道于所谓魏晋风度之时，也应该深刻地认识到其整个文化环境的艰难及残酷，所谓药酒、山水、诗艺不过是文化士人逃避现实人生的另一种幻觉，被无数人称赞的《世说新语》的各种奇闻异事也不过是盛开在残酷现实面前的“恶之花”。刘勰后来从政的经历虽说有不少高升机会，但其表现大都平淡无奇，在出任太末令的时候，《梁书·刘勰传》说是“政有清绩”，这是政绩平平的客气话，他任太子萧统通事舍人时，《梁书·刘勰传》也仅是简略地说“昭明太子好文学，深爱接之”，这是传记中常见的褒奖。无论怎样，刘勰还是没能达到他自许的“骋怀任志”“肩负栋梁”的人生理想，究其根源，刘勰与这些达官贵人隔膜而又若即若离的身份情感应为其根本原因，所以戚良德先生讲“刘勰的人生目标决非只是一个文人；其所以跻身仕途，也决非以一个御用文人为满足。正是在这里，萧统与刘勰就有了巨大的差异。以太子之位，天下迟早运于掌上，军国大政反而变成平常小事；对文学的爱好和重视，既是题中应有之义，更属锦上添花，自然无可非议。而对刘勰来说，如果仅仅以‘文学’而受到太子的‘爱接’，随其游宴雅集，随其制韵赋诗，或者为其《文选》的编撰出谋划策，从而混同东宫众多的文士，那么，离其人生目标可就相去远矣！”[①]身居佛寺十多年的刘勰并未剃度出家，可见刘勰人生的真正价值观还在于以儒家的救世态度来面对现实的人生，所以孔子的人生观及文学观在《文心雕龙》中占有根本的地位，原道、征圣、宗经、正纬、辨骚无不是以儒家的人生观来解决现实及

① 戚良德：《文心雕龙校注通译·引论》，第5页。

文学问题，也就是《史传》篇中所说的“立义选言，宜依经以树则；劝戒与夺，必附圣以居宗”。在刘勰看来，道、圣、文是三位一体的，正如《文心雕龙·原道》篇所谓“道沿圣以垂文，圣因文而明道”，而其中，“独秀前哲”的孔子起着关键性的作用，“情信辞巧”的儒家经典是“恒久至道”“不刊鸿教”，因为它们“洞性灵之奥区，极文章之骨髓”，“义既埏乎性情，辞亦匠于文理”，是“衔华佩实”“顺美匡恶”的人伦极则，而道家的哲学与文章不过是旨意“清俊”“遥深”的“明道”“仙心”，那些“嗤笑徇务之志，崇盛忘机之谈”的“随性适分”是“鲜能圆通”的，仅在整个人生及文学过程中起着修身养性的作用。从这个角度，我们就可理解刘勰在《文心雕龙》里无论是讨论诗歌，还是研究历代作家作品，为何都没有提到陶渊明，只要看看刘勰对文学所坚持的儒家救国救民的根本主张就一目了然了，而陶渊明诗文的根本内容不外乎“性本爱山丘”“若复不快饮，空负头上巾”，虽然也有金刚怒目，但那是很少的，他这种诗酒人生的率真洒脱与刘勰儒家的人生与诗文观念完全是背道而驰的，其抛弃陶渊明的倾向也就可以理解了。刘勰是不会采取这种以诗酒来逃脱人生的态度的，也不会采取《世说新语》中所反复出现的各种无所顾忌的荒诞人生，他的人生目标在纬军国、任栋梁，整日沉浸在药酒山水之中的人生何来承当呢？如果天下的知识分子都如陶渊明那样一天到晚以酒为友、如王子猷那样尽情山水，那国家会怎样也就可想而知了。当然鲁迅也揭示了陶渊明“采菊东篱下，悠然见南山”潇洒自然的人生背后的现实经济基础，正如刘勰所忽视的，孔子的思想中既有入世、救世的成分，也有愤世嫉俗、避世躲闪的成分。其实刘勰又何尝不如此呢？刘勰的入寺、奉佛正如陶渊明的诗酒一样，也是不得已，或由于贫穷，或由于皇帝的干预，走出定林寺在官场闯荡三十多年，到五十二岁才终于迁升步兵校尉兼东宫通事舍人，这一切都表明他不过是孤苦地漂浮在宦海中的浮萍，至于蒙受皇帝之诏重回定林寺编撰经藏，更表明他的奉佛不过是梁武帝隆佛之事的一个简单插曲，与早期的“家贫不婚娶，依沙门僧祐”都是由于外在的力量，何来人身内在的自由呢？所谓士人的风度与风骨在无不处在的现实逻辑与强大的皇权面前土崩瓦解，荡然无存。所以在完成编订佛经的任务之后，刘勰便上表主动“启求出家”，这是否是对梁武帝“舍身侍佛”的效仿，我们不得而知，然而，出家后不到一年，刘勰便告别人世，《文心雕龙·程器》篇所提出的人生及文学理想“摛文必在纬军国，负重必在任栋梁”也便就此结束，但他关于人生及文学的完美理想确实令后世如他一样身怀救世救国抱负的文学青年唏嘘不已。刘勰的人生显然没有达到他“达则奉时以骋绩”的高远理想，至于定林寺的日日夜夜是否也满足了他“穷则独善以垂文”的无奈与躲闪，那就不得而知了。刘勰骨子里是一个理想主义者，但低微的出身与艰难的时势使他无法按照设定的理想主义原则“奉时骋绩”，有所作为，而所谓的“独善垂文”虽也是他人生理想的一面，但无论定林寺投靠佛门时期，还是后来的从政阶段，他都很少有“独善”的经历，《文心雕龙》贯穿始终的儒道完美结合在他的一生中都可说没有真正实现。但萧统对他的“深爱接之”是否与秦始皇对韩非、汉武帝对司马相如的爱一样，是“日进前而不御，遥闻声而相思”，那就不得而知了。

文学中寄托了刘勰的人生理想，但也仅仅是寄托而已。在刘勰看来，文学虽如曹丕所谓“经国之大业，不朽之盛事”，其根本原因不过是文学能为“经国之大业，不朽之盛事”摇旗呐喊罢了。所以他在《文心雕龙·序志》中讲自己为何从事文学研究时说：“自生人以来，未有如夫子者也！敷赞圣旨，莫若注经，而马、郑诸儒，弘之已精，就有深解，未足立家。唯文章之用，实经典枝条，五礼资之以成，六典因之致用，君臣所以炳焕，军国所以昭明，详其本源，莫非经典。而去圣久远，文体解散，辞人爱奇，言贵浮诡，饰羽尚画，文绣鞶帨，离本弥甚，将遂讹滥。盖《周书》论辞，贵乎体要；尼父陈训，恶乎异端：辞训之异，宜体于要。于是搦笔和墨，乃始论文。”①从刘勰的讲述来看，他人生的根本目标就是为了继承孔子的遗愿，赞美孔子的事业，要阐明孔子伟大的志向没有比研究、注解孔子的经典更为重要的，但这方面马融、郑玄这样的大儒已经做得很难超越，只有研究文学，文学虽然是经典的旁枝，但各种儒家的礼制、法典只有依靠文章才能得以形成与实施，君臣的政绩、军国大事都必须依靠文章才能彰显明了，而刘勰正处在一个文风追讹逐滥的时代，如按照孔子的教训去驳斥异端，遵照《周书》的陈述来要求文义，一样是追寻孔子的脚步，“文果载心，余心有寄”，自己对人生的理解与看法也只有寄托在对文学的阐述里了。由此看来，刘勰对文学的研究也有自己的“不得已”之处。从刘勰早期的家贫，“依沙门僧祐”，到避开“马、郑诸儒，弘之已精，就有深解，未足立家”，再到从政期间的“昭明太子好文学，深爱接之”，并受“诏令”重回定林寺编撰佛经，最后终于主动上表，“启求出家”，并很快死在佛寺中。一生躲闪不断的刘勰，生活在残酷现实的人生既定规则中，无法超越其上而实现自己的人生理想，其人生的悲苦是可想而知的，这些悲苦无不转化为他对文学的理解与批评，我们在阅读《文心雕龙》时都可时刻体会到，这也是中国古代文人士大夫在阐述文学时所呈现出的一个基本特点：文学评论、文学理论不是一个客观的文学研究手段，而是理论家探索人生与文学，阐明自我与他者的一种重要过程。从这个角度讲，他们对文学的论述是文品与人

① 周振甫：《文心雕龙今译》，北京：中华书局，1992 年，第 445 页。

品合一的结晶。刘勰不仅从哲学的角度来思考文学，同时也从哲学的角度来思考中国的文化，从切肤的人生体验来反思他所处的时代与现实。刘勰在谈到晋代的文人与文学时说“晋虽不文，人才实盛”：张华、左思、潘岳、夏侯湛、陆机、陆云、傅玄、傅咸、张载、张协、张亢等无不文采动人，但前人认为他们“运涉季世，人未尽才”，是时代造成了他们都没能充分发挥自己的才干，实在令人可惜。当刘勰说“诚哉斯谈，可为叹息”时，他应该是想到了自己和他们一样遭遇了生不逢时的命运，所以他在《才略》篇中说：“魏时话言，必以元封为称首；宋来美谈，亦以建安为口实。何也？岂非崇文之盛世，招才之嘉会哉？嗟夫，此古人所以贵乎时也！”[①]在刘勰看来，曹魏时代推崇汉武帝元封年代的文学，宋以来称赞汉末建安时代的文学，都是因为它们是文学盛世，文人发挥成就的好时代，古人看重时代，都是因为时代对人的成长有着至关重要的意义啊。

历代《文心雕龙》研究中往往强调刘勰的求善、求美，求真却较少触及，而求真却是刘勰超越于其他古代文论家的独到之处，这也是整个中国文化与古希腊求真传统的迥异之处。在刘勰看来，求真不仅指史实的真，更是指文学创作中的情感之真，唯有真才能使艺术作品做到“元气淋漓，真宰上诉”，虚伪扭捏之作怎能以情动人呢？所以刘勰非常反感那些表里不一、内外相左的文人，他在《文心雕龙·情采》篇说：“故有志深轩冕，而泛咏皋壤，心缠几务，而虚述人外。真宰弗存，翩其反矣。夫桃李不言而成蹊，有实存也；男子树兰而不芳，无其情也。夫以草木之微，依情待实，况乎文章，述志为本，言与志反，文岂足征？”[②]刘勰强调文章的情真意切，言行如一，表里相符，也就是《文心雕龙·祝盟》篇中所说的：“然

① 周振甫：《文心雕龙今译》，第426页。

② 周振甫：《文心雕龙今译》，第288页。

非辞之难，处辞为难。后之君子，宜存殷鉴。忠信可矣，无恃神焉。”所以刘勰认为“信不由衷，盟无益也”。[①]言说、写文，甚至是盟誓并不难，难的是按照言行如一的原则去行动，如果没有忠信的原则在，那所谓的言语行为不过是一种让人迷幻的虚空形式罢了。求真正是刘勰看到时人为文造情“淫丽烦滥”“采滥忽真”的情况而发的感慨，自己热衷于高官厚禄的生活，却在文章口头上不断歌咏田园山林的隐居生活，现实生活中一天到晚沉醉于繁忙的政务俗事，却以兰花香草般的隐君子自居，没有美好真诚的感情，都是虚情假意的蝇营狗苟，想想今日的文坛，和刘勰批评的当时又有多远呢？到处演讲孔孟之道的说客又有几位是真正以“仁者爱人”为目的的？口口声声老庄的，又有几位是忘记功名利禄的清净之人？它们的果实不如桃李，他们的香气不如兰草，言说与情志完全相左，情疏文盛的“繁采寡情”何来“风骨”，何来“鸿笔”，何来“日新其业”？其最终的结果必然是“味之必厌”。

在刘勰看来，当时的整个文坛正如《文心雕龙·铭箴》篇所说，“矢言之道盖阙”[②]，既无“矢言之道”，也就缺乏追求真理的气概，既无真理，何谈善美呢？刘勰整部《文心雕龙》都是以求真作为自己的使命的，虽然其前提常常标举儒家之“道”的旗帜，而美也是其评价文学的另一重要特质，正如戚良德先生所说：“笔者以为，《文心雕龙》创作论的‘总纲’乃是《情采》篇，刘勰以‘剖情析采’概括《文心雕龙》的创作论，正表明他对文章写作基本问题的认识；所谓‘万趣会文，不离情辞’（《镕裁》），创作理论所要研究的问题固然很多，但不出‘情’和‘辞’的范畴。”“以此而论‘圣贤书辞，总称“文章”’，都是因为具有文采，显然重在表明刘勰

① 周振甫：《文心雕龙今译》，第96、95页。

② 周振甫：《文心雕龙今译》，第105页。

自己的观点，那就是所谓‘文章’便意味着文采，也就是意味着美。”[①] 可见，真、善、美乃是刘勰思考人生及文学观念的三个根本出发点，可谓三位一体。刘勰对屈原的赞美就是基于这三位一体的评价：既有求真的成分，也有求善的成分，更有求美的成分。他同意刘安对《离骚》的高度评价，认为它是一部伟大的作品："《国风》好色而不淫，《小雅》怨诽而不乱，若《离骚》者，可谓兼之。蝉蜕秽浊之中，浮游尘埃之外，皭然涅而不缁，虽与日月争光可也。"这是从德的层面而言。说《离骚》"文辞丽雅，为词赋之宗，虽非明哲，可谓妙才"，并借用王逸的评价，说是"金相玉质，百世无匹者也"，兼有《国风》与《小雅》之美，则是从美的角度来评价《离骚》，整体上还是坚持了儒家表里相依、文质彬彬的价值观念。他反对班固对《离骚》的贬低，认为屈原的"忿怼沉江"并不是"露才扬己"，而是"依经立义"，是"忠怨之辞"，是"狷狭之志"，而屈原的态度也是"婉顺"的，也是从德的角度评价屈原；至于当班固认为屈原《离骚》"不合传"时："羿浇二姚，与左氏不合，昆仑悬圃，非经义所载"，刘勰则认为班固的评价违反了"取事也必核以辨"（《文心雕龙·铭箴》篇），乃是"褒贬任声，抑扬过实"的结果，是"鉴而弗精，玩而未核"的结果，是失实之论。[②] 刘勰对屈原及《离骚》的赞美表现了他对屈原人生观念及文学审美的高度认同，当然，他对《离骚》的高度赞扬与屈原的深切同情也与其自身的经历有着密切的联系，二者郁郁不得志的相似人生及对艺术的共同追求使他们成为志同道合的文坛英杰。所以《文心雕龙·知音》篇讲："昔屈平有言：'文质疏内，众不知余之异采。'见异唯知音耳。"[③]

---

① 戚良德：《文心雕龙校注通译·引论》，第 28、29 页。

② 周振甫：《文心雕龙今译》，第 41—43 页。

③ 周振甫：《文心雕龙今译》，第 433 页。

从刘勰对屈原的高度评价来看正是其为千古知音的最好见证，同时他们两位也成为历代杰出文人跨时代对话的榜样。

在刘勰看来，当时流行的史传中常常缺乏求真的精神，而“真”正是史传的灵魂。他在《文心雕龙·史传》篇特别批评了史传中常常出现的毛病，那就是“尊贤隐讳”和“奸慝惩戒”，因“世情利害”而有违事实的史传写作态度，其结果就是“勋荣之家，虽庸夫而尽饰，迍败之士，虽令德而嗤埋，吹霜煦露，寒暑笔端，此又同时之枉，可为叹息者也”。[①] 史传的写作者往往因人情世故的利害而对其内容妄加删改，出身寒门的英雄豪杰往往受到无情的嘲笑与埋没，名门世家即使是凡夫俗子也给以不可理喻的褒奖，寒风霜雪、阳光雨露无不是由写家与传主的利害关系而定，这些都是刘勰自己的所见所闻啊。既然美玉不因瑕疵而失去自身的价值，那伟人的缺陷与毛病又为何掩盖呢？不按照“实录无隐之旨”的原则来写作，又怎能达到“举得失以表黜陟，征存亡以标劝戒”的效果呢？当然，“褒见一字，贵逾轩冕；贬在片言，诛深斧钺”，是史家的职责，不得不为，想想如今充斥学界虚假不实的奉承吹捧，甚至是歪曲偏斜的攻击批评，无不充满了“任情失正”的山头门派之争，哪里还能找到“析理居正”与“良史直笔”的“素心”呢？在评论文学作品时也是如此，评论者也往往囿于亲情而不能做到“平理若衡，照辞如镜”，正如《文心雕龙·镕裁》中所说：“士衡才优，而缀辞尤繁；士龙思劣，而雅好清省。及云之论机，亟恨其多，而称清新相接，不以为病，盖崇友于耳。”[②] 陆机的文章才思敏捷，文辞繁复，陆云才思迟缓，文辞俭省，但在评论时，陆云虽对陆机的文章抱有看法，但他仍然夸赞自己的兄弟，说他的文章清新自然，这都是因为注重

---

① 周振甫：《文心雕龙今译》，第 150 页。

② 周振甫：《文心雕龙今译》，第 295 页。

兄弟情谊的结果啊。当然，没有亲情的限制，人也会囿于自己的情感与爱好而很难做出客观正确的判断，所以他在《才略》篇中又指出了另一种情况：曹丕、曹植各有所长，但俗鉴不同，“俗情抑扬，雷同一响，遂令文帝以位尊减才，思王以势窘益价，未为笃论也”[①]。在刘勰看来，文学史上曹丕才情不如曹植的结论是由于普通人人云亦云，因权势而忽视了曹丕的才华，因窘迫而给曹植过多的同情造成的。其实，这些世俗情感的评价并不恰当。

求真不仅需要见识，更需要勇气，“怊怅于知音”的刘勰内心充满了郁愤，而“耿介于程器”的刘勰则以“求真”为依据总结了历代著名文士、将相的各种优缺点。这些优缺点古今并无什么不同，我们在今人的身上也可找到：司马相如的“窃妻受金”，扬雄的“嗜酒少算”，班固的“谄窦作威”，孔融的“傲诞速诛”，管仲的“盗窃”，吴起的“贪淫”。至于孔光的“负衡据鼎，而仄媚董贤”更是专制时代的常态，更何况班固、马融、潘岳这样身处贱职下位的人呢？连王戎这样的开国大臣都买官卖官，随波逐流，更何况司马相如、杜笃、丁仪、路粹这样家徒四壁、一无所有的人呢？至于孔光仍被人看作大儒，王戎仍被列入竹林七贤，不过是名高位显，为尊者讳罢了。[②]但是，在刘勰看来，历史上的伟人并不都像他们那样是白玉有瑕的，屈原、贾谊、邹阳、枚乘、黄香、徐幹都是完美无瑕的君子。人们常常为历史关键时刻知识分子的软弱与缺陷辩护，但知识分子并不都是随波逐流的庸人，勇猛精进者有之，以身试法者有之，沉湖自洁者有之，清苦自持者有之，甚至是躲进小楼成一统者有之，人性的软弱并不都彰显在所有人的身上。当刘勰谈到这些文人将相的缺陷时，他并不是以嘲笑贬低的姿态，而是怀着深深的理

① 周振甫：《文心雕龙今译》，第421页。

② 周振甫：《文心雕龙今译》，第437—438页。

解与同情，充满了设身处地的悲天怜人。他深知人生的艰难与生命的软弱，知道“人禀五材，修短殊用，自非上哲，难以求备”的道理，同时他也看到了社会的残酷，“将相以位隆特达，文士以职卑多诮；此江河所以腾涌，涓流所以寸折者也”。他知道自己不是“位隆特达”的将相，也不是“腾涌”奔流的江河，而是“职卑多诮”的文士，是“寸折”蜿蜒的涓流，所以鲁迅在《摩罗诗力说》中讲刘勰这句话“东方恶习，尽此数言”，可谓是刘勰的千古知音。[①]刘勰从自己人生的切肤感受出发，揭示了中国传统文化的痼疾——重视血缘、门第，凝固不化的等级制度，致使千年之后的鲁迅发出了赞叹，即使在今日，我们也不能够说，这个问题已经得到了很好的解决。但令人敬佩的是，刘勰始终保持着清醒的态度与坚定的信念，完美的人格与完美的艺术一样，只要抱着坚定的信念就一定能够实现，这就是他在屈原、贾谊身上看到的完美的知识分子形象，他们是超越时空的完美典范，也是文学理论所追求的最终理想的反映：“及其品列成文，有同乎旧谈者，非雷同也，势自不可异也；有异乎前论者，非苟异也，理自不可同也。同之与异，不屑古今，擘肌分理，唯务折衷。”[②]这种无古无今、无中无外、无我无他，不以同异论是非的至高境界，只有后来王国维在《国学丛刊序》中所表达的境界能与之相媲美：“学无新旧也，无中西也，无有用无用也。凡立此名者，均不学之徒，即学焉而未尝知学者也。”[③]在他们的心中只有天下的真理、德善和美，而没有个人的情感偏好与一己之私的利害，他们都知道“逐物实难，凭性良易”，追求真理自然比沉溺欲望更难，但前者确是一个真正知识分子应该具有的担当与责任。

---

① 鲁迅：《鲁迅全集》第一卷，北京：人民文学出版社，2005 年，第 78 页。

② 周振甫：《文心雕龙今译》，第 449 页。

③ 傅杰编校：《王国维论学集》，昆明：云南人民出版社，2008 年，第 488 页。

当然，在“求真”的原则与“求善”的原则发生冲突时，刘勰会选择“善”的原则作为最终的依据，即使这种依据并不具有持久的合理性，如刘勰根据“牝鸡无晨”这个道法自然的原则与“武王首誓”的征圣原则得出的“妇无与国”，乃是其在“真”的原则与“善”的原则相矛盾时，自然地选择了他认为“善”的原则而忽视了基本的历史史实，所以他说：“及孝惠委机，吕后摄政，班史立纪，违经失实。何则？庖牺以来，未闻女帝者也。汉运所值，难为后法。牝鸡无晨，武王首誓；妇无与国，齐桓著盟；宣后乱秦，吕氏危汉。岂唯政事难假，亦名号宜慎矣。张衡司史，而惑同迁固，元帝王后，欲为立纪，谬亦甚矣。寻子弘虽伪，要当孝惠之嗣；孺子诚微，实继平帝之体：二子可纪，何有于二后哉？”[①]当刘勰认为《史记》与《汉书》立了《吕后本纪》是“违经失实”时，他更看重的应该是“违经”，是“名号宜慎”，而是否“失实”那要看《史记》与《汉书》对吕后摄政的具体记载了。但以刘勰的价值判断来看，把吕后执政记入历史本身就已经违背了儒家的原则，况且司马迁在《吕太后本纪》最后还说：“太史公曰：孝惠皇帝、高后之时，黎民得离战国之苦，君臣俱欲休息乎无为，故惠帝垂拱，高后女主称制，政不出房户，天下晏然。刑罚罕用，罪人是希。民务稼穑，衣食滋殖。”[②]其美化女主、不欲干政历史的态度也是明显的，但与此评价明显不同，《史记·吕太后本纪》记载了大量吕后从政时所做的各种残暴之事，如制造人彘、毒酒杀人、代行皇权、擅自废立皇帝、杀害大臣，以致最后全家覆没，她的罪恶只有莎士比亚悲剧中的理查三世可以相提并论。从此看来，司马迁并没有采取“尊贤隐讳”的策略，而更多的是“奸慝惩戒”的警示，是完全按照《文心雕龙·史传》

① 周振甫：《文心雕龙今译》，第141—145页。

② 〔汉〕司马迁：《史记》卷九，北京：中华书局，2013年，第515页。

中提出的“实录无隐之旨”的原则“按实而书”的，但最后的“太史公曰”又让读者深感他内心的矛盾，“为尊者讳”的伦理又一次占据了上风。刘勰自然知道司马迁在《史记・吕太后本纪》中对吕后的各种记述及其批评的态度，不过，在刘勰看来，立传本身就是对吕后历史价值的认可，至于刘勰讲“子弘虽伪，要当孝惠之嗣；孺子诚微，实继平帝之体”，内容是符合史实了，但这种简单的流水账似的符合史实又有何真正的意义呢？由此看来，刘勰更为看重的还是效果史，而不仅是事实本身，在他看来，史传的首要目的是“传者，转也，转受经旨，以授于后”，吕后的行为显然是不能供后世“转受”的，是“难为后法”的，从历史、现实的效果来看，她的人与作为最好能悄无声息地消失在历史的长河里，而不是彰显在如《史记》这样的历史巨著里供后世效法，这就是刘勰在道德与真理发生矛盾时的基本策略。其实，中国大多数的历史著作也都采取了这种策略，这也是中国历史往往愈远愈繁、愈近愈简的根源原因。鲁迅生前一直想把攻击他的文章汇编出版而未成愿的根本原因也是由此，大多数与鲁迅有过各种纠葛的人仍然在世的时候这是很难实现的，只有等到他们过世后才有可能，现实的利害往往决定着对历史的取舍与解读。[①] 与此相关，当文章所表现的道德情感与文章的语言之美相矛盾时，刘勰同样选择道德与善，他甚至认为美不能太突出以至于影响文章内在的质与德的表现，所以《文心雕龙・情采》篇说：“‘衣锦褧衣’，恶文太章；‘贲’象穷白，贵乎反本”“繁采寡情，味之必厌”。[②] 在刘勰看来，写文章与穿衣服一样，都要遵守内容比形式更为重要的原则，不要外在光鲜而内在贫乏，文辞华丽、内容浅薄的“瘠义肥辞”就是无力之征，风骨不飞，那

---

① 孙郁：《被亵渎的鲁迅・序》，北京：群言出版社，1994 年，第 1 页。

② 周振甫：《文心雕龙今译》，第 288—289 页。

就令读者讨厌了。

刘勰对真善美的追求与他对人性的深刻理解是密切联系在一起的，对人性的思索乃是刘勰论文的一大根本关键。刘勰在《物色》篇详细探讨了自然万物对诗人内心世界的影响，所谓“物色之动，心亦摇焉”，“情以物迁，辞以情发。一叶且或迎意，虫声有足引心。况清风与明月同夜，白日与春林共朝哉！”春花、秋月、夏草、冬雪，清风、明月、落叶、虫鸣，自然万物无不让人感慨生情，更何况那些激动人心、利害万物的战争风云与政治斗争呢？刘勰在《文心雕龙·时序》篇中谈到东汉末年的文风时说：“观其时文，雅好慷慨，良由世积乱离，风衰俗怨，并志深而笔长，故梗概而多气也。”[①] 汉末慷慨悲凉的文风是由汉末社会动荡、人心充满怨恨造成的，情志深刻、慷慨激昂的特点正是动乱时代人的基本精神面貌的反映。文学的通变追究起来也是由于人的性情使然。刘勰在《文心雕龙·通变》篇中说：“文律运周，日新其业。变则其久，通则不乏。趋时必果，乘机无怯。望今制奇，参古定法。”[②] 文人创作之所以要不断地求新，适应时代的审美需要，追根求源起来，还是因为人心所向，只有抓住时机，适应新的审美需求才能创作出适应新时代的文学作品，所以《文心雕龙·练字》篇说：“固知爱奇之心，古今一也。”[③] 至于他在《养气》篇中所说的“率志委和，则理融而情畅，钻砺过分，则神疲而气衰：此性情之数也”[④]，即写文章要心情和顺舒畅，精神疲惫不堪是无法写出好文章的，这是情之常理，算不上什么高深的理论。

---

① 周振甫：《文心雕龙今译》，第 399 页。

② 周振甫：《文心雕龙今译》，第 274 页。

③ 周振甫：《文心雕龙今译》，第 348 页。

④ 周振甫：《文心雕龙今译》，第 367 页。

历史的求真、政治的求善、文学的求美归根结底还是人的内在需要，是人对自身的完美设定，然而现实的人性并非完美，所谓真、善、美正如数学中的直线、圆形一样乃是理论的设定，并非现实的存在。现实的人性是不完美的，是有很多缺陷的，正如刘勰在《知音》篇中批评的文人的缺陷一样，它们大都是世俗人性的常态：文人相轻、轻言负诮、贵古贱今、崇己抑人、学不逮文而信伪迷真，可谓不一而足，以至于“知多偏好，人莫圆该。慷慨者逆声而击节，酝藉者见密而高蹈；浮慧者观绮而跃心，爱奇者闻诡而惊听。会己则嗟讽，异我则沮弃，各执一隅之解，欲拟万端之变，所谓东向而望，不见西墙也”。人人都根据自己的爱好与价值来判断，各执一隅之见，正如今日之学界常常用东方的观点来看西方，或用西方的观点来看东方，以今观古，或以古视今，以己推人，以偏概全，很少思考过什么是公正合理，更没考虑过自身的局限，又有多少人“操千曲而晓声”“观千剑而识器”呢？“无私轻重”“不偏憎爱”“平理若衡，照辞如镜”的“圆照之象”不要说在刘勰时代，即使在今日又有多少呢？[①] 在今日这个为名利绞尽脑汁而过度焦虑的时代，不少人挖空心思标新立异，“销铄精胆，蹙迫和气”，殚精竭虑地炫光耀彩，不知疲倦地奔忙于各种名利场之中，已无任何的“从容率情，优柔适会”的心情，“秉牍以驱龄，洒翰以伐性”的事无处不在，各种心思手段无所不用其极，所谓“圣贤素心，会文直理”早已荡然无存，学术的命脉已可想而知。正是《文心雕龙·诸子》篇所说的“飞辩以驰术，餍禄而馀荣”，《养气》篇所说“辞务日新，争光鬻采，虑亦竭矣”。[②] 今日的学界和刘勰的描述相比，可谓有过之而无不及，也就是刘勰在《文心雕龙·时序》篇中所说的：“文变染乎世情，

① 周振甫：《文心雕龙今译》，第429—431页。

② 周振甫：《文心雕龙今译》，第368页。

兴废系乎时序，原始以要终，虽百世可知也。”[①] 文学的变化与时代风气密切联系在一起，时代的兴衰与人心的悲欢也是密不可分，古今中外无不如此。

中国文学有抒情言志的传统，中国的文学批评理论也是如此，这也是中国传统文论的一个基本特点。司空图的《二十四诗品》、严羽的《沧浪诗话》、杜甫的《戏为六绝句》、元好问的《论诗三十首》、王国维的《红楼梦评论》、鲁迅的文学批评等，无不如此，这与从古希腊柏拉图、亚里士多德开始的把文学当作客观对象的研究方式根本不同，我们在《诗学》中看不到亚里士多德的人生。在中国传统文论看来，文学不是一个客观的对象，研究文学也不是研究自然科学，文学研究乃是研究者与被研究对象之间互相交流与互相对话的过程，是两个生命跨越时空的“情往似赠，兴来如答”，是另一种形式的文学创作。刘勰在自己的文学评论里就鲜明地体现了这种民族特色，他把文学研究当作他实践人生、介入社会的一种方式，他对文学、作家、作品的看法贯穿着他对人生、社会、自然、自我、他者的基本观点，既阐明了自己的理想，同时也融入了自己对文学与人生、社会现实及文化传统的深切感受，所以我们在《文心雕龙》中既能阅读到他对文学的精深见解，同时也能看到刘勰的人生及他对时代社会的深切感悟及思考。刘勰在《文心雕龙·诸子》篇中说：“身与时舛，志共道申。标心于万古之上，而送怀于千载之下，金石靡矣，声其销乎？”[②] 这虽然说的是诸子，但难道不就是刘勰自身生命历程的真实写照吗？“知其不可而为之”的人生现实又一次体现在了刘勰的身上，其实历史上哪一个伟大的人物不是如此呢？就是刘勰反复标榜的孔子

① 周振甫：《文心雕龙今译》，第 404 页。

② 周振甫：《文心雕龙今译》，第 161 页。

不也如此吗？《论语》中就说他是“知其不可而为之者”[①]，《庄子·盗跖》篇说孔子更为彻底：“子自谓才士圣人邪？则再逐于鲁，削迹于卫，穷于齐，围于陈蔡，不容身于天下。……子之道岂足贵邪？”[②]究其原因，正如王国维在《人间词话》中所说的，历史上的伟人无不是“虽写实家，亦理想家也”[③]，以理想家的姿态来解决现实问题正是他们人生悲剧的根本原因，然而人类进步与发展的链条正是由这些伟大的悲剧构成，那些心怀真善美，坚定为信念而奋斗的人都必须时刻准备接受这种命运，正如《名哲言行录》中的泰勒斯要接受被嘲笑的命运一样[④]。刘勰始终以孔子为榜样，他人生的经历与结局也必然与孔子相似，这是天下理想主义者的共同命运。事实上，令人欣慰的是，刘勰自己远大的志向虽然不能在他那个混乱的时代里得以实现，但美好的言论即使在千余年之后的今日也令世人瞩目。

---

① 杨伯峻：《论语译注》，北京：中华书局，2000 年，第 157 页。

② 陈鼓应：《庄子今注今译》（下），北京：中华书局，2001 年，第 778 页。

③ 王国维：《人间词话》，上海：上海古籍出版社，2000 年，第 2 页。

④ 〔古希腊〕第欧根尼·拉尔修：《名哲言行录》，徐开来、溥林译，桂林：广西师范大学出版社，2010 年，第 15 页。

# 文如其人

## ——从《文心雕龙·程器》篇看文品与人品之争

邹广胜

人品、文品之争乃是中西文论史上的老问题，从朗加纳斯的《论崇高》开始，到《文心雕龙·程器》篇，再到钱锺书的《文如其人》等都深入地讨论了这个问题，在中外文学发展的历史中这个问题时刻都存在着，只是不同的文化背景、不同的历史时期呈现出不同的方面与特征。时至今日，面对日益纷繁复杂的中国学术界，重新思考这个历久弥新的老问题，不仅具有重要的学术意义，同时更具有深刻的现实意义。

克尔恺郭尔通过他的两则寓言也阐明了这个问题。其一是《宫殿旁的狗窝》，它讨论的问题是："思想者建立的体系与他的现实处境之间的关系应作何比喻？"其寓言为："一位思想者建立了一座庞大的建筑，一个体系，一个包容万有及世界历程等一切的体系，然而，假如我们考察他的个人生活，会发现一个可怕而荒唐的事实：思想家并不居住在这座恢弘、高大的宫殿之中，而是住在旁边的马厩里，或者在一个狗窝里，或至多住在一个脚夫的草屋里。假如有人提醒他注意这个事实，他就会发怒。因为他并不惧怕生活在幻想之中，只要他能够完成这一体系——这也同样借助于幻想。"[①] 此则寓言讨论了哲学家，自然也包括文学家及各式各样的艺术家，他

① 〔丹麦〕克尔恺郭尔：《哲学寓言集》，杨玉功译，北京：商务印书馆，2000年，第37页。

们为世人，也为自己筹建了各式各样美好的理想，许下了各式各样令人神往的承诺，然而这些理想不过是幻想，而令人神往的承诺也不过是无法兑现的空头支票，更为重要的是连他们自己都不相信，正如在盗跖看来，孔子为世人许下的各式各样的美丽谎言，又有哪一样兑现了呢？无论是大同世界，还是小康世界，无论是仁义道德，还是礼义廉耻，都无法兑现这些哲人此前曾许下的诺言，虽然他们自己也许曾经一度相信。如果此则寓言讨论的是“言说”和“信”的问题的话，也就是哲学家、艺术家是否相信自己的言说；第二则寓言《复活的路德》则是讨论“言”和“行”的问题，哲学家所说的和他所行的是否一致。克尔凯郭尔把这个问题命名为“没有不惜身命的奋斗，真正的信仰能否存在？”他在寓言中说：“设想路德从坟墓里复活。一连数月他都在我们中间，尽管无人察觉。他一直在观察我们的生活，一直在留意所有的人，也包括我。我想有朝一日他会向我打招呼，对我说：‘你是不是信徒？你是否有信仰？’作为一个作家，所有熟悉我的人都会承认，就此类考试而言，我毕竟可能是那个成绩最好的人，因为，我常常说：‘我没有信仰。’就像一只小鸟在即将来临的暴风雨面前急切地逃遁，我也表达了对那种狂乱之困惑的不祥的预感。‘我没有信仰。’我可能会这样回答路德。我可能说：‘不，我亲爱的路德，我至少已经向您表示了敬意，就是说我宣布我没有信仰。’然而我不愿意强调这一点。所有其他人都自称为基督徒和信徒，我也同样会说：‘是的，我是信徒。’否则我就无法明了我想要明白的事体。于是我回答道：‘是的，我是信徒。’‘那怎么会呢？’路德道，‘我没有发现你有任何信仰的迹象，而我已经观察了你的一生。而且你知道，信仰是一件烦恼的事。你说有信仰，信仰又是如何使你烦恼的呢？你何时曾为真理作证？你何时曾揭穿谬误？你曾做出何种牺牲？你曾为基督遭遇受何种迫害？在你的家庭生活中，你又曾显示出何种自我牺牲与克制？’我回答道：‘我庄严宣告我有信仰。’‘宣告，宣告，那是什么话？如果有信仰，就不需要任何宣告；如果没有信仰，任何宣告也无济于事。’‘是的，但我只要你愿意相信我，我可以尽可能庄严地宣告……’‘呸，别再说这些废话！你宣告又有什么用？’‘是的，可你要是读过我的一些书，你会知道我是如何描述信仰的，所以我知道我一定有信仰。’‘我觉得这家伙是疯子！确实，你懂得如何描述信仰，这只是证明你是一个诗人；如果你描述得很精彩，说明你是一个出色的诗人；但是这并不证明你是信徒。也许你在描述信仰时可能会哭哭啼啼，这只是说明你是一个好演员而已。’”[①] 克尔恺郭尔异常精彩地说明了哲学家与真正有信仰的人之间的根本差别，也就是“言”和“行”的差别，正如孔子所谓：“有德者必有言，有言者不必有德。仁者必有勇，勇者不必有仁。”[②] 有道德的一定有美好的言论，有美好言论的不一定有美好的道德。仁义的人一定勇敢，不勇敢哪能行施自己的仁义呢，不能行施又与空谈有何区别呢？勇敢的人有为己为人之别，为己者不过是一己之勇，是自私的勇敢，像动物争夺食物一样，而为人者则是真正的勇敢，他不为己，如苏格拉底的勇于赴死，释迦牟尼的离家出走，耶稣的被钉十字架，孔子的颠沛流离，所遭受的各种屈辱又有哪一个是因为自己的呢？孔子讲“吾道一以贯之”[③]，他的“一以贯之”不仅仅是指把一个根本原则贯彻到整个理论之中，使自己的理论能够自圆其说，而是把自己的根本原则同时贯穿到理论与生活之中，并贯之以一生。《论语·里仁》讲：“富与贵，是人之所欲也，不

① 〔丹麦〕克尔恺郭尔：《哲学寓言集》，杨玉功译，第 117 页。

② 杨伯峻：《论语译注》，北京：中华书局，2000 年，第 146 页。

③ 杨伯峻：《论语译注》，第 39 页。

以其道得之，不处也。贫与贱，是人之所恶也，不以其道得之，不去也。君子去仁，恶乎成名？君子无终食之间违仁，造次必于是，颠沛必于是。”[①] 可见，孔子是将他的理论贯穿于他的一生的，不管是人生畅达，处于富裕和显贵的时候，还是人生穷困，处于贫弱和低贱的时候，都把自己的理论当作生命的根本，君子依靠的是自己的仁德，离开了仁德，哪还称得上君子呢？君子一刻之间都不要离开仁德，即使在匆匆忙忙的时候，即使在颠沛流离的时候，何谈背离自己的原则呢？但一般的人都是在需要仁义的时候拿着仁义当作骗人的幌子来使用一下，等达到自己的目的后就随意地放弃了，正如作家在创作时，客观的需要使他选择了一个高尚的主题，但在他的内心又何尝相信呢？等他离开了自己的创作，离开了大众的视野，当他一个人面对自己的时候，当他名利双收自感到安全的时候，他便展露出真正的自我，那自我正如弗洛伊德所说的正是被压抑的本能。但圣人没有本能吗？圣人不过是能根据理想的原则来控制自我罢了。可以想象如果庄子是一个工于心计的好色贪财之徒，释迦牟尼是一个贪恋世俗权力与名利的俗不可耐的庸人，孔子是一个蝇营狗苟斤斤计较的势力小人，如果他们自己不以身作则，不以身证法，他们又怎能说服无数的跟从者，从而使其前赴后继赴汤蹈火呢？然而克尔恺郭尔正是看到了并不是任何哲学家与艺术家都言行如一地生活着，而是常常存在着事实上的言行不一，虽然这种言行不一是经常存在的，特别是在普通人身上，但普通人的言行不一不如哲学家与艺术家的言行不一更具有哲学意味，因为哲学家与文学家呈现在世人眼中的更多的是言，而不是行，况且哲学家也懂得如何以人品、文品之争的另一方面来为自己辩解：世人能否因人废言，或

---

① 杨伯峻：《论语译注》，第 36 页。

因言废人呢？孔子在《论语·卫灵公》中不是讲过“君子不以言举人，不以人废言”[①]吗？君子不因为人家话说得好就提拔他，也不因为否认他的为人就不信他的话。可见孔子还是承认除了以道德的层面来判断哲学家和文学家之外，还要以智慧，甚至是审美的层面来判断哲学家与文学家，而这正是他们在世上得以存在的理由，哲学家与文学家在某种程度上比世人具有更多的智慧，更多的为自我辩解的能力。所以李泽厚在《论语今读》中说：“今日中国则常反其道而行之，损失不小。唯近世以还，操守缺而学问显，人品残而声名著者，盖已多有，岂亦‘不以人废言’之谓乎？固历史与伦理二律背反之又呈现也。然秦桧、严嵩，阮大铖、汪精卫诗卒不流传。伦理命令至高无上，可不惧哉。学者盍三思焉。”[②]可见，李泽厚把人品、文品的问题上升到“历史与伦理二律背反”的问题，虽然很多人能够凭借一时之巧飞黄腾达，但最终还是要接受伦理最高命令的惩罚，而遭到历史的唾弃，这也是康德所说的求真与求善的根本不同吧。

《文心雕龙·程器》分两部分讨论了作家及政治家的人品问题，如果政治家的政治作为也算作他们的作品的话。第一部分首先讨论了文学家的人品。《程器》的一开始就根据《尚书·周书·梓材》提出了自己的标准，他说：“周书论士，方之梓材，盖贵器用而兼文采也。是以朴斫成而丹雘施，垣墉立而雕杇附。”[③]《梓材》中周王说：“若作梓材，既勤朴斫，惟其涂丹雘。”[④]周王说教化民众就像优良的木材制作器具，不仅要辛勤地削皮加工，还要涂上红

① 杨伯峻：《论语译注》，第166页。

② 李泽厚：《论语今读》，北京：中华书局，2005年，第433页。

③ 范文澜：《文心雕龙注》（下），北京：人民文学出版社，1958年，第718页。

④ 李民等：《尚书译注》，上海：上海古籍出版，2004年，第282页。

色的颜料加以装饰，以达到既要实用，又要有文采的效果。也就是《论语·雍也》中孔子所说的："质胜文则野，文胜质则史。文质彬彬，然后君子。"[①]一如李泽厚解释的，"'质胜文'近似动物，但有生命；'文胜质'如同机器，更为可怖。孔子以'礼''仁'作为中心范畴，其功至伟者，亦在此也：使人不作动物又非机器"[②]。可见刘勰的论士"贵器用而兼文采"与孔子的"文质彬彬"是一致的。然而在刘勰的时代却并非如此，而是"近代词人，务华弃实"，再加上魏文帝"古今文人类不护细行"的观点，以至于韦诞对很多作家都一一作了批评，后人也随声附和，视听混淆，不一而足了。这就是刘勰的写作目的：为了纠正当时文坛流行的关于作家人品的不正确的观点。所以接着刘勰就列举了历代文人们的各种瑕疵："相如窃妻而受金，扬雄嗜酒而少算；敬通之不循廉隅，杜笃之请求无厌；班固谄窦以作威，马融党梁而黩货；文举傲诞以速诛，正平狂憨以致戮；仲宣轻脆以躁竞，孔璋偬恫以粗疏；丁仪贪婪以乞货，路粹餔啜而无耻；潘岳诡诪于愍怀，陆机倾仄于贾郭；傅玄刚隘而詈台，孙楚狠愎而讼府：诸有此类，并文士之瑕累。"[③]司马相如勾引卓文君私奔而又受贿，扬雄因嗜酒而生活混乱，冯衍、杜笃都不守规矩贪得无厌，班固谄媚窦宪，马融投靠梁冀，都作威作福贪污受贿，孔融、祢衡都以自己的傲慢狂放而招致杀戮，王粲、陈琳都是草率轻疏之人，丁仪、路粹都是乞货贪吃的小人，潘岳陷害愍怀太子，陆机攀附贾谧、郭彰，都是阴险狡诈之人，而傅玄和孙楚都刚愎自用反叛上级，如此等等都是文人的毛病。由此看来，刘勰主要是以儒家的道德观点来判断作家的人品及行为的。但是正如牟宗三所说：

---

① 杨伯峻：《论语译注》，第 61 页。

② 李泽厚：《论语今读》，第 175 页。

③ 范文澜：《文心雕龙注》（下），第 719 页。

“孔夫子讲仁，并不是单单对中国人讲。孔子是山东人，他讲仁也不是单单对着山东人讲。他是对全人类讲。”[①] 对此，我们也可以讲，刘勰的《程器》篇也并非仅仅针对他所提到的这些文人，而是针对所有的文人，自然也包括今日的文人。关于这个问题，周振甫在《文心雕龙今译》中说：“本篇讲作家的品德，既是从‘负重必在任栋梁’着眼，不是从品德同创作的关系着眼，那么从创作的角度来考虑，对这些问题，本可存而不论。只是刘勰既经提出来了，也可以说一点，即他所指责的，有的不是品德问题。像扬雄嗜酒而少算，孔融的反对曹操，祢衡的傲视权贵，王粲的轻脆躁竞，陈琳的草率粗疏，傅玄的攻击台臣，孙楚的跟石苞互相控诉，相如跟卓文君同归，都不属于品德问题。此外，还可指出一点。他说：‘彼扬马之徒，有文无质，所以终乎下位也。’认为他们的品德不好，所以不能任栋梁。……可是他又说‘古之将相，疵咎实多’，那末古代的将相的品德也不好。他指责古代将相的品德，实际上是为文人抱不平，也是感叹自己的不得志。”[②] 既然刘勰是按照儒家的价值观来判断作家的品格，他甚至在《序志》里把自己写作《文心雕龙》的缘起归结为梦到孔子，把写作《文心雕龙》的根本目的看成是对孔子志向的继承，所谓“尼父陈训，恶乎异端：辞训之异，宜体于要。于是搦笔和墨，乃始论文”[③]。所以像“扬雄嗜酒而少算，孔融的反对曹操，祢衡的傲视权贵，王粲的轻脆躁竞，陈琳的草率粗疏，傅玄的攻击台臣，孙楚的跟石苞互相控诉，相如跟卓文君同归”之类，无论是在孔子，还是在刘勰看来都是有很大问题的，也是一个儒家君子所不可取的。“嗜酒”“傲慢”“狂妄”“轻浮”“草率”都不符合刘勰的“负

---

① 牟宗三：《中国哲学十九讲》，上海：上海古籍出版社，2005 年，第 2 页。

② 周振甫：《文心雕龙今译》，北京：中华书局，1992 年，第 439 页。

③ 范文澜：《文心雕龙注》（下），第 726 页。

重必在任栋梁”的基本观点，因为这不符合从政所需要的基本品格，我们从孔子反对子路的刚烈性格也可看出这一点，他说子路：“由也好勇过我，无所取材。”“暴虎冯河，死而无悔者，吾不与也。必也临事而惧，好谋而成者也。”他甚至预测了子路的不得好死：“若由也，不得其死然。”他也不认为子路是他最好的学生：“由也升堂矣，未入于室也。”所以他在给子路讲话时都是与别人不同的：“求也退，故进之；由也兼人，故退之。”甚至有时候还笑话子路，当别人问他“夫子何哂由也”时，他回答说：“为国以礼，其言不让，是故哂之。”所以当季康子问孔子“仲由可使从政也与？”即子路是否适合于从政时，孔子便自然回答：“由也果，于从政乎何有？”说他不适合从政，子路的死也印证了孔子的话。[①]甚至朱熹也继承了孔子的这个观点，他在《孟子序说》中引用了程子的话来评价孟子与孔子的不同，他说：“孟子有些英气。才有英气，便有圭角，英气甚害事。如颜子便浑厚不同，颜子去圣人只毫发间。孟子大贤，亚圣之次也。或曰：‘英气见于甚处？’曰：‘但以孔子之言比之，便可见。且如冰与水精非不光。比之玉，自是有温润含蓄气象，无许多光耀也。’”[②]可见，这种内涵的中庸之道是儒家“一以贯之”的。刘勰对文人的批评我们在孔子对子路的批评中都可看到，虽然刘勰自己也遭受不公，没有“负重任栋梁”的机会，才能得不到充分的发挥，但他认为这并不是由于自己的品质，或是自己的才能，而是由于自己的出身，所以他才说：“然将相以位隆特达，文士以职卑多诮，此江河所以腾涌，涓流所以寸折者也。”[③]鲁迅《摩罗诗力说》

---

① 杨伯峻：《论语译注》，第 44、68、113、114、117、119、58 页。

② 〔宋〕朱熹：《四书章句集注》，北京：中华书局，2005 年，第 199 页。

③ 范文澜：《文心雕龙注》（下），第 719 页。

中也说刘勰的这句话“东方恶习，尽此数言”[①]。刘勰甚至在《史传》篇中也对中国传统传记文学中的虚伪所表现出来的对权势的阿谀逢迎做出了尖锐的批评：“至于记编同时，时同多诡，虽定、哀微辞，而世情利害。勋荣之家，虽庸夫而尽饰；迍败之士，虽令德而常嗤；理欲吹霜煦露，寒暑笔端：此又同时之枉，可为叹息者也！故述远则诬矫如彼，记近则回邪如此，析理居正，唯素臣乎！”[②]文人写传记愈近当代愈是虚假，即使如孔子这样的圣人在记述鲁定公与哀公的事时都不能免俗，这也是他历来就主张为尊者讳，即刘勰所谓“尊贤隐讳，固尼父之圣旨”的理论主张所决定的，其实这也关联着现实的利害。在刘勰看来，文人对那些有钱有势的人即使是庸俗不堪的小人也要尽力地加以拍马逢迎，而对那些暂时失势的君子，则打击嘲笑，无所不用其极，文人的一支笔既像春风春雨一样，又像北风寒霜一样，时代遥远的模糊不清，时代太近的又不敢讲真话，有谁能靠内心的真诚来判断事理呢？像刘勰这样出身微寒的士人虽然在理论上有“穷则独善以垂文，达则奉时以骋绩”的设想，而现实也只有“穷则独善以垂文”等着他。我们只要看一下《梁书·刘勰传》的记载就明白了刘勰为何在《文心雕龙》里反复发出这样的感慨。刘勰的出身是“早孤，笃志好学。家贫，不婚娶，依沙门僧祐，与之居处，积十余年”。这样贫穷的人在刘勰所描述的“文士以职卑多诮”“迍败之士，虽令德而常嗤”门第等级森严的世界里，又哪有什么“达则奉时以骋绩”的可能呢？所以当他写完《文心雕龙》后，“未为时流所称”，刘勰虽“自重其文”，然无可奈何，便只好按照流行的方式去做：“欲取定于沈约。约时贵盛，无由自达，乃负其书，候约出，干之于车前，状若货鬻者。约便命取读，大重

① 鲁迅：《鲁迅全集》第一卷，北京：人民文学出版社，2005年，第78页。

② 范文澜：《文心雕龙注》（上），第287页。

之，谓为深得文理，常陈诸几案。”[①] 有了这番经历后，刘勰写出“孔光负衡据鼎，而仄媚董贤；况班马之贱职，潘岳之下位哉？王戎开国上秩，而鬻官嚣俗；况马杜之磬悬，丁路之贫薄哉”[②] 这样以己度人的话就在情理之中了。所以陆侃如、牟世金在《刘勰和文心雕龙》中说：“对于班固、陆机等人的丑行，刘勰的批判是对的。同时，他还提出了这样的看法：身居将相，担负国家重任的人尚且品行不端，何况那些官卑职小的人和穷困的书生呢！将相虽然品行不端，仍然算是儒林名士；一般文人却遭到过多的讽刺。这不过是因为‘然将相以位隆特达，文士以职卑多诮’罢了。这是极不公允的。刘勰这样的揭露，在门阀森严的六朝时期，是有一定意义的。”[③]

紧接着刘勰又论述了武士的缺点，所谓“文既有之，武亦宜然”：“古之将相，疵咎实多：至如管仲之盗窃，吴起之贪淫，陈平之污点，绛、灌之谗嫉，沿兹以下，不可胜数。”古代的将相很多人都有毛病：管仲偷盗，吴起财色俱贪，陈平行为不检点，绛侯周勃、颍阴侯灌婴则逢迎拍马嫉贤妒能，有这种毛病的人多得数也数不清，可见将相与文人只不过在职业上有别，在人品上则相类似，可谓斑瑕互现。但刘勰又为普通文士的缺点与不得已做出了说明：“孔光负衡据鼎，而仄媚董贤；况班马之贱职，潘岳之下位哉？王戎开国上秩，而鬻官嚣俗；况马杜之磬悬，丁路之贫薄哉？然子夏无亏于名儒，濬冲不尘乎竹林者，名崇而讥减也。”孔光位居相位还逢迎董贤，何况班固、马融、潘岳这样的小人物？王戎为开国元勋竟也买官卖官，随波逐流，何况司马相如、杜笃、丁仪、路粹这样一无所有的

---

① 戚良德：《文心雕龙校注通译·引论》，上海：上海古籍出版社，2008 年，第 3 页。

② 范文澜：《文心雕龙注》（下），第 719 页。

③ 陆侃如、牟世金：《刘勰和文心雕龙》，上海：上海古籍出版社，2011 年，第 36 页。

人？至于孔光依然被尊为名儒，王戎被列入竹林七贤，都不过是因为名声太大，无人讽刺打击他们罢了。古今的历史哪个时候不是“将相以位隆特达，文士以职卑多诮”，江河腾涌，涓流寸折呢？但是刘勰并没有到此为止，他最后又提出了更富有挑战的问题：人们都常用“盖人禀五材，修短殊用，自非上哲，难以求备”这样的话来为他人辩解，同时也自我安慰，但是不是所有的文人都像刚刚列举的那些人一样以“为时势所迫，不得已而为之”来解释自己的难言之隐呢？刘勰并不认为如此，他说：“若夫屈贾之忠贞，邹枚之机觉，黄香之淳孝，徐幹之沉默，岂曰文士，必其玷欤！”[①]看看屈原、贾谊的忠贞，邹阳、枚乘的聪慧，黄香的孝顺，徐幹的淡泊，并不是只要是文人就必然有缺点的，并不是所有的文人都随波逐流，被别人的权势与自己的所谓苦衷所驯服的。所以在“文化大革命”中很多知识分子都做出了令人匪夷所思的事情，但依然有少数人能坚持自我、坚持真理并为此付出惨痛的代价。至于那些反复为自己辩解的人，从刘勰的观点来看，有些是可以理解的，但那并不能成为为低俗开脱的借口，因为依然有人能达到文人的最高理想。所以刘勰又回到了儒家对于文人的理想要求上：不管名声的高低与职位的大小都应该“士之登庸，以成务为用”。所谓“以成务为用”就是要“治国”“达于政事”，而不能像扬雄、司马相如这些人，只有文人的才能，而没有从政所需的道德品质，所以一辈子碌碌无为，得不到任何显要的职位，而应该像庾亮一样不仅文章为时所称，而且能身居要职，虽然官职的显赫盖住了文章的才华，如果他不从政，同样也会以文章名世的。如果能像郤縠、孙武那样文武兼备，左右开弓，那就更能达到文人“蓄素以弸中，散采以彪外，楩楠其质，

① 范文澜：《文心雕龙注》（下），第719页。

豫章其干”的最高理想了，写文章的目的在于为国为政，而从政就要勇于成为栋梁之才，时势来时就要建功立业，时势去时就独善其身，这样又回到了孔子所谓“道不行，乘桴浮于海”“用之则行，舍之则藏”[①]，孟子所谓“得志，泽加于民；不得志，修身见于世。穷则独善其身，达则兼济天下”[②]的观点上了。当然刘勰在这里仅仅是讨论了文人的个人品质，而不是讨论文人的个人品质与作品内容之间的关系，与此相关的《辨骚》《明诗》《才略》《体性》《风骨》等篇中关于作家作品的评论，则分别讨论了作家的才能、创作的风格、文体等具体的文学问题，从中可以看出刘勰是怎样看待文人人品与文品基本关系的。当然仍有一些问题需要我们作进一步的思考。首先，刘勰在评论作家作品与评论作家人品时采用相同的标准吗？当然文品主要是指作品艺术形式的特点，而人品主要是作者现实中的行为表现，然而二者有着内在的必然的一致吗？《周易·系辞下》说：“将叛者其辞惭，中心疑者其辞枝。吉人之辞寡，躁人之辞多。诬善之人其辞游，失其守者其辞屈。”[③]在《周易》看来，可以从语言上来判断一个人是否是有叛乱之心的人，是否是一个内心疑惑的人，或是一个诋毁善人的人，一个人的性格也是可以从语言上看出来的，是善人，还是焦躁之人，都一目了然。然而，《周易》也仅是从理论上阐明二者的关系，既然言辞“其称名也小，其取类也大，其旨远，其辞文，其言曲而中，其事肆而隐”[④]，也就是“称名”与“取类”及“旨”之间有“小”“大”“远”的矛盾，“言”与“事”也有“曲中”与“肆隐”的矛盾，那二者的统一，也就是无论在表

---

① 杨伯峻：《论语译注》，第43、68页。

② 杨伯峻：《孟子译注》（下），北京：中华书局，2000年，第304页。

③ 陈鼓应、赵建伟：《周易今注今译》，北京：商务印书馆，2007年，第694页。

④ 陈鼓应、赵建伟：《周易今注今译》，第671页。

在里的统一就很难了，不仅言谈者很难达到表里统一，就听者而言就更难了。所以《周易》不仅指出了言意一致的问题，更强调了言意不一的问题。《周易·系辞上》又明确指出："子曰：'书不尽言，言不尽意。'"[①]这种矛盾性与张力关系正是中国传统文论"言意之辨"几千年来争论不休的根本原因，而《易经》作为中国文化初创时期的经典著作深刻地认识到言意关系不可分割的两个方面。老庄对此问题讨论得更多，已成为中国文论史上的常识。孟子也继承了这个观点，他在《孟子·公孙丑上》说："诐辞知其所蔽，淫辞知其所陷，邪辞知其所离，遁辞知其所穷。"[②]其内容基本同《易经·系辞下》中孔子的话。至于扬雄《法言·问神》中所说的更是众所周知："君子之言，幽必有验乎明，远必有验乎近，大必有验乎小，微必有验乎著。无验而言之谓妄，君子妄乎？不妄。言不能达其心，书不能达其言，难矣哉！……言，心声也；书，心画也。声画形，君子小人见矣。声画者，君子小人之所以动情乎！"[③]刘勰在《文心雕龙·体性》篇则根据言意一致的关系讨论了作家与他们的创作风格之间的关系。《体性》篇讲："夫情动而言形，理发而文见，盖沿隐以至显，因内而符外者也。"在刘勰看来每位作家的风格是不同的，所谓"各师成心，其异如面"，他把不同作家的风格区分为八类："若总其归途，则数穷八体：一曰典雅，二曰远奥，三曰精约，四曰显附，五曰繁缛，六曰壮丽，七曰新奇，八曰轻靡。"并对每一种风格的具体含义作出了分析，并最终指出："故雅与奇

① 陈鼓应、赵建伟：《周易今注今译》，第 639 页。

② 杨伯峻：《孟子译注》（上），第 62 页。

③ 郭绍虞主编：《中国历代文论选》第一册，上海：上海古籍出版社，2001 年，第 97 页。

反，奥与显殊，繁与约舛，壮与轻乖，文辞根叶，苑囿其中矣。”[①]我们从刘勰对八种风格的描述中就能发现他对这八种风格的取舍是很鲜明的，例如他说“典雅者”是“镕式经诰，方轨儒门者也”，儒门是刘勰的根本宗旨，他在《文心雕龙》一开始就讲，要“原道”“征圣”“宗经”，所谓“道”“圣”“经”都是儒家之“道”“圣”“经”，所以他把“典雅者”归结为“镕式经诰，方轨儒门者也”是对“典雅”的一种褒扬与认可。至于他把“新奇者”定义为“摈古竞今，危侧趣诡者也”，把“轻靡者”定义为“缥缈附俗者也”，都显示他对“新奇者”与“轻靡者”的否定。所以他对八类进行对举以显示其对立的根本特性，就为了彰显刘勰自己的立场与价值判断。我们在刘勰对具体作家的评论中也可看出这一点。他说“贾生俊发，故文洁而体清”，贾谊英才超群，所以文章高洁而风格清新。我们从《程器》中他对贾谊的评价“若夫屈贾之忠贞……岂曰文士，必其玷欤”就可看出他对贾谊毫无疑问的赞扬了。至于他说“长卿傲诞，故理侈而辞溢”，司马相如狂放不羁，文理都很浮夸，这也是他对司马相如的基本评价。[②]当然，刘勰考虑到作家自身个性与创作的复杂性，并没有绝对地对一个作家进行黑白分明的区分，所谓“志隐而味深”“趣昭而事博”“兴高而采烈”等都不是明确的价值判断，但这绝不意味着刘勰进行价值判断的标准是两可的，他的价值标准是很明确的，并不像《文心雕龙今译》中所说的：“陈望道先生讲四组八体彼此相反，没有贬低其中的任何一体，这是对的。刘勰讲四组八体彼此相反，贬低其中的两体，这是不恰当的。因正与奇反，有正即有奇，两者都需要，不应贬低奇。刘勰把奇说成‘危侧趋诡’

① 范文澜：《文心雕龙注》（下），第505页。

② 范文澜：《文心雕龙注》（下），第506页。

就不好了。”[①] 当然，文苑中风格的多样性是必需的，也是必然的，但文苑不可能没有主调，这至少在刘勰看来是如此。刘勰为何对这八种风格进行价值判断呢？因为刘勰最终考虑的不仅仅是一种纯粹的美学价值，或者是阅读时的快感，而是作品最终对读者所产生的心理影响与对读者的行为所最终产生的影响，所以，他对风格的描述基本上与对作家品格的描述是一致的，贾谊的“俊发”与“文洁而体清”和司马相如的“傲诞”与“理侈而辞溢”都是文品与人品统一的，这与他在《体性》一开始所提出的“因内而符外”在逻辑上也是一致的。

然而，作家所创造的艺术世界毕竟和作家所处的现实世界是两个根本不同的世界，二者也存在着本质的差别，作品的世界不仅是作家所处现实世界的反映，更是作家想象与客观叙述的结果，即使是作家所处现实的反映，也不一定是作家真正行为与真正内心世界的反映。所以王国维在《红楼梦评论》中就反对那种把小说中所描写的世界与作者世界混为一谈的做法，他说：“诗人与小说家之用语其偶合者固不少，苟执此例以求《红楼梦》之主人公，吾恐其可以傅合者，断不止容若一人而已。”况且“所谓亲见亲闻者，亦可自旁观者之口言之，未必躬为剧中之人物。如谓书中种种境界、种种人物，非局中人不能道，则是《水浒传》之作者必为大盗，《三国演义》之作者必为兵家，此又大不然之说也”[②]。加缪更举出了叔本华的哲学理念与生活逻辑相反的例证，他在《西西弗的神话》中说：“没有一个人把否定生活意义的逻辑推理发展到否定这个生活本身。为了嘲笑这种推理，人们常常举叔本华为例。叔本华在华丽的桌子前歌颂着自杀。其实，这并没有什么可笑的。这种并不看

---

① 周振甫：《文心雕龙今译》，第 253 页。

② 王国维：《红楼梦评论》，上海：上海古籍出版社，2005 年，第 24—25 页。

重悲剧的方法并不是那么严重，但用它可以最终判断使用他的人。”[①] 至于海德格尔在1933年抛弃黑森林的世袭财产，充当新纳粹政权的臭名昭著的宣传者，又何来诗意地栖居在大地上呢？[②] 由此来看，作家生活的现实世界与他在小说与诗歌中创作的艺术世界，或体现的人生与艺术理念是根本不同的两个世界，只有在理论上正确地区分此两种世界的差别，才能真正区分艺术世界中的作家与现实生活中的作家。钱锺书在《文如其人》中就作家的个人主张和作品之间的矛盾关系讨论了作家的人品与文品相分离的问题。[③] 钱文针对元好问的《论诗三十首》之六“心画心声总失真，文章宁复见为人。高情千古《闲居赋》，争信安仁拜路尘”[④] 而发，而元诗又是针对扬雄《法言·问神》“言，心声也；书，心画也。声画形，君子小人见矣”而发。郭绍虞认为元好问的这首诗是“主张真诚，反对伪饰”，他说：“元氏除从诗歌艺术的角度，分析其正伪清浊之外，特别重视作诗的根本关键。他感慨地指出‘心画心声总失真，文章宁复见为人’的伪饰。而对陶诗的肯定，恰正是因为它的‘真淳’。正面主张‘心声只要传心’了，出于真诚的才是好诗。元氏在《杨叔能小亨集引》中说：‘何谓本？诚是也。……故由心而诚，由诚而言，由言而诗也。三者相为一。……夫唯不诚，故言无所主，心口别为二物。’正是这诗的最好注脚。”[⑤] 由此看来，元诗并不是

---

① 〔法〕加缪：《西西弗的神话——加缪荒谬与反抗论集》，杜小真译，天津：天津人民出版社，2007年，第7页。

② 〔英〕尼格尔·罗杰斯、麦尔·汤普森：《行为糟糕的哲学家·绪论》，吴万伟译，北京：新星出版社，2010年，第3页。

③ 钱锺书：《谈艺录》，北京：中华书局，1998年，第161—166页。

④ 郭绍虞主编：《中国历代文论选》第二册，上海：上海古籍出版社，2001年，第449页。

⑤ 郭绍虞主编：《中国历代文论选》第二册，第463页。

反对诗歌应该真实地反映诗人的内心情感，而是认为客观地存在很多诗歌并没有真实地反映诗人的真实内心世界，读者应该看到这个问题，不应该被作家虚情假意的伪饰所迷惑，而应该结合作家的作品及他的人格，也就是他现实生活中的行为来判断作家的真实人格。潘岳为谄媚贾谧竟望其车尘而拜，这样的人还写出了《闲居赋》，明阮大铖为魏忠贤奸党，却在自己的《咏怀堂诗集》里模仿陶渊明的《园居诗》自比清高之人，奸相严嵩在《钤山堂集》中自称晚节冰霜，所以《庄子·列御寇》中孔子讲："凡人心险于山川，难于知天。天犹有春秋冬夏旦暮之期，人者厚貌深情。故有貌愿而益，有长若不肖，有顺懁而达，有坚而缦，有缓而釬。故其就义若渴者，其去义若热。故君子远使之而观其忠，近使之而观其敬，烦使之而观其能，卒然问焉而观其知，急与之期而观其信，委之以财而观其仁，告之以危而观其节，醉之以酒而观其则，杂之以处而观其色。九征至，不肖人得矣。"[①] 人心比山川还要凶险，他的期望比天还高，而且往往厚貌深情，无法测量，更重要的是人还往往表里不一，外貌憨厚内心奸诈，外貌柔顺内心刚直，外貌美善内心残忍，外貌清高内心贪婪，等等，不一而足，因此读者仅仅靠简单的"言为心声"来判断人，判断作家的人品及人格是远远不够的，应该像孔子这样综合地深入分析作家的人品与文品的关系。所以钱锺书说："'心画心声'，本为成事之说，实憇先见之明。然所言之物，可以饰伪：巨奸为忧国语，热中人作冰雪文，是也。"也就是钱文所引魏叔子《日录》卷二所谓文章"古人能事已备，有格可肖，有法可学，忠孝仁义有其文，智能勇功有其文。日夕揣摩，大奸能为大忠之文，至拙能袭至巧之语。虽孟子知言，亦不能以文章观人"。由此看来，

① 陈鼓应：《庄子今注今译》（下），北京：中华书局，2001 年，第 843—844 页。

写文章不仅仅是一种内心世界的直接抒发，还有写的方法与技术，这就是历代八股文屡禁不绝的根本原因，写文章是有很多地方可以学习模仿的，不仅是思想内容，语言风格都是如此，所谓“日夕揣摩”，正如演员的演出一样，它们仅仅是一种外在的形式上的相似，而内在却有着根本的差别，所以钱锺书又说：“其言之格调，则往往流露本相：狷急人之作风，不能尽变为澄澹，豪迈人之笔性，不能尽变为谨严。文如其人，在此不在彼也。譬如子云欲为圣人之言，而节省助词，代换熟字，口吻矫揉，全失孔子‘浑浑若川’之度。柳子厚《答韦珩书》谓子云措辞，颇病‘居滞’。……阮圆海欲作山水清音，而其诗格矜涩纤仄，望可知为深心密虑，非真闲适人，寄意于诗者。”虽然作品不能完全反映一个作者的真实品格，但要完全掩盖也是不可能的，其揭示的程度也是作家极力掩盖与读者尽力探究互相博弈的结果。但有时候文中所表达的作者与真实的作者不同，并不仅仅是作者欲掩盖真实的自己，而是要表达自己的愿望，也就是自己所想，甚至是梦想成为的样子，一个是作者的真实人格，一个是作者羡慕梦想成为的理想人格，这是两个根本不同的问题，作家的真实人格始终和他自己创作的艺术世界所体现的人格相游离。所以钱锺书对这种所谓的言行不符现象说：“文如其人，老生常谈，而亦谈何容易哉！虽然，观文章顾未能灼见作者平生为人行事之真，却颇足征其可为愿为何如人，与夫其自负为及欲人视己为何如人。”“人之言行不符，未必即为‘心声失真’。常有言出于至诚，而行牵于流俗。蓬随风转，沙与泥黑；执笔尚有夜气，临事遂失初心。不由衷者，岂唯言哉，行亦有之。安知此必真而彼必伪乎。见于文者，往往为与我周旋之我；见于行事者，往往为随众俯仰之我。皆真我也。身心言动，可为平行各面，如明珠舍利，随转异色，无所谓此真彼伪；亦可为表里两层，如胡桃泥笋，去壳乃能得肉。……亦见知人则哲之难矣。故遗山、冰叔之论，只道着一半。”这就是指人的内在矛盾性，人格的多重性。钱锺书评嵇康说：“以文观人，自古所难；嵇叔夜之《家诫》，何尝不挫锐和光，直与《绝交》二书，如出两手。”嵇康的《家诫》和《与山巨源绝交书》都是嵇康性格的真实表现，是嵇康真实的不同侧面，没有所谓真假之别。所以鲁迅在《魏晋风度及文章与药及酒之关系》中就嵇康的这种双重性格说：“我看他做给他的儿子看的《家诫》——当嵇康被杀时，其子方十岁，算来当他做这篇文章的时候，他的儿子是未满十岁的——就觉得宛然是两个人。他在《家诫》中教他的儿子做人要小心，还有一条一条的教训。有一条是说长官处不可常去，亦不可住宿；长官送人们出来时，你不要在后面，因为恐怕将来官长惩办坏人时，你有暗中密告的嫌疑。又有一条是说宴饮时候有人争论，你可立刻走开，免得在旁批评，因为两者之间必有对与不对，不批评则不像样，一批评就总要是甲非乙，不免受一方见怪。还有人要你饮酒，即使不愿饮也不要坚决地推辞，必须和和气气的拿着杯子。我们就此看来，实在觉得很希奇：嵇康是那样高傲的人，而他教子就要他这样庸碌。因此我们知道，嵇康自己对于他自己的举动也是不满足的。所以批评一个人的言行实在难，社会上对于儿子不象父亲，称为‘不肖’，以为是坏事，殊不知世上正有不愿意他的儿子象他自己的父亲哩。试看阮籍嵇康，就是如此。这是因为他们生于乱世，不得已，才有这样的行为，并非他们的本态。但又于此可见魏晋的破坏礼教者，实在是相信礼教到固执之极的。”[①] 无论怎样，作品总是能从不同的角度给读者提供作者真实而丰富的人生及个性，这种性格及人格的复杂性直接来自生活与现实的复杂性，

---

① 鲁迅：《鲁迅全集》第三卷，第 537 页。

这种复杂性与通常所谓的“言不由衷”“口是心非”“言行不一”的自我夸耀和靠修辞革命来自我炒作的手段根本不同。

中国传统文化复杂的现实直接造成了中国传统知识分子复杂的心态。关于中国传统知识分子复杂的个性与心态，徐复观说：“在上述的现实面与理想面的历史条件中，一般知识分子，多是在二者之间摇摆不定。即是有的为了现实而抛弃理想；亦有的因理想而牺牲现实，或者想改变现实。不过自隋唐科举制度出现后，知识分子集团的由现实下坠，直下堕到只知有个人的功名利禄，不复知有人格，不复知有学问，不复知有社会国家的‘人欲的深渊’里去了。……科举遗毒，深中于中国知识分子的心髓；其最显著的形态是：㈠不择手段以争取个人升官发财的私利，而毫不顾惜公是公非。口头上可以讲各种学说，但在私人利害上绝不相信任何学说。”以此，他举出了一个例子：“在两个月前，我收到汉米敦（C. H. Hamilton）老博士为大英百科全书一九六八年版写的熊先生的小传时，引起我许多复杂地感想。熊先生在学术界，一直受到胡适派的压力，始终处于冷落寂寞的地位。谁能想到大英百科全书的编辑部，请年届八十五岁高龄的汉米敦博士，为熊先生写此小传，承认熊先生的哲学是‘佛学、儒家与西方三方面要义之独创性的综合’，是中国最杰出的哲学家。由此可以了解西方人的学术良心，实远非中国西化派所能模拟于万一。”所以他又说：“我国知识分子，抑压于专制政治之下，非旷代大儒，即不能完成人格精神之独立自主；而政治主动性之被完全剥夺，更无论矣。才智之士，依附于一二悍鸷阴滑之夫，以成其所谓功名事业，则饰其所主者曰‘圣君’，而自饰曰‘贤相’；圣君贤相，乃中国历史中最理想之政治格局，固不知此种格局之背后，实际藏有无限之悲剧也。中山先生年少上书李鸿章，其内容姑不论，要其此时之精神尚未脱离传统之政治羁绊，则彰彰甚明。……中国知识分子，必先有此一精神解放，乃足以进而正视中国之问题，担负国家之使命。”[①]徐复观一针见血地指出了中国封建传统文化的专制体制直接造成了中国传统知识分子人格的畸形化，顺势者飞黄腾达，逆势者则处江湖之远，还有如屈原、司马迁、刘勰等或自杀，或出家，或忍辱负重以待来世。即使如勇斗智斗者鲁迅，也逃不过此种命运，所以他三次被通缉，晚年还被国民党特务列入严厉制裁的黑名单。至于他的译、著作品被反复禁、删更是常事。[②]鲁迅生前发生过无数次的文坛之争，以至于他在《三闲集·序言》中说：“现在我将那时所做的文字的错的和至今还有可取之处的，都收纳在这一本里。至于对手的文字呢，《鲁迅论》和《中国文艺论战》中虽然也有一些，但那都是峨冠博带的礼堂上的阳面的大文，并不足以窥见全体，我想另外收集也是‘杂感’一流的作品，编成一本，谓之《围剿集》。如果和我的这一本对比起来，不但可以增加读者的趣味，也更能明白别一面的，即阴面的战法的五花八门。”[③]然而一直到鲁迅去世半个多世纪这样的书都没有成功问世。[④]特别是郭沫若以笔名杜荃等发表的攻击鲁迅的文章更是中国现代文坛的一大景观，正如孙郁所说的：“在攻击鲁迅的文章里，郭沫若是最锋芒毕露的。他在这一年《创造月刊》二卷一期上，以杜荃的笔名，发表了《文艺战线上的封建余孽》。这篇文风极不友好、笔触相当刻薄的文章，对鲁迅的思想进行了全面的批判，并且试图以此宣判鲁迅在

---

① 徐复观：《中国知识分子精神》，上海：华东师范大学出版社，2004年，第7、45、55页。

② 倪墨炎：《现代文坛灾祸录》，上海：上海书店出版社，1996年，第79—107页。

③ 鲁迅：《鲁迅全集》第四卷，第5页。

④ 孙郁：《被亵渎的鲁迅·序》，北京：群言出版社，1995年，第1页。

中国文坛上的'死刑'。……郭沫若以诗人的浪漫情绪代替了政治意识，他对鲁迅的著作所看甚少，仅凭一点印象，就信口开河，这完全是一种非科学的武断的批评态度。在政治生活中，支撑郭沫若的有时是某些非理性的情绪和直觉，他的缺少理性的直率之作，客观地说，对后来中国文学批评的发展，起到了很不好的作用。"[①]鲁迅是由于现实的斗争教育了他对中国文化的历史及现实，特别是知识分子的品格的深刻认识，所以他应《京报副刊》的征求讨论"青年必读书"时直接说："我以为要少——或者竟不——看中国书，多看外国书。"[②]鲁迅认为儒家，至少是当时很多主张儒家学说的人有很多是虚假的主张，所以便劝人不读中国书，但难道儒家书中就没有可取之处了吗？这是鲁迅极而言之，是气话，但这种气话在现实的生活中也许比仅仅从纯粹的理论角度出发得出的结论更有合理性，这是一个生活在现实之中的思想者得出的结论。

正如罗宗强指出的："我国自汉代以来，儒家思想是历代治国的思想主流。我国古代士人出仕入仕，与政局有千丝万缕之联系，一部分士人既是文学作品的作者，又是负有重要责任的官员，定儒学于一尊之后，宗经致用的思想为他们之所共同遵从，工具论的文学观为他们所接受，并且成为公开场合论文时之主流话语，这是很自然的事。"[③]传统知识分子极力追求权力就在于他们欲把自己的知识与权力密切结合以彻底控制社会，知识分子在文章中所极力美化的人品与文品合一的观念就直接来自中国传统的知

---

① 孙郁：《被亵渎的鲁迅》，第 12 页。

② 鲁迅：《鲁迅全集》第三卷，第 12 页。

③ 罗宗强：《读文心雕龙手记》，北京：生活·读书·新知三联书店，2007 年，第 218 页。

识与权力密切结合的传统。正如罗宗强所说：“大多数文体的产生，皆出于功利之目的。刘勰论及81种文体之产生，多归结为实用。文之工具性质，在汉代定儒术于一尊之后得到进一步加强。这与圣人崇拜、内圣外王的观念的建立有关。与此一种观念之联结，促使文与政教形成更为紧密的关系。黄侃就曾说过：‘夫六艺所载，政教学艺耳。文章之用，降之于能载政教学艺而止。’文的政教之用是儒家思想的产物，它与内圣外王的观念是不可分的。”当然内圣外王的思想也并不是一开始就统治中国政坛与文坛的，自从孟子之后，圣人就被儒家所占有。罗宗强说：“圣人专指儒家，从孟子始。孟子才提出从尧、舜、禹、汤、文、武、周公到孔子的圣人统系，这是特指一个行仁政、施仁义的圣人系统。他甚至把伯夷、伊尹、柳下惠也列入圣者的系列，因为他们的道德品格、他们的行为属于‘仁’。到了荀子，就把圣与王联系在一起了：‘圣人也者，道之管也。天下之道管是矣，百王之道一是矣。’到了董仲舒的《春秋繁露》和班固的《白虎通德论》，圣人与经书、与治道便成了三位一体，崇圣宗经、内圣外王，成了后来文的工具角色的思想观念的源头。”[①] 而这也是《文心雕龙》的根本宗旨。但在我国文化的早期百家争鸣的时期，儒家还必须经过艰苦的辩论与斗争来争夺地盘，为自身绝对的合法性寻找论据，那时关于人的道德理想的圣人还不仅仅为儒家所专有，老子、庄子的圣人就不可能是儒家，因为他们的争论从未断绝过，看看《庄子·盗跖》篇对孔子的讽刺与打击就可明白了，虽然很多理论家把老子当作一个表里不一的人，一个阴谋家，因为老子《道德经·三十六章》中讲：“将欲歙之，必固张之；将欲弱之，必固强之；将欲废之，

---

① 罗宗强：《读文心雕龙手记》，第208、209页。

必固兴之；将欲夺之，必固与之。是谓微明。”其大意是：要收敛的必先扩张，要衰弱的必先强盛，要废弃的必先兴旺，要夺回的必先给出。不仅是按照道家的哲理，即使是按照常理也是这样：不先扩张又怎么收敛呢？不先强盛又怎么衰弱呢？不先兴旺又怎么废弃呢？不先给予又怎么夺回呢？看似高深莫测的哲理又怎么会遭到古人及今人反复的误读呢？正如陈鼓应所说的：“本章第一段乃是老子对于事态发展的一个分析，亦即是老子‘物极必反’‘势强必弱’观念的一种说明。不幸这段文字普遍被误解为含有阴谋的意思，而韩非是造成曲解的第一个大罪人，后来的注释家也很少能把这段讲解得清楚。然前人如董思靖、范应元、释德清等对于这段话都曾有精确的解说，下面引录董思靖与释德清的解说以供参考。董思靖说：‘夫张极必歙。兴甚必夺，理之必然。所谓“必固”云者，犹言物之将歙，必是本来已张，然后歙者随之。此消息盈虚相因之理也。其机虽甚微隐而理实明者。’（《道德真经集解》）释德清说：‘此言物势之自然，而人不能察，天下之物，势极则反。譬夫日之将昃，必盛赫；月之将缺，必极盈；灯之将灭，必炽明。斯皆物势之自然也。故固张者，翕之象也；固强者，弱之萌也；固兴者，废之机也；固兴者，夺之兆也。天时人事，物理自然。第人所遇而不测识，故曰微明。’（《老子道德经解》）”.[①] 他们都直接从老庄的思想来解释老庄，然而问题的关键是他们并没有解释清楚“欲”是什么意义。“欲”是谁的“欲”，是道的“欲”，是自然界的“欲”，是作者老子的“欲”，还是人的“欲”？而人的“欲”在读者解读时可以随时解读为自己的“欲”。无论“欲”是解释为“欲望”“爱好”“想要”“应该”，还是“将要”，都

① 陈鼓应：《老子译注及评价》，北京：中华书局，2001 年，第 205、207 页。

无法回避“欲”的主体是谁的问题：如果主体是人，那“阴谋”的意味是可以理解的；如果是“自然”与“道”，那万事万物自我兴衰的过程就呈现出来了。当然，自然虽然没有阴谋诡计，但人可以利用自然规律来达到自己的目的，所谓人法地，地法天，天法道，道法自然，人最终还是要法自然，自然的兴衰，人不仅可以自己利用，也可用来征服对手，何况人类的竞争历来就如同自然界的竞争一样无法摆脱，就《老子》的接受与效用来看，被阴谋家所偏爱也是他自身的特点所造成的。所以刘笑敢在《老子古今——五种对勘与析评引论》中说：“朱熹也说：‘老氏之学最忍，它闲时似个虚无卑弱底人，莫教紧要处发出来，更教你支梧不住，如张子房是也。子房皆老氏之学。如峣关之战，与秦将连和了，忽乘其懈击之；鸿沟之约，与项羽讲和了，忽回军杀之，这个便是他柔弱之发处。可畏，可畏。’这都是以历史上的政治和军事谋略来解释老子以反求正的思想，这种解释自然有它一定的合理性，但却很容易把人误导到阴谋诡计的歧路上去。对老子思想的这种解释一方面忽略了老子讲以反求正的历史环境，另一方面也把以反求正的一般性方法局限到了政治军事争斗之中，把丰富生动的老子哲学引入了狭窄的政治、军事阴谋之途。以反求正的辩证方法与阴谋诡计有没有关系呢？我们说，以反求正的方法有可能成为阴谋诡计的工具或被理解运用成狡诈的阴谋，但老子的以反求正的思想本身绝不是阴谋诡计，而只是根据客观事物辩证运动总结出来的一般性方法。这种方法好像是为弱者设计的，实际上可能对强者更有意义，这就是‘知其雄，守其雌’的道理。老子哲学有可能被利用成阴谋诡计，老子要不要对此负责呢？一般说来，我们是不应该为此而责备老子的。正如科学家可以发明原子能并用来发电，战争狂人却可以用原子能来制造大规模毁灭的杀人武器；发明刀子可以用来做饭做手术，歹徒则可以用刀子做谋杀的凶器，我们怎能因此而责备发明家呢？”[①] 可见，刘笑敢把老子表达的哲理当作一种中性的知识，对正反双方都可使用，正如智慧可被坏人与好人同样使用一样。但如果他们没有内在的一致性，又如何被使用呢？阴谋家与军事家是否可以用苏格拉底、释迦牟尼、耶稣的理论来谋一己之私呢？正像孔孟之道也被经常当作工具来使一样。哪个人，特别是阴谋家，不宣称自己的动机是高尚的呢？所以韩非对老子的解读虽然与众不同，遭到了道家学派的不满，但司马迁在《史记》中还是把老子与韩非放在一起，称为《老子韩非列传》，并指出韩非：“喜刑名法术之学，而其归本于黄老。”[②] 可见司马迁是看到了韩非与老子的内在一致性的，虽然老子在司马迁看来也是“隐君子也”，但老子也有他内在的不一致性。所以鲁迅在《汉文学史纲要》中区分老庄之别时说：“故自史迁以来，均谓周之要本，归于老子之言。然老子尚欲言有无，别修短，知白黑，而措意于天下；周则欲并有无修短白黑而一之，以大归于‘混沌’，其‘不谴是非’‘外死生’‘无终始’，胥此意也。中国出世之说，至此乃始圆备。”[③] 鲁迅也同样看到了老子内在的矛盾性，也就是老子在贯穿自己的道的哲学时，在自然的道与人间的道之间所无法统一的矛盾性。总之，老子的哲学也常常为那些追求外圣内王的人提供理论根据，但庄子却是坚决反对所谓内圣外王的，我们从《庄子·列御寇》中对权势的挖苦与痛斥就可看出。庄子讲宋人曹商为王出使秦国，开始只有几辆车，后来得到秦王的喜欢便获得了百辆车。因此便到庄子那里来炫耀自己的成功。他说：“夫处穷闾阨巷，

---

① 刘笑敢：《老子古今——五种对勘与析评引论》上卷，北京：中国社会科学出版社，2006 年，第 379—380 页。

② 〔汉〕司马迁：《史记》卷六十三，北京：中华书局，2013 年，第 2598 页。

③ 鲁迅：《鲁迅全集》第九卷，第 377 页。

困窘织屦，槁项黄馘者，商之所短也；一悟万乘之主而从车百乘者，商之所长也。”处在穷街陋巷靠织鞋为生，面黄肌瘦，忍饥挨饿，苦不堪言，自己不如庄子，但能得到君王的欢喜，有百辆之多的随从车马，这也是庄子所不及的，其对庄子清高自居、坚忍不出的高洁的蔑视是可想而知的。然而庄子却并不以为然，他说：“秦王有病召医，破痈溃痤者得车一乘，舐痔者得车五乘，所治愈下，得车愈多。子岂治其痔邪，何得车之多也？”秦王有病请医生，破除脓疮的得车一乘，舔治痔疮的得车五乘，谁治的病越低下，谁得的车就越多，你大概是舔治痔疮的吧，不然怎么会得到这么多的车呢？[①] 古今中外对权势批评无有比此更为激烈的。由此可见，庄子之圣人根本就不是什么内圣外王之人。

康德在《实践理性批判》的“结论”中说：“有两样东西，我们愈经常愈持久地加以思索，它们就愈使心灵充满日新月异、有加无已的景仰和敬畏：在我之上的星空和据我心中的道德法则。”[②] 然而康德并没指出所谓艺术家所苦心经营的艺术世界让我产生这样一种崇高的美感。无论艺术家创造了怎样的艺术世界，他都无法回避一个问题，艺术不仅仅能带来直接的审美快感，它最后还必然导向人的行为世界。正如康德在《判断力批判》中指出的：“真正的崇高必须只在判断者的内心中，而不是在自然客体中去寻求，对后者的评判是引起判断者的这种情调。谁会愿意把这些不成形的、乱七八糟堆在一起的山峦和它们那些冰峰，或是那阴森汹涌的大海等等称之为崇高的呢？但人心感到在他自己的评判中被提高了。”崇高的真正根源还是在观赏者自身的道德感之中，所以无数的人在看

---

① 陈鼓应：《庄子今注今译》（下），第839—840页。

② 〔德〕康德：《实践理性批判》，韩水法译，北京：商务印书馆，1999年，第177页。

到高山大海时并没有什么崇高之感。所以康德后来又强调："所以崇高不在任何自然物中，而只是包含在我们内心里，如果我们能够意识到我们对我们心中的自然，并因此也对我们之外的自然（只要它影响到我们）处于优势的话。这样一来，一切在我们心中激起这种情感——为此就需要那召唤着我们种种能力的自然强力——的东西，都称之为（尽管不是本来意义上的）崇高。"[①] 根本意义上的崇高乃是自然与人类伟大的道德行为。正如卡莱尔在《论英雄、英雄崇拜和历史上的英雄业绩》中所说的："在我看来，真诚是伟人和他的一切言行的根基。如果不以真诚作为首要条件，不是我所说的真诚的人，就不会有米拉波、拿破仑、彭斯和克伦威尔，就没有能够有所成就的人。应该说，真诚，即一种深沉的、崇高的而纯粹的真诚，是各种不同英雄人物的首要特征。……我希望大家把这作为我关于伟人的首要定义。"[②] 也如《易经》中孔子所说"君子进德修业。忠信所以进德也，修辞立其诚，所以居业也"[③]。进德修业中外都是一致的，释迦牟尼、苏格拉底、耶稣、孔子、庄子，哪一个不是进德修业言行如一的人呢？只不过区别在进谁的德，修谁的业，忠信于谁罢了。那些仅仅依靠所谓智慧为一己之私尽力打造的虚假艺术与虚幻人生又能在世人持久的注目与反复审视中坚持多久呢，而这也正是刘勰《程器》篇所讨论的根本出发点与最终归宿。

---

① 〔德〕康德：《判断力批判》，邓晓芒译，北京：人民出版社，2002 年，第 95、103 页。

② 〔英〕托马斯·卡莱尔：《论英雄、英雄崇拜和历史上的英雄业绩》，周祖达译，北京：商务印书馆，2005 年，第 50—51 页。

③ 陈鼓应、赵建伟：《周易今注今译》，第 13 页。

# 关于刘勰《文心雕龙》不提陶渊明的再思考

李剑锋

陶渊明和刘勰都是才秀人微的典型，他们为文学和文学批评所取得的一流成就都没有受到同时代人应有的重视，在身后历代的接受中，也不约而同地长时间受到忽视。但比较而言，陶渊明又比刘勰幸运很多，他在宋代经苏轼的张扬后文名达于高峰，之后虽然也偶有贬抑的言论，但基本保持了一流作家的地位；而刘勰在明代中晚期以前几乎不受关注，随着明人对《文心雕龙》的刊布、序跋和评点，《文心雕龙》才逐渐进入读者视野，由此开启了清代“龙学”研究的热潮。也就是说，陶渊明和刘勰在宋、元、明时期，因为一个地位显赫，一个偶受关注，互相之间井水不犯河水，不见读者关注到他们之间的关系问题，而在明代之后则并肩走到了文学和文学批评的最优秀的创造者行列中，他们两个终于因《文心雕龙》的版本问题走到了一起。

## 一

《文心雕龙》现存最早的版本是元至正十五年刻本，其中《隐秀》篇缺从“澜表方圆”到“朔风动秋草”之“朔”字共四百字，所缺文字《永乐大典》亦不收。明末清初，所缺的这四百字因何焯等人的努力在以后的版本中得到校补，而对“龙学”研究和传播具有里程碑意义的黄叔琳本又依此对补文作了收录和评注，至此，《隐秀》篇所补文字得以广泛传播，其真伪成为一大学术公案。《文心雕龙》

的《明诗》《才略》两篇历述前代作家最为集中，不见关于陶渊明的评论，其他篇章也不见任何具体或者宽泛的提及，而新补《隐秀》四百字中居然出现了“彭泽之□□”或者“彭泽之疏放豪逸”，由此引发了读者对于陶渊明和刘勰关系的关注。一句话，陶渊明与刘勰之间的关系是在二人声名高涨的接受背景下，因《隐秀》篇补文的偶然出现而开启的。

纪昀在批驳《隐秀》补文之伪时说：“称渊明为彭泽乃唐人语，六朝但有征士之称，不称其官也。”杨明照指出此论“未确”，“鲍氏集卷四有《学彭泽体》一首，是称渊明为彭泽，非始于唐人也”[①]。然六朝人一般称陶为征士、唐人好称渊明为彭泽却是基本历史实际。颜延之《陶征士诔》尊称陶渊明为“有晋征士”，“谥曰靖节征士”，这是今天见到称陶为征士的最早史料；沈约《宋书》卷九三把陶潜归入《隐逸传》，特记其征著作佐郎不就一事；《梁书·安成王秀传》称萧秀：“及至（江）州，闻前刺史取征士陶潜曾孙为里司。”[②]钟嵘《诗品》卷中亦称之为征士。可见称“征士”乃时人对于陶渊明较为普遍的敬称，六朝人尚隐，有出卑处高的价值观念，陶渊明主要以隐士闻名当代，称之为征士是顺理成章、理所当然的事情。至于六朝人称陶为彭泽，鲍照之外，在今存史料中未见他人；且鲍照此诗乃元嘉二十九年奉和时任义兴太守的王僧达而作，称陶彭泽乃应景之语，不是当时习称。此其一。其二，刘勰《文心雕龙》对于王侯身份以下的作家一般直呼其名，不称官职，对于阮籍、嵇康、陆机、潘岳、左思等人无不如此，此处称陶之官职有违常风。其三，唐人好称渊明为彭泽是事实，这从隋代王绩《赠学仙者》《游北山赋》到初唐王勃《滕王阁序》、杨炯《原州百泉县令李君神道碑》、

---

① 杨明照：《文心雕龙校注拾遗》，上海：上海古籍出版社，1982 年，第 307 页。

② 〔唐〕姚思廉：《梁书》，北京：中华书局，1973 年，第 343 页。

卢照邻《于时春也慨然有江湖之思寄赠柳九陇》到盛唐孟浩然《和卢明府送郑十三还京兼寄之什》、李白《赠临洺县令皓弟》、杜甫《石柜阁》等莫不如此，例子不胜枚举，此风当与隋唐人事功之风密不可分。总之，《隐秀》补文称渊明为彭泽不似六朝人习语。

《隐秀》补文有的版本赞陶“疏放豪逸”，这尤其与六朝人对陶渊明及其诗文的认识不合。萧统《陶渊明传》称陶为人“颖脱不群，任真自得”，北齐阳休之赞陶“放逸之致，栖托仍高”[①]；梁钟嵘评陶诗“笃意真古”[②]，萧统赞其文章“语时事则指而可想，论怀抱则旷而且真”[③]。可见当时人评价的共识是陶渊明的“真”、“旷”、“放逸”、脱俗，至于以豪放作评则未见只言片语。不但六朝人不以“豪”称陶，北宋之前也不见人以“豪”赞陶。以“豪”赞陶是从北宋中期以后开始的。最早应数黄庭坚，其《宿旧彭泽怀陶令》称陶渊明“沈冥一世豪”[④]。把豪与逸合起来赞赏陶渊明最早要数夏倪，其《次韵题归去来图》云：“龙眠居士叹豪逸，想象明窗戏拈笔。”[⑤]这是说画家李公麟（龙眠居士）叹陶“豪逸”。而真正使陶渊明及其作品的豪放风格产生广泛影响的是朱熹。他说：“陶渊明诗，人皆说是平淡，据某看他自豪放，但豪放得来不觉耳。其露出本相者，是《咏荆轲》一篇，平淡底人，如何说得这样言语出来。”[⑥]由于他的话以《朱子语类》、陶集附录等形式得到广泛传播，

---

① 北京大学、北京师范大学中文系编:《古典文学研究资料汇编·陶渊明卷》上编，北京：中华书局，1962 年，第 7、10 页。以下简称《陶渊明资料汇编》。

② 〔梁〕钟嵘著，曹旭集注：《诗品笺注》，北京：人民文学出版社，2009 年，第 154 页。

③ 〔梁〕萧统：《陶渊明集序》，《陶渊明资料汇编》上编，第 9 页。

④ 傅璇琮主编:《全宋诗》第十七册，北京: 北京大学出版社，1995 年，第 11331 页。

⑤ 傅璇琮主编：《全宋诗》第二十二册，第 14967 页。

⑥ 〔宋〕黎靖德编：《朱子语类》，《陶渊明资料汇编》上编，第 74 页。

于是引起后代读者普遍的共鸣。金元读者也赞赏陶渊明英雄豪杰的一面，如吴澄等人把他与屈原、张良和诸葛亮并加赞赏，以为四人互换时间、地点都能做得类似的忠义和功业。方回《张泽民诗集序》评陶曰："渊明诗，人皆以为平淡，细读之，极天下之豪放，惟朱文公能知之。"[①] 到明清，赞赏陶渊明的豪放忠愤已经成为一种共识。如宋濂《跋匡庐结社图》云："如元亮、道祖、少文辈，皆一时豪杰，其沉溺山林而弗返者，夫岂得已哉？"[②] 张以宁《题海陵石仲铭所藏渊明归隐图》着重突出陶英雄豪杰的一面云："昔无刘豫州，隆中老诸葛。所以陶彭泽，归兴不可遏。……岂知英雄人，有志不得豁。高咏荆轲篇，飒然动毛发。"[③] 谢肃《和陶诗集序》云："靖节乃晋室大臣之后，豪壮廓达，心志事功，遭时易代，遂萧然远引，守拙园田。然其赋咏多忠义，所发激烈慷慨。"[④] 顾炎武认为陶渊明"实有志天下者"，是关心世道人间的"伉爽高迈"之人[⑤]。刘仲修作《槎翁诗序》称陶为"魁垒奇杰之士"[⑥]。陆元鋐《青芙蓉阁诗话》云："明张志道《题渊明归隐图》云：'岂知英雄人，有志不得伸。'渊明一生心事，为明眼人一语窥破，徒以羲皇上人目之，陋矣！"[⑦] 陶渊明已经不是隐士所能概括的士人，而是慷慨志士。飘逸之外，

---

① 〔元〕方回：《桐江集》卷一，《宛委别藏》第 105 册，南京：江苏古籍出版社，1988 年，第 21 页。

② 罗月霞主编：《宋濂全集 · 潜溪后集》卷四，杭州：浙江古籍出版社，1999 年，第 202 页。

③ 章培恒等主编：《全明诗》第一册，上海：上海古籍出版社，1990 年，第 253、343 页。

④ 〔明〕谢肃：《密庵稿 · 文稿》庚卷，《四部丛刊》三编影印洪武刻本。

⑤ 〔清〕顾炎武：《菰中随笔》，《陶渊明资料汇编》上编，第 177 页。

⑥ 〔清〕伍涵芬：《读书乐趣》卷一，《陶渊明资料汇编》上编，第 188 页。

⑦ 《陶渊明资料汇编》上编，第 259 页。

豪放已经成为明清读者的又一共识。有鉴于此，《隐秀》篇补文没有用刘勰时代以真古旷放评陶，而用明清时代的共识“疏放豪逸”评陶，这不能不令人怀疑补文的真实性。

众多饱学有识之士对《文心雕龙·隐秀》篇补文作过多方校释论证，一般认为《隐秀》篇补文不可靠，对其真实性予以否定。由此，在刘勰声名鼎盛的时代，读者、研究者自然会提出疑问：以刘勰之视野和胸襟，体大虑周的《文心雕龙》为什么没有提及陶渊明？

## 二

所以，“《文心雕龙》为什么没有提及陶渊明”是一个从《隐秀》补文真伪争论中引申和独立出来的问题，也是陶渊明和刘勰接受史在特定发展阶段上必然产生的问题。学者们为此投入了很大的热情。据戚良德先生《文心雕龙学分类索引》统计，2005 年以前集中讨论这个问题的专题文章就有徐天河（1982 年）、王达津（1985 年）、杜道明（1989 年）、易健贤（1990 年）、周顺生（1993 年）、力之（2001 年、2002 年）、杨合林（2002 年）等七位学者八篇文章。此后学者对此问题并没有停止关注。除了继续论析《隐秀》补文真伪问题的文章之外，专门的至少有三篇[①]，惜乎新意不多。

通观这些文章，它们都为《文心雕龙》不提陶渊明这一问题的解答探索种种可能的逻辑思路。其解读主要围绕着时代客观原因、作者主体原因和《文心雕龙》自身文本原因三个大的方面展开。对

① 这三篇文章是：郭世轩《刘勰“忽视”陶渊明的原因论析》（《阜阳师范学院学报》2007 年第 2 期），杨满仁《“〈文心雕龙〉不言陶渊明”考》（《九江学院学报》2007 年第 5 期），陈令钊、丁宏武《〈文心雕龙·明诗〉篇对陶渊明五言诗的偏见》（《湖南第一师范学院学报》2010 年第 5 期）。

于这些思路的梳理，周振甫主编《文心雕龙辞典》刘跃进所撰“不提陶渊明的原因”条目，力之《关于〈文心雕龙〉论文不及陶渊明之问题》《〈文心雕龙〉不提陶渊明乃因渊明入宋辨》等文章已经有过很精到深入的学术梳理和思考。各种原因的具体观点不再重复，但需要指出的是，几乎每一种解释都可以从相反的方面立论，或者从另一种解释中得到补充。

就时代原因而言，《文心雕龙》不提陶渊明主要是因为陶渊明文名不显，没有引起刘勰重视，但反面立论者又说“渊明文名在晋宋时已有流传”[①]。就作者主体方面的原因而言，学者主要提出了刘勰佛教信仰与陶渊明对佛教保持“批判态度”的对立[②]，但就刘勰《文心雕龙》主要评论文学来看，儒释道思想会通，“很难把他归入某党某派之争中的”[③]，何况陶渊明对佛教的所谓批评并非正面冲突，只是以《形影神》组诗的形式有些流露而已。他与慧远的交往如果是史实，说明刘勰所尊崇的僧人对陶渊明保持了接纳态度，刘勰犯不着如此胸襟狭隘；如果不是史实，陶渊明不入莲社保持儒家、玄学立场与刘勰思想也有相合的一面。此外，论者还注意到在政治观上陶渊明退隐和刘勰进取的不同，这有些为了立论而取己所需的意味，因为陶渊明有出仕的经历和思想，而刘勰也有出家的经历和出世的思想，实在难以圆融解释。就《文心雕龙》文风倡导、文本体例立论者最为通达，学者主要从《文心雕龙》内部寻找例证，认为“《文心雕龙》不及陶渊明，乃其论文以东晋末年为封域使然，

① 周振甫：《文心雕龙辞典》，北京：中华书局，1996 年，第 607 页。

② 易健贤：《宗教信仰的执著与偏见——〈文心雕龙〉不论陶渊明刍议》，《贵州师范学院学报》1993 年第 3 期。

③ 周振甫：《文心雕龙辞典》，第 609 页。

而与时代风气及作者好恶等外部因素无关”[①]。刘勰不具体评论宋、齐以后作家，而陶渊明入宋四年；又刘勰对东晋玄言诗有偏见，或者把陶渊明诗歌一并笼统归入其中也未可知；陶渊明质朴玄远的文风与刘勰雅润清丽的追求也有距离；等等。此论最为符合实情，但实际情况是否如此也未可遽定。刘勰至少泛论到刘宋以后的王、袁、颜、谢等，因为他们“闻之于世，故略举大较”[②]，而陶渊明则只字未提，因此，陶渊明声名不显仍然是刘勰不暇提到的一个基本原因。即刘勰由于时代太近，难以摆脱世俗评价的局限。按照一般意见，《文心雕龙》成书于齐代和帝中兴二年（502）[③]，彼时，除了学者们依据阳休之《陶集序录》指出的社会上至少有两种陶集流传之外，沈约的《宋书》纪传部分已经杀青上报朝廷交差[④]，其中有陶渊明传记，何况此时南朝宋代的两种晋史：何法盛《晋中兴书》、檀道鸾《续晋阳秋》都有陶渊明传记，以刘勰之博学不会不知道近代名动一时的大隐陶渊明。

因此，无论何种原因，刘勰之忽视陶渊明不在于他不知道陶渊明本人，而在于他受时代局限，不能像钟嵘那样看到陶诗的光辉。对“《文心雕龙》为什么没有提及陶渊明”这一问题的提出不是为了贬低刘勰，而是为了更加理性地看待刘勰，看待《文心雕龙》巨大成就之外的学术局限性。但学术考察决不能满足于从多角度来正

① 力之：《关于〈文心雕龙〉论文不及陶渊明之问题》，《广西师范大学学报》2002 年第 2 期。

② 〔梁〕刘勰：《文心雕龙 · 时序》，戚良德：《文心雕龙校注通译》，上海：上海古籍出版社，2008 年，第 506 页。

③ 牟世金：《刘勰年谱汇考》，成都：巴蜀书社，1988 年，第 50—54 页。

④ 据《宋书 · 自序》，齐永明五年（487）春，沈约奉命撰《宋书》。“六年（488）二月毕功，表上之，曰：‘……本纪列传，缮写已毕。’”（〔梁〕沈约：《宋书》，北京：中华书局，1974 年，第 2466、2468 页。）

面回答这个问题，而应以此为契机从刘勰《文心雕龙》的局限、从它思考停止的地方起步，不畏艰难，去思考和探索刘勰《文心雕龙》没有来得及思考或者思考有待深入的问题。如此，方能接近《文心雕龙》为何不提陶渊明这一问题的学术使命。对此，有的学者已经做出了一定的思考。

阮国华在《刘勰回避宋齐文学而带来的理论缺失》一文中表现了清醒的批评意识，该文立足文学史的当代理解，认为“南朝宋齐时期是一个三吴地区发展成为中国社会的经济中心，而文学进一步走向独立并取得了显著成果的时期。这个时期，以陶渊明、谢灵运、鲍照、谢朓等一批杰出诗人为代表的五言诗创作标志着诗歌走向成熟，从艺术上和诗学意义上为盛唐诗歌的繁荣做了准备。然而，刘勰在《文心雕龙》中却一定程度上对这个时期的文学采取了回避的态度。这妨碍了他对文学‘新变’做更客观、更深入的考察，因而在文学理论意义上和文学史意义上都给《文心雕龙》带来了一定的缺失，特别在对文学的艺术特性和社会功能的认识上这种缺失较为明显”[①]。该文从肯定《文心雕龙》“回避”的宋齐文学前提出发，进而反观《文心雕龙》的不足，无疑是试图接续刘勰把对文学的思考引向深入的尝试。但作者所依据的文学事实却明显偏向了“谢灵运、鲍照、谢朓”，而对陶渊明却没有来得及将他作为思考的参照。由此，我们可以进一步追问：既然刘勰忽视了他应该重视的当时最优秀的作家之一陶渊明，那么，在陶渊明及其作品的参照下，《文心雕龙》会表现出哪些成功和缺失呢？

## 三

首先令人感兴趣的是陶渊明的文学观与刘勰《文心雕龙》相比

① 阮国华：《刘勰回避宋齐文学而带来的理论缺失》，《学术研究》2010 年第 2 期。

有哪些异同，从这个角度庶几可以观察到《文心雕龙》的某些成败得失。

关于陶渊明的文学、文艺思想，张可礼先生《陶渊明的文艺思想》一文做过系统深入的考察。陶渊明关于文艺本质的认识与刘勰是一致的，张可礼先生指出，“陶渊明在自己的创作实践中始终坚持了言志抒情这一宗旨”，他与传统的抒情言志观的不同在于陶渊明“突出的是‘示己志’，抒发个人之情，表现他自己的鲜明的个性”。[①]《文心雕龙》也格外强调情志的本体地位，主张“为情而造文”，反对“为文而造情”[②]，充分注意到了作家作品的个性特点，这与陶渊明的创作主张和创作实际是一致的，表明其理论概括的普遍性和合理性。

陶渊明文艺思想中最富有特点的还是他的“自娱说”等所体现的超功利倾向。张可礼先生指出：“综观陶渊明的文艺思想，就其主要倾向来说，显然是属于非功利说。陶渊明强调文艺的示志抒情，重视文艺的娱悦作用和把自然作为文艺理想，都具有非功利的特点。”“应当说，在我国古代文艺发展史上，陶渊明是第一个真正从思想和实践的结合上，摆脱了文艺的功利性，显示了文艺的审美特点，找到了文艺作用于人的一种新的方式。……许多事实说明，陶渊明的文艺思想和文艺活动，既不受政教伦理的拘限，也不受功名利禄的羁绊。他没有把文艺作为宣传政治伦理的传声筒，也没把它视为猎取名利的手段。”[③]陶渊明文学观中的超功利倾向在南朝得到极端化的发展，在创作上，文学几乎完全摆脱政教的影响，出

① 张可礼：《陶渊明的文艺思想》，《文学遗产》1997年第5期。后收入其专著《东晋文艺综合研究》附录，济南：山东大学出版社，2001年。本文据后者引用，见该书第371、376页。

② 〔梁〕刘勰：《文心雕龙·情采》，戚良德：《文心雕龙校注通译》，第368页。

③ 张可礼：《东晋文艺综合研究》，第389—391页。

现了艳体诗、宫体诗这样风靡一时的文学现象，在理论上，出现了推崇新变、提倡吟咏性灵的主张，把文学创作同非文学创作区别开来，努力摆脱政教的束缚，“为文艺而文艺”得到理论上的支持。最典型的言论是萧纲在《诫当阳公大心书》中的名言，他说：“立身之道与文章异，立身先须谨重，文章且须放荡。”[①]这是与保守派、折中派完全不同的文学观，或者说这是更接近现代意义的纯文学观，也难怪鲁迅等人把曹丕以后的时代称为“文学自觉”的时代了。应当说，陶渊明文学观中的超功利倾向既有符合文艺本质的合理内涵，也预示了文学发展的一种重要路向。

对此，《文心雕龙》是缺少足够认识的。刘勰论文“唯务折衷”[②]，但在文学功用方面恰恰忽视了其超功利的特性。他的理想是“树德建言”[③]，所谓“摛文必在纬军国，负重必在任栋梁，穷则独善以垂文，达则奉时以骋绩”[④]。他虽不得已走入寺院，但他入梦的理想还是追随孔子，即使不能如学问家那样“敷赞圣旨”，也应当像文章家那样做“经典之枝条”，最好是“君臣所以炳焕，军国所以昭明”；至于“去圣久远，文体解散”，形式主义文风每况愈下，最为他难以容忍；对于宋齐以来尚形式、雕饰的文风，他基本指斥为“讹滥”。[⑤]至于陶渊明所看重的文学的娱悦功能，刘勰没有兴趣给予较多的留心关注。或者这仅仅是创作《文心雕龙》时的思想心态，但明显表现出功利化的文学观，与陶渊明的自娱说、

---

① 〔清〕严可均辑：《全上古三代秦汉三国六朝文》，北京：中华书局，1958年，第3010页。

② 〔梁〕刘勰：《文心雕龙·序志》，戚良德：《文心雕龙校注通译》，第571页。

③ 〔梁〕刘勰：《文心雕龙·序志》，戚良德：《文心雕龙校注通译》，第564页。

④ 〔梁〕刘勰：《文心雕龙·程器》，戚良德：《文心雕龙校注通译》，第564页。

⑤ 〔梁〕刘勰：《文心雕龙·序志》，戚良德：《文心雕龙校注通译》，第566页。

示己志颇难吻合。《文心雕龙》因此采取的也是一种包括实用文章在内的大文学观，与稍后钟嵘《诗品》、萧统《文选》所体现的较为纯粹的文学观还存在一定距离。这在显示刘勰深沉的人文主义责任感的同时，也显示了其文学观的不足。应当说这与他对陶渊明和宋齐文学的合理内核吸取不够存在密切关系。

陶渊明的诗文成就超越他的时代，其文学特点和艺术境界在历代读者的阐释和阅读检验中成为一种不可逾越的经典，这些成就有的是与时代文学相应的，有的则超越他的时代，具有直贯艺术本质的历史穿透力。其中核心性的特点有平淡自然和物我融合，这两点与《文心雕龙》的旨趣也有出入。前者学者已经多有关注，至于后者却少有论述。

陶渊明诗文中的物我关系达到了时代文学的最高度，此前魏晋时期的物我关系主要还是停留在"感物"阶段，陆机《文赋》"瞻万物而思纷"[①]可以看作理性的思考，而陶渊明已经超越了"感物"，进入"化物"阶段。

两汉时期，物我关系在以汉大赋为代表的文学中是功利的，典型表现就是物成为人随意猎取的对象。恢复情感联系的物、我审美关系产生于人的觉醒和文学自觉的魏晋时代，但却成熟于陶渊明，其明显标志就是陶渊明借助拟人手法传承并发展了神话中物我生命一体的精神。在陶渊明之前，魏晋诗人很少使用拟人，但也偶尔有之，如王粲《杂诗五首》之一"上有特栖鸟，怀春向我鸣"，曹植《种葛篇》"良马知我悲，延颈对我吟"，张协《杂诗十首》之八"流波恋旧浦，行云思故山"，郭璞《游仙诗》之五"潜颖怨青阳，陵苕哀素秋"等，这是以物拟人。还有以人拟物的例子，

① 〔晋〕陆机著，张少康集释：《文赋集释》，北京：人民文学出版社，2002年，第20页。

如曹丕《于清河见挽船士新婚与妻别》“愿为双黄鹄，比翼戏清池”，曹植《送应氏二首》之二“愿为比翼鸟，施翮起高翔”，《七哀》“愿为西南风，长逝入君怀”，阮籍《咏怀八十二首》之十二“愿为双飞鸟，比翼共翱翔”和二十四“愿为云间鸟，千里一哀鸣”，陆机《拟东城一何高》“思为河曲鸟，双游丰水湄”等。但在上举拟人诗句中，“物”多被灌注了过于强烈的情感愿望，尚没有被作为独立的生命来看待和观照，因此，“物”虽被人化，但更多的还是感物起情，只是以物附我，以人为中心“冀写忧思情”（王粲《杂诗五首》之一），人还不能化入外物，去感知它们的灵性，物缺少生命的独立性，物我之交融也就谈不上。而陶渊明诗文中的拟人虽然也有以物附我的一面，但大多摆脱了物我之间的隔膜，彼此独立而相互和谐。从陶渊明诗歌中，我初步梳理出二十馀例拟人现象[①]。典型的如“众鸟欣有托，吾亦爱吾庐”[②]，很难分清是把物拟人化还是把人拟物化，真可谓物我化合，难分彼此。张可礼先生也指出：“触物寄怀是我国古代诗歌的一个传统……陶渊明继承了这一传统，同时又有自己的特点。这一特点的主要表现是：陶渊明对外在的景物，往往是持有一种既留心而又无心的超然态度。在陶渊明那里，作为主观的情志和作为客观的景物，不是简单的单向的流动，而是双向感触、互相交融。试想陶渊明的‘春秋多佳日，登高赋新诗’（《移居二首》之二），‘登东皋以舒啸，临清流而赋诗’（《归去来兮辞》）的写作境况，试

---

① 详参拙文《陶渊明对生命一体的神话精神的复活》，《山东大学学报》2005 年第 2 期。收入拙著《陶渊明及其诗文渊源研究》第二章第一节，济南：山东大学出版社，2005 年。

② 〔晋〕陶渊明：《读山海经十三首》之一，逯钦立校注：《陶渊明集》，北京：中华书局，1979 年，第 133 页。

想陶渊明的‘采菊东篱下，悠然见南山’（《饮酒二十首》之五）的悠然有会，是景物首先触动了诗人的情志，还是诗人的情志开始感动了景物？恐怕都不是。实际上是二者互相亲近，互相融浃。这是一种难以分解的境界。这种境界是‘冥忘物我’，是以诗人的生命与外在的景物的生命相通为基础的。这一点，朱光潜先生曾有所分析：陶渊明‘把自己的胸襟气韵贯注于外物，使外物的生命更活跃，情趣更丰富；同时也吸收外物的生命与情趣来扩大自己的胸襟气韵。这种物我的回响交流，有如佛家所说底“千灯相照，互相增辉”’。”[①] 物我化合，生命相亲相容，彼此互相生发升华，这是中国诗歌推崇的最高境界，陶渊明之外，魏晋时期还少有作家作品达到这一境界。

魏晋时期的“感物说”是人们对物我矛盾进行解决的一种努力，但“感物说”的弊端在于没有摆脱人类中心主义，是以“我”的情感奴役万物的情感。而陶渊明则摆脱了人类中心主义，将审美中的“感物”发展为“化物”，“化物”是我与物在情感上达成平等的交流，自我回归自然，众物也摆脱受奴役的非自然状态，自我与众物以彼此的真性在自然中握手言和。归隐的诗人同“归鸟”一起回到“生命一体”的自然世界和自然生存状态。通读陶渊明的诗文，有一个被人忽视却十分典型的细节恰巧体现了诗人重视自然生命的特点，那就是，被张衡、潘岳等人纳入田园生活的狩猎活动，在陶渊明那儿却无踪无影。我想，其中原因就是神话“生命一体”的文化心理起了作用：狩猎是人类中心主义者对“物”的践踏行为，所以为陶渊明所不取。陶渊明喜欢闻见“时鸟变声”[②]，而绝不会因看到飞鸟“触矢而毙”（张衡《归田赋》）而欣喜，至少在审美的理想中

---

① 张可礼：《东晋文艺综合研究》，第373页。

② 〔晋〕陶渊明：《与子俨等疏》，逯钦立校注：《陶渊明集》，第188页。

是如此。因此，我们注意到，陶诗中出现了表现物我融合的大量诗篇。

对于“化物”特点的物我关系，刘勰的思考是不够的。他的《文心雕龙·物色》篇对物我关系的论述虽然深刻，但在传统的“感物”说之外尚没有走到陶渊明的“化物”阶段。所谓“物色之动，心亦摇焉”“情以物迁，辞以情发”①，“登山则情满于山，观海则意溢于海”②，主要还是触物生情的“感物”；倒是《物色》结尾赞语以诗意化的笔墨来概括物我关系时，走近了陶渊明的“化物”境界：“山沓水匝，树杂云合。目既往还，心亦吐纳。‘春日迟迟’，秋风飒飒。情往似赠，兴来如答。”③这已经不是从单方面论析物我关系，而是“随物以宛转”“与心而徘徊”④，从双方面感悟了物我融合的和谐交流状态，很类似于陶渊明“采菊东篱下，悠然见南山”时的物我交融了，至于交融之后所达到的忘物忘我的玄远境界则未予关注，刘勰物色理论止步的地方恰恰是陶诗前进的起点，也就是说，刘勰在“忘我忘物”上、在超越物我的玄远境界上与陶渊明还差一步之遥。这与刘勰忽视陶渊明创作实际，看不到玄言诗超脱物我、追求玄远的合理内核存在着深刻的关联。

## 四

陶渊明对于文学语言抒情言志的重要性有充分的认识，他说：“夫导达意气，其惟文乎”⑤，“伊怀难具道，为君作此诗”⑥，“关

① 〔梁〕刘勰：《文心雕龙·物色》，戚良德：《文心雕龙校注通译》，第514页。

② 〔梁〕刘勰：《文心雕龙·神思》，戚良德：《文心雕龙校注通译》，第323页。

③ 〔梁〕刘勰：《文心雕龙·物色》，戚良德：《文心雕龙校注通译》，第520页。

④ 〔梁〕刘勰：《文心雕龙·物色》，戚良德：《文心雕龙校注通译》，第515页。

⑤ 〔晋〕陶渊明：《感士不遇赋序》，逯钦立校注：《陶渊明集》，第145页。

⑥ 〔晋〕陶渊明：《拟古九首》之六，逯钦立校注：《陶渊明集》，第112页。

梁难亏替，绝音寄斯篇”[①]，情志的表达，“意气”“伊怀”“绝音”的抒写，借助“文”“诗”“篇”是最好的途径。刘勰认为语言在传情达意中具有关键作用，认为“物沿耳目，而辞令管其枢机。枢机方通，则物无隐貌”[②]。在肯定和重视语言可以尽意这一点上，刘勰与陶渊明是一致的，作为理论家，刘勰对语言的运用有更为理性和丰富的认识[③]，此难详述。令人更感兴趣的是陶渊明和刘勰对于“言不尽意”的体会、运用和思考。

陶渊明对言、意之间的关系有自己个性化的体悟，其表现之一就是追求诗文的言外之意。王弼“言意之辨”的讨论，经荀粲、欧阳建等人的辨析，成为玄学最有特色的问题之一，至东晋犹馀嗣响，为王导等人玄谈的核心话题。魏晋人重神理、遗形骸，重得意、忽世教，从玄学的角度看，这都是“得意忘言”在立身行事上的具体化。陶渊明一生最得重神轻形的深味。如何获得心灵的自由，摆脱外物的束缚，是陶渊明认真思考过的问题：

真想初在襟，谁谓形迹拘。（《始作镇军参军经曲阿》）

一形似有制，素襟不可易。（《乙巳岁三月为建威参军使都经钱溪》）

形迹凭化往，灵府长独闲。（《戊申岁六月中遇火》）[④]

---

① 〔晋〕陶渊明：《杂诗十二首》之九，逯钦立校注：《陶渊明集》，第120页。

② 〔梁〕刘勰：《文心雕龙·神思》，戚良德：《文心雕龙校注通译》，第321页。

③ 刘勰《文心雕龙》对语言表现出浓厚的兴趣，拿出《镕裁》《声律》《章句》《丽辞》《比兴》《夸饰》《事类》《隐秀》《指瑕》等大量篇幅论述与语言直接相关的文学问题。而其本质性的思考乃在于言意之间的关系，《文心雕龙》虽然没有设立专门篇章讨论这个问题，它却如草蛇灰线隐然于论文始终。刘勰对于言意关系的思考深受魏晋玄学言意之辨的影响，他既接受了言尽意的基本观念，也接受了言不尽意论的合理内核。

④ 逯钦立校注：《陶渊明集》，第71、79、81页。

"心为形役"的不自由感、痛苦感让陶渊明最终选择了归隐，选择了"真想""素襟"等真性，而放弃了"形迹""好爵"等"尘羁"[①]，委心大化，顺任自然。在日常生活中，陶渊明像他的外祖父孟嘉一样，"至于任怀得意，融然远寄，傍若无人"[②]，史称其葛巾漉酒，漉毕复戴于头上，自称："被褐欣自得，屡空常晏如。"[③]其忽忘形骸、不受物欲世俗束缚、重视性情自得的神采风度，正是魏晋玄学"得意忘言"在立身行事上的具体化。影响到作品的境界就是陶诗重写意，表现出玄远的风貌，有含蓄蕴藉的言外意味。所谓"寄意一言外，兹契谁能别"[④]，除了将心意寄托在上面一席话之外，诗人的心意，除了知音朋友，谁还能够辨别？诗人在肯定语言传达情意的前提下，同时强调了情意的复杂和难以言说。陶渊明许多诗歌的言外之意丰厚而深邃，为陶诗留下含蓄玄远的风貌，也造成了后代读者读解陶诗的种种歧义。

东晋文艺重写意、重神韵，玄言诗如此，东晋书法如此，陶渊明的诗文也如此。表现在文论上即倾向于推崇超越形式的文艺境界，推重语言之外的旨趣意味。这与刘勰所论有相合之处，《文心雕龙·神思》云："至于思表纤旨，文外曲致；言所不追，笔固知止。至精而后阐其妙，至变而后通其数；伊挚不能言鼎，轮扁不能语斤：

---

① 〔晋〕陶渊明：《辛丑岁七月赴假还江陵夜行涂口》、《饮酒二十首》之八，逯钦立校注：《陶渊明集》，第 75、91 页。

② 〔晋〕陶渊明：《晋故征西大将军长史孟府君传》，逯钦立校注：《陶渊明集》，第 171 页。

③ 〔晋〕陶渊明：《始作镇军参军经曲阿》，逯钦立校注：《陶渊明集》，第 71 页。

④ 〔晋〕陶渊明：《癸卯岁十二月中作与从弟敬远》，逯钦立校注：《陶渊明集》，第 78 页。

其微矣乎！"[1]刘勰还有两段话可以对这段话作出阐释，《夸饰》篇云："夫'形而上者谓之道，形而下者谓之器'。神道难摹，精言不能追其极；形器易写，壮辞可得喻其真：才非短长，理自难易耳。"[2]又《定势》篇引刘桢的话说："文之体指（势）实强弱；使其辞有尽而势有馀，天下一人耳，不可得也。"[3]前者《夸饰》篇主要就"思表纤旨"而言，后者《定势》篇主要就"文外曲致"而言。精神方面的意旨与艺术方面的微妙，它们的极致都在思表文外，故非语言所能胜任。因此，刘勰主张语言应止于应该停止的地方，语言要坚守自己的本分。事物的精微之处既然是语言难以胜任的，就应该留给能够胜任者担当，即留给心灵在语言停止的地方去体会绕梁的馀音。因为"物色尽而情有馀"[4]，"意翻空而易奇，言征实而难巧"[5]，"纤毫（意）曲变，非可缕言""可以数求，难以辞逐"[6]，即人的精神思维活动瞬息万变、丰富复杂，可以用语言说清的都是比较明晰的部分，而那些模糊生动、复杂难言的部分是难以用语言说清的，这与语言"征实"性局限也密不可分。所以"言所不追，笔固知止"，就是语言不要去强行描述不胜任的精神和艺术的微妙之处。刘勰的这一理性认识非常深刻，它也是陶渊明所体会到的。

只是，与批评家刘勰相比，陶渊明还经常感受到言意之间的错位和矛盾现象，深切感受到语言的局限性，此可谓言不尽意的一种特殊表现。第一种情形可谓"对牛弹琴"，即《饮酒二十首》之

---

① 戚良德：《文心雕龙校注通译》，第 326 页。

② 〔梁〕刘勰：《文心雕龙·夸饰》，戚良德：《文心雕龙校注通译》，第 418 页。

③ 〔梁〕刘勰：《文心雕龙·定势》，戚良德：《文心雕龙校注通译》，第 359 页。

④ 〔梁〕刘勰：《文心雕龙·物色》，戚良德：《文心雕龙校注通译》，第 519 页。

⑤ 〔梁〕刘勰：《文心雕龙·神思》，戚良德：《文心雕龙校注通译》，第 323 页。

⑥ 〔梁〕刘勰：《文心雕龙·声律》，戚良德：《文心雕龙校注通译》，第 385、383 页。

十三所云“醒醉还相笑，发言各不领”[1]，自己用语言所传达的心曲难以被他人领悟。因为“心曲”要被人领悟，不仅仅依靠语言，还需要依赖于非语言的的志趣、修养等等。又《咏贫士七首》之三云“赐也徒能辩，乃不见吾心”，《咏二疏》云“问金终寄心，清言晓未悟”，《与殷晋安别》云“语默自殊势，亦知当乖分”。[2]这些例子说得都是彼言难尽吾意的情形。第二种情形可谓“忽言存意”。陶诗《饮酒二十首》之十四云：“父老杂乱言，觞酌失行次。不觉知有我，安知物为贵。”[3]在此，“父老杂乱言”之具体语言所指的“意”都不是诗人甚至其他当事人所感兴趣的，他们所感兴趣的是众多“杂乱言”所共同营造的饮酒忘俗的意趣和气氛。正如恋人彼此之间谈些什么无关紧要，紧要的是谈话时由语言的音调、韵律、声音所共同营造出的那样一种亲密无间的氛围。“杂乱言”虽然不是“我唱尔言得”，但同样会令人体会到“酒中适何多”[4]。第三种情形是“不（拙）言胜（巧）言”。《乞食》云：“行行至斯里，叩门拙言辞。”[5]用流利的语言向人讨饭，反而不如吞吞吐吐更能够传达诗人“乞食”时的特定心曲。又《岁暮和张常侍》云：“市朝凄旧人，骤骥感悲泉。明旦非今日，岁暮余何言！”《饮酒二十首》之十八云：“有时不肯言，岂不在伐国。仁者用其心，何尝失显默。”《杂诗十二首》之二云：“欲言无予和，挥杯劝孤影。”[6]言可尽意，但尽意可不言；即“此时无声胜有声”（白居易《琵琶

---

① 逯钦立校注：《陶渊明集》，第95页。

② 逯钦立校注：《陶渊明集》，第124、128、63页。

③ 逯钦立校注：《陶渊明集》，第95页。

④ 〔晋〕陶渊明：《蜡日》，逯钦立校注：《陶渊明集》，第108页。

⑤ 逯钦立校注：《陶渊明集》，第48页。

⑥ 逯钦立校注：《陶渊明集》，第66、98、115页。

行》)，不言胜言，不言也是意蕴更加丰富的一种“言说”。这与“忘言”不同，“忘言”主要是无意的，而“不言”则是自觉的，是知其难言而沉默不言。陶渊明“少年罕人事”，为人“闲静少言”[①]，“在众不失其寡，处言愈见其默”[②]，其于不言之言体会殊深。以上三种情形都属于言意关系的特殊表现，言意之间的关系不是直接对应的，而是有错位和矛盾，但是诗歌正是借助言意关系的错位与矛盾表达其背后难以言说的意趣和深味，从这个意义上来说，这些特殊的言意关系所表现的又不是表面上的言不尽意，而仍然是得意忘言。对此，刘勰关注较少，只提到“拙辞或孕于巧义”一句，这或者与陶渊明“拙言胜巧言”的创作实际相合，但单词只句，不为常论，何况联系下文“视布于麻，虽云未贵；杼轴献功，焕然乃珍”[③]的话，刘勰本意怕不是赞赏“拙辞”，正像把麻织成布匹一样，而是加工锻炼“拙辞”以使之与“巧义”更为合拍，如此之文方为珍贵。如此，陶渊明深切感受到的一些语言特殊现象，刘勰真的忽视了。

值得指出的是，刘勰追求隐秀、复意、不尽之意，注重语言修辞的媒介性，而相对忽视语言与道、生活的根本联系。这恐怕是刘勰忽视陶渊明、贬评玄言诗、过分划分语言清丽还是质朴之别的关键所在。语言的本质是什么？难道仅仅是传情达意、追求馀味的工具和中介？强调语言的媒介性，强调语言的文采，这只是在语言的创作、阅读层面思考，不是从语言的产生、意义方面思考。产生时的语言就是具体的实在，是生活、世界和情感本身，没有对于生活

① 〔晋〕陶渊明：《饮酒二十首》之十六、《五柳先生传》，逯钦立校注：《陶渊明集》，第96、175页。

② 〔南朝宋〕颜延之：《陶征士诔》，〔梁〕萧统编、〔唐〕李善注：《文选》卷五七，上海：上海古籍出版社，1986年，第2470页。

③ 〔梁〕刘勰：《文心雕龙·神思》，戚良德：《文心雕龙校注通译》，第326页。

和世界的深切体验、没有入乎其中的喜怒哀乐，语言就成为无根的符号，而不是情志的代理。语言的价值和意义在于澄明那些被世俗遮蔽了的真善美，关乎自然之道，关乎生命之神理，澄明道和生活本质的语言不论华丽还是质朴必将为文学带来辽远的风貌，带来不尽的馀意。这是语言的根本使命决定的，也是语言所欲把握的根本还难以在理性上清晰凸显，或者说语言所欲描述的真善美还具有模糊不确定性所决定的。语言的本质和意义得以在人生和现实中实现是不容易的，因为它的媒介性注定它要受到种种世俗价值和恶劣风气的污染。语言有真假需要辨析之，杂乱之言并非总是无意义，冠冕堂皇的话反而别有用心，花言巧语有时真不如拙嘴笨舌，甚至语言本身是如此苍白，不如默默不作一语。深细体会了生活和生命的复杂微妙，对之有了深细体察和理解，话语和语言自然与道不谋而合，人生之韵味，诗文之境界自会辽远不尽。

因此，单纯的修辞从根本上解决不了思外纤旨、文外曲致的问题。倒是钟嵘的“自然英旨”，陶渊明的回归自我、委运自然更可以解决言不尽意的问题。即以生活、生命为目的的人生方可产生含蓄不尽的诗意，一切矫揉造作只会损害本真的诗意。而这一点是陶渊明终生努力和体会的，从不求甚解到抚弄无弦琴皆可得意忘言、得意忘象、会得真意，语言也因此摆脱符号的媒介性的束缚，而透入生活和生命本身。刘勰能深得锻炼之文的奥秘，于陶渊明从胸中流出的质朴自然之文则相对缺少体悟。

总之，文学语言是修辞，但更是心灵、道和生活的本体，前者永远是相对的，语言的华丽和质朴、锻炼和率真都不具有格外值得提倡的意义。由于对语言本质不够重视，对清丽锻炼之文的强调，对平淡质朴、率真直寻之文的忽视，刘勰的语言观难免有其局限性，他也难免意识不到陶渊明和玄言诗的价值。

关于《文心雕龙》不提陶渊明仍然是一个可以继续讨论下去的话题，不仅仅是因为对这个问题的直接回答有其学术价值，而且因为由此所引申出来的对于陶渊明及其诗文、对于刘勰及其《文心雕龙》，对于文学理论的深入探讨都有助益。

# 论刘勰的“读者意识”

陈士部

在魏晋六朝时期，我国的文学批评呈现出空前繁盛的局面，刘勰的《文心雕龙》堪称最典型的文学批评巨制。它总结了前人的创作经验，针砭了当时不良的创作倾向，汇总了以往的文学理论成就。《知音》是《文心雕龙》中的第四十八篇，也是论述文章鉴赏和批评的专篇。

《知音》篇的篇名已昭示出刘勰的理论意图。“知音”这一概念最早见于《吕氏春秋·本味》，钟子期与伯牙的“知音”典故可谓家喻户晓。由音乐欣赏推而广之，文学鉴赏中的知音，其实就是欣赏者对被欣赏者的作品的认知和体察作者文心所引起的强烈的感情共鸣，而欣赏者与被欣赏者的即时性互动共在关系实质上就是读者与作者的情感认同关系。刘勰正是对这一典故的解读而用“知音”作篇名，其用意在于强调读者即接受主体的重要性。如果说，“读者包含三个方面：作家作为读者、隐含的读者和现实的读者”[①]，那么，“读者意识”便表述了三种含义：一是作为读者的作家在作品中再现自己作为人类生产生活阅读者的感受；二是存在于作者头脑中的“隐含读者”的需求或审美期待，亦即作者心中的一种“意识”；三是现实读者对作品的客观的实在的认知。本文综合这三种含义，以《文心雕龙·知音》篇为线索，对刘勰的“读者意识”作具体的阐述。

---

① 郭久麟：《文学理论与鉴赏》，北京：北京师范大学出版社，2010年，第190页。

## 一

《知音》是关于文章鉴赏、批评的专论，刘勰在文章开篇感叹了“知音之难”后，针对接受主体——读者提出了一些正确评论的方法，为文学评论树立了客观标准。其实，在刘勰之前，古代文论中已有一些有关文章鉴赏批评的内容。如曹丕的《典论·论文》、曹植的《与杨德祖书》以及刘勰同时代的江淹所作的《杂体诗序》都曾发表过一些相关见解。

曹丕《典论·论文》开篇叹曰“文人相轻，自古而然”，说人们批评文章常常“贵远贱近，向声背实”，往往“暗于自见，谓己为贤”，只看到自己的长处，看不到自己的缺点。他披露了文人之间存在的这些陋习和弊端，指出了文人在批评时错误的态度，要求文人应持一种客观实际的态度去批评文学。既要看到别人的长处，又要看到自己的短处，而且对别人不应过分苛求。这有利于当时批评文坛的良性发展。“文人相轻”和“贵远贱近”的观点与刘勰在《知音》开篇谈“知音之难”原因时提到的“贵古贱今”和“崇己抑人”正相吻合，可见刘勰的思想一定程度上是借鉴于曹丕的。

曹植的《与杨德祖书》强调读者只有具备良好的专业素养和创作能力，才有资格评论别人的作品。他说：“盖有南威之容，乃可以论于淑媛；有龙渊之利，乃可以议于割断。”这就好比一位女子，有了“南威”那样的容貌才有资格谈论美丽；又犹如一位剑客，拥有“龙渊”那样锋利的宝剑才有资格议论断割。曹植突出了读者自身修养的重要性，这与刘勰《知音》中“博观”的批评方法和“识见”的要求明显相合。但是，曹植要求读者达到和作家一样水平未免有些苛刻，而且要求批评家与作家平等对话会导致批评成为创作的附庸。同时，曹植还指出人的好恶不同，对文章的审美也各不相同：“人各有好尚。兰茝荪蕙之芳，众人之所好，而海畔有逐臭之夫；《咸池》

《六茎》之发，众人所共乐，而墨翟有非之之论。岂可同哉！”关于批评态度，曹植主张尊重他人的作品，如“夫文章之难，非独今也；古之君子，犹亦病诸”（《与吴季重书》）。这就是说批评要正确地看待自己和别人。针对以上两点，刘勰在《知音》篇中也有所强调。

江淹《杂体诗序》同样有对读者批评方面的论述：“世之诸贤，各滞所迷，莫不论甘而忌辛，好丹而非素，岂所谓通方广恕，好远兼爱者哉？……又贵远贱近，人之常情；重耳轻目，俗之恒弊。”这里提到读者评论文章存在一些弊病：一是“贵远贱近”，一是读者局于一隅，趣味偏狭，对于丰富多彩的作品不能兼收并蓄。这与《知音》中所说的“会已则嗟讽，异我则沮弃；各执一隅之解，欲拟万端之变”有着相通之处。此外，刘勰的感叹与江淹要求的“兼爱”精神也是相通的。

总的看来，魏晋时代是“文的自觉”的时代，甚或说是“人的自觉”的时代。《文心雕龙》正是在魏晋南北朝这个大的时代背景下写作的，这一时期文学艺术受到普遍重视，文学批评也逐渐成熟，形成了具体的批评方法和批评标准。刘勰《文心雕龙》的出现是其时代文化发展的必然，并表现出更为丰赡的理论内涵。

《文心雕龙》中有关“批评论”有五篇，“按《序志》的说法，从《时序》到《程器》的五篇属批评论”①。除了我们提到的《知音》是文学批评的专篇，刘勰在文章中对读者接受主体作了多方面阐述，此外，其他四篇也涵盖了“读者意识”的相关内容。如果说，《时序》是对各时代文学的概述，《物色》主要是论述自然景物与文学创作的关系，那么，《才略》则主要是评论历代作家的才性，《知音》是文学批评的态度和方法，而《程器》是作家的品德论，这五篇看

① 陆侃如、牟世金：《文心雕龙译注》，济南：齐鲁书社，1996年，第82页。

似没有什么关系，实则有千丝万缕的联系。除《物色》篇外，其他四篇主要是对作家作品的品评，并在对众多作家作品品评之后，刘勰发现了“知音难逢”这一文艺现象。因此，我们在认识批评论时，应把《物色》《知音》这两篇放在核心位置。我们知道，《知音》中重视情感的作用，“缀文者情动而辞发，观文者披文以入情”“文情难鉴，谁曰易分”，情感是沟通读者与作者之间的纽带。而《物色》中刘勰提到“岁有其物，物有其容；情以物迁，辞以情发”“写气图貌，既随物以宛转；属采附声，亦与心而徘徊”，他强调“情由景生”“情景交融”，这些都充分强调“情”的作用。“批评论”的其他篇亦是如此。总之，刘勰的“批评论”各篇之间是相互渗透、相互联系的。刘勰在其他篇章中对“读者意识”也有或多或少的涉及。

在《知音》中，谈到接受者正确批评的方法时，其中就说到接受者需要主观上的“博观”。“故圆照之象，务先博观”强调接受主体的审美经验以及自身的审美修养。而在《神思》篇中，“机敏故造次而成功，虑疑故愈久而致绩。难易虽殊，并资博练。……是以临篇缀虑，必有二患：理郁者苦贫，辞溺者伤乱。然则博见为馈贫之粮，贯一为拯乱之药”，体现了创作中“博练”和“博见”的重要性。同时在《事类》篇中也涉及“博观”：“将赡才力，务在博见。狐腋非一皮能温，鸡蹠必数千而饱矣。是以综学在博，取事贵约，校练务精，捃理须核：众美辐辏，表里发挥”，阅读越丰富，视野就越开阔，最后达到众美辐辏。由此，我们知道刘勰是十分强调“博观”的，他在多篇中对此都有涉及。从这也反映出《文心雕龙》是各部分紧密联系的一个完整体系。

《知音》篇还提到批评的具体方法“六观”：一观位体，二观置辞，三观通变，四观奇正，五观事义，六观宫商。我们先看“一观位体”，“位体”是指作品采用的体裁。这在《镕裁》篇中有提到“设情以位体”以及“夫才量学文，宜正体制”（《附会》），这里的“体制”指文章的形式，它须依附于内容“情”。“我们在批评某种文章是否有真正的价值，第一步先要看它有无真实的内容”[①]，由此得知读者在观位体时还得看文章有无丰富的内容。“二观置辞”，“置辞”即文辞。如“辞采为肌肤”（《附会》）就强调文辞的地位和作用，“文辞若不精确，虽有情感，亦不能通之他人，便要失去感染人们的力量”[②]。“三观通变”，也就是继承与创新的内涵。《通变》篇中说：“变则其久，通则不乏。”能变，所以能通；能通，所以能久。能变，所以能多姿多彩；能通，所以能有所继承，有所创造。“四观奇正”，“奇正”是艺术表现的基本法则和具体变化的对立统一。所谓“设文之体有常，变文之数无方”“望今制奇，参古定法”（《通变》），刘勰憎恶齐梁文士只从辞藻声律方面刻意求新，“竞一韵之奇，争一字之巧”，就表现出刘勰对当时那种文气的批判和讽刺。“五观事义”，这里是说考察作品用典的标准。“据事以类义，援古以证今”“明理引乎成辞，征义举乎人事”（《事类》），从《事类》篇可以看到刘勰是推崇用典的。不过，刘勰虽肯定文章用典，但并不赞同堆砌典故，而是看它是否用得简约而精要。“六观宫商”，“宫商”是指音韵声律。“音律所始……以制乐歌”（《声律》），刘勰要求文章应该合乎节奏，读起来琅琅上口。对读者批评的六种方法的解读中我们看到，它们并非孤立地存在，每种方法在其他篇章中都有相应文句对其进行诠释，它们彼此联系。

因此，从“博观”和“六观”的具体展开中我们看到：对“读者意识”的涵括，不仅仅于《知音》篇中，其他篇章都有不同程度的涉及。因此，刘勰在写作整部《文心雕龙》的过程中是纵观全篇的，

---

① 黄海章：《中国文学批评简史》，广州：广东人民出版社，1981 年，第 64 页。

② 黄海章：《中国文学批评简史》，第 25 页。

各篇之间都有一定的内在关联性。

## 二

就《文心雕龙·知音》来说，其中的“读者意识”主要体现在以下几个方面：

1.“音实难知，知实难逢”：情感是沟通读者与作者的纽带

《知音》的篇名取名为“知音”，开篇谈论的也是“知音”：“知音其难哉！音实难知，知实难逢，逢其知音，千载其一乎！”“知音”一词对伯牙来说是指能听懂自己琴音的钟子期，在刘勰的论述里，“缀文者情动而辞发，观文者披文以入情，沿波讨源，虽幽必显”，“知音”则是能够“披文入情”并“沿波讨源”的观文者。这里，“知音”是指在文艺接受活动中，读者作为接受主体，要在对作品的“奥府”“异采”之处的解读过程中全面而真切地理解作品的原意，依据自己的审美经验对文本进行深入的妙悟、体验，以逼近作者即创作主体原初的“神思”，与作者的灵魂相知相通，达到与作者的精神交流和情感共鸣。

文学活动是从生活、作家、作品到读者的一个完整并循环往复的过程。对于文学活动而言，没有作家，作品无法生成，没有作品，创作还只处于构思阶段。但是文学活动并不终止于作家创作作品的完成，还要延伸到读者的接受。“没有读者的领悟、解释和鉴赏，文学就没有实现自己的价值，也就失去了存在的理由。所以，读者在文学接受活动过程中的地位和作用是最核心最具有决定性的。”[①]从这句话中，我们也能看到读者在文学活动中的重要地位。前面说到，知音是读者在接受作品时与作者情感达到共鸣而产生的，因此我们首先强调读者的重要性。而在《知音》篇中，刘勰却感叹“知

① 郭久麟：《文学理论与鉴赏》，第189页。

音其难”，感叹“音实难知，知实难逢”。究其原因，刘勰做了以下总结：对“知实难逢”的原因，他概括有三：“贵古贱今”“崇己抑人”“信伪迷真”；而对于“音实难知”，刘勰则从主客观两方面分析其原因：客观上的“文情难鉴”和主观上的“知多偏好”与“人莫圆该”。接受主体的这几种艺术接受上的问题是导致知音之难的根本原因。那读者如何能成为作者的知音呢？首先，读者只有先阅读了作品，他才可能成为知音；读者要成为作者的知音，应当摒弃上述的心理偏向，以客观的心态去看待作品。

除此之外，《知音》中同样重视作者的作用，读者在接受时需以作者与作品为前提，实现现实读者与作者心中“隐含读者”的高度统一。作家“为情而造文”，知音读者应“披文以入情”。“披文以入情”实质上就是要求接受者必须把注意力集中到作品审美性的文本内涵上，必须以对作品的深层审美意蕴的探求为旨归。海德格尔曾说过，“文本是人与历史发生的最直接的存在上的联系”①，读者的接受活动不能抛开文本，要尊重文本，尊重作者的创作。“世远莫见其面，觇文辄见其心”，惟有如此，接受者才可能成为作家、艺术家真正的知音。其中，“情”是贯穿于读者与作者间的纽带，是两者得以跨时空来对话并最终达到情感高度一致的基础。“缀文者情动而辞发”，作家在作品中寄予了自己丰富的思想感情，读者在接受过程中，必须“披文入情”“沿波讨源”，尽可能地还原作者本意，品味作者的思想感情，并融合自己的情感，与作者进行跨时空对话。“情”这一媒介让读者和作者通过文本达到情感上的共鸣，这是整个文学活动最终完成并使读者得以提升的最高境界，也使得现实读者与作者头脑中的“隐含读者”最终达到了情感的一致。

---

① 金元浦：《接受反应文论》，济南：山东教育出版社，2002年，第121页。

2.“音实可知，知实可逢”：“博观”与“识见”等方法是批评的途径

刘勰说“音实难知，知实难逢”，但并不是说“音不可知，知不可逢”。刘勰认识到了接受主体即读者的重要性，看到了读者的心理偏向给接受活动带来的不良影响。为了尽可能减少这种心理偏向所带来的弊端，他在《知音》篇中提出了一系列试图解决的方略。

首先，刘勰认为接受主体必须拥有“博观”的精神涵养。在中国传统文化的语境中，古代文人往往既是文艺作品的创作者，又是文艺作品的鉴赏家。传统文人的赏评不是对作品本意的简单肤浅的还原，而是对作品意蕴的深度挖掘与再创造。“凡操千曲而后晓声，观千剑而后识器”，接受主体只有通过“观千剑”和“操千曲”这些审美实践，才能积累丰富的审美经验，提高自身的审美修养和审美能力，以达到“晓声”与“识器”，才能体味作品的深层审美意蕴。

其次，他又提到接受主体需要“无私于轻重，不偏于憎爱”，接受者只有摒弃自己的偏见才能“平理若衡，照辞如镜”，公平公正地去评论作品。当然，要做到绝对的客观与公正着实不易，或说根本不可能。在阶级社会中，绝对公平的评论家是没有的，即使是刘勰自己的评论，也往往对“镕式经诰，方轨儒门者”有明显的偏爱。因此，接受主体在接受中只有尽可能地去还原作者本意，以领悟作者的深意。

再次，接受者在克服自身的偏见、提高自我修养与能力后，刘勰又提出了一些具体的评论方法，即“六观”：“一观位体，二观置辞，三观通变，四观奇正，五观事义，六观宫商。”这些方法是为了解决“文情难鉴”而提出，“文情难鉴”并非不可见，刘勰指出，“是以将阅文情，先标六观”，接受者如果从这六个方面着手，就可以深入地探求作家寄予在作品中的思想与感情了。从这个意义上看，“六观”

既是文学接受的具体方法，也是保证文学接受活动沿着审美的轨道正常运行的有效手段。

最后，《知音》中对接受主体还作出了“识见”的要求。“夫缀文者情动而辞发，观文者披文以入情，沿波讨源，虽幽必显。世远莫见其面，觇文辄见其心。岂成篇之足深，患识照之自浅耳。夫志在山水，琴表其情，况形之笔端，理将焉匿？故心之照理，譬目之照形。目瞭则形无不分，心敏则理无不达。”显然，刘勰在这里暗示了读者要真正领悟作品的意蕴、真正体会作者的情感，必须达到“识照”这一要求。赖力行、李清良的《中国文学批评史》中说：“批评家要研究处理文学的艺术本质问题，文学问题的复杂性（“成篇之足深”）必然要求批评家具备‘目瞭’‘心敏’的识照能力。”[①] 批评作为文学活动的一翼，要求主体有“识”。作家有识见，才能富于独创性，批评家有识见，才能辨别美丑、判断是非。《知音》中“昔屈平有言：‘文质疏内，众不知余之异采。’见异，唯知音耳”，这里的“见异”就是要求赏评者从文质两方面深入考察作品，反复玩味，从而发现作家作品在思想艺术上的个体风格和不同于其他作家作品的独特性。

3.“良书盈箧，妙鉴乃订”：读者应辩证地看待刘勰的文艺思想

《知音》中，刘勰指出了“知音之难”的原因并介绍了正确评论的一些方法和途径。在文章的最后，刘勰又提出“知音”应以夔、旷为榜样，“赞曰：洪钟万钧，夔、旷所定”，夔、旷是知音，正因为他们有着深厚的审美鉴赏能力，所以才会有万钧的洪钟；“良书盈箧，妙鉴乃订”，因为有妙鉴的知音，才有了盈箧的良书。真

① 赖力行、李清良：《中国文学批评史》，长沙：湖南教育出版社，2003年，第47页。

正的知音在断定文艺高低方面具有举足轻重的作用。在刘勰看来，只有像夔、旷这样的大家才有资格进行文艺批评，也只有他们，那些好的作品才有了遇到知音的可能。

《知音》的结尾处“流郑淫人，无或失听。独有此律，不谬蹊径”，刘勰认为知音在纠正不良倾向方面有着引导的作用。儒家的正统思想，把郑声斥为淫声，可如今我们知道，郑声是《诗经》中最光辉的篇章。可见，刘勰的这种观念是有其时代局限性的。从严格意义上说，没有一个批评家可以完全公正地批评所有作品，总是会受到批评家个人偏好和当时社会思潮的影响。

刘勰十分推崇儒家文化，但他把评定一切作品的好坏以是否“征圣”“宗经”为标准，这无形中让评论陷入教条，无法公正地进行。因而，“良书盈箧，妙鉴乃订”，对于真正的、有艺术涵养的读者来说，应当辩证客观地进行批评。换言之，理想的文学批评，应该是读者、批评家在自身拥有较高文学素养的基础上，对作者、作品进行全面的、透彻的、辩证的分析，真正领悟作品中作者表现出的深层含义和丰富的情感。

## 三

刘勰《文心雕龙》创作于魏晋南北朝时期，这一时期的文学活动逐渐走向“自觉”，批评家的自我意识初步形成，开始为文学批评建立相应标准。《知音》作为鉴赏批评的专论，树立了文学批评客观标准，为我国批评理论的形成和发展奠定了基础。如果从西方接受美学的视角进行观照，那么，“知音”理论与接受美学在某种意义上说都是以读者为核心建立起来的批评理论。在西方，“长期以来，西方文论忽视读者及其阅读接受对文学研究的意义，这一意义在20世纪解释学文论和接受理论那里得到了明确的揭示与强调，此外，这两种文论也富有启示性地尝试了从读者理解与接受的角度研究文学的方法，建立了一套新型理论，实现了西方文论研究从所谓‘作者中心’向‘文本中心’再向‘读者中心’的转向”[①]。饶有趣味也发人深思的是，中国文学观念的发展也呈现出一种由注重文本对象到关注读者对象的隐约的嬗变过程。有研究者指出：“从先秦到隋唐，文学观念由早期的教化观念逐渐演变为对文学典范和创作法则的注意，古典艺术精神开始形成……到了明清时期诸家，文学经典逐渐从可以学习的典范变成了只可神悟而不可效法的神圣境界，创作与鉴赏拉开了距离，对文学经典的学习日渐变成个人化的体验，对古典艺术精神的认识也日渐走向更高的概括与抽象，经典作品由实际的创作范式变成意蕴精微的欣赏对象，意味着中国文学传统中的古典艺术精神走到了发展成熟的最后阶段。”[②]如此，尝试对刘勰的“知音”观与西方相关美学思想作比较分析也是有其可行性的。

从《知音》篇名的选定以及刘勰对“知音其难”的由衷感叹，我们知道刘勰是十分重视读者的作用的。“见异，唯知音耳”，只有真正的知音才能识见作品的“异采”之处；“良书盈箧，妙鉴乃订”，只能经由读者高超的赏识力，“良书”才得以成为“良书”，并由此列出“六观”的法式。至此，西方接受理论、接受美学可以为我们全面地理解刘勰的“知音”观提供若干路径。众所周知，接受美学是以读者及其接受活动为研究重点的，其最重要的特征就是确立了读者在文学接受中的中心地位，强调读者在文学活动中的不可或缺性，读者的接受使作品的意义得以完成。读者对作品的接受过程其实就是对作品的再创造过程。解释学的代表人物加达默尔在

---

① 朱立元:《当代西方文艺理论》, 上海: 华东师范大学出版社, 2010 年, 第 271 页。

② 高小康：《中国古典艺术精神的形成》，《中国社会科学》2001 年第 1 期。

阐释作品存在问题时引入了“游戏”这一概念，他的观点被描述为“一件艺术品要求一个解释者，艺术品并非一个固定不变的存在物，它本身并不会实现自己，只有进入审美理解中，文本才会变成活生生的意象，产生富有生命力的意义”[①]。也就是说，作品的存在以及实现的意义必须有读者的参与。作家创作出来的作品只有经过读者阅读接受才算完成。由此可知，刘勰的“读者意识”与西方接受美学可以在一定的理论境域中展开对话。文艺作品成为“活生生的意象”问题在包括《知音》篇在内的《文心雕龙》诸篇中表征为对“情感”因素的强调上，借用杜夫海纳审美现象学术语来说，文本自身就是一个“准主体”而不是一个“固定不变的存在物”，诚如梅洛－庞蒂所说：“现象学的世界不属于纯粹的存在，而是通过我的体验的相互作用，通过我的体验和他人的体验的相互作用，通过体验对体验的相互作用显现的意义，因此，主体性和主体间性是不可分离的，它们通过我过去的体验在我现在的体验中的再现，他人的体验在我的体验中的再现形成它们的统一性。”[②] 文本意象是可以交互体验的有情有义的“准主体”，它才能够成为彼此的“知音”。按我的理解，这正是刘勰“知音”说的精义之所在。

尽管学界一直以来都在关注刘勰的“知音”理论乃至中国古代文论中的主体意识同西方接受美学、解释学之间的理论关联，但这里必须指出，中西文化、中西文论有其不能漠视的异质性，借助其中的某些思想关联而生搬硬套甚或削足适履是没有出路的。就本文的论题来说，质言之，刘勰《知音》篇强调的是读者的接受使作品的意义得以实现，而接受美学强调读者的接受是使作品意义得以完

---

① 王岳川：《现象学与解释学文论》，济南：山东教育出版社，1999 年，第 222 页。

② 〔法〕莫里斯·梅洛－庞蒂：《知觉现象学》，姜志辉译，北京：商务印书馆，2001 年，第 8 页。

成。《知音》篇中的“缀文者情动而辞发，观文者披文以入情”的深意在于，作者在写作过程中寄予了自己的思想感情，已经赋予了作品本身的意义，而读者在接受时要做的是“披文入情”“沿波讨源”领悟作品的旨意。《知音》篇中刘勰焦灼呼告“知音难逢”，是因为接受者不能真正理解作品的含义，不能与作者达到情感的共鸣。所以，《知音》中注重的是读者对作品的阐释与理解。

西方对话理论的创始人加达默尔指出，读者并不是被动接受的个体，读者与文本之间应该是一种主体与主体之间的关系，读者对文本的理解应该是一种对话的形式，读者的接受是一种主体性的积极能动的接受。加达默尔把读者与文本视为并列关系，突出了读者在文学活动中的重要地位。加达默尔认为，作品的存在不仅是艺术家所创作出的“原作”，而且是指由“原作”与参与者共同完成的、新的“构成物”。他曾经指出，“游戏的人好像只有通过把自己行为的目的转化到单纯的游戏任务中去，才能使自己进入表现自身的自由之中”[①]。从中我们了解到，作品的存在是取决于解释者与文本的相遇，参与者与历史流传物的攀谈所构成的新的存在着的作品整体。加达默尔把文学活动看成是一个统一的整体，重视作者与文本，更重视读者的作用。必须强调，在西方阐释学、接受美学的视域中，读者及其阅读活动已参与了文学意义的建构，读者的地位与作者齐等甚或超过了后者。从“六观”“博观”“识见”等处看，刘勰的“知音”是在对作者原意的追随、解读中得以确认的，“知音”雅号的获取仍要参照作家作品本身来定夺。这是中西方有关读者接受观念的重要的区别。

从理论的源出语境上说，刘勰的“读者意识”衍生于中国传统

① 〔德〕汉斯－格奥尔格·加达默尔：《真理与方法——哲学诠释学的基本特征》上卷，洪汉鼎译，上海：上海译文出版社，1992 年，第 138 页。

文化中的古典素朴的主体意识，它在物我交融、身心一体的诗性逻辑中生发开去，而接受美学、解释学则是在西方传统主客体二元对立的思维模式走入困境而有意识谋求理论突破的产物，它们仍然留有理性主义的思想倾向。但同时不能漠视的是，在谋求超越主客二元对立思维模式的审美现代性进程中，注重物我冥合、身心交融的中国古典美学日益引起国内外学者的普遍重视，审美主体间性带来了中西文艺美学比较的新契机。在这种学术理论的背景下，有待于进一步研讨刘勰的“读者意识”及其当代启示意义。

# 东西之间

## 器物之喻与中国文学批评
### ——以《文心雕龙》为中心

闫月珍

关于中国文学批评的象喻传统，目前学术界的探索主要有三端：一是以自然物喻文；二是以人喻文，钱锺书曾对中国文学批评之“人化传统”有过开创性的论述，吴承学进而将之命名为“生命之喻”；[①]三是以锦喻文，古风将之命名为“锦绣之喻”。[②]事实上，除前两者外，以器物及其制作经验喻文也是中国文学批评非常普遍的现象。本文将以《文心雕龙》为入口，探讨中国文学批评中的器物之喻，发现中国文学批评与器物及其制作经验的直接关联，以期为中国文学批

① 钱锺书：《中国固有的文学批评的一个特点》，《文学杂志》1937 年第一卷第四期。20 世纪 30 年代，钱锺书就曾关注过中国文学批评“把文章通盘的人化或生命化”现象。吴承学称人化批评为“生命之喻”，即用人体及其生命运动比喻文艺作品，以说明作品是一个有生命力的整体。（吴承学：《生命之喻——论古代中国关于文学艺术人化的批评》，《文学评论》1994 年第 1 期。）

② 古风所谓“以锦喻文”，即指以锦绣之美比喻文学之美。以“锦绣”作为审美参照物来批评文学，是一种经典的具有中国特色的文学审美批评。（古风：《“以锦喻文”现象与中国文学审美批评》，《中国社会科学》2009 年第 1 期。）其实，“以锦喻文”是将织物制作经验运用到文学领域，从这个意义上讲，以丝织绵绣喻文也是“器物之喻”之一种。

评方式的形成找到更为深层的原因。

## 一、中国文学批评中的“工匠”

匠，木工，亦泛指工匠。《说文解字》言：“匠，木工也。从匚，从斤。斤，所以作器也。”段玉裁注曰：“工者，巧饬也。百工皆称工称匠，独举木工者，其字从斤也。以木工之偁，引申为凡工之偁也。”上古典籍中有着关于工匠的丰富记叙。《庄子》中梓庆削木为鐻、轮扁凿轮、工倕旋矩、画工解衣般礴、匠人锤钩、北宫奢铸钟等故事展示了技艺出神入化的境界。孔子说：“工欲善其事，必先利其器。居是邦也，事其大夫之贤者，友其士之仁者。”（《论语·卫灵公》）这里以工匠为喻，说明治国需要贤良仁义之士作为施行仁政的工具。孟子说：“离娄之明、公输子之巧，不以规矩，不能成方圆；师旷之聪，不以六律，不能正五音；尧舜之道，不以仁政，不能平治天下。”（《孟子·离娄上》）也以工匠为喻，说明施行仁政对治理国家的必要性。古代以工匠为喻说明治国思想、伦理思想和艺术观念是一个突出的现象，这说明器物制作经验是一个具有很强涵盖力的语言系统。在这一历史语境中，以工匠为喻说明文学规律，也是非常普遍的现象。

由工匠引申出了中国文学批评具有审美意义的术语。一是以“匠”喻作者。“匠”不仅精专一艺，更兼造化之奇，如李白《登金陵冶城西北谢安墩》诗云：“哲匠感颓运，云鹏忽飞翻。”其中“哲匠”即指艺术家。二是以“匠心”喻文学艺术中创造性的构思。唐代王士源《〈孟浩然集〉序》言：“文不按古，匠心独妙。”匠以专攻术业为前提，文学艺术创作也以精巧的构思取胜，这正是以匠喻文学艺术创作的原因之一。而缺乏艺术特色则谓之“匠气”，如王夫之《薑斋诗话》卷下：“征故实，写色泽，广比譬，虽极镂绘之工，皆匠气也。”三是以“匠”喻文学艺术的锤炼。如《二十四诗品·洗炼》“犹矿出金，如铅出银，超心炼冶，绝爱淄磷”，以冶工喻诗歌写作之去芜存精；唐代孙过庭《书谱》“必能傍通点画之情，博究始终之理，镕铸虫篆，陶钧草隶”，以冶工喻学习书法经博采众长而后独成一家的过程，“匠心”来自锤炼和融汇的功夫。

以《文心雕龙》为例，其中出现了“规矩”2处、“檃括”3处、“定墨”1处、“矫揉”1处、“雕琢”3处、“刻镂”2处、“镕铸”1处、“镕钧”1处、“陶钧”1处、“陶铸”1处、“陶染”1处、“杼轴”2处、“斧藻”1处。[①]以器物及其制作经验论文，以刻工、乐工、染工、木工、织工、轮工、漆工、镕工等工匠为喻，是《文心雕龙》通篇行文的鲜明特点。这一方面秉承了古代典籍关于技艺的语汇，另一方面启发了后世关于文学技艺论的思考。以器物及其制作经验为喻，《文心雕龙》将创作纳入了一个广阔的言说空间，这一言说空间为其论文提供了参照性的话语。

以“雕龙”喻写作，刘勰继承了古已有之的“雕”和“龙”的观念，自认为写作《文心雕龙》是一件神圣的事业。《序志》篇首即说：“夫文心者，言为文之用心也。昔涓子琴心，王孙巧心，心哉美矣，故用之焉。古来文章，以雕缛成体，岂取驺奭之群言雕龙也。”[②]刘勰特别指明《文心雕龙》是一部“言为文之用心”的书，他认为文章的形成是“雕缛成体”的结果，承认“雕”是文章成体的重要环节和手段。“雕”指在竹、木、玉、石、金等器物上刻镂花纹和图案，此处喻为修饰文辞。以“雕”喻写作，扬雄早有论述。《法言·吾子》说：“或问：‘吾子少而好赋？’曰：‘然。童子雕虫篆刻。’俄

---

① 陈书良：《〈文心雕龙〉释名》，长沙：湖南人民出版社，2007年，第108—111页。

② 范文澜：《文心雕龙注》，北京：人民文学出版社，1958年，第725页。下引《文心雕龙》均出自此书。

而曰：‘壮夫不为也。’”扬雄把赋当作雕刻虫书和篆书的工艺小技，这与儒家修身、齐家、治国、平天下之追求不可相提并论。显然，刘勰的用意与扬雄不同，他非常重视“雕”成器、成文的意义。《礼记·学记》言：“玉不琢，不成器；人不学，不知道。”可见，儒家强调后天教化对人的改变。刘勰正是循此意命名其书，以“雕”喻写作的人文意义。龙在古代语境中为神圣之物，《周易·乾》曰：“云从龙。”又曰：“飞龙在天。”《庄子·逍遥游》言：“藐姑射之山，有神人居焉……乘云气，御飞龙，而游乎四海之外。”《楚辞·九歌》言：“驾飞龙兮北征，邅吾道兮洞庭。”“龙”之宛转飞动不同于凡物，刘勰以“龙”喻“文”，为“文”赋予了沟通天人的意义，这与他“道沿圣以垂文，圣因文以明道”的看法一致。在上述互文性文本中，《文心雕龙》以“雕”喻作文成篇，以“龙”之飞腾喻文章之沟通天人，把文章的地位提升到了树德建言的高度。

如果把作文喻为作物，那么二者共同的经验是什么？刘勰所关注的第一个问题是材与巧的关系。《征圣》中说：“然则志足而言文，情信而辞巧，乃含章之玉牒，秉文之金科矣。”《说文解字》有言：“巧，技也”，“技，巧也，从手，支声”。刘勰将“巧”严格限定在“志足”“情信”的基础之上，反对空洞地追求文辞技巧，这与器物制作求“材美工巧”的经验相吻合。《尚书·泰誓下》有“作奇技淫巧以悦妇人”的说法，刘勰发挥了这一观点，《体性》曰：“雅丽黼黻，淫巧朱紫。”巧丽过分，便会造成淫靡纤巧的后果。《征圣》曰：“然则圣文之雅丽，固衔华而佩实者也。”可见，刘勰是以雅正来驾驭和统率技巧的。对“巧”的警惕来自对器物功用的重视，刘勰以木工为喻说明这一问题，《程器》曰：“《周书》论士，方之梓材，盖贵器用而兼文采也。是以朴斫成而丹雘施，垣墉立而雕杇附。”[①]《周书》议论士人，用木工选材、制器、染色来作喻，既重实用，又重文采。为文之道，亦如梓人治材，应兼顾实用与文采。木料成器而后涂漆，墙壁砌成而后粉饰。无论是工匠之技，还是文章之法，都与儒家注重事物功用相关。一旦技巧太过，与器物的功用不符，再高超的技巧都成不了“美巧”，反而堕入了“淫巧”的地步。

刘勰所关注的第二个问题是写作之“文”与“笔”的关系。在他看来，“文”与“笔”的关系正如雕刻之“纹”与“刀”的关系。一方面，《文心雕龙》以器物之“纹”比文章之“文”。《原道》言：“夫以无识之物，郁然有彩；有心之器，其无文欤！”《情采》言：“若乃综述性灵，敷写器象，镂心鸟迹之中，织辞鱼网之上，其为彪炳，缛采名矣。”性情之灵由抒写而成，器物之象由刻镂而成，这与仓颉造字、蔡伦造纸，用以写作文辞一样，它们都因“人为”而文采焕发，这正是“人文”的意义。另一方面，《文心雕龙》还以雕刻之“刀”比喻写作之笔。《养气》言：“逍遥以针劳，谈笑以药倦，常弄闲于才锋，贾馀于文勇，使刃发如新，凑理无滞，虽非胎息之万术，斯亦卫气之一方也。”养气则笔如利刃，所谓“刃发如新”。《文镜秘府论·论体》言：“心或蔽通，思时钝利，来不可遏，去不可留。”也是以刀之钝利喻构思之钝利。陆机《文赋》言：“至于操斧伐柯，虽取则不远；若夫随手之变，良难以辞逮。”此处以伐木者操斧喻写作者遣言。以“刀”这一工匠最为常见的工具喻作文之笔，即是将作者比喻为工匠，《文赋》言：“体有万殊，物无一量。纷纭挥霍，

---

① 与此相对，《道德经》有“朴散为器”之说，意为木料被制作为器物。在“朴散为器”过程中，产生了“规（圆规）矩（方尺）准（测量水平的准器）绳（测量垂直的墨线）”，道家反对这些人为巧构。庄子也言“毁绝钩绳而弃规矩，攦工倕之指，而天下始人有其巧矣”（《庄子·胠箧》）。

形难为状。辞程才以效伎，意司契而为匠。”[①]“司契”即掌管法规，方廷珪解释这一句说：“文之修词，如工之程才，才可用者存之。文之立意，如匠之书契，理不谬者主之。”[②]陆机以工匠为喻，从选材和立意两方面对文章写作进行了描述。

具体而言，《文心雕龙》以各类工匠的制作活动为喻说明创作规律，包括文质关系、文章构思、材料组织、篇章布局等内部问题，以及文学与时代、文学与社会之关系等外部问题。

如以刻工刻纹和乐工作乐为喻，说明语言修辞的重要。一是求文采之精。《文心雕龙》言为文之用心，精细有如工匠雕刻龙纹，并以材质饰以花纹喻言辞饰以文采。文章描述事物穷形尽相之妙，则如《物色》所谓“巧言切状，如印之印泥，不加雕削，而曲写毫芥”。二是求声律之谐。《神思》曰：“刻镂声律，萌芽比兴。”刘勰还用乐工奏乐来喻文章写作，以说明音韵和谐对文章的重要性，《声律》曰：“若夫宫商大和，譬诸吹籥；翻回取均，颇似调瑟。瑟资移柱，故有时而乖贰；籥含定管，故无往而不壹。”文章音韵贴切，其体才会圆转自如。《文心雕龙》还以乐工为喻，说明勤学苦练对写作的重要性，《知音》曰：“凡操千曲而后晓声，观千剑而后识器。故圆照之象，务先博观。”先要博采众长，然后才能精于术业，

---

① 以刀喻笔，在中国文学批评中并不鲜见。如《筱园诗话》卷一言：“诗家之用笔，须如庖丁之用刀，官止神行，以无厚入有间，循其天然之节，于骨肉理凑肯綮处，锐入横出，则批却导窾，游刃恢恢有余，无不迎锋而解矣。人所难言，累百言而不能了者，我须一刀见血，直刺题心，以数精湛语了之，则人难我易，倍觉生色。人所易言，娓娓而道之处，彼不经意，而平铺直叙，我转难言之，惨淡经营，加以凝炼，平者侧行逆出使之奇，直者波折回环使之曲，单者夹写迸层使之厚，浅者剥进翻入使之深，则人易我难，无一败笔，自臻精妙完美之诣。”（郭绍虞：《清诗话续编》第 4 册，上海：上海古籍出版社，1983 年，第 2339 页。）

② 〔清〕方廷珪：《昭明文选集成》第 20 卷，清乾隆三十二年，培英堂藏版。

这正是由博至专的途径。

以漆工涂漆和染工染色为喻，说明文采之必要及其与质地的辩证关系。《情采》言："夫水性虚而沦漪结，木体实而花萼振：文附质也。虎豹无文，则鞹同犬羊；犀兕有皮，而色资丹漆：质待文也。"文依附于质，质依赖于文，这在天然之物和人工之物方面均有体现。《情采》又言："夫能设模以位理，拟地以置心，心定而后结音，理正而后摛藻，使文不灭质，博不溺心，正采耀乎朱蓝，间色屏于红紫，乃可谓雕琢其章，彬彬君子矣。"以质地为根本，以文采为外饰，质地的品相得以提升，文采的修饰有所依附，相得益彰，这是刘勰通过分析自然和人文两个世界的现象对文质关系进行的归纳。

以陶工制陶和木工定墨为喻，论构思之心理状态和写作之行文过程。《神思》言："是以陶钧文思，贵在虚静，疏瀹五藏，澡雪精神，积学以储宝，酌理以富才，研阅以穷照，驯致以怿辞，然后使玄解之宰，寻声律而定墨；独照之匠，窥意象而运斤：此盖驭文之首术，谋篇之大端。"文思之静如制作陶器时转轮一样，须虚静清洁，陶器之体才得以成立；声律之锤炼则如木匠根据绳墨的界限，砍去多余的木料，剩下理想的形象。工匠根据设计意图，在选好的材料上，经过砍凿去掉多余的部分而形成作品，这一做"减法"的过程，与言辞之提炼过程是一致的。

以纺工织布为喻，论文章之经营组织。杼、轴，指织布机上的两个部件，即用来持纬线的梭子和用来承经线的筘。《神思》言："视布于麻，虽云未费，杼轴献功，焕然乃珍。"陆机《文赋》也曰："虽杼轴于予怀，怵佗人之我先。"李善注为："杼轴，以织喻也。"杼轴被用来比喻诗文的组织和构思。王元化一反以往诸家如黄侃将"杼轴献功"解释为"文贵修饰"之说，而认为"杼轴"具有经营组织的意思，他说："'布'并不贵于'麻'，但经过纺织加工以后，就变成'焕然乃珍'的成品了。"[①]这一解释更为清晰和准确。

又以木工筑室和裁缝作衣为喻，论文章各部分作为有机整体之连贯。《附会》曰："何谓附会？谓总文理，统首尾，定与夺，合涯际，弥纶一篇，使杂而不越者也。若筑室之须基构，裁衣之待缝缉矣。"文章写作与木工筑室和裁缝做衣一样，需处理好部分与部分之间的联系，以实现整体平衡。刘勰还以裁缝为喻论文字连缀的作用，《章句》曰："巧者回运，弥缝文体，将令数句之外，得一字之助矣。外字难谬，况章句欤。"刘勰从整体着眼，通盘考虑文章的写作。大到篇章，小到字句，其连贯与呼应直接关系着文章体制的形成。他还以木匠制轴之术比喻统领文章之术，《总术》曰："所以列在一篇，备总情变，譬三十之辐，共成一毂，虽未足观，亦鄙夫之见也。"轮毂集中了轮辐，体积虽小却是车轮的核心，这正如《总术》一篇是创作论的指导。《事类》言："故事得其要，虽小成绩，譬寸辖制轮，尺枢运关也。"事类得体，则如车轴管制车轮，门枢转动大门。以轮和枢为喻，刘勰旨在说明文章体制应圆通流转。文章的篇章字句互为关联，其中任何一部分都要服从于通篇的意旨，这样才能使文章成为一个有机的整体。

还以染工染丝为喻，阐明外界环境对作家和作品的影响。染，原意用染料着色，引申为熏染、影响。《周礼·天官》说："染人，掌染丝帛。""染"是礼乐制度的体现，地位的等级决定了衣着的色彩。《礼记·玉藻》说："士不衣织。"汉代郑玄注："织，染丝织之，士衣染缯也。"染的作用是使材质变得有色彩，以产生异于原质的文饰效果。《文心雕龙》以染工为喻，一是说明后天熏陶、染化对

① 王元化：《文心雕龙讲疏》，上海：上海古籍出版社，1992年，第133页。

人的塑形作用，如《体性》曰：“夫才有天资，学慎始习，斫梓染丝，功在初化，器成采定，难可翻移。”童子学习之始应慎重，这正像木工制轮、染工染丝，一旦器物成形而采饰确定，则无法再变更。二是说明文学与社会变迁的关系。《时序》曰：“故知文变染乎世情，兴废系乎时序。”文学与时代风气、时代变迁这些外部因素有关联。此外，“染”还用以说明语言修辞之功效，《隐秀》曰：“润色取美，譬缯帛之染朱绿。”语言修辞犹如织物染色，它们都通过彰显质地的美感而企望达到文质彬彬的审美理想。

文明是从制造器物开始的。燧人氏、有巢氏、神农氏，因其造物之伟大而成为中华文明的始祖。《礼记・礼运》言：“昔者先王未有宫室，冬则居营窟，夏则居橧巢。未有火化，食草木之实、鸟兽之肉，饮其血，茹其毛。未有麻丝，衣其羽皮。后圣有作，然后修火之利，范金合土，以为台榭、宫室、牖户，以炮以燔，以亨以炙，以为醴酪。治其麻丝以为布帛，以养生送死，以事鬼神上帝：皆从其朔。”正是纺织麻丝、冶炼金属、建造房屋等器物的制作，将人从茹毛饮血的自然状态引领到不同以往的文明境地。《考工记》载：“百工之事，皆圣人之作也。”[①]制陶、镕铸、纺织、雕刻、建筑、缝纫等，是最早的器物制作活动，它们奠定了中华文明的基石。

与上述器物制作一样，文章写作也是人文的重要组成部分。器物制作与文学写作的共同之处在于，它们都是与自然现象相对的人文活动，文学与器物的这一同类关系、文字表达与器物制作的相通之处，使得器物及其制作经验成为文学参照的对象。

概而言之，《文心雕龙》的器物之喻主要包括四个方面：一是相关工匠，如雕工、镕工、裁缝、木工、陶匠、轮匠、梓人、轮人、

---

① 闻人军：《考工记译注》，上海：上海古籍出版社，2008 年，第 1 页。下引《考工记》均出自此书。

函人、矢人等。[①] 二是相关制作方式，如雕、镂、陶、染、矫、揉、裁、镕、铸等。三是相关器物，包括作为参照准则的器物和作为成品的器物。作为参照准则的器物如规矩、绳墨、辐毂、檃括、模范、型、钧等；作为成品的器物如锦绣、陶器、兵器和青铜器等。四是器物的形态，如隐秀、繁缛、雅丽、圆通等。文章的写作与器物的制造在营构、成形和对法度的遵守上有相通之处，如《正纬》之“盖纬之成经，其犹织综，丝麻不杂，布帛乃成”，用纺织成布表达组织成文。又如《论说》之“是以论如析薪，贵能破理。斤利者，越理而横断；辞辨者，反义而取通”，用斧头伐木之利比喻论说破理之辨。总之，刘勰的《文心雕龙》以工匠制作器具比喻作者写作文章，打通了器物制作与文学写作之间的壁垒，将两者在共同经验的层面上统一起来。

## 二、器物制作与法度、典范观念

中国古代的器物制作在漫长的历史发展中积累了丰富的经验。新石器时代出现了原始陶器，这一发明利用了黏土柔软而可塑性强的特性。商周时期则处于青铜器时代，青铜器的制作分制模、制范和浇注三个步骤，浇注完整的器形即铸。青铜器主要作为礼器，其作用在于明贵贱、辨等列、纪功烈、昭明德，体现了强烈的伦理意识和严格的等级观念。除了青铜器，当时车的制造也取得了杰出成就，且分工细致，如“轮人”专门制造车轮，“舆人”专门制造车厢，“辀

---

① 雕工，刻治骨角的工匠；镕工，冶金的人；梓人，《考工记》载木工有七，其一为梓人，掌造饮器、食器、射侯、乐器等器物；陶匠，制造陶器的人；轮人，制造车轮的人；函人，制甲的人；矢人，造箭的人。关于古代的工匠分类，《考工记》列有三十种；《礼记·曲礼下》则言：“天子之六工，曰土工、金工、石工、木工、兽工、草工，典制六材。”

人”专门制造车杠。汉代漆器十分发达，成为日常实用器物。器物制作是材料被构形的过程，材料是器物的物质基础，构形则是材料的具象化。从陶器发展到青铜器和漆器，材料和工艺从简单到复杂，体现了器物的制作与材料的发现是同步发展的。

百工制作器物，必须遵循一定的法度和准则。《考工记》专门记载了这些法度和准则，阐明了以“礼”为核心的器物制作规范，其所说百工涵盖车辆、铜器、兵器、礼乐饮射、建筑水利、陶器六个系统。《文心雕龙》的器物之喻即来源于此类器物制作经验。《考工记》曰：“天有时，地有气，材有美，工有巧，合此四者，然后可以为良。”对材料的取舍是制作的首要考量。《文心雕龙·事类》亦曰：“夫山木为良匠所度，经书为文士所择，木美而定于斧斤，事美而制于刀笔，研思之士，无惭匠石矣。”可见，《文心雕龙》接受了《考工记》“材美工巧”的思想，《书记》则明确以工匠制作器物比喻写作：“制者，裁也。上行于下，如匠之制器也。”认为文章之写作与器物之制造一样，都要经历材质的构形这一过程。①

以器物经验为喻，许多作为参照准则的器物，在中国文学批评中被用来比喻文章写作所应遵守的法度。

如规、矩，分别是校正圆形、方形的两种工具；绳、墨，木匠以细线濡墨打直线的工具，也是用来指正曲直的。规矩、绳墨往往被喻为法度、准则。“工”在甲骨文中是“矩”的象形，矩是木工必备的工具，“工”后来成为工匠的通称。《礼记·经解》言：“故

① 刘若愚曾概括出中国文学理论之“技巧理论”，他说“根据文学的技巧概念，文学是一种技艺，正像他种技艺，例如木工，唯一不同的是，它是以语言，而不是以物质为材料”。〔美〕刘若愚：《中国文学理论》，杜国清译，南京：江苏教育出版社，2006 年，第 133 页。

衡诚悬，不可欺以轻重；绳墨诚陈，不可欺以曲直；规矩诚设，不可欺以方圆。”衡石、绳墨和规矩是准确掌握事物重量、曲直和方圆的必要工具。《征圣》言：“文成规矩，思合符契。”《神思》言：“规矩虚位，刻镂无形。”刘勰认为无论是有形之文还是无形之体，均需用规矩加以限制和约束。《镕裁》篇曰：“规范本体谓之镕，剪截浮词谓之裁。裁则芜秽不生，镕则纲领昭畅，譬绳墨之审分，斧斤之斫削矣。”刘勰将镕匠、裁缝与木工的功夫相比，认为它们对文章体制的限定和语言的精炼起着决定性的作用。这些参照物不仅是制物和作文之依据，而且还被喻为修身之准则，如《孟子·告子上》所言“羿之教人射，必志于彀；学者亦必志於彀。大匠诲人必以规矩，学者亦必以规矩”，即指明对法度和准则的遵守是成器和成事的关键。

辐，连接车辋和车毂的直条；毂，车轮的中心部位，边与车辐相接，中用以插轴。车轮由轴承、辐条、内缘、轮圈，即毂、辐、辅、辋四部分组成，其中，辐与毂体现了多与一相辅相成的关系，如《考工记》言：“毂也者，以为利转也。辐也者，以为直指也。”《文心雕龙·事类》言：“众美辐辏，表里发挥。”辐辏，指车轮的辐条内端聚集于毂上，这里比喻学习应博采众长，以使才能和学问得以有效发挥。《体性》言：“故童子雕琢，必先雅制，沿根讨叶，思转自圆，八体虽殊，会通合数，得其环中，则辐辏相成。”童子学习写作，须全面学习八种风格，融会贯通，使之相辅相成。刘勰以辐毂喻文章写作中多与一的关系，认为以雅正为范，则找到了文章体制的根本。

檃括，矫正竹木弯曲或使之成形的器具，揉曲叫檃，正方称括。矫揉，使曲的变直为矫，使直的变曲为揉。檃括、矫揉引申为情理和文辞上的矫正、整理。《通变》言：“斯斟酌乎质文之间，而檃括乎雅俗之际，可与言通变矣。”《镕裁》说：“蹊要所司，职在镕裁，櫽括情理，矫揉文采也。”櫽括、矫揉，是材料成形、成器的前期功夫，这里喻为将文章的情理和文辞进行限定，最终形成体制和文辞两方面都典雅纯正的作品。

钧，制陶器所用的转轮。陶人作瓦器，需法其下圆转者。以陶工作器为喻，刘勰将情和采限定在了“宗经”这一范围之内，若偏离了这个范围，则会流于形式而缺乏雅正的风格。刘勰强调“六经”是一切文章的典范，《原道》言：“至夫子继圣，独秀前哲，镕钧六经，必金声而玉振；雕琢情性，组织辞令，木铎起而千里应，席珍流而万世响，写天地之辉光，晓生民之耳目矣。”《征圣》言：“夫作者曰圣，述者曰明。陶铸性情，功在上哲。夫子文章，可得而闻，则圣人之情，见乎文辞矣。”钟嵘《诗品》言：“咏怀之作，可以陶性灵，发幽思。言在耳目之内，情寄八荒之表。”《神思》有“陶钧文思”之说，也以制作陶器喻修养文思。制作陶器需以“钧”作参照，而修养情思则需以六经作参照，将纷乱的思绪引向静而纯的境地。

上述规、矩，绳、墨，辐、毂，櫽、括和钧，是以材制器最为基本的参照物。写作文章需遵循必要的法度，这正如工匠制作器物需必要的参照物。从材料的选择到形构的完成，参照物起到了决定性的作用。

明代鲁观烜将这类工具和参照物归纳为一体，以说明法度对诗歌创作的重要性：

铸有型，陶有钧，梓匠之于绳墨，绘事之于粉本，机锦之于花样，皆式也。良工神艺，舍之无以成其能，故曰有物有则。[①]

将型、钧、绳墨、粉本、花样这些参照物并列而论，是对它们所体现的法度意义的认可。中国古代特别是元代以来有大量的诗法著作，将诗看成可以制作的对象，正源于对有迹可循的法式的追求和遵守。

因此，由器物制作的参照物引申出中国文学批评的法度概念。《管子·七法》言："尺寸也，绳墨也，规矩也，衡石也，斗斛也，角量也，谓之法。"法指效法、遵守。《墨子·法仪》言："天下从事者，不可以无法仪，无法仪而其事能成者无有也。虽至士之为将相者，皆有法；虽至百工从事者，亦皆有法。百工为方以矩，为圆以规，直以绳，正以悬，无巧工不巧工，皆以此五者为法。……故百工从事，皆有法所度。今大者治天下，其次治大国，而无法所度，此不若百工辩也。"《淮南子·时则训》将权、衡、准、绳、规、矩统称为"六度"，即六种法度。上述参照物不仅指手工意义上的实物，也隐喻社会制度和文学体制方面的法度。在使用各种材料制作器物的过程中，产生了许多朴素的经验和法则，这些朴素的经验和法则是器物制作所必须遵从和依赖的。在这个层面上，一切器物制作过程，无论运用何种材料或方式，都与由言成文的法度和规则有相通之处。

由器物制作的参照物引申而来的法度概念，在诗、文、戏曲和小说理论中均有体现。

如元代《诗法家数》有《作诗准绳》一部分，分别从立意、炼句、琢对、写景、写意、书事、用事、押韵和下字九个方面就作诗

① 〔明〕鲁观烜：《冰川诗式序》，〔明〕梁桥：《冰川诗式》，万历间翻刻本。此本见哈佛大学燕京图书馆藏胶片。

的法则进行了说明。又如明代何景明主张学古由“领会神情”入手，他批评李梦阳未能“自创一堂室，开一户牖，成一家之言”[①]，对此，李梦阳反驳道：“规矩者，方圆之自也，即欲舍之，乌乎舍？子试筑一堂，开一户，措规矩而能之乎？措规矩而能之，必并方圆而遗之可矣，何有于法？何有于规矩？”[②]李梦阳以工匠倕和班为喻，认为文法之不可废弃，如工匠之于规矩。在他看来，法则是天生的：“文必有法式，然后中谐音度。如方圆之于规矩，古人用之，非自作之，实天生之也。”[③]李梦阳提倡学古，其理论主张正取自器物之喻。

清代李渔则以缝纫和建筑为喻，说明戏曲创作规律。他论戏曲结构“密针线”一节以缝纫为喻，说：“编戏有如缝衣，其初则以完全者剪碎，其后又以剪碎者凑成。剪碎易，凑成难。凑成之工，全在针线紧密，一节偶疏，全篇之破绽出矣。每编一折，必须前顾数折，后顾数折。”[④]李渔论戏曲之主题，以建筑为喻说明主题明确即所谓“立主脑”，而主题不明确，“则为断线之珠，无梁之屋”。[⑤]建筑营构正如戏曲写作，他说：“至于结构二字，则在引商刻羽之先，拈韵抽毫之始。如造物之赋形：当其精血初凝，胞胎未就，先为制定全形，使点血而具五官百骸之势。倘先无成局，而由顶及踵，逐段滋生，则人之一身当有无数断续之痕，而血气为之中阻矣。工师之建宅亦然：基址初平，间架未立，先筹何处建厅，何方开户，栋

---

① 〔明〕何景明：《与李空同论诗书》，郭绍虞主编：《中国历代文论选》第三册，上海：上海古籍出版社，1979年，第38页。

② 〔明〕李梦阳：《驳何氏论文书》，郭绍虞主编：《中国历代文论选》第三册，第46页。

③ 〔明〕李梦阳：《答周子书》，郭绍虞主编：《中国历代文论选》第三册，第52页。

④ 〔清〕李渔：《闲情偶寄·词曲部》，《续修四库全书》，上海：上海古籍出版社，2002年，第500页。

⑤ 〔清〕李渔：《闲情偶寄·词曲部》，《续修四库全书》，第499页。

需何木，梁用何材，必俟成局了然，始可挥斤运斧。倘造成一架而后再筹一架，则便于前者，不便于后。”[①]“间架”一词乃建筑术语，指房屋建筑的结构：梁与梁之间称为“间”，桁与桁之间称为“架”，李渔以之比喻戏曲创作要从整体营构上考虑，而不能只限于局部。

清代主张“肌理”说的翁方纲强调诗法，其《诗法论》云：“文成而法立。法之立也，有立乎其先、立乎其中者，此法之正本探原也；有立乎其节目、立乎其肌理界缝者，此法之穷形尽变也。”[②]桐城派的代表人物刘大櫆也以工匠为喻倡文法：“故义理、书卷、经济者，行文之实；若行文自另是一事。譬如大匠操斤，无土木材料，纵有成风尽垩手段，何处设施？然即土木材料，而不善设施者甚多，终不可为大匠。故文人者，大匠也；神气、音节者，匠人之能事也；义理、书卷经济者，匠人之材料也。”[③]格调派的张谦宜兼以建筑、音乐、纺织、雕刻喻文章的格局、音调、语句、文字，并说明它们都求整体和局部的考究：

> 格如屋之有间架，欲其高竦端正；调如乐之有曲，欲其圆亮清粹，和平流丽。句欲炼如熟丝，方可上机；字欲琢如嵌宝器皿，其珠玉珊翠之属，恰与欵窍相当。机所以运字句，气所以贯格调。若神之一字，不离四者，亦不滞于四者。发于不自觉，成于经营布置外，但可养不可求，可会其妙，不

① 〔清〕李渔：《闲情偶寄·词曲部》，《续修四库全书》，第496页。此处，李渔也以人体为喻，说明戏曲结构的形成方式。人的体格与建筑的结构都是有系统的整体，以此说明文章体制，正是从“制作”层面而言的。自然造物与人工造物在这一层面是统一的。

② 〔清〕翁方纲：《诗法论》，郭绍虞主编：《中国历代文论选》第三册，第519页。

③ 〔清〕刘大櫆：《论文偶记》，郭绍虞主编：《中国历代文论选》第三册，第434页。

可言其所以然。读诗而偶遇之，当时存胸中，咏哦以竟其趣，久久自悟已。①

张谦宜将多种器物制作经验引申到文学领域，认识到文章锤炼的完美功夫，是基于法度而达到所谓“发于不自觉，成于经营布置”的境地。

由器物制作的原料和工具又引申出中国文学批评的典范概念，法度中体现着典范，典范与法度是相辅相成的。

如模、范，是铸造器物的工具。模指的是用泥塑成的器物，在表面涂蜡之后，再雕刻精密的花纹；在模的基础上制作出的东西称为范，用这个范才能倒铸青铜器物，即模是用来翻制范的。镕，铸器的模具。模、范、镕引申为效法、取法。《定势》曰：“镕范所拟，各有司匠。”詹锳义证：“镕范，此处指学习对象。”② 铸，按甲骨文字形，上面是双手拿“鬲”，下面是“皿”。鬲、皿表示熔化金属的锅炉，铸指锤炼和雕琢金属，浇制成器。镕、铸引申为出乎规范而造就成物。“镕”又作“熔”，张立斋解释《镕裁》篇曰：“镕主化，化所以炼意；裁主删，删所以修文。表里相应，内外相成，而后章显文达。”③ 镕而正，裁而适，它们起到了规范体制和删剪浮辞的作用。

型，浇铸器物用的模子。《荀子·强国》曰：“刑范正，金锡美，工冶巧，火齐得，剖刑而莫邪已。”杨倞注曰：“刑与形同；范，法也。刑范，铸剑规模之器也。”《说文解字》释“型”曰：“铸器之法也，

---

① 〔清〕张谦宜：《絸斋诗谈》卷三，郭绍虞编选：《清诗话续编》第2册，上海：上海古籍出版社，1983年，第810页。

② 詹锳：《文心雕龙义证》，上海：上海古籍出版社，1989年，第1119页。

③ 张立斋：《文心雕龙注订》，北京：国家图书馆出版社，2010年，第284页。

从土刑声。”铸造器物，一需材料经得起锤炼；二需“模”“范”周正。这一观念引申到文学领域，一是求取材上效法经典，二是求风格上崇尚典雅。“模范”“规模”均有这两层含义，如宋代李如篪《东园丛说·韩愈诗文》曰：“愚观愈之书，其文章纯粹典雅，司马迁、扬雄殆无以过，其行己亦中正，可为后人模范。”又如宋代吴曾《能改斋漫录·议论》曰：“然不易其意而造其語，谓之换骨法；规模其意形容之，谓之夺胎法。”文章写作与器物制作一样，都须有法可依、有式可循，从而达到正与奇的辩证统一。

《文心雕龙》以镕铸为喻，说明“经”对文学的规范性意义。镕铸即化金以铸器，其中如何选择合适可塑的金属是关键，这样才能确保模子中的物质在冷却后能够成器。论及经书的规范性作用时，《宗经》说：“若禀经以制式，酌雅以富言，是仰山而铸铜，煮海而为盐也。”“经”是文章体式的依据，《尔雅》是文章文辞的宝藏，“禀经制式”即依据六经与《尔雅》达到典范与法则的统一。刘勰虽强调“经”之典范意义，但也强调形式独创之重要，《辨骚》曰：“观其骨鲠所树，肌肤所附，虽取镕经意，亦自铸伟辞。”《宗经》曰：“性灵镕匠，文章奥府。”锻炼性情也像冶工冶炼金属一样去芜存精，最后有所成器。刘勰并未将性灵铺张开来，而是将其限制在取法经典的前提之下，这正是《宗经》的意旨。

在刘勰看来，学习经典与创新并不矛盾，它反而会提升文章的生命力。《原道》言“镕钧六经，必金声而玉振”，“镕钧”以镕铸金属和制作陶器为喻，“镕钧六经”即取材和取法于六经，从而陶铸成文。《风骨》言：“若夫镕铸经典之范，翔集子史之术，洞晓情变，曲昭文体，然后能孚甲新意，雕画奇辞。”通过工具“模”“范”和手段“镕”“铸”，一是将“经”作为取材和效法的对象，二是将“经”置于典范和雅正的地位。将文章作为对经典的模仿，赋予了“经”以正典的地位。针对齐梁过分追求文字雕饰和韵律齐整的形式主义文风，刘勰提出了以经典为范和以自然为道的观点。所谓“宗经”，正是为了明确六经的典范地位。

以“经”为正统，中国文学批评追求法度与典范的统一。《体性》言：“典雅者，镕式经诰，方轨儒门者也。”《定势》曰：“模经为式者，自入典雅之懿。”取法于经典，自有儒家典雅之美。可见，刘勰期望以六经作为效法的典范，以实现雅正的美学范式。《明诗》曰：“观其结体散文，直而不野，婉转附物，怊怅切情，实五言之冠冕也。”詹锳认为：“刘勰所谓‘直而不野’是说《古诗十九首》虽然纯任自然，还是有一定的文采，并没有到‘质胜文则野’的程度。”[①] 萧统《答湘东王求文集及诗苑英华书》曰：“夫文典则累野，丽亦伤浮。能丽而不浮，典而不野，文质彬彬，有君子之致。吾尝欲为之，但恨未逮耳。”“典而不野”和“直而不野”，均指典雅纯正，文质相符。《二十四诗品》有“典雅”一品，《〈诗品〉臆说》解释道：“典，非典故，乃典重也。彝鼎图书自典重。雅，即风雅、雅饬之雅。”[②]“典雅”意为文辞工整，语出典籍，法诸六经，从而不失规范。

虽然法度和典范使得文章合乎体制，但文章写作的变数难以尽言，即《神思》所谓“伊挚不能言鼎，轮扁不能语斤”。陆机《文赋》亦云：“若夫丰约之裁，俯仰之形，因宜适变，曲有微情。……是盖轮扁所不得言，故亦非华说之所能精。”神理之数，须工匠在实践中领会，神而明之，存乎其人。这正如《孟子·尽心下》所言“梓匠轮舆，能与人规矩，不能使人巧”，规矩可以言传，高明之处则需要心领神会。《庄子·天道》称造轮的工人“有数存焉”，其微

---

① 詹锳：《文心雕龙义证》，第 193 页。

② 〔清〕孙联奎：《诗品臆说》，道光三十年，延庆堂藏版。

妙“得之于手而应于心，口不能言”。可见，中国古人不仅重视器物之“技”，更重视器物之“道”。以手艺的规范解释文学中的常，以手艺的入神解释文学中的变，正源于对器物之功用性和艺术性的领悟。

## 三、器物之喻的天文和人文意义

器物是人文的载体。中国古人的世界观，一言以蔽之，可概括为天、地、人三才之道，又有所谓天文、人文之别，如《周易·贲》所言：“观乎天文，以察时变；观乎人文，以化成天下。”天、地、人三才中，人是沟通天、地的中介，因而人所制作的器物就具有了沟通天、人的意义。在实体意义上，人文集中体现为器物；天文则集中体现为自然。《周易·系辞上》言：“形而上者谓之道，形而下者谓之器。”道指天道，器指器物。《周易》将道器并举，由器溯道，由器显道，“器”最终落实到了形质的层面。器物制作与文章写作一样，是材料形式化的过程，它们都是通向“道”的途径。因此，《文心雕龙》的器物之喻不仅具有制作层面的意义，更具有观念层面的意义。以器物之喻论文章写作，正源于两者在人文层面的共同性。

由天、地、人的分别和联系，产生了中国文学批评最为重要的象喻传统。一是自然之喻，大凡天之日、月、星、辰、风、云、雷、电和地之山、水、植物、动物，都成为文学的比拟对象。以生机盎然的自然物象比喻文章之体态面貌，是非常普遍的现象。二是器物之喻，即以器物制作的参照物、制作方式和器物成品为喻，说明创作规律和创作风格。三是生命之喻。天文和人文两端，即自然现象和社会现象的区分，决定了中国文学批评的象喻方式，不仅以天文之自然喻文，还以人文之器物喻文。首先，由于器物之成型过程与文章之写作过程有着一致之处，虽然前者的材料是自然界的木、石、金等，后者是文字，但二者都要实现材料与形式、审美和功用的统一。因而，以器物之喻阐述文学规律最为直接、形象。其次，由于人文被认为是仿效天文而来，所以中国文学最终仍可归于天文，这意味着文学不仅在风格上求自然，在节奏上更求与天地同体。《周易·系辞下》曰："是故易者，象也。"根据胡适的考证，"象"通"相"，象是原本的模型，物是仿效这模型而成的："先有一种法象，然后有仿效这法象而成的物类。"[①]所以，"象"不仅是形象，更是法象。《周易·系辞上》曰："法象莫大乎天地。"天地在观物取象中具有最为重要的意义。人文乃仿效天文而来，这是中国文学批评最终究人文于天文之因。再者，《周易》将天、地、人三者并立，并将人放在中心地位。"身"亦是一个小天地，如清代钱泳《履园丛话·臆论》说："人禀天地之气以为生，故人身似一小天地，阴阳五行，四时八节，一身之中，皆能运会。"中国哲学中有天人之间的取象类比，即以身体为一个小天地。以身体为喻，虽是从身体的微观角度将文学拟人化，但实际上是将文学与天地精神相关联。因此，在自然之道的层面，中国文学批评将自然之喻、生命之喻和器物之喻统一了起来。

无论是以自然喻文，还是以器物喻文，其所阐明的意义往往在于法度与自由、人工与天然之间的辩证关系。如果没有法度和规则，艺术将失去依附的躯壳；如果仅囿于法度和规则，艺术则将失去自由的灵魂。庄子笔下有许多技术娴熟的匠人，他们不仅技艺超群，而且常常突破技术性的限制，"官知止而神欲行"（《庄子·养生主》），依照心灵感受，超越技术的运用，达于自由之境。儒家和道家看待工匠有着鲜明的差别，前者重视雕琢成器，以求文质彬彬；后者否

① 胡适：《中国哲学史大纲》，上海：上海古籍出版社，1997年，第61页。

定人工巧构，认为工匠所作是所谓“残朴以为器”（《庄子·马蹄》），是对事物自然本性的戕害。《庄子·天地》云：“吾闻之吾师，有机械者必有机事，有机事者必有机心。”“技”的应用往往破坏了人的纯朴，这与自然无为的境地是背道而驰的。为了克服“技”的限制，庄子提出了由技进道，追求不受规矩限制，随心所欲的自然境界。

《文心雕龙》论自然与人文之关系，其意本于《周易》。《原道》开宗明义，溯源文章之道曰：“心生而言立，言立而文明，自然之道也。”《文心雕龙》认为，人文与天文平行，都是自然之道。其所论之文章，具有人文礼乐的性质。《情采》言：

> 故立文之道，其理有三：一曰形文，五色是也；二曰声文，五音是也；三曰情文，五性是也。五色杂而成黼黻，五音比而成韶夏，五情发而为辞章，神理之数也。

其中黼黻、韶夏、辞章实为锦绣、音乐和文学，皆为人文之内容。形文、声文和情文并举，以言其共同的特点是由人工制作而来。钱锺书言：“《文心雕龙·情采》篇云立文之道有三：曰形文，曰声文，曰情文。人之嗜好各有所偏，好咏歌者，则论诗当如乐；好雕绘者，则论诗当如画；好理趣者，则论诗当见道；好性灵者，则论诗当言志；好于象外得悬解者，则谓诗当如羚羊挂角，香象渡河。而及夫自运谋篇，倘成佳构，无不格调、词藻、情意、风神，兼具各备。”[①] 钟嵘《诗品》评曹植言：“陈思之于文章也，譬人伦之有周、孔，鳞羽之有龙凤，音乐之有琴笙，女工之有黼黻。”都是从形文、声文和情文的观念来进行批评，以说明文学之于情感的感荡，与织物之于视觉、

---

① 钱锺书：《谈艺录》，北京：中华书局，1984 年，第 42 页。

音乐之于听觉的感触一样，它们所引起的感官经验是相通的。

刘勰以器物制作喻文章写作，其实质在于“礼”。《序志》言：“予生七龄，乃梦彩云若锦，则攀而采之。齿在逾立，则尝夜梦执丹漆之礼器，随仲尼而南行。”梦中执漆器而行，意味着刘勰将文章落实到器物，又将器物最终落实到“礼”的层面。文章的原义是错杂的色彩或花纹，又引申为礼乐制度，如《论语·泰伯》言：“巍巍乎其有成功也，焕乎其有文章。”礼所以经国家，定社稷，利人民；乐所以移风易俗，荡人之邪。礼乐作为人文，是文明的产物，这是它不同于自然的地方。章太炎说：“古之言文章者，不专在竹帛讽咏之间。孔子称尧舜‘焕乎其有文章’，盖君臣朝廷尊卑贵贱之序，车舆衣服宫室饮食嫁娶丧祭之分，谓之‘文’；八风从律，百度得数，谓之‘章’。文章者，礼乐之殊称矣。其后转移，施于篇什。”[①] 礼乐包括器物和制度两个系统的规则和等级。以器物及其制作经验喻文，正源于文学和器物都归属于作为人文的礼乐。它们的“完形”都是人为的结果，它们在制作方面，都要实现材质与形构的统一，形构和规则的协调。由此，《文心雕龙》中渗透着关于文学的礼乐观念。

中国文学批评的象喻传统既指向自然，也指向器物，其实质不仅在于天文和人文的分端，更在于天文与自然、人文与器物之间的对应和从属关系。自然之喻和器物之喻的分野正如《隐秀》所言：

> 故自然会妙，譬卉木之耀英华；润色取美，譬缯帛之染朱绿。朱绿染缯，深而繁鲜；英华曜树，浅而炜烨。秀句所以照文苑，盖以此也。

---

① 章太炎：《文学总略》，庞俊、郭诚永疏证：《国故论衡疏证》，北京：中华书局，2008 年，第 248 页。

秀之用与隐之体，正如朱绿绚烂于织物，英华光耀于草木，它们一婉曲一明显，符合自然之道。卉木之自生自灭与缯帛之人工巧构不同，虽然两者在由质显文的层面上是一致的。《原道》曰："傍及万品，动植皆文：龙凤以藻绘呈瑞，虎豹以炳蔚凝姿；云霞雕色，有逾画工之妙；草木贲华，无待锦匠之奇。夫岂外饰？盖自然耳。"刘勰认为龙凤、虎豹、云霞、草木之纹理和色彩，是造化的杰作，这也暗示了以自然为美的观念。

大体而言，器具制作包含两层意义：一是人工器物；二是人为制作。这与天然之物和自然生长相对。对器物的引用和类比隐含了两个观念：一是物我两忘、物我合一的自然境界；二是物有其序、物有其用的技艺境界。因此，由器物之喻又引申出自然与人工两个范畴，中国文学批评往往借助这一对范畴表达作品创作和风格的差异。钟嵘《诗品》载："汤惠休曰：'谢诗如芙蓉出水，颜诗如错采镂金。'颜终身病之。"李白则赋予这一典故以新的意义，他说："清水出芙蓉，天然去雕饰。"[①]一方面要遵守法度，另一方面又追求自然之境，这是中国艺术在自然与人工间的迂回。而能否达到自然与人工的双重维度，在更高层面实现艺术的化境，实在是一个难题。《尚书·皋陶谟》言："无旷庶官，天工人其代之。"天的职司可由人代替执行。黄庭坚也提出了"天工"与"人工"的对举："天工戏剪百花房，夺尽人工更有香。"[②]他评价陶渊明道："至于渊明，则所

---

① 李白：《经乱离后天恩流夜郎忆旧游书怀赠江夏韦太守良宰》，《全唐诗》（增订本）卷170，北京：中华书局，1999年，第1756页。

② 黄庭坚：《蜡梅》，《山谷诗注》第1册，卷5，上海：商务印书馆，1937年，第90页。

谓不烦绳削而自合者。”[①]黄庭坚以教人学习古人旧作而为人诟病，但他事实上还是以自然为旨归。因此，由器物及其制作经验引申出自然与人工两端，主人工而追求入于自然，主自然而又落实于人工，执两端而不偏，把写作最终置于有迹可循的轨道。而在艺术创作中，对法度的遵循与对法度的超越融为一体，工匠和艺术家、技术与艺术的界限被超越，日常生活与精神生活的界限被消解，这即所谓化境。

由器物及其制作经验引申而来的自然与人工的分别，被中国现代美学所传承，成为一条明确的线索，即对自然美与人工美的区分。梁启超在分别歌谣与诗时，就是以自然美与人工美为两个方向。他认为“好歌谣纯属自然美，好诗便要加上人功的美”，歌谣和诗的分野在于前者由自然歌咏而来，后者由人工创作而来。梁启超并没有以天籁废人工，他说：“但我们不能因此说只要歌谣不要诗，因为人类的好美性决不能以天然的自满足。对于自然美加上些人工，又是别一种风味的美。譬如美的璞玉，经琢磨雕饰而更美；美的花卉，经栽植布置而更美。原样的璞玉、花卉，无论美到怎么样，总是单调的，没有多少变化发展。人工的琢磨雕饰栽植布置，可以各式各样，月异而岁不同。诗的命运比歌谣悠长，境土比歌谣广阔，都为此故。”[②]梁启超既肯定原始歌谣的天然性，又肯定诗歌的雕饰美，对这两端各有所赏。

宗白华认为魏晋六朝时出现两种美感：一是“芙蓉出水”的平

---

① 黄庭坚：《题意可诗后》，《豫章黄先生文集》卷26，《四部丛刊》本。

② 梁启超：《中国之美文及其历史》，《饮冰室合集》第10册，北京：中华书局，1989年，第1页。

淡素净美；一是“错彩镂金”的华丽繁富美。[①]前者以清新、自然为特色，被历代文学家所崇尚，在文学史上有一条延伸不断的发展线索。宗白华曾分析《周易·贲》的美学思想，即文与质的关系问题。“贲”即饰，用线条勾勒突出的形象，是“斑纹华采，绚烂的美”；“白贲”则是“绚烂又复归于平淡”。他引荀爽“极饰反素也”一语，结合中国艺术的发展，指出：“有色达到无色，例如山水花卉画最后都发展到水墨画，才是艺术的最高境界。”[②]他综合建筑、绘画和文学这些艺术门类，将自然提升为中国美学的终极追求：

> 所以中国人的建筑，在正屋之旁，要有自然可爱的园林；中国人的画，要从金碧山水，发展到水墨山水；中国人作诗作文，要讲究“绚烂之极，归于平淡”。所有这些，都是为了追求一种较高的艺术境界，即白贲的境界。白贲，从欣赏美到超脱美，所以是一种扬弃的境界。[③]

器物及其制作经验揭示了中国文学批评一系列命题和范畴的秘密，规定了中国美学形态的分别。以器物为入口，从发生学的角度检讨中国文学批评，我们会发现，它是超越文学领域的。

## 结语：器物之喻作为普遍的文学经验

中国文学批评以工匠的器物制作经验为喻说明创作规律，杼、轴，规、矩，绳、墨，辐、毂，模、范、钧等器物隐喻着中国文学

---

① 宗白华：《中国美学史中重要问题的初步探索》，《美学散步》，上海：上海人民出版社，1981 年，第 35 页。

② 宗白华：《中国美学史中重要问题的初步探索》，《美学散步》，第 45 页。

③ 宗白华：《中国美学史中重要问题的初步探索》，《美学散步》，第 45—46 页。

批评关于法度的观念，模、范等器物和镕、铸等制作活动又引申出中国文学批评关于典范的观念。器物作为人文意义上的实体，同时又是形而上之道的显现，故器物之喻具有天文和人文的双重意义。中国文学批评的器物之喻并非偶发的现象，它是一种普遍性的文学经验。

首先，由器物及其制作经验生成了中国文学批评的一些基本理论和基本范畴。器物经验是人类最为普遍的原初经验，在这个意义上可以说，器物经验为文学经验奠定了基础。器物制作与文章写作之间存在一种亲和关系，它们虽采用不同材质，但在构思之考究、制作之精细和法度之规范方面是一致的。由器物制作经验形成一个强大的言说系统，使得器物制作超越了其实物意义，具有了语言学、文化学和哲学意义。因而，引导我们进行参照和表达的语汇，并非直接源于辞典或古籍，由器物制作积累而来的经验成为建构文学思想的重要来源。

中国文学批评范畴的形成与器物制作经验密切相关，这主要是受到“近取诸身，远取诸物”（《周易·系辞下》）的隐喻思维的影响。当代的隐喻认知学认为，隐喻不仅是修辞，更是一种思维机制和认知力量，对思想观念的形成起着一种引导性的作用。所以，“一种文化的最基本价值，将与此文化中的最基本概念的隐喻结构紧密关联”①。人们需要用隐喻描述关于世界的经验，通过意象的类比实现表达的明晰，因此，隐喻被看作是语言的本质。在中国古人的表述中，器物超脱了其产生的原始语境，成为这样的隐喻。由器物制作经验所建立起来的术语逐渐固化在语言中，影响了文学艺术范畴和命题的表述方式。由此，器物之喻打通了文学与雕塑、音乐、绘画、

① George Lakoff and Mark Johnsen, *Metaphors we live by*，London: The university of Chicago press, 2003, p.22.

建筑、纺织、制陶、缝纫、铸造等之间的界限，使得它们之间的经验可以相互借鉴和延伸。

其次，器物及其制作经验极大地丰富了中国文学批评的言说空间，并为中西诗学提供了可供沟通的话语。器具制作经验是一种普遍性的认知经验，以器物作为艺术的参照物，这在东西方文论中均有体现。①韦勒克说："最古老的答案之一是把诗当作一种'人工制品'，具有像一件雕刻或一幅画一样的性质，和它们一样是一个客体。"②古希腊人用"制作"一词来表达他们对艺术的理解。柏拉图把工匠的制作活动和诗文、绘画的创作活动都视为运用技艺的活动。他认识到诗是由制作而来的，而工匠的活动与艺术创作活动的不同之处在于其参照物，前者参照理念，后者参照实物。③在他看来，理念之于器物，正如器物之于诗。亚里士多德则把诗歌、绘画、雕塑、演奏等艺术活动和医疗、航海、战争等专门职业的活动都归入工匠的制作活动。古希腊人从自然与人工的角度思考诗的起源，"事实上，在古希腊人看来，任何受人控制的有目的的生成、维系、

---

① 黑西俄得曾把作诗比作编织（rhapsantes aoidēn）。阿尔卡伊俄斯和品达也把作诗比作组合或"词的合成"（thesis）。阿里斯托芬直截了当地指出，诗（指悲剧）是一种技艺。巴库里得斯和品达不仅把诗人比作编织者和组合者，还把他们喻为工匠、建筑师和雕塑家。〔古希腊〕亚里士多德：《诗学》，陈中梅译，北京：商务印书馆，1996年，第284—285页。

② 〔美〕勒内·韦勒克、奥斯汀·沃伦：《文学理论》，刘象愚等译，南京：江苏教育出版社，2005年，第158页。

③ 柏拉图的《斐莱布篇》中，苏格拉底认为木工是技艺中较高的知识类型，他说："建造这门技艺大量使用尺度和工具，追求精确性，这样一来就使得建造比其他大多数种类的知识更科学。"（柏拉图：《斐莱布篇》，56B）如前所述，汉语亦将原意为木工的"匠"引申为工匠。可见，木匠往往被看作制作活动的典范。

改良和促进活动都是包含 Technē 的‘行动’”[①]。正是通过 Technē 的隐喻，柏拉图和亚里士多德将器物、诗学和哲学纳入了同一话语领域以进行探讨，通过器物和诗在制作层面的共同性，巧妙地表达了他们对文艺的看法。[②] 因此，希腊人对诗的理解同样受器物经验的支配，即通过形式和材料这对范畴思考器物与诗在制作上的相通之处。

基于对古希腊“技艺”观念的理解和对现代技术的反思，海德格尔开始了他对艺术作品本源的思考。一方面，他从器物的层面出发考察艺术作品的本源，在他看来，“长期以来，在对存在者的解释中，器具存在一直占据着一种独特的优先地位”[③]。艺术创作与器物制作之间存在一种亲缘关系，“伟大的艺术家最为推崇手工艺才能了。他们首先要求娴熟技巧的细心照料的才能。最重要的是，他们努力追求手工艺中那种永葆青春的训练有素”[④]。另一方面，海德格尔又以器物为基点反思现代技术的弊病。他推崇古希腊包括艺术在内的技艺之经验，他说：“在西方命运的发端处，各种艺术在希腊登上了被允诺给它们的解蔽的最高峰。它们使诸神的现身当前，把神性的命运与人类命运的对话灼灼生辉。而且，艺术仅仅被

① 陈中梅：《试论古希腊思辨体系中的 Technē》，《哲学研究》，1995 年第 2 期。Technē 来自印欧语词根 tekhn，后者意为“木器”或“木工”。

② 技艺（Technē）作为隐喻，对古希腊哲学思想的形成具有决定性的意义。古希腊哲学思想是按照技艺的逻辑展开的。对柏拉图而言，技艺是最初的和具体的理解事情的模型。技艺是一切知识理论的自然出发点，相关文献见 John Wild, “Plato’s Theory of Texnh: a Phenomenological Interpretation”. *Philosophy and Phenomenological Research*, Volume 1, Number 3, March 1941, pp. 255–293。

③〔德〕马丁·海德格尔：《艺术作品的本源》，《林中路》，孙周兴译，上海：上海译文出版社，2004 年，第 23 页。

④〔德〕马丁·海德格尔：《艺术作品的本源》，第 46 页。

叫作 τέχνη。”[①] 现代技术破坏了人与自然的亲缘关系，企图通过对自然的耗费和利用，以达到控制自然的目的，这与古希腊的技艺观念背道而驰。海德格尔以器物为喻，其用意即在于以古希腊对技艺的看法为参照，反思现代技术给人与自然带来的弊端。

在古典文明时代，器物制作与质朴的艺术创作尚未分离，二者均从与自然之道的关联中获得意义。而在工业时代和电子时代，现代技术滋生了大批量的艺术复制品，电视、电脑等电子媒介又使屏幕成为这个时代的主导，由此决定着艺术的生产和传播。在这个技术主导一切的时代，古典意义上的器物制作日益远离了人们的生产活动和生活感受，古老的器物制作经验日益成为历史尘嚣覆盖之下的秘密。技术的过度发展造成了艺术规范性的缺失，也使得艺术缺乏深层的精神维度和人文价值。

以器物之喻考察中国文学思想的言说方式，为我们解开中国文学批评方式之秘密提供了视角，也为我们解读西方诗学之逻辑提供了线索，更为我们分析当前文学艺术的态势提供了借鉴。器物之喻是一种穿透力极强的言说方式，因而成为了一种普遍的文学经验。

---

① 〔德〕马丁·海德格尔：《技术的追问》，《海德格尔选集》，孙周兴译，上海：上海三联书店，1996 年，第 952 页。

# 六朝文体内涵重释与刘勰、钟嵘论“奇”关系再辨
## ——兼评中日学者关于《文心雕龙》与《诗品》文学观的论争

姚爱斌

## 引论

在《文心雕龙》和《诗品》的现代研究史上，中日学者间曾有过一场延续20多年、参与人数较多的学术论争。论争的对象是刘勰《文心》与钟嵘《诗品》文学观的异同，焦点则是《文心》与《诗品》中“奇”一词所表达的文学观是否对立。论争始于1982年第2期《文艺理论研究》发表的日本中国古典学学者兴膳宏的论文《〈文心雕龙〉与〈诗品〉在文学观上的对立》（彭恩华译，以下称《对立》）[①]。其后若干年有萧华荣、邬国平、谭帆、张明非、王运熙、吴林伯、蒋祖怡、贾树新、禹克坤、梁临川等中国学者，先后著文对兴膳氏的观点作了或直接或间接的回应，同时对《文心》与《诗

① 原载《吉川博士退休纪念中国文学论集》，1968年3月。另由台湾地区学者陈鸿森在1985年译成中文发表于《幼狮学志》第18卷。

品》的文学观异同作了更广泛深入的比较。[①]除谭文和梁文外，大部分文章都对兴膳氏的“对立”说持否定态度，而倾向于认为刘、钟文学观基本相同或大同小异。1993 年日本学者清水凯夫又撰《中国 1980 年以后钟嵘〈诗品〉研究概观——以〈诗品〉〈文心雕龙〉文学观异同之争论为中心》（周文海译，日本《中国文学报》第 45 册）一文，对中日学者围绕刘、钟文学观是否对立的论争作了详细介绍和评点，其赞同兴膳氏“对立”说的立场非常明确，而评析中国学者观点和论述时则不乏直率和尖锐。清水氏自道其用心，是担心“日中之间好不容易引起的争论将要半途而废”，希望以这种“突出”的方式激发论争者对这一问题继续探讨交流的热情。但清水氏“激将法”的效果并不明显，中国学界并未对他这篇挑战意味甚浓的文章作直接回应。2000 年此文的主要部分又以《与兴膳宏之刘勰钟嵘文学观对立说论争概观》（张继之译）为题再次发表在当年第 1 期的《许昌师专学报》。作者显然心有不甘，认为这一问题并未尘埃落定，还有继续论争的必要。2000 年后至今，比较《文心》与《诗品》异同并涉及刘、钟论“奇”的文章仍时有发表，如石家宜、

① 萧华荣《刘勰与钟嵘文学思想的差异》（《中州学刊》1983 年第 6 期），邬国平《刘勰与钟嵘文学观“对立说”商榷》（《文艺理论研究》1984 年第 3 期），谭帆《刘勰和钟嵘文学批评方法的比较》（《学术月刊》1985 年 4 月），张明非《从〈文心雕龙〉〈诗品〉的局限性看时代风气对文学批评的影响》（《广西师范大学学报》1986 年第 3 期），王运熙《钟嵘〈诗品〉论“奇”》（《光明日报 · 文学遗产》1986 年 7 月 29 日）与《钟嵘诗论与刘勰诗论的比较》（《文学评论》1988 年第 4 期），蒋祖怡《试析刘勰与钟嵘的诗论》（《文心雕龙学刊》第 4 辑，1986 年 12 月），贾树新《〈诗品〉的“奇”》（《松辽学刊》1988 年第 3 期），禹克坤《〈文心雕龙〉与〈诗品〉》（北京：人民文学出版社，1989 年 11 月），梁临川《〈文心雕龙〉与〈诗品〉的分歧》（《上海大学学报》1991 年第 2 期）等。

王承斌等人的相关论文[1]，其中对兴膳氏“对立”说也有肯否之别，如石文将二人论“奇”的对立视为二者诗学观整体差异的重要体现，王文则从整体层面证明刘、钟包括“奇”论在内的诗学观的性质应该基本相同。

综观卅余年来直接或间接参与这场论争的双方的文章[2]，笔者虽不赞同清水氏的基本论断和“裁决”，但和他一样认为这场论争确有接续的必要。尽管整体上看论争双方尤其是回应方的中国学者已经从宏观到微观对《文心》与《诗品》作了较兴膳氏所论更广泛、细致的比较，但与此相关的一些甚为关键的学理问题并未在论争中得到关注和探讨，以致论争双方虽然看起来都有各自的文本根据和论证逻辑，却又难以从学理上说服对方。

撇开具体观点的是是非非，单从论述逻辑层面来看，双方文章整体上都存在一些明显的粗疏之处。如兴膳氏文直接根据《文心》和《诗品》中“奇”这一具体概念所表达的评价态度的差异，推导出两书基本文学观念的“对立”，而对“奇”和其他具体概念与两书理论体系、基本观念、概念关系之间的密切联系却未详察细辨。这实质上是以部分作为整体的逻辑前提，以单个概念内涵的表面差异作为体系对立的主要根据。在持“相同”说或“大同小异”说的诸多中国学者的文章中，则有着与兴膳氏文相反的逻辑缺陷，即习惯于先确立两书形上层面文学观念（如认为两书同属于儒家文学观）的相同之处，或者将两书产生时代的共同的“文学风气”作为理论

---

① 石家宜《〈文心雕龙〉与〈诗品〉比较》（《南京师范大学文学院学报》2007年第1期），王承斌《〈诗品〉与〈文心雕龙〉诗学观之比较》（《思茅师范高等专科学校学报》2007年第4期）。

② 本文初稿第一节是对论争过程和论争双方主要文章观点内容的详细梳理，论文提交时删去。

前提（即清水氏所批评的“简单套用公式性的观点”），再分析“相同之处”的具体表现，以此反证兴膳氏的“对立”说不能成立，同时又多在“相同处”后列举若干“不同之处”，以示全面而不绝对。但这种论述方式的问题是，儒家文学观是包括《文心》和《诗品》在内绝大多数传统文论著作的基本观念，如果在比较某些具体文论的文学观念和概念内涵时都直接以这一形上观念为大前提进行推论，就很容易将具体研究对象同质化、普泛化，不能准确把握这些文论著作的特殊内涵，也无法呈现其理论体系和概念关系的内在逻辑，结果往往只能停留于看似全面实则浮浅的平面式罗列以及看似辩证实则简单的“一分为二”式划分。另有一类中国学者的回应文章，直接就兴膳氏文的主要论据“奇”一词在两书中的意义关系作重新阐释，对“奇”的不同涵义作了更具体审慎的辨析，对两书“奇”义的异同关系及可比性也作了更具体的说明，但其论述思路仍然主要是就“奇”一词本身而论，而未能自觉将“奇”纳入两书的理论体系和概念关系中进行定位、定义和定性，因此也同样难以避免兴膳氏文的简单与片面。

只有从文论（含诗论）自身的理论体系和概念关系出发，确立其理论基点和主线，将形上观念、具体概念等不同层次的思想内容融会贯通，才能准确理解不同文论的特殊内涵，并据此对不同文论进行比较，确认彼此是否存在相同、差异或对立。因此，欲知《文心》《诗品》之“奇”有何涵义、能否比较及是否对立，则须知“奇”在两书理论体系和概念关系中的位置；欲知《文心》与《诗品》文学观的异同，则须知两著的基本理论内涵和主要概念关系。

## 一、《文心雕龙》与六朝“文体”概念的基本内涵

若问《文心雕龙》是一部什么性质的著作，在当前“龙学”语

境中人们可能更倾向于认为是一部“文章学”著作，即是一部论述文章写作之道，指导文章写作的文论著作[①]。但是“文章学”这一笼统的说法只是给《文心》的理论性质划定了一个范围，并未反映其特殊内涵。

一种理论的特殊内涵是由其欲解决的主要问题和解决问题的方法决定的。从理论所关注的问题入手较从理论的逻辑前提开始，能够直接切入理论核心，揭示理论的本质。《文心》想要解决的问题是什么？《序志》篇说得很明白：“去圣久远，文体解散，辞人爱奇，言贵浮诡，饰羽尚画，文绣鞶帨，离本弥甚，将遂讹滥。”[②]其核心是“文体解散”一语，这是刘勰对楚汉以降文章之弊的高度概括，是他“搦笔和墨”撰著《文心》要解决的主要问题。“去圣久远”是“文体解散”的历史根源，“辞人爱奇”是“文体解散”的现实原因，“言贵浮诡，饰羽尚画，文绣鞶帨，离本弥甚，将遂讹滥”是“文体解散”的具体表现。“文体解散”也因此成为理解《文心》理论内涵的关键。

进而言之，“文体解散”不惟指出了问题所在，还同时明确了

① 持此看法者甚多，如王运熙《文心雕龙探索》（上海：上海古籍出版社，1986年）、罗宗强《魏晋南北朝文学思想史》之“刘勰的文学思想（上、中、下）”（北京：中华书局，1996年）、黄春贵《文心雕龙之创作论》（硕士学位论文，1978年）、杨柳桥《〈文心雕龙〉文章理论的唯心主义本质》（《文史哲》1986年第1期）、赵兴明《〈文心雕龙〉是一部文章学概论》（《殷都学刊》1989年第4期）、蒋寅《关于中国古代文章学理论体系——从〈文心雕龙〉谈起》（《文学遗产》1986年第6期）、卢永璘《美文的写作原理——也谈〈文心雕龙〉的性质》（《文心雕龙研讨会论文集》，湖南大学，1998年）、赵昌平《文章学的回归——兼谈〈文心雕龙〉的文章学架构》（《文学遗产》2003年第6期）等。

② 本文所引《文心雕龙》文句均见范文澜注本。范文澜：《文心雕龙注》，北京：人民文学出版社，1958年。个别字词参考其他校注本修改。

问题所在的具体层面——“文体”。尽管《文心》整体上是一部“文章学”著作，讨论的是怎样写好文章及如何克服长期累积、近世弥盛的文弊，但在讨论文弊的产生、表现、解决等具体问题时，则会落实、集中到“文体”层面，在“文体”层面说明问题的种种表现，分析问题产生的各种原因，提出解决问题的原则和方法。从《文心》中的概念关系看，“文体”也是诸多概念的中心：或作为“文体”的上位概念，如“道”“神理”“文”“文章”等，以说明“文体”产生的逻辑前提和存在的现实根据；或作为“文体”的下位概念，如“情—辞”“情—采”“雅—丽”“文—质”“实—华”“正—奇”等，是对“文体”规范、构成和特征的描述与评价。至于“奇”与“文体”的概念关系，刘勰在这段话里实已作了一个很基本的提示，即“奇”是导致“文体解散”的主要因素，是“文体”之弊的主要表现，其内涵和性质都与“文体”密切相关。

接下来的问题自然是：为什么是“文体”？刘勰为什么把文章写作的问题集中到“文体”层面来谈？这可以从“文体”自身的内在规定（即“文体是什么”）及刘勰所处的文章观念和文论话语的历史语境两个方面来理解。

说到“文体是什么”，我们很容易想起学界对古代“文体”一词的种种解释。最常见的是“体裁”与“风格”二义说，其次是徐复观提出并被很多学者接受的“体制”（“体裁”）、“体要”与“体貌”三义说，余者还有“四义”说[①]、“六义”说[②]，甚至十多义说者[③]。从“文体”释义的形式看，研究者似乎有一种以多为贵的心理，以为释义愈多就愈能表明研究的细致和全面，也愈能体现“文体”概念的多义性和复杂性——而且这也似乎符合一直以来人们对中国古代文论术语缺乏统一界定、涵义模糊多变的整体印象。但实际上这些“文体”释义及其思维方式中的误区和误解甚多，笔者对此有详细辨析和指正：其中既有近现代以来所受到的西方文类学与语体学（Stylistics）两论并列模式的长期曲折的隐性影响，也有释义者对古代文体论观念内涵和话语特征的隔膜。[④] 破除陈见的最好办法

---

① 郭英德：《中国古代文体形态学论略》，《求索》2001年第5期。收入《中国古代文体学论稿》，北京：北京大学出版社，2005年。文章认为文体包含体制、语体、体式和体性四个层次，这四个层次同时也是“文体”概念的四种内涵。

② 陆侃如、牟世金《〈文心雕龙〉术语初探》（见《刘勰论创作》，合肥：安徽人民出版社，1963年。初题《文心雕龙术语用法举例》，《文学评论》1962年第2期）释“文体”涵义：（1）作品的体裁，（2）作品的风格，（3）引申指某种写作手法，（4）在普遍意义上指主体、要点，（5）体现，（6）区分、分解。王金凌《文心雕龙文论术语析论》（台北：华正书局，1981年）释“文体”涵义：甲、篇幅；乙、内容；丙、形式；丁、体要；戊、泛指文章；己、体势，指风格。每类之下又有细分为若干。吴承学、沙红兵《中国古代文体学学科论纲》（《文学遗产》2005年第1期）：（1）体裁或文体类别，（2）具体的语言特征和语言系统，（3）章法结构与表现形式，（4）体要或大体，（5）体性、体貌、风格，（6）文章或文学之本体。

③ 陈兆秀《文心雕龙术语研究》（台湾文化学院硕士学位论文，1976年，潘重规教授指导）：（1）文章体裁，（2）文章体制，（3）文章体例，（4）文章体式，（5）文章风格，（6）文章之结构，（7）文辞与结构，（8）文章之整体全局（体统），（9）作品之基本思想（本体），（10）作品之内容，（11）意赅文之本身本体者，（12）由体裁、风格引申作为写作手法，（13）引申作为写作之要领、原则（大体、体要），（14）引申谓作品之辞约旨丰者（体要）。

④ 参看拙著《中国古代文体论思辨》，北京：北京大学出版社，2012年。

就是直接面对原始文献，根据文论自身的内外关系，运用理性常识和一般逻辑规则进行分析、归纳和推理。

文体究竟是什么？《文心》实已提供了足够的线索。上引“文体解散”一语甚为关键，不妨仍由此处入手。所谓“文体解散”，其直接的字面意思是说文体已遭分解、破碎，不再完整、统一；但这句话同时也提示了文体的另外一面，即正常的文体应该是完整的、统一的，完整与统一应该是文体最基本的内在规定。刘勰关于文体的这一基本观念在《文心》全书中有非常自觉和充分的体现：

第一，《文心》屡以人和动植的有机生命整体直接譬喻文体的完整与统一。其中尤以《附会》篇的表述最为集中鲜明，如谓“夫才童学文，宜正体制：必以情志为神明，事义为骨髓，辞采为肌肤，宫商为声气”。其中“体制”为“文体构成”之义。这是从具体结构层面将文体与人的有机生命整体类比。又谓“首尾周密，表里一体”，这是从首尾和表里关系强调文体的完整和统一；“若统绪失宗，辞味必乱；义脉不流，则偏枯文体”，这是强调文义的统一和贯通对保持文体有机完整的重要性。其他篇中也有类似表述，如《章句》篇谓“外文绮交，内义脉注，跗萼相衔，首尾一体”，这是以内外首尾的统一喻文体的有机统一。

第二，通过直接描述文体的具体构成呈现文体的完整与统一。如《宗经》篇云：“故文能宗经，体有六义：一则情深而不诡，二则风清而不杂，三则事信而不诞，四则义贞而不回，五则体约而不芜，六则文丽而不淫。”“体有六义”意为以五经文章为典范的文体应符合六个普遍要求。其中“情”与“风”为一组，“风”为“情”之用，是发挥感染教化作用时的“情”（参《风骨》篇）；“事”与“义”为一组，可合称“事义”，指为文章征信的事类及其所涵义理；“体”与“文”为一组，主要指文体的表现形式和语言修饰。

（“体约而不芜”之“体”偏指文章的整体直观，相对于人之“形体”，而与“体有六义”之“体”有异，后者取“整体”之义。）如果再进一步概括，这“六义”三组又可分为两类，前四“义”为文意内容，后二“义”偏指语言形式。显而易见，这“六义”“三组”“两类”正是一篇完整文章的基本构成要素，统一起来即为完整之文章。

第三，从《宗经》篇“体有六义”一段还可看出，“文体”之完整统一实为“文章”之完整统一的体现，“文章”之完整统一乃是“文体”之完整统一的基础。前引《附会》篇一段即已显示，构成完整统一之“文体”的基本要素如“情志”、“事义”、“辞采”、“宫商”（即声律），也即一篇完整统一之“文章”的基本要素。由此关系可见，作为“文体”之基本内在规定的完整统一并非仅属“文体”的某种特殊之物，也不是某种特殊的概念内涵，其实质是“文章”内在基本要求的另一种表现形式。刘勰反对“文体解散”，实因“文章”不能“解散”。作为人之心灵的创造物，“文章”不仅具有如一般人工制品那样的完整结构，更有如其创造者一样的生命有机性。因此，有机的完整统一本来即是一篇合格“文章”的基本要求，刘勰论文也自当以这一基本要求为基础。受传统及六朝流行的文章观念影响，刘勰在具体论文时习惯于将完整文章的基本构成要素二分为“意”与“言”、“情”与“辞”、“义”与“辞”、“情”与“采”等，以此为框架描述不同类型或不同作者文章的特征，总结一般文章写作的普遍规范或不同类型文章写作的特殊要求。比较而言，《文心》下篇综论文术主要在一般层面体现了刘勰对二分式文章整体结构的理解，如“意翻空而易奇，言征实而难巧也”（《神思》），“拙辞或孕于巧义，庸事或萌于新意”（《神思》），“夫情动而言形，理发而文见；盖沿隐以至显，因内而符外者也”（《体性》），“怊怅述情，必始乎风；沈吟铺辞，莫先于骨”（《风骨》），“结言端直，则文骨成焉；意气骏爽，则文风清焉”（《风骨》），“情者文之经，辞者理之纬；经正而后纬成，理定而后辞畅，此立文之本源也”（《情采》），“理资配主，辞忌失朋”（《章句》），“或义华而声悴，或理拙而文泽”（《总术》），“情以物迁，辞以情发”（《物色》），“（子云）故能理赡而辞坚矣”（《才略》），“夫缀文者情动而辞发，观文者披文以入情”（《知音》）等。上篇“论文叙笔”则主要体现了刘勰在分论各类文章时所贯穿的二分式构成意识。如《诠赋》篇论赋体：“情以物兴，故义必明雅；物以情观，故词必巧丽。丽词雅义，符采相胜，如组织之品朱紫，画绘之著玄黄。”《颂赞》篇论赞体：“约举以尽情，昭灼以送文，此其体也。”《杂文》篇论连珠体：“足使义明而词净，事圆而音泽，磊磊自转，可称珠耳。”《论说》篇谈论体：“故其义贵圆通，辞忌枝碎。必使心与理合，弥缝莫见其隙；辞共心密，敌人不知所乘：斯其要也。”[①]要言之，刘勰对“文体”的内在整体构成的认识与其对“文章”的内在整体构成的认识是相互统一的；从“文章”的内在整体构成层面来看，更有助于深化对“文体”之完整统一性的体会和理解。

第四，“文体”与“文章”间的这层紧密联系，应该是我们理解“文体”概念基本内涵的一个关键依据。从概念产生的过程与机制来看，是先有“文章”（或称“文”）而后有“文体”，“文体”概念是对“文章”概念的进一步规定，是“文章”概念内涵的进一步自觉展开和体现。据古文字学界考辨，甲骨文“[illegible]”（隶化为“[illegible]”）很可能是“体”之原字，最初指“卦体”之“体”[②]。字的整个外形像一块带有血

① 邓仕樑：《能研诸虑，何远之有哉——〈文心雕龙·风骨〉九虑》，《中国文哲研究集刊》第十二期，台湾“中央研究院”中国文哲研究所，1998年3月。

② 宋华强：《释甲骨文“戾”和“體”》，《语言学论丛》第43辑，北京：商务印书馆，2011年9月。

点的牛肩胛骨，中间的符号可能是卦象。会其本义，“𠀠”（體）既象卦象符号之形，又象其物质载体之形，合起来即是对“卦”之整体存在的象形。殷人占卜频繁，所用骨料和所得卦象极多，“卦体”（或“体”）一词不仅能反映人们对每个卦象及其载体的直观整体认识，还体现出不同“卦体”间的自然区别之义。直观义、整体义与区别义是内在关联的：卦象与载体作为整体存在需要直观才能把握，而作为被直观整体把握的对象总是相互有别的个体存在。由于“体”的这种表义特点，古人很早即将“体”引申用于表达对不同类型或个体事物整体存在的直观认识，出现了“国体”“君体”“臣体”“政体”“治体”“兵体”等词①。不过，当“体”开始用于说明人自身时，却主要是指与“心”相对的物质性的身体②。这一差异的产生应该与人的认识活动的特点有关：当“体”表示人的认识对象时，这些认识对象是与认识主体——人——相对的独立存在，自然有其自身的完整性；而当人们用“体”表示人对自身的认识时，人这一本来完整的主体便自然有了内部区分，“心”成为认识主体，而“体”成为“心”的认识对象，形成了“心—体”二分对待的认识关系，“体”也因此偏向于指肉身之体。汉末许慎《说文》释“體”

① 如贾谊《新书·俗激》：“使管子而少知治体，则是岂不可为寒心？”班固《汉书》之《成帝纪》“阳朔二年诏”：“儒林之官，四海渊原，宜皆明于古今，温故知新，通达国体，故谓之博士。”《晁错传》：“上书言兵体三章。”《王尊传》：“卑君尊臣，非所宜称，失大臣体。”《薛宣传》：“其法律任廷尉有余，经术文雅足以谋王体，断国论。”荀悦《申鉴·政体》：“承天惟允，正身惟常，任贤惟固，恤民惟勤，明制惟典，立业惟敦，是谓政体也。”

② 如《礼记·缁衣》：“子曰：‘民以君为心，君以民为体。心庄则体舒，心肃则容敬。’”《管子·君臣下》：“君之在国都也，若心之在身体也。”《礼记·大学》：“富润屋，德润身，心广体胖，故君子必诚其意。”

为“总十二属也”，仍然有偏重形下构成的倾向[①]。不过，这种“心—体”对待关系在东汉末至三国时期发生了重要转变。随着汉末偏重个体才性、气质、风度而有异于汉代前期偏重道德儒学的人物鉴识之风的盛行，个体之人越来越自觉地作为独特的整体存在被评鉴者认识和把握；也就是说，作为完整存在的个体之人也已经与其他完整存在的事物一样成为人们的认识对象。至此，“体”也就自然被用来表示个体之人的独特而完整的存在。代表文献如刘劭《人物志》之《九征》篇和《体别》篇，其所别之“体”并不限于肉身之体，而是德性才识与筋骨体质统一的不同类型的“个体”（按：今人常

① 段玉裁注“总十二属”：“十二属，许未详言。今以人体及许书核之。首之属有三：曰顶，曰面，曰颐；身之属三：曰肩，曰脊，曰尻；手之属三：曰肱，曰臂，曰手；足之属三：曰股，曰胫，曰足。”又刘熙《释名》卷二《释形体第八》：“体，第也；骨肉、毛血、表里、大小、相次第也。”也偏重从肉身结构理解。

称具体个别之人为“个体”，此中之“体”即是就个人整体而言）。[1]只有当“体”义完成从人自身内部的“心—体”相对到不同个人整体存在的彼此相对的转变，刘勰才能在《文心雕龙·附会》篇中直接建构起“文体”与“人体”在整体存在意义上的同构关系（即“情志为神明，事义为骨髓，辞采为肌肤，宫商为声气”）。

如果说“卦体”“国体”“君体”“臣体”“政体”“治体”“兵

---

① 《人物志·九征》篇云：“若量其材质，稽诸五物，五物之征，亦各着于厥体矣。其在体也，木骨、金筋、火气、土肌、水血，五物之象也。五物之实，各有所济。是故：骨植而柔者，谓之弘毅；弘毅也者，仁之质也。气清而朗者，谓之文理；文理也者，礼之本也。体端而实者，谓之贞固；贞固也者，信之基也。筋劲而精者，谓之勇敢；勇敢也者，义之决也。色平而畅者，谓之通微；通微也者，智之原也。五质恒性，故谓之五常矣。五常之别，列为五德。是故：温直而扰毅，木之德也。刚塞而弘毅，金之德也。愿恭而理敬，水之德也。宽栗而柔立，土之德也。简畅而明砭，火之德也。虽体变无穷，犹依乎五质。”这是对作为鉴识对象的“体”之多层次构成的具体描述。其中木、金、火、土、水等“五物”是基本构架，也是人们认识、描述自然、社会和人自身的基本图示。依据这个“五行”（“五物”）构架，刘劭将“体”分为“五物之象”和“五物之实”两个基本层次，“五物之象”包括“木骨、金筋、火气、土肌、水血”，“五物之实”（也即“五质”和“五常”）包含“弘毅”之“仁”、“文理”之“礼”、“贞固”之“信”、“勇敢”之“义”和“通微”之“智”。以“五常”为质，又形成“五德”，即“温直而扰毅”之“木德”、“刚塞而弘毅”之“金德”、“愿恭而理敬”之“水德”、“宽栗而柔立”之“土德”和“简畅而明砭”之“火德”，因此，“五德”和“五常”（“五质”）同属于“五物之质”。所谓“九征”，即从神、精、筋、骨、气、色、仪、容、言等九个层面考察人的内在品质和状态：“平陂之质在于神，明暗之实在于精，勇怯之势在于筋，强弱之植在于骨，躁静之决在于气，惨怿之情在于色，衰正之形在于仪，态度之动在于容，缓急之状在于言。其为人也：质素平澹，中睿外朗，筋劲植固，声清色怿，仪正容直，则九征皆至，则纯粹之德也。九征有违，则偏杂之材也。”《体别》篇在此基础上建立了一个系统的人之“体”的“类型论”，根据才性的长短优劣将人之“体”区别为两两相对的六组十二种。原文引自李崇智：《〈人物志〉校笺》，成都：巴蜀书社，2001年。

体”等概念反映了人们对身外不同事物整体存在的直观认识和自觉，《人物志》之“九征”论和“体别”论总结了东汉后期以来对个人之独特存在的整体认识和自觉，那么，以“体”论文及“文体”概念和文体论的产生，则反映了人们对文章自身有别于其他事物的整体存在以及不同类型文章自身整体存在的自觉。纵观古代文论的发展历史，正是在东汉萌芽、魏晋成熟、南朝集大成的“文体论”出现之际，古代文论进入了彬彬大盛的时期。而最值得注意的是，正是在文体论的视野中，论文者的关注中心在整体上从文章的教化功能、润色功能等外部关系转向了文章自身的内部关系，转向了对“文体”类型特征辨析、“文体”内在构成、“文体”写作规范和方法、“文体”自身发展规律的认识。要之，“文体”已经成为六朝人认识文章和文章实践的观念平台。因为文体论的产生，人们对文章自身的整体构成的认识空前具体，在传统的言意、神形、文质、辞情、词义、事义、辞采等概念之外，气韵、神韵、风韵、情韵、风骨、风力、气力、骨力、骨鲠、气质、形似等取譬于人之生命整体的文论概念大为流行，而且以“文体”概念为核心直接衍生了一系列表示文体构成的概念，如体制、体裁、体式、体要、体义、体气、体韵、体势、体统等。因为文体论的出现，文章分类进入文体分类（“辨体”）阶段，人们对不同类型文章及其特征的辨析日益精细。由于“文体”（即文章自身的整体存在）成为关注的中心，人们认识“文体”的角度摆脱了传统的约定俗成的“文类”区分（诗、赋、奏、议等分类）的限制，获得了全方位的开放与自在，可以根据认识的需要从任何一个角度和层面区分“文体”：内部与外部、宏观与微观、文类（相对客观）与作者（相对主观）、个人与时代、文义与文辞、题材与结构、概括与具体等等。随着文体分类的多样化，文章自身的特征也得到多方面、多层次的呈现、概括和描述。如曹丕《典论·论文》

将奏议、铭诔、书论、诗赋四类文体的特征分别概括为雅、实、理、丽；陆机《文赋》“诗缘情而绮靡，赋体物而浏亮……”一段辨析更为具体；而在《文心雕龙》的《明诗》至《书记》二十篇中，每篇都有对一种至若干种文体特征的精当总结。这种在“文体”名义下对各类文章特征的规定与东汉刘熙《释名》之《释书契》和《释典艺》两卷（其时“文体论”尚未成熟）对近四十种文类的解释形成鲜明对比：前者关注的是各类文章自身的特征，而后者说明的则是各类文章的功用[①]。此外，人们还开始区分不同作家、不同时代的文体，如萧子显《南齐书·文学传论》将当时作者文体分为三类，并分别描述其特征[②]；《南齐书·武陵昭王晔传》有“谢灵运体”之说[③]；《宋书·谢灵运传论》提出自汉至魏的四百余年间“文体三变”，并举有每种文体的代表作家[④]；刘勰《文心雕龙·体性》篇所归纳的贾生之“文洁而体清”、长卿之“理侈而辞溢”、子云之“志隐而味深”、子政之“趣昭而事博”、孟坚之“裁密而思靡”、平子之“虑周而藻密”、仲宣之“颖出而才果”、公幹之“言壮而情骇”、嗣宗之“响逸而调远”、叔夜之“兴高而采烈”、安仁之“锋发而韵流”、士衡之“情繁而辞隐”

---

① 如：“檄，激也，下官所以激迎其上之文书也。”“策书，教令于上，所以驱策诸下也。”“铭，名也，述其功美，使可称名也。”“诔，累也，累列其事而称之也。”

② 萧子显《南齐书·文学传论》：“今之文章，作者虽众，总而为论，略有三体。一则启心闲绎，托辞华旷，虽存巧绮，终至迂曲……此体之源，出灵运而成也。次则缉事比类，非对不发……唯睹事例，顿失清采。此则傅咸五经，应璩指事，虽不全似，可以类从。次则发唱惊挺，操调险急，雕藻淫艳，倾炫心魂。……斯鲍照之遗烈也。”

③ 萧子显《南齐书·武陵昭王晔传》：“（晔）与诸王共作短句，诗学谢灵运体，以呈上，报曰：‘见汝二十字，诸儿作中，最为优者。但康乐放荡，作体不辨有首尾，安仁、士衡深可宗尚，颜延之抑其次也。’”

④ 沈约《宋书·谢灵运传论》：“自汉至魏四百余年，辞人才子，文体三变。相如巧为形似之言，班固长于情理之说，子建、仲宣以气质为体。”

等，更显示时人对作者文体的鉴识、区分之全面和精确。（这些关乎作者、时代等的“文体”概念，学界多释为“风格”，不确。应同样指文章之整体存在。下文论《诗品》之“文体”概念内涵时详解。）

通过“文体”观念与“文章”观念的这种比较，我们可以对“文体”概念形成这样一个认识：“文体”概念是“文章”概念的发展，是对“文章”之现实存在的进一步自觉，“文体”突出、彰显了“文章”自身的整体存在，由此将文章自身的各种内外关系、整体与构成、类型与特征等充分呈现出来。[①]“文体”概念的基本内涵可理解为：呈现了丰富构成与特征的文章整体存在。其中“整体存在”是基础，“构成”和“特征”是对“整体存在”的内部关系的具体认识。

## 二、《文心》之“奇”与刘勰文体重构的规范之维

刘勰《文心雕龙》正是在“文章整体存在”这个基本层面确立其全部论述的。整体性是文章写作的基本要义，文体的完整统一自然也是刘勰确立文章写作规范、衡评文章写作利弊的基本标准。围

---

① 比较《文心雕龙·附会》篇与《颜氏家训·文章》篇两段话，可对“文章”与“文体”的联系与区别有更直接体会。《文心雕龙·附会》篇云：“夫才童学文，宜正体制：必以情志为神明，事义为骨髓，辞采为肌肤，宫商为声气。”《颜氏家训·文章》篇云：“文章当以理致为心肾，气调为筋骨，事义为皮肤，华丽为冠冕。今世相承，趋末弃本，率多浮艳。辞与理竞，辞胜而理伏；事与才争，事繁而才损。放逸者流宕而忘归，穿凿者补缀而不足。”颜氏论文章结构与今世文弊皆与刘勰颇为近似，也可见“文体”与“文章”的内涵与外延基本相通。但不宜忽略的是，颜氏虽同样以人体譬喻文章，却舍去了一个最内在的“神明”，另加上了一个纯外饰的“冠冕”。尽管这一调整可能是有意避免与刘氏雷同，但却在无意中透露了“文章”观与“文体”观的一个重要区别，即“文体”观较“文章”观更自觉强调文章作为生命整体的有机统一性，即使是修饰性的“辞采”，也应该是文体的有机组成部分（如人之肌肤，鸣凤之羽），而非一个可以随时脱开的外饰。

绕这一基本标准，刘勰在《文心》中主要做了两个方面的工作：一是说明内在完整统一的文体应该是什么样的，怎样才能写出完整统一的文体？二是说明“文体解散”是如何导致的，有什么具体表现？应该如何克服？“完整统一之文体”与“解散破碎之文体”是刘勰论文的两端，很多具体问题即在这两端之间展开。

文体的完整统一在《文心》中并非笼统的规定，而是有多层次内涵和丰富的具体形态。从文体的基本结构来看，“完整”最基本的要求是言与意、情与辞的统一，这也是刘勰论文一以贯之的思路和理念（见前）。但在具体文章中，言与意或情与辞的统一又有其具体的呈现方式。从文章类型看，可分为五经文体的内在统一与一般文体的内在统一两个层次。关于五经文体内在统一的表述集中在《征圣》《宗经》两篇，如谓“志足而言文，情信而辞巧，乃含章之玉牒，秉文之金科矣”（《征圣》），“体要与微辞偕通，正言共精义并用；圣人之文章，亦可见也”（《征圣》），“义既埏乎性情，辞亦匠于文理”（《宗经》），“辞约而旨丰，事近而喻远”（《宗经》），“故文能宗经，体有六义：一则情深而不诡，二则风清而不杂，三则事信而不诞，四则义贞而不回，五则体约而不芜，六则文丽而不淫”（《宗经》）等。至于对一般文章的完整统一的要求，在“论文叙笔”各篇的“敷理以举统”部分有集中总结和明确规定（见前引）。但在刘勰的观念中，与经典文体的完整统一相比，对一般文体的内在统一关系的总结带有明显的理想性质——与其说是对现实文章特征的总结，不如说是刘勰针对现实问题提出的理想标准和要求。因为至少在刘勰看来，现实情况是，自楚汉以后，各体文章（以辞赋最为典型）都不同程度上出现了“文体解散”的弊病。这是刘勰论文的靶的，只要有机会就会对此痛砭一番。如《诠赋》篇：“然逐末之俦，蔑弃其本，虽读千赋，愈惑体要；遂使繁华损枝，膏腴害骨，无贵风轨，莫益劝戒：

此扬子所以追悔于雕虫，贻诮于雾縠者也。”《定势》篇：“自近代辞人，率好诡巧，原其为体，讹势所变，厌黩旧式，故穿凿取新；察其讹意，似难而实无他术也，反正而已。”“夫通衢夷坦，而多行捷径者，趋近故也；正文明白，而常务反言者，适俗故也。然密会者以意新得巧，苟异者以失体成怪。旧练之才，则执正以驭奇；新学之锐，则逐奇而失正。势流不反，则文体遂弊。”《情采》篇：“昔诗人什篇，为情而造文；辞人赋颂，为文而造情。何以明其然？盖风雅之兴，志思蓄愤，而吟咏情性，以讽其上，此为情而造文也；诸子之徒，心非郁陶，苟驰夸饰，鬻声钓世，此为文而造情也。故为情者要约而写真，为文者淫丽而烦滥。而后之作者，采滥忽真，远弃风雅，近师辞赋，故体情之制日疏，逐文之篇愈盛。故有志深轩冕，而泛咏皋壤；心缠几务，而虚述人外：真宰弗存，翩其反矣。”

刘勰的这些论述，对文体的完整统一和“文体解散”的具体状况作了相当清楚的说明。刘勰以五经文体为完整统一之文体的极则，其特点可概括为：其一，完整统一文体的内在基本结构关系是“意”（或志、义、情、理、旨等）与“言”（或辞）的统一。其二，完整统一的文体对“意”与“言”有一定的要求，要求文义真实可信，真挚深刻，合乎道德，充实精要，要求文辞端直精约，表达准确，条理清晰，修饰恰当。简言之曰“正言体要”，即用端正规范、准确精炼且修饰恰当的言辞表达真挚的情志和精深的事义。“文体解散”的现象在楚汉以后的辞赋中最为常见，其表现可概括为两个方面。其一，“文体解散”同样与“言”和“意”两个文体基本要素有关，是二者统一关系的偏离和破坏。其二，“文体解散”的问题在“言”和“意”两个方面各有表现：一方面是“逐末”，一方面是“弃本”；一方面是“采滥”，一方面是“忽真”；一方面是“心非郁陶”，一方面是“苟驰夸饰”……简言之，即一方面缺乏真情实感，无深刻事义，不合乎道德教化；一方面过分追求辞采，滥施雕饰，夸大其词，炫耀技巧。

就这样，通过正反对比，刘勰将文章演变过程中产生的问题集中到文体的内在关系中来讨论，将文章的纵向衍变转换成文体的横向结构，在意与言、情与辞的相互关系中展开具体论述，根据意与言、情与辞关系的不同状态评价其价值的正反，表达自己的臧否。

由此也可知，刘勰要解决的“文体解散”问题乃是文章写作中一个最基本、最普遍的问题，他要总结的是一篇“好文章”的基本规范，他所提出的是一篇“好文章”的基本要求。他根据文章（文体）的内在要求，为所有的“好文章”画出了一条底线，即文体不能“解散”，文体至少要完整统一。这条“底线”也为我们理解《文心》中的诸多评价性概念的关系、涵义和性质提供了明确的基准，也是我们理解“奇”一词性质与涵义的基准。

兴膳氏《对立》一文曾说“奇”一词在《文心》中的涵义“具有循环小数那样不可分割的特征”，以喻《文心》中“奇”义的复杂性与不确定性。大略看去，似乎的确如此。但倘若以刘勰论文的“底线”（即文体不可解散，文体内部应该完整统一）来衡量，会发现在“奇”的看似模糊难辨的用法中自有区分其涵义性质的内在根据。这就是：如果“奇”的因素和倾向被控制在一定程度，并未破坏文体的完整统一而导致“文体解散”，那么这一类“奇”就至少不含有负面价值。如“凭轼以倚《雅》《颂》，悬辔以驭楚篇，酌奇而不失其贞，玩华而不坠其实”（《辨骚》），“昭体，故意新而不乱；晓变，故辞奇而不黩”(《风骨》) 等例中之“奇”。反之，如果“奇”的因素和倾向突破了文体完整统一的“底线”而致“文体解散”，那么这一类“奇”就具有明显的反面价值。如“新奇者，摈古竞今，危侧趣诡者也”（《体性》），“岂空结奇字，纰缪而成经矣”（《风骨》），“故知炜烨之奇意，出乎纵横之诡俗也”（《时序》），“浮慧者观绮而跃心，爱奇者闻诡而惊听”（《知音》），“辞人爱奇，言贵浮诡”（《序志》）等。

在刘勰的文章观念中,作为众体之源的五经文体是最初的“正体”,所谓“经正纬奇”“四言正体”等，而后世那些以五经文体为楷式的一般文体也会被纳入“正体”之列，如谓“至石渠论艺，白虎通讲，述圣通经，论家之正体也”（《论说》）。五经“正体”的特点是义与言、情与辞的高度统一。刘勰对此有两种描述方式：其一是结构性描述，如谓“志足而言文，情信而辞巧”“体要与微辞偕通，正言共精义并用”等;其二是评价性描述,如谓“商周丽而雅”“圣文之雅丽,固衔华而佩实”等。“正体”不唯有真实、端正、精深的文义，亦且有恰当精美的修饰，但这些修饰都是必要的，是“文章”自身规定性的正常体现，所谓“圣贤书辞，总称文章，非采而何”（《情采》）。与之相对，“奇”是被刘勰视为五经“正体”的异数而出现的。“奇”本义为“异”（《说文》），故在《文心》中凡异于“正体”的因素和倾向基本都可以归入“奇”之类。纬异于经，故曰“经正纬奇”；《楚辞》异于五经，故称《楚辞》的出现为“奇文郁起”。相对而言，《楚辞》对后世文章的影响较纬书大得多，为后世辞赋之祖，辞人之渊薮,故《楚辞》之“奇”也成为后世文体之“奇”的重要渊源。“奇”的出现，对以高度完整统一为要求的“正体”文章观形成了挑战甚至威胁,并造成了实际上的破坏。不过,刘勰论文一直采取“唯务折衷”的谨慎态度，使得他并未对“奇”这个“正体”的异数一概否定。刘勰倡导文章“宗经”，以经体为正，但其目的不在复古，而在纠偏；刘勰不满因“辞人爱奇”造成的浮诡、穿凿、怪诞文风，但他并不因此逢“奇”必反，而意在戒其淫滥，导之入正。

这样，根据“奇”与“正体”的不同关系，《文心》中的“奇”

在意义和价值上被区分为两类：一类“奇”可为“正体”驾驭和控制，在不破坏文体完整统一的前提下，还可增加文体的内在张力，增强文体的表现力和生命力。另一类“奇”则已走得太远，违背了文体的基本规范和要求，破坏了文体的基本结构。因此，依据刘勰确立的文体底线，不仅可以恰当区分《文心》之“奇”的不同价值与涵义，且可以从文体的内在结构关系的变化揭示“奇”之不同价值和涵义的产生机制。以此再反观兴膳氏的“不可分解”说，就能够看出其含糊所在。另外，兴膳氏对《文心》中“奇”义两用的解释是：“立足于正统性的基础之上，‘奇’能转化为崭新与独创性；在偏离正统性时，就会沦于反常一途。”乍看似乎很明白，但何谓“立足于正统性基础”，又何谓“偏离正统性”，仍语焉不详，因未从“正体”的内在关系说明“正统性”及“偏离正统性”的具体机制。又，“偏离正统性”为“反常”，但“崭新与独创性”也同样是“反常”，为何二者价值又有正反之分？据前文所论，《文心》“奇”义两用的实质不是“立足于正统性”与“偏离正统性”的对立，而是“偏离正统性”的程度有别：能为“正体”（即正统性文体）吸纳、驾驭之“偏离”为利，而不能为“正体”所控制、反而破坏文体完整统一之“偏离”为弊。

分析“奇”作为一般用词的语义特点和规律，更有助于理解《文心》“奇”一词的用法和涵义。《说文》释“奇”有二义，一为“异”，一为“不耦”。两义之间有一定关联，但兴膳氏及后来论争者所讨论的“奇”主要与“异”这一意义相关。所谓“异”，即不同于一般事物、情况和特征。如《淮南子·主术》篇：“夫释职事而听非誉，弃公劳而用朋党，则奇材佻长而干次。”高诱注“奇材”之“奇”曰“非常为奇”。因此“奇”本身即包含了比较的性质，相对性、比较性是“奇”一词的基本规定。不过，“奇”之异于一般、正常或平常之事物、状态和特征，只是一种中性的规定，其本身无所谓褒贬。“异”这一中性涵义使得“奇”在具体使用中能借助语境或与其他概念的关系，生成很多有具体规定和确定价值倾向的涵义。如《老子》第57章：“以正治国，以奇用兵。”《孙子·势篇》：“凡战者，以正合，以奇胜。”司马迁《报任少卿书》：“然仆观其为人，自守奇士。”《汉书·王褒传》：“诏使褒等皆之太子宫虞侍太子，朝夕诵读奇文及所自造作。”此类例中奇兵、奇战、“奇士”、“奇文”以及前引《淮南子》“奇材”之“奇”，显然都表示不同一般、有异平常且值得肯定的事物品质。在此语境中，“奇”之“异”具体化为手法超常、不拘陈规、卓越杰出之“异”。又如《礼记·曲礼上》：“国君不乘奇车。”《管子·任法》：“植固而不动，奇邪乃恐。”《国语·晋语》：“奇生怪。”这几例中的“奇车”“奇邪”“奇怪“之“奇”，则具有明显的贬义，所指为有异正常的应予否定的性质。

“奇”一词表义的这种相对性与其词性直接相关。“奇”解作“异”时，其基本词性应为现代所说的形容词。从其所说明的事物来说，“奇”是对该事物性质的一种形容；从其使用者来说，“奇”反映的用者对该事物的评价和情感态度。因此，“奇”一词究竟是褒义还是贬义，取决于“奇”所评价的事物自身的内在关系和使用者对该事物内在关系的认识和评价（一体两面，实不可分）。这是确定“奇”一词在具体语境中所体现的价值倾向的关键。如前引《孙子·势篇》之“凡战者，以正合，以奇胜”，若仅看到“奇”与“正”对，尚无法确定“奇”的性质是褒是贬，甚至可能认为“奇”有贬义。但如果注意到“奇”与“正”都是对战法性质的形容，而战法的内在要求是以“胜”为佳，那么能致胜的战法之“奇”自然是值得肯定的。其他如“奇士”“奇材”“奇文”等词中之“奇”，是对超出常人才能或超出一般文章品质的形容和评价，故亦为褒义。而《礼记·曲礼上》之“国君不乘奇车”，此“奇”所以为贬义，究其根本是因为不合乎国君之车的正常礼制。下面两例能让我们看得更显明。《周礼·天官·阍人》：“奇服怪民不入宫。”《九章·涉江》：“余幼好此奇服兮，年既老而不衰。”同为“奇服”，但前贬而后褒，其根由在于前例“奇服”之“奇”为不合乎正常服饰规范和礼制之“异”，后例“奇服”之“奇”体现的是较一般服饰更显主人公情志美好高洁之“异”。

因此，欲区分和确定“奇”之褒贬，既要看使用者的态度和倾向，还要看“奇”与所形容、评价之事物的内在关系。从认识“奇”的角度来说，使用者的态度和倾向可作为确定“奇”义褒贬的直接依据，而“奇”所评价之事物的内在关系和要求则是决定“奇”义正反的根据。而且，理解了“奇”所评价之事物的内在关系，不仅有助于区分“奇”义褒贬，更重要是能够让我们理解为什么此处之“奇”为正面评价，而彼处之“奇”为反面评价。

为了使本义为中性之“异”的“奇”在具体语境获得确定的具体内涵和价值倾向，使用者除了以其所评价的事物内在关系为根本依据外，还经常会通过中性之“奇”与其他情感和价值色彩明显的概念相结合来表现。如《礼记·祭义》：“合此五者，以治天下之礼也，虽有奇邪而不治者，则微矣。”《史记·留侯世家》评张良：“余以为其人计魁梧奇伟，至见其图，状貌如妇人好女。”王充《论衡·对作》篇两例：“故论衡者，所以铨轻重之言，立真伪之平，非苟调文饰辞，为奇伟之观也。”又云：“世俗之性，好奇怪之语。”“奇”与“伟”合词，“伟”是褒义，故“奇”与“奇伟”也为褒义[1]；“奇”与“邪”“怪”相合成词，则明显为贬义。借助《文心》中的概念

① 句中“调文饰辞”一语为王充本人评价，而“奇伟之观”一语则是间接道他人心中的自我评价，而从他人的评价动机看，“奇伟”仍为褒词。

关系，也可以更直接判断“奇”的涵义和价值倾向。《文心》论文体之“奇”主要有如下数例：

自风雅寝声，莫或抽绪，奇文郁起，其《离骚》哉！（《辨骚》）

是以枚贾追风以入丽，马扬沿波而得奇，其衣被词人，非一代也。（《辨骚》）

若能凭轼以倚《雅》《颂》，悬辔以驭楚篇，酌奇而不失其贞（按：同“正”），玩华而不坠其实。（《辨骚》）

新奇者，摈古竞今，危侧趣诡者也。（《体性》）

昭体，故意新而不乱；晓变，故辞奇而不黩。（《风骨》）

岂空结奇字，纰缪而成经矣。（《风骨》）

然渊乎文者，并总群势：奇正虽反，必兼解以俱通；刚柔虽殊，必随时而适用。（《定势》）

自近代辞人，率好诡巧，原其为体，讹势所变，厌黩旧式，故穿凿取新；察其讹意，似难而实无他术也，反正而已。故文反正为乏，辞反正为奇。效奇之法，必颠倒文句，上字而抑下，中辞而出外，回互不常，则新色耳。（《定势》）

夫通衢夷坦，而多行捷径者，趋近故也；正文明白，而常务反言者，适俗故也。然密会者以意新得巧，苟异者以失体成怪。旧练之才，则执正以驭奇；新学之锐，则逐奇而失正。势流不反，则文体遂弊。秉兹情术，可无思耶！（《定势》）

故知炜烨之奇意，出乎纵横之诡俗也。（《时序》）

浮慧者观绮而跃心，爱奇者闻诡而惊听。（《知音》）

魏晋浅而绮，宋初讹而新。（《通变》）

夫吃文为患，生于好诡，逐新趣异，故喉唇纠纷。（《声律》）

> 去圣久远，文体解散。辞人爱奇，言贵浮诡。饰羽尚画，文绣鞶帨。（《序志》）

前引兴膳氏、邬氏、贾氏、王氏等人文章都认为《文心》中“奇”一词有褒贬两义和正反两种价值，但细味上引数例，除第一例“奇文郁起”之“奇”为明显赞赏之义外（此例之“奇”与其他数例之“奇”属不同维度，后文析《诗品》之“奇”时详论），其他数例之“奇”与其说有正反性质的对立，不如说是中性与反面的程度之别。如：双方多认为“酌奇而不失其贞”“执正以驭奇”中的“奇”有肯定之正面价值，但既为正面价值，为什么还需“酌”之、“驭”之？至于“马扬沿波而得奇”，根据上下文意，此“奇”应该也属于“酌奇”之“奇”。倘若再比较双方多认可的《文心》反面之“奇”的使用特点，可以进一步证实这里的怀疑。在上引数例中，这些具有明显贬义色彩的“奇”在使用时有一个普遍特点，即多与其他贬义色彩更加明显的概念并举；或者不如说，这些“奇”的贬义色彩并非由其自身显示，而是来自其他贬义概念的限定。如“新奇”之“奇”定性于“危侧趣诡”，“奇字”之“奇”定性于“纰缪”，“效奇”之“奇”定性于“颠倒”，“奇意”之“奇”定性于“诡俗”，“爱奇”之“奇”定性于“浮诡”等。因此，的确很难直接说《文心》之“奇”有明显的正反之分和褒贬之别。

但如果回到前文总结的“奇”义的一般特点和规律，即“奇”本义为“异”，为价值中性概念，其具体涵义和价值倾向由语境决定，也许就能对《文心》之“奇”的表义特点有一个更切合《文心》语境的理解。在《文心》中，“奇”首先是作为有异于“正”的因素出现的，也就是说，《文心》之“奇”最基本的规定是“异于正”。刘勰将五经文体和能“宗经”的一般文体立为“正”体，即已经明确了关于文章正面价值的归属。刘勰既以“正”体为正面价值所在，则对于那些异于“正”体的文章因素和属性，自然需要用其他概念来概括。从这一内在逻辑来看，刘勰没有必要再使用与“正”相对的、有异的“奇”一词来表示文章的正面价值。理清了这一关系，便可以对“奇”在《文心》中的表义特点作一个整体概括：

第一，“奇”以本义“异”为基础，在《文心》中表示有异于“正”体的文章因素、性质和倾向，因此“奇”在《文心》中不具有明确的正面价值。第二，“异”于“正”体的“奇”在《文心》中也并不内在地、自然地具有反面价值，因为差异不等于对立。第三，细味刘勰的表述与修辞，“奇”价值倾向的正反最终取决于作家对“奇”这一异于“正”体的文体因素和性质的态度[①]。如果是“爱奇”“苟异”或“逐新”，即将“奇”作为喜好和追求的对象，“奇”就会具体表现为“诡”“怪”“乱”“黩”“讹”“诡巧”“诡俗”“浮诡”“颠倒”“纰缪”等，成为“正”的否定因素，体现为反面价值。此即“逐奇而失正”“苟异者以失体成怪”。如果能“酌奇而不失其贞”“执正以驭奇”，坚守“正”体的规范和要求，对“奇”的因素和性质作审慎辨别和选择，在不破坏“正”体的内在结构的前提下，适当融入一些“奇”“异”“新”的因素，如《楚辞》的“伟辞”“朗丽”“耀艳”“深华”等，实现古与今、旧与新、正与变之间的平衡，这样的“奇”就是被允许的，是可以接受的。但从价值倾向来看，这种“奇”与其说是正面的，不如说是中性的。第四，《文心》中“奇”一方面常常与负面价值内涵明显的概念相关联，并由这些概念规定其具体的语境内涵，一方面又需接受“正”的约束和驾驭，

① 认为“奇”所评价的事物内部关系是确定其正反价值的根据，与认为作家是“奇”之价值倾向的决定力量，两说并不矛盾。前者就“奇”之价值的判断而言，后者就“奇”价值的产生而言。

但却几乎不与那些具有明确的正面价值内涵的概念相结合，没有出现诸如“奇伟”“魁奇”“奇杰”等一类有正面价值倾向的双音节词。由此一端也可看出《文心》之“奇”概念整体上不表示正面文体价值。试将《文心》中“正”与“奇”的价值关系图示如下：

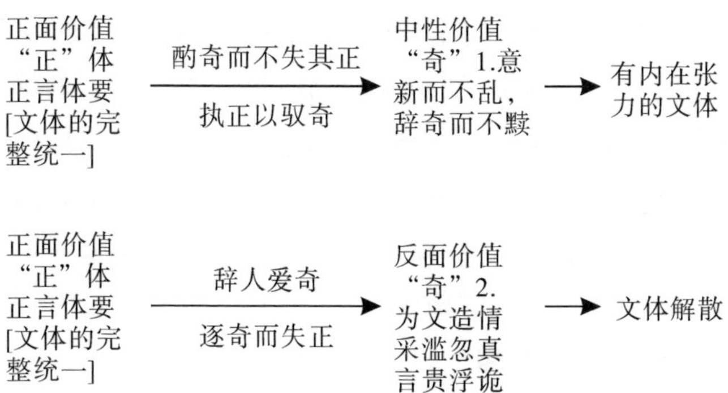


相较于多数将《文心》之“奇”的价值内涵分为正反两种的观点，石家宜先生对“奇”义性质的区分和整体把握似更有分寸。他认为，刘勰所谓“奇”的第一层意思是指源于屈赋的不同于“经”的创作倾向和特色，对此他虽未否定但又处处防范；第二层意思指的是“等而下之的辞人之‘奇’，即形式主义淫靡文风的末流”，是刘勰全面否定的。但总的来看，“‘奇与正反’，正是一条与传统文学路线相悖的另类路线”，与六朝淫靡文风有密切联系，因此刘氏始终主张“以‘正’驭奇、以‘正’统奇、以‘正’制奇”。但石家宜先生紧接着又根据《诗品》对“奇”“赞不绝口”，得出刘、钟文学观有守成与创新之异的结论，则又显得有些仓促。

如石家宜先生所说：“刘勰写作《文心雕龙》的目的本为遏制每况愈下的形式主义新变文风……以‘经’为体，以‘变’为用，构成了他观察和规范文变的根本。”但还需指出的是，刘勰始终是从文体内部的结构关系这一层面来观察和规范文变的，因此他将文变带来的负面问题归结为“文体解散”，将文变的主观原因归结为“辞人爱奇”，将用以规范文变的经典文体的特征描述成“正言体要”，而将能够做到“昭体”与“晓变”统一的文体特征描述为“意新而不乱”与“辞奇而不黩”。历时的经典之“正”与文变之“奇”被内化为文体共时结构的不同状况，并根据文体结构关系的状况判断“奇”相对于“正”的性质和内涵。说得再形象一点，刘勰借此所呈现的是一个由纵横二维组成的文体评价系统，这个文体评价系统的主要作用在于通过历时的正奇通变与共时的正奇合离，标示出一篇“堪称典范的文章”、一篇“符合规范的文章”以及一篇“失体失范的文章”分别对应的“函数变量”——“奇”——的“取值范围”及各自呈现的“函数图像”。

## 三、《诗品》之“奇”与钟嵘文体品第的高下之维

《诗品》中“奇”一词的内涵与性质也自当根据《诗品》的理论体系和概念关系来理解，而《诗品》中理论体系和概念关系的特殊性也同样是由《诗品》所解决的主要问题和解决问题的方法所决定的。观《诗品序》全文，钟嵘批评的问题很多，大小不一，

但核心问题应该在《诗品序》第一部分即全书总序的这段话中[①]：

> 故词人作者，罔不爱好。今之士俗，斯风炽矣。才能胜衣，甫就小学，必甘心而驰骛焉。于是庸音杂体，各各为容。至使膏腴子弟，耻文不逮，终朝点缀，分夜呻吟。独观谓为警策，众睹终沦平钝。次有轻薄之徒，笑曹、刘为古拙，谓鲍照羲皇上人，谢朓今古独步。而师鲍照，终不及“日中市朝满”；学谢朓，劣得“黄鸟度青枝”。徒自弃于高明，无涉于文流矣。嵘观王公缙绅之士，每博论之馀，何尝不以诗为口实，随其

① 《诗品》序文的分合及位置，不同版本有异。自《历代诗话》本《诗品》并三文为一序置于书首，亦多有从之者。但旧本《诗品》皆分置三品之首，上品序起于“气之动物”迄于“均之于谈笑耳”，中品序起于“一品之中，略依世代为先后”迄于“至斯三品升降，差非定制，方申变裁，请寄知者尔”，下品序起于“昔曹、刘殆文章之圣”迄于“文彩之邓林”。考《梁书》本传所载序文，所录也是自“气之动物”至“均之于谈笑耳”，可证旧本序文分置三品渊源有自。但据逯钦立先生提供的文献，旧本的序文分置似也有疑问。如旧本中品序末有“方申变裁，请寄知者尔”一句，本为魏晋后序文结语之常例。如《出三藏记集》卷十慧远《大智论抄序》结句云：“如其未允，请俟来哲。”同书同卷谯敬法师《后出杂心序》末句云：“至于折中，以俟明哲。”又沈约《宋书·谢灵运传论》结语云：“世之知音者，有以得之……如曰不然，请待来哲。”（《钟嵘〈诗品〉丛考》，文见《逯钦立文存》，北京：中华书局，2010 年。）若依此例，总序当合旧本上品序与中品序为一篇。但这样做又使得中品缺少序文。曹旭先生的意见近乎折中，他认为旧本上品序文为全书总序，仍宜置于上品之前，而旧本之中品序文和下品序文的内容原是三品后附论，应分为三个部分附于上中下三品之后，即“一品之中”至“请寄知者尔”为上品之附论，“昔曹、刘殆文章之圣”至“蜂腰、鹤膝，闾里已具”为中品之附论，“陈思赠弟”至“文彩之邓林”为下品后全书之附论。笔者认为，无论依序文结语体例还是据文义，将旧本上中两品序文合为全书总序看起来都更为完整。至于另外两节，可依曹旭先生的意见，以为中品后之附论和下品后全书之附论。

> 嗜欲，商搉不同，淄、渑并泛，朱紫相夺，喧议竞起，准的无依。[①]

这段话出自《诗品》总序，于文于义应该是对作者所欲解决的主要问题的评述。钟嵘所批评的问题有：五言诗爱好者众多，但良莠不齐；五言诗创作数量极大，但文体平庸杂乱者为多；单独看不乏精彩，但整体看多数平平；学诗者喜新厌古，不辨高下，弃高明而择下乘；评诗者一任喜好，不辨优劣，随口臧否而不立标准。概言之，即当时五言诗的学习、创作和鉴赏中都存在着良莠不辨、优劣不分的问题，致使五言诗创作的整体水平低劣平庸。

序文接下来一段从评述前代文论得失角度进一步明确了《诗品》的论文（诗）宗旨：

> 陆机《文赋》，通而无贬；李充《翰林》，疏而不切；王微《鸿宝》，密而无裁；颜延论文，精而难晓；挚虞《文志》，详而博赡，颇曰知言：观斯数家，皆就谈文体，而不显优劣。至于谢客集诗，逢诗辄取；张骘《文士》，逢文即书。诸英志录，并义在文，曾无品第。

前段文字直接批评现实中的五言诗写作问题，不妨详述；这段文字则由点评前人论文得失间接提示，更为扼要。一方面是现实作者优劣不辨，朱紫莫分；而另一方面是前代论者“皆就谈文体，而不显优劣”，“并义在文，曾无品第”。作者“不辨优劣”，多不能也；论者“不显优劣”，多不为也。两相映照，《诗品》

---

① 本文所引《诗品》文句均见曹旭集注本。曹旭：《诗品集注》（增订本），上海：上海古籍出版社，2011 年。

主旨甚明：品第五言诗优劣，确立五言诗优劣的标准，通过论者“显优劣”帮助作者“辨优劣”，以取法“高明”，预于“宗流”。

“皆就谈文体，而不显优劣”一句不仅指明现实问题所在及《诗品》要解决的主要问题，且间接表明《诗品》与前代论文著作之不同。虽然比较对象中没有提及《文心雕龙》——原因可能有多种：或尚未接触《文心》，或已知晓《文心》但对同时在世者有意回避，但根据《文心》的主要内容（《梁书·刘勰传》即言《文心》“论古今文体”），也当归入钟嵘所说的“就谈文体”著作一类，因此这句评语实际上也适用于《诗品》与《文心》的关系。据此，这句话不仅是理解《诗品》理论内涵的关键，亦且是理解《诗品》与《文心》异同的关键。循此入手，能够在比较中更鲜明地呈现《诗品》的理论体系和概念关系。

学界常引章学诚《文史通义》内篇五《诗话》中的一段说明《诗品》与《文心》之别：“《诗品》之于论诗，视《文心雕龙》之于论文，皆专门名家，勒为成书之初祖也。《文心》体大而虑周，《诗品》思深而意远，盖《文心》笼罩群言，而《诗品》深从六艺溯流别也。”①“体大而虑周”与“思深而意远”、“笼罩群言”与“深从六艺溯流别”云云，概括确有见地，但在概括时也不可避免地将二者的差异抽象化了，可能会因此掩盖掉一些更能体现二者关系本质特征的关键表述。另外，这种概括性评价也可能会偏离对象的理论中心，造成以次为主的误读。如章氏突出《诗品》的独特性在于“深从六艺溯流别”，此说虽不为无据，但从《诗品序》无一语道及来看，宜并非钟嵘著《诗品》的命意所在，而更适合理解为对传统论文惯

① 〔清〕章学诚：《文史通义》第二册，北京：中华书局，1988 年，第 75 页。

例的沿用和对“品第优劣”的强化——既能明其优劣之所在，又能知其优劣所从来。且“从六艺溯流别”之例实际只见用于小部分诗人诗作，而非真正一以例之。因此，从钟嵘本意和《诗品》的内在体系来看，似不应特别突出“溯流别”在《诗品》中的重要性。相反，无论是根据《诗品序》的自明宗旨，还是从《诗品》的实际内容看，“品第优劣”都是《诗品》论诗的主旨、主线和主体。

明确了理解《诗品》理论特质的关键在“皆就谈文体，而不显优劣”一句，下面的问题即是该如何理解其意。这句话容易给人一种误解，即前代文论主要是谈文体而不是显优劣，而《诗品》主要是辨五言诗优劣而不是谈文体。观钟嵘所提及的前代论文著作之见在者，如陆机《文赋》、挚虞《文章流别论》（残）、李充《翰林论》（残）、颜延之《庭诰》论文之篇（残）等，确实是以论诗、赋、铭、诔、章、表、奏、议等一般文体为主，而所论也主要关乎各类文体的一般特征和写作要求，未尝属意于各家文章优劣。但反观钟嵘《诗品》，虽以品第各家五言诗优劣为要，但实际上“文体”（或“体”）一词使用极为频繁，其品第优劣与“文体”概念关系颇为密切。如下例：

虽诗体未全，然略是五言之滥觞也。逮汉李陵，始著五言之目矣。“古诗”眇邈，人世难详。推其文体，固是炎汉之制，非衰周之倡也。（《诗品序》）

先是郭景纯用隽上之才，变创其体；刘越石仗清刚之气，赞成厥美。（《诗品序》）

于是庸音杂体，各各为容。（《诗品序》）

其体源出于《国风》。（上品“古诗”评）

骨气奇高，词彩华茂。情兼雅怨，体被文质。粲溢今古，卓尔不群。（上品曹植诗评）

发愀怆之词，文秀而质羸。在曹、刘间别构一体。（上品王粲诗评）

才高辞赡，举体华美。气少于公幹，文劣于仲宣。尚规矩，不贵绮错，有伤直致之奇。（上品陆机诗评）

文体华净，少病累。（上品张协诗评）

其源出于陈思，杂有景阳之体。故尚巧似，而逸荡过之，颇以繁芜为累。（上品谢灵运诗评）

其源出于李陵，颇有仲宣之体则。（中品曹丕诗评）

其体华艳，兴讬多（不）奇。巧用文字，务为妍冶。……谢康乐云：“张公虽复千篇，犹一体耳。”（中品张华诗评）

宪章潘岳，文体相晖，彪炳可玩。始变中原平淡之体，故称中兴第一。（中品郭璞诗评）

彦伯《咏史》，虽文体未遒，而鲜明紧健，去凡俗远矣。（中品袁宏诗评）

文体省净，殆无长语。笃意真古，辞兴婉惬。（中品陶潜诗评）

故尚巧似，体裁绮密。然情喻渊深，动无虚散；一句一字，皆致意焉。（中品颜延之诗评）

文通诗体总杂，善于摹拟。筋力于王微，成就于谢朓。（中品江淹诗评）

观休文众制，五言最优。详其文体，察其馀论，固知宪章鲍明远也。所以不闲于经纶，而长于清怨。（中品沈约诗评）

元瑜、坚石七君诗，并平典不失古体，大检似。（下品阮

> 瑀、欧阳建诗评）
>
> 张景云虽谢文体，颇有古意。（下品张永诗评）
>
> 思光缓诞放纵，有乖文体，然亦捷疾丰饶，差不局促。（下品张融诗评）
>
> 王屮、二卞诗，并爱奇崭绝。慕袁彦伯之风。虽不弘绰，而文体剿净，去平美远矣。（下品王屮、卞彬、卞铄诗评）

也就是说，直接就内容和概念来看，钟嵘批评前人论文只谈“文体”而不显优劣，他本人则实际上既谈“文体”，也辨优劣。但这一说法可能会马上招致否定，否定者可能认为，《诗品》品第优劣时所用的“文体”一词与陆机《文赋》、李充《翰林论》、挚虞《文章流别论》等前人文论所用的“文体”一词并非一个概念。前者所说“文体”的意思是“风格”，而后者所说“文体”的意思是“体裁”；《诗品》整体上属于“诗歌风格论”，而前代文论多属于“文章体裁论”。

辨析至此，已触及理解《诗品》理论内涵和概念关系的一个更具体的关键问题，即如何理解《诗品》中“文体”概念与前代文论中“文体”概念间的关系。不过，本文并不赞同流行的“风格”与“体裁”之分，这里仍然坚持前文已经提出并作过多方论证的观点，即中国古代文论中的“文体”概念的基本内涵是指具有内在完整构成与丰富特征的文章整体存在，而且这一基本内涵无关乎人们对“文体”的分类——诗赋之“体”的基本内涵如此，作家之“体”、时代之“体”的基本内涵也是如此。此处还想针对《诗品》的具体情况补充几点论证：

第一，直接从用词看，《诗品》中的“文体”与“诗体”乃是同一概念之别名。书中屡屡言及的某某“文体如何”，其中“文体”

并非另有所指，仍然是指某诗人所作五言诗之体，如评“古诗”，前曰“诗体未全”，后曰“推其文体”，又如评江淹“诗体总杂，善于摹拟”，直接用“诗体”而不用“文体”，可见在《诗品》中二词基本内涵相通。

第二，从逻辑层面看，因为“文体”表示“文章自身的整体存在”，自然会与题材、意义、结构、语言等各种文章内部因素以及作者、时代、流派、读者等各种文章外部因素有关，批评者也就自然可以从内外各种角度对“文体”进行分类，因此也就有了从文类角度区分的诗体、赋体等，从作者角度区分的曹刘体、谢灵运体、鲍照体等，从时代角度区分的正始体、南朝体等，从流派角度区分的元白体、西昆体等。但在各种分类中，作为分类对象的“文体”（简称“体”）仍然是指“文章（诗歌）自身的整体存在”。《诗品》中对诸多诗人“文体”的品第，即是从作者角度对“文体”（专指五言诗之文体）的区分。

第三，《诗品》中“文体”概念的内涵与其他文论著作中“文体”概念的内涵，都带有古人用词“用中见义”的特点，即主要不是通过自觉的逻辑化、形式化的定义来说明，而是在具体使用、分析和描述中自然见出，因此需要今人进入语境，用心体会，再以现代逻辑话语加以表述。前述《文心》如此，此处《诗品》也是如此。如评曹植诗云“骨气奇高，词彩华茂。情兼雅怨，体被文质”，曹植之诗既“体被文质”，也“体”涵“辞”“情”。评陆机诗曰“才高辞赡，举体华美”，则直接以“举体”一词强调了“体”即诗之整体。另外，《南齐书·武陵昭王晔传》评“谢灵运体”一节也可列为旁证：“（晔）与诸王共作短句，诗学谢灵运体，以呈上，报曰：‘见汝二十字，诸儿作中，最为优者。但康乐放荡，作体不辨有首尾。’”

论者认为“谢灵运体”的缺点是“作体不辨有首尾”，也自然是将“谢灵运体”（谢灵运所作五言诗之文体）当作整体来看的。

第四，学者多将《诗品》中“文体”概念理解为“风格”，还应该与一个逻辑误判有关，即误将钟嵘所描述的“文体”之特征（如“文体华净”之“华净”、“平淡之体”之“平淡”等），作为理解“文体”概念内涵的主要根据，混淆了“文体”与文体特征的区分。其“逻辑”为：因“华净”“平淡”等表示诗歌“风格”，故“文体华净”“平淡之体”即意为“风格华净”“平淡之风格”，所以“文体”即是指“风格”。但正如不应将“文章华净”中的“文章”理解“风格”，也不可将“文体华净”中的“文体”理解为“风格”。类似这种对“文体”概念内涵的误解还出现在很多地方[①]。

---

① 再补充两例。其一如《文心雕龙·体性》篇论“八体”：“若总其归途，则数穷八体：一曰典雅，二曰远奥，三曰精约，四曰显附，五曰繁缛，六曰壮丽，七曰新奇，八曰轻靡。”此处“体”学界多释为“风格”或“体貌”，认为“八体”即具体指“典雅”“远奥”“精约”“显附”“繁缛”“壮丽”“新奇”“轻靡”这八种文章特征。但这实际上是将文体特征等同于文体自身的。另外这段话的完整表述应是“一曰典雅体，二曰远奥体，……”但因为用骈语，有所省略。唐崔融《新定诗体》即有“形似体”“质气体”“情理体”“直置体”“雕藻体”等完整说法。此处之“体”所含“文章整体存在”之义还可从刘勰对“八体”特征的具体描述见出，如称“远奥”体“馥采曲文，经理玄宗”，称“精约”体“核字省句，剖析毫厘”，称“显附”体“辞直义畅，切理厌心”等。其二如皎然《诗式·辨体有一十九字》：“评曰：夫诗人之思初发，取境偏高，则一首举体便高；取境偏逸，则一首举体便逸。才性等字亦然。体有所长，故各归功一字。偏高、偏逸之例，直于诗体、篇目、风貌不妨。一字之下，风律外彰，体德内蕴，如车之有毂，众美归焉。”皎然说得很清楚：所谓“一首举体便高”“一首举体便逸”，表明其所辨之“体”为一首诗之“举体”，也即一首诗的整体。“体有所长，故各归功一字”则说明“高”“逸”“贞”“忠”“节”“志”“气”等“一十九字”并非“体”本身，而是“体”之“所长”，即诗之整体的某种突出因素或特征。

辨明了《诗品》中“文体”一词与钟嵘所批评的前代文论中的“文体”一词实为同一个概念，就可以对《诗品序》中的“皆就谈文体，而不显优劣”这一关键判断有一个更完整、辩证的理解。观六朝论文篇章著作可知，“文体”概念应该是六朝文论中除“文章”（或“文”）概念外的一个最基本、最关键的文论概念。如果说六朝文论的研究对象是“文章”，那么就可以说“文体”是六朝文论研究文章的“平台”，尤其是理解文章自身关系的平台。钟嵘评诗不可能离开、也没必要舍弃“文体”这个理论平台。因此分析“皆就谈文体，而不显优劣”一句的内涵，需要根据前代文论和钟嵘《诗品》的实际内容以及这句话的句意和语气综合理解。言前人“皆就谈文体，而不显优劣”，并不意味着《诗品》“不谈文体，只显优劣”，更合理的理解是：《诗品》区分的是文体的优劣（而非“风格”的优劣）。

理清了这句话的表里两层内涵，《诗品》与《文心》的理论特征及其关系就大体呈现出来了：包括刘勰《文心》在内的前代文论主要研究的是文体的一般结构、特征、规范和写作要求，其主要内容是区分一般文体（即文类文体，如诗、赋等）类型，辨析不同类型文体的特征，总结不同类型文体的写作规范，与此同时也呈现文体的基本结构。钟嵘称其“皆就谈文体”，即言其主要就“文体自身”而论，只谈“一般之文体”与“文体之一般”。前代文论对文体也有评价，如挚虞《文章流别论》对赋体弊病的批评，《文心》对“文体解散”现象的针砭，但这种评价不是其论文的主要目的，其主要目的是通过批评与肯定，彰显文体的内在完整统一，维护文体的基本写作规范。

比较而言，《诗品》论述“文体”的角度和方式有其明显的自身特征，其主旨不在于指导学诗者掌握诗体写作的基本规范，而在于品第不同作者五言诗体的高下，帮助学诗者识别诗体的优秀与平庸。不过，《诗品》的实际内容要比这种比较式概括所突出的特征要复杂一些：作者文体的优劣品第固然是其主要内容，而五言诗体的一般规范和特征也同样有详细论述（与前代“就谈文体”的文论著作大体相同）。这是因为，按正常道理，在品第作者诗体优劣之前，自应先掌握五言诗体的基本规范和要求，明白五言诗的典范文体有何特征，而平庸低劣之作又有何缺点。从这个角度来说，无论是如《文心》那样着重“谈文体”，还是如《诗品》这样侧重“显优劣”，都需要确立文体之底线（完整统一），树立文体之高标（文质兼美）及指出种种文体之下乘。实际上，《诗品》从序文到正文，都或显或隐地体现着关于五言诗体的规范、典范和失范的意识，而且《诗品》对五言诗体基本特征和典范品质的认识与《文心》并无明显不同。其一，《诗品序》云：“干之以风力，润之以丹彩，使味之者无极，闻之者动心，是诗之至也。”将“风力”与“丹彩”的统一目为五言诗体的理想，此与《文心·风骨》篇主张内在风骨与外在文采统一以使“风清骨峻，篇体光华”的文体理想近乎完全一致。区别只在于刘勰因泛论文笔，抒情、纪事、论理各体兼综，故“风”“骨”并提，将情感之真挚感人与语言之端直有力同视为文体之本；而钟嵘所论五言为典型的吟咏情性之体，故以“风力”（即以情动人之力）为文体之本。其二，钟嵘在具体品评中也自觉体现了这一文体理想。如评作为五言诗体典范的曹植诗体云：“骨气奇高，词彩华茂。情兼雅怨，体被文质。”再如评刘桢诗体云：“贞骨凌霜，高风跨俗。但气过其文，雕润恨少。”以其有“风”有“骨”为高，而以其缺乏文采雕饰为憾，其意与《文心雕龙·风骨》篇“鹰隼乏采”“骨劲而气猛”之论相类。其他如评班昭诗之“怨深文绮”，评王粲诗之“文秀而质羸”[①]，评陆机诗之“才高辞赡，举体华美”，评郭璞诗之“文体相晖，彪炳可玩”，评袁宏诗之“鲜明紧健”等，都是这一理想文体标准的体现。其三，有违这一文体理想的诗病，也被钟嵘一再批评[②]。如评谢灵运诗：“故尚巧似，而逸荡过之，颇以繁芜为累。”评曹丕诗：“新歌百许篇，率皆鄙直如偶语。”评嵇康诗：“过为峻切，讦直露才，伤渊雅之致。”评张华诗：“巧用文字，务为妍冶。”评鲍照诗：“贵尚巧似，不避危仄。”评宋孝武帝诗：“雕文织彩，过为精密，为二藩希慕，见称轻巧矣。”评惠休诗曰“淫靡”，评张融诗曰“缓诞放纵，有乖文体”等。其四，对“雅”这一文体品质一贯肯定。如谓“情兼雅怨”（评曹植诗），“过为峻切，讦直露才，伤渊雅之致”（评嵇康诗），“指事殷勤，雅意深笃，得诗人激刺之旨”（评应璩诗），“喜用古事，弥见拘束，虽乖秀逸，固是经纶文雅”（评颜延之诗），“善铨事理，拓体渊雅，

---

① 吴林伯《〈文心雕龙〉与〈诗品〉》（《文心雕龙学刊》第4辑，1986年12月）认为：“‘文秀’的‘文’……是文学作品，兼形式与内容。‘质羸’的‘质’，不是内容。曹魏张揖《广雅》：‘质，躯也。’‘质羸’就是体羸，羸者，弱也。曹丕《与吴质书》：‘仲宣续自善于辞赋，惜其体弱，不足起其文。’……‘文秀’与‘质羸’，本为二事。‘文秀’者，王粲之作卓出也。”此解有以旁证代替语境之嫌。“文”“质”对举本是六朝人也是钟嵘论文评诗的习径。但吴文之论可解释王粲之诗“文秀而质羸”的主体原因：因其体弱，故其诗文气不健，以致有“质羸”之病。不过此“质羸”应是其诗之病，而非其身之病。

② 邬国平《刘勰与钟嵘文学观“对立说”商榷》（《文艺理论研究》1984年第3期）一文有具体分析：“刘勰否定义的‘奇’也是钟嵘批评的对象。这突出地反映在他对鲍照、惠休、张融等人的评语中。钟嵘批评他（鲍照）‘贵尚巧似，不避危仄，颇伤清雅之调’，认为后世产生的诗歌弊病与此相关，‘故言险俗者，多以附照’。钟嵘批评惠休说‘惠休淫靡，情过其才，世遂匹之鲍照，恐商、周矣’。钟嵘批评张融‘缓诞放纵，有乖文体’。钟嵘反对‘险俗’‘淫靡’‘有乖文体’，这些均构成《文心雕龙》否定义的‘奇’的具体内容，这足以说明刘勰与钟嵘批评指向的一致。”

得国士之风”（评任昉诗），“气候清雅”（评谢庄诗）等。同时将“雅”与“俗”对举，类同《文心》以宗经之“雅正”与趋俗之“新奇”对立。如评鲍照诗：“然贵尚巧似，不避危仄，颇伤清雅之调。故言险俗者，多以附照。”评张欣泰、范缜诗：“欣泰、子真，并希古胜文，鄙薄俗制，赏心流亮，不失雅宗。”

综上可见，文体的规范和典范既是《文心》论一般文体规范与否、雅丽与否的标准，也是《诗品》品评作者文体优劣高下的标准。这是一个最基本的品第标准，也是一个相对客观的品第标准，其具体内涵是在漫长的文体实践中经无数创作反复探索、调整、积累、完善而成，具有普遍性、规范性和稳定性。无论是要“拨乱反正”，重建文体规范，还是要辨彰清浊，品第文体优劣，这都是一个离不开的标准。这个标准也是品第者与世人对话、交流、论争的一个公共尺度。就此而言，《诗品》与《文心》的确在文体观念层面是相通的，二者共享着大体相同的文体批评标准，因此二者的相同之处绝不止于“儒家文学观”这个笼统形上的层面，而是有着丰富的具体内涵。

不过，当《诗品》以五言诗的文体规范和文体典范为标准品第作者文体优劣时，实际上又拓展、建立了一个不同于《文心》的文体批评维度。如果说《文心》建构的是一个以“逐奇而失正”所导致的文体解散的历时衰变之维与以“执正以驭奇”所致力恢复的文体完整统一的共时结构之维构成的二维批评体系，那么《诗品》是在其基础之上又增加了一个度量和标示作者文体优劣高下的第三维度。也就是说，《文心》与《诗品》文体批评维度呈现的是一种互补关系，这种互补关系综合反映了六朝文论家对文体认识的广度（各类型文体的历史）、深度（文体的内在规定）和精度（作者文体的品鉴）。在建立六朝文体批评的“第三维度”过程中，《诗品》也合乎情理地与《文心》一同使用了一个属于“六朝习径”[①] 的文体标准，即要求情采符胜，质文统一，雅丽兼备。

正因为不同批评维度采用的是基本相同的文体评价标准，所以在上文具体分析中可以看到《文心》和《诗品》之间存在的这一现象：刘勰所肯定的文体因素或特征，也基本上为钟嵘所褒扬；而刘勰所否定的文体因素或特征，也多为钟嵘所贬低。表现在概念层面，刘、钟用来表示肯定和否定的具体概念也基本一致。但是，另一个问题是：为什么在《文心》中少数为中性而更多为贬义、甚至作为不合文体规范的因素和特征之总名的“奇”一词，却在《诗品》中无一例外地被用作一个表示正面价值的概念？如下例：

> 故大明、泰始中，文章殆同书抄。近任昉、王元长等，词不贵奇，竞须新事，尔来作者，浸以成俗。遂乃句无虚语，语无虚字，拘挛补纳，蠹文已甚。但自然英旨，罕值其人。词既失高，则宜加事义。虽谢天才，且表学问，亦一理乎！（《诗品序》）
>
> 骨气奇高，词彩华茂。情兼雅怨，体被文质。粲溢今古，卓尔不群。（上品曹植诗评）
>
> 仗气爱奇，动多振绝。贞骨凌霜，高风跨俗。但气过其文，雕润恨少。然自陈思已下，桢称独步。（上品刘桢诗评）
>
> 才高辞赡，举体华美。气少于公斡，文劣于仲宣。尚规矩，不贵绮错，有伤直致之奇。然其咀嚼英华，厌饫膏泽，文章

① 语见纪昀评《文心雕龙·明诗》篇“若夫四言正体，则雅润为本；五言流调，则清丽居宗”：“此论却局于六朝习径，未得本源。夫雅润清丽，岂诗之极则哉？”纪氏之评显然是以后世更加精致的意境论、韵味论、格调论等为参照，这多少妨碍了他对六朝文章批评标准的历史意义的充分认识。

之渊泉也。（上品陆机诗评）

其源出于王粲。其体华艳，兴托多奇。巧用文字，务为妍冶。（中品张华诗评）

一章之中，自有玉石。然奇章秀句，往往警遒。足使叔源失步，明远变色。（中品谢朓诗评）

昉既博学，动辄用事，所以诗不得奇。（中品任昉诗评）

才难，信矣！以康乐与羊、何若此，而二人文辞，殆不足奇。乃不称其才，亦为鲜举矣。（下品何长瑜、羊曜璠、范晔诗评）

王屮、二卞诗，并爱奇崭绝。慕袁彦伯之风。虽不弘绰，而文体剿净，去平美远矣。（下品王屮、卞彬、卞铄诗评）

论争中有学者正是根据这一现象认为刘、钟文学观对立或部分对立。而在已经明确《文心》与《诗品》在六朝文体批评中的关系的基础上（即二者的理论体系属于六朝文体批评的不同维度），应该可以对“奇”这个一开始就成为论争焦点的问题有一个合乎逻辑的理解。

首先，正如多篇文章（如邬文、王文等）所指出，在《文心》中“奇”是与“正”相对的一个概念，而在《诗品》中“奇”是与“平”相对的一个概念。这是显示“奇”在两书中不同价值倾向的最直接的概念关系：“正”的正面性质从对立面规定了“奇”的非正面价值（中性或反面），而“平”的消极意义则从对立面规定了“奇”的正面价值。究其原因，这首先与“奇”本义“异”的相对性有关。作为“异”，“奇”本身并没有明确的价值倾向，而由其相对关系和具体语境规定。但无论实际价值倾向如何，“奇”作为“异”总是属于非“常”事物、性质或状态，总是有别于一般常见的事物、性质或状态。简言之，“奇”之为“奇”，是因为它有异于“常”——可以是“正常”之“常”，也可以是“平常”之“常”。因此，“奇”的基本性质和价值倾向取决于以何者为“常”。

具体到《文心雕龙》，因为刘勰处理的是文体规范与文体解散（失范）之间的冲突，所以自然是将符合规范的文体（包括一般规范文体和典范文体）作为“常”，而将有异于破坏规范的因素和特征作为“奇”。而从价值层面来看，这样的“常”自然具有肯定性的正面价值，因为符合规范的文体不仅应该是文体的常态，而且也应该是文体的“正常”状态；而这样的“奇”自然具有否定性的反面价值，因为导致“文体解散”的滥采、乱意、黩辞等不仅是一类非“常”因素，而且也是一类非“正常”因素。也就是说，《文心》中的“正—奇”相对关系和价值倾向是由刘勰所要分析和解决的规范文体与文体解散之间的矛盾决定的。而在《诗品》中，因为钟嵘的任务是要从大量的平庸之作中挑选出一些为数不多的优秀作品，所以相对来说那些大量存在、屡见不鲜甚至很多作者都“习以为常”的平庸之作构成了当时诗坛的“一般状况”，自然就成为“常”的一面，而作为有异于这种“平常”的“奇”自然就成了少数优秀之作的品质。换言之，《诗品》中的“平—奇”相对关系和价值倾向也是由钟嵘所要解决的问题（品第优劣）决定的。

因此，“奇”在《诗品》中被视为一种很突出的正面文体品质，是一个很高的文体评价标准。从文体自身的内在关系看，是否符合五言诗体的规范也是区分“奇”与“平”的一个“底线”，虽然符合五言诗体规范的作品未必可以称“奇”，但是有悖五言诗体内在要求的作品就只能归入平庸。从《诗品》的具体批评看，那些不能称“奇”或品质庸劣的诗作都会在某些方面与五言诗体的规范有违，其中尤以喜用、多用甚至滥用“事义”（即事类、典故）最为普遍。而在钟嵘关于诗体的基本观念是：“吟咏情性，亦何贵于用事？”这应该是诗体区别于奏议书论等其他实用文体的基本特征，因此他对创作中以“用事”为能的现象一再批评。如《序》中批评任昉、王融等人“词不贵奇，竞须新事”[①]，以致“句无虚语，语无虚字，拘挛补纳，蠹文已甚”，将诗体弄得支离破碎，生气全无，而这样做不过是以增加“事义”的方法掩盖其诗作水平的“失高”。在中品钟嵘又再次批评任昉诗“昉既博学，动辄用事，所以诗不得奇”。《诗品》中还多次指出诗体的“平”与用典、谈理等“贵于用事”的做法之间的直接关系，如：“爰及江表，微波尚传。孙绰、许询、桓、庾诸公诗，皆平典似《道德论》，建安风力尽矣。”（《诗品序》）“宪章潘岳，文体相晖，彪炳可玩。始变中原平淡之体，故称中兴第一。”（中品郭璞诗评）“元瑜、坚石七君诗，并平典不失古体。”（下品阮瑀、欧阳建诗评）

一方面违反五言诗体基本要求的“动辄用事”之诗“不得奇”，而另一方面谨守一般诗体规范之作也于“奇”有碍。如上品批评陆机诗云：“尚规矩，不贵绮错，有伤直致之奇。”所谓“尚规矩”，即谨守五言诗体的一般规范，其立意遣词、结构条理、辞采声律等都中规中矩。这样写出来的诗固然挑不出明显的缺点，但也很难从大量诗作中脱颖而出，表现出一种超拔卓越的优秀品质。钟嵘认为，出“奇”之诗，“规矩”之外还须有“直致”。如果说符合一般诗体规范是“奇”之文体的“下线”，那么“奇”之文体还有更高的文体要求，这就是钟嵘在《诗品序》中强调的“自然英旨，罕值其人”的“自然”，表现在具体创作机制上，即是“即目”“直寻”“直致”等。

从创作主体层面来看，与“自然”相对应的素质是“天才”。所谓“自然英旨，罕值其人。词既失高，则宜加事义”，以“自然”

① “词不贵奇”之“词”非指狭义之言辞，应代指具体作品。

与“事义”相对，这是从文体层面说明与诗体之“奇”正反相关的两种重要因素；所谓“虽谢天才，且表学问”，以“天才”与“学问”相对，这是从主体层面说明与诗体之“奇”正反相关的两种重要因素。[①]“自然”和“天才”分别从文体和主体两个方面规定了《诗品》之“奇”的具体内涵。比较而言，主体的“天才”因素更具有决定意义，是《诗品》之“奇”的正面价值的根源。

《诗品》论及“才”处甚多，除上引评曹植、刘桢、陆机、何长瑜等例外，余者尚有：

> 先是郭景纯用隽上之才，变创其体；刘越石仗清刚之气，赞成厥美。然彼众我寡，未能动俗。（《诗品序》）
>
> 元嘉初，有谢灵运，才高词盛，富艳难踪，固已含跨刘、郭，凌轹潘、左。（《诗品序》）
>
> 陵，名家子，有殊才，生命不谐，声颓身丧。（上品李陵诗评）
>
> 余常言：陆才如海，潘才如江。（上品潘岳诗评）
>
> 故尚巧似，而逸荡过之。颇以繁芜为累。嵘谓：若人学多才博，寓目辄书，内无乏思，外无遗物，其繁富，宜哉！然名章迥句，处处间起；丽曲新声，络绎奔发。譬犹青松之拔灌木，白玉之映尘沙，未足贬其高洁也。（上品谢灵运诗评）
>
> 其体华艳，兴托多奇。巧用文字，务为妍冶。虽名高曩代，而疏亮之士，犹恨其儿女情多，风云气少。（中品张华诗评）
>
> 善为悽戾之词，自有清拔之气。琨既体良才，又罹厄运，故善叙丧乱，多感恨之词。（中品刘琨、卢谌诗评）

① 就人而言是“天才”，就诗体而言是“自然”；人之所有的是“学问”，诗中所有的为“事义”。

戴凯人实贫羸，而才章富健。观此五子，文虽不多，气调警拔。（中品郭泰机、顾恺之、谢世基、顾迈、戴凯诗评）

又喜用古事，弥见拘束。虽乖秀逸，固是经纶文雅，才减若人，则陷于困踬矣。（中品颜延之诗评）

才力苦弱，故务其清浅。殊得风流媚趣。（中品谢瞻等诗评）

小谢才思富捷，恨其兰玉夙凋，故长辔未骋。（中品谢惠连诗评）

骨节强于谢混，驱迈疾于颜延。总四家而擅美，跨两代而孤出。嗟其才秀人微，故取湮当代。（中品鲍照诗评）

一章之中，自有玉石。然奇章秀句，往往警遒。足使叔源失步，明远变色。善自发诗端，而末篇多踬，此意锐而才弱也。（中品谢朓诗评）

惠休淫靡，情过其才。（下品惠休诗评）

元长、士章，并有盛才，词美英净。（下品王融、刘绘诗评）

综观上引及前引诸例，显然不能将“才”与“天才”等同，也不能将“才”与“自然”“奇”完全直接对应。钟嵘所说的“才”实有层次之分：论其高则有“天才”之“才”，论其强则为“才气”之“才”，论其用则为三品者皆有之“才”。“天才”上文已述，这里再就一般之“才”及“才气”与文体及文体之“奇”的关系作一些分析。

从整体上来看，《诗品》中的“才”是一个与“文体”内外相对的概念，“才”之高下直接关乎“文体”之成败优劣。《诗品》虽诗分三品，但根据《序》中所言“预此宗流者，便称才子”，说明三品之诗都是“才子”之作，而大量平庸之作都因未预宗流而被钟嵘筛除了。在钟嵘看来，“才”是写好诗的最基本的主体条件，有“才”者才能有好诗，有“才”方能克服平庸，超出流俗，避免

"繁芜""困踬""清浅""淫靡"等诗体之弊。正如合乎一般规范是诗体之"奇"的文体基础，有"才"应该是"奇"诗得以产生的主体基础。如"下品"评何长瑜、羊曜璠二人诗"殆不足奇"，原因即在于二人"才难"。但有"才"又并不必然有"奇"诗，"奇"诗的创造还需要比一般诗才更高的主体条件，这就是以"才"为基础的"气"。如陆机诗虽因"才高"而"举体华美"，但又因"气少于公干"，而缺少"自然英旨"，"有伤直致之奇"。刘桢诗虽因"气过其文"，而有"雕润恨少"之憾，但又因能够"仗气爱奇"，故其诗"贞骨凌霜，高风跨俗"。[①]张华诗则表现出某种矛盾：一方面"兴托多奇"，一方面又"务为妍冶"；"多奇"源于"风云之气"，"妍冶"则因其"儿女情多"。但对于以"奇"为贵的"疏亮之士"来说，则以其"风云气少，儿女情多"为憾。至于曹植，因才气兼胜，故其诗能获得"骨气奇高，词彩华茂"之至誉。

由此可见，"奇"在钟嵘心目中之所以被视为文体的一种非常优秀罕见的品质，根本原因在于"奇"是作者旺盛杰出的才气在文体中的体现。"奇"不同于符合一般规范的文体品质，甚至也不同于堪称典范的文体的品质。"奇"是对文体的一般规范的超越，是诗人借助"才气"引领文体循作者的生命之维不断提升和创新，所臻达的"粲溢今古，卓尔不群"的杰出境界。《诗品》中所说的"爱奇"，乃以"仗气"为主体根基，是一种植根于诗人整体生命的创造，因此这种"爱奇"能够赋予文体充沛的生命力，使文体不仅文质兼美，雅丽相胜，而且能"使味之者无极，闻之者动心"，让文体成为生命相互感动、慰藉的中介（即所谓"使穷贱易安，幽居靡闷"）。这种"奇"以其丰富的生命内涵和真正的创造精神与《文心》中所

① "才胜于气"，未必能"奇"；"气胜于才"，则仍不失为"奇"。

批判的“爱奇”者对那些外在于生命、附会于流俗的新异之“奇”的追逐渔猎有着根本不同。

论述至此，便可以对前文曾提及的《文心雕龙·辨骚》篇赞《离骚》之“奇”的一段话有一个恰当的理解。其云：

> 自《风》《雅》寝声，莫或抽绪，奇文郁起，其《离骚》哉！固已轩翥诗人之后，奋飞辞家之前，岂去圣之未远，而楚人之多才乎！

此句中之“奇”虽与后文“枚贾追风以入丽，马扬沿波而得奇”之“奇”同属一篇，相距甚近，但两“奇”所评价的文体关系并不相同。第一，“奇文郁起”一句为赞叹语气，“奇”也无疑是对《离骚》的正面评价。第二，“奇”修饰的对象是“文”，此为“文章”之“文”，而非文字之“文”，故“奇”所评价的是《离骚》全文，而非其文采；而《文心》他篇之“奇”所评价的多是新意、诡辞、异字等具体因素。第三，此处又将“奇文”与“多才”相联系，说明《离骚》之“奇文”是因楚人之“多才”而产生，也说明此处“奇文”之“奇”是相对于其他作者文体而言[①]，体现的是楚诗人文体的独创性，而非指违背文体规范的新异因素和特征。因此，与《文心》中其他“奇”（如

---

① 如若要具体指出《离骚》之“奇文”是相对于哪些其他文体，可能很多人会说是指《风》《雅》等经典文体。但还应注意的是，原文在“自《风》《雅》寝声”与“奇文郁起”之间还有“莫或抽绪”一句。“莫或抽绪”者，是说《风》《雅》之后的诗歌创作无法继承《风》《雅》文体的优秀品质，严重衰落，成就平平，而正是这一“莫或抽绪”的阶段，衬托了《离骚》的“奇文郁起”。也即是说，《离骚》文体之“奇”主要不是相对于《诗三百》这一经典文体而言，而是相对于其后的诗体衰落而言。试将这几句改成“《风》《雅》之后，奇文郁起”，明显大失原文语义，恐也不为刘勰所能接受。

该篇后文的“酌奇而不失其正”之“奇”）相比，此处之“奇”属于作者文体维度的评价概念，是一种正面评价，与《诗品》之“奇”的用法和性质相同。不过，只此一例不足以影响对两书中“奇”一词内涵和性质的整体关系的判断。

## 结语

尽管《文心》中“奇”概念多以否定价值为主，而《诗品》中“奇”概念表现为纯粹的肯定价值，但并不能因此得出两书中“奇”概念的内涵和价值倾向相互对立的结论。这是因为：《文心》之“奇”与一般规范文体或典范文体之“正”相对，指的是异于规范文体或典范文体并能够破坏文体内在完整统一的新奇、浮诡、险仄的因素和特征，而《诗品》之“奇”与常见作者文体之“平”或“庸”相对，主要指的是在一般文体规范的基础上充分体现了文体的“自然”品质与作者“天才”“才气”的独创性和生命力的优秀文体品质，两书之“奇”评价的是不同维度的文体关系，所以无法构成对立。更恰当的说法也许是：二者差异互补。

因此，我们不能仅根据两书中“奇”概念所表现的价值倾向，判断二者的文学观是对立还是相同。合理的比较思路不应该是先抽出两个概念比较然后推及整体，而应该先把握比较双方的基本理论内涵和概念关系，再据此辨析某两个具体概念之间的关系。尤其是涉及像“奇”这样一个主要由具体语境和概念关系规定其内涵和价值的概念，更需整体把握，耐心梳理，细心分辨。

# 《文心雕龙》与汉译《诗镜》之相通性初探

陈允锋

## 引言

鲁迅曾经指出："篇章既富，评骘遂生，东则有刘彦和之《文心》，西则有亚理士多德之《诗学》，解析神质，包举洪纤，开源发流，为世楷式。"[①]这一论断，一方面高度评价了东方古典名著《文心雕龙》在世界文论史上的重要地位与价值，另一方面则导夫先路，启发人们以比较的方法，探讨《文心雕龙》与西方文论之异同，并逐渐成为《文心雕龙》重要研究领域之一。值得注意的是，在《文心雕龙》"比较研究"中，多瞩目于两个层面：一是《文心雕龙》与域外文论，尤其是西方文论的"平行"研究；一是《文心雕龙》与中国古代文论之间的"影响研究"。而专力于《文心雕龙》与中国古代少数民族文论之比较者，则寥若晨星。[②]

---

① 鲁迅：《集外集拾遗补编》，《鲁迅全集》第八卷，北京：人民文学出版社，1981年，第332页。

② 这一方面的研究成果，就笔者目力所及，已公开发表者仅四篇：向中银《举奢哲与刘勰史学理论之比较》，《贵州文史丛刊》1998年第2期；东人达《阿买妮"诗骨"论与刘勰"风骨"论比较》，《中央民族大学学报》2007年第5期；徐书林《比较视野中不同风格的诗学特征——萨班·贡嘎坚赞的诗态论和刘勰的体性论》，《牡丹江大学学报》2010年第1期；朱安女《白族二爨碑文体与〈文心雕龙〉诔碑理论范式》，《大理学院学报》2010年第9期。另有一篇硕士学位论文：旦增格桑《藏译〈诗镜〉与〈文心雕龙〉比较初探》，西藏大学，2011年。

从另外一个角度说，《文心雕龙》作为中国古代汉民族文论之典范，虽然早在隋唐时期即已“远离中土，在西域敦煌落地生根，在东方日本大放异彩”[①]，但是，到目前为止，《文心雕龙》在中国古代少数民族地区传播之研究，尚属极为薄弱之环节[②]。个中原因，显然是复杂的。比如相关史料匮乏问题、不同民族语言之间的翻译问题、少数民族文论资料的发掘与整理问题、不同民族之间文章体式及其审美观念差异问题等等。当然，这也提醒我们，在《文心雕龙》与中国少数民族古代文论关系研究方面，还需多加留意，投注心力。

除此以外，本文之写作，也有感于二十余年前季羡林先生说过的一段话：“中国地处东方，同印度做了几千年的邻居。文学方面，同其他方面一样，相互影响，至深且巨。按理说，印度文学应该受到中国各方面的重视。可是多少年来，有一股欧洲中心论的邪气洋溢在中国社会中，总认为印度文学以及其他东方国家的文学不行，

① 王更生：《隋唐时期的“龙学”》，《文心雕龙研究》第1辑，北京：北京大学出版社，1995年，第25页。

② 据笔者初步了解的情况看，日本著名汉学家冈村繁之《〈文心雕龙〉在唐初钞本〈文选某氏注〉残篇中的投影》一文曾涉及这一问题。作者以“敦煌出土的《文选某氏注》钞本（1965年东京细川氏永青文库影印）残篇”为例，指出其中对于“檄”体之“语义及其历史起源”的解释“本于《文心雕龙·檄移篇》”。据作者推论，这一《文选某氏注》钞本“原来很可能是私塾老师用的讲课备忘录”，“极有可能出自华北地区少数民族一介村夫之手”；因此“可以说，初唐年间，《文心雕龙》便不仅仅为一流学者所看重，而且超越汉人学者范围，传至周边民族的知识人手中，从而拥有意外广大的读者层”。参见张少康等：《文心雕龙研究史》，北京：北京大学出版社，2001年，第312页。

月亮是欧美的圆。这是非常有害的。”[①]同样，在《文心雕龙》研究中，虽然学界颇为关注刘勰文论与佛教思想、佛典汉译理论之关系，但《文心雕龙》与佛教发祥地古印度文艺理论之间的比较研究，则尚不多见，其主要原因之一，或即缘于“欧洲中心论”之观念。

基于以上这些考虑，本文拟选择《诗镜》与《文心雕龙》为比较对象。《诗镜》是印度现存最古老的文论著作之一，其撰著之年代，约晚于刘勰《文心雕龙》两个世纪，大致完成于7世纪末古印度纳拉辛哈跋摩二世时代，其作者为帕那瓦王朝宫廷诗人檀丁（Dandin，即旦志，别名执杖者）[②]。关于《诗镜》在中国古代的汉文翻译及其对汉文典籍之影响，目前尚无直接史料能够说明这一点，相关研究亦几乎付之阙如[③]。但是，《诗镜》在中国藏族地区的流播情况则信实有征，且影响至为深远。赵康先生指出：“《诗镜》全文未译为藏文之前，通晓梵文的藏族学者已经对《诗镜》有所了解。如萨班大师在他的《智者入门》一书中就已部分地介绍了《诗镜》的一些段落和修饰，而且已经把这些段落以韵文体形式译为藏文。这

---

① 季羡林主编：《印度古代文学史·前言》，北京：北京大学出版社，1991年，第2页。

② 参见赵康：《〈诗镜〉及其在藏族诗学中的影响》，《西藏研究》1983年第3期。

③ 据笔者所知，只有海外学者维克多·H. 玛尔、梅祖麟《梵语对近体诗形成之影响》一文涉及于此，且仅属推测：“Kāvyādarśa（《诗镜》）中的 dosa（诗病）与《文镜秘府论》中的‘病’两者间一系列的相似之处，中国散文诗作者或许由此意识到檀丁的作品 Kāvyādarśa（《诗镜》）。Kāvyādarśa（《诗镜》）有充分的时间流传到中国——不论是通过水路还是通过陆路。”〔日〕遍照金刚撰，卢盛江校考：《文镜秘府论汇校汇考》第一册，北京：中华书局，2006年，第4—5页。此外，金克木说：《诗镜》“很早就传入我国，在西藏还有过相当影响，有其历史意义”。所谓“很早就传入我国”，大概就是指《诗镜》在西藏的传播与影响。金克木：《梵语文学史》，南昌：江西教育出版社，1999年，第404页。

些并为后来匈译师的译文所采纳。在萨班著名的《萨迦格言》中，也可领略到有不少诗例与《诗镜》所阐述的修饰如出一辙。”[①]公元 13 世纪后期，西藏萨迦王朝之时，在八思巴法王的指示下，由藏族译师匈·多吉坚赞和印度学者拉卡弥迦罗在萨迦寺将《诗镜》译为藏文[②]。同时，匈·多吉坚赞“还翻译了印度的著名佛经文学作品《如意藤》《龙喜记》《百赞》等，并且撰写了《诗镜》注释《妙音颈饰》。他的门徒译师邦·洛卓丹巴（1276—1342）撰写了《诗镜广注正文明示》，史称《邦注》，广教弟子，有力地促进了诗学的研究与发展”[③]。此后，藏族学者研究《诗镜》之论著层出不穷，其重要之注释作品有：仁邦巴·阿旺计扎《诗学广注无畏狮子族之吼声》、五世达赖·阿旺罗桑嘉措《诗镜释难妙音欢歌》、米滂·格列南木杰《诗镜本释旦志意饰》、康珠·丹增却吉尼玛《妙音语之游戏海》、久米滂·南木杰嘉措《妙音欢喜之游戏海》以及当代学者东噶·洛桑赤列等人所撰《诗镜》注释等等[④]。由于藏族学者在研究《诗镜》过程中，善于结合藏民族自身文化及文学创作特点，使印度古典文论著作《诗镜》逐渐“本土化”，成为藏族古典诗学和修辞学的基础理论著作，并被收入藏文《大藏经》，是《丹珠尔》“声明”部的重要组成部分。因此，在当代藏学家看来，《诗镜》虽然是一部古印度梵语文论，但经过数代藏族学者的“翻译、注释、研究、

① 赵康：《〈诗镜〉及其在藏族诗学中的影响》，《西藏研究》1983 年第 3 期。

② 参见中国少数民族古代美学思想资料初编编写组：《中国少数民族古代美学思想资料初编》，成都：四川民族出版社，1989 年，第 247 页。以下引用该书文字资料时，仅注书名及页码。

③ 丹珠昂奔、周润年、莫福山等主编：《藏族大辞典》“诗学”条，兰州：甘肃人民出版社，2003 年，第 699 页。

④ 参见丹珠昂奔、周润年、莫福山等主编《藏族大辞典》“诗学”条，第 699 页。

应用、发挥和充实，已完全与藏族传统文化相融合，实际上已经成为具有浓厚的藏族民族特色的文学审美标准”[①]。从这个意义上说，《文心雕龙》与《诗镜》之比较，实际上也有助于探讨汉、藏两个民族文学思想之异同。

与《诗镜》藏译本相比，《诗镜》之汉译，颇为晚出。金克木先生于 1965 年选译了若干种印度古代文艺理论著作，其中包括《诗镜》第一、三章，发表于人民文学出版社 1965 年出版的《古典文艺理论译丛》第 10 辑。这应该是最早的《诗镜》汉文节译本。1980 年人民文学出版社组织出版“外国文艺理论丛书”，有金克木译《古代印度文艺理论文选》单行本，《诗镜》汉文节译亦收其中。时至 1989 年，四川民族出版社出版了《中国少数民族古代美学思想资料初编》，其中包括赵康先生译注之《诗镜》汉译全本。由于笔者既不懂藏语，更不识梵语，故本文所作尝试性之比较，《诗镜》文字主要以赵康汉译全本为依据，并酌情参照金克木之选译。

## 一、“文”之相对独立繁荣发展与文论著作之出现

刘勰《文心雕龙》之产生，乃得益于汉末魏晋以还日渐明晰的“文之自觉”这一历史文化土壤之滋养，约成书于南朝齐明帝建武三、四年（496—497）[②]。从曹丕《典论·论文》提出“文章”乃“经国之大业，不朽之盛事”，到刘宋文帝元嘉年间设“文学”，与“儒学、

① 《中国古代少数民族美学思想资料初编》第 374 页《诗镜》之《附记》。另可参看赵康：《〈诗镜〉及其在藏族诗学中的影响》，《西藏研究》1983 年第 3 期；丹珠昂奔、周润年、莫福山等主编《藏族大辞典》“诗镜”条；赵国忠、卓玛吉、才让卓玛等：《藏文古籍图录》“诗镜论”条，兰州：甘肃人民美术出版社，2010 年。

② 参见范文澜：《文心雕龙注》（下），《序志》篇第［六］条注释，北京：人民文学出版社，1958 年，第 731 页。

玄学、史学”并列[①]，以及明帝在藩国时“撰《江左以来文章志》”[②]，再到范晔《后汉书》于《儒林传》外另辟《文苑传》，辞章之学日兴，文集创作日盛。章学诚谓：“自东京以降，讫乎建安、黄初之间，文章繁矣。然范、陈二史，所次文士诸传，识其文笔，皆云所著诗、赋、碑、箴、颂、诔若干篇，而不云文集若干卷，则文集之实已具，而文集之名犹未立也。自挚虞创为《文章流别》，学者便之，于是别聚古人之作，标为别集，则文集之名，实仿于晋代。”[③]王瑶《文论的发展》一文以为，“南朝的文学和文论，虽都自有特点，但都可以认为是魏晋的发展……首先是文学的地位和独立性，是越增加了。宋文帝立儒、玄、文、史四馆，宋明帝立总明观，以集学士，亦分儒、道、文、史、阴阳五科；使文学与儒史分离并立，成为学术中的一个重要部门，是以前所没有的事情”[④]。

《诗镜》之撰著，有一点与《文心雕龙》颇为类似，皆基于对既往文学创作经验之总结及当代文坛繁盛风气之熏染。刘勰《文心雕龙》重要内容之一，在于“品列成文”，所谓“按辔文雅之场，

---

① 《宋书》雷次宗本传：宋文帝“元嘉十五年，征次宗至京师，开馆于鸡笼山，聚徒教授，置生百余人。会稽朱膺之、颍川庾蔚之并以儒学，监总诸生。时国子学未立，上留心艺术，使丹阳尹何尚之立玄学，太子率更令何承天立史学，司徒参军谢元立文学，凡四学并建”。《宋书》卷九十三，北京：中华书局，1974 年，第 2293—2294 页。

② 《宋书》明帝本纪泰豫元年载：明帝“少和而令，风姿端雅”，“好读书，爱文义，在藩时，撰《江左以来文章志》，又续卫瓘所注《论语》二卷，行于世”。《宋书》卷八，北京：中华书局，1974 年，第 169—170 页。

③ 〔清〕章学诚著，叶瑛校注：《文史通义校注》“文集”篇，北京：中华书局，1985 年，第 296 页。

④ 王瑶：《中古文学史论》，北京：北京大学出版社，1986 年，第 78 页。

环络藻绘之府”[①]者是也；而其时之文坛，据《时序》篇所言，亦属文事“鼎盛”之世：“今圣历方兴，文思光被，海岳降神，才英秀发。驭飞龙于天衢，驾骐骥于万里，经典礼章，跨周轹汉，唐虞之文，其鼎盛乎！”檀丁《诗镜》撰成之时代，恰值印度古代史上最为繁盛时期，不仅在经济、贸易、商业、建筑、天文学、宗教等方面获得很大发展，其文学艺术创作也进入了一个兴盛时期[②]；尤其是在公元4—6世纪，号称“盛世”的笈多王朝，出现了古典梵语文学的“黄金时代”，最杰出的古典梵语诗人和戏剧家迦梨陀娑就生活于这一时期[③]。文艺理论方面，则出现了婆摩诃《诗庄严论》、伐摩那《诗庄严经》、优婆咤《摄庄严论》等论著[④]；《诗镜》也是这样一个梵语文学蓬勃发展阶段的产物，是对梵语文学极盛时期文学创作实践经验的理论总结，所以《诗镜》第一章就说：“综合了前人的论著，考察了实际的运用，我们尽自己的能力，撰述了［这部论］诗的特征［的书］。”[⑤]

在印度文学史上，公元1—12世纪是梵语古典文学之时代，在文学表现内容、艺术方法、文学体式等方面都发生了显著的发展变化。同时，这又是一个文学获得独立发展的时代——文学逐渐脱离政治、道德的束缚，自觉寻求文艺自身的规律。金克木认为：印度“古典文学中有一种显然以前没有的情况。这就是文学有了独立性，由

① ［梁］刘勰著，周振甫注：《文心雕龙注释》“序志”篇，北京：人民文学出版社，1981年，第536页。本文所引《文心雕龙》文字，皆据周注本，下不出注。如有从别本者，则另加说明。

② 赵康：《〈诗镜〉及其在藏族诗学中的影响》，《西藏研究》1983年第3期。

③ 季羡林主编：《印度古代文学史》，北京：北京大学出版社，1991年，第165页。

④ 金克木：《梵语文学史》，南昌：江西教育出版社，1999年，第397页。

⑤ 金克木译：《诗镜》，《古代印度文艺理论文选》，北京：人民文学出版社，1980年，第22页。

此又产生了形式主义。前一时代的作品都是公然宣传一定的内容的……文学只是一种宣传工具……可是到了古典文学发展起来以后，文学可以和其他分家了，诗歌、戏剧、小说独立出现了。这时有一批文人的作品并不公然宣传什么思想，或则只是以娱乐为主要目的，有的更只是在语言形式上讲求精雕细琢”[①]。季羡林也指出：“从这一时期开始，印度文学步入了自觉的时代。梵语文学已不必依附宗教，梵语文学家开始以个人的名义独立创作……从总体上说，古典梵语文学已与宗教文献相分离，成为独立发展的意识形态……正因为如此，古典梵语文学才成为印度古代文学中最成熟、最富有艺术性的文学，它在戏剧、抒情诗、叙事诗、故事、小说等领域都取得了辉煌的成就，在古代文明世界中大放异彩。”[②]这一点，与中国古代魏晋以迄南朝“摈落六艺，吟咏情性”[③]之文学环境何其相似——随着汉末“荡涤放情志，何为自结束”呼声的出现，建安以降，儒家伦理道德实在难以束缚活泼丰沛之性灵，文学开始摆脱儒学之樊笼，逐步转向抒写性灵、讲究藻饰，获得了相对独立之发展。王瑶在讨论魏晋文学和文论发展进程时，已注意到“儒学衰微”如何“影响文学发展”问题，认为早在汉代，扬雄、桓谭、王充等人因不满“传统经学”，“由此而逐渐引导至重视著作和重文的趋势”[④]。又，日本汉学家冈村繁撰《〈文心雕龙〉中的五经和文章美》一文，从创作实践和文学理论发展角度入手，认为汉魏六朝时的诗文文体“大多是在与儒学的五经无缘的创作环境中产生、发展起来的”，而《典

---

① 金克木：《梵语文学史》，第 192 页。

② 季羡林主编：《印度古代文学史》，第 168 页。

③〔梁〕裴子野：《雕虫论》，郁沅、张明高编选：《魏晋南北朝文论选》，北京：人民文学出版社，1996 年，第 325 页。

④ 王瑶：《文论的发展》，《中古文学史论》，第 57 页。

论·论文》《文赋》《文选序》中有关文体理论也是“把诗文与圣人、经典完全分离开来，纯粹从创作美学观点出发来进行的”[①]。此一观点虽有绝对化倾向[②]，但魏晋以来“文学之自觉”，也确实跟逐渐远离儒门规范有直接关系，萧纲所谓“文章且须放荡”[③]之论调，颇足以说明这一点。

## 二、文坛藻饰之风日盛与文论家针砭时弊之用心

《文心雕龙》与《诗镜》产生之背景，还有一点亦相近似，即藻饰之风日炽而文坛百病丛生。刘勰虽然盛称他所生活的年代“文思光被”“才英秀发”，同时又极清醒地认识到，随着魏晋以来文事之盛兴，固然涌现了一大批优秀的文章作手及杰出篇章，而弃本逐末、好奇矫情之恶习，亦与日俱增。《明诗》篇已经注意到这种倾向：“宋初文咏，体有因革，庄老告退，而山水方滋；俪采百字之偶，争价一句之奇，情必极貌以写物，辞必穷力而追新：此近世之所竞也。”《定势》篇则明确指出：“自近代辞人，率好诡巧，原其为体，讹势所变，厌黩旧式，故穿凿取新……效奇之法，必颠倒文句，上字而抑下，中辞而出外，回互不常，则新色耳……新学之锐，则逐奇而失正：势流不反，则文体遂弊。”刘勰以为，文坛“逐奇失正”之缘由，不外有二：一是因为“去圣久远，文体解散”，具体表现是“辞人爱奇，言贵浮诡，饰羽尚画，文绣鞶帨”(《序志》)；二是由于“为文而造情”，其后果是：“采滥忽真，远弃风雅，近

---

① 张少康等：《文心雕龙研究史》，北京：北京大学出版社，2001年，第311页。

② 洪顺隆：《由〈文心雕龙·宗经〉篇论经学与文学的关系》，中国《文心雕龙》学会编：《文心雕龙研究》第2辑，北京：北京大学出版社，1996年。

③〔梁〕萧纲：《诫当阳公大心书》，郁沅、张明高编选：《魏晋南北朝文论选》，第354页。

师辞赋；故体情之制日疏，逐文之篇愈盛。”（《情采》）刘勰生活于文采勃兴的齐梁时代，预其流而崇尚雕缛之美，故有“古来文章，以雕缛成体”（《序志》）之论，且从“自然之道”的高度，主张“无识之物，郁然有彩，有心之器，其无文欤”（《原道》）。《情采》篇除标举“圣贤书辞，总称文章，非采而何”外，更援引众说，以为“绮丽以艳说，藻饰以辩雕，文辞之变，于斯极矣”。然其难能可贵处，在于既顺应崇尚藻饰之文坛大势，复超越时流，深知随波逐流之大弊，力倡“衔华佩实”之文境。

如前所论，刘勰的时代既是文事日兴之时，也是华丽文风变本加厉之世。王瑶《隶事·声律·宫体——论齐梁诗》一文，即借用刘勰《明诗》篇“采缛于正始，力柔于建安”二语，以为：“从西晋起，诗的作风便是向着这个方向的直线型的发展；除东晋经过了一阵玄言诗的淡乎寡味的诗体外，一般地说，诗是逐渐由稍入轻绮而深入轻绮了；‘采’是一天天地缛下去，‘力’是柔得几乎没有了。追求采缛的结果便发展凝聚到声律的协调，这就是永明体；力柔的结果便由慷慨苍凉的调子，逐渐软化到男女私情的宫体诗。”[①]同样，《诗镜》作者檀丁所处的公元7世纪，也是印度“古典文学由盛极一时而开始衰退的转变时代”[②]。

就其“开始衰退”一端而论，则檀丁《诗镜》写作之时代，文学创作同样存在着刘勰所批评的“饰羽尚画，文绣鞶帨”之风气。金克木指出：《诗镜》的出现，“证明当时文人重视形式的推敲已胜过内容的独创，而且已经有丰富的经验需要总结”[③]，“古典文学发达起来，追求修词技巧的形式主义倾向几乎就随着兴起。马鸣

---

① 王瑶：《中古文学史论》，第261页。

② 金克木：《梵语文学史》，第353页。

③ 金克木：《梵语文学史》，第307页。

的诗中已经可以看到注重谐音（双声叠韵），词句往往粗糙而不自然；迦梨陀娑修词美妙，还不显堆砌；后来的作家就越来越重词藻以及诗和剧的格式规定，陈词滥调日多。这种倾向发展下去，终于形成一种风气和逆流，淹没了脱离现实生活的作家”[①]。季羡林也认为："606年，戒日王登位……他也是一位奖掖文学和学术活动的帝王，本人也创作梵语诗歌和戏剧。著名的古典梵语小说家波那曾经蒙受他的恩宠。但从戒日王时代开始，古典梵语文学主潮中出现雕琢浮华的形式主义倾向，将古典梵语文学引上日趋僵化和陈腐的狭路。"[②]这种文坛思潮，与刘勰所讥评的“离本弥甚，将遂讹滥”之风，几乎别无二致。

檀丁与刘勰一样，身处修饰之风盛行的时代，在持论上既肯定语言藻绘之美，又明确指出应当避免的主要弊端。《诗镜》中说：

> 世上大贤们的学说，
> 以及其余人的著作，
> 正是由于它们的恩德，
> 人们才有处世的准则。[③]

所谓“世上大贤们的学说”，指的是“按照文法家波尔尼等人所制定的文法规则而写的梵文著作”，而“其余人的著作”，则指“后来用俗语写成的各种著作”[④]。在这些“学说”与“著作”中，很重要的一项内容，就是关于修辞诗学的。因此，檀丁接着说：

---

① 金克木：《梵语文学史》，第311页。

② 季羡林主编：《印度古代文学史》，第166页。

③《中国少数民族古代美学思想资料初编》，第115页。

④《中国少数民族古代美学思想资料初编》，第248页。

为此智者考虑到，
要使人们通诗学，
订出风格多样的
作品写作的规则。

他们明确指出了，
诗的形体和修饰。
形体即按写作愿望，
表意的词的连缀。[①]

关于通晓“诗的形体”之重要性，檀丁以为“此学是意欲进入深邃诗海者的船只”[②]；至于“修饰”在文学创作中的功用，则是《诗镜》论述的重点之一，以为在文学创作中，修饰不可或缺，要“为之装点，不简略”，只有这样，才能使作品“处处充满情和味”[③]。檀丁《诗镜》又说：

典雅不仅在语言上，
内容方面也有味，
就象蜜蜂贪花蜜，
它使智者得陶醉。

听到任何一类音，

---

① 《中国少数民族古代美学思想资料初编》，第116—117页。

② 《中国少数民族古代美学思想资料初编》，第117页。

③ 《中国少数民族古代美学思想资料初编》，第118页。

感到与某音同类。
它的字形等近似，
有此引类方有味。[①]

檀丁如此看待“修饰”与文学作品艺术效果“味”之关系，颇类似于刘勰《神思》篇论修饰润色之效用：“杼轴献功，焕然乃珍。”在《文心雕龙》中，论文章之“味”，一方面与“情”有关，如《体性》篇：“子云沈寂，故志隐而味深。”另一方面，也与修辞艺术相关联，如《宗经》篇赞美儒家五经具有“根柢盘深，枝叶峻茂，辞约而旨丰，事近而喻远”之特点，故“余味日新”；《丽辞》篇赞曰：“体植必两，辞动有配。左提右挈，精味兼载。”《隐秀》篇赞语：“深文隐蔚，余味曲包。”《物色》篇则“情／味”并举，以为在修辞上要遵循“即势以会奇，善于适要”原则，处理好“物色”之“繁”与“析辞”之“简”的关系，以期达到“味飘飘而轻举，情晔晔而更新”的文章佳境[②]。刘勰认为“英华弥缛，万代永耽”（《明诗》），“一朝综文，千年凝锦”（《才略》），优秀的诗歌作品，情采兼备，足可流芳千古。这种观念，在《诗镜》中亦有表述：“诗篇若具妙修饰，永远流传到劫尽。”[③]在他们心目中，“英华”之美，“修饰”

① 《中国少数民族古代美学思想资料初编》，第125页。这两节文字，金克木译作：“甜蜜就是有味，在语言中以及在内容方面都有味存在。由于这[味]，智者迷醉，好象蜜蜂由花蜜[而醉]。”“听到从某一[发音部位的]发音就感觉到[与另一音的发音部位]相同，这种形式的词的联系，有着谐声，就产生了味。”《古代印度文艺理论文选》，第30页。

② 《史传》篇赞美班固《汉书》“十志该富，赞序弘丽”，原因也在于其“儒雅彬彬，信有遗味”。《附会》篇赞语亦云：“原始要终，疏条布叶。道味相附，悬绪自接。如乐之和，心声克协。”角度虽然不同，然“味”之创造，皆与艺术表现手法相关。

③ 《中国少数民族古代美学思想资料初编》，第118页。

之义，与文学艺术魅力息息相关。

正如刘勰既推崇藻饰之美又充分注意过度修饰之弊端一样，檀丁《诗镜》在详尽论列各种修辞手法之后，也明确指出了文学创作中应当注意避免的十种“诗病”：

> 意义混乱、内容矛盾、词义重复、
> 含有歧义和语句次序颠倒、
> 用词不当和失去停顿、
> 韵律失调和缺少连声、
> 违反地、时、艺、世间，
> 以及违反正理、经典，
> 这十种诗的毛病，
> 诗人们应当避免。[①]

由于《诗镜》所讨论的是梵语文学，而《文心雕龙》所面对的是汉语文坛，因此，此间所列十种诗病，在类型及其具体内涵上，与刘勰所论文章之“讹滥”，未必完全等同。但是，就一些基本规则而言，两者之间又未尝没有相通之处。比如关于“意义混乱”问题，刘勰《文心雕龙》亦曾论及。《神思》篇论文章写作之“二患”，其中之一就是“辞溺者伤乱”——词语芜杂、漫无依归，必然导致意义混乱。《镕裁》则意在解决“词义重复”问题：“规范本体谓之镕，剪截浮词谓之裁……一意两出，义之骈枝也；同辞重句，文之疣赘也。”《章句》篇又论及“语句次序颠倒”之病：“若辞失其朋，则羁旅而无友；事乖其次，则飘寓而不安。是以搜句忌于颠倒，裁章贵于顺序，斯

① 《中国少数民族古代美学思想资料初编》，第 234 页。

固情趣之指归，文笔之同致也。”而《指瑕》篇列举文人写作容易出现之瑕疵，有些问题也与《诗镜》所关注者相近，如批评曹植“《武帝诔》云‘尊灵永蛰’，《明帝颂》云‘圣体浮轻’”，属于用词不当之例；又说“近代辞人，率多猜忌，至乃比语求蚩，反音取瑕”，则属语音犯忌之例。至于“违反正理、经典”一类的重要问题，《文心雕龙》亦屡屡论及，无须枚举。所可言者在于：《诗镜》与《文心雕龙》如此重视文学创作、文章写作中的种种弊端，很重要的原因，在于二者皆致意于文章完美之境。故《诗镜》有言：“为此诗有小毛病，决不可无动于衷，即使身躯甚美丽，斑疹一点毁容颜。”[①] 刘勰亦标举“篇体光华”之作，对于文章之小疵，以为亦应注意避免，如《文心雕龙·指瑕》篇谓：“凡巧言易标，拙辞难隐，斯言之玷，实深白圭。”由此可见二者对尽善尽美之境界的共同追求。

又，刘勰《总术》篇综论各种修辞术之总体原则，以为“才之能通，必资晓术”，只有这样，才能“控引情源，制胜文苑”；倘若“弃术任心，如博塞之邀遇。故博塞之文，借巧傥来，虽前驱有功，而后援难继”。可见“文术”之重要。檀丁之《诗镜》第三章论“音庄严”与“诗病”[②]，其基本立意，亦在帮助作者掌握修饰艺术，获取创作上的成功，故一则曰：“字音和意义的修饰很丰富，写作方法也各有难易之分，还有诗德和诗病，这些都作了概括地说明。”再则谓：“通过上述途径通晓了诗德和诗病，人们获得了顺心的语言伙伴和名声，就像醉眼女和小伙子结为情人，获得了幸福愉快和众人的称颂。”[③] 而在二者看来，修辞艺术运用的目的之一，就在于创造有“意味”的作品。故刘勰《总术》篇以为“执术”得当，

---

① 《中国少数民族古代美学思想资料初编》，第 116 页。

② 季羡林主编：《印度古代文学史》，第 353 页。

③ 《中国少数民族古代美学思想资料初编》，第 246 页。

“数逢其极，机入其巧，则义味腾跃而生，辞气丛杂而至”；檀丁说：“诚然一切修饰上，均已赋予了意味。”[①]

## 三、论家飙起与折衷之思

《文心雕龙》与《诗镜》撰述背景之相近处，还在于文坛论家飙起、众说纷纭。文事的兴盛，自然带动了文论的发展，其间之关系，恰如王瑶所言：“中国先秦两汉，文学的作品虽然很多，但专门论文的篇章却是到魏晋才有的……但文论为甚么会特别在这个时期兴起和发展呢？这我们可以分‘文’和‘论’两方面来说明：一方面是‘文’底发展影响了和引起了‘论’底发展；一方面是‘论’底发展之所以要以‘文’来为它底议论的题材和对象。”[②]其时论文之卓著者，《文心雕龙·序志》篇多已提及：“详观近代之论文者多矣：至于魏文述《典》，陈思序《书》，应玚《文论》，陆机《文赋》，仲洽《流别》，宏范《翰林》。”而刘勰《文心雕龙》与钟嵘之《诗品》，则堪称公元五六世纪南朝齐梁时期文论之双璧[③]。王瑶以为“就文论本身说，南朝所作数量之多，已很够令人惊异了”，“实系中国文学批评史上的一个灿烂时期”[④]。

印度古代梵语文学“黄金时代”除了在创作实践上“盛极一时”而外，还有一点很重要的体现，就是公元 5—7 世纪印度古代文学理论的独立发展。“古典文学理论”是一个独立的文学部门，称为

① 《中国少数民族古代美学思想资料初编》，第 127 页。

② 王瑶：《文论的发展》，《中古文学史论》，第 56 页。

③ 章学诚曰：“《诗品》之于论诗，视《文心雕龙》之于论文，皆专门名家，勒为成书之初祖也。《文心》体大而虑周，《诗品》思深而意远；盖《文心》笼罩群言，而《诗品》深从六艺溯流别也。”〔清〕章学诚著，叶瑛校注：《文史通义校注》“诗话”篇，第 559 页。

④ 王瑶：《中古文学史论》，第 79 页。

“庄严论”，属于一种广义的修辞学，是一门关于文学技巧的专门学问。其起源可能很早，但像中国古代文论《文心雕龙》《诗品》那样勒为专书者，则大致出现于公元5世纪以后，而现存的典籍中，则以檀丁《诗镜》和婆摩诃《诗庄严论》为最古老的两部论著，其写作年代约在公元7世纪。而随着“庄严论”成为一种专业性的学问，出现了一些观点不同的流派，“在形式的分析、推敲和解说上争论不已”[①]。这种情况，《诗镜》第二章开头一节是明确提到了：“美化诗的各种手法，就被称之为修饰；分类至今犹纷纭，有谁能说清它们！”[②]按，刘知几谓：“词人属文，其体非一，譬甘辛殊味，丹素异彩，后来祖述，识昧圆通，家有诋诃，人相掎摭，故刘勰《文心》生焉。”[③]两相比较，此与《诗镜》所处的“争论不已”之文论环境，其相似性固不待言。

值得注意的是，刘勰、檀丁面对当时文坛论家纷纭、“人相掎摭”之现状，一方面能够鉴周圆照，注意诸家观点之利弊，另一方面又能融会贯通、自铸伟辞，描绘自己心目中理想的审美境界。

刘勰《文心雕龙·序志》篇评骘魏晋以来各论家之优劣：“魏《典》密而不周，陈《书》辩而无当，应《论》华而疏略，陆《赋》巧而碎乱，《流别》精而少功，《翰林》浅而寡要。又君山、公幹之徒，吉甫、士龙之辈，泛议文意，往往间出，并未能振叶以寻根，观澜而索源。不述先哲之诰，无益后生之虑。”在论述具体问题时，刘勰既吸收了前辈时贤的合理主张，也对其中有悖文章写作内在规律之观点，给予必要的辨析与驳斥。这就是《序志》篇说的一条论文方法原则：

---

① 金克木：《梵语文学史》，第365页。

② 《中国少数民族古代美学思想资料初编》，第136页。

③〔唐〕刘知几撰，黄寿成校点：《史通·自叙》，沈阳：辽宁教育出版社，1997年，第87页。

“及其品列成文，有同乎旧谈者，非雷同也，势自不可异也；有异乎前论者，非苟异也，理自不可同也。同之与异，不屑古今，擘肌分理，唯务折衷。”

这种“擘肌分理，唯务折衷”之思想方法，在檀丁《诗镜》中也有体现。按，“诗镜”亦译作《诗镜论》，藏语称“年阿买隆”，或译作“美文镜”或“文镜”[①]；但此“镜”之具体内涵究竟应当如何理解，学界意见并不一致。其中有一种观点认为：所谓“镜”者，是指“因其在书中吸纳的前人关于诗学方面的研究成果像明镜一般映现在书中，故取名《诗镜》”[②]。从《诗镜》的实际情况看，如此理解有一定道理。因为在《诗镜》中，作者确实“吸纳”了不少他人的诗学观点。印度学者帕德玛·苏蒂指出：“就诗歌中的美而言，迦梨陀娑给了除婆罗多外的所有诗人以灵感，他们在自己的诗歌中无处不引用他的文学作品。他似乎还用自己的权威性作品给了所有理论流派以灵感。”[③]而在这些从迦梨陀娑诗美观获得灵感的理论家中，檀丁就是突出的一位：“檀丁非常熟悉作为‘拉撒’（味）的‘卡马特卡拉’（身心解放）一词。他接受了八种情趣及其永恒情趣的存在，以及融为一个叫作‘拉撒拉特·阿拉姆卡拉’（有味的诗歌修辞学或诗歌美）的种类之观点。”[④]这种情况，在《诗镜》中颇为常见，如谓：“用于诗的诸语种，学者们说可分为：雅

---

① 张庆有：《“贡桑廓洛”——藏族回文图案诗》，《中国西藏》（中文版）2005年第4期。

② 丹珠昂奔、周润年、莫福山等主编：《藏族大辞典》，第698页。又，《中国少数民族古代美学思想资料初编》第374页《诗镜》之《附记》则认为：“该书作者认为，书中所讲的理论，像一面镜子，是艺术之明鉴，为创作之准绳，故题名《诗镜》。”

③〔印〕帕德玛·苏蒂：《印度美学理论》，欧建平译，北京：中国人民大学出版社，1992年，第251页。

④〔印〕帕德玛·苏蒂：《印度美学理论》，欧建平译，第259—260页。

语、俗语和土语，以及杂语等四类。”[①] 又如：“牧牛人等说的话，诗中称之为土语，学术论著中认为，雅语之外皆土语。”[②] 这里所提到的“学者们”，金克木以为就是指“圣贤”[③]；而“学术论著”，据赵康译注，则指文法著作[④]。当然，对于一些既有观点，檀丁也有自己的判断，比如《诗镜》中说：“诗人遂心做标记，别处也不算缺点，为达愿望创开篇，学者怎可受局限！”[⑤] 金克木指出：“据说这是反驳与檀丁同时或稍前的文艺理论家婆摩诃的主张。”[⑥] 又如《诗镜》：

不分诗句的长行，
便称做是散文体。
又分小说和故事，
其中小说据说是

只能领袖来叙述；
故事尚可他人叙。
由于赞颂甚贴切，
宣扬己德不为弊。

然而并不成定理，
小说亦有他人叙，

① 《中国少数民族古代美学思想资料初编》，第 121 页。
② 《中国少数民族古代美学思想资料初编》，第 122 页。
③ 金克木译：《古代印度文艺理论文选》，第 27 页。
④ 《中国少数民族古代美学思想资料初编》，第 251 页第［48］条注释。
⑤ 《中国少数民族古代美学思想资料初编》，第 121 页。
⑥ 金克木译：《古代印度文艺理论文选》，第 26 页第［5］条注释。

他人或则自己叙，
有何区分之根据！[①]

此中所“据说”者，指的是婆摩诃《诗庄严论》关于散文体的小说与故事之划分，檀丁既转述其观点，也提出了自己的不同意见[②]，故曰：“然而并不成定理”“有何区分之根据”。

刘勰《文心雕龙》、檀丁《诗镜》之所以能成为各自国度古代文论之名著，很重要的一点原因，在于二者之立论思维，皆善于协调各种不同创作和理论倾向。比如，在《诗镜》第一章中，檀丁将风格（mārga）分为两种类型：一种是维达巴风格，另一种是高达风格。[③]前者是南方派，后者属于东方派。[④]从理论倾向上看，檀丁更偏重于南方派之维达巴风格，因此，他所详细列举的十种诗德，皆为南方派所特有者：“和谐、显豁和同一，典雅以及甚柔和，易于理解和高尚，壮丽、美好和比拟。”他认为“这十种诗的美德，是南方派的命脉”。对于东方派，则一语带过：“与此相反的，是东方派的文采。”[⑤]对于这一问题，金克木先生指出：“作者偏向南方派而不喜东方派，解说诗‘德’时以南方派为主，而对东方派时有微词；因此在‘显豁’下面引了东方派的晦涩的诗句来对比。例句中的词和词义大都冷僻古怪，诗句读起来音调也很别扭。”[⑥]

---

① 《中国少数民族古代美学思想资料初编》，第119—120页。

② 参见《中国少数民族古代美学思想资料初编》，第250页注释第［30］条。

③ 季羡林主编：《印度古代文学史》，第351页。

④ 此二派之名称，金克木译作“毗陀婆派（南方派）”“乔罗派（东方派）”。《古代印度文艺理论文选》，第28页。

⑤ 《中国少数民族古代美学思想资料初编》，第123页。

⑥ 金克木译：《古代印度文艺理论文选》，第29页第［3］条注释。

但是，就总体情况而论，檀丁还是充分认识到文学风格的多样性，并没有一味否定东方派。他说："语言风格有多种，彼此稍微有差别。"[①] 因此，更多的时候，他一方面客观地比较南方派和东方派风格上的区别，另一方面，则撮举两派之共同审美追求。比如《诗镜》第一章论十种诗德之一"和谐"：

和谐多用软音字，
却不感到有松散，
例如"贪婪的蜂儿，
聚在豆蔻花丛间。"

由于用了同音引类，
得到了东方派的喜欢，
南方派则更喜爱：
"豆蔻丛中蜂盘旋。"[②]

从其表述中，看不出有何轩轾抑扬之意。又如关于"引类"（谐声）问题，《诗镜》曰："听到任何一类音，感到与某音同类。它的字形等近似，有此引类方有味。"[③] 这种类型的谐声，为南方派所推崇，而"东方派不欣赏它，而喜爱同音引类，南方派则欣赏它，甚过于常见引类"[④]。按照金克木的解释，南方派所欣赏之谐声，指的是"同

① 《中国少数民族古代美学思想资料初编》，第 123 页。

② 《中国少数民族古代美学思想资料初编》，第 123 页。按，这两小节中提到的"和谐"，金克木译作"紧密"；"同音引类"则译作"谐声"，"指同音重复"，"'谐声'如我国的双声叠韵"。《古代印度文艺理论文选》，第 28 页、第 29 页第［1］条注释。

③ 《中国少数民族古代美学思想资料初编》，第 125 页。

④ 《中国少数民族古代美学思想资料初编》，第 125 页。

一部位的发音”及其所构成的呼应关系，而东方派所推崇的，则是“同音重复”之谐声[①]。这里也不存在对不同观念的高下判断。

当然，在《诗镜》中，檀丁谈得最多的，还是两派之共性。赵康先生指出，《诗镜》“选择、比较、分析和研究了梵语文学作品的大量诗例，一共提出了三百零九种修饰。其中南方派与东方派不同风格的十种；两派相同风格中，意义修饰分为三十五类包括二百零三种，字音修饰分为三类包括八十种，隐语修饰十六种”[②]。可见檀丁虽偏爱南方派，但论述南方派、东方派修饰共同者毕竟占绝对多数，而南方所独有之风格，仅占十种。这也足以说明在文学风格、修辞美学方面，檀丁并未局限于一己之见，而是善于会通。即使在他所论的两派十种“不同风格”中，也是如此。比如关于“易于理解”“高尚”风格问题，檀丁《诗镜》即南方、东方两派并提：“两派对于此风格，都觉理解不容易，它违反了组词法，此法多不被采取。”“句中说了若干话，高尚品德得领悟，这种诗风叫高尚，两派以此为怙主。”[③]“壮丽”风格也是南方派推崇的“诗德”之一，而《诗镜》论述该体时，亦连带而及东方派：“壮丽中多省略字，这是散文体的生命。东方派特别强调，它是韵文体的要领。”[④]“东

① 金克木译：《古代印度文艺理论文选》，第 39 页。赵康译注指出：“同音引类，藏注中称东方派的引类为同音引类，称南方派的为音感相同的引类。”《中国少数民族古代美学思想资料初编》，第 253 页第［67］条注释。

② 赵康：《〈诗镜〉及其在藏族诗学中的影响》，《西藏研究》1983 年第 3 期。

③ 《中国少数民族古代美学思想资料初编》，第 130 页。

④ 《中国少数民族古代美学思想资料初编》，第 131 页。金克木译文为：“壮丽是复合词的丰富。这是散文体的生命。可是非南方派（东方派）在韵文体中也以此为一个首要目标。”着一“也”字，有助于更好地理解原文之语义。下文“东方派还用于韵体”，金克木亦如此处理，着一“也”字：“这样，在韵文体中，东方派也编织壮丽的语言。”《古代印度文艺理论文选》，第 35—36 页。

方派还用于韵体，如上述用了壮丽语；另派认为不杂乱、句子华美是壮丽。”[①] 因此，季羡林先生指出：“檀丁本人偏爱维达巴风格。风格由诗德（prāna）决定，构成维达巴风格的十种诗德是：紧密、显豁……虽然檀丁偏爱维达巴风格，但他并不否定高达风格，因为不同的风格各有自己的魅力。”[②] 按，檀丁《诗镜》第一章要点在“辨风格”，其基本立意在于肯定各种风格的差异性，包括南方派、东方派风格的不同特点。为便于理解，兹节引金克木译文如次：

> 这样，［依据诗德］描述了它们［两派］的特性，［可见南方与东方］两派的不同。至于每一个诗人所有的相异之点就不能细说了。
>
> 甘蔗、牛奶、糖浆等的甜味有很大的差别；然而即使是辩才天女也不能把它说出来。[③]

这是《诗镜》第一章末尾具有一定总结性质的两小节，明确表达了作者的圆通观点，肯定了风格多样性与差异性。即此而论，以为“《诗镜》的发表统一了两派的观点”[④]，确为有据之论。

由檀丁《诗镜》“甘蔗、牛奶、糖浆”之取譬，很容易令人联想到刘勰《文心雕龙·通变》篇类似的比拟思维：“故论文之方，

---

① 《中国少数民族古代美学思想资料初编》，第 131 页。

② 季羡林主编：《印度古代文学史》，第 353 页。

③ 金克木译：《古代印度文艺理论文选》，第 39 页。赵康译文为：“考察了它们的特性，划分了这两种风格。诗人们看法有差别，相异之处不能细说。”“甘蔗、乳汁、红糖等，甜味有很大差别。即使是妙音天女，也不能说清一切。”《中国少数民族古代美学思想资料初编》，第 135 页。

④ 赵康：《〈诗镜〉及其在藏族诗学中的影响》，《西藏研究》1983 年第 3 期。

譬诸草木，根干丽土而同性，臭味晞阳而异品矣。”此以草木为喻，讲人类文章写作，有“同性”的一面——“凡诗赋书记，名理相因，此有常之体也”；又有“异品”的一面——“文辞气力，通变则久，此无方之数也”。无论是“同性”还是“异品”，其实都与风格问题直接相关。而刘勰对待文章之风格，同檀丁一样，也是衡以圆通之思，并未偏执一隅。

在《文心雕龙》中，《定势》篇侧重从理论上阐明不同文体之内在规定性，讲了诸文体之“势”，也就是文体风格问题：“夫情致异区，文变殊术，莫不因情立体，即体成势也。势者，乘利而为制也。如机发矢直，涧曲湍回，自然之趣也。圆者规体，其势也自转；方者矩形，其势也自安：文章体势，如斯而已。”刘勰首先讲到“情致”之“异”、“文术”之“殊”，以为这决定了作者选择不同的文体，而不同之文体，其“势”也自别。如此立论，既看到了文体之“势”与作者之“情”的关联性，也突出了文体之“势”存在的客观性及其多样性。因此，《定势》篇谓：“是以括囊杂体，功在铨别，宫商朱紫，随势各配。章表奏议，则准的乎典雅；赋颂歌诗，则羽仪乎清丽；符檄书移，则楷式于明断；史论序注，则师范于核要；箴铭碑诔，则体制于弘深；连珠七辞，则从事于巧艳：此循体而成势，随变而立功者也。……然文之任势，势有刚柔，不必壮言慷慨，乃称势也。”

在《文心雕龙》中，又有《体性》一篇，专论与作者主观因素相关的个性风格问题：“辞理庸俊，莫能翻其才；风趣刚柔，宁或改其气；事义浅深，未闻乖其学；体式雅正，鲜有反其习：各师成心，其异如面。”强调了人之才、气、学、习四大因素之异及其由此而形成的文章体貌风格之别。《体性》篇“总其归涂”，列出“典雅、远奥、精约、显附、繁缛、壮丽、新奇、轻靡”等八种风格类型，以为“文辞根叶，苑囿其中矣”，且“八体虽殊，会通合数，得其环中，则辐辏相成”。

《体性》《定势》皆从文章写作角度，谈论风格之异品、多样，其理论宗旨，则与专论鉴赏批评之道的《知音》篇遥相呼应：

> 夫篇章杂沓，质文交加，知多偏好，人莫圆该。慷慨者逆声而击节，酝藉者见密而高蹈，浮慧者观绮而跃心，爱奇者闻诡而惊听。会己则嗟讽，异我则沮弃，各执一隅之解，欲拟万端之变。所谓“东向而望，不见西墙”也。凡操千曲而后晓声，观千剑而后识器；故圆照之象，务先博观。

这种反对以“一隅之解”而“拟万端之变”的明确态度，以及强调“圆照”与“博观”的方法，在立论思维上，皆与檀丁之论风格，差相仿佛。

不仅如此，檀丁《诗镜》兼论南方、东方二派之理论，其中南方派“较注重思想感情内容”，而东方派更“重语言排比堆砌”，檀丁则运以圆通之思，将二者统一起来，这在“注重辞藻已成风气之时”[①]，其针砭文坛时弊、标举文学正道之意义，是显而易见的[②]。同理，在《文心雕龙》中，虽然并未明确标出“流派”之争，但据刘畅教授研究可知，刘勰所确立的理想文风，实际上暗含着“尚北宗南”，致力于“融合南北文学两长”的“折衷”之意，

① 金克木：《梵语文学史》，第 366 页。

② 从创作实践角度说，檀丁之作品亦能较好地处理内容与藻饰的关系，如檀丁长篇小说“《十王子传》也注重藻饰和修辞。檀丁的语言造诣是很高的，有时也卖弄一点文字技巧……但檀丁并没有过分依赖文字和修辞技巧。他的文体华丽而不雕琢，与苏般度和波那相比，他更注重情节的生动性和故事的趣味性”。季羡林主编：《印度古代文学史》，第 346 页。

以为唐初魏徵《隋书·文学传序》所倡导的合南朝江左“清绮宫商”与北朝河朔“贞刚气质”之长的主张，在刘勰《文心雕龙》中已有所体现。比如《风骨》篇“虽未明言南朝尚‘清绮’、北方重‘气质’及其融合二者的必要，却形象地提出了风骨与文采、形式与内容的对立统一问题，实际上已触及了魏徵等人所言的问题”[①]；又如，刘勰“文质兼顾，采取一种较为圆融周洽的态度：思想气质上尚北，而审美取向上宗南”[②]。这一特点，与檀丁《诗镜》亦有相合之处。

## 结语

以上结合相关既有成果，重点从刘勰《文心雕龙》、檀丁《诗镜》撰著背景的角度，阐述了二者之间的相通性问题。兹简要归纳总结如次。

其一，《文心雕龙》《诗镜》在写作年代上虽前后相距约两个世纪，但都与各自民族历史文化之繁盛发展密切相关。具体而论，《文心雕龙》出现于“文学自觉”观念愈益明确之时代，文章之学摆脱了两汉经学之束缚，改变了隶属儒学之格局，获得了独立地位且蓬勃发展；《诗镜》则产生于印度古典梵语文学之黄金时代，文学与宗教相分离，成为一个独立部门。因此，二者都具有总结既往文学创作经验及当代文坛发展新趋势之功效与意义。

其二，中国古代南朝时期，文事日兴，藻饰愈盛，名篇佳作固自弗乏，而文坛浮诡爱奇之习尚，亦如影随形，将遂讹滥。故《文心雕龙》标举郁然有采、不待外饰“自然之道”，重文采而斥侈艳、尚清真而远朴陋，在崇尚“情采”之同时，又以儒家经典为轨范，以“衔华佩实”为美文极境，针砭文坛时弊，痛贬弃本逐末、为文造情之徒。

---

① 刘畅：《论刘勰首倡融合南北文学两长》，《文学遗产》1999 年第 6 期。

② 刘畅：《〈文心雕龙〉：尚北宗南与唯务折衷》，《扬州大学学报》2000 年第 1 期。

《诗镜》之作，恰逢印度古代梵语文学盛极而衰之转关阶段，虽名家辈出，然雕琢浮华之风亦日益滋长，辞藻愈加精致，陈词滥调亦与日俱增。因此，檀丁之诗学，与刘勰之文论一样，既推崇藻饰之美，又充分注意过度修饰之弊端，其并重十种“诗德”与十种“诗病”，立意即在于此。即此而论，《文心雕龙》与《诗镜》无疑都具有拯治百病丛生之文坛的现实意义，追求有“情味”之“修饰”，自然也成了二者共同之目标。

其三，刘勰与檀丁所面对之文坛，另有一共同点，即文事兴盛所带来的文论之发展，百家飙骇，议论腾踊。《文心雕龙》出现于中国文学理论批评史之灿烂时期，《诗镜》完成于印度古典文学理论独立发展阶段，绝非偶然之事。因此，二者之理论贡献在于：正视论家纷纭、“人相掎摭”之现状，取其精华而去其糟粕，洞悉诸家观点之利弊，博观圆照，融会贯通，明确提出了理想的文学审美境界，促进了各自民族美学思想之发展。

美国普林斯顿大学厄尔·迈纳教授说：“在不同的文学和不同的社会里，彼此不同的某些成分，由于具有相同的功能，因而互相间是可以进行比较的。”① 以上所作类比性初探，侧重于《文心雕龙》与《诗镜》之相通性，而且仅仅是二者相通性中的一个具体方面。至于二者在修辞理论方面的共同点以及二者之间的不同特征，则未遑涉及。不过，这一管中窥豹式的初步检视，对我们进一步思考一些相关问题，或许不无裨益。比如，虽然檀丁《诗镜》较《文心雕龙》晚出，但其思想渊源有自，且在思想方法上与佛教典籍一样，长于分析，体现了“着重分析和计数以及类推比喻作说理的证明”②

① 转引自汪洪章：《〈文心雕龙〉与二十世纪西方文论》，上海：复旦大学出版社，2005 年，第 3 页第［1］条注释。

② 金克木：《梵语文学史》，第 402 页。

这一古代印度的传统习惯，由此返观《文心雕龙》，则有助于更深入探讨刘勰论文方法与佛教思维方式之关系。又如，魏晋南朝时期，虽然注重藻饰蔚然成风，但专力总结修辞方法与理论者，唯长期受佛门熏染之刘勰一人而已，因而，《文心雕龙》又被视为一部修辞学著作[①]，这与《诗镜》中所反映出来的古印度以修辞学为专门学问之传统，是否存在一定的关联性，也未尝不可作为一个重要论题予以深入系统之考察，而不仅仅局限于备受关注的“声律”问题。再如，《诗镜》既已在中国藏族诗学史上发挥过重要奠基之作用，且转化为藏族古代诗学的重要组成部分，则以《诗镜》为参照，梳理其影响轨迹，并与汉族文论比照而论，求其同而存其异，对更全面地寻求中华民族共有之美学精神、各民族独特之审美旨趣，均有重要参考价值。

---

① 此类专著及专题学位论文所在多有，兹略举数例：黄亦真《文心雕龙比喻技巧研究》，台北：学海出版社，1991 年；沈谦《文心雕龙与现代修辞学》，台北：文史哲出版社，1992 年；韩尧森《刘勰修辞论研究》，珠海书院中国文学研究所硕士学位论文，1976 年；李相馥《文心雕龙修辞论研究》，台湾中国文化大学中文研究所博士学位论文，1996 年；胡仲权《文心雕龙之修辞与实践》，台湾东吴大学中国文学系博士学位论文，1998 年；李玮娟《文心雕龙修辞理论研究》，台湾“中山大学”中国文学系硕士学位论文，2000 年。

# 刘勰与歌德互文性思想与实践的跨文化考察

王毓红

尽管20世纪后期才出现，但是，互文性（intertextuality）一词迅速为人们所接受、使用，已经成为当代文学理论的一个常用术语。人们质疑它的定义、探讨它的理论，认为它“是文学批评话语中新出现的一个概念”[①]。然而，若分析人们赋予它的内涵，我们不难发现它其实只是新瓶装旧酒——一个表示旧概念（或所指）的新词（或能指）。自有文学以来，中外文学或文学理论、文学批评史上有关它的论述和实践层出不穷，浩若烟海。每一个比较重要的文学理论家或批评家、作家对此都有程度不同的论述。这就构成了刘勰和歌德相互比较的基础，虽然他们所处时代、思想体系、文化大相径庭。作为任何文学作品或文学理论、文学批评都要涉及的问题，对本文来说，互文性理论及实践实际上是一个增强我们辨识力的参照系：它使我们在避免损害二者的前提下，把刘勰和歌德放在一个对话平台上讨论，考察中西文化圈内具有代表性的作家、文学理论家或批评家之间的共同点和差异性，反思文学的本质。

## 一

当代互文性理论与巴赫金20世纪40年代至60年代系统提出的

① 〔法〕蒂费纳·萨莫瓦约：《互文性研究》，邵炜译，天津：天津人民出版社，2003年，第137页。

对话理论[1]密不可分。事实上，正是在此基础上，朱丽娅·克里斯蒂娃1966年明确使用了“互文性”一词，她指出：巴赫金“首次把这样一个洞见引入了文学理论，即任何文本是一个用引文拼成的东西；任何文本是其他文本的吸收与转化。术语‘互文性’(intertextuality)取代了‘主体间性’(intersubjectivity)”[2]。之后，“互文性”这个词在文学理论中占有重要地位。虽然人们对互文性概念聚讼纷纭[3]，但是，总括起来无非狭义的文本内互文性和广义的文本外互

① 他有关这一理论的大部分文章完成于此时。如1940年10月14日在科学研究院世界文学研究所作了《长篇小说的话语》的报告、10月至12月完成《拉伯雷论》，40年代初撰写了《论人文科学的哲学基础》和《陀思妥耶夫斯基小说类型（体裁类型）的历史》。1941年3月24日在科学研究院世界文学研究所发表了《作为文学体裁的小说》，1944年开始起草笔记《〈拉伯雷论〉的补充与修改》，1953年—1954年《言语体裁问题》，1959年—1960年《文本问题》，1965年《拉伯雷的作品与中世纪·文艺复兴时期的大众文化》出版、《长篇小说话语》公开发表等。

② Julia Kristeva, *Desire in Language:A Semiotic Approach to Literature and Art*, Edited by Leon S. Roudiez, Translated by Thomas Gora, Alice Jardine, and Leon S. Roudiez, New York: Columbia University Press, 1980, p.66.

③ 如在《广义文本之导论》《隐迹稿本》等文章里，法国批评家热拉尔·热奈特除肯定朱丽娅·克里斯蒂娃所说的狭义互文性（也即以带引号的引用为代表的一个文本在另一个文本中的切实存在）外，还提出了“超文本性”“元文本”“副文本”“广义文本性”等，后者均可视作广义的文本外互文性。而米歇尔·施奈德《窃词者》里所说的“文为他用”“文下之文”“文如他文”等与狭义文本内互文性无二。

文性两种[①]。前者指文本言语结构内部，由引用、抄袭等导致的两篇或两篇以上文本共存现象；后者指文本言语结构之外，其他人、文本、文化等因素对其作者的影响。刘勰和歌德对两者均有大量的论述。他们关键性分歧在于：刘勰对文本内互文性问题论述得更全面、深入，歌德则更多、更深入地探讨了文本外互文性问题。

文本内互文性问题就是中国传统文学、文论里所说的“事类”。它自古以来就是中国人作文的一个基本法则[②]。中国文学批评史上最早、也是最全面对此问题进行探讨的人就是刘勰[③]。首先，在《文心雕龙》里，他专辟《事类》篇，首次明确了传统上“事类”概念的内涵，指出事类是言辞之外，作者以多种方式、方法引入的、可验证的、异质性的东西。它主要包括“举乎人事”和“引乎成辞”两方面内容。前者里的“人事”指的是古事，主要包括前代历史人

---

① 巴赫金在《人文科学方法论》《文本问题》等文章里明确提到并论证了“文本外”“文本内部”等概念，详见巴赫金：《文本　对话与人文》，白春仁、晓河等译，石家庄：河北教育出版社，1998 年。朱丽娅·克里斯蒂娃也沿用巴赫金这一思想，她说：巴赫金首次用一个模式，即文学结构不是简单的存在而是在与其他结构的关系中生成的，取代并突破了静态的文本。把动态维度引入结构主义的是他有关“文学言语”的概念，他把“文学言语”视作文本表面的一个交叉点，而不是一个点（一个固定的意义），一个在数个书面形式内的对话：关乎作者，说话人或人物以及当代或更早的文化（历史）语境。详见 Julia Kristeva, *Desire in Language:A Semiotic Approach to Literature and Art*, Edited by Leon S. Roudiez, Translated by Thomas Gora, Alice Jardine, and Leon S. Roudiez, New York: Columbia University Press, 1980, p.66. 作者吸收他们的思想，首次提出了“文本内互文性”和“文本外互文性”说法。

② 关于此，作者已有专论，兹不赘述，参见拙作《明用稽疑：引用修辞现象的存在论渊源》，《修辞学习》2008 年第 5 期。

③ 作者已经完成了对刘勰互文性理论及其实践的系统深入研究，这里所涉及的不少问题一概略论，详论请参见拙著《言者我也：〈文心雕龙〉批评话语分析》第三章，北京：商务印书馆，2011 年。

物及其行为和各种神话传说，后者指作者在自己的文本中引用前人的言语，使之成为自己话语中的一个有机组成部分，它既包括前人文本中的语词，亦包括谚语之类的俗语。除这两方面内容外，刘勰以贾谊《鹏鸟赋》与《鹖冠子》为例，指出“事类”还包括一种比较全面复杂的引用——拟作或仿作。因此，刘勰所说的“事类”概念内涵丰富、范围辽阔。它本质上指称的是作者文本中以各种方式出现的其他文本的表述。这里所说的“其他文本”指用言语书写下来的书面形式（包括神话传说、谚语等历史文化成分），而“表述”（只要有“所出”）则可以是一个语词、一个历史人名，一段话、一段故事，也可以是原话、原话的拼凑，更可以是整个原文本的拟作。

其次，从不同角度，刘勰详细分析说明了用事的具体方法。例如，就作者引用成辞的方式而言，他举例谈到了五种引用，即全引、暗引、抄袭、撮引和拼凑。全引就是表明出处且与原文一字不差；暗引只指明所引文的出处和大概意思，不引原文；抄袭不注明所引文的出处和作者；撮引就是文章的上下文没有任何地方透露或暗示出作者是在引用别人的言辞；拼凑即由前人作品里的言辞拼凑而来的。而通过例举分析文学史上著名作家作品的创作，刘勰把“举乎人事”类“事类”又细分为“略举人事，以征义者”“虽引古事，而莫取旧辞”“取镕经旨”“异于经典”和“历叙经传”五种。

最后，刘勰从功能角度给“事类”下了定义，并论证它的功能和意义。他说：“事类者，盖文章之外，据事以类义，援古以证今者也。”（《事类》）此处的“文章”指的是文辞，准确地说是作者的言语。“按‘事类’非自己出，故曰‘外’。”[①]“据事”二句，对仗工整，互文见义，说明在作文过程中，作者在自己的言语之外，

① 杨明照：《文心雕龙校注》，北京：中华书局，2000年，第476页。

依据或征引古事，类推或证明今天的事理就是“事类”。人们在自己文章中使用“事类”的目的是为了“征义”“明理”。刘勰进一步引经据典论证说：“明理引乎成辞，征义举乎人事，乃圣贤之鸿谟，经籍之通矩也。《大畜》之象，‘君子以多识前言往行’，亦有包于文矣。”（《事类》）

与刘勰相比，歌德论述最多的是文本外互文性问题，它主要关涉主体间性。歌德非常强调文本外的另一个意识或主体之于作家的意义，并因此提出了“两个主体”的命题。他说：我们“用不着亲自看见和体验一切事情，不过如果你信任别人和他讲的话，那你就得想到，你现在是同三个方面打交道：一个客体和两个主体”[①]。显然，此处的“两个主体”分别指的是作为第一意识主体的“你”，也即读者，以及作为第二意识主体的“别人和他讲的话”，也即作者和他的文本。与巴赫金一样[②]，在歌德看来，他人及其话（或文本）不是单纯的物，而是另一个有意识的主体。作为说话者，他总是在言说，并向一切人或文本敞开。不存在与世隔绝的孤立作者、文本，世界各个民族、各个国家的文学相互影响。歌德以自身为例论证道：“我们固然生下来就有些能力，但是我们的发展要归功于广大世界千丝万缕的影响，从这些影响中，我们吸收我们能吸收的和对我们有用的那一部分。我有许多东西要归功于古希腊人和法国人，莎士

---

① 〔德〕歌德：《威廉·麦斯特》，董问樵译，上海：上海译文出版社，1999 年，第 852 页。

② 巴赫金指出：“人文科学是研究人及其特殊性的科学，而不是研究无声之物和自然现象的科学。人带着他做人的特性，总是在表现自己（在说话），亦即创造人文（哪怕是潜在的文本）。”人文思维的特殊性在于“双主体性”或“有两个意识、两个主体”：看到并理解作品的作者，就意味着看到并理解了他人的另一个意识及其世界，亦即另一个主体（“Du”）。

比亚、斯泰因和哥尔斯密给我的好处更是说不尽。”[①] 或许由于歌德本身是作家，所以，结合自己的创作实践经验，他比巴赫金更深入细致地论述了影响或文本外互文性问题。如从不同角度，他把文本外的另一个主体对作家艺术观照和艺术思想的形成所产生的影响区分为三种情形：第一种是依据实施者是否在眼前，歌德把影响分为存在于眼前的和不存在于眼前的两种。它们分别主要指当代文化、传统文化对人产生的影响。相比较而言，歌德更强调后者。他认为：“不存在于眼前的事物通过传统来影响我们。它通常的形态可以叫作历史型；一种更高的、近乎想象力的形态则是神秘型。”[②] 歌德在很多地方不厌其烦地叙说了莫里哀、莎士比亚、古希腊罗马文学和文化，以及以《圣经》里的事件、教训、象征和比喻对他文学创作的直接影响。[③] 第二种是从接受者的道德层面，歌德把影响分为好与坏两种。他以《少年维特之烦恼》为例说明并不是所有的影响都是好的。有些对接受者有益，有些则有害。[④] 读者最要紧的是要积极吸取作品中那些好的方面。第三种是依据对象及范围大小，歌德把影响分为有限、无限和有限兼无限。有限主要指某事物或者只是在一定情形下才产生一定影响，或者只对人的某一方面产生影响，或者某人主要受到某种特定事物的影响。无限主要指某事物对整个

---

① 〔德〕爱克曼辑录：《歌德谈话录》，朱光潜译，北京：人民文学出版社，1978 年，第 177—178 页。

② 《歌德的格言和感想集》，程代熙、张惠民译，北京：中国社会科学出版社，1982 年，第 11 页。

③ 如他说莎士比亚：“我想不起有什么书、什么人，或者生活当中任何一种事件，给了我这么巨大的影响。”《威廉·麦斯特》，董问樵译，第 852 页。

④ 如谈到一般小说和剧本及其对听众道德影响的好坏时，他以自己为例论证道：“如果一部书比生活本身所产生的道德影响更坏，这种情况就不一定很糟，生活本身里每天出现的极丑恶的场面太多了。”

人类世界具有永恒的影响。如歌德举例指出：埃斯库罗斯、索福克勒斯、欧里庇得斯“就连流传下来的他们的一些宏伟的断简残篇所显出的广度和深度，就已使我们这些可怜的欧洲人钻研一百年之久，而且还要继续搞上几百年才行哩”[①]。有限兼无限则指某事物的影响既有限又无限。如对伏尔泰、狄德罗等18世纪一些伟大人物，歌德一方面指出，他们只对青年时代的他产生过重要影响，另一方面又指出他们对整个世界文明所产生过的统治性作用。[②]

若从超越语言的视角审视，上述三种影响，无论是否存在于作家眼前、是好是坏、有限还是无限等，都是不易为人们识别的、潜隐在作家文本之外的“潜文本”[③]或“历史的和社会的文本”[④]。尽管我们通常在作家文本的能指层面找不到，但是，它们作用于作家的思想、道德观念、审美理解、情感、艺术感受力和表达力等，并由此具有了互文性（也即与作家形成文本外互文性）——一种“生

---

① 〔德〕爱克曼辑录：《歌德谈话录》，朱光潜译，第87页。

② 〔德〕爱克曼辑录：《歌德谈话录》，朱光潜译，第201页。

③ 歌德在很多文本中谈到了当代一些著名人物对他的影响。如自传作品《诗与真》里他用大量篇幅叙述了他与席勒、赫尔德的友谊。抒情诗《两个世界之间》里描写了封施泰因夫人、莎士比亚对他的影响，他“倾心唯一的一个女人，敬重唯一的一个男人，这多有益于心与脑的谐和！莉达——近在身边的幸福，威廉——天空最美的星辰，多亏了你们，我才成为我。无数的岁月已经匆匆消遁；然而我获得的全部的价值，都来自和你们共处的时辰”。详见《迷娘曲——歌德诗选》，杨武能译，桂林：广西师范大学出版社，2003年，第372页。

④ Julia Kristeva, *Desire in Language:A Semiotic Approach to Literature and Art*, Edited by Leon S. Roudiez, Translated by Thomas Gora, Alice Jardine,and Leon S. Roudiez, New York: Columbia University Press,1980, p.66.

产能力”[①]。

## 二

无论是文本内互文，还是文本外互文，刘勰和歌德都深切认识到了互文性之于文学的重要性，并以此成就了自己的作品。

刘勰在《宗经》篇把文学的本源归之于物质化存在的书面文本形式《五经》，认为它是“群言之祖”“恒久之至道，不刊之鸿教也”，后世人们唯有“征圣”“宗经”“禀经以制式”方能创作出优秀的文学作品。因此，通过引用、摹仿手段吸收和转化经典便成为创作者的根本任务。刘勰以文学史上优秀作家的创作为例论证说：“夫经典沉深，载籍浩瀚，实群言之奥区，而才思之神皋也。扬班以下，莫不取资，任力耕耨，纵意渔猎，操刀能割，必列膏腴，是以将赡才力，务在博见，狐腋非一皮能温，鸡跖必数千而饱矣。是以综学在博。”（《事类》）而从《文心雕龙》（既是文学理论、批评著作，也是精美的骈文文学作品）来看，正是遵循一系列原则、运用多种手法，或原封不动引用，或提炼整合，或改动表述等，刘勰将自己文章之外众多形形色色的其他文本巧妙地纳入自己文本中，使多种文本、多种话语，诸如政治、社会、历史和文学的，以及经书、史书和神话传说中的等共存于《文心雕龙》文本中。它们与《文心雕龙》文本或话语之间形成了多层次的联系，归纳起来主要有共存和派生两种基本关系。

共存主要指事类文本在《文心雕龙》中切实出现，其特点是刘勰在不改动原文（上下语境中的原句、原语词和原字）的前提下，

---

① Julia Kristeva, *Desire in Language: A Semiotic Approach to Literature and Art*, Edited by Leon S. Roudiez, Translated by Thomas Gora, Alice Jardine, and Leon S. Roudiez, New York: Columbia University Press, 1980, p.36.

通过明用、抄袭等用事手法，直接将事类罗列于《文心雕龙》文本中，譬如：

(1) [a] 昔伊耆始蜡，以祭八神。其辞云："土反其宅，水归其壑，昆虫毋作，草木归其泽。"则上皇祝文，爰在兹矣！[b] 舜之祠田云："荷此长耜，耕彼南亩，四海俱有。"[c] 利民之志，颇形于言矣。(《祝盟》)

(2) 若夫八体屡迁，功以学成，才力居中，肇自血气；气以实志，志以定言，吐纳英华，莫非情性。(《体性》)

例(1)[a][b][c]三个文本共存，即伊耆祭八神及其辞、舜之祠田辞和刘勰本人的言语(或文本)。其中伊耆祭八神与其辞可谓事类文本套事类文本。而某某"云"之称明确表明了各文本之间的界限。例(2)则把《左传·昭公九年》里"气以实志，志以定言"直接粘贴在自己的文本里，抹掉了两个文本之间的差异。虽然引用方式有明用、暗用之别，但例(1)(2)均是用"古人全语"。

派生指《文心雕龙》文本是从事类文本中派生出来的，但事类文本并不是原封不动地出现。换言之，事类文本经过刘勰程度不同地改动后(主要通过省略、增加、替换和"撮其要"等方式)，进入《文心雕龙》文本中。譬如：

(1) 夫桃李不言而成蹊，有实存也；男子树兰而不芳，无其情也。夫以草木之微，依情待实；况乎文章，述志为本。言与志反，文岂足征？(《情采》)

(2) 孟轲所云："说诗者不以文害辞，不以辞害意"也。(《夸饰》)

例（1）开头貌似刘勰言语的隔句对所表述的是此段的核心意义，然而深入考究，不难发现这个隔句对明显派生自以下两个文本，即《汉书·李广传赞》里的李将军死之日，“天下知与不知，皆为流涕。……谚曰‘桃李不言，下自成蹊’”和《淮南子·缪称训》中的“男子树兰，美而不芳，继子得食，肥而不泽。情不相与往来也”。刘勰以暗用的手法既基本上沿袭其原句、原语词，又用其意义，通过省略或添加个别语词把原文里的两小句合为一句，从而拼凑出了这个反对隔句对。而其后刘勰本人的言语，则直接由此隔句反对所蕴含的比喻意义生发出来，或者说只是对它的一个阐释。如此，三个文本（即《汉书·李广传赞》《淮南子·缪称训》和《文心雕龙》）无论是从言语的表层层面（也即能指）还是深层表义层面（也即所指）都水乳交融般地浑然一体。例（2）刘勰虽然以“孟轲所云”直接点明了下面言语的出处，但他还是对其进行了加工改造。《孟子·万章上》里有“故说诗者，不以文害辞，不以辞害志”之说，刘勰省略了其中的“故”字，并以“意”替换了“志”，其表述与《孟子·万章上》里的表述之间进行着对话，两者相互指涉、互相衔接。

就共存与派生两种基本关系而言，《文心雕龙》文本中比较普遍存在的是派生关系，它以各种形式存在于《文心雕龙》50篇中。这表明在“事信而不诞”（《宗经》）的前提条件下，刘勰更崇尚“改事”而不“失真”（《事类》）的用事。这种用事使刘勰的主观能动性得到了充分的发挥，他不是被动地用事，而是在与事类对话的过程中，既尊重、倾听和采纳事类，又影响甚至改变事类。这种互文性的写作模式贯穿于《文心雕龙》言语事实中，其中的每一篇文本都建立在这样一个前提上，即不论表达的是什么、怎么说的，它几乎都在自觉或不自觉地使用其他文本中的思想和言语，尤其是《五经》。正是在这个意义上，我们说《文心雕龙》是一个真正的互文本，一个对众多其他文本引用的结果。

歌德亦如此。他明确指出："一般说来，我们身上有什么真正的好东西呢？无非是一种要把外界资源吸收进来，为自己的高尚目的服务的能力和志愿！"[①] 这种"外界资源"的最大特点是跨语言、跨国界和跨文化性。歌德举例论证说："我们德国文学在英国文学中打下坚实基础"，其"大部分就是从英国文学来的！我们从哪里得到了我们的小说和悲剧，还不是从哥尔斯密、菲尔丁和莎士比亚那些英国作家得来的"。[②] 因为"世界总是永远一样的，一些情境经常重现，这个民族和那个民族一样过生活，讲恋爱、动感情，那么，某个诗人作诗为什么不能和另一个诗人一样呢？生活的情境可以相同，为什么诗的情境就不可以相同呢？"[③] 据此，歌德提出了母题之于文学创作的重要性，认为"一篇诗的真正的力量和作用全在情境，全在母题。不同国家的人都会使用它们"[④]。

歌德是这样说的也是这样做的。他不仅采用传统题材创作了

---

① 爱克曼辑录：《歌德谈话录》，朱光潜译，第 250 页。

② 爱克曼辑录：《歌德谈话录》，朱光潜译，第 177—178 页。

③ 爱克曼辑录：《歌德谈话录》，朱光潜译，第 55 页。

④ 爱克曼辑录：《歌德谈话录》，朱光潜译，第 53 页。

大量优秀的作品[①]，而且除取自本国民间传说的《浮士德》外[②]，他许多作品的题材来自国外。诸如分别取材于尼德兰叛乱、西班牙暴政和意大利诗人托尔夸托·塔索的戏剧《铁手骑士葛兹·冯·伯利欣根》《爱格蒙特》和《托尔夸托·塔索》，以及分别取材于阿拉伯、意大利的抒情诗《希吉勒》《科夫塔之歌》等，其中，取材于古希腊的作品最多，如诗剧《伊菲革涅亚在陶里斯岛》、抒情诗《普罗米修斯》《伽倪墨得斯》《安那克瑞翁之墓》等。歌德声称他对这些传统题材感兴趣的原因是它们或多或少决定着诗的形式[③]。他举例说："这些题材，曾深植根于我的心中，逐渐培养成熟而采取诗的形式。这就是《铁手骑士葛兹·冯·伯利欣根》和《浮士德》。前者的传记深深感动了我。"[④]

而"采取诗的形式"就是赋予这种已有的题材以有形的物质化的存在方式，也即文本，其基本方式就是文本内互文性，也即让前人文本内已经使用过的题材（包括其内容及其呈现形式）再次切实地出现在自己作品里。除个别文本内直接引用其他文本里的言语外，歌德文学文本主要通过以下四种方式与其他文本共存：

---

① 歌德完全取自现实生活的作品并不多。最有代表性的是抒情诗《约翰娜·瑟布斯》。1809 年 1 月 13 日，当莱茵河的流冰冲塌克勒维汉姆大堤，约翰娜·瑟布斯舍己救人，溺水身亡。歌德当年 6 月以此为题材创作了该诗。

② 在歌德《浮士德》之前，有关德国民间浮士德的传说已经被德国人约翰·施皮斯（Johann Spies）创作成通俗小说（书名为《魔术师浮士德博士传》，1587 年出版），该书很畅销，被译为多种文字并被改编。如英国剧作家马洛（Christopher Marlove）把它改编为剧本《浮士德博士的悲剧故事》，1588 年出版，莱辛也写了浮士德剧本。歌德在创作时也借鉴了这些作品。

③ 歌德说："或多或少决定着诗的形式的题材，德国作家到处寻求。"参见〔德〕歌德：《歌德自传——诗与真》，刘思慕译，北京：人民文学出版社，1983 年，第 275 页。

④ 〔德〕歌德：《歌德自传——诗与真》，刘思慕译，第 425 页。

1. 直接用基本故事情节。歌德取材范围非常广阔，如抒情诗《阿桑夫人的怨歌》《精灵之歌》《忠诚的艾卡特》和《骑士库尔特迎亲行》分别取材于塞尔维亚克洛地亚的民歌、欧洲民间传说、德国图林根地区古老的民间传说，以及一部法国人在 17 世纪出版的回忆录。叙事诗中最重要的一篇《魔王》，题材来自名为《魔王的女儿》的丹麦民谣。而他取材最多的是古希腊，如抒情诗《魔法师的门徒》《科林斯的未婚妻》《壮丽的景象》等[①]。歌德非常忠实传统题材，绝少改动其基本故事情节。如长篇叙事诗《赫尔曼与多罗泰》几乎与 1732 年的《善待萨尔斯堡移民的盖拉市》和 1734 年的《由萨尔斯堡大主教领地被驱逐的路德教徒移民全史》一致。

2. 直接用原题材里的人物名字和一些惯用术语、语词等。这一点突出体现在歌德学习并摹仿东方文学，尤其是阿拉伯文学所作的诗集《西东合集》里。虽然，他有时会改动个别名字，如波斯诗人哈菲兹的本名穆罕默德·舍姆斯·阿丁（Schems ad Din Muhammed），被歌德在《别名》诗里改为莫哈默德·舍姆瑟丁（Mohammed Schemseddin），但是，绝大多数情况下，歌德在诗里直接沿用哈菲兹、米尔扎等东方人的名字[②]，以及真主、穆罕默德等东方文化语境里的惯用术语或语词。有些诗歌甚至直接以它们为标题，如抒情诗《希吉勒》（Hegire）、《致哈菲兹》等[③]。

---

① 第一个歌德自称题材得自古希腊，第二个故事发生在古希腊较早皈依基督教的城市科林斯城，第三个取自古希腊神话。

② 如“哈菲兹，你的诗抚慰我”（《希吉勒》）；“哈菲兹，你优美的歌声，你神圣的榜样”（《创造并赋予生气》）；“哈菲兹，我要同你竞争，只有你与我是孪生兄弟，让我们共享痛苦与欢欣！像你一样地爱，一样地饮，将成为我的骄傲和生命”（《无限》）；等等。

③ Hegire 意为逃亡。而在抒情诗《邀请》里，歌德自称哈台姆。

3. 吸收题材所蕴含的意趣。任何题材都蕴含着一定思想、意趣，而它们又都是作者赋予的。因此，对某种题材沿袭，往往意味着作者对蕴藏在题材内的作者思想、意趣等的吸收。歌德认为只有那些能表现出作者伟大人格的作品才能为民族文化所吸收[①]。以英国小说《威克菲牧师传》为例，他说：它在我心中留下很深的印象。“我觉得我与书中的讽刺的意趣有共鸣之处，这种意趣超越于世间的种种事物，祸与福、善与恶、生与死等之上，达到真正的诗的境界的把握。”[②]

4. 摹仿表现形式及手法。题材虽然属于文学作品内容要素，但是，优秀文学作品的内容与形式往往是统一的，不存在脱离其呈现形式的题材。因此，在沿用传统题材故事情节时，歌德往往同时也摹仿它得以呈现的形式。[③] 如读《好逑传》《玉娇梨》和《花笺记》（包括附在它后面的《百美新咏》），以及中国诗（英译）后，歌德仿中国古代诗歌创作的《中德四季晨昏杂咏》。除使用中国文化里固有的语词、术语，以及中国古诗里常用的意境外，这十四首短诗在外在形式上都类似中国古体诗（其中，四句一首的有三首，八句一首的有七首），有些甚至采用中国早期诗歌叠韵、复沓等表现手法。

以上四种文本内互文性手法，歌德很少孤立使用，而是同时交叉使用两种或两种以上。如他摹仿品达、普罗帕尔提乌斯（Sextus Propertius）、哈菲斯、彼得拉克和但丁所创作的颂歌等，既吸收题材蕴含的意趣，又因袭其表现形式。有时，他也会对其中的某些表

---

① 爱克曼辑录：《歌德谈话录》，朱光潜译，第 126 页。

② 〔德〕歌德：《歌德自传——诗与真》，刘思慕译，第 443 页。

③ 他有一首题名为《摹仿》的诗，其云：“我渴望把握你的韵律，就连那重复我也喜欢，先立意然后遣词造句。”参见《抒情诗·西东合集》，杨武能译，合肥：安徽文艺出版社，1998 年，第 284—285 页。

现形式进行改造。如他认为自己的《莱涅克狐》是“介于翻译与改作之间”的作品。因为在该叙事诗里，他一方面保留了高特舍特散文体《莱涅克狐》译本的全部情节结构、对话、人物等（甚至散文译本里的错误他都沿用了），另一方面又把高特舍特散文体《莱涅克狐》译本改译为诗歌体（该体在形式上又整体摹仿荷马）。[①]因此，严格说来，以《浮士德》《莱涅克狐》为代表的歌德大部分作品都是“一个文本的置换（a permutation of texts），一个互文本（an intertextuality）：在一个被给定的文本空间里，几种话语，取自其他文本，交叉糅合为另外一个”[②]。当然，这并不是说歌德的作品不是原创，只是许多其他文本的混合；或者说，作者歌德不是直接面对现实生活或各种文学现象，只是在回收和重组前文本的材料。这里是说歌德在吸收和转化前文本，这些文本通常都被歌德依据自己的标准编辑过、改变过。

## 三

除直接论述互文性问题，并自觉运用其进行创作外，刘勰与歌德更深刻地认识到了这一点，即在写作过程中，文本内或外的互文性不仅是作家必须遵循的一个基本法则，而且是文学存在的特质、自身发展的规律。所不同的只是他们论述这一问题的视角：一个是历史的，一个是哲学的。

刘勰批评视域辽阔。他目光所及并不只是孤立的文学现象、个

---

① 参见钱春绮：《〈莱涅克狐〉译后记》，《歌德叙事诗集》，钱春绮译，北京：人民文学出版社，1983 年。

② Julia Kristeva, *The Bounded text*. See *Desire in Language: A Semiotic Approach to Literature and Art*, Edited by Leon S. Roudiez, Translated by Thomas Gora, Alice Jardine, and Leon S. Roudiez, New York: Columbia University Press, 1980, p.36.

体文本，还包括整个文学史。他以历史的眼光看待文本，把它们放在与其他文本的关系中去衡量，认为文学自己衍生自己，互文是文本生成的内在机制，也是整个文学自身发展演变的规律。通过对黄帝、唐、虞、夏、商、周、汉、魏、晋九代诗歌创作中“序志述时，其揆一也。暨楚之骚文，矩式周人；汉之赋颂，影写楚世；魏之篇制，顾慕汉风；晋之辞章，瞻望魏采”和“夸张声貌，则汉初已极，自兹厥后，循环相因，虽轩翥出辙，而终入笼内”现象的描述分析，刘勰在《通变》篇总结说：

> 夫设文之体有常，变文之数无方，何以明其然耶？凡诗赋书记，名理相因，此有常之体也；文辞气力，通变则久，此无方之数也。名理有常，体必资于故实；通变无方，数必酌于新声：故能骋无穷之路，饮不竭之源。

此处的“有常之体”指的就是文学自身发展的规律。刘勰认为在漫长的文学发展过程中，文学是一个相对稳定的存在，这些存在“变虽不常，而稽之有则也”（《书记》）。特别是“诗赋书记”之类“名理有常”，尽管它们从“黄世”到“宋初”千变万化，但是“序志述时，其揆一也”。至于夸饰之类的表现手法历史上文人更是“莫不相循”（《通变》）。文类的“名理有常”，当然源于人们在进行创作时“体必资于故实”，代代“相因”。所以，用“矩式”“影写”“顾慕”和“瞻望”这些语词，刘勰形象生动地说明了“楚之骚文”“汉之赋颂”“魏之篇制”和“晋之辞章”与前代的互文关系，论证了文学史就是互文性的历史。换言之，刘勰以互文性为基础归纳出了一条文学发展的内在规律，说明文学发展的基本动力是文学内容和形式自身的自我生成、自我转换。文学作品为了自身并根据自身而存在发展。文学史上某些文类基本的陈述内容及其表现形式“循环相因，虽轩翥出辙，而终入笼内”。

在理解刘勰上述思想时，“体必资于故实”和“变虽不常，而稽之有则也”这两句话更值得我们深思。“故实”和“稽”足以告诉我们刘勰这里所说的文学发展的自律现象，与传统上所说的继承与革新这一文学内部发展规律不同，他所强调的是后代文本对前代文本的直接使用，也即文本之间的互文性。

正是文本之间的这种互文性，使文学发展具有了内在的连续性，成为一个有规律可寻的过程。在《时序》篇，刘勰认为南北朝之前的文学虽然“蔚映十代，辞采九变”，但是它们却“终古虽远，旷焉如面”。当然，刘勰所说的“循环相因”不是按历史发展的顺序，循循相袭之意，而是指要摹仿前代优秀的文学作品，尤其是要“宗经”。这并不是说文学要在经籍里维持一种重复关系。事实上，基于“变则其久，通则不乏”（《通变》）的基本认识，刘勰反对一味相袭，倡导文人要在摹仿中创新，而其要略就在于要像潘岳那样，充分发挥个人的主体意志，本着“望今制奇，参古定法”(《通变》)、“目既往还，心亦吐纳”（《物色》）的互动式对话性原则，对另一文本或主体“凭情以会通，负气以适变”（《通变》），从而创作出“体旧而趣新”（《哀吊》）的作品。

从世界是一个有机统一整体的哲学高度，歌德认为导致互文性现象存在的根本原因是人所处世界的有机统一性。他以自己为例明确指出：“并不存在爱国主义艺术和爱国主义科学这种东西。艺术和科学，跟一切伟大而美好的事物一样，都属于整个世界。”[①]人

① 《歌德的格言和感想集》，程代熙、张惠民译，第 84 页。

亦如此。每个人都是“一个集体性人物，既代表他自己的功绩，也代表许多人的功绩。事实上我们全都是些集体性人物，不管我们愿意把自己摆在什么地位”。而“这个世界现在太老了。几千年以来，那么多的重要人物已生活过、思考过，现在可找到和可说出的新东西已不多了”[①]。“如果我能算一算我应归功于一切伟大的前辈和同辈的东西，此外剩下来的东西也就不多了。”[②]因为“我们一生下来，世界就开始对我们发生影响，而这种影响一直要发生下去，直到我们过完了这一生”[③]。“我要做的事，不过是伸手去收割旁人替我播种的庄稼而已。”[④]歌德因此断言：“严格地说，可以看成我们自己所特有的东西是微乎其微的，就像我们个人是微乎其微的一样。我们全都要从前辈和同辈学习到一些东西。就连最大的天才，如果想单凭他所特有的内在自我去对付一切，他也绝不会有多大成就。”[⑤]至于“现代最有独创性的作家，原来并非因为他们创造出了什么新东西，而仅仅是因为他们能够说出一些好像过去还从来没有人说过的东西”[⑥]。“真正具有绝对独创性的民族是极为稀少的，尤其是现代民族，更是绝无仅有。”[⑦]

与刘勰相同，如果说有文学独创性的话，歌德认为就是作者要以对话性的方式吸收其他文本，竭力在互文性过程中融入自己的“精

---

① 爱克曼辑录：《歌德谈话录》，朱光潜译，第178页。

② 爱克曼辑录：《歌德谈话录》，朱光潜译，第88—89页。

③ 爱克曼辑录：《歌德谈话录》，朱光潜译，第88—89页。

④ 爱克曼辑录：《歌德谈话录》，朱光潜译，第251页。

⑤ 爱克曼辑录：《歌德谈话录》，朱光潜译，第250页。

⑥ 《歌德的格言和感想集》，程代熙、张惠民译，第76页。

⑦ 〔德〕歌德：《论文学艺术》，《歌德文集》第10卷，范大灿等译，北京：人民文学出版社，1999年，第193页。

力、气力和意志”[①]。依他之见，如果作家能“用自己的心智灌注生命于所见所闻，然后以适当的技巧把它再现出来”[②]，那么，他就能创作出具有独创性的作品。至于“他的根据是书本还是生活，那都是一样，关键在于他是否运用得恰当”[③]，而“运用得恰当”的前提条件就是作家要主动地、有目的地学习那些与自己性格相符合的作家的文本。歌德说：“我们要像他学习的作家须符合我们自己的性格。”[④] 因为“在艺术和诗里，人格确实就是一切”[⑤]，而“独创性的一个最好的标志就在于选择题材之后，能把它加以充分的发挥，从而使得大家承认压根儿想不到会在这个题材里发现那么多的东西”[⑥]。歌德此处所说的“充分的发挥”，指的是作家要赋予前人或传统题材以生命，使之“构成一个活的整体”[⑦]。

如此创作出来的文学作品，歌德认为才“是一件精神创作，其中部分和整体都是从同一个精神熔炉中熔铸出来的，是由一种生命气息吹嘘过的”[⑧]。其作品《浮士德》就是这方面的杰出代表。该诗体悲剧采用传统题材，且在故事、情节结构、主要人物、表现形式（如诗体形式）等方面沿袭克利斯朵夫·马洛 1594 年的剧本《浮

---

① “除掉精力、气力和意志以外，还有什么可以叫做我们自己的呢？”（爱克曼辑录：《歌德谈话录》，朱光潜译，第 88—89 页。）

② 爱克曼辑录：《歌德谈话录》，朱光潜译，第 251 页。

③ 爱克曼辑录：《歌德谈话录》，朱光潜译，第 56 页。

④ 爱克曼辑录：《歌德谈话录》，朱光潜译，第 88—89 页。

⑤ 爱克曼辑录：《歌德谈话录》，朱光潜译，第 229 页。

⑥ 《歌德的格言和感想集》，程代熙、张惠民译，第 76 页。

⑦ 爱克曼辑录：《歌德谈话录》，朱光潜译，第 8 页。

⑧ 爱克曼辑录：《歌德谈话录》，朱光潜译，第 247 页。

士德博士的悲剧》[①]，但却是歌德的“精神创作”。他解释道：“上卷几乎完全是主观的，全从一个焦躁的热情人生发出来的，这个人的半蒙昧状态也许会令人喜爱。”[②]下卷里“按我的本意，浮士德在第五幕中出现时应该是整整一百岁了，我还拿不定是否应在某个地方点明一下比较好些”[③]。而我最终让浮士德从传说中坠入地狱进入天堂，则是由于“浮士德身上有一种活力，使他日益高尚化和纯洁化，到临死，他就获得了上界永恒之爱的拯救”[④]。正是因为歌德的个人自由意志以及他毕生对人生的感悟、艺术的理解的倾注，古老的题材焕发了新的生命力。英国思想史家梅尔茨把歌德《浮士德》作为一种无所不包的化身、19世纪怀疑精神和宏图大略的经典表现，认为“它把我们时而引入令人晕头转向的哲学迷宫，时而引入广阔无垠而令人生厌的自然科学，又用罪恶和赎罪的玄义把我们引入个人生命和宗教信仰的隐蔽的深处”[⑤]。

---

① 〔英〕克利斯朵夫·马洛：《浮士德博士的悲剧》，戴镏龄译，北京：作家出版社，1956年。

② 〔英〕克利斯朵夫·马洛：《浮士德博士的悲剧》，戴镏龄译，第232页。

③ 〔英〕克利斯朵夫·马洛：《浮士德博士的悲剧》，戴镏龄译，第244页。

④ 〔英〕克利斯朵夫·马洛：《浮士德博士的悲剧》，戴镏龄译，第244页。

⑤ 〔英〕梅尔茨：《十九世纪欧洲思想史》第一卷，周昌忠译，北京：商务印书馆，1999年，第67页。

# 结语

巴赫金说："文本只是在与其他文本（语境）的相互关联中才有生命。只有在诸文本间的这一接触点上，才能迸发出火花。"[①]当我们穿越时空隧道，跨越文化界域，把刘勰与歌德文本放在一起观看时，我们的惊讶不是来自陌生而是相似：这些文本都是作者"用各种不同性质的表述，犹如他人的表述来创造的。甚至连作者的直接引语，也充满为人意识到的他人话语"[②]。而遵循"振叶以寻根，观澜而索源"（《文心雕龙·序志》）的基本原则，通过对刘勰"事类""征圣""宗经""循环相因""体旧而趣新"等，以及歌德"两个主体""影响""题材""摹仿""独创性"等论述的跨文化考察，我们把握到了它与当代互文性思想和理论之间的一脉相承。与此同时，我们也清醒地认识到：刘勰和歌德远非"根"或"源"。诚如歌德所说："凡是值得思考的事情，没有不是被人思考过的；我们必须做的只是试图重新加以思考而已。"[③]其实，早在刘勰与歌德之前，类似的论述与实践比比皆是，诸如亚里士多德的悲剧和喜剧起源于临时口占（颂神诗）、贺拉斯的苏格拉底的文章能够给诗人提供材料[④]、王充的"人不博览者，不闻古今，不见事类，不知然否"（《论衡·别通》），以及《尚书》里的"无稽之言"、"彝训"、"旧章"之论等。至于文学创作中普遍存在的用典和体裁、题材、表现手法等的因袭现象，以及19世纪中叶以来为比较文学研究已经证实的"接受到的和给与别人的那些'影响'的作用，是文学史的一个主要的

---

① 〔俄〕巴赫金：《文本 对话与人文》，白春仁、晓河等译，石家庄：河北教育出版社，1998年，第380页。

② 〔俄〕巴赫金：《文本 对话与人文》，白春仁、晓河等译，第319页。

③ 《歌德的格言和感想集》，程代熙、张惠民译，第3页。

④ 参见亚里士多德《诗学》第4、5章，以及贺拉斯《诗艺》。

因子"[1]等等，这一切都表明：互文性是文学之为文学的东西。它"是文本固有的特质和读者期待的一部分"[2]，更是文学自身建构、积淀、解构的内在机制。

---

① 〔法〕提格亨：《比较文学论》，戴望舒译，上海：商务印书馆，1937年，第6页。

② Graham Allen, "Intertextuality", *The Year's Work in Critical and Cultural Theory* V.4 No.1 1994, p.48.

# 《文心雕龙》英译本“序言”两篇[①]

施友忠、黄兆杰等著　戚悦译

## 一、施译《文心雕龙》双语版序言

大约十三年前，我开始翻译《文心雕龙》，既是为了履行一项愉快的义务，也是为了满足自己的兴趣。我一直都非常喜爱这本书，不仅醉心于其语言的美丽，而且惊叹于作者对文学本质及形式的深刻见解，正如霍克思教授所言，此乃“所有同类见解中最伟大者”。“文心”指本质，而“雕龙”指在艺术上呈现该本质的形式要素。在第一版中，我曾试图用副书名“中国文学思想与形式的研究”来表明这一点。从刘勰所处的时代开始，这本书便反复得到评论和引用，在数个世纪之间，有众多学者接受了这本书的观点，并将其融入自己的著述中，虽然他们采取了崭新的方式进行表达，但是《文心雕龙》的影响依旧清晰可见。如此美丽且重要的一部作品，此前竟然从未被介绍到西方世界，而其他价值远远不如《文心雕龙》的作品却摆满了西方图书馆的书架，真是匪夷所思。不过，这本书的语言很难，它淋漓尽致地展示了刘勰所处时代的一种精妙文体，倘若明白了这一点，那就能理解为什么这本书迟迟未能得到译介。毫无疑问，面对这样一项挑战，肯定有不少人愿意尝试，却又犹豫不决。无论如何，总得有人迈出第一步，于是我便闯入了这片许多人都不敢踏足的领域，希望能起到抛砖引玉的作用。这是翻译《文心雕龙》全书的首

① 基金项目：国家社科基金重大项目“《文心雕龙》汇释及百年‘龙学’学案”（17ZDA253）。

次尝试，难免会犯错。更加不幸的是，由于时间有限，我没有机会征询朋友们的建议。当我在自己的小房间里埋头苦干时，总会有脆弱、疲惫或情绪低落的瞬间。对于一些学者指出的明显错误，我还能做出怎样的解释呢?

理所当然，我喜欢鼓励的话语。所以，我要衷心感谢一些学者，他们不厌其烦地通读了我的翻译，并向我提出富有洞察力的批评，指出具体的错误，给予精辟的建议，告诉我如何改善这个译本。我尤其要感谢印第安纳大学的柳无忌教授和牛津大学的戴维·霍克思教授，虽然他们颇为体谅地说，这个译本“在某种程度上是一项创举”，慷慨地对我予以鼓励，但是他们并没有因此而放宽要求。有时候，在批评我的缺点时，他们甚至比其他人更加严厉。然而，现在这个双语版的英语部分是采用原纸型照相制版印制的，难以大幅度修改，所以，虽然他们有一些意见非常宝贵，但是我无法采纳，这是唯一的遗憾。

尽管我非常喜欢鼓励的话语，但是我也充分明白批评的好处，尤其是那些基于理解以及为了学术而提出的批评。所以，在修订这个双语版时，我尽可能地考察了批评家们提出的大多数观点。无论是赞同的还是反对的，我都同样感激。不过，当我在研究这些评论时，我发现有一些观点的提出是由于批评家本身没有充分理解汉语的原意。我只能对他们表示同情。汉语的困难是无可否认的，就连生活在汉语环境里的中国学者也无法完全避免错误。因为要想轻松地理解汉语，必须广泛地阅读、记忆和背诵文学作品，还得习惯于汉语的表达方式并加以运用。唯有如此，一个人的眼睛、耳朵和思想才能彻底接受汉语的精神和韵律，也才能在创作中深切体会到成功的喜悦和挫败的苦涩。只有毕生的经历才能带来这种感觉。我希望学习外国语言的学生们能够明白，等待他们跨越的不只是语言差距，还有文化的距离。我希望他们能够保持谦逊，意识到自身的不足。只有当一个人认识到自己的无知时，才能获得真正的知识。

1967 年，我写信给哥伦比亚大学出版社，询问关于双语版的事情，但是没有立即收到答复。第二年，哥伦比亚大学出版社通知我，库存中所有的译本已全部售罄，他们向我提供了两种选择：一是重印，以满足市场的需求；二是把版权归还给我，让我准备一个新版本。由于他们无法推出修订版，而重印又不允许修改错误，所以我选择了第二种做法。后来，中华书局同意推出双语版，并允许我进行一定的修改，于是我就把版权授予了他们。

原文采用了开明书店版[1]，遇到存在不同解读的地方，我便根据过去注释家的观点进行选择，其中包括梅庆生、黄叔琳、范文澜、王利器、杨明照等众多学者。我非常感谢这些注释家，他们旁征博引，不辞辛劳地阐明文本的含义，大大减轻了我这项工作的负担。在王利器和杨明照的版本最后，提到了数百年来出现的《文心雕龙》的不同版本和学者评论，以及《文心雕龙》对中国文人的巨大影响，对类似问题感兴趣的朋友可以参考。

因为这是双语版，所以我删掉了原有的术语对照表。

感谢台湾大学的郑骞教授为这个译本撰写了中文序言。感谢哥伦比亚大学出版社将版权退还给我，允许我毫无限制地使用第一版的材料，以便为这一版做准备。此外，我还要感谢（台湾）“中华书局”出版这个双语版译本。

施友忠

中国台北

1970 年 3 月 5 日

---

① 译者按：应指台湾开明书店翻印出版的范文澜《文心雕龙注》。

## 二、黄兆杰、卢仲衡、林光泰《文心雕龙》英译本引言

关于《文心雕龙》作者刘勰的生平，我们知道的不多。官方史书《梁书》和《南史》中的两篇简短记载颇为相似。大约在465年，刘勰生于东莞莒县（即今山东莒县）。他年少时便成了孤儿，由于家贫而没有娶妻，将全副精力都投入到了学习之中。后来，他迁移到南方，居于京口（即今江苏镇江）。[①]在483至493年间，沙门僧祐到江南讲佛，刘勰跟随他住进了定林寺。据《序志》篇所言，《文心雕龙》应当写于刘勰三十岁之后，大约完成于501年。在四十岁之前，刘勰曾在朝为官，之后便出家为僧，法号慧地。刘勰卒于520年，终年五十六岁。当刘勰在世的时候，《文心雕龙》既不流行，也没有得到高度重视。

当刘勰写作《文心雕龙》的时候，孔子早就在大约十个世纪之前提出了对诗歌的看法，孟子也表达了他的意见，老子和庄子亦然（这里仅仅以西方最熟知的几个人物为例）。《诗大序》已经问世，司马迁、扬雄、班固和王逸都对批评思想有所贡献。不过，今天看来，孔子、孟子、老子和庄子都属于我们所说的“哲学家”，他们在文学评论方面的观点只是附带的产物而已。就连《诗大序》的作者也主要是一位道德家，而非文人。

关于这些早期的“批评家”，有两点值得注意。第一，如前所述，他们关注的中心对象是道德，而非文学。第二，他们的言论都比较简短，而且经常缺乏具体的语境，因而其内涵不够清晰。

在二世纪和三世纪，一批更加务实的批评家陆续涌现。曹丕和曹植均具有细腻敏锐的感受力，而陆机则凭借其条理清晰的长篇之

---

① 译者按：这段叙述应基于对《梁书》的理解，但不确。刘勰并非出生于莒县，自然也不存在他本人迁移南方的问题，而是“世居京口”。

作《文赋》，成为刘勰之前最杰出的批评家。实际上，有些人也许会偏爱陆机，甚至胜过刘勰。

但是，我们必须先把刘勰放在一边，越过他向后世展望。七世纪至十世纪的文学批评大多是零散的——这里一篇序言，那里一篇后记，或者在信件中偶然提及一些文学观点，等等。在十一世纪，第一部诗话出现了，从那时起直到十九世纪末，这便成了文学批评最重要的形式。随意漫谈，趣味盎然，悠闲从容，并略带几分旁观者的气质——诗话确实是中国研究诗歌乃至艺术的主流方式。既然可以做翩翩君子，谁还想当专家学者呢？

这也就解释了为什么《文心雕龙》非常重要并且值得翻译。它傲然挺立在中国文学批评史上，可谓前无古人后无来者，就像一座雄伟的纪念碑——至今依然如此，又如一位庄严的君主，掌管着所要探讨的每一个大大小小的问题。《文心雕龙》堪称一部内容完整、结构缜密的巨著。

若要欣赏《文心雕龙》，我们必须从审视它的结构开始。大体而言，这部作品似乎是由两部分组成，前二十五篇涉及了总体性的问题，后二十五篇则讨论了文学艺术方面的话题。其实，二者的界限并不是很明确。最重要的篇章是前三篇和最后一篇，不过这些篇章的重要性也并非完全相同。

第五十篇基本相当于后记，可以作为序言放在全书的开头，它的风格也跟其他篇章截然不同，有一种强烈的叙述性，读来颇具魅力，最重要的或许是其中流露着深切的真诚。如此看来，《梁书》会完整地引用这一篇，也就不足为奇了。

不过，即便是世界上最好的后记或序言，也不过是正文的附属品而已。因此我们必须承认，《文心雕龙》的最后一篇比开头三篇的重要性要小一些。

阅读前三篇，人们可能会误以为它们是按照重要性的顺序，从大到小进行排列，实际上恰恰相反。刘勰的目的是确立一套具体文本的权威性。他并不掩饰在此过程中对“道”和“圣人”表达自己的敬意。如果我们稍微考虑一下，前三篇与第五至二十五篇之间的关系（我们认为第四篇比较特殊，因此并未将其算进去），我们会发现，第三篇是后面各篇的源泉，而第一篇和第二篇只是作为一个遥远的背景而已。

为什么要单独讨论第三篇的重要性呢？因为从中我们可以看出研究文学的文本方法，正是这一方法使刘勰变得格外具有现代意义。文本超越文本，文本危及文本，文本破坏文本，文本消灭文本。

现在，让我们来看看刘勰对文学和写作的观点，包括一些惊人的深刻见解。我们并非要试图总结刘勰的思想，因为那是对读者的冒犯，我们只是打算分享一些美妙或精彩的瞬间。

在《史传》中，刘勰说：“原夫载籍之作也……使一代之制，共日月而长存；王霸之迹，并天地而久大。”这句话值得注意的字是“作”[①]，刘勰并未天真地以为史书的撰写是客观的。但是，即使史书难以做到客观，却可以是有用的，实际上也应该是这样：“然后诠评昭整，苛滥不作矣。”[②]

我们之所以引用刘勰对史书的观点，也是为了提醒读者诸君，对于刘勰来说，文学是指所有的写作形式，在欧洲语言中，文学的本意也是如此。

不过，也许我们还是应该继续看看刘勰对诗歌及其创作的思考。在《神思》中，刘勰告诉我们——这里我需要进行大量引用：

---

① 译者按：作，黄译本将其译为“创造性的写作”。

② 译者按：黄译本将该句译为：“最终，史学家有责任提供一个优雅的诠释，那么政治上的苛滥现象就不会再出现了。”

> 是以陶钧文思，贵在虚静；疏瀹五藏，澡雪精神。
>
> 登山则情满于山，观海则意溢于海，我才之多少，将与风云而并驱矣！
>
> 是以秉心养术，无务苦虑；含章司契，不必劳情也。
>
> ……

我们也许永远都无法破解为文之“术”的奥秘，但是对于刘勰所作的尝试，我们理应心存感激。

# 龙学纵横

## 《文心雕龙》的推广和应用：我的尝试

黄维樑

### 一、发扬《文心雕龙》这中华珍宝

"龙学泰斗"杨明照先生称道《文心雕龙》"内容最丰富，体系最完整"①，认为它不只是我国的珍贵遗产，同时也是人类共有的精神财富。杨先生的大弟子曹顺庆先生指出："在中国，众所周知，体大虑周的《文心雕龙》几乎是空前绝后的。"②洵为知言。百年来中华的大学开设《文心雕龙》课程，学者钻研"龙学"、发表著作、翻译文本、编撰工具书、指导研究生撰写学位论文、举办学术会议；也有学者阐发《文心雕龙》的理论，以为当今写作者的南针。百年来"龙学"的成果非常丰硕。当然，这部伟大的经典，还大有可供

① 杨明照：《刘勰与〈文心雕龙〉》，《杨明照论文心雕龙》，上海：上海科学技术文献出版社，2008年，第3页。

② 曹顺庆：《从总体文学的角度认识〈文心雕龙〉的民族特色及其理论价值》，曹顺庆编：《文心同雕集：庆贺杨明照教授八十寿辰》，成都：成都出版社，1990年，第143页。曹氏此文引述杨明照先生对《文心雕龙》的评价，包括《文心雕龙》"理论的深度与广度，完全可以和世界上任何一部杰出的文论名著媲美"。曹氏此文视野开阔，通过与西方文论的比较，极言《文心雕龙》的重大价值，极言其"体大虑周"；另一方面，则慨叹"西方中心"论者对它的偏见，对它的"一无所知"（第135、136页）。

研究的空间；此外，它值得我们大力推广发扬，其应用价值应获得进一步阐述。“龙学”发达，但一般而言，“龙学”的成果及其影响，只限于“龙学”学者的“群组”里。对《文心雕龙》的推广发扬，笔者用力所在，有两方面。其一是希望推广至一般的文学理论学者，包括比较文学学者；这里说的学者，包括中华学者，以及英语学术界的学者。其二是希望推广至中文系的学生。

在大学教授中国古典文学的中华学者，一般都认识《文心雕龙》这本书（学者中有《文心雕龙》的专家），但教授汉语新文学以及外国语文的，就未必。书名是听过的，也许对此书的性质也略有所知，却并没有相当的认识；他们中甚至有不少人，认为只有外国的文学理论才有价值。这里只举两个外文学者的例子。长沙有位郑延国先生，任教于外文系，这样写道：“曾有随家伯父……习读《文心雕龙》之愿，孰料一场革命将此愿化作‘樯橹灰飞烟灭’，至今引以为憾。”[①] 另一个例子是：二十世纪七十年代初，台湾大学的颜元叔先生，在提倡比较文学和提倡用西方当代文学理论研究中国文学之际，认为也应知道一些中国古代的理论，于是想到中文系去旁听《文心雕龙》的课；他去听了，却觉得此书难懂，且看来不外是印象式批评那个套路。[②]

不认识《文心雕龙》，或对它“敬而远之”，或认为它不过是“老古董”的学者，在海峡两岸暨香港、澳门大概不在少数。我们怎样向他们推广（用商业的术语则是“推销”）《文心雕龙》呢？做法应该是指出这本古代文论的现代意义和价值，让他们有意愿阅读此书、认识此书，进而重视它。现代学者习惯于用西方的理论来研究

① 引自郑延国 2019 年 9 月 26 日致黄维樑的电邮。

② 1970 年代中期，颜元叔和夏志清就中国古典文学的研究方法和理论打笔战，颜元叔讲述过他尝试认识《文心雕龙》的情形。

文学，我们应该指出《文心雕龙》不是过时的老古董，其学说和现代西方理论多有相通和契合之处。（其实历久弥新的理论，中西都不乏；文学的基本原理，哪像通信科技一般，1G、2G以至5G、6G，代代有新变？这个议题此处略道即止。）

## 二、通过中西比较认识《文心雕龙》的意义和价值

1983年夏天，我在台北参加“第四届国际比较文学会议”，发表论文“The Carved Dragon and the Well Wrought Urn—Notes on the Concepts of Structure in Liu Hsieh and the New Critics”，就是为了说明这种相通和契合。[①]1989年12月，我参加香港大学的“中国学术研究的传承与创新”研讨会，发表的论文题为《现代实际批评的雏形——〈文心雕龙·辨骚〉今读》[②]；1991年10月我在台北的“中研院”文哲研究所筹备处演讲，以《文心雕龙与西方文学理论》为题[③]，二者同样是依循相通和契合这个主旨立论。此外，2004年我在一个研讨会里宣读论文，指出《文心雕龙·时序》是一篇微型的中国文学通史；刘勰撰史所顾及的诸种元素，与今天我们编写文学史要顾及的，并无二致。在2008年的一个研讨会中，我发表论文，指出《文心雕龙·论说》与现代学术论文的撰写原理完全吻合。2012年在一个研讨会的主题演讲中，我指出《文心雕龙》包含的“雅俗”观点，

---

① 此文会后发表于 *Tamkang Review* 的1984年夏秋季合刊号；后来我加以增订，译写为中文，以《精雕龙与精工瓷——刘勰和“新批评家”对结构的看法》为题，发表于《香港文学》1989年9月和10月号；又发表于台北《中外文学》1989年12月号；又收录于上引的曹顺庆编《文心同雕集》。

② 论文刊于北京《中国文化》1991年12月出版的第五期，又刊于日本九州大学中国文学会主编的《文心雕龙国际学术研讨会论文集》（台北：文史哲出版社，1992年）。

③ 此次演讲的记录，刊于台北《中国文哲研究通讯》1992年3月出版的第一卷第一期，又刊于上海《文艺理论研究》1992年第3期。

可以作为我们今天讨论雅俗文学时参考。在分别谈论赵翼和钱锺书的两篇文章里，我清楚说明刘勰和古今赵、钱两位有很多“心理攸同”的文学见解。总括来说，多年来，我先后通过多篇文章，在海峡两岸暨香港，具体说明《文心雕龙》不但“体大虑周”，而且理论极具恒久性、普遍性，有巨大的现代价值。①

一些论者认为中国传统的文学批评，没有分析性、系统性，与西方不同。这是个以偏概全的说法，我曾力证其非。我诠释《文心雕龙》，认为其理论可“古为今用”，具有普遍性之外，还指出它具有分析性、系统性，同时进一步强调其“体大虑周”。“体大虑周”这个特质非常重要。曹顺庆曾就这个特质加以具体说明：就艾布拉莫姆斯（M. H. Abrams）“所说文学批评的四种倾向——模仿、表现、实用、客观——而言，在《文心雕龙》中都有不同程度的体现”②。1991 年我在台北“中研院”演讲，以《文心雕龙与西方文学理论》为题，指出西方古今文学理论关注的很多议题，《文心雕龙》都关注了。

进入新世纪，我继续设法证明其“体大虑周”。“体大”的“体”就是“体系”，于是我尝试从比较诗学（comparative poetics）的角度，把《文心雕龙》的内容重新组织，为它建构两个文论体系。《文心雕龙》的内容是“陈酒”，新建构的体系是“新瓶”。

第一个体系，我采用“依附法”。面世逾六十年、影响很大的韦礼克、华伦（Rene Wellek&Austin Warren）合著的《文学理论》（*Theory*

---

① 这里所述的几篇论文，后来成为黄维樑著《文心雕龙：体系与应用》（香港：文思出版社，2016 年）一书的篇章；其原来发表的资料，此书有注明。同类性质和宗旨的文章，还有一些，都请参见这本书。

② 曹顺庆：《从总体文学的角度认识〈文心雕龙〉的民族特色及其理论价值》，曹顺庆编：《文心同雕集：庆贺杨明照教授八十寿辰》，第 145—149 页。

*of Literature*），把文学研究分为三个范畴：

（一）文学理论：研究文学的原理、类别、标准等；

（二）文学批评：对具体作品的研究，基本上是静态的；

（三）文学史：对具体作品的研究。

韦、华二氏从另一个角度，再把文学研究分为两类：

（A）外延研究：研究文学与传记、心理学、社会、理念的关系，以及文学与其他艺术的关系；

（B）内在研究：研究文学的节奏、风格、比喻、叙述模式、体裁、评价等等。

我参考了韦、华的说法，基本上"依附"他们的架构（即一个来自西方的"新瓶"），把《文心雕龙》的内容分析和归纳为下列的纲领，建立如下的体系：

（甲）"文学通论"之（1）"文学本体研究"

"文学通论"之（2）"文学外延研究"

（乙）"实际批评及其方法论"之（1）"对具体作家、作品的批评"

"实际批评及其方法论"之（2）"实际批评方法论（六观法）"

（丙）"文学史及分类文学史"之（1）"分类文学史"

"文学史及分类文学史"之（2）"文学史"

在纲领之下，还有细目。我截取《文心雕龙》的相关语句，放在以上的体系中，让大家认识我国这部经典，果然如论者所称许的"体大虑周"；而且，像刚才所说的，其学说和现代西方理论多有相通和契合之处。①

---

① 关于这个体系的详细内容，请参阅黄维樑《文心雕龙：体系与应用》（香港：文思出版社，2016年）一书的附录2。

## 三、建立《文心雕龙》的“情采通变”文论体系

第二个体系，则是“一空依傍”的，其架构是我特制的“新瓶”。我建立的这个体系，以《文心雕龙》的内容为本，兼及中国传统的一些重要理论，又旁及西方古今的一些重要理论。经过长时间的构思、酝酿、规划、修订，我有了“情采通变：以《文心雕龙》为基础建构中西合璧的文学理论体系”；我以此为题，撰写了一篇六万字的长文，在 2016 年完成。[①] 此文的纲领如下：

**（一）情采［（内容与形式技巧）］**

1. 情：人禀七情，感物吟志

2. 采：日月山川、圣贤书辞，郁然有采

3. 情经辞纬，为情造文（内容与形式的关系）

（在“情”方面，“蚌病成珠”说兼容西方 tragedy 悲剧理论和 psycho-analysis 心理分析；由“情”到“采”，中间涉及“神思”，这和西方的“想象”imagination 可相提并论。）

**（二）情采、风格、文体**

1. 物色时序、才气学习（影响作品情采、风格的因素）

2. 风格的分类

3. 文体的分类

（《物色》相容西方基型论 archetypal criticism；《谐讔》相容西方通俗剧理论。）

**（三）剖情析采（实际批评）**

1. 文情难鉴，知音难逢

---

① 此文刊于 2017 年 6 月出版的《中外文化与文论》第 35 辑；于香港《文学评论》（双月刊）2016 年 8 月号起连载；其节录本刊于《中国文艺评论》2016 年第 9 期。

（A）披文入情的困难

（B）读者反应仁智不同

（相容西方读者反应论 reader's response 及接受美学 reception aesthetics。）

2. 平理若衡，照辞如镜（理想的批评态度）

3. "六观"中的"四观"

（A）观位体

（B）观事义

（C）观置辞

（D）观宫商

［（A）"位体"可与亚里士多德"结构"说相提并论；（C）"置辞"和（D）"宫商"相容西方修辞学 rhetoric 及新批评 The New Criticism；西方叙事学可寄存于（A）"位体"；西方女性主义 feminism、后殖民主义 post-colonialism 等可寄存于（B）"事义"。］

**（四）通变（比较不同作家作品的表现）**

1. "六观"中的"二观"

（A）观奇正

（B）观通变

2. 通变·文学史·文学经典·比较文学

（A）时运交移，质文代变（文学发展史）

（B）文学经典

（C）比较文学

（《史传》《时序》相容西方文学史理论。）

**（五）文之为德也大矣（文学的功用）**

1. 光采玄圣，炳耀仁孝（文学对国家社会的贡献）

（兼容西方马克思主义 Marxism 等理论。）

2. 腾声飞实，制作而已（文学的个人价值）

这个体系的细节，以《文心雕龙》的内容为基础，兼采古今中西文论，以为旁证，以为补充。以"情采通变"为名，因为这两个词语是文学理论的关键词。用"情采"，因为任何一篇文学作品，都离不开"情"与"采"两部分，而《文心雕龙》正有《情采》篇；另外，"情"与书名的"文心"相应，"采"则与书名的"雕龙"相应，"情"与"采"合起来，就成为《文心雕龙》。又，"情"与"采"两个概念，与《易经》的"阴"和"阳"一样，既是二元相对，也是二元互补，极富哲理。关于《文心雕龙》书名的解释，说法颇多。书名中"文心"与"雕龙"的关系为何？在语法上属于并排还是从属关系？这里顺便作一解释：把作者的情思，也就是"文心"，通过各种适当的修辞手法，自然生动而又精美地表现出来，像"雕龙"一样。

说"通变"为关键概念，因为文学之为艺术，必须在继承传统、参照传统（"通"）之际，谋求创新（"变"），而《文心雕龙》正有《通变》篇；能"通变"，则具有"文心"的作品这条"雕龙"才能活能新，展现各种姿采。范文澜曾谓"读《文心》，当知崇自然贵通变二要义，虽谓全书精神也可"[①]；其他很多"龙学"学者也强调"通变"这一概念的重要性。"缩龙"成寸，我们可说"情采""通变"二词概括了刘勰文学理论的主要内容。历来学者对《文心雕龙》的结构（或内容的分类组织）虽然看法有些分歧，它本身却无疑是自成体系的。我以"情采通变"为纲为目建构体系，乃因为这两个关键词最能使这个体系纲张目举，而且"就地取材"地运用原书的

① 《文心雕龙学综览》编委会编：《文心雕龙学综览》，上海：上海书店出版社，1995 年，第 125 页。

词汇：体系的名称用了原书的词汇，其大纲细目也如此。

我建构的“情采通变”体系，彰显了《文心雕龙》“体大虑周”的特色。不过，此书写于一千五百多年前，作者自然无法预见当代全球各地的种种文学现象，以及由此归纳演绎出来的文学理论；因此，上述新建构的体系，颇有增益补充的需要，而各种增益补充的观点，大可纳入这个泱泱大体系里面。可以增益补充的，上述的体系纲领已略有注明。二十世纪西方文论百家争鸣，然而，诸如心理分析学说、女性主义理论、后殖民主义等，都不重视文学作品的文学性（艺术性）；说到文学性，《文心雕龙》的种种见解，基本上位居至尊，西方古今很多理论都难以伦比。

## 四、向英语学术界介绍《文心雕龙》“Hati-Colt”体系

为了向英语的比较文学学术界介绍我的这个体系，我把“情采通变”长文改写为英文，以“Hati-Colt：A Chinese-oriented Literary Theory”为题，于2016年7月在四川大学的一个比较文学研讨会上宣读，后来在一本比较文学学报上发表[①]。论文标题的“Hati”是英文“Heart-art”（心—艺术）和“Tradition-innovation”（传统—创新）的头字母缩写；“Colt”是英文“Chinese-oriented literary theory”（中国为本的文学理论）的头字母缩写。Hati的声音容易读出来（不像NBC、CBS那类缩写要逐个字母读出声音）；Colt亦然，而且有意义，意为“小马”或“新手”，寓意是这个体系虽来自古典，却是个新的尝试。拟定这个英文名称，可说是“用心良苦”吧。

古人早有“不惜歌者苦，但伤知音稀”的叹息。“歌者”光凭研讨会上十多分钟的发言，以及一本学报上的文章，还没有艰苦登

① 此文刊于*Comparative Literature&World Literature*，vol.1，no.2（2016）。

上险峻的“蜀道”，就希企英语文论界认识《文心雕龙》的现代意义和价值，以至肯定并采用其理论，此事绝难成功。我对“Hati-Colt”体系的论述和介绍，却是微微带点雄心的：期望在国际为《文心雕龙》发声——也就是中国文论在国际基本上“失语”后发声。

这里顺便略说“失语症”和随之而来的“中国学派”议论。中国文论在国际学术界患了“失语症”（曹顺庆有著名文章谈论此“症”），如何“医治”，如何在“医治”后发声呢？我们应当提出有中国特色的文论话语，最好自成体系，成立“中国学派”。我力量非常微薄，却愿意尝试；这个有中国特色而且是中西合璧的“情采通变”体系，这个“Hati-Colt”，就是“自发研制”出来的一个体系。至于“中国学派”这个名号，我认为目前只宜作为国人的内部参考，作为继续努力的方向。等到万事俱备，东风一起，国际学术界望风升旗，才绣上“中国学派”这个嘉名。

## 五、新创《文心雕龙》篇章“爱读式”排版

《文心雕龙》有多种外文翻译本，是多国汉学家中专研《文心雕龙》者辛勤努力的宝贵成果。这些译本的读者，大概只限于极少数的中国文学学者和研究生。我所说的推广此书，是要把它推广至各国的一般文学理论学者和学生，推广至像亚里士多德《诗学》一样，获得“接受”。对于这样的推广，我曾有如下的建议。在中华学术界成立编译小组，在《文心雕龙》全书中精选出十来篇，不同的篇章可以是全篇，也可以是节选，节选的目的是把太深奥太专门太费解的片段去掉，精选后，加上精要的注解和导读，精心翻译成外文（或可根据现有的外文翻译斟酌求尽善），编印成中文和外文对照本。[1]

---

[1] 参看黄维樑《龙学西传：向西方文论界推荐〈文心雕龙〉》一文，此为2000年4月2—5日在镇江市举行的《文心雕龙》国际学术会议上发表的文章。

这个中外文对照本可用我发明的“爱读式”排版编印。

“爱读式”排版有方便阅读、加强理解、有利熟记三大优点。由此我进而讲述向中华人文学科学者和学生推广此书的一个方式。先略为介绍“爱读式”排版。中国古代的诗文，一般都需要注释和导读；为了帮助读者理解，往往还附有语体翻译。一般的古代诗文选本或课本，编排作品时，都采用先排导读和原文，接着排注释、语译等的方式。读者如果要知道原文某字句的注释或语译，必须前后翻揭书页去寻觅。“爱读式”排版迥然不同。

“爱读式”排版的特色是：采用“蝴蝶页”版式（即摊开书本，其左页和右页合成一个整体）；简要介绍作者，简述篇章和段落的旨趣；篇章的原文是“主角”，用最显著的字体标示；原文文句分行编排，文句的语译、注释（包括读音）、点评，都紧紧贴着原文的句子，读者不用翻揭书页四处去寻找，因而可节省宝贵的学习时间。

它还有别的优点：短的篇章，全部文字一整块呈现；较长的篇章，其文字则一整段一整段呈现，不会让段落割裂，读者可一目了然，整段甚至整篇地把握；对仗式、排比式句子，排版时呈现其工整的对仗、排比的句式，这有利于对篇章语法和修辞的认识。阅读、理解、熟记都变得容易了，读者会进而喜爱阅读，因此我把这个排版的方式称为“爱读式”。我和万奇教授编著的《文心雕龙精选读本》[①] 选了18篇，每篇除了原文之外，附有导读、注释、语译、点评，用的正是这个“爱读式”排版。香港某大学的中文系，《文心雕龙》选修课开不成，因为学生怕难，都不选。用“爱读式”排版，阅读、理解、熟记这部经典的篇章，变得容易很多。

---

① 此书2017年由北京师范大学出版社出版。

上面说的中文和外文对照本《文心雕龙》，基本上可依照《文心雕龙精选读本》的方式：《文心雕龙》原文是中文这一部分不变，其他部分都是外文。

## 六、《文心雕龙》应用于实际批评

我们都认为《文心雕龙》伟大，所以要推广发扬此书，让更多人认识到它的价值。为了证明它大有价值，我们应该应用它来从事文学研究，包括从事文学的实际批评。“学以致用”，把《文心雕龙》的理论应用于文学作品的实际批评，是我数十年来的萦心之念，我一直在尝试。1992 年我在台北参加国际比较文学研讨会，发表的论文题为“‘Rediscovering the Use of Ancient Chinese Culture’：A Look at Pai Hsien-yung’s ‘Ashes’ through Liu Hsieh’s Six Points Theory”，其中文版本题为《“重新发现中国古代文化的功用”——用〈文心雕龙〉六观法评析白先勇的〈骨灰〉》。[1] 白先勇的《骨灰》是现代小说，我用《文心雕龙》的“六观法”来析评；余光中的《听听那冷雨》是现代散文，我同样对待。《文心雕龙》的理论，当然适用于析评古代的诗歌，如屈原的《离骚》，如范仲淹的《渔家傲》——这些我都写成了论文。我还用刘勰“剖情析采”之刀，对待西方的不同文体，如马丁·路德·金（Martin Luther King）的演讲词《我有一个梦》（I Have a Dream），如莎士比亚的戏剧《罗密欧与朱丽叶》。我又有论文题为《炳耀仁孝，悦豫雅丽：用〈文心雕龙〉理论析评韩剧〈大长今〉》。以下是我的几篇批评报告的浓缩版。

先说余光中的《听听那冷雨》。这里用《知音》篇的“六观法”

---

① 英文论文发表于 *Tamkang Review*, Autumn, 1992, pp.757–777。中文版本刊于《中外文学》1992 年 11 月号。

来析评。一观“位体”，即体裁、主题、结构、风格。《听听那冷雨》是散文。写作于 1974 年春分之夜，当时大陆的“文革”高潮已过，而两岸仍隔阂不通。在台北，余光中看雨、听雨，情意满溢于大地山河与文化人生，华夏的乡愁与雨的韵律浑然交集，成为本文的主体情调。文中不同时空交错出现，似是意识随便流荡，实则有其脉络，有其前后呼应。本文想象富赡、言辞典丽、音调铿锵。二观“事义”，即作品所写的人事物及其涵义。作者从台北写到厦门、江南、四川、香港以至美国丹佛，从春雨写到秋雨，从太白、东坡的诗韵写到《辞源》《辞海》的霜雪云霞，英文和法文的 rain 与 pluie，在在显示作者宽广的生活经验和文化关怀。三观“置辞”，即作品之修辞。用比喻、对偶、叠词、典故是本文修辞的主要特色。雨是“温柔的灰美人”，雨“轻轻地奏吧沉沉地弹，徐徐地叩吧挞挞地打”；“花春雨”“牧童遥指”“剑门细雨渭城轻尘都不再”的典故则透露了作者的腹笥，也抒发了他的文化乡愁。四观“宫商”，即作品的音乐性。题目是《听听那冷雨》，文中拟声词和叠词极多，正为了在音乐性方面与绵绵的雨声配合。五观“奇正”，即作品风格之新奇或正统。“五四”以来冰心、朱自清等名家散文所提供的美感经验，余光中并不满足；他开拓散文的疆域，乃有《逍遥游》和此文等想象纵横、修辞新巧的“现代散文”。六观“通变”，即作品的继承与创新。余氏积学储宝、取镕经意（包括李清照“寻寻觅觅冷冷清清”的叠词运用）、自铸新辞，乃有如本文的“余体散文”佳章杰构。

再说莎士比亚的《铸情》（即《罗密欧与朱丽叶》）。中外学者用西方古今文论来析评《铸情》的很多，这里则“中为洋用”。我们可用《文心雕龙》的“六观法”来析评《铸情》的各方面，包括主题、风格、文学地位等，指出本剧有其“炳耀仁孝”（《原道》篇语）之处，有其“辞浅会俗”（《谐讔》篇语）之风。《铸情》

的语言华丽，在莎氏全部剧作中，它可能是最讲究修辞的。它多处用“英雄偶句”（heroic couplet）和十四行诗（sonnet），其音乐性、其近于中国戏曲的“曲”元素，我们可用《声律》篇的原理来分析。它常用比喻，如分别以太阳、月亮、天鹅、乌鸦喻女子，我们可透过《比兴》篇的理论来加强认识此剧的审美性。它常用夸张手法，《夸饰》篇的理论正用得着。它多有矛盾语，还有类似中国文学常见的对偶语句，如“Love goes toward love, as school boys from their books; / But love from love, toward school with heavy looks”，我们可用《丽辞》篇的理论来加以剖析。向来研究《铸情》修辞艺术的学者，如 M. M. Mahood, Robert O. Evans, Jill L.Levenson，对本剧的矛盾语（oxymoron）、双关语（wordplay）等都有论述，也提到过它的平行语句（parallelism）；就笔者所知，却还没有人注意到它的对偶语句。这里引用《丽辞》篇的“正对”“反对”等说法，对本剧的对偶语句，作重点式讨论：说明对偶语句的运用，增强本剧语言的华丽风格；并指出对偶语句与本剧内容的求偶情意和对立情态，或有关联。

跟着是《大长今》。韩国电视剧《大长今》2003 年 9 月在韩国首播后，在海峡两岸暨香港先后播出，大受欢迎。我们可以用多种西方文艺批评理论来分析、评价《大长今》。这里用“遥远东方的一条龙”——《文心雕龙》——的理论，在“情”“采”两方面对《大长今》加以析评。《文心雕龙》以儒家思想为主导，强调人要“发挥事业”“炳耀仁孝”。综览《大长今》，可知这部剧宣扬的就是儒家思想：仁孝之外，还有忠义礼智信等美德。而主角大长今集诸种美德于一身，已臻圣者的境界。《大长今》在表现手法方面，中心人物鲜明，脉络清晰，结构前后呼应。剧集故事有传奇性，重情，有细水长流的爱情，但还不算滥情；它“辞浅会俗”，有“悦笑”的人物，并“藻饰”以美衣、美食、美景、美人。饰演大长今的李英爱温柔雅丽，人见人爱，是洛水女神，是汉江明珠。仁义礼智信等美德，中西共尊；就像情采兼重的文论，中外如一。

我甚至“请”过刘勰来评论一个“汉学家”。德国人顾彬曾多次贬抑中国当代文学，甚至说某些作品是垃圾；又批评中国作家，说他们不懂外文，连母语中文也不行。这里我戏用魔幻手法，把天上文心阁的刘勰请下来，评论顾彬。刘勰认为“文情难鉴”而顾彬“信伪迷真”“褒贬任声”。刘勰指出，懂外语固然是美事，但作家的外语能力与作品优劣没有密切关系。“操千曲而后晓声，观千剑而后识器”，好的批评家，必须博观。学问渊博的《文心雕龙》作者，征引中外古今，风趣地把“汉学家”讽刺了一番。[①]

## 七、“飞龙”乘着东风周游天下

上述的文章，发表后颇有好评，使我深得鼓舞。例如，评顾彬那篇，中国社科院文学所的陈骏涛教授，2008 年夏天在其博客开张时，把此文贴上，列为其博客第一篇推荐的文章，并这样写道：黄维樑“此文学问、见识、文采俱佳，文章写得活泼、机趣，没有通常论文的那套八股腔，读来十分痛快。批评德国顾彬教授的‘垃圾说’也抓住了要害，很有力度”[②]。对于我别的文章，复旦大学的黄霖教授写道：“近年来，我注意到……黄维樑教授已写过多篇论文用《文心雕龙》等传统的文论来解释中外古今的文学现象，很有意味。可惜的是，大家习惯于戴着西方的眼镜来看中国的文学，反而会觉得黄教授的分析有点不伦不类了，真是久闻了异味，就不知兰芝的芳香了。我们现在缺少的就是黄教授这样的文章。假如我们有十个、

---

① 本文这几段提到的几篇“应用”论文，都收于黄维樑《文心雕龙：体系与应用》一书，请参看。

② 引自陈骏涛 2008 年 7 月 30 日写的博客。

二十个黄教授这样的人，认认真真地做出一批文章来，我想，传统理论究竟能不能与现实对接，能不能活起来，就不必用干巴巴的话争来争去了。”[①] 引了上面的评语，除了为自己“壮胆”和“贴金”之外，也希望一如黄霖先生所说的，有更多的人“认认真真地做出一批文章来”，这是要大家共同努力，以壮声势、以达目标了。

除了专文、专著之外，我经常在各种书写中“宣传”刘勰的理论，让“文心”放光、“雕龙”现身，借此引起更多人注意此书。知我者甚至可以这样说：“黄维樑下笔不离《文心雕龙》！”以下是一些例子。在称述现代三位大作家的文章里，引述《文心雕龙》的“圆照之象”和“藻耀而高翔，固文笔之鸣凤也”语句。在忆述香港沙田校园生活的文章里，提到教学中对《文心雕龙》的重视。在讲述余光中的《粉丝与知音》一文中，引录《文心雕龙》“观千剑”“操千曲”的话语。在记述王蒙活动的一文里，提到“一千五百年前玄远的文学理论经典《文心雕龙》”。在《对联唯我国独尊》一文中，征引《文心雕龙》的“日月叠璧，以垂丽天之象”等丽辞。在一篇黄山游记里，引述《文心雕龙》的“登山则情满于山，观海则意溢于海”以说明神思现象。在一本译论著作的评介里，用《文心雕龙·论说》的“师心独见，锋颖精密”等语形容该书。[②]

百年来“龙学”学者成就卓越，在版本考证、篇章注释、理论诠释等各方面，有很多贡献。刘勰写作此书的初心、《文心雕龙》

---

① 黄霖：《〈中国古代文论新体系教程〉序言》，《中国古代文学理论学会第十五届年会会议论文汇编》，云南大学中文系编印，2007 年，第 144 页。

② 这里就手边资料随意引述，所引文章先后刊登于《北京晚报》的《知味》版，日期分别是 2017 年 10 月 21 日，2018 年 5 月 19 日、7 月 26 日，2019 年 1 月 6 日、2 月 16 日、3 月 24 日、6 月 30 日。其他“黄维樑下笔不离《文心雕龙》”的例子还有很多，不胜枚举。

的“心”，大家探照得明亮了；刘勰用文字铸刻成的雕龙、《文心雕龙》的“龙”，大家刮垢磨光后光鲜灵动了。在国家硬实力、软实力都大幅度提升的时代，“龙的传人”当各尽所能，凭着日益加强的文化自信，发扬这部旷世的文论经典。[①] 我国航天的“玉兔”，已登陆月球，“神舟”则遨游太空。“龙的传人”在学术上坚毅勤苦奋斗后，“雕龙”应可在国际成为珍宝，以至凭着东风成为“飞龙”周游天下各国，为世人欢喜迎接。

附记：2020 年 5 月我有南京之行，好不容易进入“刘勰与文心雕龙纪念馆”参观，所见令我十分伤感。此馆多年失修，显得残旧破落，长期不对外开放。《文心雕龙》是加强国人“文化自信”的一部旷世经典，我们应该发扬此书，应该重建一个体面的“刘勰与文心雕龙纪念馆”，表示我们对这部经典的重视。

2019 年 10 月初稿

2020 年 6 月修订

---

① 本文所述的黄维樑《文心雕龙》论文，发表后获得不少评论，肯定和鼓励的话语颇多。上文引述了一二，其他的请参看黄维樑《文心雕龙：体系与应用》一书对这些评语的辑录。《文心雕龙：体系与应用》2016 年出版后，就所知所见，有好几篇评介，包括陈志诚的《有心而具创见的精彩之作——读黄维樑〈文心雕龙：体系与应用〉》，江弱水的《“大同诗学”与“大汉天声”——评黄维樑〈文心雕龙：体系与应用〉》，肖瑶《黄维樑〈文心雕龙〉研究述论》。诸文均刊于报刊。陈文可见于《文心学林》2017 年第一期，肖文见于《文心学林》2019 年第一期（肖文颇长，占页 121—144），江文可见于台北的《国文天地》2019 年 1 月号。另外郑延国的《“中为洋用”一典型》，刊于 2020 年 3 月 1 日《北京晚报》的《知味》版。又：江苏大学的戴文静教授 2019 年秋天和我做了一个访谈，话题围绕着我对《文心雕龙》的研究和发扬，其记录成为《比较文学视域下中国古典文论现代应用的先行者——黄维樑教授访谈录》一文，将会正式发表。

# 有关《文心雕龙》“跨界”研究的思考

涂光社

古今文学观念不尽一致，《文心雕龙》论及的文章也超越了今天文学作品的范围。无论自觉与否，现代“龙学”多少都有些“跨界”（即从当代多元的视角研讨）的意味。笔者也得益于此。

作为古代文学理论经典，经几代学者的努力，《文心雕龙》研究在原始数据的罗集、考辨，以及从现代文论的视角研讨上已有丰硕成果。如今应怎样继续推进我们的研究，实现有价值的新突破呢？从“龙学”现状和态势看，愚以为进一步强化“跨界”思考和研究，对全面深入开掘这一珍贵理论遗产的价值是颇有帮助的。

此所谓“跨界”既指跨越古今某些思想观念的界限，也包括跨越学科分类、思维模式等的界限。“跨界”能从多元视角审视、比对，将一些目前研讨容易忽略，甚至有所缺失，而古人意识中业已存在、思考中已有所得，却从其他理论视角易于发现的精义疏理出来，整合于新的认识之中，以利更为先进、合乎时代要求的理论建构。

“跨界”的比较中，对研讨对象相同的部分，应着力开掘刘勰的卓识和独到之处；指出其欠缺和薄弱环节是必要的，然而侧重点无疑在揭示这部有鲜明民族文化特色的古代文论经典的当代意义。

## 一、文学观的比较

先从古今文学观念的细微差异上看“跨界”思考能获得怎样的启示。

学界公认《文心雕龙》是古代文学理论的经典。然而在古人心目中它论的是文章写作。古人所写文章不限于今天所说的文学作品，也包括政治性文籍和历史、哲学等方面的著述。《文心雕龙》中“道沿圣以垂文，圣因文而明道”[①]的“文”，以及文体论中列论的“文章”，基本不在今天所谓文学的范围内，如《诸子》的“入道见志之书”[②]，《论说》的“弥纶群言，精研一理”[③]的著作，更别说《封禅》《祝盟》《议对》《奏启》《诏策》《檄移》之类官方文书了。

“文学”作为艺术的一个门类，是西学东渐后日本学者移植西方理论时命名的，虽稍嫌欠安，如今已约定俗成。“文学”一词源出中国，古籍中也有用为文章写作的时候，但古所谓“文学”偏重于文籍、学术。近代有中国学者指出，今所谓“文学”是一门艺术，而非有关文章的学术，如同音乐、绘画艺术不能称之为音乐学、绘画学一样。古人意识中大抵是以“文章”（美的文辞）为文学作品的。

《文心雕龙》虽未直接给作为一门艺术的文学下定义，却对传统美文文学观作了一系列经典性表述。《情采》开篇说：“圣贤书辞，总称文章，非采而何？”[④]《序志》是全书的序，介绍撰著的动机作意、结构统序和思想方法。首先申说以“文心雕龙”名书原委，文学观的表述堪称精切：

> 夫“文心”者，言为文之用心也。昔涓子《琴心》，王孙《巧心》，心哉美矣！故用之焉。古来文章，以雕缛成体，岂取驺奭之

① 〔梁〕刘勰：《文心雕龙·原道》，范文澜：《文心雕龙注》，北京：人民文学出版社，1958年，第3页。

② 〔梁〕刘勰：《文心雕龙·诸子》，范文澜：《文心雕龙注》，第307页。

③ 〔梁〕刘勰：《文心雕龙·论说》，范文澜：《文心雕龙注》，第327页。

④ 〔梁〕刘勰：《文心雕龙·情采》，范文澜：《文心雕龙注》，第537页。

> 群言雕龙也？夫宇宙绵邈，黎献纷杂，拔萃出类，智术而已。岁月飘忽，性灵不居，腾声飞实，制作而已。夫人肖貌天地，禀性五才，拟耳目于日月，方声气乎风雷，其超出万物，亦以灵矣。[①]

古人意识中“心”主思维，是情性所本、智慧创造力的渊薮。刘勰以“文心”题名文论巨著，盛赞“心哉美矣”，指出人类具有“超出万物”“拔萃出类”的智慧和美的创造力。“岂取骑奭之群言雕龙也”的反诘进一步强调，文章之美何止言辞雕饰呢！其核心乃是人的情感灵慧之美。

以美文为文学是否只讲究文辞修饰、只将有形式美的文字视为好文章呢？《情采》的“圣贤书辞，总称文章”已暗示其“文章”有高境界的思想蕴涵，又明言文章“述志为本，言与志反，文岂足征”[②]；而此处的以“文心”名书、赞扬“心哉美矣”更能破解这类质疑：“心”美内蕴于中，无论指作家心灵还是作品内涵；“文心”有作家的个性，美的追求取向不一，会不断有所创获，境域也会不断拓展、提升和丰富、深化。美在“文心”既可免除“美偏于外在形式”的误解，也表明美的追求与创造丰富多样永无止境。

以美文为文学简明地道出了文学的基本特征：它是艺术，它是美的；而文学美的创造是以“文”（语言文字）为媒介，是文学与其他门类艺术的区别所在。

文章写作的意义何在呢？《原道》树立了著述的楷范：“道沿圣以垂文，圣因文而明道。……《易》曰：‘鼓天下之动者存乎辞。’

---

① 〔梁〕刘勰：《文心雕龙·序志》，范文澜：《文心雕龙注》，第725页。

② 〔梁〕刘勰：《文心雕龙·情采》，范文澜：《文心雕龙注》，第538页。

辞之所以能鼓天下者，乃道之文也。”[①]《程器》说：“摛文必在纬军国，负重必在任栋梁，穷则独善以垂文，达则奉时以骋绩。”[②]《序志》中刘勰除申言自己受孔子感召著书立说外，明言：“唯文章之用，实经典枝条，五礼资之以成，六典因之致用，君臣所以炳焕，军国所以昭明，详其本源，莫非经典。”[③]推崇文章阐发经典宗旨，建构理想社会关系和成就军国大计的功用，强调了从事文章写作的一种担当。用当今的习惯用语说，就是要求文学活动为社会政治提供正能量。

《辨骚》说屈原之作“壮志烟高”[④]；《明诗》重申“诗言志”的经典论断；《风骨》推崇“风清骨峻”[⑤]的文章，《程器》要求才士“摛文必在纬军国”[⑥]；刘勰还说“杂文”这种文体“发愤以表志，身挫凭乎道胜”[⑦]。《诸子》中曾云：“诸子者，入道见志之书。太上立德，其次立言。”感慨“身与时舛，志共道申，标心于万古之上，而送怀于千载之下，金石靡矣，志其销乎！”[⑧]《序志》更道出著书立说的所以然，指出生命有限，“岁月飘忽，性灵不居，腾声飞实，制作而已。……树德建言，不得已也！”全书最后表白：“生也有涯，无涯唯智……文果载心，余心有寄。”[⑨]表明撰写《文心》是刘勰实现一己永恒生命价值的努力。

---

① 〔梁〕刘勰：《文心雕龙·原道》，范文澜：《文心雕龙注》，第3页。

② 〔梁〕刘勰：《文心雕龙·程器》，范文澜：《文心雕龙注》，第720页。

③ 〔梁〕刘勰：《文心雕龙·序志》，范文澜：《文心雕龙注》，第726页。

④ 〔梁〕刘勰：《文心雕龙·辨骚》，范文澜：《文心雕龙注》，第48页。

⑤ 〔梁〕刘勰：《文心雕龙·风骨》，范文澜：《文心雕龙注》，第514页。

⑥ 〔梁〕刘勰：《文心雕龙·程器》，范文澜：《文心雕龙注》，第720页。

⑦ 〔梁〕刘勰：《文心雕龙·杂文》，范文澜：《文心雕龙注》，第255页。

⑧ 〔梁〕刘勰：《文心雕龙·诸子》，范文澜：《文心雕龙注》，第307、310页。

⑨ 〔梁〕刘勰：《文心雕龙·序志》，范文澜：《文心雕龙注》，第725、728页。

对读者而言,《知音》的“缀文者情动而辞发,观文者披文以入情,……世远莫见其面,觇文辄见其心”“书亦国华,玩绎方美”[①]表明:通过作品可以实现与作者的心灵交流;好书则是国家民族文化精华所在,品读玩味能获得大美的陶冶。

历代文学理论批评中有对“言志”“兴观群怨”“比兴”的倡导,对“发愤为作”“沉郁顿挫”和“风骨”的推崇,有“惟歌生民病”和“气盛言宜”的主张,足见古今文学艺术活动的取向有某些差异:古人论写作,普遍强调道德理想和社会担当,这一特点在中国文论经典《文心雕龙》中十分鲜明。

## 二、文论重大议题的经典性表述

一些论题的经典性论证,刘勰见识之卓越在古今(也是中外)对比中更加凸显,本节仅以创作思维、风格、继承变革、鉴赏等论为例简介之。

《神思》描述了创作思维活动中的主客体关系:“寂然凝虑,思接千载;悄焉动容,视通万里。……思理为妙,神与物游。”作家运思以静驭动,能大幅度实现对身观时空的突破;“神与物游”是主客体往复交流的妙境。又强调作家“虚静”的精神状态对写作的重要,也论及提升思维活力、驾驭文辞的途径:

> 神居胸臆,而志气统其关键;物沿耳目,而辞令管其枢机。枢机方通,则物无隐貌;关键将塞,则神有遁心。是以陶钧文思,贵在虚静,疏瀹五藏,澡雪精神。积学以储宝,酌理以富才,研阅以穷照,驯致以怿辞。然后使玄解之宰,寻声律而定墨;

---

① 〔梁〕刘勰:《文心雕龙·知音》,范文澜:《文心雕龙注》,第715页。

独照之匠，窥意象而运斤……[1]

“神思”指主体神奇的运思；“物”是客体——描写和表现的对象；以居“枢机”之要的“辞令”为作家情志及其构想“意象”付诸表现的载体。

刘勰表述了构思中从“思”到“意”，再到“言”的过程，“意翻空而易奇，言征实而难巧”道出“言”难尽（跳跃变幻）之“意”的缘由，换个角度说是对得心应手驾驭文学语言的赞赏。他不以写作的快慢评判优劣成败：“人之禀才，迟速异分；文之制体，大小殊功。”“骏发之士，心总要术，敏在虑前，应机立断；覃思之人，情饶歧路，鉴在疑后，研虑方定：机敏故造次而成功，虑疑故愈久而致绩。”[2]作家思维个性不同，常是各有胜境，作品体制大小不一，应“博而能一”，克服才疏学浅无意义的“空迟”或“徒速”。由于灵感引人注意的多是其突发性和来去无定，与刘勰这段话及其另一些论说联系起来，有助于我们全面认识和揭示灵感现象的奥秘。

灵感问题向来为造艺者关注。西晋陆机《文赋》曾这样描写：“应感之会，通塞之纪，来不可遏，去不可止。藏若景灭，行犹响起。方天机之骏利，夫何纷而不理。思风发于胸臆，言泉流于唇齿。……及其六情底滞，志往神留，兀若枯木，豁若涸流。”[3]刘勰也有类似表述：“枢机方通，物无隐貌；关键将塞，则神有遁心”，“神思方运，万途竞萌……登山则情满于山，观海则意溢于海，我才之

① 〔梁〕刘勰：《文心雕龙·神思》，范文澜：《文心雕龙注》，第 493 页。

② 〔梁〕刘勰：《文心雕龙·神思》，范文澜：《文心雕龙注》，第 494 页。

③ 郭绍虞主编：《中国历代文论选》第一册，上海：上海古籍出版社，2001 年，第 174 页。

多少，将与风云而并驱矣"[①]；"思有利顿，时有通塞"[②]。更可贵的是，除这些外部特征的描述外，还多角度展示灵感的来去无常及其生成的机理，鼓励作家顺应规律，充分发挥其艺术创造功能。如告诫作家"陶钧文思，贵在虚静"[③]以及"四序纷回，而入兴贵闲"[④]"故宜从容率情，优柔适会"[⑤]，经陶养营卫拥有高效思维创造所需的精神状态。有关"兴"（情致的触发）、"会"（有助灵感来临的主客观因素交会）、"机"（机缘）、"数"（规律）的论述常与对灵感的生成和把握利用相关。《诠赋》说"触兴致情""睹物兴情"[⑥]；《隐秀》以为有"隐秀"之美的佳句出自"万虑一交""思合而自逢"，是"自然会妙""才情之嘉会"[⑦]；《总术》篇叙述作家把握规律利用灵感进行艺术创造的过程更完整："若夫善弈之文，则术有恒数。按部整伍，以待情会，因时顺机，动不失正。数逢其极，机入其巧，则义味腾跃而生，辞气丛杂而至。"[⑧]

刘勰认识到灵感是在主客观有利写作因素交会之时来临，肯定作家的主观能动作用，营造灵感产生和发挥功用的主观条件，包括作好精神心理和才学识的准备，把握时机，充分利用其艺术创造力。这与中外神秘主义的灵感说迥然不同。

风格向为艺术评论的焦点，但较难确切定义。以严谨著称的黑格尔《美学》先介绍法国人布封的"风格就是人本身"的论断，随

① 〔梁〕刘勰：《文心雕龙·神思》，范文澜：《文心雕龙注》，第493—494页。

② 〔梁〕刘勰：《文心雕龙·养气》，范文澜：《文心雕龙注》，第647页。

③ 〔梁〕刘勰：《文心雕龙·神思》，范文澜：《文心雕龙注》，第493页。

④ 〔梁〕刘勰：《文心雕龙·物色》，范文澜：《文心雕龙注》，第694页。

⑤ 〔梁〕刘勰：《文心雕龙·养气》，范文澜：《文心雕龙注》，第647页。

⑥ 〔梁〕刘勰：《文心雕龙·诠赋》，范文澜：《文心雕龙注》，第135、136页。

⑦ 〔梁〕刘勰：《文心雕龙·隐秀》，范文澜：《文心雕龙注》，第632、633页。

⑧ 〔梁〕刘勰：《文心雕龙·总术》，范文澜：《文心雕龙注》，第656页。

即补充了他和吕穆尔的见解，风格是与一定艺术门类、题材内容的媒介相适应的独特表现方式，举例说："人们在音乐中区分教堂音乐风格和歌剧音乐风格，在绘画中区分历史画风格和风俗画风格。"[①]如果说布封是从艺术个性的角度给出定义，黑格尔、吕穆尔则大致是从体式分类的角度概括的。而《文心雕龙·体性》只从篇题看就知其抓住了风格问题的要害，刘勰说：

> 情动而言形，理发而文见，盖沿隐以至显，因内而符外者也。然才有庸俊，气有刚柔，学有浅深，习有雅郑，并情性所铄，陶染所凝。是以笔区云谲，文苑波诡者矣。故辞理庸俊，莫能翻其才；风趣刚柔，宁或改其气？事义浅深，未闻乖其学；体式雅郑，鲜有反其习：各师成心，其异如面。[②]

作家内在的"性"决定文章外显的架构——"体"。刘勰指出，风格形成的因素有与先天素质关联的"才""气"，也有纯属后天的"学""习"。就作家风格而言，其"各师成心，其异如面"近似并强于"风格即人"的论断。"体"有时就指作品风格分类，刘勰在罗列典雅、远奥、精约、显附、繁缛、壮丽、新奇、轻靡"八体"之后指出："雅与奇反，奥与显殊，繁与约舛，壮与轻乖。"[③]概括出各类风格的对应性特征。

各体风格的核心也是各体的艺术个性，包括不同体裁、流派在内的各种体式规范，正是从多样的艺术实践中总结归纳和相区别的。

---

① 〔德〕黑格尔：《美学》第一卷，朱光潜译，北京：商务印书馆，1984年，第372—373页。

② 〔梁〕刘勰：《文心雕龙·体性》，范文澜：《文心雕龙注》，第505页。

③ 〔梁〕刘勰：《文心雕龙·体性》，范文澜：《文心雕龙注》，第505页。

足见风格核心是艺术个性，有个人的，也有集群性的。《体性》的“赞”总结说：“才有天资，学慎始习。斫梓染丝，功在初化，器成彩定，难可翻移。……习亦凝真，功沿渐靡。”[①] 对造就良好风格有“学慎始习”“功在初化”的告诫；虽说天资有别，也以“习亦凝真，功沿渐靡”肯定后天努力改造主体素质的可能性，但不忘强调其难度和渐进性。

文学必以创新求发展。《序志》“文之枢纽”中的“变乎《骚》”[②] 表明，《辨骚》旨在辨明《离骚》在《诗经》之后重登巅峰的所以然，推其为创新求变的楷模。“虽取镕经意，亦自铸伟辞”[③] 正是屈原的成功之道。

《通变》论文学发展规律：“诗赋书记，名理相因，此有常之体也；文辞气力，通变则久，此无方之数也。名理有常，体必资于故实；通变无方，数必酌于新声。”[④] 创作有所因袭也有所变革，“体”是从写作成功经验中归纳出来的，其“名”“理”递相沿袭故称“有常”；“通变”即通晓规律前提下的变革，如此文学才有无限的发展前景。“有常”的规范与“无方”（无固定方向）的创变相辅相成。

篇末有“文律运周，日新其业。变则可久，通则不乏。趋时必果，乘机无怯。望今制奇，参古定法”[⑤] 的总结：文学事业日新月异，唯新变才能久远；通晓规律则不乏变的思路和手段；“趋时必果，乘机无怯”鼓励作家抓住时代机遇果敢求变。“望今制奇，参古定法”要求看清时代潮流和发展趋势作新异的创造，参照古来成功经验确

---

① 〔梁〕刘勰：《文心雕龙·体性》，范文澜：《文心雕龙注》，第 506 页。

② 〔梁〕刘勰：《文心雕龙·序志》，范文澜：《文心雕龙注》，第 727 页。

③ 〔梁〕刘勰：《文心雕龙·辨骚》，范文澜：《文心雕龙注》，第 47 页。

④ 〔梁〕刘勰：《文心雕龙·通变》，范文澜：《文心雕龙注》，第 519 页。

⑤ 〔梁〕刘勰：《文心雕龙·通变》，范文澜：《文心雕龙注》，第 521 页。

定应遵循的艺术法则。

《情采》形象地比喻内容与形式的关系："夫水性虚而沦漪结，木体实而花萼振：文附质也。虎豹无文，则鞟同犬羊；犀兕有皮，而色资丹漆：质待文也。""文附质"谓文辞形式依附和从属于作品内容，以及文采为内质之美的自然外现；"质待文"表明，内容靠形式表现，人为修饰也能使内蕴美质充分彰显。随后补充说："铅黛所以饰容，而盼倩生于淑姿；文采所以饰言，而辩丽本于情性。故情者，文之经；辞者，理之纬。经正而后纬成，理定而后辞畅。"[①] 天生丽质于女性美是根本，尽管可以用铅粉青黛打扮。说明内质之美是决定性的，言辞文采的外在修饰应当植根于作品内在的"情""理"。

《附会》论文章结构，刘勰解释道："何谓附会？谓总文理，统首尾，定与夺，合涯际，弥纶一篇，使杂而不越者也。"即通过取舍营匠，使作品各种构成因素组合为一个协调有序的整体。又以人的生命性特征比方作品构成："必以情志为神明，事义为骨髓，辞采为肌肤，宫商为声气。"[②] 随后补充说："是以附辞会义，务总纲领，驱万途于同归，贞百虑于一致；使众理虽繁，而无倒置之乖；群言虽多，而无棼丝之乱。"遵循总体的构想协调整合"众理""群言"，令其合乎艺术表达的一致目标。而"画者谨发而易貌，射者仪毫而失墙，锐精细巧，必疏体统。故宜诎寸以信尺，枉尺以直寻，弃偏善之巧，学具美之绩"[③]，则要求分清主次、维系"体统"，确保取舍得宜。

《知音》论鉴赏，开篇即感慨"知音其难""千载其一"，指

---

① 〔梁〕刘勰：《文心雕龙·情采》，范文澜：《文心雕龙注》，第537、538页。

② 〔梁〕刘勰：《文心雕龙·附会》，范文澜：《文心雕龙注》，第650页。

③ 〔梁〕刘勰：《文心雕龙·附会》，范文澜：《文心雕龙注》，第651页。

出文学鉴赏中纠正“贵古贱今”“崇己抑人”“信伪迷真”等心理偏向的必要；而“操千曲而后晓声，观千剑而后识器”的“博观”则是鉴赏和公允评价的基石。“缀文者情动而辞发，观文者披文以入情。……世远莫见其面，觇文辄见其心”是谓阅读中能实现读者与作家心灵的交流。想来这也是司马迁心仪圣贤发愤著书，欲将《史记》“藏之名山，传之其人”的缘故。而“见异唯知音耳”[①] 表明，唯有能发现其创意和独到境界的读者，才称得上是作家、作品的知音。

## 三、民族特色鲜明的论题

由于“鼓天下之动者存乎辞”[②]，著述有社会担当，《风骨》篇强调文章以具有强劲的感化力和鼓动力者为上，它生发于作品的深挚情感和正大义理，而非辞采；犹如令人钦慕者其风骨所显示的峻拔精神器质那样，拥有动人心魄的感召力。《定势》的“因情立体，即体成势”[③] 要求依作品“情”“体”的指向和规范确定文辞的展开态势，以利对读者思维情感的导向和推动；又从另一角度指出，有了自身“情”“体”的指向和规范，文章也就会形成相应的风格。

“比兴”“物色”以及有关文学语言形式的论证民族特色尤为鲜明，是中国文化的独到之境。善用比兴是《诗经》开创的传统，古代诗歌的创作、采集曾被赋予下情上达、和谐社会关系的使命，认为用比兴能使人们实现对情志的抒发和对政治的讽刺柔化。《比兴》篇对屈原的肯定就是“依《诗》制《骚》，讽兼比兴”。比兴借“物”喻理和表情达意，使文学欣赏拥有更大空间进行艺术再创造。

---

① 〔梁〕刘勰：《文心雕龙·知音》，范文澜：《文心雕龙注》，第713—715页。

② 〔梁〕刘勰：《文心雕龙·原道》，范文澜：《文心雕龙注》，第3页。

③ 〔梁〕刘勰：《文心雕龙·定势》，范文澜：《文心雕龙注》，第529页。

与“比”对照，刘勰更推重“兴”的功用，《比兴》中说：“比显而兴隐……比者，附也；兴者，起也。附理者，切类以指事；起情者，依微以拟议。起情故兴体以立，附理故比例以生。”与“显”相比，“隐”更富于包孕。“起情”“附理”点明比与兴的思维特征不同，艺术传达的功用效果“大”“小”有别。随即批评汉代辞赋“兴义消亡”“比体云构”背离了《诗经》传统。篇末的“赞”概括说：“诗人比兴，触物圆览。物虽胡越，合则肝胆。拟容取心，断辞必敢。”[①]“触物圆览”指对能触发情致之“物”周密观察，把握其与所抒写“情”“理”的相关属性、特征。“物虽胡越，合则肝胆”用作比兴者与其所喻指者即使风马牛不相及，只要某种属性、特征吻合，就能成功地进行艺术传达。“拟容取心”表明描绘物象是为展示其内在意蕴。物象之“容”包蕴的情理即所取之“心”。王元化先生指出：“《比兴》篇是刘勰探讨艺术形象问题的专论，其中‘诗人比兴，拟容取心’一语，可以说是他对艺术形象问题所提出的要旨和精髓。”[②]“起情”指触发、激活受众的情感思维；刘勰以“起情”释“兴”深受后人推重。宋李仲蒙从主客体关系上说“触物以起情，谓之兴，物动情也”[③]；朱熹则从展开方式上说“兴者，先言他物以引起所咏之词也”[④]。李论精到，朱说简明，从中不难见到刘勰之说的深刻影响。

中国古代文学的山水描摹举世无匹。《物色》论外境和景物对创作的影响，言及创作主体、客体和媒介的关系：

> 情以物迁，辞以情发。诗人感物，联类不穷。流连万象之

---

① 〔梁〕刘勰：《文心雕龙·比兴》，范文澜：《文心雕龙注》，第601—603页。

② 王元化：《文心雕龙讲疏》，桂林：广西师范大学出版社，2004年，第159页。

③ 〔宋〕胡寅：《致李叔易书》引，《斐然集》卷十八，《四库全书》本。

④ 〔宋〕朱熹：《诗集传》，北京：中华书局，1958年，第1页。

际，沉吟视听之区：写气图貌，既随物以宛转；属采附声，亦与心而徘徊。……四序纷回，而入兴贵闲。

山沓水匝，树杂云合。目既往还，心亦吐纳。春日迟迟，秋风飒飒。情往似赠，兴来如答。[①]

“情”指作家的感情以及相关的主体因素。“情以物迁”说明创作酝酿和构思过程中“情”随“物”（外境或景物）的变化而变化，是“情”在“物”影响下不断丰富、升华的过程。如“赞”所说：“目既往还，心亦吐纳。”因“物”而“迁”之“情”兼有“物”的因素，成为“辞发”的动力和依据。“情以物迁，辞以情发”表明“情”“物”“辞”三者相互联系中，“情”是核心和纽带。“情往似赠，兴来如答”说明“情”“物”的往复联系中“情”是能动的一方。

《物色》描绘的文学语言上，《诗经》和《离骚》分别是“以少总多”（简约）和“触类而长”（细致）的成功典型。其后有“写气图貌，既随物以宛转；属采附声，亦与心而徘徊”的名论，王元化先生指出：“气、貌、采、声四事，指的是自然的气象和形貌。写、图、属、附四字，则指的作家的模写与表现……其意犹云：作家一旦进入创作的实践活动，在模写并表现自然的气象和形貌的时候，就以外境为材料，形成一种心物之间融会交流的现象，一方面心既随物以宛转，另一方面物亦与心而徘徊。”[②]

中外（也是古今）文论的某些关注点有别，尤为突出的是语言媒介传达功能及其对艺术表现的影响方面。因唯独汉语以“象形为先”、表意为第一属性的方块字作为记录符号，而汉字一字一音，往往一字多义，文学语言的声韵节奏自有其规律，于是体式规范、

① 〔梁〕刘勰：《文心雕龙·物色》，范文澜：《文心雕龙注》，第693—695页。

② 王元化：《文心雕龙讲疏》，第94—95页。

艺术手段也独具一格、别有意趣。六朝是中国文学“进入自觉时代”以来文论长足进步，且将理论收获付诸写作实践的时期，文章形式美规律的认识上有重大突破。因而《文心》论文体有“文”“笔”之分；《镕裁》《声律》《章句》《丽辞》《练字》《隐秀》《总术》等篇皆为这方面的总结。

刘勰尽管还未厘定出被广泛应用并为后人沿袭的格律规范，但“声有飞沉，响有双叠”“滋味流于下句，气力穷于和韵”[①]“四字密而不促，六字格而非缓，或变之以三五，盖应机之权节也”[②]“丽句与深采并流，偶意共逸韵俱发”“言对为易，事对为难，反对为优，正对为劣”[③]，等等，可见他审视之详切和对规律性的重视。强调“音律所始，本于人声者也。声含宫商，肇自血气”[④]“高下相须，自然成对”[⑤]，也体现一种“自然之道”，文辞的格律规范都遵循汉语之本然——汉语自身的，也是客观的规律。

古人向以精警和富于含蕴的表述为上。《镕裁》指出文句应力求精炼，做到一字一句不可或缺：“句有可削，足见其疏；字不得减，乃知其密。”[⑥]《隐秀》说：“文之英蕤，有秀有隐。隐也者，文外之重旨者也；秀也者，篇中之独拔者也。”[⑦]《比兴》篇强调“比显而兴隐”[⑧]，透露出造成艺术传达和社会功用上“比小兴大”的原委。《物色》论物色描写，说《诗经》“一言穷理”“两字穷形”

---

① 〔梁〕刘勰：《文心雕龙·声律》，范文澜：《文心雕龙注》，第552、553页。

② 〔梁〕刘勰：《文心雕龙·章句》，范文澜：《文心雕龙注》，第571页。

③ 〔梁〕刘勰：《文心雕龙·丽辞》，范文澜：《文心雕龙注》，第588页。

④ 〔梁〕刘勰：《文心雕龙·声律》，范文澜：《文心雕龙注》，第552页。

⑤ 〔梁〕刘勰：《文心雕龙·丽辞》，范文澜：《文心雕龙注》，第588页。

⑥ 〔梁〕刘勰：《文心雕龙·镕裁》，范文澜：《文心雕龙注》，第543页。

⑦ 〔梁〕刘勰：《文心雕龙·隐秀》，范文澜：《文心雕龙注》，第632页。

⑧ 〔梁〕刘勰：《文心雕龙·比兴》，范文澜：《文心雕龙注》，第601页。

能“以少总多，情貌无遗”，《离骚》则“触类而长”“重沓舒状，于是嵯峨之类聚，葳蕤之群积矣”[①]。尽管各有优长，毕竟《诗经》的简约更胜一筹。

中国古代文论经典以相当大的篇幅讨论文学语言（唯有它用汉字作为记录符号）的艺术传达，其他民族的文学理论不会如此。当代中国学者绝不应轻忽这方面的研讨与承传。近现代的《文心》研究虽也包括这部分内容，然而略显薄弱，似可联系古人其他相关的理论与实践，探究传统章法和修辞手段的传达机制及其艺术表现精妙入微的奥秘，不仅有助于展示古代诗文的民族特色、认识其独到（并有望今后的中国文学中还能再现）的一种艺境，对探讨其他民族的文学乃至各个艺术门类传达媒介的功用，也不无借鉴意义。

## 四、说“体大虑周”和“体大思精”

对《文心雕龙》，清代学者说它“体大虑周”，近代公认它“体大思精”。于此有必要回过头看看《序志》对全书立论基础、结构统序和思想方法的介绍。

刘勰综述文学观念日臻成熟的魏晋时期曹丕、曹植、应玚、陆机、挚虞、李充等人文论的得失，指出他们“并未能振叶以寻根，观澜而索源”[②]的不足，显示出作者探究根源和本质规律上超越前人的自信。

概述全书的结构统序说：

> 盖文心之作也，本乎道，师乎圣，体乎经，酌乎纬，变乎骚，文之枢纽，亦云极矣。若乃论文叙笔，则囿别区分，原始以表末，

---

① 〔梁〕刘勰：《文心雕龙·物色》，范文澜：《文心雕龙注》，第694页。

② 〔梁〕刘勰：《文心雕龙·序志》，范文澜：《文心雕龙注》，第726页。

释名以章义，选文以定篇，敷理以举统，上篇以上，纲领明矣。至于剖情析采，笼圈条贯，摛《神》《性》，图《风》《势》，苞《会》《通》，阅《声》《字》；崇替于《时序》，褒贬于《才略》，怊怅于《知音》，耿介于《程器》，长怀《序志》，以驭群篇，下篇以下，毛目显矣。位理定名，彰乎大易之数，其为文用，四十九篇而已。①

上半部分称之为“纲领”：前五篇《原道》《征圣》《宗经》《正纬》《辨骚》是“文之枢纽”，以三“正”两“奇”之论推出文章写作的宗旨和楷范，又依“原始表末，释名彰义，选文定篇，敷理举统”的原则“论文叙笔”，二十篇文体论涵盖有韵、无韵的各种文章：述源流、道称名，举名篇评定得失所在，总结出相应的理性认识和写作规范。这样的文体论原则有相当的科学性。

下半部分谓之“毛目”：“笼圈条贯”指打破文体限制，按专题进行系统的重组。二十四个专题分别从构思、风格、作品感动力的生发、继承变革的规律、内容形式的关系、文学语言的运用、篇章结构、写作与自然环境、时代政治的关系以及艺术鉴赏等方面立论。大致分为两类：“摛《神》《性》，图《风》《势》，苞《会》《通》，阅《声》《字》”，探讨创作规律和艺术原则；“崇替于《时序》，褒贬于《才略》，怊怅于《知音》，耿介于《程器》”，侧重论述影响一般原则规律形成和鉴赏批评的因素。除《通变》《知音》两篇外，前一类对文学现象多横向剖析，后一类则多征引历代例证作纵向讨论，对原则规律进行补充。值得注意的是，明言在各专题研讨中“剖情析采”。从“剖析”入手，弥补了中国古代理论著述普遍存在的

---

① 〔梁〕刘勰：《文心雕龙·序志》，范文澜：《文心雕龙注》，第727页。

短板，尤为难得。“长怀《序志》”则道出刘勰矢志论文的心声。

《序志》特别交待了兼综古今取舍各家之说的基本原则：

> 有同乎旧谈者，非雷同也，势自不可异也；有异乎前论者，非苟异也，理自不可同也。同之与异，不屑古今，擘肌分理，唯务折衷。①

“自不可异”与“自不可同”以及“同之与异，不屑古今”表明，无论因袭前论还是采纳新说，取舍只凭求真求是的准绳，有立论的严肃性和客观性，也能与时俱进。“擘肌分理”再次透露剖析事物现象是论证的基本理路；“唯务折衷”则谓不偏不倚唯求中正惬当，显现出对众说兼容并包、唯真理是从的博大胸怀。“折衷”的理论思考颇有辩证意味：奇与正、通与变、动与静、显与隐、一与多、简与繁、迟与速的对应和相反相成，以及主体、客体、媒介（如情、物、辞）的三维思辨模式皆然。论证兼及事物现象中不同乃至矛盾对立的因素，取其正确合理的一面，避免偏颇和绝对化。

刘勰述评文学“进入自觉时代”以来各家论说的得失，“折衷”之中流露出超越前人的自信。除前面专题论证已介绍过的例子外还可略作补充：刘勰倡言征圣宗经又明谓“不屑古今”。《正纬》说纬书“无益经典而有助文章”②；《辨骚》辨楚辞与儒典同异，说“取镕经意，而自铸伟辞”是屈原创作再攀高峰的所以然，应“酌奇而不失其贞，玩华而不坠其实”③。此外，他尽管“折衷”众论，必要时又与“雷同一响”之评唱反调，如《才略》说：“魏文之才，

---

① 〔梁〕刘勰：《文心雕龙·序志》，范文澜：《文心雕龙注》，第727页。

② 〔梁〕刘勰：《文心雕龙·正纬》，范文澜：《文心雕龙注》，第31页。

③ 〔梁〕刘勰：《文心雕龙·辨骚》，范文澜：《文心雕龙注》，第47、48页。

洋洋清绮，旧谈抑之，谓去植千里。然子建思捷而才俊，诗丽而表逸。子桓虑详而力缓，故不竞于先鸣；而乐府清越，《典论》辩要，迭用短长，亦无懵焉。但俗情抑扬，雷同一响，遂令文帝以位尊减才，思王以势窘益价，未为笃论也。”[①]全面比较曹丕、曹植的文学个性与成就，作出客观评价。《知音》说人们常有种种心理偏向，且难免“知多偏好”的局限。要求鉴赏者由博而约，“阅乔岳以形培塿，酌沧波以喻畎浍”，以“无私于轻重，不偏于憎爱”[②]的公允来保证鉴赏批评的客观和公允。

全书的结构统序、各专题的评述论证几乎都表现出其他文论著作难以企及的先进性，明言“剖情析采”“不屑古今，唯务折衷”，显示出刘勰方法论上的自觉。《文心雕龙》无愧“体大虑周”“体大思精”之评，是一部在文学观念成熟、理论长足进步的时代由杰出思想理论家成就的经典。中国文学理论史上它是前无古人、后无来者的唯一，西学东渐以后仍获得中外学者高度赞誉自有其充分理由。

## 五、《文心》与《刘子》的“跨界”思考

当代还应有一种在《文心雕龙》与《刘子》间的“跨界”思考。

《刘子》是一部南北朝时期的杂家著作，《隋书·经籍志》未题作者名。敦煌残卷有《刘子》写本，《随身宝》中有“《流子》刘勰注”[③]的文字；唐释慧琳《一切经音义》亦有两处说刘勰著《刘子》。新、旧《唐书》明确注为刘勰撰。后出现以“唐”袁孝政《刘

---

① 〔梁〕刘勰：《文心雕龙·才略》，范文澜：《文心雕龙注》，第 700 页。

② 〔梁〕刘勰：《文心雕龙·知音》，范文澜：《文心雕龙注》，第 714—715 页。

③ 林其锬：《敦煌遗书〈刘子〉著录资料》，《刘子集校合编》，上海：华东师范大学出版社，2012 年，第 323 页。

子注序》说为据称《刘子》为刘昼著者，《宋史·艺文志》作“题刘昼撰”，明、清传本《刘子》作者多题署刘昼。近代的余嘉锡、王重民分别主刘昼说和刘勰说，也有主张该书作者另有其人的。“龙学”资料考辨有成的杨明照持刘昼著的看法。

林其锬先生得顾廷龙、李希泌、张光年、王元化、胡道静等先生的帮助鼓励，从罗集资料、发表考辨文章、《刘子集校》撰写，到2012年《集校合编》问世，经三十余年不懈探求，解答种种质疑，还原了作者为刘勰的真相。《刘子集校合编》囊括《刘子》今存所有善本，包括多种敦煌西域残卷和宋刻、明清钞本及刻本等四十多种，并对版本真伪、作者属谁作了翔实考证。国务院古籍整理出版规划小组有“搜罗广博、考校详审，所取得的成果大大超过前人”[①]的评价。

笔者起初以《刘子》不属文论而未多留心。惟事关《文心》作者不能不接触，八十年代后期才开始接触相关材料。对《刘子》作者是否为刘勰，始存疑惑，其后才渐对林其锬、陈金凤先生等学者的辨证心悦诚服。

由于《刘子》的基本材料罗掘详尽、辨证明确，一扫其真伪和作者问题上的疑云，为研讨的开拓和深化奠下坚实基础。两书皆出自刘勰，具备了一种标志性意义，出现了《文心雕龙》和《刘子》研究不再截然分开的新格局：将两书联系起来考察，有助于全面认识这位卓越的古代理论家学术思想的形成和发展过程；了解南北朝时期的学术思潮，尤其是其时儒道释的兼容互补对传统学术精神和思想理论发展的影响与推动。

“龙学”界目前重视《刘子》的学者不多，有的不认同它是刘

---

① 林其锬：《刘子集校合编·前言》，《刘子集校合编》，第53页。

勰所作的结论，有的认为它不是文学理论著述，研究古代文论者何必费心，等等。是否要等到公认《刘子》作者是刘勰后再作两书的“跨界”研究呢？愚以为即使作者为谁未达成共识，两书联系起来探讨也是必要和有意义的。

首先，刘勰是《文心》的作者，既然近年有人指出他还另有一部著作，并提供了很多以往未曾见用、与刘勰时代切近的文本数据以及相关论证，就不宜置若罔闻。“跨界”研究所得，若有利于判断作者为谁，或对两书之同、异的所以然作出说明，也就为相应的观点、主张提供了新的依据。笔者非常期待有说服力的新的论证出现，哪怕是找到《刘子》不是刘勰所作的证据也很有价值，让人敬佩。

其次，两书分别是文学和政治理论，讨论的东西却并非毫不相关。依古代的文学观，写得好的政论也是好文章。《文心》所论文章，本不排斥政论，“论文叙笔”中就有如《诸子》《论说》《议对》《奏启》等政论性文体专论。其“文章”囊括了政治性的文书，大大超越了今所谓“文学”的范围，已经跨学科了。《刘子》的篇章仍可归入刘勰的“文章”之中，可视之为《文心》中“诸子”和“论说”“议对”一类政论文的写作实践。如前所说，《文心》中宣示的传统文学观强调：文章要能“鼓天下之动”[①]，“唯文章之用，实经典枝条，五礼资之以成，六典因之致用”[②]，应有“穷则独善以垂文，达则奉时以骋绩”[③]，“发愤以表志。身挫凭乎道胜，时屯寄予于情泰”[④]的追求与心理准备，以及“诸子者，入道见志之书。太上立德，其次立言……身与时舛，志共道申，标心于万古之上，而送怀于千载

① 〔梁〕刘勰：《文心雕龙·原道》，范文澜：《文心雕龙注》，第3页。

② 〔梁〕刘勰：《文心雕龙·序志》，范文澜：《文心雕龙注》，第726页。

③ 〔梁〕刘勰：《文心雕龙·程器》，范文澜：《文心雕龙注》，第720页。

④ 〔梁〕刘勰：《文心雕龙·杂文》，范文澜：《文心雕龙注》，第255页。

之下，金石靡矣，声其销乎”[①] 等诉诸笔墨实现的远大抱负。认识到传统文学观这一侧面，文论家写出归入一部子书的文章也就不足为奇。

诚然，《文心》论文章（美文），论证文字也更讲究艺术性，与《刘子》论政注重法理逻辑有所不同。尽管同样用骈体，都有富于文采的精论妙语；与《文心》的言辞之美相比，《刘子》稍显逊色也很自然。

再说说两书理论建构、思想宗尚的同异及其所以然带来的启示。《刘子》的理论构结不如《文心》缜密（主要是讨论对象不同，以及那个时代政论、文论处于不同发展阶段所致），但也有类同处：

其一，《文心雕龙》《刘子》分别为五十和五十五篇，篇数相去不远，皆取法于《易》学。《易·系辞上》：“大衍之数五十。”孔颖达《疏》：“郑康成云：天地之数五十有五，以五行气通。凡五行减五，大衍又减一，故四十九也。”[②]

其二，两书皆先申说宗旨：《文心》“文之枢纽”为前五篇《原道》《征圣》《宗经》《正纬》《辨骚》树立写作楷范；《刘子》前十篇论施政主体的精神境界、精神品性和才学修养，印证了《九流》标举道、儒“二化为最”[③] 的宗尚。两书末篇都可视之为全书的序：《文心·序志》交待全书的构结统序和思想方法；《刘子·九流》则总括性地评介全书的理论渊源——先秦诸子的九个学术流派。

这样的类同在古代著述中难找第二例。若非《刘子》作者倾慕《文心》的体大思精而仿效之，就极有可能同出于一人的理论建构思路。

---

① 〔梁〕刘勰：《文心雕龙·诸子》，范文澜：《文心雕龙注》，第 307—310 页。

②《十三经注疏》整理委员会整理：《周易正义》，北京：北京大学出版社，2000 年，第 328、329 页。

③ 林其锬、陈凤金：《刘子集校》，上海：上海古籍出版社，1985 年，第 303 页。

反对《刘子》为刘勰著者（如余嘉锡、杨明照）所持的一个主要理由是两书思想宗尚不同:《文心》崇儒，而《刘子》"是书末篇(《九流》)，归心道教"[①]。无论从其生平、时代思潮还是从两书的内容看，这样的结论都值得商榷。

《文心》作于刘勰早年，他以拦车鬻文扬名，佛学造诣高深，"文集行于世"[②]，入仕即得"好文学"的昭明太子青睐，但萧统失宠早逝，他的仕途也难免坎坷，以后多沉于下僚。史载曾"出为太末令，政有清绩"，又"时七庙飨荐，已用蔬果，而二郊农社，犹有牺牲，乃表言二郊宜与七庙同改"[③]，晚年有奉旨校经及出家改名慧地等。其"文集"未明是何种著述，如今除《文心》《刘子》外只有《灭惑论》等少量佛学文字存世。他一生与佛学关系至深，存世的《灭惑论》是释道论争中为批驳道士顾欢的《三破论》而作，其中说："道家立法，厥品有三：上标老子，次述神仙，下袭张陵。太上为宗，寻柱史嘉遁，实为大贤，著书论道，贵在无为，理归静一，化本虚柔。然而三世弗纪，慧业靡闻。斯乃导俗之良书，非出世之妙经也。"[④]可以了解刘勰对道家（特别是老子和《道德经》）的认识。

《文心》推尊孔子，"上篇"的"文之枢纽"倡言宗经、征圣，但强调"自然之道"；《诸子》篇兼综百家："诸子者，入道见志之书……孟轲膺儒以磬折，庄周述道以翱翔，墨翟执俭确之教，尹文课名实之符，野老治国于地利，驺子养政于天文，申商刀锯以制理，

---

① 〔清〕永瑢等：《四库全书总目》，北京：中华书局，1965 年，第 1010 页。

② 〔唐〕姚思廉：《梁书 · 刘勰传》，北京：中华书局，1973 年，第 712 页。

③ 〔唐〕姚思廉：《梁书 · 刘勰传》，第 712 页。

④ 〔梁〕刘勰：《灭惑论》，石峻等编：《中国佛教思想资料选编》（第一卷），北京：中华书局，1987 年，第 327 页。

鬼谷唇吻以策勋，尸佼兼总于杂术，青史曲缀以街谈。”[①]对道家肯定尤多：“鬻熊知道，而文王谘询”“伯阳识礼，而仲尼访问”“鬻惟文友，李实孔师”[②]。“下篇”“剖情析采”的理论专题多依傍道家，特别是多引《庄子》的思想材料，在《神思》《体性》《养气》《物色》中尤为明显。

《刘子·九流》称“九流”“俱会治道”，以道、儒“二化为最”[③]，但评论各家均有褒有贬，“然而薄者”以下指斥其末流，道、儒亦不例外，《九流》可谓杂家的宣言。全书前十篇施政主体论确为“二化为最”，道列儒前与乱世黄老治世理念的抬头相关。然而细究全书，以儒家思想为主的篇章也多于宗尚道家者，引证的史实、事例亦然，不知“归心道教（而非“道家”）”根据何在。

两书倒都能找到佛学浸润的蛛丝马迹：《文心》推崇“般若之绝境”[④]、用到“圆通”“圆照”“圆鉴”；《刘子》也偶用“神照”“垢灭”“炼业”“机妙”之类佛学词汇以及典故。显而易见的是，当时佛学的渗透主要在哲学和思维方式方面，对政论和文论的影响远不及儒、道两家。

魏晋南北朝哲学思潮走向及其演进，是在魏晋的玄学论辩和后来儒、道、释争鸣的推动下实现的。玄学具有杂糅道、儒、名等家兼取所长的开放性，又有高度理性思辨的特点，它的兴起是在更高层次上对先秦哲学思辨精神的复归。在玄学思辨精神的推动下，东晋和南北朝时期又形成了儒、道、释三教鼎立论争的局面。与先秦的百家争鸣类似，相互辩难的论争中不乏相互吸收、借鉴，从而促

---

① 〔梁〕刘勰：《文心雕龙·诸子》，范文澜：《文心雕龙注》，第 307—308 页。

② 〔梁〕刘勰：《文心雕龙·诸子》，范文澜：《文心雕龙注》，第 308 页。

③ 林其锬、陈凤金：《刘子集校》，第 303 页。

④ 〔梁〕刘勰：《文心雕龙·论说》，范文澜：《文心雕龙注》，第 327 页。

进了儒、道思想理论的发展和佛学的中国化。六朝时期三教合一的趋向在政治与学术领域都开始显现。

了解社会背景、时代的学术潮流，以及刘勰的人生经历，就能理解他学术思想的构成——兼容儒、道、佛，适时、事所需取用而已。这也合乎传统（尤其是刘勰所处时代）学术的思想特征。

《文心》出自早年，虽有“将相以位隆特达，文士以职卑多诮”的感慨，毕竟更多“君子藏器，待时而动……摛文必在纬军国，负重必在任栋梁”[①]的少壮意气。否则就不会有拦道鬻书之举。《刘子》也鼓吹“因窘而发志，缘厄而显名”“因激以致高远之势”[②]，激励士人在困境中发愤为作，但不时流露临近暮年壮志难酬的怅然与感伤：“今日向西峰，道业未就，郁声于穷岫之阴，无闻于休明之时。”[③]“能韬隐其质，故致全性。”[④]“遇不遇，命也；贤不贤，性也。怨不肖者，不通性也；伤不遇者，不知命也。如能临难而不慑，贫贱而不忧，可为达命者矣。”[⑤]对官场失意者的劝勉慰藉，从中不难察觉两书撰结时作者情怀、心境的不同。

更重要的是：虽同在齐梁时期问世，两书的撰结却处于各自领域理论不同的形成、发展阶段。《文心雕龙》“体大思精”，因为它是文学的专论，问世于中国古代文学观念已臻成熟，理论批评和相关的艺术实践有全面收获，是构建经典性理论的最佳时期。《刘子》“用古说今”[⑥]，之前诸子之学建树颇丰，毋须创建新的基础性政

---

① 〔梁〕刘勰：《文心雕龙·程器》，范文澜：《文心雕龙注》，第 719—720 页。

② 林其锬、陈凤金：《刘子集校》，第 288、287 页。

③ 林其锬、陈凤金：《刘子集校》，第 291—292 页。

④ 林其锬、陈凤金：《刘子集校》，第 15 页。

⑤ 林其锬、陈凤金：《刘子集校》，第 143 页。

⑥ 王重民：《中国目录学史论丛》，北京：中华书局，1984 年，第 134 页。

治理论，唯“用古”（取各家所长唯我所用）而已；面对国家长期分裂、篡代频繁，门阀世族骄奢淫逸、把持仕进的乱局，其“说今”以如何清廉吏治、察举人才等问题为中心，现实针对性极强。尽管理论建构不像《文心》那样具有经典性，然而反映现实以及改良现实政治的导向作用则已被稍后隋立科举、唐初尚黄老与民休息的施政所证实；其根治腐败、民本农本、文武之道等论也不乏超越时代的意义。在所有诸子论著中《刘子》若干方面都堪称独到，卓有建树。

作为经典，《文心》在文学理论领域有极为突出的跨时空的理论价值。《刘子》问世较《文心》稍晚，但基本同时。因为是政论，《刘子》反映的社会政治现实无疑比《文心》更充分、更宽泛、更具体。作为一代杰出的思想家、理论家，刘勰在不同时期分别在两个领域的理论中都有非凡建树不足为奇。

# 论李曰刚的《文心雕龙斠诠》

张　然

台湾学者李曰刚（1906—1985）在台湾地区“龙学”界久负盛名，作为黄侃的学生，他不仅传承了黄侃“龙学”研究的衣钵与学统，还利用台湾师范大学的讲坛，培育了一批“龙学”后辈，如王更生、龚菱、沈谦、黄春贵等，这些曾经李门中的学子都已成为台湾地区“龙学”研究界的大师或中坚力量。而李曰刚对整个华语区的“龙学”研究更大的意义在于其历时二十年终成的巨著——《文心雕龙斠诠》。这部书是台湾地区有关《文心雕龙》的最早的集大成之作，由台北的“国立”编译馆中华丛书编委会编辑审订，但未公开出版发行，故印刷数量有限。也因此，该书的流传并不广，尤其是在大陆地区，寓目者更是很少，影响力稍小。但在台湾地区，“台湾对《文心雕龙》的研究，从文字的理解到理论的阐发，大都源出于李氏此书”[①]。可见，《文心雕龙斠诠》一书有其巨大的研究价值。

## 一、《文心雕龙斠诠》的总体特色

《文心雕龙斠诠》由上、下两册组成，两千五百八十页，约一百八十多万字[②]。若以一个字来形容此书，“巨”字当之无愧。

---

① 牟世金：《台湾文心雕龙研究鸟瞰》，济南：山东大学出版社，1985 年，第 98 页。

② 该书版权页未标注字数，据戚良德先生测算，其版面字数当超过 180 万字。

比方说，这部书的体例就可以用宏大来形容。它共分三大部分，第一大部分是序言、例略、原校姓氏及斠勘据本；第二大部分是具体每一篇的斠诠，包含从“上编”一到五卷以及“下编”六到十卷，每卷五篇；第三大部分为附录，共六种，分别是：一、刘勰著作二篇，二、《梁书·刘勰传》笺注，三、刘毓崧《书〈文心雕龙〉后》疏证，四、刘彦和身世考略，五、《文心雕龙》板本考略。此书最后还列举了引用书目三百余种。

具体到每一篇的斠诠，其体例由两大块组成：“题述”与“文解”。其中“文解”又包括三个小部分“直解”“斠勘”“注释”。

何为“题述”？在“例略”里，李曰刚详细说明了“题述”内涵：

> 训释篇名义界，阐明论列要旨，指陈文章体用，辨证选材得失，并提供重点比较，譬如于文原论中期于依经附圣，正末归本；文体论中辨乎名实异同，格意正变；文术论中强调文质相辅，雅俗与共；文术论中务求才器兼重，今古会通。且尽量采录黄季刚师札记及刘永济君校释，以求备探讨之资。最后更检核结构段落，俾学者易于掌握其全盘大意。[①]

意即：先据字书解释名义，再言全篇主旨，最后说明段落大意。李

① 李曰刚：《文心雕龙斠诠·例略》，台北：台湾编译馆中华丛书编审委员会，1982 年，第 19—20 页。

曰刚还有十篇以“题述”为名单独发表的论文[①]，体例同《文心雕龙斠诠》一致。而所谓“文解”即为分段注解原文，这里又由三部分构成：“直解”为用浅近的口语直接解说文意；“斠勘”为考订疑文；“注释”为说明出典、词义及理论内涵。在这三小部分中，“直解”是李氏较为独特的一个方面，“直解”中的语言近于翻译但又不是严格的直译，比较灵活。如《原道》中，李曰刚对于“文之为德也大矣”至“此盖道之文也”这一部分的“直解”为：

> 文章之德业至为盛大矣！其能与天地同生并存，究何缘故乎？盖夫天玄地黄，颜色错杂；戴圆履方，体用分明。日月往来，如璧圜之重叠，以悬示其附丽天体之景象；山川斫带，若绮彩之焕发，以铺陈其条理地面之形势：此乃天地大道之表征而蔚为自然之文采也。[②]

这段“直解”中有李曰刚自己的一些语言缀入其中，同时语言典雅，较为精美，绝非纯粹的白话文。同时，在“文解”中若涉及引文有难懂之处，李氏还会为引文再加注疏，可谓细之又细。而对于刘勰

① 这十篇论文相关信息附注如下：《文心雕龙〈总术〉篇题述：刘勰文术论二十篇结穴之探微》，《中华文化复兴月刊》16卷7期，1983年7月。《文心雕龙〈论说〉篇题述》，《中华文化复兴月刊》16卷5期，1983年5月。《文心雕龙〈养气〉篇题述》，《中华文化复兴月刊》15卷7期，1982年7月。《文心雕龙之文体论检讨——文心雕龙斠诠〈体性〉篇题述》，《师大学报》27期，1982年6月。《文心雕龙〈附会〉篇题述》，《教学与研究》4期，1982年6月。《文心雕龙〈夸饰〉篇题述》，《华学月刊》125期，1982年5月。《文心雕龙〈史传〉篇题述》，《中华文化复兴月刊》14卷7期，1981年7月。《文心雕龙〈宗经〉篇题述》，《孔孟月刊》19卷8期，1981年4月。《文心雕龙〈原道〉篇题述》，《中华文化复兴月刊》14卷3期，1981年3月。《文心雕龙〈序志〉篇题述》，《中华文化复兴月刊》14卷1期，1981年1月。

② 李曰刚：《文心雕龙斠诠·原道第一》，第16页。

原文中所提某些作品，李氏也会根据情况摘录部分或全部作品，以方便读者阅读。

论及校注，李曰刚也是相当全面而精深的。仅就校勘来说，李氏运用对校法、本校法、他校法、理校法，对《文心雕龙》进行了事无巨细的校勘，其在校勘方面的用心之“巨”在他的序言中就可见一斑：

> 欲将一字校订精确，又谈何容易！吾人置力于此工作，自应实事求是，不盲从旧说，不忘（笔者按：应为“妄”）下己见，必也理证兼赅，义据翔实，核定一字，乃可“揆之本文而协，验之他书而通”（王引之《经传释词·序》）；且能“使古圣贤见之，必解颐曰：吾言固如是，数千年误解之，今得明矣”（阮元《经义述闻·序》）。卢文弨《群书拾补·序》云：“黄君云门谓余曰：人之读书求己有益耳，若子所为，书并受益乎！”校书能使书本受益，此为校勘者所信守之崇高目标。凡异文可通，即反覆推敲，择其义胜者从之；若并无轩轾，则保留底本，但记出某本作甲、某本作乙，俾读者有所参酌；其为讹误或衍夺、颠倒、错乱者，则广征各种版本及诸家之说，折衷一是，径行予以改订，或删补、乙正、调整。其所采用者，不外对校或本校、他校、理校等四法。①

对于李曰刚的校勘成果，王更生有云：“每下一义，确能博采众长，每校一字，必通引中外各家之说相比勘。”②

李氏之注也同样细致而翔实，即使一般字词也认真作注。如《诔

---

① 李曰刚：《文心雕龙斠诠·序言》，第11—12页。

② 王更生：《文心雕龙导读》，台北：华正书局，1977年，第84页。

碑》篇的“旌之不朽”，范文澜和杨明照均未作注。但李氏却搜罗诸种与此相关的注解，并择要列举在注解中：“旌，表彰之意。《左传·僖公二十四年》：‘且旌善人。’杜注：‘表也。’又《定公元年》：‘以自旌也。’杜注：‘章也。’不朽，《左传·襄公二十四年》：‘穆叔如晋，范宣子逆之，问焉，曰：古人有言曰：死而不朽。何谓也？穆叔曰：豹闻之：大上有立德，其次有立功，其次有立言，虽久不废，此之谓不朽。’孔疏：‘此三者虽经世代，当不腐朽。’今谓人虽死而名不灭曰不朽。”[①] 对较为常见的“不朽”二字也能作注，还颇为仔细，可见李曰刚的这部书是多么的翔实。虽说这样作注未免有烦冗之嫌，但对于初读《文心雕龙》的人来说，这样的注可以很好地起到帮助读者理解文意的效果。

李氏除了作注的范围比较广泛之外，还增补了不少前人未注的出典。如《夸饰》篇中有：“辞入炜烨，春藻不能程其艳；言在萎绝，寒谷未足成其凋。”[②] 李曰刚除了对“炜烨”“春藻”“萎绝”三个词从出处和前人注释入手进行了较为详细的解释外，还对前人未注的“寒谷”作了注释：“刘峻《广绝交论》‘叙温郁则寒谷成暄，论严苦则春丛零叶。’”[③]

某些李氏之注还“解决”了长期存疑的问题。如《总术》中有“动用挥扇”四字，对此四字，黄叔琳、刘永济均无注，范文澜注曰：“未详其义。”[④] 杨明照注曰：“按此文向无注释，殆书中之较难解者。”并提出自己的意见：“用为角，扇为羽”“则文从字顺，涣然冰释

---

① 李曰刚：《文心雕龙斠诠·诔碑第十二》，第 504 页。

② 刘勰：《文心雕龙·夸饰》，戚良德：《文心雕龙校注通译》，上海：上海古籍出版社，2008 年，第 422 页。

③ 李曰刚：《文心雕龙斠诠·夸饰第三十七》，第 1688 页。

④ 范文澜：《文心雕龙注》，北京：人民文学出版社，1958 年，第 659 页。

矣”[1]。在台湾地区，张立斋在其《文心雕龙注订》中质疑说：“挥扇一辞，诸家皆未详。纪氏亦疑讹误难解。按扇疑为羽字，盖形近而讹，《大禹谟》：‘舞干羽于两阶。’《传》：‘羽翳也，舞者所执。’据下文‘初终之韵’，及‘比篇章于音乐’句。知挥扇应作挥羽，则得其解矣。”[2]潘重规则根据《说苑·善说》及蔡邕《琴赋》，推此四字为“动角挥羽”[3]。潘氏的这一观点跟杨明照不谋而合。

李曰刚在前人的基础上，评论潘重规的推断道“就字形之误而论，仅更正‘用’‘扇’二字，甚合情理。惟‘动角’‘挥羽’二词皆平列对称，与上文‘伶人’‘告和’二词一纵一横之性格有异，非丽辞常态”，据此思路，李曰刚注解道：

> 嵇康《琴赋》云：“伶伦比律，田连操张，进御君子，新声憀亮，何其伟也。”……操张，与“操畅”同。《文选》枚乘《七发》：“使师堂操畅，伯子牙为之歌。”注：“五臣本作张字。善曰：‘《琴道》曰：尧畅达则兼善，天下无不通畅，故谓之畅。’”向曰：“操张者，张琴也。”刚案“挥羽”盖即“操张”之意。《文选》江淹《别赋》：“琴羽张兮钟鼓陈。”李善注谓：“琴羽，琴之羽声。”引《说苑》“雍门周以琴见孟尝君，微挥角羽”一语以明之，于此可见。彦和其所以不袭“操张”而易以“挥羽”者，极状其心闲手敏，随便一挥而已。[4]

① 杨明照：《文心雕龙校注拾遗》，上海：上海古籍出版社，1982 年，第 331 页。

② 张立斋：《文心雕龙注订》，台北：正中书局，1981 年，第 416 页。

③ 潘重规：《讲坛一得》，中国文化学院：《创新周刊》第 213 期，1977 年 4 月。

④ 李曰刚：《文心雕龙斠诠 · 总术第四十五》，第 2016 页。

通过充分的引经据典，李曰刚得出结论“动用挥扇”之误：“‘田’先形误为‘用’，传写者以‘用连’不辞，又改‘连’为‘动’而乙之。语虽勉通，而不知与上文‘伶人’不相对应矣。”[①] 李曰刚最终校“动用挥扇”为“田连挥羽”[②]。牟世金先生认为李氏之校较之之前的“动用挥羽”“动角挥羽”都有新发展。[③]

可以说，这是一部兼有校、注、译、论的全面性著作。

此外，此书之“巨”还表现在其汇集先贤之大成的特点。在谈及《文心雕龙斠诠》所选版本时，李曰刚说：

> 自来《文心雕龙》板本，以清乾隆六年（1741）姚刻黄叔琳辑注养素堂本为最善，今即以此为底本，再参以黄季刚师札记、刘永济君校释，范文澜注所引孙仲容、顾千里、黄荛圃、谭复堂、铃木虎雄诸家校本，暨杨明照校注拾遗、王利器新书所征宋、元、明、清各板本，各类书及潘重规石禅学长唐写残本合校，并广涉晚近海内外诸家有关著述，寝馈斯业，鞠躬尽瘁，期能折衷众说，有益斯书之董理；诚恐执见一隅，贻误后进之薪传。[④]

可以说，李曰刚基本上把他能够收集到的相关《文心雕龙》校注方面的资料都涉及到了，李氏自言“所引古今著述累数十百家”[⑤]，这绝不是夸口。细观此书，征引处常有“范注”（范文澜之《文心

① 李曰刚：《文心雕龙斠诠·总术第四十五》，第 2012 页。

② 田连：据李善注，田连乃“天下善鼓琴者也”。

③ 牟世金：《台湾文心雕龙研究鸟瞰》，第 27 页。

④ 李曰刚：《文心雕龙斠诠·例略》，第 19 页。

⑤ 李曰刚：《文心雕龙斠诠·序言》，第 9 页。

雕龙注》)，“札记”（黄侃之《文心雕龙札记》)，“校释”（刘永济之《文心雕龙校释》)，“校注拾遗”“杨云”（杨明照之《文心雕龙校注拾遗》)，“新书”（王利器之《文心雕龙新书》)，“注订”（张立斋之《文心雕龙注订》）等简称。因此，此书不可不说是一部博采众长的巨作。王更生评价道：“他这部巨著实具有黄札、范注、刘释、杨校的优点。”[①] 牟世金更称赞其乃“集前人之大成”者[②]。

正因为这部书的“巨”制风格，使其在整个台湾地区“龙学”研究界都颇具影响力。除台湾学者多据以为说外，大陆学者如冯春田、日本学者甲斐胜二等也多加以征引。

## 二、《文心雕龙斠诠》之文原论

论及《文心雕龙斠诠》之文原论，首先要谈李曰刚对《原道》篇中“道”的解释。作为黄侃的弟子，李曰刚在不少理论问题上都多少带有黄侃的影子。

黄侃在其《文心雕龙札记》中最早把道诠释为“自然之道”[③]，台湾地区引用这一观点的学者不在少数。而稍后于《札记》而出的刘永济之《文心雕龙校释》开篇也指出：“初段明文心原道，盖出自然。”[④] 在台湾地区，早期的“龙学”著作中就以黄氏之《文心雕龙札记》和刘氏之《文心雕龙校释》流传最广，一版再版。李曰刚在先贤的基础上，于《文心雕龙斠诠·原道》篇的“题述”中首

① 王更生：《文心雕龙导读》，第 84 页。

② 牟世金：《台湾文心雕龙研究鸟瞰》，第 100 页。

③ 黄侃：《文心雕龙札记》，北京：中国人民大学出版社，2012 年，第 3 页。

④ 刘永济：《刘永济集·文心雕龙校释附征引文录》，北京：中华书局，2010 年，第 3 页。

先提出了自己的观点："所谓道者，即自然之道。文心之原道，原其自然以成文理之道也。"[①]他还列举出众多《文心雕龙》涉及文章与自然关系的句子以资证明，进而又举出黄师与刘氏之论，表示两者观点实则"辞异而义同"[②]，并再次抛出其论点：

> 所谓道，即自然之道；所谓道之文，即自然之道之文。自然者，客观事物是也。道乃原则或规律，自然之道可谓客观事物之原则或规律，道之文乃符合客观事物之原则或规律之文。而客观事物之原则或规律，即为宇宙间之真理，文学艺术产生之根源在此。[③]

从前述可知，李曰刚擅长从《文心雕龙》自身和先贤们的专著中去寻找答案与佐证。同样，对于文学的来源这一问题，顺承着对"道"之涵义的阐发，李氏进一步从自然——天文、地文、人文的角度去谈文学的源头。通过大段引用《文心雕龙·原道》篇中的经典段落，李曰刚总结说："以后世文学观念视之，文学之基本泉源有二：一为自然环境，一为社会环境。天文、地文属自然环境，人文属社会环境。"[④]在此基础上，李氏联系了《物色》篇与《时序》篇，进一步讲明了自然环境与社会环境对于文学产生的决定性作用。

循着这种逻辑思路，李曰刚进一步探讨文学创作之基本原则是"弃绝过分雕饰，而以自然真切为宗"[⑤]。他认为作者写文章是为

① 李曰刚：《文心雕龙斠诠·原道第一》，第2页。

② 李曰刚：《文心雕龙斠诠·原道第一》，第4页。

③ 李曰刚：《文心雕龙斠诠·原道第一》，第4页。

④ 李曰刚：《文心雕龙斠诠·原道第一》，第5页。

⑤ 李曰刚：《文心雕龙斠诠·原道第一》，第6页。

了引起读者的共鸣，欲达此目的就需要作者在写文章时如行云流水般自然流露情感，作者能够秉承着自然的写作理念就能对写作对象体察入微，描绘到位，对事理的论述也能鞭辟入里，条贯统序，这便是刘勰之“养心秉术，无务苦虑；含章司契，不必劳情”[①]。

李氏的这种观点有不少学者都继承了，特别是他的门生。如王更生在《刘勰的文学三元论》一文中也说刘勰之“原道”之“道”乃“自然现象的体现”，并进一步指出刘勰之“道”“不是本体论，不同于道家的‘无为’，也不同于儒家的‘仁义’”，跟西方的“自然主义”也无关联，而是刘勰自己的“自然文学观”。[②]

可以说，李曰刚的“道即自然”观基本与儒释道三家都无关。为此，他还专门对比了刘勰之道与韩愈、柳宗元、周敦颐、朱熹所论之“道”，并总结说：

> 总之，韩、柳、周、朱四贤之论文与道，以道为文之质，文为道之形，与彦和之以道为文所本，文为道所生，迥然有别。盖彦和所谓道，乃自然之道；四贤所谓道，完全囿于儒家之道。自然之道充其极，固可包容儒家之道，但绝非以儒家之道拘执其范围。所谓自然之道，上则天文，下则地理，而人文参立其中。[③]

在对“道”的充分阐释上，李曰刚认为文原论中另外两篇《征圣》和《宗经》就是在《原道》篇论述文章之原理的前提下，再通

---

① 刘勰：《文心雕龙·神思》，戚良德：《文心雕龙校注通译》，第323页。

② 王更生：《〈文心雕龙〉的文学观》，转引自刘渼：《台湾近五十年来“〈文心雕龙〉学”研究》，台北：万卷楼图书有限公司，2001年，第107页。

③ 李曰刚：《文心雕龙斠诠·原道第一》，第9页。

过这两篇指出作者习文的实践步骤，正所谓：“道沿圣以垂文，圣因文以明道。”[①] 在李氏看来，“盖自然妙道，非圣不彰；圣哲鸿文，非道不立”。道、圣、文（经）三者之间的关系，就如同一个三角形[②]：

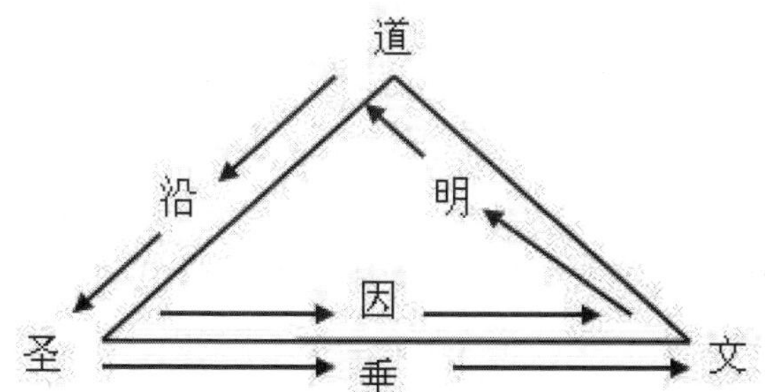


用一张图来表现刘勰“道”“圣”“文”三者关系的，李曰刚当属第一人。此图的确将“道沿圣以垂文，圣因文以明道”[③] 之间的理论架构展示得一清二楚，特别是通过此三角形不同的内外引线，将三者之间循环往复的复杂关系展示于读者眼前。为了能够合理地协调“道即自然”与“圣”“经”之间的关系，李曰刚进一步阐释：“彦和所谓道，虽系自然之道，然亦兼包儒家之道，前已言之，二者旁通而无涯，并行而不悖者也。……《序志》篇曰：‘本乎道，师乎圣。’此言本道心以表人文，法圣哲而充义类。而所谓圣实指孔圣，道亦即儒家经典中所阐明之道也。……彦和之道，兼有双重意义，广义乃指自然之道，狭义则仅谓儒家之道耳。”[④]

在李曰刚看来，刘勰的“文原于道”之说是非常伟大而光辉的。

① 刘勰：《文心雕龙·原道》，戚良德：《文心雕龙校注通译》，第 7 页。

② 李曰刚：《文心雕龙斠诠·原道第一》，第 11 页。

③ 刘勰：《文心雕龙·原道》，戚良德：《文心雕龙校注通译》，第 7 页。

④ 李曰刚：《文心雕龙斠诠·原道第一》，第 12—13 页。

他认为此说一出，不仅在其当时为一大创论，同时对于后世亦能起到极大的指导作用，可谓“笼罩后世，至今犹颠扑不破”[①]。为了说明刘勰的理论在今天仍有意义，他还列出十八世纪英国文评家波普（Pope Alexander，1688—1744）对自然与文学之间关系的论述，来说明刘勰历久日新之远见卓识及其观点的珍贵。

李曰刚对《原道》篇的分析已然很充分了，而其对刘勰之“道”的观点也得到了诸多后辈的继承。总体来说，李氏主要从七个方面来探析“原道”之“道”：（一）道之涵义——文原于道，道即自然。（二）道之呈现——文学泉源，天地人文。（三）道之体要——创作原则，自然会妙。（四）道之附会——文学局限，道德伦理。（五）道之实践——征圣宗经，正本归原。（六）道之范畴——自然之道，兼包儒道。（七）道之开宗——针砭时弊，矩矱来世。[②]这七个方面条分缕析、有理有据，非常充分地论证了李氏“道即自然”的观点，也显示了老一辈学者扎实的研究功底和踏实的研究态度。

至于文原论中另外两个比较重要的问题，“文之枢纽”到底包括哪几篇？以及《辨骚》篇的归属问题，李曰刚同绝大多数台湾地区“龙学”研究者的见解基本无异，取刘永济的正负说，甚至直接引用刘氏之原文，并将《辨骚》篇归之于“文之枢纽”。

## 三、《文心雕龙斠诠》之文类论

在《文心雕龙斠诠·体性》中，李曰刚用较大篇幅在“题述”里阐发了自己的“文体观”。李氏的“文体观”很有代表意义，故此处稍作评介。

李曰刚分五部分来谈自己的“文体观”，其中又各自分了多个

---

① 李曰刚：《文心雕龙斠诠·原道第一》，第 13 页。

② 李曰刚：《文心雕龙斠诠·原道第一》，第 2 页。

层次来详论。此乃《文心雕龙斠诠》一书十分有理论意义的一部分，兹将李氏“文体观”的结构与层次名目一一列举，以求完整展现李曰刚之研究思路：

壹、文体与文类观念之混乱与厘清。这一部分主要从四个方面来谈：（一）《文心雕龙》乃我国文体论专著；（二）文体与文类之混乱相习已久；（三）近人对文心文体观念之误解；（四）文体与文类界线将如何厘清。

贰、文体三方面意义及其自觉过程。这一部分主要从七个方面来谈：（一）体含三方面意义或有三次元；（二）文体之自觉最先从体貌引起；（三）体要提出矫正过重体貌之弊；（四）体裁向体貌升进达成其要求；（五）体要待体貌完遂其表现效率；（六）体貌应合题材以体要为内容；（七）裁要貌三合一形成完整文体。

叁、文体之基型及彦和理想之文体。这一部分主要从四个方面来谈：（一）文体之八种基型；（二）八体基型之根源；（三）八体基型之特质；（四）彦和理想之文体。

肆、文体之形成与作家性格之关系。这一部分主要从四个方面来谈：（一）文体取决于作家性格；（二）先天才气本之情性；（三）后天学习成于陶染；（四）触类以推表里必符。

伍、从各文类时代作家比论其风格。这一部分主要从三个方面来谈：（一）各类文体之检讨；（二）历代文风之鸟瞰；（三）名世作家之概貌。

这五部分各有侧重，从上述纲目的引述可以看出李氏“文体观”中多涉风格之说，鉴于其后还有专节讨论李氏之文术论，故此处主要将李氏对“文体”与“文类”的论说予以申发。

应该指出的是，台湾地区的“龙学”研究者在“龙学”研究的文体论方面有一个突出的特点，即注重“文类”和“文体”的不同。

李曰刚在“壹、文体与文类观念之混乱与厘清”这一部分中，特别列了一个条目“（三）近人对文心文体观念之误解”，其中，李氏首先指出：“《文心雕龙》上篇中之二十‘文类’，晚近学者既误说为‘文体’，然则对于下篇中《体性》篇彰明较著标准八体之‘体’字又作何解释乎？彼辈著述文史甚至董论文心，大都数典忘祖。”[①] 从这里可以看出，李曰刚对“文类”和“文体”有着清晰的划分，在这种认知的基础上，他在论述中国传统文论的体类特点时说：“文章分类，主要是根据题材在实用上之性质，至于文字语言构成之形式仅居于次要地位，无足轻重。此即说明西方之 Genre 与 Style 有时可以混淆，而中国之类与体，则决不能混淆。”而在实用性的要求下，“某类文学要求某种文体，亦便成为文体论之重要课题”[②]。

或许正由于李曰刚对“文类”与“文体”有着特别清晰的辨识，《文心雕龙斠诠》从《明诗》篇到《书记》篇均给予了较大的研究力度。此处择几个研究亮点予以评析。

李曰刚在《颂赞》篇的斠诠中，首先引黄侃《文心雕龙札记》中对“颂”“赞”二体的名义与体类变异的相关语句；其次辨析“颂”名出处，并从《商颂·那》《周颂·清庙》等引述出早先皆以告神为内容与目的，此乃“颂”的正体；再次，还有一些是“颂”的变体，如《鲁颂·駉》等，用以致美僖公，但总体而言，颂以“褒德显容”为正则，有散、韵之分。论及“赞”体，有散、韵之别，散文之赞有史赞、杂赞。此处，李曰刚指出黄侃改“赞”为“讚”的不妥，并以《说文解字》无“讚”字来证明“讚”及“儹”皆后起字。几乎同时期的台湾地区“龙学”家张立斋亦持此说。

李曰刚在《祝盟》篇的斠诠中，综论“祝”（祝文赞词）、“盟”

---

① 李曰刚：《文心雕龙斠诠·体性第二十七》，第 1164 页。

② 李曰刚：《文心雕龙斠诠·体性第二十七》，第 1167 页。

（盟载誓约）二体的名义、演变历程、各时代的代表作品与功用。特别指出“祝盟”包括一切告祭鬼神之文与祭文，但与后世“哀祭”如哀吊、诔辞及告祭鬼神之文，多有出入。在李氏看来，“祝盟”体的特点，第一是其写作目的是为了祈福于未来、献功于当日；第二是结信于一时，要质于永久。为了区分“祝”与巫史之间的关系，李氏还特别引用了刘永济《文心雕龙校释》中的论述，以明了“祝”与巫史的关联特质及祝盟宜“崇实黜华”的原因。

李曰刚对《文心雕龙·史传》篇评价很高。刘勰的《史传》篇向来受到文论家、史学家、龙学研究者的关注，可以说在二十种文体中，《史传》篇的研究成果算是比较多的。这主要是因为刘勰的《史传》篇是谈论中国史传文学的第一篇，故受到史学家的重视。李曰刚在《文心雕龙斠诠》中，于《史传》篇的“题述”用力颇深。他认为《文心雕龙》之《史传》篇充分体现了刘勰的史学思想之主导思想为“依经”和“附圣”。他分了六个方面来谈刘勰史学思想对史学的贡献：“综观彦和之史学思想，于史官建置，史著源流，论史途径，以及二难、两失、四要等，皆能针对当世史家好奇之弊，与夫春秋经传以及马、班、史、汉之既有成就，由史意、史情，进而激浊扬清，推阐史学之义法，词简而意赅，条析而流别，为中国一千五百年来之史学界开创新局面。”[①]其中，李曰刚总结“论史途径”为两条，即扬榷利病、阐明义例，“扬榷利病者，主于分析演绎；阐明义例者，贵乎综合归纳。二者互相需济，未可偏废”[②]。而“二难”，李曰刚尤其指出后人要向彦和学习，“史有二难，不可不知：即综合史料，融会贯通之难，与权衡轻重，分别部局之难”[③]。至于“两

① 李曰刚：《文心雕龙斠诠·史传第十六》，第 648 页。

② 李曰刚：《文心雕龙斠诠·史传第十六》，第 639—640 页。

③ 李曰刚：《文心雕龙斠诠·史传第十六》，第 645 页。

失”，李曰刚总结出刘勰认为前史之失主要有两方面，一是讹滥之失，二是枉论之失，并指出，刘勰针对这两失提出宜信古而不泥古，著史要以忠告诤言、有功世教人心为目的。此外，李曰刚还总结出刘勰的史法四要，即在史事整理方面，需要“寻繁领杂之术”；在史料选取方面，需要“务信弃奇之要”；在行文叙笔方面，需要“明白头讫之序”；在谋篇布局方面，需要“品酌事例之条”。

《文心雕龙斠诠》对刘勰之“文体论”研究有个特别的贡献，由于历来研究者对“文体论”的关注稍显不足，所以有些篇目的校注都少人做深入研究。而《文心雕龙斠诠》一书在诸多涉及“文体论”的篇目上建树颇多，如李曰刚深入考证《诏策》，他指出凡下行公牍（多为帝王告臣民者）均归于“诏策”一类。此外，他还通过广泛参考《御览》《集成》等叙录，归纳出“诏策”的品目有誓、诰、命等十六项，并详析其义用与变革。最后，他将理论与当代实际相结合，从五个方面讨论了古之“诏策”在今之“适应性”。他指出，虽然诏策这一文体已经脱离了实用价值，但其“腾义飞辞”仍可作为写作的指导。无疑，李曰刚的这一见解为“龙学”研究的进一步开展以及写作理论与实践方面的研究都提供了一个契机。但比较遗憾的是，李氏并未将此点进一步深入阐释。

再如《奏启》篇，也少有人做深入研究，李曰刚算是用力较深的学者了。他首先举蔡邕《独断》、徐师曾《文体明辨》、姚鼐《古文辞类纂》、曾国藩《经史百家杂钞》等各家诸论一一比较，指出“‘奏’专用于献上，‘启’则偏及于平行，两者兹述之于篇者，亦以其体有稍异，而义有同归也”[①]。其次，说明“奏启”的写作原则因内容之不同而各有规矩，如“陈事之奏”就以叙事

① 李曰刚：《文心雕龙斠诠·奏启第二十三》，第968页。

明理为主，而“按劾之奏”因要“明宪体国，肃清风禁”，故要“理有典刑，辞有风范”，至于“启”则多用于东宫及诸主，以谢赐赉。

可以说，李曰刚对《文心雕龙》“文体论”的用力之深是值得后辈们学习的，无论是在台湾地区，还是大陆地区，能够以某一种文体为研究对象而单独成篇的论文都是比较少见的，而李曰刚不仅有单篇研究《文心雕龙》之某一种文体的论文，而且数量还不少。对于《文心雕龙》的这二十篇文体论，一直有学者强调要深入研究，并指出文体论是其后文术论、文衡论等的基础，跳过文体论，或者认为文体论不重要的见解都是不成熟的。但从长期的研究状况来看，文体论还是不属于研究热点。李曰刚对文体论的重视态度，无疑为“龙学”的后学者树立了一个榜样。

## 四、《文心雕龙斠诠》之文术论

《文心雕龙斠诠》中的文术论部分可谓别具一格。这特别之处，主要体现在其使用生理官能来譬喻文术论中的二十篇：《神思》为脑，《体性》为耳，《风骨》为目，《养气》为鼻，《附会》为口。四肢则是《通变》《镕裁》为手，《定势》《章句》为足，复以“情志为神明，事义为骨髓，辞采为肌肤，宫商为声气”[①]四句为六脏，是内容的充实等。

为了能够清楚地表明这种独特的生理官能譬喻，李曰刚绘制了一幅名为“文学创作理论体系图——刘彦和文术论二十篇生理功能之譬况架构”的图。鉴于此图之特别，本文特载此图于下：

① 刘勰：《文心雕龙·附会》，戚良德：《文心雕龙校注通译》，第474页。

**文学创作理论体系图**

**——刘彦和文术论二十篇生理功能之譬况架构**

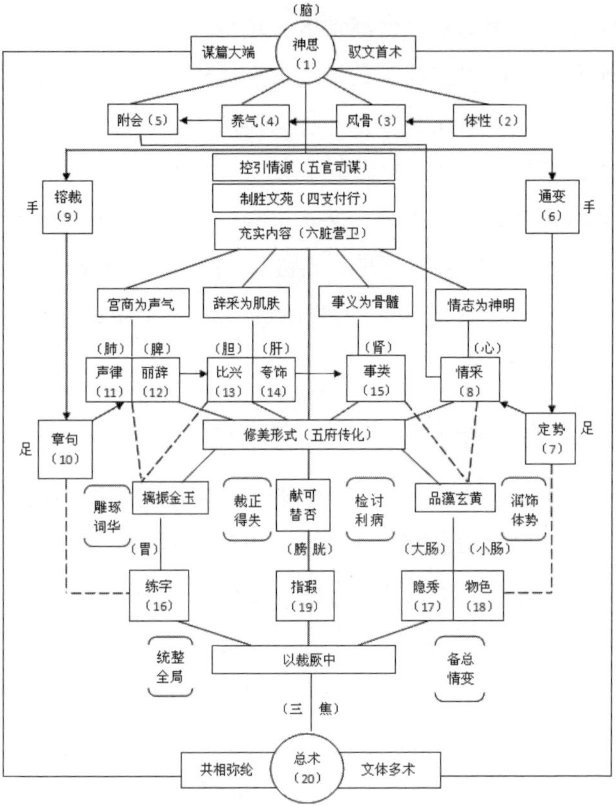

（脑）
谋篇大端 神思（1） 驭文首术
附会（5） 养气（4） 风骨（3） 体性（2）
手 镕裁（9） 通变（6） 手
控引情源（五官司谋）
制胜文苑（四支付行）
充实内容（六脏营卫）
宫商为声气 辞采为肌肤 事义为骨髓 情志为神明
（肺） （脾） （胆） （肝） （肾） （心）
声律（11） 丽辞（12） 比兴（13） 夸饰（14） 事类（15） 情采（8）
足 章句（10） 修美形式（五府传化） 定势（7） 足
雕琢词华 摛振金玉 裁正得失 献可替否 检讨利病 品藻玄黄 润饰体势
（胃） （膀 胱） （大肠） （小肠）
练字（16） 指瑕（19） 隐秀（17） 物色（18）
统整全局 以裁厥中 备总情变
（三 焦）
共相弥纶 总术（20） 文体多术

李曰刚在《文心雕龙斠诠·总术》中针对此图阐释道：

文之组成，不外“情”与“采”两大要素。故欲文能成章，其首要方法在“控引情源”。情源既经控引，则灵感自可呼之即来，挥之即去，得心应手，无往不利。而写作之真正目

> 的，在“制胜文苑”。所谓“制胜文苑”，亦即《序志》篇“按辔文雅之场，环络藻绘之府”之意。故文苑之制胜，决定于辞藻之发摅。……彦和之实际创作规模，即循“控引情源”与“制胜文苑”两大阶程而发展者。“控引情源”总论创作之理则；“制胜文苑”分述修辞之技巧。理则为体，技巧为用，体用兼备，自可因应制宜，随变适会。彦和论文，悉以人之生理为喻，如《神思》篇：“陶钧文思，贵在虚静，疏瀹五藏，澡雪精神。”《风骨》篇：“辞之待骨，如体之树骸；情之含风，如（笔者按：《文心雕龙斠诠·风骨》中作“犹”，此处应是李氏笔误）形之包气。”《情采》篇：“盼倩生于淑姿，辩丽本于情性。”……如此例证，不胜枚举；而整个文术之理论体系，亦系按照人体部位而设计。[①]

这一段解析显示出李曰刚对《总术》篇之于《文心雕龙》文论体系的地位具有很精准的把握，《总术》篇是刘勰创作论部分论旨的总括，从本篇着手探索其创作论的理论体系是可取的。李曰刚将“控引情源”和“制胜文苑”分别指向“创作理则”和“修辞技巧”两个方面，并且将《神思》至《镕裁》诸篇，归之“创作理则”，将《声律》《章句》以下诸篇，归之“修辞技巧”。在这种分类的前提下，李曰刚进一步以“人”为喻来细分理论。李氏的这种以人体器官来定位篇目主旨的方式，是有一定的合理性的。《文心雕龙》的创作论本身就有不少从“人”（作者）出发来探讨为文之用心的。比方说，《神思》篇的主旨即论作家的想象构思；《体性》篇谈的是作者的才气学习与艺术风格之间的关系；《风骨》篇也是从作者之气来谈，言

① 李曰刚：《文心雕龙斠诠·总术第四十五》，第1994页。

及“文以气为主”[①]，并把人之情感作为观照风与骨关系的一个维度，正所谓“怊怅述情，必始乎风；沉吟铺辞，莫先于骨”[②]；《通变》篇和《定势》篇同样也是从人之情来谈理论，这就是“凭情以会通，负气以适变”[③]之论以及“因情立体，即体成势”[④]之理；《情采》篇也是从人之“志”出发，强调“述志为本”在文学创作中的重要性。众所周知“文学即人学”，从这种角度独辟蹊径来研讨刘勰的文学创作论不失为一个思路。但这种做法也容易被人诟病，不是所有的篇目都适合用人体为喻，并且刘勰也并非把所有的篇目都以人为喻，如李曰刚将手足冠之《通变》《定势》《镕裁》《章句》四篇之上，刘勰是没有这种比喻的。其他诸如心、肾、肝、胆诸喻，更直接违背刘勰的自喻。此外，在文学创作中除了“情”与“采”两方面之外，还有一个重要因素就是“情以物迁”。正是由于作者受到了周遭社会环境或自然环境的影响，才会直接或间接地产生创作的欲望，正所谓“瞻言而见貌，印字而知时”[⑤]也。有了外物的影响才会让内在的人之情产生变化，即“物色之动，心亦摇焉”[⑥]，也就是说离开外物就无所谓创作。创作归根结蒂是一种“物以貌求，心以理应”[⑦]的心物交融活动，即使是论及“比兴”这种修辞手法也同样是要求“诗人比兴，触物圆览；物虽胡越，合则肝胆”[⑧]。若说李曰刚不明外物对文学创作的重要性，恐怕有失公允，李氏在《原道》篇的题述

① 刘勰：《文心雕龙·风骨》，戚良德：《文心雕龙校注通译》，第 340 页。

② 刘勰：《文心雕龙·风骨》，戚良德：《文心雕龙校注通译》，第 338 页。

③ 刘勰：《文心雕龙·通变》，戚良德：《文心雕龙校注通译》，第 351 页。

④ 刘勰：《文心雕龙·定势》，戚良德：《文心雕龙校注通译》，第 356 页。

⑤ 刘勰：《文心雕龙·物色》，戚良德：《文心雕龙校注通译》，第 517 页。

⑥ 刘勰：《文心雕龙·物色》，戚良德：《文心雕龙校注通译》，第 514 页。

⑦ 刘勰：《文心雕龙·神思》，戚良德：《文心雕龙校注通译》，第 327 页。

⑧ 刘勰：《文心雕龙·比兴》，戚良德：《文心雕龙校注通译》，第 415 页。

中就明确指出："文学之基本泉源有二：一为自然环境，一为社会环境。"[①] 因此，只能说李氏为了"迁就"这种看似独特又创新的研究手法，而无从顾及其他了。总之，李氏之图虽有其一定的合理性，但也正因为它的前提是从人体器官出发，而无可避免地带来了详于主体而略于客体的缺失。

下面我们拟从微观的角度，对李曰刚之文术论中的"风格论""风骨论""三准论"进行简要评析。

台湾地区的"龙学"研究有一个特点，即常是一说既出，百家相从，有一呼百应之势。因此，学术争鸣较少。但在风格论的问题上，却是个例外，意见颇多，争论持久。风格论是台湾地区的"龙学"家们着力研究的重点之一，取得的成就也较大。从目前来看，台湾地区的学者对风格论的看法主要分成三种，一是主张全书皆风格论。二是主张风格论仅见于《体性》《风骨》二篇，并认为"风骨"即"风格"。三是主张风格论在《定势》篇，"体势"即"风格"。在《文心雕龙斠诠》中李曰刚利用《体性》篇的题述，对刘勰的风格论做了尤为全面深入的研究。李曰刚对风格的看法属于前述第一种，他认为："《文心雕龙》广义言之，全书均可称之为我国古典文体论专著。"[②] 在台湾学者看来，"体"作为一种"艺术形相"，"文体正所以表征作品之均调与统一"，在今天这些都称之为"风格"。[③] 因此，李曰刚所谓的"我国古典文体论专著"就等于说"我国古典风格论专著"。跟他持相同意见的还有不少"龙学"大家，如徐复

---

① 李曰刚：《文心雕龙斠诠·原道第一》，第 5 页。

② 李曰刚：《文心雕龙斠诠·体性第二十七》，第 1159 页。

③ 李曰刚：《〈文心雕龙〉之文体论检讨——〈文心雕龙斠诠·体性〉篇题述》，《师大学报》二十七期，1982 年 6 月，第 1157—1214 页。

观认为："《文心雕龙》本是以'文体'的观念为中心而展开的。"[①]王更生认为："《文心雕龙》之论风格，不仅有承先启后的新发现，其全书五十篇亦由风格论作前导，推展他论文的范畴。"[②]

具体来说，李曰刚在其《文心雕龙斠诠·体性》中直言："体是文章之体裁(Style),亦即文章之形态;性是作家之性格(Character),亦即作家之素养，作家之性格与文章之体裁相结合，即构成文章之'体度风格'（此四字联词始用于《颜氏家训·文章》篇），传统正名曰'文体'，近代著述通称曰风格，故此篇若从众循俗，亦可谓为风格论焉。"[③]李氏还进一步将"风骨"加入一起比对，认为风骨即风调骨格，或称格调，所以"风骨"是论文章之结构与韵。由此，李曰刚总结出一个很独特的说法，"《体性》但自文之静态立说，《风骨》则自文之动态立说耳"[④]。李氏这一动静态之说，其门生多有引述或引申，如龚菱就原文转录在其《文心雕龙研究》一书中，而黄春贵在其《文心雕龙之创作论》中提出体与性的关系是"作家之性格有殊，所为文章之形态自各不同"。风与骨的关系是"合此气韵生动（风）之调与结构完整（骨）之格而为一，则形成文章之格调"[⑤]。

可以看出，台湾学者很注重传统文论的本来面目，如前所述，李曰刚批评误称"文类"为"文体"者是"数典忘祖"。平心而论，研究古代文论，若不追根溯源，只盲目用西方的理论来生搬硬套，

---

① 徐复观：《王梦鸥先生〈刘勰论文的观点试测〉一文的商讨》，徐复观：《中国文学论集续篇》，台北：台湾学生书局，1981年，第171页。

② 王更生：《文心雕龙新论》，台北：文史哲出版社，1991年，第47页。

③ 李曰刚：《文心雕龙斠诠·体性第二十七》，第1190页。

④ 李曰刚：《文心雕龙斠诠·风骨第二十八》，第1238页。

⑤ 黄春贵：《文心雕龙之创作论》，台北：文史哲出版社，1978年，第183—184页。

便纵有卓识高论，也往往离题千里，可谓是虽多无益。台湾学者在“文体”这一问题上，很注重进行区分与融会贯通。如徐复观，曾专门写过《文心雕龙的文体论》一文，其中绝大部分观点都已被李曰刚所吸取，故产生了《文心雕龙斠诠·体性》篇“题述”中的全面而深刻的论述。

何谓“体”？李氏认为，构成文学艺术的三要素之一是“艺术形相”，他说：

> 文学中之形相，英法通称之为Style，日人译为样式或文体，而在中国则称之为“文体”。体即形体、形相；黄师札记所谓“体斥文章形状”是也。……一切艺术必须是复杂性之统一，多样性之均调，均调与统一，为艺术之生命，亦为文学之生命，而文体正所以表征作品之均调与统一。①

这种“文体”，他认为“今皆通称之为风格”。通过文献记载，李氏认为文体“殆胚胎于两汉之际，诞育于魏晋，成长于齐梁”②。他引用了大量魏晋以后的例证：《典论·论文》之“文非一体”“唯通才能备其体”“清浊有体”，认为这三个“体”皆指文体，“亦即文之风格”。次如《文赋》之“体有万殊”“其为体也屡迁”“混妍媸而为体”等，皆指“期穷形而尽相”之体。《文章流别论》有“备曲折之体”等五例；《宋书·谢灵运传论》有“文体三变”之说，萧纲《与湘东王书》之“比见京师文体”，刘孝绰《昭明太子集序》的“属文之体”等，以至《诗品》中大量运用的“文体”，李曰刚认为“无不指文学中之艺术形相而言”。进而谓“《文心雕龙》中

① 李曰刚：《文心雕龙斠诠·体性第二十七》，第1157页。

② 李曰刚：《文心雕龙斠诠·体性第二十七》，第1158页。

所言之体，更皆如此”。他说：

> 盖《文心雕龙》之论文原、文类、文术、文衡四者体用一贯，义脉相连，阳秋文学，势非涉及作品之艺术形相不可，故文体之检讨，遍及全书……《太平御览》卷六一〇载《齐春秋》谓：“彦和撰《文心雕龙》五十篇，论古今文体。”晁公武《郡斋读书志》称：“《文心雕龙》评自古文章得失，别其体制，凡五十篇。”是知古人早有视其全书为文体论者矣。[①]

通过大量举例，李曰刚总结说，“文体”多指作品“形相”，而非文章分类的体裁。从学术研究的角度来说，针对一个理论做源头的追索工作是很重要的，李氏没有因其繁琐而忽视这个工作，可以说，他的文献总结对研究者们厘清古代文论中所谓“文体”的本真意义是十分有益的，同时也更有助于正确理解刘勰文艺理论的核心所在。若细察《梁书·刘勰传》，可知刘勰“撰《文心雕龙》五十篇，论古今文体”[②]；在《文心雕龙》中刘勰表明写作此书的原因，“去圣久远，文体解散……于是搦笔和墨，乃始论文”[③]。从这个立意和角度上来说，李氏将《文心雕龙》看作“全书均可称之为我国古典文体论专著”，是颇有道理的。

大陆著名的“龙学”家牟世金先生也曾有跟李曰刚较为一致的观点，他说：

> 鄙见以为，《文心雕龙》一书，确可说基本上是一部“文

① 李曰刚：《文心雕龙斠诠·体性第二十七》，第1160页。

② 姚思廉：《梁书》，北京：中华书局，1977年，第710页。

③ 刘勰：《文心雕龙·序志》，戚良德：《文心雕龙校注通译》，第566页。

> 体论”，是一部论述“艺术形相”的专著。除上述理由外，还可作两点补证：一是“《文心》之作也，本乎道”，刘勰首标“自然之道”以统摄全书，正有为全书定性的作用；二、其创作论要求掌握各种文术以达到的理想境地是“视之则锦绘，听之则丝簧，味之则甘腴，佩之则芬芳”（《总术》），这样的统一体，有形、有色、有声、有味，正是“艺术形相”的最好说明，刘勰的全部文术论，就是要求创造这样的“艺术形相”。同时，从本篇不满于“或义华而声悴，或理拙而文泽”的作品可知，这种“艺术形象”的要求，也是其文学批评的原则。加之全书不断强调的“体物写志”“驱辞逐貌”“图貌写物”“体物为妙”等，足以说明《文心雕龙》的基本性质，确是一部以“艺术形相”为主的文学评论。①

不过在认可李氏分析理路的同时，牟先生也敏锐地认识到，台湾地区的“龙学”研究者们习惯将古人所讲的“文体”等同为今人所说的“风格”，这中间是否可以画等号？

对此的考察，需要回归《文心雕龙》文本自身。公允言之，《文心雕龙》中有将“体”“文体”的含义等同于风格的，但也有不是的，且大多数同“风格”不能划画等号。下面可以试举几例《文心雕龙》中的“文体”来考察：“傅毅所制，文体伦序”②“洞晓情变，曲昭文体”③“势流不反，则文体遂弊”④“巧者回运，弥缝文体”⑤“义

① 牟世金：《台湾文心雕龙研究鸟瞰》，第56页。

② 刘勰：《文心雕龙·诔碑》，戚良德：《文心雕龙校注通译》，第136页。

③ 刘勰：《文心雕龙·风骨》，戚良德：《文心雕龙校注通译》，第341页。

④ 刘勰：《文心雕龙·定势》，戚良德：《文心雕龙校注通译》，第361页。

⑤ 刘勰：《文心雕龙·章句》，戚良德：《文心雕龙校注通译》，第397页。

脉不流，则偏枯文体”[①]“况文体多术，共相弥纶”[②]“因谈余气，流成文体”[③]“而去圣久远，文体解散”[④]。暂且不论众多注家都是怎么对这八例中的“文体”之义作注解的，只从李曰刚自己对这八例的解释即可真相大白。“傅毅所制，文体伦序”中的“文体伦序”，李氏译为“属笔伦理条畅，层次分明”；“洞晓情变，曲昭文体”中的“文体”，李氏译为“文章之体要”；“势流不反，则文体遂弊”中的“文体”，李氏译为“文章体裁”；“巧者回运，弥缝文体”中的“文体”，李氏译为“体势”；“义脉不流，则偏枯文体”中的“文体”，李氏译为“文章体制”；“因谈余气，流成文体”中的“文体”，李氏译为“文章之体裁风格”；“而去圣久远，文体解散”中的“文体”，李氏译为“文章体格”。通过李氏自己的注解之词，可以归纳出上述这些刘勰笔下的“文体”大多数都不是风格之义。因此，用概括性较大的“艺术形相”解释古代涵意广泛的“文体”是存在可能的，但把“文体”笼统地视为今人之所谓“风格”或许就该存疑了。“艺术形相”和“艺术风格”显然是不同的范畴。正如牟世金先生所言：“台湾学者把风格论的范围作无限制的扩大，正与混同二者的区别有关。”[⑤]

从前述分析可以看出，台湾地区的研究者们对于用“文体”来定义文章体裁是很反对的，他们主张将“文体”与“文类”相区分是有一定道理的。正如李曰刚从西方文学理论所申发出的：

---

① 刘勰：《文心雕龙·附会》，戚良德：《文心雕龙校注通译》，第 477 页。

② 刘勰：《文心雕龙·总术》，戚良德：《文心雕龙校注通译》，第 487 页。

③ 刘勰：《文心雕龙·时序》，戚良德：《文心雕龙校注通译》，第 505 页。

④ 刘勰：《文心雕龙·序志》，戚良德：《文心雕龙校注通译》，第 566 页。

⑤ 牟世金：《台湾文心雕龙研究鸟瞰》，第 57 页。

> 西方以其文学领域属纯文艺性,甚少含有人生实用之目的,感觉文学之类,亦即是文章之体,两者往往易于混淆。即使如此,吾人仍能发现"类"(Genre)与"体"(Style)有不可逾越之一界线。盖"类"(Genre)是纯客观的存在,不涉及作者个人之因素在内,其形式固定不移;而"体"(Style)则是半客观半主观之产物,必须有个人之因素在内,其形式则流动无定。[①]

李氏的这一分析很有价值。纵观文学艺术的发展历程,都有其各自领域的分类方式,也都呈现出不同类别的不同风格。有的是纯客观的,有的是半客观的。对于这种一切为二的分类,中西方无一例外。但中西方在艺术的目的上却有比较大的不同,西方偏重为艺术而艺术,而中国偏重于实用的艺术。在西方,由于这种为艺术而艺术的目的,就容易达到主观和客观的统一,故"体"与"类"容易混淆。但在中国重文章实用价值目的之驱使下,有些"类"是不允许任意发挥每个作者的主观因素的,如某些应用之文:颂、赞、铭、箴、章、表、奏、议等。正如刘勰所说:"班傅之《北征》《西征》,变为序引,岂不褒过而谬体哉!马融之《广成》《上林》,雅而似赋,何弄文而失质乎!"[②] 把颂写成长篇散文或赋,这就是"谬体""失质",也就是主客观的矛盾。同时,这段话也间接说明了,不能单纯地用西方理论来分析中国古代文论。

在李曰刚看来,中国古代文论的体类特点有三:第一,中国古代文学之"类",不能单纯套用西方的文学理论,因中国古代文学之"类"比西方复杂,因此,分类的过程和方式也随之而复杂且重要。

① 李曰刚:《文心雕龙斠诠·体性第二十七》,第 1167 页。

② 刘勰:《文心雕龙·颂赞》,戚良德:《文心雕龙校注通译》,第 100 页。

第二，文学分类主要是根据题材在实用上之性质，至于文字语言构成之形成仅居于次要地位。因此，西方之Genre与Style有时可以混淆，但中国之“类”和“体”却决不能混淆。第三，实用性之文学，其写作是具有一定目的的，而此种所须达到之目的，即成为“体”的首要要求。故某类文学要求某种文体，也就成为文体论的重要课题。李氏的这三个观点是颇有识见的，文章的实用性之不同决定了文学之不同，所以才能够区分出文学的“类”，看起来仿佛没有什么“个人因素”掺入其中，但若作者出于某种目的来使用某种文类时，就有可能达到主观和客观的统一。此时，“类”与“体”便趋于一致了。此外还要强调在文类的形成过程中，社会历史等因素也都对文类的形成产生了重要的影响。因此，无论作者的主观因素如何，在具体使用某一种文类时，就必须要服从其固有的要求，不能弃“形相”于不顾，从而达到“体”“类”相合的最佳效果。正如李曰刚自己所说：“体与类相合者为佳作，不相合者则为劣品，此即《文心雕龙》上篇‘圆鉴区域’之最大任务。”[①]他所说的“文体论的重要课题”，也就是指研究如何做到“体”“类”相合。

李曰刚的上述论断不可谓不深刻，但也存在一定的问题，牟世金先生对此有一针见血的评论，他认为李曰刚忽视了“个人因素”，是在割裂个人因素而纯粹只讲文类的作用。他举出李曰刚的原话：“每一类文章反映某一方面之生活内容，于群治民生各起不同之作用，因而产生相应之文体。”[②]继而评论道：“这样产生的‘文体’，就和他自己所说‘必须有个人之因素在内’相抵牾。在实际写作中，作者必取某种体裁，这是无疑的。既取某种体裁，则必受某种体裁的制约也是无疑的。但离开人就无所谓风格，其人其文所显现之风

---

① 李曰刚：《文心雕龙斠诠·体性第二十七》，第1167页。

② 李曰刚：《文心雕龙斠诠·体性第二十七》，第1199页。

格，无论采取何种体裁都是存在的；同一体裁，同是诗，甚至同是四言或五言，其风格仍因人而异。所以，体裁本身是不能产生风格的，它只是对风格有一定制约作用。准确地说，所谓风格实为‘作家风格’。它如‘时代风格’‘民族风格’等，也主要是某个时代或民族的人在一定条件下形成的共同的特色。”[①]

可以说，《文心雕龙斠诠》一书非常浓墨重彩的一笔即“风格论”部分，李氏的相关观点对台湾地区“龙学”研究的后辈们影响很大，不少学者都在后出的著作中引述李氏的观点。

至于《文心雕龙斠诠》的“风骨论”，总体而言，李曰刚综合了黄侃和刘永济二者的“风骨论”，他在《文心雕龙斠诠·风骨》篇中对“风骨”提出了三种看法：一是“风”为“气韵感染力量”，“骨”为“体局结构技巧”。[②]二是“‘风’是作品之个性倾向，亦即构成作品风神之激情”，“‘骨’是作品之中心题材，亦即构成作品骨格之‘事义’”。[③]此说即与刘永济相同。三是“情思属意，事义属辞，故质言之，风即文意，骨即文辞也”[④]。这基本重复了黄侃的原话。

香港学者陈耀南《〈文心·风骨〉群说辨疑》一文，网罗了六十五家的十种看法。其中提及了十一位台湾学者的五种看法，将王更生、李曰刚并称，认为其主张“最为妥帖圆足”，且进一步阐释道：言风并非情思本身，而是情思透过文辞而表现的“风趣”“气韵”之类的，虚灵的、动的、外向而感染他人的表现。骨则总括题材、结构、辞句、文采之类，并非只限于辞句，是就其静、实、内的角度言之，

① 牟世金：《台湾文心雕龙研究鸟瞰》，第60—61页。

② 李曰刚：《文心雕龙斠诠·风骨第二十八》，第1237页。

③ 李曰刚：《文心雕龙斠诠·风骨第二十八》，第1238—1239页。

④ 李曰刚：《文心雕龙斠诠·风骨第二十八》，第1239页。

文章赖以“立己”的是深挚的情思、切当的事理、遒健的语言、美丽的文采等，总而称之为“骨”。

对于“风骨论”，李曰刚对“风骨”的观点徘徊于黄侃与刘永济二人的见解之间，这种“徘徊”的态度也让李氏自己的观点不是很统一。比如，他认为风是“气韵感染力量”，骨是“体局结构技巧”；还认为“‘风’是作品之个性倾向，亦即构成作品风神之激情”；“‘骨’是作品之中心题材，亦即构成作品骨格之‘事义’”。最后又说：“情思属意，事义属辞，故质言之，风即文意，骨即文辞也。”[①]骨既是“事义”又是“文辞”，只用“事义属辞”四字沟通二说，理由是不充足的。

对于“三准说”，李曰刚认为：“三准”乃“发展主题之轨范”，“此言作家经营草稿之始，必先标立三层程序”[②]。具体来说，“首先立意，则设定主旨，以建立体干（亦即立定中心思想）；其次选材，则酌量事义，以取合情类；末后提纲，则撮记警辞，以举出事要”[③]。这段解释的主旨是以谋篇布局来解释“三准”。李曰刚还认为：“案彦和论镕，兼举情事辞，论裁则侧重字句。”[④]这三句话明确把熔意与裁辞区分了开来，原本“三准”中的“撮辞以举要”应该也属于熔意，因此，若按李曰刚这般用“情事辞”来概括三准就比较容易产生歧义。“撮辞以举要”最主要是要表达“举要”，也就是要求撮辞可以表达要意，这也才是“熔意”的要点所在。

虽然李曰刚的“三准说”略有瑕疵，但台湾地区的许多“龙学”

---

① 李曰刚：《文心雕龙斠诠·风骨第二十八》，第 1239 页。

② 李曰刚：《文心雕龙斠诠·镕裁第三十四》，第 1461 页。

③ 李曰刚：《文心雕龙斠诠·镕裁第三十四》，第 1461 页。

④ 李曰刚：《文心雕龙斠诠·镕裁第三十四》，第 1466 页。

后辈都继承了李氏的学说，如黄春贵之说与此一字不差[①]，沈谦略改为“表达主题之三项步骤”，“即如何开篇，如何引证，如何收束也”。[②]

## 五、《文心雕龙斠诠》之文衡论与序论

台湾地区研究者们常把《文心雕龙》的批评论叫做“文评论”或“文衡论”，谈及《文心雕龙斠诠》之文衡论，首先要谈李曰刚将通行本篇次进行改动问题。一般来说，研究者们都把《文心雕龙》第四十五篇《时序》到第四十九篇《程器》作为《文心雕龙》的批评论，但不少研究者以为，这五篇中的《物色》篇具有创作论的性质。或许正是由于《物色》篇这一独特性质，对于它的篇次问题，常有争论。李曰刚也同样对《物色》的篇次有自己的看法，同时，他还改动了其他几篇的篇次，算得上“龙学”家中对通行本篇次改动比较多的一位学者。

《文心雕龙斠诠·序言》有云：

> 《文心雕龙》有少数篇目，以传钞翻刻而错乱，已予调整。其经调整之错乱篇目，凡为《谐讔》第十四与《杂文》第十五，原互倒《杂文》第十四、《谐讔》第十五；《养气》第二十九，原错为第四十二；《附会》第三十，原错为第四十三；《章句》第三十五与《声律》第二十六，原互倒为《声律》第三十三、《章句》第三十四；《物色》第四十三，原错为第四十六；《时序》第四十六，原错为第四十五。[③]

---

① 黄春贵：《文心雕龙之创作论》，第 142 页。

② 沈谦：《文心雕龙之文学理论与批评》，台北：联经出版事业公司，1978 年，第 142 页。

③ 李曰刚：《文心雕龙斠诠·序言》，第 9—10 页。

对于调整原因，李曰刚在被调整篇目的“题述”中有解释，同时在序言中，他也约略地进行了说明：

> （一）《杂文》本为文体论中所谓“论文”部分《明诗》以下至《谐讔》等九类以外其他有韵之文而设，其性质与为“叙笔”部分《史传》以下至《议对》等九类以外其他无韵之笔而设之《书记》相当。观其篇末：“详夫汉来杂文，名号多品，……总括其名，亦归杂文之区。”与夫《书记》篇所谓：“夫书记广大，衣被事体，笔劄杂名，古今多品”云云，如出一辙，可资证明，今各版本列在《谐讔》之前，显为误倒。（二）《养气》《附会》原列于卷九，审《序志》篇之叙文术论部分篇目之提纲，有所谓“摛神性，图风气，苞会通，阅声字”云云，案：“神性”指《神思》第二十六、《体性》第二十七；“风气”指《风骨》与《养气》，而《养气》今本错列为第四十二，应移置《风骨》第二十八之后改为第二十九。“会通”应指《附会》与《通变》，而《附会》今本错列为第四十三，落在“阅声字”所指《声律》《练字》等篇之后，显与提纲乖迕，故为移置在《通变》篇之前改为第三十。如此顺序，《通变》第二十九改为第三十一，《定势》第三十改为第三十二，《情采》第三十一改为第三十三，《镕裁》第三十二改为第三十四。（三）《章句》原与《声律》互倒。审《章句》篇云：“若乃改韵从调，所以节文辞气，贾谊枚乘，两韵辄易，……昔魏武论赋，嫌于积韵”云云，依舍人各篇前后义脉衔贯之成例推之，《章句》篇自应移置在《声律》篇之前；况《声律》篇前之《镕裁》篇云：“故三准既定，次讨字句。”“引而申之，则两句敷为一章；约以贯之，则一章删成两句”以

> 及其赞词“篇章户牖，左右相瞰”云云，显见其后应紧接《章句》篇。今《声律》篇与《章句》篇互倒，非但前后义脉脱节，亦且上下关目失联。故改《章句》第三十四为第三十五，改《声律》第三十三为第三十六。如此顺序，则《丽辞》第三十五改为第三十七，《比兴》第三十六改为第三十八，《夸饰》第三十七改为第三十九，《事类》第三十八改为第四十，《练字》第三十九改为第四十一，《隐秀》第四十改为第四十二。（四）《物色》原列为第四十七，错落在《时序》篇之后，衡诸《隐秀》篇末云“故自然会妙，譬卉木之耀英华；润色取美，譬缯帛之染朱绿”与《物色》篇所谓“若夫珪璋挺其惠心，英华秀其清气，物色相召，人谁获安”及“至如雅咏棠华，或黄或白；骚述秋兰，绿叶紫茎”云云，义脉本相连贯，故改《物色》第四十六为第四十三，而与《隐秀》第四十二相鳞次。如此《指瑕》第四十一改为第四十四，而《总术》第四十四遂改为四十五，正好为文术论二十篇之压轴。（五）于是文衡论则以《时序》为首，应改第四十五为四十六以自成部居。如此以下《才略》《知音》《程器》《序志》等四篇号次皆仍旧贯。全盘就序，而可一脉相承，天衣无缝矣。①

可以看出，李曰刚的调整理由是没有可靠的史料和版本作依据的，是凭借着他自身对《文心雕龙》的理解而来。基本上每一个欲要调整篇次的学者都是因为自身认为应该如何，便将之改动。就拿《物色》篇来说，众多名家都对它的篇次有过调整，如范文澜认为《物色》应在《附会》之后，刘永济认为应在《练字》之后，杨明照认为应

---

① 李曰刚：《文心雕龙斠诠·序言》，第10—11页。

在《时序》之前，郭晋稀认为应在《夸饰》之后。先贤们的这种观点，多有后辈跟从，如范文澜的观点就得到徐复观、陈拱、彭庆环等人的支持；杨明照的观点则得到了张立斋、王礼卿等人的跟从。对于这种篇次的变动，牟世金先生曾提出应以审慎的态度去思考：自身的“认识”或“理解”是否符合原意？进一步说，现行本的篇次是否本来不错，而是研究者应如何去“认识”其原貌的问题？基于这种识见，牟先生呼吁为慎重计，不应径改原书。[①]

牟先生以版本为先的考虑是很有说服力的，如果现行本有错误，那前面各种唐写残本、元明刊本为何错得如此一致？更何况还有其他海外版本，如日本的尚古堂本和冈白驹本也错了吗？通行本的篇次，在研究者们看来或许有不当之处，但这种“不当”的理解是不是刘勰自己的原意呢？但无论是今人理解的“不当”，还是刘勰安排的“不当”，在没有明确且真实的史料的支撑下，任何人都没有权利擅自更改古书。

至于文衡论中的另外几篇，《时序》《才略》《知音》《程器》这四篇之间关系，李曰刚认为：“《时序》篇是论文体随时代而变迁，《才略》篇是论个人才性与文体之关系，《知音》篇提示读者如何衡鉴文体以校阅文章之得失，《程器》篇寄望文人能‘贵器用而兼文采’，将作者之行德与文体连结一气。”[②]由此看来，在他的认知中，这四篇有机地组成了文衡论，缺一不可，各有偏重。限于篇幅，本文仅对《文心雕龙斟诠》中《时序》与《知音》两篇略作评介。

李曰刚在《时序》篇的“题述”中首先说，一般“时序”有三种解释：一是时年之先后，二是时节之更迭，三是时世之变迁。李氏指出彦和之意乃第三种时世之变迁。因此，此篇论述的是“时运

① 牟世金：《台湾文心雕龙研究鸟瞰》，第 102—103 页。

② 李曰刚：《文心雕龙斟诠 · 体性第二十七》，第 1160 页。

交移”和“质文代变”的关系，即说明时代对于文学的影响。李曰刚作为一名具有现当代文艺学视野的评论家，他对于时代之于文学影响的分析，是从外部和内部两个层面来谈的。他认为外部原因就是朝代的更迭、政治环境的变化等，而内部原因，李曰刚着重指出文学的发展与前代作家之作品不可分割。他举例说屈宋骚辞的艳说奇意源头是在纵横家们的诡俗之说，而汉赋九变大抵是在祖述楚辞。

基于对文学发展规律之内外两个重要因素的认知，李曰刚总结道：“夫文学既为反映时代之产品，则时代有其气运风潮，文学自亦不能不随之而演变。彦和凭其高度之概括力，以不满两千字之篇幅，叙二帝三王以至南齐文学演变之趋势及进程，不啻为十代文学史之总述。黄叔琳评云：‘文运升降，总萃此篇。’即谓此也。”[①]李氏的总结非常到位，对彦和的评价之高毫不为过，《时序》一文的确体现了刘勰作为评论家的高超功力。后人都说李曰刚对《文心雕龙斠诠》用力甚深，在《时序》篇中，李曰刚还利用了大量的篇幅“兹以《时序》之论列为基准，将皇世帝代而后，直至南北朝中古文质代变之史略，综述于后，藉广佐证，亦所以聊备检讨云尔”[②]。他用现代汉语依照刘勰谈文质代变的思路，从黄帝开始谈起，一直写到隋炀帝初政时期欲要新变的文坛风气。通过叙述和分析，李氏还针对秦隋两代总结了一个比较奇特的观点：“政治转变，及于文学，盖有不期然而然者。论世者合秦隋两代观之，似天特设此奇局，为汉唐拥帚清尘者然，亦可以觇文运升降之所由，非偶尔矣。”[③]

具体到每一个朝代的分析，李曰刚都是从政治环境及统治者对文学的态度入手。比方说在谈到前汉时，他先是从汉高祖的出身尚

---

① 李曰刚：《文心雕龙斠诠·时序第四十六》，第 2028 页。

② 李曰刚：《文心雕龙斠诠·时序第四十六》，第 2028 页。

③ 李曰刚：《文心雕龙斠诠·时序第四十六》，第 2073 页。

武而不喜儒谈起，评介高祖时期的文坛发展情况，再谈景帝诸王皆好客，故“文学之士，犹有所归”[①]；继而叙述武帝罢黜百家独尊儒术，认为“文学遂极盛”[②]；到昭帝时，托孤重臣乃“不学无术之霍光，故当时文学中衰”[③]；后随着政局的变动，不同的文体在不同的政局中成为当时主流。李曰刚在充分考量了政局及统治者对文学影响的因素后，从宏观转向微观，以文体为角度详谈了“战国体备，两汉变极”，并从散文、辞赋、古诗、乐府四个部分叙述并分析了前汉时期的发展过程及阶段特点。

李曰刚的《时序》篇“题述”，可以说不仅仅是在理论上去评点刘勰的文学观点，他已经是在化用刘勰的“文心”，对黄帝至隋的文学都进行了梳理。这不仅对刘勰的《时序》篇从文学史的角度上说，具有补充的作用，同时，对于后学更深刻地理解刘勰的《时序》篇也具有很重要的辅助意义。

至于《知音》篇，李曰刚先从“知音”二字的出处说起，谈及无论音乐还是文学抑或是仕途，能拥有一位知音实在是很难的，即刘勰所谓的“‘知音’，其难哉！”[④]李氏认为刘勰以音乐的角度为切入点去谈文学鉴赏的难遇，是极为恰当的。此外，他还总结了刘勰在《知音》篇所指出的前人衡文之失，共五个方面：贵古贱今、崇己抑人、信伪迷真、文非形器、智鲜圆该。这五个方面中，“前三者乃鉴赏之心蔽，系就衡文者之心理解剖，指出文学批评所以难遇知音之缘由；后二者乃鉴赏之理障，系就创作品之题裁分析，体认文学批评所以不易允当之原因。欲破除此五种蔽障，人与事必须

① 李曰刚：《文心雕龙斠诠·时序第四十六》，第 2035 页。

② 李曰刚：《文心雕龙斠诠·时序第四十六》，第 2035 页。

③ 李曰刚：《文心雕龙斠诠·时序第四十六》，第 2035 页。

④ 刘勰：《文心雕龙·知音》，戚良德：《文心雕龙校注通译》，第 544 页。

兼筹并顾，庶可有济”[①]。

对于衡文之术，李曰刚认为首先需要讲求“批评素养”。素养有三：才、学、识。“学”即多读书，积累学识，储蓄宝藏。“才”即多体验，斟酌情理，以丰富才力。“识”即多观察，研精阅历，以穷彻照鉴。他还举出了刘知几和章学诚对才学识的论说，以提醒衡文者多多加强自身素养。在《知音》篇的分析中，比较少见从才、学、识三者论述的，李曰刚不仅指出了衡文者素养对评论作品的重要性，同时也细致地联系《文心雕龙》中对于才学识的各种说法，甚至引入英国批评家阿诺德、法国文学批评家博德莱尔等人的主张进行相互发明。最后他总结说：“批评素养之才、学、识三者，相辅相成，缺一不可。夫有学无才，犹愚贾操金，不能殖货；有才无学，犹巧匠无楩楠斧斤，弗能成室。才学既具，若无识以主之，则犹舟行失舵，随波逐流，莫知所措，才与学，皆将失其效用矣。”[②]

其次，衡文者除了要讲求素养外，还需注重“批评态度”。内涵有三：大公至正、深入熟玩、谦虚诚敬。所谓“大公至正”指的是批评家应保持客观公正之胸襟，舍去一己之偏好，就作品整体而评论，才能平理若衡。所谓“深入熟玩”指的是批评家评论文章要深入文情，沿波讨源。所谓“谦虚诚敬”指的是批评家的要义就是鉴别真伪，提供价值，不能草率论断，必须以谦虚诚敬的态度去对待这件事，这表现在“知识之谦逊”和“品格之谦逊”。李曰刚所谓的这三方面“批评态度”同上述的“批评素养”一样，也是与常见的评论《知音》篇的角度比较相异的一点。但其论持之有故，每一个创见都是从《文心雕龙》的原文出发，充分做到了从全书的角度去看待刘勰的文衡论。因此，李氏之说，有延展“龙学”界知音

---

① 李曰刚：《文心雕龙斠诠·时序第四十六》，第 2205 页。

② 李曰刚：《文心雕龙斠诠·知音第四十八》，第 2209 页。

论的作用。

再次，衡文者在具备了“批评素养”和“批评态度”后，则需掌握“批评标准”。此处李曰刚将刘勰提出的“六观说”给予了逐个分析：

> 观位体：位体谓安排情志，亦即建立体干，奠定中心思想。盖衡文者首应着眼于作品之内容，观察其与文章之体裁是否相等称。[①]
>
> 观置辞：置辞谓敷饰辞藻。衡文者次当注意作品之形式，观察其大而谋篇裁章，少而造句练字，是否平稳妥帖。[②]
>
> 观通变：通变谓通古变今，衡文者应深明文学因革之理。盖一味循俗或彻底返古，皆非所宜。[③]
>
> 观奇正：奇正谓姿态奇正。衡文者应注意作品之风格。作品之表现方式，或自正面立论，主题明显而义正辞严；或由奇处落笔，诡谲旁通而一语破的。[④]
>
> 观事义：事义谓运用题材。衡文之际，观察其运用成语典故是否确当。[⑤]
>
> 观宫商：宫商，谓调协声韵。亦即指文章之音乐性而言。衡文者尚须顾及作品之韵律。[⑥]

---

① 李曰刚：《文心雕龙斠诠·知音第四十八》，第 2211 页。

② 李曰刚：《文心雕龙斠诠·知音第四十八》，第 2212 页。

③ 李曰刚：《文心雕龙斠诠·知音第四十八》，第 2212 页。

④ 李曰刚：《文心雕龙斠诠·知音第四十八》，第 2214 页。

⑤ 李曰刚：《文心雕龙斠诠·知音第四十八》，第 2215 页。

⑥ 李曰刚：《文心雕龙斠诠·知音第四十八》，第 2216 页。

李曰刚在充分分析“六观说”的基础上，认为每一部作品的鉴赏都需要通过上述六观来进行，综合各方面才能够得出作品的整体评价。同时，李曰刚指出：“此标准之运用，以衡文者所采取之方法不同，而各显其特色。近世之言‘批评方法’者，据英之文学批评家圣茨白雷（G. E. B. Saintsbury，1845—1933）于其文学批评史归纳所得，凡有十三类：一曰主观，二曰客观，三曰归纳，四曰演绎，五曰科学，六曰判断，七曰历史，八曰考证，九曰比较，十曰道德，十一曰印象，十二曰赏鉴，十三曰审美。其中主观、客观为批评态度，不得谓为方法，故实为十一种。《文心雕龙》虽未明列批评方法，然书中批评作品，所采用之方法亦有多端，以此十一种方法衡之，其重要者多已囊括。”①

李氏为了说明《文心雕龙》的批评方法之丰富，借用圣茨白雷的批评方法之思路，从现代文艺学的角度将《文心雕龙》中所涉及之批评方法用“归纳法”“演绎法”“科学法”“判断法”“历史法”“考证法”“比较法”“印象法”“修辞法”“文体法”共十种方法予以举例说明。

鉴于《文心雕龙斠诠》在大陆流传较少，李氏此处论说又极有特点，并具启发意义，本文特此将“归纳法”“演绎法”“科学法”三处陈述转录如下：

> 一、归纳法：所谓归纳之批评，即由作家作品所呈现之种种事例，归纳出一般原理原则，而获致批评结论也。例如《序志》篇谓“文章之用，实经典校条，君臣所以炳焕，军国所以昭明，详其本源，莫非经典”。乃衡诸经书与文章之关系，发为此论。

---

① 李曰刚：《文心雕龙斠诠·知音第四十八》，第2217页。

彦和于《宗经》篇首云："经也者，恒允之至道，不刊之鸿教也。……洞性灵之奥区，极文章之骨髓者也。"极赞经书之道至教鸿，深达情性之奥妙，极尽文章之精髓。次云："自夫子删述，而大宝启耀。……义既挺乎性情，辞亦匠于文理。"言自孔子删述，五经大放异彩，道义既能揉和乎人性至情，辞藻亦正巧合于文艺理则。又云："故论说辞序，则易统其首；诏策章奏，则书发其源；赋颂歌赞，则诗全其本；铭诔箴祝，则礼总其端；记传盟檄，则《春秋》为根。"更进而由具体事例，阐明后世各种文体皆胚胎于五经，而获致"百家腾跃，终入环内"之结论。又如《辨骚》篇批评屈原作品，通古变今，承先启后，亦系归纳其作品而立言。彦合取证屈子本文，得其同于风雅者四事：典诰之体，规讽之旨，比兴之义，忠怨之辞；异乎经典者四事：诡异之辞，谲怪之谈，狷狭之志，荒淫之意。以此论定："固知《楚辞》者，体宪于三代，而'风'杂于战国，乃'雅''颂'之博徒，而词赋之英杰也。"故曰："难取镕经意，亦自铸伟辞。"

二、演绎法：所谓演绎之批评，即由普通之原理原则，裁判个别之文学作品。例如《诠赋》篇，首则言明赋之特质在于"铺采摛文，体物写志"。继即阐明赋作之极则，曰："原夫登高之旨，盖睹物兴情，情以物兴，故义必明雅；物以情睹，故词必巧丽；丽词雅义，符采相胜。如组织之品朱紫，画绘之著玄高。文虽杂而有质，色虽糅而有仪，此玄赋之大体也。"然后以此极则，衡视后世作品："杨子所以追悔于雕虫，贻诮于雾谷者"，皆源于"逐末之俦，蔑弃其本，遂使繁华损枝，膏腴害骨，无实风轨，莫益劝戒"有以致然也。又如《明诗》篇论诗谓："四言正体，则雅润为本；五言流调，则清丽居宗。华实并用，唯才所安。”继即以此极则衡视作家，谓：“平子得其雅，叔夜含其润，茂先凝其清，景阳振其丽。兼善则子建、仲宣，偏美则太冲、公干。”此亦以普遍之原理原则，分别鉴裁各家作品者也。

三、科学法：所谓科学之批评，即将文学批评视为一种实证科学也。正如法国批评家邓恩（H.A.Taine，1828—1893）在其《英国文学史》序言中云：“形成文学之因素有三：种族、时代与环境。三者不同，而其所创造之文学亦不同。”彦和以此观点批评文学者，为《时序》篇论战国之文学云：“春秋以后，角战英雄，六经泥蟠，百家飙骇。方是时也，韩魏力政，燕赵任权，五蠹六虱，严于秦令，唯齐楚两国，颇有文学，齐开康衢之第，楚广兰台之宫，孟轲宾馆，荀卿宰邑，故稷下扇其清风，兰陵郁其茂俗，邹子以谈笑飞誉，驺奭以雕龙驰响，屈平联藻于日月，宋玉交彩于风云，观其艳说，则笼罩‘雅’‘颂’，故知炜晔之奇意，出乎纵横之诡俗也。”此节于邹衍、驺奭、屈平、宋玉之批评，均阐明其钟毓于时代环境者良多，若非齐楚文风极盛，纵横诡俗靡漫，亦不能产生如许之杰出作家也。[①]

从这些转录的段落可以看出，李曰刚自身具有完备的国学知识，充足的《文心雕龙》认知，广阔的西方文艺学视野，不拘一格的理论分析方式。无论是“归纳法”和“演绎法”从《文心雕龙》的原文出发，还是“科学法”从西方批评家的观点入手，李曰刚都能带给“龙学”研究者以耳目一新的学术认知。

---

① 李曰刚：《文心雕龙斠诠·知音第四十八》，第 2218—2219 页。

对于《序志》篇，台湾地区的研究者极为重视，因此，在台湾地区的“龙学”研究中有“序论”专题。作为专门研究《序志》篇的“序论”，李曰刚也用力颇深，他在“题述”中专门用黑体字标出了《序志》篇的重点所在。

在他看来，《序志》一文首先揭出著书之命名。李曰刚联系《易经》《诗大序》《文赋》及《文心雕龙》的文本自身对“文心”和“雕龙”两词给予了详细的解释，并区别了驺奭的“雕龙奭”一说，总结道：“文心乃就才情而论文，雕龙乃就技巧而论文，如易今题，则宜曰‘论文章之原理与技巧’，亦即论文章之义法也。”[①] 李曰刚的解释基本抓住了刘勰《文心雕龙》一书的要害，从原理和技巧的角度讲既不会片面于文学理论，也不会有偏于文章写作学。历来《文心雕龙》到底是一本什么性质的书，研究者们争论不息。主张文学理论的学者和主张文章写作学的学者互相之间都无法完全说服对方，李氏的这一说法看起来中庸，但却恰恰没有落入现当代学科细分的窠臼。或许可以说，李曰刚没有在这个问题上“作茧自缚”，所以《文心雕龙斠诠》一书就可以做到洋洋洒洒，既全面又有深度。

李曰刚认为《序志》整篇是在说明著作《文心雕龙》的旨趣何在。据他看来，不外乎以下四端：一是建言名世，辨非得已。二是敷赞圣旨，堪以立家。三是纠正文弊，阐发提要。四是指玷前修，裨益后进。李氏通过充分的分析，认为“《文心雕龙》五十篇之规模，齐梁以前不曾有，齐梁以后未之见，于中国文学批评翰籍之中，震铄千古，迄今仍无出其右者，要非彦和博极群书，妙达玄理，顿悟精诣，天解神授，亦曷克有此哉！”[②]

---

① 李曰刚：《文心雕龙斠诠 · 序志第五十》，第 2278 页。

② 李曰刚：《文心雕龙斠诠 · 序志第五十》，第 2284 页。

对于《序志》篇中所述《文心雕龙》之论文体系，基本与主流观点相一致，只是在称谓上跟大陆地区有所不同，下文将予专述。

## 六、《文心雕龙斠诠》之余论

《文心雕龙斠诠》中有一个很鲜明的特点——图表众多，据统计共有图表十九个[①]。纵观台湾地区的“龙学”研究，可以说，图示法是非常多见的。诚如王更生说：“每遇有言不尽意处，又另制图表，以代说明，学者对照图文，可以执简驭繁。”[②]台湾地区的“龙学”研究书籍中，大到全书体系，小到仅仅说明文、道关系等，都可见图表的使用。

《文心雕龙斠诠》的图表主要有两类，第一类是李曰刚为了把参考资料更清晰地给予呈现，在引用时采用了图表的方式，这种图表不算是李氏的独创。比方说《史传第十六》中的三个表“后汉史著作表”“国史著作表”“晋史著作统计表”就是对史书的引用，这种图表不牵扯李氏之独见。第二类是李曰刚把他的某些理论通过

① 这十九个图表所在篇目及具体名称如下：序言——全书内容组织总表；原校姓氏——甲、清乾隆六年（一七四一）姚刻黄叔琳辑注本三十四人图表；原校姓氏——乙、清康熙三十四年（一六九五）重镌杨升庵批点、张墉、洪吉臣参注武林抱青阁本二十二人图表；原道第一——原道、征圣、宗经关系图；宗经第三——文体与五经关系统属图；史传第十六——后汉史著作表；史传第十六——国史著作表；史传第十六——晋史著作统计表；神思第二十六——神思流程图；风骨第二十八——辞、事、情关系图；声律第三十六——王晓湘之声律图；总术第四十五——文学创作理论体系图——刘彦和文术论二十篇生理功能之譬况架构图；序志第五十——《文心雕龙》全书体系表；序志第五十——文术论二十篇之篇序义脉索引图；序志第五十——体裁目类表；序志第五十——创作轨范图；序志第五十——批评理障表；附录二——刘勰世系图（简）；附录二——刘勰世系图（全）。

② 王更生：《文心雕龙导读·序言》，第1页。

分割线、箭头等绘表、绘图方式给予呈现，这一类图表明确地表达了李氏对某些问题的看法和研究思路，如《总术第四十五》中的“文学创作理论体系图——刘彦和文术论二十篇生理功能之譬况架构图”就是李曰刚研究《文心雕龙》文术论的独特见解，因此这一类图表是李氏的独创。

李曰刚在《文心雕龙斠诠》中对图示法使用已达到化繁为简，使人一目了然的效果，同时更做到了有助于读者对理论内涵与体系结构做深入的理解。同时，李曰刚的某些图表也为后辈学者所引用，如“原道、征圣、宗经关系图”就为龚菱的《文心雕龙研究》所引用[①]。

此外，大陆地区的“龙学”研究经常把《文心雕龙》的体系用“总论”“文体论”“创作论”“批评论”“鉴赏论”这样的名称给予定位，这些词汇基本都是带有西方文论色彩的。而台湾地区的“龙学”研究很少见这种用词，对于《文心雕龙》的体系，他们常用“文原论”“文类论”“文术论”“文衡论”等带有浓重传统文论色彩的词语进行定位。李曰刚的《文心雕龙斠诠》就是用这四种说法来给《文心雕龙》的体系做定位，其遵照《文心雕龙·序志》篇的“指引”将全书分为四大部分：一、文原论，二、文类论，三、文术论，四、文衡论。

台湾地区的“龙学”研究大多都是用传统的观念和传统的方法来研究传统文论，有较强的民族特点。牟世金先生曾评价李曰刚说：“他著《文心雕龙斠诠》一书，不图自鸣其高，不分人我之见，就是为了发展民族文学而尽一己之力。这种精神是值得钦佩的。”[②]正如牟先生所评，李氏数十年来董理《文心雕龙》的重要动力之一就是为了华夏文明之振兴，为了民族文学之继承。

---

① 龚菱：《文心雕龙研究》，台北：文津出版社，1982 年，第 76 页。

② 牟世金：《台湾文心雕龙研究鸟瞰》，第 104—105 页。

李曰刚在其《文心雕龙斠诠·序言》中有云：

> 夫斠诠古籍，本非易事，况舍人斯书，又属论文之古典名著，欲考合文辞，辨章名物，发掘其曲意密源，自非深思博采，不能有得。然而人同此心，心同此理，言人之所尝言易，言人之所罕言难。而人之所尝言者中庸之常理，人之所罕言者玄胜之妙谛。中庸之常理如布帛米菽之于衣食，日用而不匮；玄胜之妙谛，如金玉珠宝之于仪饰，礼享而有时。舍人云："品评成文，有同乎旧谈者，非雷同也，势自不可异也；有异乎前论者，非苟异也，理自不可同也。同之于异，不屑古今。擘肌分理，唯务折衷。"方家之通论，诚著作之正轨。故人之所已言，既为中庸之常理，不妨沿用，何须乎戛戛独造以自鸣高；人之所未尝言，苟为玄胜之妙谛，固当措宜，无忌于铮铮细响而甘缄默。学术本往古来今贤哲经验之累积，是以弥纶群言，折衷一是，以自成体系，亦述造之能事也。笔者末学肤受，明知蚊力不足以负山，蠡瓢不足以测海，然不揣谫陋，勉成斯编者，冀能存千虑之一得，为复兴中华文化、发展民族文学，而略尽其绵薄耳！①

李氏能够有这份发展民族文学之心，这与台湾地区的"龙学"研究特点和研究氛围息息相关。沈谦在讨论刘勰之"通古变今"论时，就特别提出了继承传统的必要。可以说，台湾地区文论研究者研究《文心雕龙》，从某种角度上说，也是为了弥补台湾地区文论研究界对自身民族文学研究热情之缺失。周何在给沈谦的著作《文心雕

---

① 李曰刚：《文心雕龙斠诠·序言》，第 17 页。

龙批评论发微》写序时说："中国的文学，应该有中国自己的理论分析线路，有中国自己的批评标准，有中国自己的一套综合归纳的研究方法，这样才能真正获致精确而有实效的研究成果。"[①]周何还认为《文心雕龙》作为中国第一部文学理论和文学批评专书，研究者们应该"循此既有途径开拓下去，相信不难建立我们自己的文学理论分析条例和批评原则。不必老是仰人鼻息，处处借重别人拟成的模式，硬往自己祖先头上套，还认为那才能合乎现代化的要求"[②]。可以说，重视秉承自身民族文学的优良传统，建立拥有华夏民族自身特点的文学评论体系，是台湾地区"龙学"研究者学术的自主意志和自发需求。

对于《文心雕龙》之于中国文论的重要价值，李曰刚称："《文心雕龙》五十篇之规模，齐梁以前不曾有，齐梁以后未之见，于中国文学批评翰籍之中，震铄千古，迄今仍无出其右者。"[③]王更生则说，他研究《文心雕龙》正是为了"抉发其精深的妙境，俾此一部旷古绝今的文论宝典，能真正作为发展民族文学的张本"[④]。龚菱也表示，其研究就是要对《文心雕龙》"撷取其精华，加以阐扬发挥，作为中国现代文艺理论的借镜"[⑤]。

《文心雕龙斠诠》中的许多理论问题的研究都是对中国古代文论本真和特点的继承，正如前文所提到的中国古代"文体"论，以

---

① 沈谦：《文心雕龙批评论发微·周序》，台北：联经出版事业公司，1977年，第2—3页。

② 沈谦：《文心雕龙批评论发微·周序》，第2页。

③ 李曰刚：《文心雕龙斠诠·序言》，第2284页。

④ 王更生：《重修增订文心雕龙研究·例略》，台北：文史哲出版社，1984年，第15页。

⑤ 龚菱：《文心雕龙研究》，第304页。

及以人体部位来比拟理论。此外，李曰刚还非常善于从纵观中国古代历史发展的角度，去考察刘勰提出的某一个问题，如在《文心雕龙斠诠·养气》篇中，他充分结合了黄侃和刘永济的观点，首先将八种“气”——气质、气禀、气分、气性、气志、气力、气骨、气势，分成四类：气质、气禀、气分、气性归入“性理”类，气志归入“心理”类，气力归入“生理”类，气骨、气势归入“辞理”类。其次一一阐发不同的“气”在文论中的使用。然后再从《养气》篇旨的出处、词汇的起源等进行论述，并分辨后世文家发挥孟义，与彦和之所祖述，有内外之分。再从经典入手，指出古文当以韩欧为法，为文养气，除学才外，应讲求义法。最后提出气禀无论刚柔，皆须善加培养，并提出刘勰所谈之“养气”力求自然，主要采纳的是道家摄生的精义。李曰刚在《养气》篇“题述”中可谓旁征博引，充分考察了“气”的方方面面，内涵十分丰富，可以说是将清代以前中国气论传统作了一个比较完整的交代。

从这个角度上说，《文心雕龙斠诠》不仅仅是一部“龙学”著作，更是一部以弘扬民族传统文化为大志的著作，其作者李曰刚不愧为整个“龙学”研究界华语区的优秀代表。

牟世金先生曾评价《文心雕龙斠诠》说：“台湾对《文心雕龙》的研究，从文字的理解到理论的阐发，大都都源出李氏此书。”[①] 比如其《文心雕龙斠诠》中突破刻板的直译，运用较为灵活的方式诠解文意的“直解”，这一做法便被王更生的《文心雕龙读本》所采纳；其某些观点和看法更被海内外“龙学”家所引用，如日本的学者甲斐胜二在其数篇论文中皆引用了《文心雕龙斠诠》。

更重要的是，《文心雕龙斠诠》开创了台湾地区《文心雕龙》

① 牟世金：《台湾文心雕龙研究鸟瞰》，第98页。

研究的一个新境界。《文心雕龙斠诠·序言》中提出研究《文心雕龙》应该有一种“真善美”的理想境界：“所谓‘真’，指文字斠订精确，文章绎解信达，而求其实质之本真；所谓‘善’，指题旨阐发透辟，词义诠释详明，而求其体用之完善；所谓‘美’，指辞说铺叙雅丽，关节排比清新，而求其形式之优美。”[①]李曰刚用自己毕生的“龙学”研究践行着这种研究的理想，他卓绝的努力带动了众多“龙学”研究后辈们对《文心雕龙》研究的孜孜以求。客观而言，台湾地区的“龙学”研究踏实、不空洞、不滥制。这不能不说是李氏“真善美”理想境界的追求，已初具成效的反映。

尽管该书并未公开出版发行，而在流行度及影响度上都受到了一定程度的限制，但正如王更生在其《李曰刚先生及其文心雕龙斠诠》一文中所说，《文心雕龙斠诠》一书是李曰刚“研究最勤、用力最多、贡献最大”的一部专著。的确，该书结构恢宏、体例完备、选材丰富、态度客观谨严、图表规整详尽，尽管他的校勘并无特别重要的新校，从王利器者较多，于唐写本之校特细，但他做到了博取众长，补正前人之失，从而使之成为了一个具有代表性的较为完善的校本。因此，可以说，无论“龙学”发展到哪一阶段，《文心雕龙斠诠》都有着不可磨灭的巨大价值。

---

① 李曰刚：《文心雕龙斠诠·序言》，第9页。

# 一部新颖的《文心雕龙》英译本

## ——黄兆杰等《文心雕龙》英译本评析

戚　悦

1999年，香港大学出版社出版了一部《文心雕龙》英译本，名为 *The Book of Literary Design*（意即“文学设计之书”），译者为黄兆杰、卢仲衡和林光泰三位先生。当时，这三位译者皆任教于香港大学，黄兆杰主讲中国文学与翻译课程，卢仲衡主讲翻译课程并正在撰写关于六朝时期佛教传记的博士论文，林光泰主讲中国语言课程并正在撰写有关清代经学领域文学批评的博士论文。目前，在《文心雕龙》的各种英译本中，黄兆杰等人的译本（以下简称“黄译本”）并不是最新的[①]，却可谓最新颖的，其在翻译策略和文本理解上都有诸多与众不同之处，值得我们予以关注。

### 一

对《文心雕龙》这一书名的翻译，是英译者首先遇到的一个挑战。可以看出，黄译本完全舍弃了对原书名的翻译，而基于自己对全文的理解，重新起了一个书名。与之相较，著名华裔学者施友忠的译本（以下简称“施译本”）名为 *The Literary Mind and the Carving of Dragons*（“文学心灵与龙的雕刻”），后出的杨国斌的译本（以下

① 按：《文心雕龙》较新的英译本有2003年外语教学与研究出版社“大中华文库”系列中的译本，译者是杨国斌教授。

简称“杨译本”）名为 *Dragon-Carving and the Literary Mind*（“龙之雕刻与文学心灵”），此二者的翻译虽然说不上更为准确，但明显是基于《文心雕龙》这一书名的翻译，主观上是追求贴近原书名的。黄译本之所以选择另起炉灶，很可能是为了让西方读者从书名上直观地看出《文心雕龙》的主题，毕竟“文心雕龙”四字意蕴丰富，包含着刘勰的巧妙构思，并且涉及了中国传统文化的种种概念，如果不做进一步的说明，恐怕西方读者难以理解其中的含义。这可以说是一次大胆且有益的尝试，西方读者通过黄译本的书名可以立即明白《文心雕龙》要谈的内容。然而，这种修改书名的做法不免减少了原著的魅力，甚至在无形中扩大了西方读者与原著之间的距离。实际上，施译本在 1959 年初次出版时，曾在书名下添加了一个副书名，即 *A Study of Thought and Pattern in Chinese Literature*（“中国文学思想及形式的研究”）①。从施友忠后来的自述中可以看出，他这样做的用意与黄兆杰等人基本相同，也是想向西方读者解释“文心雕龙”的含义，并对全书的主旨进行概括②。不过，在 1970 年收回版权进行修订时，施友忠又删掉了副书名。这一调整表明施友忠的翻译观念发生了变化，他显然意识到了书名不必非常直白，也不必加以说明，因为读者在看完全书之后，自然能深刻领会个中奥妙，

---

① Liu Xie, *The Literary Mind and the Carving of Dragons: A Study of Thought and Pattern in Chinese Literature,* Translated by Vincent Yu-chung Shih, New York: Columbia University Press, 1959.

② Wen-hsin refers to the substance, and tiao-lung refers to the elements of form through which that substance is artistically presented. This I tried to indicate in the first edition by a subtitle, “A Study of Thought and Pattern in Chinese Literature.”（“文心”指本质，“雕龙”指用艺术手法来呈现这种本质的形式。我曾经在初版中试图用副书名“中国文学思想及形式的研究”来说明这一点。）刘勰：《文心雕龙》（*The Literary Mind and the Carving of Dragons*），施友忠译，台北：台湾中华书局，1975 年，第 1 页。

书名和内容也将相得益彰，况且原书名是作者再三斟酌的结果，身为译者，最重要的还是尽量忠实地传达出作者的本意。于是，施译本再版时放弃了跟黄译本颇为相似的处理方式，走向了与黄译本截然相反的另一个极端，可以说这两种译本对书名的翻译有着直译与意译的区别，而这样的差异也体现在对内容的把握上。

乍看之下，黄译本有一个非常突出的特点，那就是简洁。其实，这种简洁也是源于黄兆杰等人偏向意译的翻译策略。他们倾向于抓取原文最主要的意思，在译文中表达出来，当他们认为有必要的时候，甚至还会对原文进行改写和省略。例如《辨骚》中的"若能凭轼以倚雅颂，悬辔以驭楚篇"二句，黄译本作"When the *Shijing* is your chariot, the *Chuci* your trusty steed"[①]，意为"如果《诗经》是你的战车，《楚辞》是你可靠的战马"；又如《宗经》中的"譬万钧之洪钟，无铮铮之细响矣"二句，黄译本作"The classics are massive bells of gold, quite unlike your tintinnabulums"[②]，意为"经典是巨大的金钟，跟小铃铛截然不同"。从这两例中可以清楚地看到，黄译本意译的程度较深，有时甚至会根据自己的理解完全换一个说法来进行表达。《文心雕龙》是以骈体形式写成的作品，而"互文"是骈体惯用的笔法，在处理互文时，黄译本经常选择将上下句合并在一起，或者干脆删掉其中一句。例如在《征圣》中，黄译本把"乃含章之玉牒，秉文之金科矣"二句译为："This is a golden

① 刘勰：《文心雕龙》(*The Book of Literary Design*)，黄兆杰、卢仲衡、林光泰译，香港：香港大学出版社，1999年，第17页。

② 刘勰：《文心雕龙》(*The Book of Literary Design*)，黄兆杰、卢仲衡、林光泰译，第8页。

rule in matters of planning and execution in language."[①]（在语言的设计和运用方面，这是黄金法则。）在这里，黄译本将"含章"和"秉文"合并改写为"语言的设计和运用"（planning and execution in language），并且只译出了"金科"（golden rule），而省略了"玉牒"。又如在《正纬》中，黄译本把"神宝藏用，理隐文贵"译为："Dark efficacy in noble words."[②]（晦暗的功效在高贵的言语中。）仅仅译出了"理隐文贵"的意思，而舍弃了"神宝藏用"。这样做虽然可以传递中心含义，而且也比较合乎英语文章的写作习惯，但是毕竟对原文删改太多，导致西方读者无法从中窥见《文心雕龙》的原貌，更不能体会骈文说理充分的独特效果，以及层层递进的酣畅淋漓的文风。

不过，强调意译的翻译策略也带来了一个优点，那就是译者的自由度很大，在许多时候可以积极发挥创造力，完成其他译本所难以实现的任务。比如赞语部分的翻译，表面看来，施译本、黄译本和杨译本似乎都采用了诗体，但仔细研究就会发现，施译本和杨译本还是像翻译其他内容一样翻译赞语，只是在此基础上做了换行处理，使之在形式上显得像诗罢了，其实并不是诗。然而，黄兆杰等人翻译的赞语确实称得上是一首首短小的英文诗，不仅具备换行的形式，而且句子简洁有力，相邻诗行结构相似，对应位置的单词词性相同，在必要时以倒装的手法突出重点，这些都是英文诗的典型特征。值得一提的是，黄译本在赞语翻译中还非常注意押韵，有头韵、尾韵、谐元韵等多种韵脚，并且采取了两行转韵、隔行押韵、交错

① 刘勰：《文心雕龙》（*The Book of Literary Design*），黄兆杰、卢仲衡、林光泰译，第16页。

② 刘勰：《文心雕龙》（*The Book of Literary Design*），黄兆杰、卢仲衡、林光泰译，第24页。

押韵等各类手法，这些也都符合英文诗的押韵规律。试以《程器》赞辞为例：

Survey the good men of old
In their beauteous power of letters：
Famous names in the south，
Glimmer in the north.
Mere workmanship
Will not a pattern make.
It should be possible to glory
Your self and your country.[①]

（大意为：审视以前的好人，
观察他们那美妙的文学才能：
显著的名声在南边，
闪烁的光芒在北边。
只有工艺技巧
不能制作图案。
应该既让你自身荣耀
也为国家增添光彩。

原文：“瞻彼前修，有懿文德。声昭楚南，采动梁北。雕而不器，贞干谁则？岂无华身，亦有光国。”）

第三、四行押尾韵，且句式结构完全相同；第五、六行押谐元韵，且使用了倒装结构突出重点；第七、八行押尾韵。为了符合英文诗的结构特点，译者显然付出了巨大的努力，甚至考虑到了押韵的问题，使译文读来朗朗上口。但是，我们也可以看到，黄译本显然对

① 刘勰：《文心雕龙》（*The Book of Literary Design*），黄兆杰、卢仲衡、林光泰译，第185页。

原文进行了大幅度的删改，如“前修”译作“以前的好人”，“文德”的“德”没有译出来，“雕而不器，贞干谁则”的意思几乎完全改变了，等等。这里就提出了一个问题：在翻译诗歌或结构类似诗歌的段落时，究竟该偏重形式还是偏重内容？如果在保证忠实传达原文的基础上，可以采取诗体形式，那当然是最好的。但如果必须进行取舍，还是应当优先传达出作者的本意，毕竟形式是为内容服务的，而《文心雕龙》作为一部文论巨典，其理论和观点才是精华所在，不可舍本逐末。因此，黄译本对赞语的翻译给后来的译者提出了一个目标，那就是在翻译内容的同时尽量保留形式，不过我们也需要注意，为了形式而删改内容的做法如同削足适履，对《文心雕龙》原意的伤害是很大的。

## 二

《文心雕龙》中涉及了不少中国传统文化的特殊名词，黄译本在处理这些名词时也可谓独具创意。如《正纬》中讨论的“纬书”，原指“假托经义以宣扬符瑞的迷信著作”[①]，施译本和杨译本均将其译为“apocrypha”，而黄译本则译作“cabala”。“apocrypha”指作者身份或真实性可疑的作品，“cabala”指深奥的或超自然的通神学说。由此可见，施译本和杨译本都将重点放在了“假托经义”上，而黄译本则关注纬书“宣扬符瑞”和“迷信”的部分，确是有一定道理的。不过，通读《正纬》可以发现，如果必须在这两种翻译中选择一种，可能还是“apocrypha”更合适，因为本篇主要是论证纬书之“伪”。但是，黄译本对纬书的崭新翻译并非毫无意义，而是提醒我们，“apocrypha”并不能完全概括“纬书”一词的含义，至少要在此基础上进行补充才能比较准确地传达出原意。又如《铭箴》

① 陆侃如、牟世金:《文心雕龙译注》(上)，济南：齐鲁书社，1981年，第32页。

中提到的箴文，施友忠译作“exhortation”，杨国斌译作“admonition”，美国学者宇文所安在 *Readings in Chinese Literary Thought* 一书中也将其译作“admonition”，而黄兆杰等人则译作“puncture”。“exhortation”和“admonition”皆有规谏劝诫之意，在英文中经常用来表示“箴言”；相比之下，黄译本的“puncture”就显得非常特别了，这个词本意为“针刺”，引申义为“揭穿、批评”，以其为词根构成的名词有“acupuncture”，意为“针灸疗法”。关于箴文，刘勰的说明是：“箴者，针也，所以攻疾防患，喻针石也。”[①]（《铭箴》）黄译本的“puncture”跟这番解释很贴近，体现了译者的巧思，令人耳目一新。再如《风骨》一篇的标题，施友忠、杨国斌和宇文所安皆译作“Wind and Bone”，即“风与骨”，而黄兆杰等人则译作“The Affective Air and the Literary Bones”，即“情感之风与文学之骨”，显得十分独特。黄译本之所以为“风”和“骨”分别添上一个定语，或许是考虑到刘勰在《风骨》中曾有“情之含风”和“辞之待骨”的说法，不过刘勰拟定的标题只是“风骨”，而且本篇论及的“风骨”远非“情感之风”和“文学之骨”所能概括，因此添加一个定语反而将其本应具有的丰富含义剔除了不少，这样的做法也就未必合适了。不过，黄兆杰等人对“风”的翻译值得注意。施友忠、杨国斌和宇文所安都把“风”译为“wind”，这个词有如下几个含义：流动的空气；趋势；内容空洞的演讲或作品。黄兆杰等人把“风”译为“air”，其含义包括：空气，气氛；风；风度，气质；独特的品质或表现。实际上，一提起“风”，大家首先想到的英语单词可能都是“wind”，但仔细斟酌便会发现，“wind”通常是指自然界的风，这当然也是刘勰所谓“风”的起始之义，但“风骨”之“风”还有更深厚的意蕴，

① 陆侃如、牟世金：《文心雕龙译注》（上），第134页。

况且这个词在英文中还有“内容空洞”的意思，用作“风骨”的翻译虽然符合了其基本的喻体，却与其喻指（本体）相去甚远，因而总体而言就不太妥当了。相比之下，黄译本的“air”看起来好像跟“wind”意思非常相近，实际上却有着重要的差异，可能更加贴合刘勰所谓“风”的指意。类似的情况还有不少，如《镕裁》一篇的标题，施译本和杨译本均把“裁”处理成“cutting”，而黄译本则作“tailoring”，这两个词都是“剪裁”的意思，但“cut”只是单纯地指用剪子裁开的动作，而“tailor”则指根据特定需要或目的而剪裁，因为“tailor”本身还有“裁缝”的意思。这种微妙的不同体现出黄译本在处理特殊名词时认真细致的态度和独立思考的精神。

应该说，作为后出的译本，黄译本的这种创新精神是值得表彰的。实际上，施译本作为《文心雕龙》最早的英文全译本，必定会被后来的译者学习和借鉴，从前面的例子中也可以看出，杨译本和宇文所安的选译在许多地方都跟施译本完全相同或极为相似，对比之下，黄译本的大胆尝试和独立探索便显得尤为可贵，这种创新不仅体现在字词的翻译上，而且也渗透在内容的理解中。当然，在此过程中，黄译本难免会走不少弯路，但也提出了很多有益的想法和观点，甚至解决了一些陈陈相因的问题。例如，《正纬》中有这样一句：“有命自天，乃称符谶，而八十一篇皆托于孔子，则是尧造绿图，昌制丹书，其伪三矣。”我们可以将施译本、杨译本和黄译本做一个对比。先来看施译本和杨译本：

Third, a real mandate from heaven is accompanied by physical signs and miraculous prophecies. But the eighty-one apocryphal writings are all attributed to Confucius, Yao was made the creator of the ‘Green Diagram’, and Ch’ang [King Wen of the Chou], was credited with the ‘Red Book.’ So this claim of the apocrypha must be false.[①]（施译本）

（大意为：第三，来自上天的真正命令伴随着有形的标志和神奇的预兆。可是八十一篇纬书都托名于孔子，尧被当作绿图的创造者，周文王姬昌被当作丹书的创造者。所以，纬书的这个主张肯定是虚假的。）

Third, auspicious symbols issue from heaven, yet the eighty-one apocryphal texts are sometimes attributed to Confucious, the River Diagram to King Yao, and the Luo Pattern to King Wen of Zhou.[②]（杨译本）

（大意为：第三，吉兆来自天上，可是八十一篇纬书有时托名于孔子，河图托名于尧，洛书托名于周文王。）

施译本和杨译本都把“则是尧造绿图，昌制丹书”理解成“绿图托名于尧，丹书托名于姬昌”，跟前面提到的“八十一篇纬书托名于孔子”处理成并列关系。在这一句里，刘勰用到了两个典故，出自亡佚的纬书《尚书中侯》。《艺文类聚》卷一一引《尚书中侯·握河纪》：“帝尧即政，荣光出河，休气四塞，龙马衔甲，赤文绿色，龙形像马，甲所以藏图也。”《太平御览》卷九二二引《尚书中侯·我应》：“赤雀衔丹书，入丰，止于昌前。”可见绿图与丹书并未托名于尧帝和姬昌，那么施译本和杨译本的理解明显不符合记载。如果对比汉语的一些译注本进行研究，我们会发现，这句话确实较难处理。如牟世金先生将其译为“可是有人说八十一篇谶纬，全是孔子所作，但纬书中又说唐尧时出现了绿图，周文王时出现了丹书”[③]，郭晋稀先生则将其译作“现在纬书八十一篇，都说是孔

① 刘勰：《文心雕龙》，施友忠译，台北：台湾“中华书局”，1975年，第30页。

② 刘勰：《文心雕龙》（*Dragon-Carving and the Literary Mind*），杨国斌英译、周振甫今译，北京：外语教学与研究出版社，2003年，第39页。

③ 陆侃如、牟世金：《文心雕龙译注》（上），第35页。

子的著述，又说唐尧自造了绿图，文王自制了丹书"[①]，郭先生的解释也有着跟施译本和杨译本相似的问题，而牟先生的解释虽然符合记载，却把"尧造绿图"的"造"和"昌制丹书"的"制"处理得非常模糊。而且，如果将"尧造绿图，昌制丹书"理解为"唐尧时出现了绿图，周文王时出现了丹书"，那么跟后文"故河不出图，夫子有叹，如或可造，无劳喟然"（《正纬》）[②]就很难联系起来了。因为这里指出，倘若河图可以靠人去造，孔夫子就无须叹息了，但按照牟先生的解释，前文又没有"造"这个意思，只是"出现"罢了。反过来，如果按照郭先生的解释或者施译本和杨译本的理解，逻辑上倒是能自圆其说，却又与《尚书中侯》的记载不符。由此可见，这句话的理解的确是一个难点。下面再来看看黄兆杰等人的翻译：

It is only when the will of Heaven is made known to us that we can be said to have omens, but all the eighty-one specimens of cabalistic writings that we have have all been ascribed to Confucius, as if the antediluvian Yao had made the green picture, King Wen designed the red book, which must give us a third reason for suspicion.[③]（黄译本）

（大意为：只有当上天向我们显示其旨意的时候，我们才可以说是得到了征兆，可是八十一篇纬书都托名于孔子，那就像是说远古的尧造了绿图、文王制了丹书一样，这就给了我们第三个怀疑的理由。）

这一翻译完美地解决了前面提到的两个问题，既没有违背《尚书中侯》的记载，又明确保留了"造"的意思，与后文形成了呼应。

---

① 郭晋稀：《文心雕龙注译》，兰州：甘肃人民出版社，1982 年，第 37 页。

② 陆侃如、牟世金：《文心雕龙译注》（上），第 36 页。

③ 刘勰：《文心雕龙》（*The Book of Literary Design*），黄兆杰、卢仲衡、林光泰译，第 12 页。

值得一提的是，这段翻译跟王运熙、周锋两位先生的译注本非常相似："天命降自上天，才可称为符谶，可是八十一篇谶纬都托名于孔子，这就好比说唐尧造了绿图，姬昌制作丹书一样荒谬，这是纬书为伪托的第三个证据。"[①] 可以发现，除此之外，黄译本还有一些地方的理解跟王运熙等先生的译注本颇为一致，而跟其他译注本截然不同，例如"辞谲义贞"（《明诗》）的"谲"，各家译注本多作"诡异"或"奇谲"，施译本和杨译本也译为"odd"（奇谲）和"enigmatic"（诡异），只有王运熙等先生的译注本作"委婉"，而黄译本则作"subtle"，意为"微妙的，含蓄的"。因此，王运熙等先生的译注本或为黄兆杰等人重点参考的一个本子。

## 三

显然，施友忠先生在翻译《文心雕龙》时，可以参考的资料还比较少，难免会出现理解不当之处；但作为开创性的英译本，其巨大的影响是后来者难以抵挡的。黄译本虽然纠正了施译本的一些错误，却也无法完全摆脱施译本的影响，甚至沿袭了施译本的一些问题。例如《正纬》赞语中"荣河温洛"的"温洛"，黄译本和施译本均译为"mild Luo"，即"温和的洛水"，其中"mild"指"不太冷也不太热的"。这里的"温洛"有一个典故，据《初学记》引《周易乾凿度》："帝盛德之应，洛水先温，九日乃寒。"所以"温洛"应当是"变得温暖的洛水"，黄译本和施译本的理解都不准确，而杨译本作"nourishing River Luo"，即"滋养人的洛水"，意思差得就更远了。不过，总体来讲，黄译本在适当继承施译本的基础上，作出了很大的改变和创新，也提供了不少有益的新思路，值得后来

① 刘勰著，王运熙、周锋撰：《文心雕龙译注》，上海：上海古籍出版社，1998 年，第 27 页。

的译者借鉴。

黄译本还有一个突出的特点，就是尽量把专有名词全都翻译出来，不以汉语拼音来表示，即便不得不使用汉语拼音，也要加上英文作补充说明。例如《比兴》一篇的标题，黄译本作“Bi and Xing — Two Types of Metaphor”，即“比和兴——两种修辞手法”。然而，有些名词确实很难翻译，在英文中找不到对应的概念，如果勉强翻译或解释，可能就会产生错误。例如《诠赋》一篇的标题，黄译本作“Explaining *Fu* Poetry”，即“诠释赋诗”。这里的补充说明就是有问题的，赋显然不是诗，但要对西方读者解释“赋”究竟是什么，确实很困难。加拿大汉学家阮思德（Bruce Rusk）曾在其著作中尝试着解释过“赋”，认为它具备“prose poem”（散文诗）、“rhapsody”（狂诗，指感情充沛的文学作品）和“exposition”（铺叙）的特点，无法用一个英文词来进行概括。[①]可以想见，在翻译《文心雕龙》时，这样的名词肯定不少，如果坚持用已有的英文词来翻译全部的专有名词，虽然会出现如“箴”译作“puncture”那样的妙译，却也会出现如“赋”译作“*Fu* poetry”的不当，因此在贯彻翻译策略的时候还是应该针对具体情况作具体分析。

中国传统典籍英译之难人所共知，而《文心雕龙》这一用精致骈文写成的文论元典，要准确地将其翻译为英文，更是难上加难。但也正因其难，才使得《文心雕龙》的英译本需要不断推陈出新，以反映“龙学”的新进展，并接近我们的目标。以上仅是笔者初读黄兆杰等三位先生《文心雕龙》英译本的一点粗浅体会，以偏概全，未必确当，尚祈诸位先生和读者诸君不吝赐教。一方

---

① Bruce Rusk, *Critics and Commentators: The Book of Poems as Classic and Literature,* Cambridge: Harvard University Asia Center, 2012. 6.

面，笔者对诸位先生的各重要译本尚需继续研读；另一方面，其中有些重要问题，如《文心雕龙》书名的英译问题等，笔者将另文探讨。

# 后 记

这是一部比较特别的"龙学"论文选集，其特殊性在于里面的二十多篇"龙学"论文均来自笔者主编的《中国文论》集刊1—9辑。《中国文论》第1辑出版于2014年9月，第9辑出版于2021年9月，这本论文选便是这七年间的部分"龙学"成果。由于篇幅的限制，这里所选只是九辑《中国文论》中"龙学"论文的一小部分，说不上琳琅满目，但仍可说是"龙学"近几年发展的一个缩影。

笔者一直坚信吾师牟世金先生在其《雕龙集·前言》中的一个说法，那就是在《文心雕龙》之后，中国古代文论的发展乃是《文心雕龙》理论体系的展开；即是说，六朝之后中国文论的发展，在一定程度上是按照刘勰的设计而进行的。丰富多彩的中国文论当然没有这么简单，我们自然可以从不同角度来证明这一判断未必百分百合乎历史实际，但又不能不说，大体而言可能是相去不远的。唐宋元明清文论的主要概念、范畴和理论内容，基本上都可以在《文心雕龙》中找到理论的起点或萌芽，颇有章学诚所谓"笼罩群言"的味道。也正是基于这样的想法，在《中国文论》创刊之时，笔者便按照《文心雕龙》的理论架构设计栏目，即"文之枢纽""论文叙笔""剖情析采""知音君子"，我们相信这四个部分便基本可以容纳对中国文论展开研究的内容。以此为基础，还设置了"文心雕龙""文场笔苑""龙学纵横"等栏目，一直坚持至今，事实证明是可行的。

这本论文选仍然按照这一栏目设置进行编辑，由于全为"龙学"

论文，所以又根据内容作了一些小的调整，增加了“东西之间”一个部分。文选取名《〈文心雕龙〉与中外文论》，除了根据所选文章内容而定之外，主要是想表明，近十年来的“龙学”进步，其大趋势便体现在研究视野的扩大和更具包容性。随着研究主体的更新换代，“龙学”已经不仅仅是研究《文心雕龙》这本书的问题，而是初步显示出与古今中外的融会贯通，尽管所取得的成果还不能十分令人满意，但这一趋势是明显的。笔者觉得，这正是“龙学”的强大生命力之所在，当然也是笔者编选这样一本选集的意义之所在。

借此机会，谨向选入本文集的作者表示感谢，更对多年来支持《中国文论》的众多作者表达深深的敬意！

良德记于壬寅年二月